邪魔

装幀　鈴木成一デザイン室
写真　髙橋和海

1

深夜の繁華街に二サイクル・エンジンの甲高い音が響いている。

マフラーを外した排気音は左右の建物に反射して、まるでステレオのように渡辺裕輔の鼓膜を震わせた。うしろからはパトカーが追いかけてくる。赤色灯が辺りを間欠的に照らし、ちらりと横を向いた洋平の頬を赤く染めていた。

サイレンは鳴っていない。鳴らせばいいのにと裕輔は思った。そのほうが注目が集まる。通行人はまばらだが、道端のあちこちには若い女たちがしゃがみこんでいる。あの女たちにもっとアピールしたかった。

「前のスクーター、ただちに停止しなさい」パトカーの拡声器から低い声が発せられる。

ナンバープレートは折り曲げてあるし、そもそも無灯火なので、スクーターで足がつくことはない。

「前の三人、危険だから停まりなさい」

「誰が停まるか、バーカ」

背中で弘樹が怒鳴りかえしたら、「コラ。前の三人、いいかげんにしろよ」と、警官の口調がいきなり荒っぽくなった。

裕輔の前にはハンドルを握る洋平。背中には弘樹がしがみついている。

「おい。コケるなよ」洋平に言った。

「まかせとけって」威勢のいい声が返る。

スクーターの三人乗りはもう慣れっこだ。背中を丸めないで、三人揃って反っくりかえるのがコツだ。足はやじろべえのように両側に遊ばせる。そうするとバランスがとれる。

午前零時過ぎ、洋平のスクーターに三人で乗りこんだ。裕輔もスクーターを持っているのだが、ノーマルのおとなしいやつなので暴走には向かない。それに三人乗りの方が目立つし楽しい。繁華街を一周したところで巡回中のパトカーに見つかった。

「ヒュー」洋平と弘樹が奇声をあげ、裕輔も続いた。体温が一瞬にして上がった気がした。これで今夜の自慢話がひとつできる。

スクーターは街灯をかすめるようにして角を曲がった。この先には遅くまで営業しているドラッグストアがあり、その前には同じ年代の男女がたむろしている。

洋平もコースは考えているのだろう。田圃道を走ったって面白くもなんともない。

スピードを緩めパトカーを引きつけた。車間距離が縮まる。

「前の三人、左に寄りなさい」

狙いどおり馬鹿な警官が拡声器でわめいた。周囲の人間がなにごとかと視線をくれる。見られている快感が全身を駆けぬけた。

ドラッグストアの前にさしかかり、ここぞとばかりに洋平がアクセルを吹かした。

裕輔と弘樹が歩道に向かって親指を立てる。十数人いる男女からやんやの歓声があがった。何人か顔見知りもいた。ステージで拍手でも浴びている気になった。

「もう一周しようぜ」弘樹が凄むように言う。

「もういいんじゃねえの。あのパトカー、応援呼んでるかもしんねえし。一旦路地に入ろうぜ」裕輔が答えた。

捕まっては元も子もないし、停学常習者としてはそろそろ学校も心配だ。

「なんだよ。お巡りなんかどってことねえよ」

「じゃあ、どっちでもいいけど」

「裕輔、びびってんじゃねえのか」振り向いて洋平が言う。

「そんなことねえよ」むきになって言いかえした。

反対する者がいなくなり、もう一周した。

ドラッグストアの前ではギャラリーからさらなる歓声を浴びた。女たちの上気した顔が目に飛びこむ。やってよかったと裕輔は思った。パトカーは相変わらずあとをついてくるだけだ。

「おい、『白木屋』の脇に入れ」

弘樹が大声を出し、洋平が「わかってるって」と左手をあげた。

車が入ってこられない路地だ。先輩からパトカーの追跡は五百メートルまでと聞いたことがある。事実かどうか知らないが、ここいらの警察は無理な追跡はしてこない。事故を起こされることのほうが怖いのだろう。

「さっきタケ坊の女がいたぞ」洋平が言った。

「見た見た。女子商の一年だろ」裕輔が答える。

「あの女、そこらじゅうの男に喰われてるぞ」三人で笑った。

スクーターは裏道を右へ左へと走った。パトカーはあっさりと追跡を諦めたようだ。東京都下のしょぼい繁華街だから、一ブロックも走ればすぐに住宅街だ。

もはや観客がいないのでスピードを落とし、いつもの公園に向かった。市のスポーツセンターと並んでいて、校庭ほどの広さがある。

途中、自販機でスポーツドリンクを買った。スクーターで公園の中まで入り、三人で芝生に腰をおろした。

缶のプルトップを引き、一気に流しこむ。一息ついたところで、三人は競うようにしてたばこに火を点けた。夜露を吸って芝はかすかに湿っている。寝そべると地面から冷気が伝わった。

「さっきのタケ坊の女な」洋平が口を開いた。「木下先輩にも喰われたってよ」

痩せぎすの洋平は薄い髭を無理に伸ばしている。ちょっと見は栄養不足で目つきの悪いヤギといったところだ。

「木下って、四中にいた一個上の人か」と弘樹。

反対に弘樹はデブだ。頭を五分刈りにしているので、棒を持たせれば目つきの悪い寺の門番だ。

「おお。南高へいって一年で辞めて、いまは深夜喫茶で働いてるよ」

「タケ坊は知ってんのか」裕輔が聞いた。

三人の中では、自分がいちばん顔がいいと裕輔は思っている。目が大きくて、小さい頃は女の子と間違えられた。

「そりゃ知らねえだろ」洋平が空になった缶をアスファルトめがけて投げる。「知ったら面白えけどな」缶は乾いた音をたて、向かいの植え込みまで転がっていった。

「教えてやれよ。喧嘩させて見物しようぜ」

弘樹が言うと洋平が声をあげて笑い、大袈裟に腹を抱えた。

「どっちが勝つと思う」裕輔が身体を起こす。

「木下先輩に決まってんじゃん。中学んとき、五中の久保さんとタイマンはって腕折ったんだぜ」洋平は自分のことのように得意げに言った。

「久保さんって、いま多摩ナントカっていう族のアタマやってる人だろ。そんな人に勝ったのか」

「あ、それ嘘」弘樹が二本目のたばこに火を点けた。「人数集めて呼びだして、フクロにしただけ。タイマンじゃねえよ。テツに聞いた。あいつ、木下の後輩だから」

「そうなのか」

「おまけにあとで仕返しされて、金もふんだくられたらしいぜ」

「なんだよ、ふかしかよ」

「でも久保さんだってタイマンで仕返ししたわけじゃねえんだろ。木下先輩が強えのは確かだって」洋平は木下の肩をもつようなことを言う。以前飯を奢(おご)ってもらったことがあるからだ。

「ま、久保さんを呼びだしただけでも、たいしたもんだけどな」

「久保さんって刺青(いれずみ)入ってんだろ」と裕輔。

「そうそう。それもドクロとか鉤十字(かぎじゅうじ)とか、そういうんじゃなくて、紋チャンだぜ」

「やくざなのか」

「そうなんじゃねえの。だいいち族のケツモチがやくざだもん」

「ふうん」裕輔は夜空に向かってたばこの煙を吐いた。

「おれも今度な、タトゥー彫るぜ」弘樹が髪をかきあげて言った。

「マジかよ」

「もう予約入れた。渋谷の『キャロル』ってところ。この前行って絵柄も決めた」

「なんの絵だよ」

「腕と手の甲に青いビー玉」

「なんだよそりゃ」

「そういうのがあるんだよ。けっこうかっこいいんだぜ。な、洋平」

洋平がにやつきながらうなずいている。シンナーのやり過ぎで前歯は汚れ放題だ。

「洋平も行ったのかよ」

「おう。おれも金がたまったら彫るぜ」

話題を変えたほうがいいと思ったので「タケ坊の女……」と言いかけたが、それより早く弘樹が言葉を投げつけた。

「裕輔も彫れよ」

少し言葉に詰まった。「おれか。おれはやめとく。親がうるせえしな」

「親だってよ」洋平がからかうように笑った。洋平は親が離婚して一人暮らしだ。

「これだから学生さんはよォ」二人で口々に言っている。

洋平と弘樹はとっくに高校を辞めていた。裕輔だけが高校二年生だ。

「うるせえよ」言いかえしたかったが、うまい台詞がみつからなかった。

「裕輔もいまいち、イケてねえからなあ」と弘樹。

「関係ねえだろう」

「この前のおやじ狩りのときも、見てただけだし」と洋平。

「なに言ってんだ。見張りしてたんじゃねえか」

鼻息荒く抗弁したが、二人は交互に裕輔をおちょくるようなことを言う。

「だいいち、裕輔、喧嘩したことあんのかよ」とくに洋平がしつこかった。

「あるよ。決まってんだろう」

「中坊をはたいたぐらいじゃ喧嘩って言わねえぞ」

「西高の連中とやったとき、おまえらだっていただろう」

「あれは向こうが四人でこっちが六人だったじゃねえか」

「喧嘩に人数なんか関係あるかよ」

「そうかなあ」二人が笑っている。

「なんだよ、おまえら。そういうこと言うのかよ。帰るぞ」不機嫌さを隠さずに言った。

「まあ、怒るなよ。冗談だって」

「そうそう。裕輔が気合い入ってるのはわかってるって」

仲間が減るのは困るのか、二人は折れて、なだめる姿勢に変わった。

携帯電話が鳴った。弘樹の携帯だ。

弘樹はボタンを押すと「もしもしィ」と舌ったらずな口調で応じていた。口ぶりからすると女らしい。

それを見た洋平が「おれも」と言ってポケットから携帯を取りだし、誰かに電話をかけはじめた。

裕輔は芝生に寝そべり、小さく伸びをする。息を吐くと白くはならなかった。つい先週まで厚手のジャンパーが必要だったのが嘘のように今夜の空気は暖かい。あと一週間もすれば春休みだ。そうなれば、もっと時間を気にすることなく遊べる。

高二になって勉強することをやめた。都立の普通校だが、真面目に勉強したところで有名大学に入れるほどの学校ではない。教科書を置きっ放しにするのにさしたる躊躇はなかった。それより仲間と遊ぶほうが面白かった。夜、繁華街に立つと気持ちがふくらむのが自分でもわかる。たいてい何かが起こり、退屈することもない。

この一年で二回補導されたが、気にしてはいない。むしろ仲間に自慢できると思っている。最初は口うるさかった親も、一度「じゃあ学校辞めて働く」と告げたら何も言わなくなった。出かけるときも「遅くならないようにね」と懇願調で言うだけだ。

教師は親に輪をかけて腰抜けだ。一年のときは顔色をうかがっていたものの、たいした連中でないことはすぐにわかった。二年になって、気にくわない教師を数人で屋上に呼びだしたら、青い顔で「暴力はいかんぞ」と声を震わせるだけだった。後の咎めもなかった。

大人を恐れていた一年前の自分が嘘のようだ。大人だって暴力が怖い。自分たちを恐れているのだ。

ただ、高校を辞めるつもりはない。さすがに中卒はまずいだろうと思ったりもする。

「裕輔」電話を終えた弘樹が顔を向けた。「おまえ、金あったら貸してくれよ」

「ねえよ」

「洋平は?」

「おれだって」

「なんかあったのか」

「ユミコがパーティー券、買ってくれって。三万円ぶん」

「そんなもん断れよ」裕輔が鼻で笑った。「尻に敷かれてんじゃねえのか」

「馬鹿野郎。そうじゃねえよ。アヤコさんから回ってきたんだよ」

「アヤコって、如月会のか」洋平が眉を持ちあげた。「そりゃあやべえよ」

「だろ。金作んねえと、ヤキ入れられるってよ」

「じゃあ、あるところからいただくしかねえよな」洋平がにやりと口を歪め、立ちあがって尻の草を払った。「ついでにおれらも小遣い稼ぎしようぜ」

「悪いな。協力してくれ」

弘樹も立ちあがる。

「裕輔もやるんだろ」

洋平に水を向けられ、もちろん「おう」と答えた。

「一時か。終電で帰ってきた奴ならまだ狙えるな。急ごうぜ」

再びスクーターに三人で乗って住宅街を走った。駅のそばは人通りがあるので、少し離れた場所で獲物を物色することにした。すっかり静まりかえった街に、乾いたエンジン音がこだましている。

五分も流していると、早速、背広姿の中年を見つけた。酔っ払いというほどではないが、軽く酒が入っている様子だ。

手前でスクーターを停め、電柱の陰で近づいてくるのを待った。

「おい。裕輔にやらせようぜ」洋平が言った。

「なんでだよ。弘樹の女にやる金だろう」振り向いて睨みつけた。

「裕輔、びびってる、びびってる」

洋平が意地悪く汚い歯を見せる。顔が熱くなった。からかわれていると思った。

「洋平。おまえ、おれに喧嘩売ってんのかよ」

「でけえ声、出すな」弘樹が腕をつかむ。「おれがやるからいいよ」

「待てよ。おれが行ってやるよ」裕輔は弘樹の手を振り払った。「おまえらな、ナメたことばっか言ってんじゃねえぞ」

無性に腹が立った。ここで引き下がっては後々馬鹿にされる怖さもあった。

「なに怒ってんだよ」弘樹がなだめた。

「いいじゃねえか、裕輔にやらせようぜ」

お手並み拝見といった体で、まだ洋平はにやついている。ますます怒りが込みあげてきた。

アスファルトを踏み締めて歩を進めた。二人があとからついてくる。

歩いてくる男と目が合った。大丈夫だ。さえない中年だし、身体も大きくはない。

裕輔の心臓が高鳴った。「おじさん」かけた声が少しうわずった。

見るからに不良の身なりをした三人に、男は異状を察したのか、身を固くした。

「おじさん。ボコボコにされて金獲られるのと、おとなしく金獲られるのと、どっちがいいですかァ」咄嗟に出た台詞だったが、悪くないと自分でも思った。「二つに一つ。選んでくださいよ」

静かだが、ドスをきかせて言った。なまじ乱暴な言葉を使うより効果がある気がした。実際、目の前の男は小さく後ずさりし、口が利けないでいる。

「おっさん。おとなしくしてたほうがいいですよ」すかさず弘樹が男のうしろに回りこんだ。「ぼくら、凶器、持ってるし」

はったりだが、たちまち男は蒼白の面持ちになった。

「な、なんだ。君らは」

男が虚勢を張ろうとしている。けれどその声には力もなく、ましてや抵抗しそうな気配はみじんもなかった。

裕輔は男に顔を近づけた。眉間(みけん)に皺を寄せ、睨みつけた。

「金を出せばなんにもしねえよ」

「怪我しちゃつまんねえだろう」

「なんだ、君ら、よせよ」ネクタイをつかむ。

男が手で払おうとしたが、洋平がその手を押さえ、男は完全に顔色を失った。

裕輔は徐々に興奮してきた。大人を支配している快感があった。

洋平が鞄を取りあげる。「おっさん、飛んでみろ」と言った。

「馬鹿。ガキじゃねえんだからよォ」

気持ちに余裕が生まれ、洋平の場違いな台詞を諫(いさ)める言葉もでた。

男が身動きできないでいるので、裕輔は上着の内ポケットに手を入れ、革製の財布を抜きとった。

「おい」男が声を発したが、かまわず中身をあらためた。

「なんだよ、おい。福沢諭吉がいねえじゃねえか」軽く男の頬を殴った。

「なにをするんだ」

「うるせえっ」

初めて大人を殴った感触は、意外なほど柔らかなものだった。

「いくらあるんだよ」弘樹がのぞき込む。

「しけたおっさんだぜ」札を数えた。「八千円だってよ」

「おいおい、とんだ雑魚(ざこ)だな」弘樹が鼻をふんと鳴らす。

「やっちまうか。腹立つしよォ」

裕輔は金だけ抜きとると、財布をアスファルトに捨てた。

「まあまあ、勘弁してやれよ」弘樹が財布を拾い、男に手渡す。「おっさん。これで許してやっからよ、警察にはチクんなよ。面(つら)ァ覚えたからよ、何かあったら待ち伏せカマすからな」

男が財布を受けとる。顔がひきつっていた。

物足りない気がしたので、裕輔は男の尻を蹴とばした。

男が驚き、顔をしかめる。その不服そうな態度を見たら急に残酷な昂ぶりを覚えた。

「なんだァ、その面は」

言うより早く手が出ていた。拳で男の頬を殴っていた。今度は本気で力を込めた。

「おい、やめろって」弘樹が割って入る。「もういいじゃねえか」

自分の顔が熱くなっているのがわかった。血が全身を駆け巡った。

「なんだよ。やっちまおうぜ」

「落ち着けよ。金さえもらえりゃ、あとはいいだろう」弘樹がうしろ手で男を追い払う。「おっさん、早く帰んな」

男は鞄を抱きかかえると、走ってその場を去っていった。

裕輔が肩で息をしている。その肩を弘樹が軽くたたいた。

「ほらよ」裕輔が男から奪った金を弘樹に渡す。「ユミコにやれよ」

「おお。サンキュ」

「おい、おれらも早く逃げた方がいいぞ」

洋平が口を開き、三人でスクーターまで走った。エンジンをかけ、闇に包まれた街を飛ばした。

えもいわれぬ達成感があった。何かを突き抜けた気がした。

「もう一発いくぞ」声を張りあげた。

「おう」弘樹が笑って答えた。

こいつらは仲間だと思った。


十分ほど走り、線路の反対側の住宅街に入った。警察に通報された可能性があるので、少し離れた方がいいと弘樹が言いだしたのだ。

公民館らしき建物の前にスクーターを停め、再び帰宅するサラリーマンを物色することにした。

「あと二万二千円だな」裕輔が言った。

「ああ。ユミコには裕輔のおかげだって言っておくよ」

弘樹は明らかに裕輔を見直したようだった。うれしそうに裕輔にじゃれてくる。

逆に洋平はおとなしくなり、黙ってたばこばかり吹かしていた。

「洋平。おまえさっき変なこと言ってたよな」

裕輔は、いままで見下すような態度をとっていた洋平に仕返しをしたくなった。

「なにが」

「おやじに向かって『飛んでみろ』とか言ってただろう」

「おう、言った言った」弘樹がおかしそうに笑う。

「中学生のカツアゲじゃあるまいし」

「うるせえよ」

「小銭が鳴ったからってどうするんだよ」

「うるせえ」

洋平が顔色を変える。立場が逆転したなと思った。

「本当はびびってたんじゃねえのか」

洋平は鼻の穴を広げ「なんだとこの野郎」と声を荒らげた。

「おいおい、こんなところで喧嘩すんなよ」弘樹が諌める。「仲間だろ、おれら」

「だって裕輔が生意気なこと言うからよォ」

「いいじゃねえか。おまえだって、さっきまでからかってただろう。おあいこだよ」

洋平は、裕輔が勝手にやるから出る幕がなかっただけだ、と唇をとがらせた。次はおれがやるからよ、そう言って地面に唾を吐いた。

「ま、でも、裕輔に根性あんのはわかったからよ」最後はぽつりと言った。

裕輔は満足だった。もう何も怖くない気になっていた。

公民館の前でしばらく獲物が通るのを待ったが、さすがに二時近くになると人通りはなく、仕方がないので徒歩で周囲を歩きまわることにした。

「裕輔。明日、学校、いいのか」弘樹が肩をぶつけてきた。

「関係ねえよ。行ってもどうせ寝てるし」

「しかし、よく続くな」洋平があきれたように欠伸（あくび）をする。「おれなんか半年でいやになったぜ」

「おまえはその前に馘（くび）になったんだろうが」

「バーカ。自主退学って言ってくれよ」

「卒業すんのか」と弘樹。

「できりゃあな」

「大学生とかになったりして」

「関係ねえだろう」

「裕輔が大学生になったら、この国は終わるぜ」洋平がおどけて言う。「だいいち入れる大学があるのかよ」

「名前が書けりゃあ全員合格の大学だってあるらしいぜ」弘樹が笑う。

「ナメんなよ。小学生のころは頭よかったんだよ、おれは」

「で、今も小学生並か」

「うるせえ」怒るつもりが、つい吹きだしてしまった。

親は大学に行かせたがっている。渋々というポーズを取りながら、たぶん自分は従うのだろう。勉強などしたくもないが、働くのはもっといやだ。親の金で四年間遊べるのだとしたら、それはラッキーなことだ。将来を考えないわけではない。サラリーマンはごめんなので、自分でショップでも開けないかなと漠然と考えている。

「おまえらはどうするんだよ、これから」

「テキトーよ、テキトー」洋平は今、弁当屋で配達の仕事をしている。

「なんとかなんだよ、世の中は」弘樹は歳をごまかしてゲームセンターで働いている。

仲間には悪いが、やっぱり中退は先行きが明るいとは思えない。

「おい」弘樹が裕輔の腕をつついた。「カモだぞ」

視線をあげる。背広姿の男がマンション前の植え込みに向かって立ち小便をしていた。さっきの男ほど中年というわけではなさそうだが、大人にはちがいない。

「あいつにすんのか」洋平が低くささやく。やめようぜという口ぶりにも聞こえた。男は遠目にも背が高く、肩幅も広かった。

「おいおい、やっぱりびびってんじゃねえのか」

裕輔が口の端を持ちあげる。洋平は「馬鹿野郎」とかすれた声をだした。

「まかせとけ、またおれが一発かましてやるよ」

自分でも気が大きくなっているのがわかった。大人なんかどれも同じだ。体裁を取り繕っていても、ちょいと脅せば震えあがるのだ。

裕輔が先頭になって近づいた。「おじさーん」わざと軽い口調で声をかけた。

「立ち小便はいけないんですよ」

男が振りかえる。静かな目で裕輔たちを一瞥した。

「ああ」腰をゆらしてズボンのチャックを上げた。「こりゃ悪かったな」

酔ってはいない様子だった。ただ、目はやけに赤い。

「おじさん。罰金」

裕輔がてのひらを差しだした。男がゆっくり向き直る。三人まとめて見下ろされた。動じていないのが癇にさわった。

「おっさんよォ。ボコボコにされて金獲られるのと、おとなしく金獲られるのとどっちがいい？　選びなよ」

　少しの間を置いて、男が鼻で笑った。かっと血が昇る。

「余裕かましてんじゃねえよ。ほんとはびびってんだろ」声を荒らげた。

　弘樹がすかさず男のうしろに回る。洋平も脇に立ち、三人で男を見上げ、睨みつけた。

　男はまだ何も言わない。

「気に喰わねえなあ、このおっさん」洋平が顎（あご）を突きだし、顔を数センチのところまで近づけた。「さっさと金出さねえとやっちまうぞ」

　男は目を伏せ、なおも小さく笑みを浮かべる。角張った顎がかすかに揺れた。

　一瞬、相手をまちがえたかなと気持ちが焦った。いや、はったりだ。内心は脅（おび）えているに決まっている。

「おっさん、耳が聞こえねえのかよ」

　裕輔が男のネクタイをつかんだ。それでも落ち着きはらっている。内ポケットに手を伸ばそうとしたら、初めて男は反応し、裕輔の手首をつかんだ。分厚い手だった。

「てめえ」

　顔が熱くなった。つかみかかったら両手で胸を押しかえされ、裕輔はその場に尻餅をついた。弘樹と洋平が色めきたつ。

「おいおい、おっさん。三人相手にやる気かよ」

「頭悪ィんじゃねえのか」

　口々に罵る。裕輔は立ちあがりながら、この男を殴ることを決めた。

「おっさん。おとなしく金出しなよ。おれら、凶器、持ってんだぜ」

　弘樹が男の肩をつかむが、その手もあっさり払いのけられた。

「今日は」やっと男が口を開いた。「厄日（やくび）だな」ため息をついた。

「あ？　何ひとりごと言ってんだよ。ねぼけてんのか」洋平が男の前に立ちはだかる。

「おい、洋平。どけ」裕輔が身構えた。「あったま来たぞ。そいつはおれにやらせろ」

　裕輔の剣幕（けんまく）に驚いたのか、洋平が脇にどいた。

「刺すぞ、コラァ」声を張りあげた。

「ほら、おっさん。この男は怒らせたら怖いよ」弘樹が口をはさむ。

「あのなあ」男が低く言った。てのひらで顔をこすり、赤い目を剝いた。「おじさん、今日は機嫌が悪いんだよ。だからさっさと消えな」

「ふざけんな」

裕輔はもう一度、男を見た。安い背広を着たサラリーマンだ。身体はでかいが、三人でやれば負けるわけがない。

男が内ポケットから何かを取りだそうとした。

「やっとわかってくれたのかよ。最初から出しゃあよかったんだよ。へっ」

弘樹が言う。ところがその手は途中で止まり、男は何か考えごとをしている。

もう待てなかった。怒りの感情はすでに全身に溢れている。裕輔は一歩踏みこむと、拳を男の頰に打ちつけた。確かな手応えがあった。

男は避けるでもなく拳を喰らった。口元を手で拭う。やっぱり見せかけだけだ。「もう一発いくか、コラァ」怒声を浴びせた。

なのに男は一向に動じない。

目が合った。どこかで見た目だと思った。この目は確か……。沸いていた血が急激に温度を下げた。次の言葉が出てこない。

「おまえら、高校生か」男はゆっくり首を振り、ネクタイを緩めた。

「てめえに関係あるか」今度は洋平が横から小突こうとした。

「じゃあ」男がその洋平の腕をつかむ。表情が一変した。「腕の一本や二本、折れても生活に困るわけじゃないな」

そう言い終わらないうちに、洋平の腕の中から音が響いた。冬の木の枝でも折ったような乾いた音だった。洋平の顔が歪む。声すら出せないでいた。

「おいっ」弘樹が慌ててつかみかかった。「離せこの野郎」

裕輔もあとに続いた。ただ、感情のメーターはさっきとは逆方向に振れている。焦りと戸惑いだった。この男は何者だ。

洋平が地面に崩れおちるのと、弘樹がうしろに転がるのが同時だった。そして弘樹が男の肘打ちを喰らったのだとわかったときには、裕輔の顎に衝撃が走っていた。

腰が砕けた。飛ぶのではなく、真下に膝から落ちた。

「小僧。おまえだったな、おれを殴ってくれたのは」

シャツの襟をつかまれた。目がかすむ。霧がたちこめたような視界の中に、男の顔が現れた。思いだした。この激しい目は、小学生のころ見た、怒った大人の目だった。身体のどこにも力が入らなかった。

「九野さん」そのとき別の男の声がした。「何やってるんですか！」

「なんでもねえよ」男が答える。

裕輔の意識が、遠のく境界線で行きつ戻りつしている。

「なんでもないわけないでしょう。九野さん」

男の腕が解かれ、裕輔はアスファルトに転がった。コンビニのビニール袋が目の前にある。中から菓子パンがいくつかこぼれでていた。

「これ、まずいッスよ」別の男がしゃがみこみ、裕輔の頬をたたいた。「おい、しっかりしろ」

呼吸が苦しい。仰向けになって空を見たら、マンションの部屋の明かりがいくつか灯っていて、ベランダから覗きこむ人影があった。

「いったい何があったんですか」

「おやじ狩りってやつだろうよ」男が投げやりに答えた。

「手帳を見せて追い払えばいいでしょうが」別の男が興奮した様子で言う。

手帳？　もしかして刑事なのか？

「いきなり殴りかかってきたんだよ」

嘘だ。この男は先に手を出すのを待っていたのだ。

これで退学だな。裕輔は他人事のように感じていた。

「おい、立て」別の男に腕を引っぱられた。はじめて顔を見た。丸い気取った眼鏡をかけた、渋谷あたりにいそうな若い男だ。「大丈夫か」

首を振る。気がついたら弘樹と洋平が、ガードレールに身体を預け、青い顔で座りこんでいた。

「腕、どうした。折れてるのか」

眼鏡が洋平に聞いた。洋平は右腕を抱えこみ、汗を流している。

「なんてこったい。九野さん。子供相手に何やってんですか」

「こいつら凶器持ってるんだぞ」

「おい」眼鏡が向き直る。「本当か」

裕輔はかぶりを振った。事実、三人とも何も持っていない。

眼鏡が腰に手をあて、大きく息をついた。まずいな、通報があったかもしれんな、とひとりごとを言い、辺りを見回した。

「おまえら、さっさと帰れ」

眼鏡の意外な言葉に三人が揃って顔をあげた。

「いいか。別のグループと喧嘩したことにでもしておけ。めったなこと言うんじゃねえぞ。そうじゃねえとパクるぞ」そう言った途端、しまったというふうに顔をしかめた。「もうわかってんだろ。おれらは警察だ。貴様ら鑑別所に放りこむことぐらい」

「おい——」

また別の声がした。声の方角を見ると、堅太りの、屈強そうな中年が、パジャマにガウンを羽織った姿で立っている。たった今、マンションから出てきた様子だった。

「九野と井上じゃねえか」

そう声をかけられ、二人の男が黙った。眼鏡は青ざめていた。

「こんな時間に通りすがりです、なんて言わねえでくれよ」

男たちはなおも黙りこみ、気まずい沈黙が流れていた。

「いつからだ」パジャマが重々しく口を開く。

「……今夜からですよ」大柄な男がうつむいたまま答えた。

「ふん」パジャマが鼻を鳴らす。「おまえらいつから工藤の犬になったんだ」

何の話かわからなかった。それより、裕輔は吐き気がした。あのパンチは相当きいたらしい。顎ばかりでなく全身が痺れている。

「わたしらだってやりたかないですよ」男がつぶやいた。「でもね、花村さん——」

「馬鹿じゃねえのか、工藤は。同じ署の人間にやらせてバレねえとでも思ってんのか。それとも本庁の監察に気兼ねでもしてるのか」

胃の中のものが逆流し、裕輔はその場で小さく嘔吐した。男たちは視線をよこしたが、何も言わなかった。

「九野、てめえ、おれのこと嗤ってやがんだろう」

「まさか」男が目を伏せる。

「花村はおれのお古に夢中になってるって、腹ん中で嗤ってやがんだろう」

「そんな」

「いいや、てめえはおれを馬鹿にしに来たんだ」パジャマはこめかみを赤くしていた。

車のエンジン音が聞こえた。赤色灯が深夜の街を照らしだし、パトカーがやってきたことがすぐにわかった。サイレンは鳴らさずに来たらしい。

眼鏡が舌打ちする。見るとパトカーは二台だった。

「おれが追い払ってやる」パジャマがガードレールをまたぐ。振りかえり、「ところで、このガキ共、なんなんだ」と聞いた。

「なんでもないですよ」男が静かに言う。

「いいか、工藤には、おれを馘にしたいなら刺しちがえる覚悟で来いって伝えろよ」地面に唾を吐く。「それからてめえもただでは済まさねえからな」

パジャマはそう言い残すと、パトカーのところへ行き、制服の警官たちと何ごとか話していた。

「おい」眼鏡が裕輔の足を蹴った。「早く行け、このクソガキが。貴様らのせいで」

眼鏡も険しい顔をしていた。親や教師が怒る姿とはちがっていた。大人から、はじめて憎悪を向けられた気がした。

殴った刑事は、裕輔たちの方を見もしなかった。一人考え事をしている。

立ちあがると、あらためて目眩（めまい）がした。

弘樹と洋平も黙ったままだった。

それぞれが怪我を負った箇所を押えながら、三人でその場を離れた。

角を曲がる。誰も追いかけてこないところを見ると、この件はなかったことにされたのだろう。刑事を殴っても、相手にされなかったのだ。

退学を免（まぬか）れたという安堵はあったが、説明のつかない淋しさもあった。

前から吹いてきた風が髪をなでつけた。

鉛（なまり）の球でもくくりつけられたように、裕輔の足どりは重かった。

2

消毒薬の臭いが染みついたトイレの洗面台で顔を洗った。三月の水にまだ春の気配はほど遠く、肌がたちまち縮こまるのがわかった。口元に小さな痛みが走る。タオルで拭きとりながら、昨夜未明、どこかの少年に殴られたことを九野薫は思いだした。

　鏡を見る。腫れているわけではなさそうだ。ここのところ鏡の前に立たないようにしてきたが、避けてばかりいても仕方ないだろうと思い、ついでに自分の顔を直視した。やはり目は赤かった。白眼の部分が全体に赤みがかっている。そのせいか瞳まで澱んで見えた。「眼精疲労」とごまかしてきたが、そろそろ誰かに言われそうだ。もっともそのときは薬を飲めばいい。常用しないように気をつけているので、まだ効きはいい。

　昨年暮れまで、腹の調子が悪いと偽っては内科で精神安定剤を得ていた。医師に求めると簡単に処方してくれるので味をしめたのだ。あちこちの町医者から数ヵ月分の薬を手に入れた。ふだんは我慢しているが、不眠が三日も続くときは服用することにしている。冷蔵庫の中に薬が常備されているというのは、なかなか心強いものだ。

「不眠症」の診断が降りたら、たぶん警務課行きだ。かつてそういう前例があった。その捜査員は愚かにも警察病院の神経科に出向き、医師の誘導のまま心情を吐露し、現場を外されたのだ。

　廊下のスピーカーからは、八時半の朝礼放送が流れている。

「今月に入り、検挙数が伸びていません。年度末がせまっておりますので、いま一度、未解決事案の洗い直しと……」

　工藤副署長の怒ったような声だ。年四回の全体署長会議が近づくと、上の連中は成績をあげたがる。会議の席で表彰がないと、署長の機嫌が悪くなるからだ。

「また最近は報告書の不備が目立っておりますので、断片的なものでも省略しないように……」

　九野は薄汚れた天井を見上げ、目薬をさした。薬液が眼球にしみる。顔を振って深呼吸し、平手で頬を数回たたいた。

　水の流れる音がする。個室の扉が開き、同じ刑事課強行犯係の佐伯警部補が出てきた。太い首を左右に曲げている。

「なんだ、九野か」

「おはようございます」振り向いて軽く会釈した。

「今日の武道訓練、剣道はおぬしが出てくれ」佐伯は口の中で痰を切りながら言った。

「またですか。この前も――」

「いいじゃねえか」その痰を小便器に向かって吐く。

「おれは二日酔だ」

「こっちは寝不足ですよ」

　佐伯が九野の顔をのぞき込んだ。ぎょろ目が動く。かつての愛称は「ダルマさん」だったが、若い婦警たちは、その体型から「サンダーバード二号」と呼んでいる。

「ゆうべ、何やってたんだ」

「べつに。やぼ用ですよ」

「ふん……ま、いいか。でも原田も関も休みだし、残ってんのはおぬしと井上だけだ」

「たまには係長にやらせましょう」

「おお、それはいいな。宇田の旦那にもたまには汗をかいてもらうか」

「じゃあ主任が言ってくださいね」

　しばらく黙って佐伯が眉間を寄せる。

「頼むぜ、ひとつ。四段の腕前で。ほかの課の馬鹿どもを痛めつけてくりゃあいいじゃねえか。胴を外して脇の下でもミミズ腫れにしてやれ」

「またそんなことを」

　佐伯は九野を丸い身体で押しのけると、水道の蛇口をひねった。「おい」鏡の中の九野を見た。「おぬし、白髪があるぞ。その耳の上んところ」

「苦労ばっかりだからですよ」

「いくつになった」

「知ってるくせに」踵をかえし、洗面台を離れる。

「逃げるなよ」

「逃げてませんよ」無視して扉を開けた。

「なあ、九野」佐伯がハンカチで手を拭き、あとをついてきた。二人で廊下に出る。「三十六で独り者っていうのは身体に悪いぞ」

「はいはい」軽く受け流そうとした。

「この前の、新町の呉服屋の娘、どこが気にいらねえんだ」

「いや別に、気にいらないってことは」

「じゃあ一回、映画にでも誘えよ」

「考えておきます」

「先方はまんざらでもないみたいだぞ」

「でも主任の親戚になるのはね」冗談めかして言う。

「馬鹿。遠縁だ。おれだって会ったこともなかったんだ」そう言うと、うしろから九野の肩を揉んだ。「このまま独身じゃ出世に響くぞ」

　返す言葉が見つからないので、苦笑だけ口元に浮かべ廊下を歩いた。

　ペタペタという足音が背中に響いている。佐伯は署内ではサンダルを履いていた。

　警視庁勤務だったころの上司は、よそよそしいほど九野の私生活に触れなかった。飲みに誘われたことすらなかった。本城署（ほんじょう）に移った途端、なにかとかまう上司の下についた。声と顔が大きな佐伯という警部補は、初対面からあけすけに質問攻めし、九野を辟易（へきえき）させた。自分のことも話した。十歳になる長男が障害をもっていることまで、少し真顔になって告げた。所轄署（しょかつしょ）の家族的雰囲気は嫌いではないが、本庁のドライな人間関係を懐かしく思うこともある。

　刑事部屋に入ると、各係ごとのミーティングが行われていた。

　宇田係長がお茶をすすっている。細い首、華奢（きゃしゃ）な手。佐伯とうって変わって、こちらは役所の窓口のほうが似合いそうな風体だ。

「お、九野は今日、休みじゃなかったのか」

「いえ。報告書があって」椅子を引いて腰をおろした。

「例の分科会か」

「そうです」

「休めるときに休んでくれよ」

　女子職員のいれてくれた湯呑みで冷えた手を温めた。署内では頻繁に会議が行われる。さして意味のない「倫理向上委員会」のような会議だ。ただ実際の討議はなく、幹事を務めた者がそれらしく報告書を作文しなければならない。

「佐伯主任は？」

「あっしも報告書です。精算もいろいろあるし」そう言ってニヤリと笑った。

「おてやわらかに頼むよ」

「そうはいきませんぜ。殺しのホシを挙げたときぐらい、普段の穴埋めをさせてもらわないとね」

　刑事部屋には細かな経費を請求しにくい雰囲気が伝統的にある。いつも自腹を切らされるぶん、佐伯は手柄をあげたときにまとめて請求しているようだ。

　強行犯係では先週、佐伯警部補の手により強盗事件の犯人を逮捕・送致していた。次の重要事案が起きるまで、九野も暇になる。

「井上は？」

「ぼくは午後から歯医者に行きたいのですが」

「馬鹿」佐伯が若い後輩を睨んだ。「そういうのは黙っていけ」

叱責された井上は首をすくめている。

ほかの捜査員は休みだ。ほぼ三週間、休みが取れなかったので、各自が休暇願いを出し、警務課の承認を得た。

本城署の強行犯係は、係長以下八名で構成されている。主任が一人、警部補が二人、平の刑事が四人だ。管轄には新宿のような繁華街もターミナル駅もないため、係はひとつきりしかない。

「それから」宇田が身を乗りだし、声をひそめた。「署長の息子さんが大学に合格したそうだから」

「またですか」佐伯が鼻毛を抜きながら言った。

「この前は副署長の息子さんだろう」

「で、今度はどこなんです」

「日大だそうだ」

「あらら」佐伯が抜いた鼻毛を灰皿に落とす。「副んところは慶応の経済でしょ。こりゃ署長も面白くねえや」

「めったなこと言うな。巡査長以上は一人頭五千円だ」

「うちも下のガキ、今年、小学校なんですけど」

「わかった、わかった。四月になったら集めてやる」

事件がないときのミーティングは、たいてい業務連絡だけだ。以後は、居場所さえはっきりしていれば自由に行動がとれるし、将棋をさしていても咎める者はいない。

「おい、井上。行くぞ」九野が、まだ顔にあどけなさが残る二十六歳の巡査部長に言った。

「どこへですか」

「四階だ」その階には道場がある。

「え、またですか」

「ぶつぶつ言うな」佐伯がたばこに火を点け、天井に向かって煙を吐いた。「少しは上達しろ。おまえの擦(す)り足はスキップみてえだってヨソの課のやつが笑ってたぞ」

「ほっといてくださいよ」

赴任して一年目の井上は髪を薄茶に染めている。若い婦警たちの関心をひきたいのだろう。コロンの匂いをさせている刑事は、署では井上だけだ。万博も巨人のV9も知らない世代らしく、顔が小さくて手足が長い。バレンタインデーには机にチョコレートが山と積まれた。

立ちあがったとき、壁際の暴力犯係の花村巡査部長と目が合った。憎しみのこもった目で九野を睨みつけている。咄嗟に視線を外したが、睨み続けていることはわかった。

表情を変えないようにして部屋をあとにした。

「九野さん」井上が追いかけてきた。「ゆうべのことなんですけど」

「なんだ」

「報告しなくていいんですかねえ」

「ああ、花村氏のことは、あとでまとめて工藤さんに報告する」

「いや、そうじゃなくて」井上が横に並んだ。「ガキ共、痛めつけたことです」

「目撃者はいたのか」

「一一〇番通報はマンションの住民です。上から見てたんでしょう」

「じゃあ細かいことまではわからんさ。それに吠えてたのはガキ共だしな」

階段で何人かの顔見知りとすれちがい、そのつど挨拶した。

「大丈夫ですかねえ」

「心配するな。先に手を出したのは連中だし、仮に訴えでてきたとしても、なんとでも説明はつくさ」前を見たままで答えた。

「昨夜は駅の反対側で強盗傷害があったそうです」

「そうなのか」

「三人組の少年に四十五歳の会社員が殴られたうえ、八千円を強奪されたそうです。少年係の巡査が当直で出動してます。被害届も受理してます」

「あんときのガキ共か」

「たぶん。人相風体が一致してます。時間帯も合ってます」

「じゃあ余計に大丈夫だ。向こうの方がうしろめたいからな」

「捕まらないといいですね」

九野は思わず苦笑し、隣の井上を肘で小突いた。

「おまえ、少年係でわざわざ調べたのか」

「一応、気にはなるじゃないですか。ガキの親が市民運動家とか人権派弁護士とかだったら、九野さん、それだけでアウトですよ」

「脅かすなよ」

「可能性はあるんですから。慎んでくださいよ、九野さん、ときどき癇癪起こすから」

「癇癪じゃねえよ」

「じゃあなんですか」

「面倒臭くなるんだよ」

「……また、投げやりな」

井上は顔をしかめ、頭を小さく振っている。

道場に入り、稽古着に着替えた。たれと胴を身に巻き、素振りをはじめる。

板張りの床はひんやりと冷たく、窓が開け放ってあるせいで吐く息も白かった。

月例行事の武道訓練は全員参加が建前だが、本城署では時間の空いた者だけだ。関心がないのか、署長が顔を見せたことはない。剣道場では四十人ほどが準備運動をしていた。

時間がきたところで全員が整列し、正面の神棚に向かって一礼する。その後、面と小手を着け、指導教士の号令により二手に分かれた。

「打ちこみ、はじめっ」

竹刀(しない)の当たる音と「面」という掛け声が道場に響きわたる。

九野は若い巡査の繰りだす竹刀をさばいていく。剣歴は中学生のころから二十年以上になる。高校時代はインターハイに出場したこともあった。剣道が特別に好きというわけではない。警官という職業に就き、柔道よりは馴染(なじ)みがあるという理由で続けているだけのことだ。


自分の番になり、目の前の相手に面を打ちこんだ。身体が重かった。昨夜は二時間ほどしか寝ていない。それも夢ばかり見る浅い睡眠だ。

ふと義母に電話しなければと思った。昨夜の夢は義母の夢だった。内容までは記憶にないが、目覚めて暗い気持ちが残っていたことは覚えている。

打ちこみは、小手と面の二段打ち、面抜き胴と続いていった。

身体が徐々に暖まり、床の冷たさが気にならなくなった。

「一本稽古」

その号令で、柔道でいう乱取りに移った。一本取られた者が手を挙げれば対戦が終わり、フォークダンスのように相手が順に替わっていく稽古だ。

署内で九野から一本を取れる人間は限られている。そのため所轄署対抗の柔剣道大会で九野は必ず代表に選ばれる。代表になると大会前一週間は仕事を免除されるが、さしてありがたい話ではない。

最初の交通課の巡査部長は、壁まで追いつめ、軽く小手抜き面でしとめた。「九野さん、相変わらず強いや」

そう言って面ごしに白い歯を見せた。

次の相手は井上だった。からかってやろうと思い、剣先を下げた。井上が踏みこむと同時にうしろに下がり、竹刀を振りかぶる。慌てて両腕が上がったのを見て、抜き胴を決めた。

「正直な奴め」小声で言って笑う。井上が、だからぼくは剣道に向かないんですよとへらず口をたたいた。

　そうやって何人かと対戦し、すべて手早く一本を取っていった。若手に稽古をつけてやる気はない。体力を使いたくないからだ。

　何巡かして太った男が目の前に立った。前だれに目をやるが名札を付けていない。見慣れない風体に誰だろうと顔を上げると、面の奥の激しい目とぶつかった。花村だった。

　花村を剣道場で見かけたことはない。普段は柔道の方だ。考えられるのは、自分に用があるということだった。

「はじめ」の合図があって、花村はいきなり身体をぶつけてきた。九野はそれをまともに受け、よろけて床に尻餅をついた。

　立ちあがると、構える間もなく再び突進してくる。今度は腰を落として持ちこたえた。

「おい、九野」つば迫り合いしながら花村が唸る。「終わったら屋上へ顔貸せ」

　体重にまかせ、九野を押しこんできた。

「わかりました」少し間を置いて静かに答えた。

　右に回りこんで花村の身体をかわした。振りかえった頭に面を打ちおろす。花村が顔を歪めるのも冷静に見ていた。

　ところが花村は手を挙げなかった。一本だと認めなかったのだ。

　そういう気ならと思い、今度は花村の竹刀を上から打ちつけ、腕が反射的に上がったところで胴を決めた。

　それでも花村は向かってくる。繰りだす竹刀を避けたつもりが、右の肘に電気が流れるような痛みが走った。花村が胴ではなく、九野の肘を狙って打ったのだ。しびれて右腕の自由がきかなくなった。

　顔が熱くなった。抗議をしようと左手で制止のポーズをとると、花村は竹刀をゆっくりと下ろした。九野が構えを解いた瞬間、巨体が前に出た。竹刀の先で九野の喉を突いた。

「突きーっ」

　花村の声が耳に響くのと、自分の身体が後方に飛ぶのとが同時だった。床に背中をしたたか打ちつけた。

息が止まり、九野は激しく咳きこんだ。

何人かがこちらを見ているが、全体の稽古がやむことはなかった。

「そこ、どうした」指導教士の声がかかる。「なんだ、九野か。九野でも突きを喰らうことがあるのか」

のんびりした口調だった。

やっとのことで呼吸を整え、身体を起こした。

「大丈夫か」指導教士の手が肩に乗る。

「……ちょっと休ませてもらいます」自分の声がかすれていた。

目で花村を探すと、四角く広い背中が見えた。更衣室へ消えていくところだった。

もっと怒りが込みあげるかと思ったが、気持ちは意外と平静なままだった。

喉には痣ができていた。医務室へ行って湿布をもらい、患部に貼った。ネクタイはしないことにした。シャツの第一ボタンも外し、上着ではなくロッカーに入れてあったカーディガンを羽織った。どうせ今日は出かける予定もない。

憂鬱な感情を胸に押しこめ、九野は屋上に向かった。

鉄の扉を開けるとすぐに花村の姿が見えた。角刈りの頭に薄い眉。開襟シャツの襟をスーツの上に出している。マル暴の刑事らしいといえばそうなのだが。金網にもたれてたばこを吹かしている。暴力犯係の巡査部長は、確か九野より十歳ほど年上だ。

近づいていくと、花村はたばこをコンクリートに捨て、足で踏み消した。

「今度は柔道でケリをつけるか」花村はそう言った。

「いえ」口の中だけで答えて首を振る。

「こっちは柔道の方が本職なんだ。締め落としてやってもいいんだぜ」

花村は最初から喧嘩腰だった。鼻の穴を大きく開き、九野を睨み据えている。

「で、工藤には何て報告した」

「いえ、副署長にはまだ」

「じゃあ何て報告するんだ。おっしゃる通り花村の野郎は元婦警のマンションにシケこんでましたって言うのか」

九野は黙って下を向いた。

「なんで貴様が出てくるんだ」

「それは……」

「知ってんだよ。工藤は本庁にいたころの指導官だったんだろ。でもそりゃ十年以上も前のことじゃねえか。ずいぶん義理堅いんだな。それとも何か、おれみたいな中年が若い女に鼻の下伸ばしてるのを、貴様は見てよろこんでるのか」

「そんなわけないでしょう。わたしだってこんな真似、やりたかないですよ」

「じゃあ断れよ」

「警視の命令です。断れないのは花村さんだってわかるでしょう」

「おれなら断るね。同じ部屋の刑事の素行調査なんか死んでもやるかよ。しかも相手はてめえの昔の女だ」

「誤解ですよ、それは」

ため息をつき、花村を見た。眉の端が小さくひきつっていた。

「どうして本庁の警務部が来ねえんだ。監察の仕事だろうが」

「さあ。内輪で済ませたいんじゃないですか」

「考課に響くか。管理能力を問われるか」

「わたしに聞かれても」

「で？　工藤には、花村から依願(イガン)退職を取ってこいって言われてんのか」

「そこまでは……」

花村は身体の向きを変えると、金網を軽く蹴飛ばした。

「おい、九野。こんなもん、どこにでも転がってる話だろう」

答えに詰まった。

花村は去年まで同じ署の警務課に勤務していた婦警と関係をもった。婦警は退職し、水商売に鞍替(くらが)えしたが、その関係は今も続いてる。話はそれだけのことだ。

「女が嫌がってるっていうのなら話は別だがな」

「しかし、服務規程違反には」

「もういい。そんな話じゃねえ。外泊届けを署に出さなかったくらいで首を飛ばしてたんじゃ、警官なんかこの世からいなくなっちまうだろう」

「それはそうですが」

「おい、九野。腹を割って話そうぜ」花村が顎を突きだした。「貴様、工藤のことはどう思ってる」

「どう思ってるって」

「正直に言え。ひどすぎるとは思わねえのか」

「そんなことは」

「嘘つけ。貴様だって前任者の林さんのことは知ってんだろう。あの人と比べてみろよ、工藤のやってることを」

女の声がして九野は振りかえった。交通課の婦警が数人、弁当らしき包みを手にして屋上に上がってきたのだ。嬌声をあげ、じゃれあっている。婦警も勤務を離れると民間のOLと変わりがない。

花村が顎をしゃくる。あとをついて屋上の端まで移動した。

「おれもな」あらためて向き合い、花村が口を開く。「警察に入って長いんだ。いまさら幹部への上納金がどうだとか、捜査費が途中で刈られるとか、そんな青臭いことは言わねえよ。裏金作るのはしきたりなんだからしょうがねえ。でもな、上に立つ人間はそれなりの金の使い方ってもんがあるんじゃねえのか。ちがうか、九野」

「ええ……まあ」

「林さんはできた人だったよ。超過勤手当もできるだけ払おうとしたし、プールした金で、事件が解決したときはおれらに飯を喰わせてくれたり、子供が病気になれば見舞い金を出してくれたりしたよ。地域課の後藤、知ってるか。あいつの子供が入院したとき、林さんは入院費の半分、ポンと出してんだよ。後藤は泣いてたよ。あの人にならついていくって涙流してたよ。おれだって林さんが好きだった。たぶん貴様だってそうだ。……ところが今度来た工藤の野郎はなんだ。下の者にいっさい金使わねえで、署長の公舎にペルシャ絨毯なんか敷いてやがる。あんなもん、転勤すりゃあ署長の私物になるものだろうが。おまけに自分もさんざん裏金で飲み喰いだ。運転手やらされてる石田巡査もあきれてたぞ。毎晩、新町へ繰りだして、地元の商工会の連中とドンチャン騒ぎだ。そんときの言い草も凄えじゃねえか。『地域住民との親睦と情報収集』だとよ。現場はみんな頭来てんだよ」

返す言葉がなく、九野はうつむいていた。実際、佐伯主任も酒の席では工藤副署長に苦言を呈していた。「おぬしのかつての指導官だってことは知ってるけどな」と付け加えながら。

「課長連中は腰抜けだ。だからおれが代表して文句を言っただけなんだ。何が悪い」

「……ゆうべの」ひとつ咳ばらいした。「ゆうべのことは報告しません。井上にも言っておきます。だから」

「だからなんだ。恩でも着せようってえのか」

「そうじゃなくて……とりあえず、女とは切れてください。外泊の届け出だけでなく、服務規程第三条、職責の自覚、第二十五条、行状にも引っかかります」

「うるせえよ」花村が目を剝いた。「それより工藤をなんとかしろ。警官ってえのはな、幹部から目をつけられたら最後、あらゆる手を使って辞めさせられることはわかってんだ。女と切れたところで、別の規程を持ちだすに決まってんだ。おれだって聖人君子じゃねえ。刑事を何年もやってりゃあ、誰だってたたけば埃が出る身体になるもんだろうが。それを本当にたたいてどうする。やるならこっちだって考えがあるぞ。工藤は態度をあらためて超過勤手当をちゃんと払うか、おれと刺しちがえるかどっちかなんだよ」

「刺しちがえるっていうのは、どういうことですか」

「警察庁にでもブン屋にでも告発してやるってことだ。馘にできなくても、絶対に八丈島送りくらいにはしてやる」

「花村さん、穏便にいきましょうよ」

「馬鹿野郎。何が穏便にだ。喧嘩売ってきてんのは向こうだぞ」

「喧嘩って言い方は……」

「ふん。貴様と話をしても埒があかねえんだよ、この犬が」

花村はコンクリートに唾を吐くと、九野に肩をぶつけ、階段の方向へと歩いた。

「あのな」立ち止まって振りかえる。「おれの家庭はもうぼろぼろだ。離縁して美穂と暮らすつもりだ。水商売かもしれんが、前科があるわけでもアカでもない。だいいち元婦警だ。会社が口を出すいわれはなにもないんだ」

苛立った花村の顔を眺めつつ、自分は工藤副署長の要求にこれから応えられるだろうかと思い、憂鬱になった。

「それから。さっき、つい工藤の運転手の話をしちまったが、石田のこと、もし工藤にチクッたら貴様ただじゃおかねえからな」

「言いませんよ」そんな気はまるでない。力を込めて言った。

「……ところで、貴様」花村がうしろ足に進みながら、やや大きな声を出した。「当直の夜になると署の中庭をうろついてるらしいじゃねえか」

のせいだ。みなが同じ方向を見て、均一に生きている。

九野は大きく息を吐くと、屋上をあとにした。

階段を駆けおりる。刑事部屋のある二階を飛ばして、一階まで行った。

交通課のカウンターの隅には公衆電話がある。掲示板がうまい具合に衝立となり、職員に見られることはない。

そこから八王子に住む義母に電話をした。六十五歳の義母は、古びた、けれど旧家の趣がある広い木造二階建の一軒家に一人で暮らしている。

呼出音が三回ほど鳴って、義母のか細い声が聞こえた。

「おかあさん？　薫です」

「ああ、薫君。元気でやってるの」声が少し明るくなる。

「ええ。やってますよ。おかあさんは」

「おかあさんも元気。この前も山形へ行ってきてね、おととい帰ってきたばかりなの」

「山形？　またなんで。あっちはまだ寒いでしょう」

「うん。寒かった。雪が積もってた」

「じゃあどうして行ったんですか」

「散歩ですよ」

「ひとりごとをぶつぶつ言いながらか」

「携帯電話をかけてるんですよ。誰が言ったんですか、そんなこと」

「みんな言ってるさ。九野は変わってるって。ついでに美穂もな」

眠れないんですよ。その言葉を呑みこみ、九野は首の裏を手で揉んだ。

花村が踵をかえす。歩く途中、ベンチで弁当を食べている婦警たちに軽口をきき、階段へと消えていった。

花村は何かと噂のある刑事だが、不思議と一部の後輩たちには人気があった。気前がいいという評判だった。おそらく夜な夜な酒でも振る舞ってやっているのだろう。

しばらく屋上にいて、本城の町を眺めた。昔、城があったらしい場所はただの公園で、全体の風景はどこにでもある東京郊外のベッドタウンだ。中心街を離れると、まだ田畑が残っている。真下の道路を、学校がひけた子供たちが賑やかに走り抜けていった。

本城署に配属されて二年になるのに、九野はこの町が好きになれない。おそらく、それは強すぎる生活の匂い

「内村さんの夫婦に誘われて。あと高木さんも行くっていうから。天童温泉。内村さんの奥さん、神経痛でね」

義母は旅の話をした。会ったことはないが、義母の交友関係はだいたいわかっていた。内村は近所の老夫婦。高木は女学校時代の同級生で義母と同じ未亡人だ。

「この前も九州へ行ったばかりでしょう」

「それはもう去年の話じゃない」

「そうでしたっけ」

義母はここ最近、旅行づいている。足腰が丈夫なうちにということなのだろうか。自分が連れていってやりたいと思いつつ、九野は一度も実行に移していない。

「薫君、仕事は忙しいの」

「相変わらずですよ。でも、先週事件が解決したばかりだから、今度の日曜日、何もなかったらそっちに行きますよ」

「あら、そう」電話の向こうで声が弾んだ気がした。

「何か欲しいものはありませんか」

「ううん、何も。それより、薫君、危ない目に遭ってないの」

「遭ってませんよ。刑事なんて、実際は地味なんですから」軽く笑った。

五分ほど話して電話を切った。

テレフォンカードを財布にしまいながら小さく息をつく。とりあえず一週間の義務をはたした気になった。

九野は週に一、二度、義母に電話をかける。妻の早苗(さなえ)が死んでからずっと続いている習慣だった。母の日には五千円ほどの花をプレゼントする。これも欠かしたことはない。

早苗は母思いの娘だった。だから、それを夫である自分が引き継いでいるのだ。

自分自身が愛しく感じている部分もある。義母が還暦を迎えたときは、その背中があまりにも小さいのに驚き、以来、義母の人生を思うようになった。夫に先立たれ、一人娘を失い、孫を抱くことなく迎える老後はどんな毎日なのだろう。

九野は軽く伸びをするとロビーを歩き、二階への階段を勢いよく昇った。書類を片づけたら久し振りに隣町まで映画でも観にいこうと思った。できるだけ空いている映画館がいい。うまくいけば眠れるかもしれない。

3

洗濯機のブザーが鳴ったので、及川恭子は新聞をたたみ、椅子から立ちあがった。エプロンの紐に首を通し、腰のうしろで軽くしばる。コーヒーカップを流しに運んだ。

毎朝、洗濯機のブザーが鳴るまでが恭子の休憩時間だ。六時に起床して朝食の支度をし、夫と二人の子供を送りだす。その後、汚れ物を洗濯槽に放りこみ、洗いとすすぎが済むまでの三十分間に一息つく。子供が学校に行くようになってからの変わらぬ習慣だ。

パタパタとスリッパの音をたて、風呂場の隣の洗面室に行く。洗濯機はいまどき珍しい二槽式だ。結婚したときの嫁入り道具だから、もう十年は過ぎている。当時すでに全自動が主流だったが、わずかな金を節約してこの二槽式にした。節約した理由は覚えていないが、きっとつまらないことだ。服の一着でも欲しかったのだろう。

洗濯機を買いかえることは考えていない。家電製品など、壊れるなどのきっかけがない限り、いつまでも使うものだと恭子は思っている。

洗濯物を脱水槽に移しかえて、タイマーのダイヤルを回した。ゴトゴトという音が、やがて風が唸るようなモーター音に変わってゆく。その音を聞きながら洗面台の鏡で髪を整えた。そろそろ美容院に行かなくてはと吐息をもらす。手入れが面倒なので短くしているが、前髪が目にかかるくらいになっている。

恭子は洗濯物をかごに入れ、居間を横切って庭に出た。昨日は春の陽気だったのに今日は冬に逆戻りだ。てのひらをこすりあわせて、下着から干した。

隣の家の庭からも主婦が洗濯物を干している物音が聞こえる。隣との間には肩の高さほどの垣根しかなく、当初はいやでも顔が合い挨拶を交わさねばならなかったが、隣が視界を遮るように物置を作ってくれたので気がらくになった。仲がよくても、毎朝顔を合わせるのは気詰まりだ。

隣の主婦は、三十四歳の恭子と同世代だ。家族構成もほぼ同じで、サラリーマンの夫がいて、小学校に通う二人の子供がいる。郊外の建売り住宅を買う家族など、たぶんどこも同じなのだろう。

東京の西のはずれ、本城市に引っ越して二年がたつ。

夫の茂則（しげのり）が勤める自動車用品メーカーがこの地に支社を作り、茂則がそこに転勤になったため家を買うことにした。なんでも品川区にある本社もやがては本城に移転するらしい。手放した土地で新社屋が建てられ、ついでに赤字補塡（ほてん）もできるのだそうだ。

　夫の転勤は恭子には願ってもないことだった。郊外に移ることにより、念願のマイホームが現実のものになったからだ。勤務先が品川のままだったら、夫に長距離通勤を強いるか、都心の狭いマンションにしなければならなかっただろう。

　居間に戻り、つけっ放しにしてあったテレビでもう一度天気予報を確認した。少なくともパートから帰る時間まで、雨が降る心配はなさそうだ。

　恭子は階段下の収納から掃除機を取りだした。この家を買ったとき、恭子はうれしくて毎日隅々まで掃除をしていた。さすがに最近は手を抜くことを覚えたが、それでもこの日課は欠かさない。

　テレビにときおり目をやりながら、ダイニングと居間に掃除機をかけた。ワイドショーでは芸能人同士の中傷合戦が話題になっている。もっとも掃除機がやかましくて、何を言っているのかはよくわからない。

　カーペットに染みを見つけたので台所からクリーナーを持ちだし、吹きかけた。膝をついて濡れ雑巾でこする。油らしき汚れは茶色く浮きでて、雑巾に吸収されていった。跡が残らなかったことを確認し、恭子は小さく満足した。

　電話が鳴る。朝から誰だろうと思って出ると妹だった。午後から遊びに行ってもいいかと聞いてきたので、三時過ぎならと答えた。

　神奈川に住んでいる二つ下の妹は、近所にあまり話相手がいないのか、二歳の息子を連れて頻繁（ひんぱん）に恭子のところを訪れる。姉妹だと気がねなく話せるので、恭子にとってもいい気晴らしになる。

　一階の掃除を片づけ、二階の子供部屋に上がった。二階には部屋が二つあるが、小さいうちから別々にすることもあるまいと同じ部屋を使わせている。小学三年生の香織（かおり）はしっかり者で整理整頓が行き届いているが、一年生の健太（けんた）はずぼらで散らかし放題だ。脱ぎっ放しの衣服をたたみ、タンスにしまった。

　窓を開けて空気を入れかえ、ついでに自分も深呼吸した。

　庭を見下ろすと、芝がそろそろ生え変わろうとしているのがわかった。間近で見ているぶんには気がつかないが、二階からだと全体の色の変化がわかる。四月になったら、今年こそ花壇を造ろうと思った。一戸建てを手に入れる前から、自分の家があったら庭を花で飾りたいと夢見ていた。去年の春は日常の忙しさにかまけて時期を逃したが、今年は、春休みになったら子供たちと一緒に花壇を造りたい。

窓を閉めてふと壁を見る。香織の絵が貼ってあった。図工の時間に描いたと思われる家の絵だった。庭では恭子らしき母親が洗濯物を干している。二階の窓からは男の子と女の子、二人が顔を出している。きっと香織自身と健太だ。先生から自分の家を描きなさいとでも言われたのだろう。恭子は、その絵に父親の茂則がいないことに一人苦笑した。日ごろ遊んであげないから、と。今夜、夫が帰ってきたらからかってやるのもいい。

茂則は競馬好きで、日曜になるとちょくちょく競馬場に出かける。小遣いの範囲なので咎めないが、少しは家族サービスもしてほしいと思っている。

子供たちの布団を整えたあと、二段ベッドの下に寝転がって息子の匂いをかいだ。天板にはプリクラのシールが貼ってある。いつか健太と二人で撮ったものだ。こんなとき、恭子は小さなしあわせを感じる。

しばらく子供部屋ですごしてから、恭子は身支度をはじめた。ロングスカートに生成りのシャツ。いつも着やすい服を選ぶ。

スーパーのパートに出かけるためだ。

十五分ほど自転車を漕ぎ、恭子は食品スーパー「スマイル」に着いた。自宅の近くにもスーパーはあるが、わざと遠くの店をパート先に選んだ。万が一仕事でトラブルがあったとき、行きにくくなるのがいやだったし、近所の主婦と毎日顔を合わせ、挨拶を交わすわずらわしさも避けたかったからだ。

スマイルでの時給は九百円。つい先日、勤続一年がたち、五十円上げてもらったばかりだ。恭子は午前十時から午後二時までのシフトで平日だけ働いている。

開店の二十分前に職員通用口から入り、二階の控室で支給されたブルーのベストを着た。この時点ではタイムカードを押してはいけない決まりになっている。朝礼の集合がかかったとき、はじめて押せるのだ。一円でもむだな人件費は払わないという経営者の姿勢に、当初は会社の冷たさを感じたが、いまは気にならない。どこも景気はよくないのだ。

自分でいれたお茶を飲んでいると、まだ二十代の岸本（きしもと）久美（くみ）が声をかけてきた。

「ねえ、及川さん。確定申告ってやり方わかります？」

「知らない。年末調整、しなかったの？」

「わたし、去年の十二月はあんまり出勤がなかったから。会社がそんなことしてくれるなんて知らなかったんですよ」

「まあ、こっちから頼まないとやってくれないけどね」

「面倒臭いわあ。旦那も知らないって言うし。締め切り過ぎちゃったから税務署に小言を言われそうだし」

久美が子供のように唇をすぼめる。五つ六つちがうだけなのに、久美にはまだ青春の残り香があった。細みのジーンズがいやみなくらい似合うし、キムタクのファンだなどと言う無邪気さにも違和感がない。

「でも、申告しないとお金、還ってこないでしょう」

「そうなんですよ。十万近くは還ってきそうだし……。パートなんだから源泉徴収なんかするなって言いたくなっちゃう、もう」

「岸本さん、まさか百三万、超えたんじゃないでしょうね」

話を聞いていた西尾淑子（にしおとしこ）が口をはさんだ。手鏡を見ながら口紅をひいている。

「超えてませんよお。だから調節して休んだんじゃないですかあ」

年収百三万円というのが、パートをしている主婦にとっての重要なラインだ。百三万を超えると所得税がかかってくる。税金を払うくらいなら休んだほうが得なのだ。

「わたしなんか去年、百二万八千円だからね」

四十代半ばの淑子はかすれた声でそう言うと、アニメの犬のように低く笑った。

この主婦はなんでもあけすけにしゃべる。自分の夫がパチンコぐるいであることや、高校生の娘が飲酒で停学処分になったことまで教えてくれる。たるんだおなかを気にすることもなく、休憩時間に甘いものを頬ばるのだから、もう人生に過分な期待は抱いていないのだろう。

恭子はテーブルの隅に新聞折りこみ用のチラシを見つけ、手元に引き寄せた。

「それ、今日のですか」久美が聞く。

「みたい」

「ねえねえ、今日は何が安いのよ」淑子が身を乗りだし

「あ、じゃあ、いただきます」

何人かが弾んだ声をあげ、あとについていった。

どうせ捨てるのだからタダでくれればいいのに、と毎度のことながら恭子は思う。もっとも、十円二十円の積み重ねがスーパーの商売なのだろう。

「及川さん、買わないの」淑子が腰を浮かせて言う。

「うん、いい。野菜はいま足りてるから」

「わたし、肉なら欲しいけど」聞かれる前に久美が口を開いた。「うちは旦那も子供も野菜嫌いなんですよ」

「いいじゃない。献立が簡単で」

恭子が笑みを投げかける。久美は「そうそう。ハンバーグ作っておけば文句言わないんですよ」と屈託なく白い歯を見せた。

パートを始めるときいちばん気になったのは、友だちができるだろうかということだったが、その点では恭子は胸を撫でおろしている。互いの電話番号を教え合うほどの仲ではなくとも、久美と淑子は職場の気のおけない話し相手だ。

店内のチャイムが鳴ったのでタイムカードを押し、控室を出た。パートと社員がぞろぞろと階段を降りていく。レジ前のスペースが毎日の朝礼の場だ。

「まぐろの赤身が百グラム二百九十八円だって」

「それ、安いんですか」と久美。

「さあ。ものによるけど」

「実物見ないとねえ」淑子がチラシに顔を近づける。「それより味の素の『ほんだし』が本日限りで二百三十八円」

「あ、それ安い」

「いつもは四百十八円だから約半額。やっぱ元の値段がわかるもの買わなきゃ」

淑子の言葉を聞き、腐るものでもないので、恭子は帰りに買っていこうと思った。

その間にも多くのパート主婦たちが出勤してきた。恭子の勤務シフトには十五人ほどのパートがいるが、口を利いたことのない主婦もいる。なんとなくグループ分けされるのは、学校のクラスと同様だった。

「おはようございまーす」男の元気な声に振り向くと、事務の社員がドアから顔だけのぞかせていた。「パートのみなさん、白菜、余ってるんですが、一個三十円でいかがですか。それからネギは三本で七十円です。こっちは残り少ないけど」

た。

榊原(さかきばら)という四十代の店長がうしろ手を組んで前に立った。

「おはようございます」まずは全員で挨拶を交わす。

「今日もミスのないよう、頑張って仕事に励みましょう。本日のお一人様一点商品は、味の素『ほんだし』、AGF『マキシム』、にんべん『つゆの素』です。チラシはレジ横に貼ってありますので、各自確認してください。また、今朝のモーニングサービスは卵です。十個ワンパックが九十八円で……」

この小太りの男は異様に額がせまい。汗っかきなのかいつもハンカチを手にして、そのせまい額を拭いている。聞いた話ではまだ独身らしい。

「えー、それからバックヤードのみなさん。鮮魚パックについてですが、昨日、スポンジの敷き忘れがいくつかありましたので注意してください。袋の中で汁がこぼれて野菜を汚したという苦情がお客様よりありました」

バックヤードというのは裏の作業場のことだ。ここで肉や魚がパックされたり、総菜が作られたりする。ちなみにパートは、年齢、容貌、人あたりで、レジかバックヤードかが暗黙のうちに振り分けられている。恭子と久美はレジで、淑子はバックヤードだ。

「また、フロア係は棚の商品に常に注意を払うことをお願いします。さきほど点検しましたら、カップ麺のところで顔が表を向いていない商品がいくつかありました」

榊原店長のこまごまとした注意が続く。社員には名指しでの注意もあった。

スマイルの社員は若手が多く、十代も珍しくない。彼らの多くが東北から高卒で上京した若者だと知ったとき、恭子は少し驚いたものだ。スーパーは、都会の若者が働きたがる職場ではなさそうだ。

朝礼が済むとそれぞれが持ち場に散ってゆく。店内放送のBGMが流れ、正面の自動ドアのスイッチが入れられた。そのドアが開くと同時に、開店から一時間限りのモーニングサービス目当ての客が十数人、入ってきた。早足で卵売り場に歩いていく。

ただしスーパーは開店から混むわけではない。レジも稼働するのは三つだけだ。レシートのロール残量とビニール袋のストックを確認すると、恭子はしばらく手持ち無沙汰になる。

白いユニフォームを着た淑子が頭を低くして駆けてきた。「早くこれレジ通して」そう小声で言って小脇に抱えた特売品の「ほんだし」を三つ差しだした。

「これ、お一人様一点でしょう」

「いいの、いいの」

仕方がないので苦笑しながらバーコードを読みとり、千円からおつりを渡した。

「それから今日の紅鮭、インチキだからね。買っちゃだめよ」淑子が耳打ちする。

「そうなの？」

「ただのチリ産。切ってみたら赤かったから紅鮭にして売るんだって」

淑子は商品を手にすると、そそくさと去っていった。

スーパーで働いていると、いろいろな裏を知ることができる。二重価格やトレイ込みの計量は当たり前で、ときには商品を偽ることもある。程度のよいアメリカ牛が和牛として売られることも珍しくない。弁当の総菜は、たいてい前日の売れ残りだ。

最初はショックだったが今はすっかり慣れた。商売とはきっとこういうものだ。恭子はとっくに納得している。

開店して十分もたつと、レジに来る客が現れだした。商品の値段をセンサーで読みとり、かごからかごへ移してゆく。作業はいたって単純だ。

こんな仕事をしていると、恭子はふと、かつて自分がスーツを着てオフィスで働いていたことを思いだし、おかしくなることがある。短大を出てOLをしていたころなら、きっとスーパーのパートなど小馬鹿にしたことだろう。いまも好きではないけれど、少なくとも蔑む気持ちはない。生活をしていると、いろんなことに慣れる。そしていろんなことを諦められる。

「及川さん」客が途切れたとき、店長が声をかけてきた。「ちょっとお願いがあるんだけど」

「はい。何でしょう」

「来週なんだけどさ」榊原店長はいつも恭子の顔を見ないで話す。「一日か二日でいいから夜の七時までお願いできないかな。いつもの人が来られないって言うから」

「あ、そうですか……」

引き受けるわけにはいかない。前に一度だけ断れなくて夜も働いたが、それは夫が代休を取って子供を見ていてくれたからだ。

「すいません。うち、子供がまだ小さいので」

精一杯申し訳なさそうに告げた。

「みんなそう言うんだよなあ」

榊原は苦虫をかみつぶしたような顔をすると、ハンカチで額の汗を拭いながら去っていった。この男はいつも憂鬱そうにしている。どうしてこんな垢抜け(あかぬ)ない男が店長を任されているのか不思議なくらいだ。スマイルは多摩地区に四店舗あり、本城店は売り場面積がいちばん小さいらしい。よくは知らないが、きっと店舗間で売り上げを競わされているのだろう。

「ちょっと、すいませーん」うしろから久美の声が聞こえた。「及川さん、これ、ほうれん草じゃなかったんですよね」

「小松菜。百四十八円」

久美のレジにいた年配の客が笑っている。恭子もつられて笑った。

久美は悪びれるでもなく値段のキーをたたいている。

午前十一時を過ぎたあたりからレジが混んできた。六台あるレジ・カウンターはすべて開かれ、それぞれに行列ができた。一人では対応しきれないので、ブザーを押して応援を呼んだ。

若い男子社員が商品値段を読みとり、恭子が会計を担当する。十二時になると弁当を買い求める客も加わり、行列はいっそう長くなった。

「あ、ポイントカード、お願いね」

一人の客が会計を済ませてから青いカードを出してきた。ポイントカードとは店が発行したカードで、得点が溜まると割り引きがある。

「あいすいません。会計の前に出していただかないと……」

恭子が断りを入れた。レジの入り口にも注意書きが貼りだしてある。レジを打つ前にカードの磁気を読みとらないと記録できないのだ。

「あら、そうなの」客は不満そうだ。恭子が同年代の同性ということで文句が言いにくかったのか、客はフロアにいた課長をつかまえて喰いさがっていた。課長はひたすら頭を下げ、客をなだめている。

スーパーに勤める男たちは女が嫌いだろうな、と恭子は思う。通路で立ち話をする。陳列棚の前で考えこむ。子供が指でへこませた果物を弁償しようとはしない。店側は黙って見ているほかないのだ。

午後一時を過ぎると、交替で二十分だけ休憩時間が与えられる。その二十分は給与計算が面倒なので、二時以降も働いて返すことになっている。

恭子はたいてい総菜売り場で三百八十円の海苔(のり)弁当を

買い求め、控室で一人食べる。パートだからといって安くなることはない。

「だから毎週、野菜が箱で届くのよ」隣のテーブルでは磯田（いそだ）という女が、パート仲間にいつもの勧誘をしていた。「有機野菜と無農薬玄米を毎日食べてごらんなさい、化学調味料にまで舌が敏感になるんだから」

　磯田は有機野菜の宅配システムを利用していて、その熱心な信奉者だ。四十過ぎで原色の服を好んで着ている。勧誘するとお金が入るんじゃないの、と淑子は陰口を言うが、どうやら個人的な親切心だけで説いて回っているらしい。恭子もさんざん誘われたが、値段にびっくりして断った。

「だめだって、スーパーの野菜なんか食べてちゃ」

　そこだけ毎回声をひそめる。その当人がスーパーでパート勤めをしているのだから、恭子はおかしくなってしまう。

　休憩を終えたらレジは暇な時間になるので、恭子は商品の補充を手伝う。その日は二階の日用品売り場を受けもった。

　腕時計を見ながら、二時二十分きっかりに仕事を終える。

　近所の児童館で時間を潰している子供たちが三時に帰ってくるため、どうしてもその前に家に着きたいからだ。

　午後三時になるのを待つように、妹の圭子が息子と一緒にやってきた。ちょうど子育てに追われる時期で、行く場所も限られているせいか、ひと月に二回は電車を乗り継ぎ、姉のところを訪れる。

　香織と健太はアニメのビデオに見入っている。圭子が連れてきた二歳の優作（ゆうさく）は、うまい具合にソファで昼寝中だ。

「お姉ちゃんは、公園付き合い、いやになったりしなかったの？」

　圭子（けいこ）が自分で買ってきたシュークリームを食べながら言った。

「もう忘れた」恭子も同じようにシュークリームを口に入れる。

「忘れたって、お姉ちゃん、薄情なんだから」

「そんなの今のうちだけ。優ちゃんが学校へ行くようになったら、そこで新しい友だちができて、そのつながりで母親同士も仲よくなれるんだから。交際範囲だって広がるわよ」

「優作が学校へあがるのってまだ四年も先だよ」

「四年なんてすぐだって」

圭子がうんざりした顔でため息をついている。

妹の愚痴はたいてい社宅の近所付き合いのことだ。なんとか仲間に入れたのはよかったが、関係が濃密すぎるというのである。朝の十時に公園に顔を出さないと、すぐに携帯に電話がかかってきて「今日はどうしたの」と聞かれるのだそうだ。

「今度さあ、みんなでティッシュのカバー、作ることになったのよ」

「楽しそうじゃない」

「楽しくなんかないよ。やりたくないんだもん。そんな貧乏臭いこと」

「じゃあやらなきゃいいじゃない」

「お姉ちゃんは社宅に入ったことがないからわからないんだよ。やらないなんて言ったら、どんな目に遭わされるか。……上の階にさあ、テープライターのバイトを始めた人がいるんだけど、その人、それだけで仲間外れ。なんて言うか、抜けがけは許さないって、そんな感じなのよ」

恭子は黙って聞いている。妹の紅茶がなくなっていたので、注ぎ足してやった。

「こんなはずじゃなかったのにな」圭子が二つ目のシュークリームに手を伸ばす。「独身のころは、絶対に『家庭画報』を読むような生活を送ろうと思ってたのに、今は『すてきな奥さん』の回し読みだもん。自分でもいやになるよ」

「そんな」つい吹きだしてしまった。

「笑いごとじゃないって。やることって『節約』と『収納』しかないんだもん」

「だから、それも今のうちだけ。優ちゃんから手が離れたら、圭子だって働けるようになるし、そうしたら趣味も見つけられるって」

「お姉ちゃんの趣味って何なのよ」

「そう言われると、別にないけど」

「でしょ。主婦なんて、この先ずっと、自由になる時間は限られてるんだよ」

「……じゃあ、圭子はどうしたいのよ」

「とりあえず社宅を出たい」圭子が鼻の穴を広げる。「多少、家賃がかさんでもかまわない」

「どこへ行っても同じだって」

「そうかなあ」

「そうよ。新しい町へ行っても、また公園で子供を遊ばせてるグループがあって、今度はそこで仲間に入れてもらわなきゃなんないんだから」

恭子がそう諭すと、圭子はしばらく黙り、子供みたいに頬をふくらませた。

「つまんないの。結婚なんかするんじゃなかった」

「なに言ってるの。博幸さん、いい人じゃない」妹の夫の名をあげて諫めた。

「そりゃそうだけど。……たぶん、結婚に幻想を抱いてたんだろうね、わたし」

「幻想って？」

「わたし、駆けこみ結婚だったじゃない」

「自分でそんなこと言わないの」小さく苦笑した。

「ううん、そうだった。二十九になって、むちゃくちゃブルーになって、毎日が憂鬱で、体調まで悪くなって。そのときは、結婚すればいまの悩みなんて全部解決するもんだと思ってた。でも、そうじゃないんだよね。人生ってもともと半分はブルーにできてるんだよ。お姉ちゃんだってきっと同じだと思う。お姉ちゃん、家を建てたらこれまでの悩みはほとんど解決すると思ってたでしょう」

「そんなこと」

「でも悩みが形を変えるだけなんだよね。ローンが終わるまでは病気もできないとか、夫がリストラされたらどうしようとか。人間って、足りなければ足りないことに悩んで、あればあるで、失ったらどうしようって悩むんだよ」

「いったい何の本、読んだのよ」

「本じゃないよ。自分で感じたこと」

優作が目を覚まし、圭子にまとわりついてきた。圭子が膝の上に抱くと満足そうに笑顔を見せる。アニメを見終えた香織がやってきて、「遊んだげる」と優作を庭へ連れだしていった。健太はいつの間にか表の道路で近所の子たちと遊んでいる。

「圭子、晩ご飯、食べていく？」

「いいの？」圭子はうれしそうな顔を隠さなかった。

「いいよ。どうせ旦那は遅いし」

「お義兄さん、忙しいの？」

「平日は週に一回、うちで晩ご飯食べればいいほうよ」

「うちなんか土日だけ」

「たいしたもの、作れないけど」

「なんでもいい。……あ、そうだ。話、変わるけどさあ、婚礼家具、売ったらおとうさん怒るかなあ」

「どうかしたの」

「ほら、婚礼家具って妙に圧迫感があるじゃない。部屋が暗くなっちゃってさあ。カラーボックスでコーディネイトしたいんだよね」

「まずいんじゃない。知ったら傷つくよ」

「だよね。やっぱりまずいよね」

両親は世田谷で二人暮らしをしている。父は繊維会社を退職後、別の再就職先で元気に働いている。両親の老後については、当人たちも含めてまだ誰も言いださない。きっとなんとかなるのだろう。

「婚礼家具って親の自己満足だよね」

「悪いじゃない、そんなこと言ったら」

「でも本当だもん」いたずらっぽく口をすぼめている。

姉を相手に愚痴をこぼしたせいか、圭子の表情はすっきりしていた。恭子も、話を聞くだけでも日々のストレスが薄まっていく気がした。姉妹がいてよかったなと思う瞬間だ。

庭では香織と優作がボール遊びをしている。圭子がそれに加わり、ドッジボールのまねごとになった。嬌声が響く。

健太はどこかへ出かけたらしい。自転車が車庫から消えていた。

ガラス越しに妹たちを眺めながら、恭子は両手を挙げて伸びをする。

人数が多いし、今夜はカレーにでもしようかと思った。

4

雨の密度が高いのだろうか、土砂降り(どしゃぶ)りというほどでもないのに、フロントガラスは流れ落ちる雨水の恰好の滑り台になっていた。ときおりワイパーで拭ってやるものの、すぐさま風景は水の向こうに滲(にじ)み、夜の街のネオンは幾重にもぼやけている。

湿気が車内にこもっていた。九野薫はデフのスイッチを押してガラスが曇るのだけは防いだ。ラジオからはよく知らない女性シンガーの和製ポップスが流れている。シートを少しだけリクライニングさせ、腕を組んだら、上着の内ポケットで封筒が折れる音がした。封筒には一万円札が十枚入っている。

「たばこ吸ってもいいですか」隣で井上が沈んだ声をだした。

「灰皿がねえんだ、おれの車は」

たばこは八年前にやめた。車を購入する際は灰皿をコイン入れに換えている。

「これ、持ってますから」井上が携帯用の灰入れを手でつまんで見せた。「窓も少しだけ開けます」

　少し考えてからうなずく。井上はたばこに火を点けると、紫煙を窓の隙間に向けて器用に吐きだしていた。

　車は覆面PCではなく、九野の自家用だ。何の変哲もない国産のセダンで、たぶんそれを選んだのは、目立つことは災いを招くという警察官の習性だろう。グレーのアコードは、新町の路地にエンジンをかけたまま停まっている。新町は、駅に張りつくように百軒程度の飲食店とパチンコ等の遊戯施設が密集した本城市唯一の繁華街だ。映画館が一軒もないのだから、その規模と文化程度は知れている。

　九野の視線の先には「マリー」という名のバーがあった。中に入ったことはないが、外観を見ただけでも、カウンターとせいぜいボックス席が二つほどの店だとわかる。ここに脇田美穂というホステスが勤めていた。花村の愛人だ。

　今夜ここに花村が現れ、連れ立って女のマンションに帰るようであれば、今度こそその事実を工藤に報告するつもりだった。これで終わりにしたかった。

　警告はしたのだ。無視するのであれば、それは花村自身の問題だ。恨みは買うだろうが、どこか諦観めいたものもあった。組織にいれば、どっちつかずではいられない。

　扉が開き、何人かのホステスが出てきた。客の見送りらしい。身体を起こし、ハンドルに顎をのせ、目を凝らした。

「あの赤いワンピースですかね」井上がつぶやく。

「そうだ」

　横顔が見えた。濃い化粧が、もともと派手な目鼻だちをいっそう小悪魔的に仕上げていた。

　女は変わるものだな、と九野は心の中で思う。いや、足枷が取れて本来の姿になったというべきか。

「歳はぼくと同じ二十六でしょ。花村氏の何がよくて」

「本人に聞いてみろよ」

「ご冗談を」

女は見送りを済ませ、また店の中に入っていった。まだ十一時前だから、店が終わるまで一時間以上ある。

「腹、減りませんか」井上が欠伸をかみ殺して言った。

「さっき牛丼、喰っただろう」

「さっきって、もう四時間も前ですよ」

「あと少しだ。我慢しろ」

井上が靴を脱ぎ、ダッシュボードに足を乗せた。九野は文句を言わなかった。

「何か事件でも起こってくれた方がありがたいですね」

「ああ」

「殺しでも起きれば、いくらなんでも身内の素行調査どころじゃないでしょう」

「ああ、そうだな」

雨のせいで繁華街の人通りは少ない。することがないので、飴をひとつ口に含み、頬の中で転がした。

「すいません。ぼくも」手を出す後輩に、包みごと投げて渡す。「……参考までに聞きたいんですが、不倫ぐらいで馘にできるんですか」

「充分だ。諭旨免職にならできる」

「ヒュー」刑事になって三年目の井上がへたな口笛を吹く。

「服務規程を持ちだせば、たいていの警官は馘にできるさ」

「いやだ、いやだ」皮肉っぽく笑った。「それから、この件は、どのあたりまで了解済みなんですか」

「……坂田課長は副署長に言い含められている。宇田係長は薄々知ってるってところだな」

「何ですか、その薄々っていうのは」

「知ってても知らない振りをしてるってことさ。関わりたくねえんだよ」

「はは。そりゃそうですね」

井上は眼鏡を外し、ネクタイでレンズを拭いていた。

ある捜査会議で、花村の発した一言が工藤副署長を激怒させたことは、もはや署内で知らぬ者はいなかった。本庁の捜査員がいる前で「あんた、散髪もほどほどにしろよな」と、けっして低くない声を発したのだ。「散髪」とは、本庁から降りてくる捜査費用が署の幹部によって抜きとられることを言う。警察では常識だが、誰も触れない事案だ。

花村が怒りで口を滑らせたのか、覚悟のうえでの台詞だったのかはわからない。いずれにせよ、言った時点で花村の運命が決まったことは確かだった。

「そうだ」九野が背広の内ポケットに手を入れた。「忘れないうちに」

　そう言って封筒を取りだし、中から五万円を抜いて井上の膝に置いた。工藤から渡された金だった。

　井上はしばらく黙っていた。出所を察したのだろう。

「なんか、複雑ですね。……でも、ぼくらにはどうすることもできないし」井上がため息をつき、金を財布にしまう。「春物の背広でも買いますかねえ」わざと下卑(げび)た口調で言った。

　空調で車内が暑くなったので、ネクタイを緩め、上着を脱いだ。

　ラジオの音楽が流行りのヒット曲になり、井上が鼻歌で合わせていた。

　視界の端にすっと人影が現れる。運転席側のガラスがノックされた。

　振り向くと、見るからに上等そうなダブルのスーツを着た見知らぬ男が傘を差して立っている。男は腰を曲げて会釈した。

　警戒しながら窓を半分だけ降ろした。

「ああ、やっぱりそうだ。本城署の九野さんですよね」そう言って白い歯を見せる。「ご苦労さまです」

「おたくは？」

　九野が男の顔をのぞき込む。この自分と同年配の男に見覚えがなかったが、堅気でないことはすぐにわかった。射るような目は、裏の世界で鍛えられた独特のものだ。

「すぐそこでスナックをやってる者です。『キャビン』って店なんですがね」そう言って車の計器類に素速く視線を走らせた。「あれ、お仕事じゃないんですか。だったらちょっと飲んでってくださいよ」

　答えないでいると、なおも男は人懐(ひとなつ)っこく笑みを浮かべる。

「……いや、遠慮しますよ」

「まあ、そう言わないで。若い娘いますよ」

「飲んだら飲酒運転になるでしょう」

「大丈夫ですよ。うちの若いのに送らせますから」

「あなた」向きを変え、男を正面から見据えた。「どうして、わたしのことを知ってるんですか」

「小さな町じゃないですか。九野さんも、以前この先のゲームセンターで強盗事件があったとき、うちの店に聞き込みにいらしたんですよ。わたしは奥にいてご挨拶はできなかったんですが」

　そう言われて店の名を思いだした。天井に古臭いミラーボールがあったことも。

「清和会ですか？」そこの組員か、という意味で聞いた。清和会は本城市に昔からある博徒系の組だ。適正規模というものを心得ているのか、勢力を広げようとはせず、地元に根づいている。

「ええ、そうです。小林の弟筋にあたる者です。広瀬とはまわり兄弟です」

「こっちはマル暴じゃないから、そんな名前を出されてもわかりませんよ」

「おい」横で井上がとがった声を出した。「邪魔だから、あっちへ行ってろ」

「おや、そちらの若い方は元気がいいですね」

「なんだと」

「黙ってろ」いきりたつ井上を手で制した。

「ねえ、お二人でいらしてくださいよ。別に下心があるわけじゃあない。ただ、お近づきになりたいだけですよ。本城署の刑事さんは、いつも二丁目あたりで遊んでらっしゃるんでしょ。『フーガ』とか『あじさい』とか。『フーガ』のオーナーは不動産屋ですけど、鹿野組の企業舎弟じゃないですか。だったらうちの店に来ていただいても」

「おたくは」車のラジオを消した。「ずいぶん町に詳しいようですね」

「いえいえ、そんなことは」男が大袈裟（おおげさ）にかぶりを振る。はだけたシャツの下で金のネックレスが揺れた。

「じゃあ、ひとつ、聞きたいことがあるんですけど」

「ええ、なんなりと」

「その先に『マリー』って店があるんですけど。そこで働いてる脇田美穂ってホステス、知ってますか」

「それ、本名ですよね。源氏名だとわかるかもしれませんけど」

「源氏名はわからないんです。歳は二十六で、今日は赤いワンピースを着てますが」

「さあ、自分の歳をまともに申告する女なんかいやしませんからね。赤いワンピースか……ちょいと見てきましようか」

「いや、いいです」

「その女、どうかしましたか」

「知らないのなら結構」

　男はポケットを探ると名刺を取りだした。

「申し遅れました。大倉といいます。ほんと、一度遊びにきてくださいね」

黙って受けとる。ただの飲食店経営者としての名刺だった。

「ああ、そうだ」九野が顔をあげた。「花村は知ってますか」

「もちろん。ここいらで花村さんを知らなきゃモグリですよ」

「どこかで会っても、今夜、わたしがここにいたことは黙っていてください」

しばらく間をおいてから、男が真顔でうなずく。

「余計なことは言いませんよ。信用してください」

大倉というやくざは「じゃあ、失礼します」と言い残すと、雨の中、背中を丸め、小走りに去っていった。

「何なんですか、あの男は」井上が不愉快そうな声をだす。

「所轄の刑事とはできるだけ顔をつなぎたいんだろう。どこにでもいるさ」

「九野さん、なにもやくざ相手にあんな丁寧な言葉遣いしなくったって」

「やくざの相手をするときはな、できるだけ他人行儀に話すんだ。でないと付け入られるぞ」

「佐伯主任と逆ですね。あの人はやくざとでも『おれ』『おまえ』でやってますよ」

「人それぞれさ」

「おまけに酒も奢らせるし」

「おい、めったなことは言うな」

また「マリー」の扉が開いて客らしき男が出てきた。ホステスが見送り、ついでに看板の電気を消して中に入った。午前零時までまだ十五分ほどあるが、もう客はこないと踏んだのだろう。

しばらくして数人の女たちが通りに姿を現した。傘が一斉に開く。

「あ、やべえ」井上が声を発した。「全員、コートを着てやがる。おまけに傘で顔が見えないや」

「靴を見ろよ。赤いハイヒールだ」

観察のいたらなさをつかれ、きまりが悪かったのか井上が押し黙った。姿勢を直してシートベルトを着ける。女たちが歩きはじめ、少し距離があいてから車のギアをいれた。

「赤い服に、赤い靴に、赤い口紅か。いかにも新町のホステスらしいじゃないですか。ねえ、九野さん」

「いいから、ちゃんと見てろ」

女たちは揃って表通りに出て、それぞれがタクシーを拾おうとした。九野は車を手前の路肩に寄せた。「真っすぐ帰ってくれよ」井上が助手席でつぶやく。

一台のタクシーが暗闇にブレーキランプを灯して停車した。脇田美穂は連れのホステスと二人でタクシーに乗りこんだ。水しぶきをあげて発進し、九野の車があとに続く。すぐ先の角を曲がりガードをくぐった。

「しかしまあ、婦警からホステスに転職とは思いきったことを」隣で井上がつぶやく。

「珍しくはないさ。元々警務課なんてのはOLの仕事と変わらんしな」

「ぼくとは入れちがいですけど噂は聞いてますよ。ところかまわずフェロモンをまき散らしてたそうじゃないですか」

それには答えなかった。かつて自分と関係があったことも話してはいない。

タクシーはあっけなく駅の反対側の女のマンションに着いた。追い越してから車を停め、うしろを振りかえった。脇田美穂だけが降りて、同僚におやすみの笑みを投げかけ、エントランスに消えていった。


「部屋の電気だけ確認してくれ」

井上は返事をせず、頭を掻(か)いて車から出た。ドアを閉めないで、ビニール傘越しにマンションを見上げている。

「九野さん、三階の端っこでしたよね」

「馬鹿。でけえ声、出すな」

「電気点灯を確認。午前零時十八分」やけ気味にそう言うと、鼻をすすりながら助手席に戻った。

井上がたばこに火を点ける。今度は窓を降ろさなかった。

「いつまでやるんですかね」

「おれに聞くな」

ふと、先日この場所で少年たちを痛めつけたことを思いだした。

雨がボンネットの上で跳ねている。今夜はついぞ雨脚が衰えることはなかった。

ゆっくりとアクセルを踏んでマンションを離れる。背中に鈍い痛みを感じた。疲労が張りついていた。

大きな欠伸がでる。まぶたの奥に眠気があるのに気づき、この状態がベッドにたどり着くまでもってくれることを胸の中で祈った。

ぐずついた一週間分の天気をまとめて取り戻すかのように、日曜日は雲ひとつない晴天だった。八王子の空にはひばりが鳴いている。連なる民家の屋根は太陽の照りかえしで白く輝き、遠くに見える山々は緑が深かった。

窓を開け放っているせいで、風と一緒に乾いたエンジン音が車内に入りこんでくる。そのモーターのような唸りは耳に心地よく、ラジオのBGMを必要としなかった。フリースのジッパーを下げ、首元に風が通るようにした。シャツ一枚でも平気なくらいの、本格的な春の陽気だ。

助手席には草餅(くさもち)がある。九野が義母のために買ったものだ。六十五になる義母の好みを本当のところは知らないが、以前、大袈裟なほどよろこんでくれたので、草餅を持っていくのが習慣になった。スーパーで調達した食材もある。

義母のところへ行くのは一ヵ月ぶりだ。早苗の墓参りを月に二回と決めているので、一度飛ばした恰好になる。これでも回数は減ったほうだ。三回忌までは毎週墓参りしていて、そのつど早苗の実家に顔を出していた。

通ううちにすっかり遠慮がなくなった。九野はまるで我が家のようにくつろぐことができる。義母も義母で、亡くした一人娘の夫が訪ねてくるのを毎回愉(たの)しみにしているようだ。もっとも一人暮らしの義母は、訪問客なら誰でも歓迎するのかもしれない。

坂の下にさしかかったところで一旦車を停め、目薬をさした。この坂の上に早苗が育った家がある。古い家を、早苗の亡き父が結婚を機に購入したものだ。当時改築はしたようだが、二十数年もたてばその跡にも年期が入っている。建てかえの話はない。義母が自分の死後どうするつもりなのかも知らない。

「九野さん」声がして振り向くと、子供を連れた男が道端に立っていた。

「やあ、こんにちは」

いつも利用する花屋の若旦那だ。同い年とわかり、親しく口を利くようになった。

「またお墓参り？」

「そう。あとで買いに行くから」車の窓から顔を出して答えた。

「毎度どうも。今日は女房が店番してるけど」

「そりゃラッキーだな。奥さんきれいだから」そんな軽口をたたく。「その子、若旦那の息子さんだよね」

「そうだよ。なによ、いまさら」

「いや、ちょっと見ない間にずいぶん大きくなったから。そういえばもうすぐ二人目が生まれるって言ってたよね。だったらお兄ちゃんになるわけだ」

恥ずかしがって父親の陰に隠れようとする息子に花屋の若旦那は「ほら、挨拶は」と促し、男の子がはにかみながらぺこりと頭を下げた。

「おりこうだね」九野もつい口元がゆるんだ。

「子供ってさあ、すぐに大きくなるんだよね」

「そうだろうね。こっちなんか、まだ赤ちゃんのときの印象が強くって」

「春から小学校」

「本当に？」

驚きつつ、あらためて男の子を見た。もしも早苗が死ななかったら、おなかの中にいた自分たちの子供は小学校に上がる年齢なのだと運命の不思議を思った。

「九野さんは太らないね」

「苦労が多いからさ」

「ちがうよ。独身だからさ。こっちなんかもう生活に追われてさ。自分のことに構ってる暇がないから腹まで出たよ」若旦那はそう言って腹をさすり、屈託なく笑う。

「あ、そうだ。あの家、とうとう売るの？」

「どうして」

「この前、不動産屋が来てたから」

「不動産屋が？」初耳だった。小さく目を剝いた。

「うん。数人で家の前にいたよ。バンの横っ腹に社名が出てたから不動産会社だってわかったんだけど。なんだ、そっちが査定を頼んだわけじゃないんだ」

「知らないな。するわけないじゃない」

「じゃあ勝手に持ち主でも調べようとしたのかな。見晴らしがいい広い屋敷だから。不動産屋は黙ってないよね」

まさか義母が手放そうとでも思ったのだろうか。一人で暮らすには広すぎると。

「それっていつの話なの」

「先週ぐらいかな。いや先々週かな」

義母が旅行に行っていた時期かもしれない。九野は詳しく聞きだそうとしたが、若旦那の記憶は曖昧で、自分が義母に確かめるしかなかった。

「どう、刑事の仕事は」

「うん？　ぼちぼちだよ」

生返事してギアを入れた。「じゃあまた」と告げ、スニーカーを履いた右足でアクセルを踏む。男の子が父に言われて手を振っていたが、応える余裕がなかった。もしかして義母はあの家を売り払い、老人ホームにでもはいるつもりなのではないかと胸が騒いだ。

だから家に着いて庭で花に水をやっている義母を見つけたとき、最初に出た言葉は「おかあさん、ここに不動産屋を呼んだの？」だった。

「薫君、いらっしゃい」

「ねえ、おかあさん。不動産屋、呼んだの？」

「どうしたのよ、いきなり」義母が相好をくずす。白いシャツのボタンを律義に上まで留め、ベージュのセーターを品よく着こんでいた。

「どうしたのはこっちですよ。さっき、花屋の若旦那に聞いたけど」

「ああ、信ちゃん。あの子、今度やっと二人目が生まれるんだって」

「それはこの前ぼくが教えてあげたことじゃないですか。そんな話じゃなくて、不動産屋、呼んだの？　おかあさん」

「ううん、別に呼んだわけじゃないのよ。向こうから来たの」

「それで？」

「売る気はないですか、いい条件出しますよって」

「で、どう返事したんですか」

「考えときますって答えたけど」

「そんな――」

「上がってよ、お茶でもいれるから」義母はそう言うと、蛇口を締め水を止めた。

「ああ、ホースはぼくがしまいます」

義母がふわりとスカートを浮かせ、縁側から家に上がる。九野はホースを巻いたあと、草餅を車の中に置き忘れていることに気づき、もう一度車に戻ってから玄関をまたいだ。

居間では義母がこたつのテーブルに茶碗を並べていた。

「草餅？　いつもありがとう」

「おかあさん」それより話の続きがしたかった。「そういう思わせぶりなこと言うから、向こうが期待しちゃうんですよ」

「だって」義母が台所へ歩いていく。ああいう連中は一回ビシッと断らないと何度でも来ますよ」

「でもね」背中を向けたまましゃべっていた。「おかあさんだって、いつまでもこの家に一人で住めるわけじゃないし。歩けなくなったときのことも考えなきゃならないし」

「そんな心細いことを。まだ六十五じゃないですか」

「すぐですよ、そんなの」

義母は急須を手に居間に歩いてきた。向かい合ってこたつに腰をおろす。

「これからはちゃんと断ってくださいね」

「掃除とか、庭の手入れも大変なのよ」

「だからそれはぼくがやりますよ。何度も言ってるじゃありませんか」

「薫君にそんなことさせるの、悪いし」

「全然悪くありませんよ。気晴らしになっていいくらいですよ。木の枝なんか切り揃えてると、不思議と心がやすまるし」

「ふふ。そんな年寄りみたいなこと」

「それ以外でも、男手が必要なときはいつでも言ってください。駆けつけますよ。どうせ車で四、五十分なんだから」

「ありがとう。いろいろ気を遣ってくれて」

「そんな水臭いこと言わないでください。家族なんだから」

「……そうね」義母は湯呑みを手にやさしくほほ笑んだ。「家族って呼んでいいのか、わからないけど」

「家族ですよ。そうじゃなきゃ何だって言うんですか」

義母は下を向き、草餅を頬ばっている。少女のような可愛い仕草だった。

九野は、ふと義母が今月旅行に出かけていることを思いだした。

「そう言えば、おかあさん、山形へ行ったんですよね」

「そうそう、楽しかったわよ」

義母が顔をほころばせ、旅先での話をする。温泉につかって肩の凝りがすっかり取れたと陽気に腕をぐるぐる回す。

「それはそうと、仕事はどうなの」

「いまは暇ですよ。事件が起きないから」

「ふつうの人が暇だっていうと心配になるけど、薫君が暇だとほっとするわね」

「ふふ」目を伏せて笑った。

「お昼、薫君の好物のちらし寿司、作るから。茶碗蒸しも」

「すいませんね。面倒なものを作らせて」

「おかあさんも食べたいの」義母が立ちあがる。「一人だと簡単なものばっかりになっちゃうから」

義母は再び台所に向かった。「テレビでも見てて」と言われ、九野はこたつに足を入れたまま転がった。リモコンでスイッチを入れる。芸能人が甲高い声で騒いでいるブラウン管をぼんやり眺めていた。

テレビはBSチャンネルもついていない旧型だ。買ってあげようかと何度か提案したが、そのつど義母はもう新しいものはいらないと、少し淋しそうに笑っていた。それが遠慮なのか本心なのか、九野にはわからない。こういうのは強引に買って贈るものなのかなと思うこともある。

義母はあまりものを欲しがらない。家の中を眺めまわしてみても、九野が早苗に連れられて遊びにきた学生時代から見覚えのあるものばかりだ。台所にはいまだ蠅帳(はいちょう)が鎮座している。この家は、もう十年以上も時間が止まったままのようだ。

思いついて柱時計のねじを巻いた。古いせいかねじがすっかり固くなっていて、義母の力では一苦労だからだ。九野が八王子の家に来たときの小さな親孝行だ。

しばらくしてテーブルに料理が並んだ。義母の作ったちらしには貝柱がのっていた。すし飯を覆わんばかりに金糸(きんし)たまごが敷かれている。

「味、薄くない？」義母はいつも娘の亭主にそう聞く。

「いいえ。ちょうどいいです」

「夜も食べていくんでしょ」

「うん」

「じゃあ夜はお肉にする。薫君がせっかく買ってきてくれたから」

「なんでもいいですよ」

「お墓参り、何時に行く？」

「そうですね、食べて一休みしたら行きますか」

テレビではタレントが芸能界の暴露話をしていた。二人でなんとなく目をやっているが、熱心に見ているわけではない。

「ああ、そうだ」たったいま思いついたように義母が言った。「薫君の写真、あとで撮らせて。庭でいいから」

「写真？　どうしてまた」思わず箸が止まる。

「山形へ行ったときのフィルム、まだ余ってるの。もったいないし」

苦笑いした。「どうしたんですか、ぼくの写真なんて」

「この前写真の整理をしてたら、早苗と一緒のはたくさんあるけど、薫君一人の写真はほとんどないし。ほら、早苗の三回忌のときにお寺で撮ったのが最後でしょう」

「そう言われればそうですけど」

「いいじゃない。若いうちに」

「もう若くはないですよ」

義母が皿に二杯目のちらしをよそってくれ、九野はそれを胃袋に押しこんだ。以前、少食になったんじゃないと言われ、無理をしても食べるようになった。

実際、九野は少食だった。井上にも言われたことがある。不思議なもので、一人のときはたくさん食べられても、誰かと一緒だとすぐに腹がふくれてしまうのだ。

三杯も食べて昼食を終えた。

義母は手早くテーブルを片づけると、りんごを剝いて九野の前に置いた。義母は九野が来たときは必ず果物を出す。残すのが悪くて、これも無理に食べた。

義母が奥の部屋からカメラを持ってきた。肩にスカーフを羽織っている。

「じゃあ、外に出ましょうか」

「うん。撮ったらそのままお墓参りに連れてって」

義母が縁側の戸締りをはじめる。九野はフリースに袖を通して玄関から出た。

庭には矢車菊（やぐるまぎく）の花が咲いていた。この花の名は、去年、義母に聞いて知った。

「薫君、そこの植木の前で」

義母が慣れない手つきでカメラを構える。玉砂利を踏みしめながら、なんだか照れた。

三回、シャッターが押された。

「まだ残ってるんですか」

義母がカメラの枚数表示をのぞく。「あと二枚残ってる」

「だったら、今度はおかあさん、撮ってあげましょう」

「ううん。いい。おかあさんはいい」

「どうして」

「どうしても」

「そんな」九野が歩み寄る。義母からカメラを取りあげた。「じゃあ、二人で撮りましょう」

「だって、三脚がないし」今度は義母が照れていた。

「大丈夫ですよ。車に積んであるんです」

「車に？　変なの。いつも積んでるの？」

九野が玄関前に停めてある車のトランクから三脚を取りだす。セットしてファインダーをのぞいた。

「おかあさん、そこに立っててくださいね」

自動シャッターにすると急いで義母の隣に駆けた。

義母の肩を抱く。つい目が隣にゆき、義母が思いのほか小さくなっていることに驚いた。

義母が頬を赤くしてよろこぶ。それを見て、自分も笑いながら、少しせつなくなった。


墓参りは義母と二人で行った。墓石に水をかけ、花を添え、線香を立て、手を合わせる。いつもの慣れた手順だ。このあと義母は、「ちょっとお寺さんに」と言って先にその場を離れる。これも毎回のことだ。早苗と二人きりにしてくれているのだろう。九野は腰をおろし、半月の出来事などを静かに報告する。井上っていう生意気な部下がいてね——そんな夫婦の会話だ。

早苗の墓は寺の裏山を削った傾斜にある。下の方が値段が高いのだが、見晴らしのよい方がよかろうといちばん上を選んだ。

早苗と並んで町を見下ろす。伸びをして深呼吸する。九野の墓参りは、半月に一度、胸の中の空気を入れ換える儀式だ。

墓参りから帰るとすることがなくなり、昼寝をすると告げて九野は二階のかつての早苗の部屋に上がった。いつもそうしていた。

義母も心得たもので、部屋には布団が敷いてある。たぶん午前中に干してあったのだろう、布団はやらわかく、日なたの匂いがした。

仰向けになり、手持ち無沙汰(ぶさた)になるのを恐れて持ってきた文庫本を開いた。

活字を目で追うが、あまり頭に入ってこない。これも毎度のことだ。

本を開いたまま胸に乗せ、目を閉じた。階下からはテレビの音がかすかに聞こえてきた。義母は毎日何をしているのだろうと思うことはあるが、詮ない想像だと、いつも途中でやめている。

それ以外は、たいてい早苗のことを考えている。この部屋で妻は勉強をしたり考え事をしたりしたんだな。そんな空想をすると、不思議と温かい気持ちになってくる——。

早苗とは学生時代に知り合った。ゼミの二年後輩だった。よくあるキャンパス内の恋愛で、ドラマチックなストーリーなどなかった。もっともそれは男側の味気ないものの見方で、女の早苗にとっては別のストーリーがあったのかもしれない。

「先輩、長男ですか」最初のデートで早苗はこう聞いた。「わたし、母一人子一人なんですよね。だから……」

九野は何事かと思った。戸惑いながら次男だと答えると、早苗は笑みを顔中に広げ「第一関門突破」とおどけた。ショートヘアが額でさらりと揺れた。

「将来、母の面倒はわたしが見るから、長男の人とは最初から付き合わないことにしてるんです。だって本気で好きになったら困るでしょう」

早苗の言動は驚くほどストレートだった。思わせ振りな仕草をするとか、わざと冷たくするとか、若い女が試したがる恋のかけひきのようなことを一切しなかった。

「でも、別に養子にきてくれってわけじゃないんです。九野って名字、素敵だなあ。わたし、その名字になってもいいかなって」

早苗は、そこで初めて自分の言っていることに気づき、激しく赤面した。

「わたし、なに言っちゃってんだろう」

女子高出身だから男の人に慣れてないのだと、しどろもどろになりながらも懸命に言い訳していた。

そんな早苗を九野は可愛いと思った。たぶん自分はあのとき早苗を本気で好きになった。濃い眉、長い睫、柔らかそうな唇。顔のすべてに若さと愛敬があった。

十八歳の早苗は、孵ったばかりの雛のように無邪気で無防備だった。

ただ、ストレートなだけにイニシアティブは早々に握られた。二度目のデートでは早くも八王子の家に連れていかれ、母親を紹介されたのだ。

手料理をごちそうになり、家族のアルバムを見せられた。父親が中学生のころ病死したことも、母親が教師で鍵っ子だったことも、あけすけに話していた。

「薫君」もう早苗は九野をこう呼んだ。「一緒に写真撮ろ。プリントして我が家のアルバムに貼るから」

早苗と二人で、そして義母を入れて三人でも撮った。なんだか一方的に首輪をはめられたような気分だったが、不愉快ではなかった。むしろ東京に新しい家族ができたようで、九野はうれしかった。

早苗と義母は姉妹のような仲のよさだった。それは甘え束縛しあうというのではなく、互いに助けあって生きていくのだという友情に似た関係だった。早苗に浮かれたところはなく、義母も娘のすることに細かく干渉はしなかった。

その後も何度か団欒（だんらん）に加わりながら、自分は早苗と結婚するのだろうなと、まだ二十歳だったくせに、ぼんやり想像した。

それは自然な流れで、身を任せていれば無理なくたどり着くゴールに思えた。

早苗は結婚願望の強い女だったが、男のあとを黙ってついてくるようなタイプではなかった。学生時代の九野は剣道部のエースで、試合ともなれば女子学生がたくさん応援に駆けつけたが、早苗は自分の用事があるときは迷うことなくそちらを優先した。ボランティアに熱心で、日曜になると養護施設の子供たちを引率してはハイキングに出かけていた。べたべたと甘えることなく、ともすれば素っ気ないと感じることもある早苗だったが、九野には尊敬できる好ましい恋人だった。

だから恋愛には山も谷もなかった。ただし、これも男側のロマンスに欠ける断じ方かもしれない。

一足先に卒業した九野は東京で警官になった。生まれ故郷の九州に帰ることは考えなかった。そのころには早苗と将来を話しあっていたからだ。

「わたし、おかあさんを一人にはできないからね」早苗は珍しく九野の顔色をうかがうように言っていた。「おかあさんは、わたしが結婚したら一緒には住まないって言ってるけど、少なくとも近くにはいてあげたいの」

もちろん九野はそのつもりでいた。田舎に帰る気はないと告げると、早苗は安心したのか目に涙を浮かべていた。

このときが事実上のプロポーズだった。

初任給でたいして高くもない婚約指輪を買った。精神的に安定したのか、それからの早苗はますます人生に積極的になり、資格取得に励んだり、新たなスポーツに挑んだりした。

九野がスキーを覚えたのは早苗に尻をたたかれたからだ。もしも一人だったら、ものぐさな自分は何もしない青春時代をおくったことだろう。

二人が結婚したのは、九野が二十七で早苗が二十五のときだった。義母と同じく教師になった早苗には過疎地への赴任が一年だけ義務づけられていて、それが済むのを待っての入籍だった。

「二人とも公務員だから喰いっぱぐれはないね」義母は結婚式で明るく笑っていた。

早苗もそう思っていたのか、結婚した時点で将来設計をすでに立てていた。

「二十八で一人目の子供を産んで、三十で二人目の子を産んで、三十三で八王子にマンションを買うの。そのためにはね、月々……」そんな話をするときの早苗は、有能な銀行マンに見えた。「それでわたしが四十になったら、おかあさん七十一だから、そうなったら実家を改築してみんなで一緒に住も」

九野はもっぱら聞き役だったが、その計画に異論はなかった。そして自分が殉職でもしない限り、計画は実行に移されるものと疑わなかった。だいいち、妻の交通事故死を予想する男など、この世のどこにいるというのだろう。

最初の子供を、予定どおり二十七で身籠ったとき、早苗はあっけなくあの世へ行った。

最愛の人間が、まるでテレビのスイッチを消すように、ふっと命をなくした。

買い物に行く途中、早苗の運転する軽自動車にダンプがうしろから突っ込み、苦しむことなく、即死したのだ。義母も同乗していたが、義母だけは奇跡的に助かった。

早苗は自分に何が起きたのかも、わかっていなかっただろう。

実のところ、九野はそれからの数日間を覚えていない。葬式で喪主をつとめたことすら、きれいさっぱり記憶から抜け落ちている。

気がついたらアパートの暗い部屋で、遺影を前にしてしゃがみこんでいた。電話が鳴ったのだ。受話器の向こうで上司が一週間の休暇を勧めてくれ、その間ずっと泣き続けていた。胃袋は何も受けつけず、涙のための水分を補給するだけの毎日だった。

復帰には数ヵ月を要した。

いや、正直に言えば今も完全に復帰できたとは言いがたい。この七年間、心から笑ったことは一度としてなく、薬なしで安眠を得られたこともない。酒には酔えず、本を読んでも物語の世界に入っていくことができない。おそらく自分の傷は一生癒えないのだろう。

世の中に対する興味も失った。テレビは見なくなった。週刊誌の見出しを飾るスクープも、辛口コラムも、芸能界のゴシップも、すべてに関心がない。

だが、最近はそれでもいいかと思えるようになった。人間はどんな境遇にも慣れることができる。早苗の無念に比べたら、自分の人生に晴天の日が永久に訪れないとしても、取るに足らない問題なのだ。

それに、自分には義母という支えもある。

早苗の死後は自分の悲しみで手一杯だったが、しばらくして義母の存在を思いだし、浅からず反省した。夫に続いて娘を失った義母は、きっと九野よりも大きな悲しみに打ちひしがれ、神を呪ったはずなのだ。自分だけ助かったことにやり切れない思いを抱いていたかもしれない。

どうして義母をいたわることができなかったのか、自責の念にかられた。

そして親孝行の機会を奪われた早苗のために、自分がその代わりを果たそうと思った。

もしかすると、それは早苗との関係を断ち切りたくないという、依存の感情なのかもしれない。

義母は当初、自分のことを「わたし」と言っていたが、九野が何度も通ううちに「おかあさん」と称するようになった。おかあさんはね、と今では自然に語りかけてくる。

その変化を九野はうれしく思っている。

九州の実家と疎遠になった今では、たった一人の肉親の気さえする——。

寝返りをうった。

柱時計の音が二階まで聞こえる。まだ午後の三時だった。

義母と家にいる時間は、なぜかゆっくり過ぎるような気がする。

長く目を閉じていたおかげだろうか、脳にしみるように睡魔がやってきた。少しは眠れるのかなと思ったら、自然と笑みがこぼれた。

5

日曜の夜は家族で外食をするのが、この町に移り住んでからの習慣だ。

子供へのサービスもあるし、及川恭子が一週間に一度だけ夕食の支度から解放されるという意味合いもある。

たいていは国道沿いのファミリーレストランで、子供たちにはハンバーグを食べさせ、自分たちもたまにはと脂っこいものを口に入れるのだが、この日は夫の茂則が鮨を食べたいと言いだし、家族は従うことにした。

ただ、それが回転寿司ではなく板前が握る寿司屋だったのには驚いた。自家用車で着いた先は、出前もとったことがない繁華街近くの真新しい寿司屋だったのだ。

「うそ。ここで食べるの？」

車から降りる前に、恭子は夫のブルゾンの袖を引っぱった。

「ああ。いいじゃないか、たまには。競馬も勝ったしさ」夫がシートベルトを外しながら答える。

「そりゃそうだけど」

茂則が今日の競馬で小遣いを増やしたことは知っていたが、その金額までは聞いていなかった。以前、少ない戦果に「なんだ」とつぶやいたら、いきなり怒りだしたことがあったからだ。

「ねえ、いくら勝ったの。教えてよ」腕を揺すると、思わせぶりに夫がにやつく。

「なんだよ、子供の前で」

「早く行こうよ」

うしろから健太が身を乗りだす。香織も同じように首を伸ばした。

「ちょっと待ってなさい」子供をシートに追いやった。

「揉めるなよ。こんなところで」

「だって高いじゃない、こういうところ。四人で食べたら」

「そうでもないさ。前に会社の連中と来たことがあるし」

「でもおとうさん、お酒飲むし、二万円ぐらいいっちゃうんじゃないの」

「まあ、それくらいは」

「だったらもったいない。回転寿司でいいじゃない。ほら、市民会館のそばにできたナントカっていう大きなお店。結構おいしかったし、一万円以下で済むし」

恭子が訴える。そんなお金があるのなら、もっとほかのことに使いたかった。洋服とか、食器とか。

そんな妻の心を見透かしたのか、茂則は「回転寿司にして、代わりに服でも買えって言うんだろう」と言って恭子の腕を押した。

「そうだけど」

「いいから、行くぞ」夫がかまわずドアを開けた。「服だって買ってやるさ」

「ちょっと待ってよ」

「なんだよ、うるさいなあ」

「……じゃあ、高いのはやめようね」

「もう、おまえは貧乏性なんだから」茂則は呆れ顔で笑っている。

ほんとうにいくら勝ったのだろう。賭け事で得たお金は、うれしいけれど怖くもある。

店に入ると、奥の座敷に通された。木の香りがする部屋を眺めまわし、この手の寿司屋に来るのは何年ぶりだろうと、大袈裟な感慨にふけった。家を建ててからは初めてのことだ。

「玉子」健太がおしぼりを運んできた仲居にいきなり告げる。

茂則が吹きだし、恭子も肩の力が抜けた。仲居も笑っている。

「わたし、海老」負けじと香織も大きな声で言った。

のり巻き。トロ。二人で知っているネタの名前をあげている。

「お子様向けの握りセットがありますけど」と仲居。

「わさび、抜いてあるんですよね」

「ええ、そうです。デザートにアイスクリームもつきます」

「アイス、食べる」健太が手を挙げた。「わたしも」と香織。

「静かにしなさい」恭子が諫めると、やっと子供たちは黙った。

「お飲み物のほうは」

「ビール、大瓶で一本」茂則が答える。「子供にはジュースをもらおうかな。それからツマミは鮑(あわび)と白身の魚を適当に」

何か言いたかったけれど、子供の前なのでやめておいた。茂則は涼しい顔で品書きを眺めている。休日は整髪料をつけないので、前髪が額に垂れていた。その部分だけアンバランスに幼い。結局、子供たちにはセットを注文し、自分たちは上握りコースを頼んだ。

ビールが運ばれ、茂則に勧められるままグラスに一杯だけ飲んだ。

恭子が鮑に箸を伸ばす。こりこりとした感触を味わったら思わず顔がほころんだ。たまの贅沢もいいか、そう思うことにした。

「ぼくも」健太が言う。

「だめ。これはお酒を飲める人だけ」

真顔をつくってはねつけた。子供たちは黙ってジュースを口に運ぶ。我が家の子供たちは聞き分けがいい方だ。

テーブルに並んだ上握りは、恭子が忘れかけていた上等な鮨だった。トロはスーパーで売っている、少しだけ脂っぽいものではなく、美しいサシが入っている。穴子は舌の上でとろけ、ツメの甘さにも品があった。

「おいしいね」ますます笑顔が隠せない。

「だから言っただろう。たまには贅沢もいいって」

家を買ってからというもの、恭子の最大の関心は節約だった。かつかつの生活というわけではないが、収入が決まっている以上、お金を捻りだす方法といえば節約しかなかった。だから極力贅沢は避けた。避けたというより、罪悪感を覚えるようになった。タクシーを使った日など、しまったなとしばらくくよくよするほどだ。

「ねえ、おとうさん」夫にビールをついだ。「お金持ちの人に頼みがあるんだけど」

「なによ」

「庭に花壇、造りたいの。カンパして」

「いいよ」茂則があっさりうなずくので、恭子はうれしくなった。「前から言ってたもんな。花壇、造りたいって。で、何を買うわけ」

「腐葉土とか、肥料とか。あとレンガも」

「レンガ？」

「そう。ちゃんと囲いたいから」

「本格的じゃない。素人が大丈夫かよ。業者に頼んだら」

「自分でできるって。香織と健太も手伝ってくれるし。そうだよね」

二人に聞く。子供たちは口々に「いいよ」と言ってくれた。

「わたし、チューリップがいい」香織が箸を振りあげる。

「チューリップはもう遅いかな。冬の間に植えておかないと、春には咲かないの」

「じゃあメロン」

笑わせようとしてなのか、健太が声を発する。夫婦で笑い声をあげた。

「ばーか。メロンは花じゃないの。果物」と香織。

「でもメロンだって花ぐらいあるんじゃないの。カボチャにあるくらいだし」と茂則。

「おかあさんは知らない」恭子がかぶりを振る。

しばらくメロンの花談義になった。

その間、仲居が顔をのぞかせ、追加の注文はないかと聞いてきた。茂則が穴子を注文し、子供たちも食べたいというので同じものを四人で追加した。

子供たちは穴子がすっかり気にいったようで、これはどんな魚なのかと聞いてきた。蛇に似ていると夫がからかうと、顔をしかめながらもよろこんでいた。

健太が言ったからというわけではないだろうが、デザートにはメロンが出てきた。ただし大人だけで、子供はアイスクリームだ。自分たちもメロンが欲しいと口々に言う。

「じゃあ頼んであげる」と茂則。

「だめよ」ひとつぐらいは節約しようと思った。子供は癖になる。「おかあさんのを二人で食べなさい。おかあさんは、おとうさんと半分っこするから」

茂則もこのときは従ってくれた。一切れ頬ばりながら、なんておいしいメロンだろうと思った。

レジで会計を済ませるとき、夫のうしろでそれとはなしに聞き耳をたてた。やはり二万円を超えていた。それに見合う味だったので満足も納得もしたが、自分のパート代の六日分なのかとつい考えてしまった。

家に帰り、子供たちが二階に上がってから、夫に聞いてみた。

「ねえ、本当にいくら勝ったの。今日の競馬」

「うん？ 今までの負けを少し取りかえしただけのことだって」茂則がはぐらかす。

「いいじゃない、教えてよ」

「……約二十万」

「うそぉ」驚いた。

「正確に言えば、十九万三千円」

「なんで、なんで」

「なんでって、予想した馬が来たからだよ」

「凄いじゃない」

「だから、勝つ日もあれば負ける日もあるんだって、競馬は」

「洋服、買ってね」

「はいはい」茂則は笑っていた。

「美容院も行きたい」

「どうぞ。美容院でも、エステでも、どこへでも行ってください」

茂則は財布から五万円を抜きとり、恭子に手渡した。恭子が芝居がかったシナをつくると、さらに一万円、追加してくれた。中肉中背の茂則に抱きついて、頬にキスをする。

茂則は柄にもなく照れている。

二人で床につく。「あるかな」と思ったけれど、茂則は先に寝てしまった。

その夜、恭子はうまく寝つけなかった。

臨時収入によろこびつつも、無邪気にはなれない。

こんな日はたいていそうだ。心にかすかな薄雲が広がる。一度、茂則の競馬につきあって、勝つところを目撃できたらどれほど気がらくなことだろう。

五年前にちょっとした金銭にまつわる事件があった。そのとき以来、恭子の心の中には開けたくないドアがある。

週が明けて、子供たちが春休みに入った。

恭子は子供たちに、自分の携帯の番号と、何かあったら隣のおばさんを頼るようにと教え、家を出た。もちろん隣人にはその旨（むね）の挨拶をしておいた。

香織と健太を家に置いてパートに出るのは不安があるが、冬休みのとき、思いきって留守を任せたら、親が考えているよりずっと香織がしっかりしていたので、今回も仕事を継続することにした。職場に対する気兼ねもある。家の都合ばかり優先されたら、店側だって困ってしまうだろう。

出勤したら事務室から出てきた岸本久美と鉢合わせした。

「おはよう。何？」と恭子。事務室に何か用があったの、という意味で聞いた。

「勤務時間、変えてもらおうと思って、店長に」

「あ、保育園も春休みなんだ」久美には四歳の息子がいる。歩きながら話した。

「そうじゃなくって、フルタイム勤務にしようと思って」

「うそ」

「ほんと」明るい久美が浮かない顔をしている。「うちの旦那、ここんところ給料が減ってるんですよ。だから」

「……ふうん。不景気だもんね、どこも」

久美の夫が印刷会社の営業マンだということは以前聞いていた。言葉が見つからないので、黙ったまま歩く。控室に入り、久美のぶんまでお茶をいれてやった。あまり立ち入らないほうがいいかなと思った。自分なら、家のことを根掘り葉掘り聞かれたくない。

けれど、先に来ていた西尾淑子が黙っていなかった。久美がフルタイムに変えたがっていると聞くや、質問攻めにしたのだ。

「残業代ががた減りなんですよ」久美が湯呑みに口をつ

けながら話す。「残業代あてにして、マンションのローンを組んでるし」

「その若さでマンションなんか買うからよ」

公団住まいの淑子が非難めいた口調で言った。

「そうですかねえ」

「だって旦那、まだ三十なんでしょ」

「ええ」久美が元気なくうなずく。

「ううん。財産になるんだもん。買ったのは正解だって」かわいそうなので恭子が助け船をだした。「大丈夫。いま我慢すれば、そのうち上向きになるって」

久美は「そうですよねえ」と遠慮がちにほほ笑む。

「及川さんの旦那さんは、残業代、減ってないんですか」

「どうだろう。給与明細、見てないし」

「うそぉ。見せてもらえないんですか」

「見せてくれないわけじゃないけど、うちはなんとなくそういうことになってるの。でも、二十五日に銀行で記帳すれば金額はわかるから」

「そこから旦那さんに小遣い渡すんですか」

「それがね、うちの旦那の会社は変わってて、激奨金っていう名目の手当が別の日に直接出るのよ。五万円ぐらいなんだけど。夫はそれを小遣いにしてるの」

「ふうん……」久美は不思議そうに恭子を見ていた。

恭子が夫の給与明細を見なくなってもう二年がたつ。一度「なくした」とつっけんどんに言われ、それ以来催促しづらくなった。どこか怖がっているのも事実だ。

「子供はどうするの」

「実家の母に頼もうと思ってるんです。歩いて行ける距離じゃないけど、自転車なら二十分くらいで着くから」

「毎日、預けにいくんだ。そりゃ大変だ」と淑子。

「いい運動になるわよ」恭子は少しでも慰めてやることにした。

「本当は、正社員にしてほしいんですよねえ。同じ仕事をしても、パートと社員じゃ給料が全然ちがうじゃないですか。ボーナスもパートはないし。保険だってないし」

「店長に頼んでみた？」

「うん」久美が口をすぼめる。「社員の募集はしてないって。それに、社員になったらそう簡単には辞められませんよって。そう言われればそうだし……」

「あ、そうだ」淑子が声をあげた。「ゆうべ、変な電話があったんだ。あんたたちの家、なかった？」

「変な電話って？」

「ここの店の人から。ない？」

「ないけど」恭子と久美が口々に答える。

「多摩店のパートの人らしいんだけど、本城店では、パート従業員はナントカっていう契約書にサインしているんですかって聞くの」

「ナントカって」

「わかんない。忘れた」

「多摩店ってスマイルの本店だっけ」恭子はお茶のおかわりをついだ。

「そう。電話は女の人だった」

「それで？」

「及川さん、ここに入るとき、何かの契約書にサインした？」

「ううん」久美を見ると彼女も首を横に振った。

「わたしもしてないんだけど、覚えがないって答えたら、その人が……ええと、確か小室（こむろ）とかいう名前だったと思うけど、いろいろ聞くのよ」淑子がここで声をひそめた。「入るときに労働条件の説明は受けたのかとか、雇用保険は入ってるのかとか」

「何、それ」

「わかんない。それでわたし、気味が悪くて、どうしてうちの番号を知ってるんですかって聞いたら、会社の名簿を見たって。それでパート歴の長い人を選んでかけてみたって言うの」

「何かのセールスか勧誘なんじゃないの」

「わたしも最初はそう思ったの。でも礼儀正しかったし、パートだから会社のことはよく知らないって言うと、じゃあ結構ですってあっさり引きさがったから」

「その人もパートなんでしょ」

「そう言ってたけど」

店内チャイムが鳴る。時間がきたので話はそこで打ちきりになった。

「よっこらしょ」淑子が長靴を履きながら、いちいち声を発する。順にタイムカードを押し、一階へ降りていった。

いつもどおりの朝礼があり、榊原店長はつまらなさそうな顔で業務連絡を告げていく。朝なんだからもう少し元気よくすればいいのにと思うのだが、性格は直らないのだろう。若い女子社員に商品補充のことで注意を与えていたが、目を見ようとしなかった。

その後、池田という課長が、勤続五年になるパート従業員が今日を最後に辞めるということを知らせた。さらなる郊外に一戸建てを購入したらしい。池田課長がねぎらいと祝いの言葉を述べ、みんなで拍手した。部下にやらせたところから見ても、榊原店長はこの手のコミュニケーションを避けている節(ふし)がある。

　この日は、トラブルがふたつあった。

　表の自転車置き場で将棋倒しがあり、客が怪我をしたのだ。それがひとつ目。

　運悪く恭子がその場にいた。レジが暇だったので、乱雑に停めてある自転車を並べ替えていたら、一人の主婦が自転車にぶつかり、次々と倒れていった。その先に男の老人がいた。老人は尻餅をつき、しばらく立てなかった。総菜や卵が散乱している。

　主婦は逃げた。老人に言わせると、それを見過ごした恭子に非があるらしい。捜しだして謝罪させろと、高齢者にありがちな癇癪を起こしていた。

　店長が金を包んで収めた。スーパーの客は主婦か老人かだ。共通するのは、怒りに火がつくと、収めどころがないということだ。愚痴をこぼす相手や、発散する場所が少ないからなのかもしれない。

　ふたつ目はパート同士のいさかいだった。

　恭子が控室で昼食をとっているときに起きた。有機野菜の宅配システムを周囲に勧める磯田に、それに従い契約した若い主婦が異を唱えたからだ。二人を含めた何人かは、控室で特売品の袋詰めをしていた。

「それはあなたの舌のせいよ。薬漬けにされた野菜ばかり食べてきたから、本当の野菜の味がわからないのよ」

赤いブラウスを着た磯田がよく透る声で言う。

「そうですかねえ」最初は若い主婦も遠慮がちだった。

「そうよ。本当の野菜は滋味ってものがあるの」

「でも、磯田さんは甘みがあるって、最初、言ってたじゃないですか」

「甘みだってあるじゃない。感じなかったの。言っとくけどケーキみたいな甘さじゃないのよ。ほのかな糖味なのよ」

「わたしはわからなかったなあ」

「だから舌がまだ大人になってないの。それか料理の仕方が悪いんじゃないの」

「そんなこと」このあたりから若い主婦の顔がこわばりはじめた。「ちゃんと普通に作ってます」

「化学調味料、使ってるでしょう」

「使ってますけど」

「だからだ。だめよ、あんなもの使っちゃ。後味が全部一緒になっちゃうんだから。そもそも素材に味があるのに、どうしてそんなもの使うの」磯田がまくしたてる。作業の手はとっくに止まっていた。「いい？　オーガニックっていうのは、生活に『安全』を求めようってするスタイルなのよ。農薬を取り続けてガンになっちゃったりしないように、人間本来の生き方に戻ろうっていう運動なの。そのためには、まず自分が変わらなきゃ。環境ホルモンって、あなた知ってる？　勉強だって必要なのよ。あなた、買い物が面倒だからとか、そういう理由で入ったんじゃないの」

「いいえ。買い物ぐらい、いつだってします」

「ここで売ってる野菜、見てごらんなさいよ。トマトなんか気味が悪いくらい色も形も揃っちゃって。まずは身の回りに疑問を感じることが大切なのよ」

「それはもういいですけど」

「よくないわ」

「いいです」若い主婦が思いきったように言う。「わたしの舌が悪くても、料理がへたでも、そんなことはもういいんです。それより、どうして磯田さんの勧めてくれたところは解約させてくれないんですか」

恭子は下を向いたまま聞き耳を立てていたが、そこで顔をあげた。もはや部屋中に響く声になっていた。

「それは誤解よ。もっとあなたに続けてほしいから、気が変わるかもしれない期間を置いているだけのことなの」

「ちがいます。いまやめるなら違約金を払えとか、そういうこと言ってるんですよ」

「嘘です」

磯田のその言葉は、若い主婦に対してというより、周りで聞いている女たちに発しているように思えた。

「それに、変な会報誌を一方的に送りつけてきて、代金まで請求されるし」

「あれはためになる雑誌なのよ」

「どうしてオーガニックの会報誌で、学校教育が危ないとか予知能力がどうしたとか、そういう記事が出てくるんですか。変じゃないですか」

「だからオーガニックっていうのは、単に有機野菜のことだけじゃなく、運動なんだって言ってるじゃない。人間が人間らしく生きるためのポリシーなの」磯田は強い口調で若い主婦をなじった。「これって名誉毀損よ。あなた、オーガニックを理解するにはちょっと教育水準が低いのかもしれない。あーあ、勧めたわたしが馬鹿だったのかしら」

「ちょっと、教育水準が低いって何ですか」若い主婦が気色ばんだ。

「ねえ、もうやめない、あなたたち」そばで聞いていた年配の女が、たまらず止めに入った。「ほら、食事をしてる人だっているし」

みなが恭子の方を見たので笑みをかえしたが、頬が軽くひきつった。

若い主婦は顔を赤くして部屋を出ていく。その目は涙ぐんでいた。

「みなさん、誤解しないでね」磯田が猫撫で声で言う。

「オーガニックって体にも心にもいいのよ」

関わりあいになるまいと思い、目を合わせないようにした。

恭子はすぐに退席したが、騒ぎはその後も続いたらしい。戻ってきた若い主婦と磯田が商品をぶつけ合う喧嘩になったのだ。

話を聞き、どちらかが辞めるのだろうなと思った。磯田だとありがたいのだが、たぶん辞めるのは若い主婦の方だろう。


その日の夕食は子供たちと三人ですき焼きを食べた。スマイルが牛肉の特売日だったので、ついでに買って帰ったのだ。夫は宿直なので四百グラムしか買わなかった。茂則の勤める会社は、倉庫があるせいか社員が順番で宿直することになっている。今夜は本来なら当番日ではないのだが、部下に頼まれて代わったらしい。夫の会社ではよくあることだ。

「今日ね」香織がご飯を頬ばったまま言う。「健太、公園で泣いたんだよ」

「ほんとに？」健太を見たら不服そうに口をとがらせていた。

「ブランコから落ちて、べそかいてんの」

「ちがうよ」

「じゃあ何よ」

食卓で小さな姉弟喧嘩が始まる。いつものことだった。

諫めながらも、恭子は心のどこかで苦笑している。賑やかでいい。二人子供を産んだのは正解だ。姉弟はいざとなったら助けあうのだから。二人にとって、喧嘩は成長するための儀式のようなものだ。

食事が終わると、子供たちはテレビゲームをはじめた。一日三十分と決めているが、当人たちは「昼間はやっていない」と言うので信じるしかない。

恭子はあと片づけをすると、風呂に火を点け、テーブルで新聞を読んだ。いつもはざっと眺めるだけだが、夕刊には肩の凝らない記事が多いので、暇なときに開く。デパートの催し物の情報ページを見ていた。

そのとき電話が鳴った。出ると、知らない女の声だった。「あのう。スマイルにパートでお勤めの及川恭子さんでいらっしゃいますか」と先方が言ったとき、すぐさま淑子の話を思いだした。ゆうべ淑子の家にかかってきた電話が、今夜はうちにきたのだ。

「わたくし、多摩店にパート勤務してます小室和代と申します。夜分に恐れいります。あのう、今、電話はよろしいですか」丁寧な口調だった。恐縮している様子が受話器の向こうからも伝わった。

「ええ。かまいませんけど」訝りながら、恭子が答える。

「実は名簿を見て、電話させていただいているんですが。及川さんはスマイルにお勤めになって一年ですよね」

「はい、そうです」

「お勤めを始める際にですね、本城店は榊原さんって方が店長だと思うんですが、その店長とどういう契約をなさいましたか」

「契約……ですか」

返答に詰まった。何かにサインをした覚えはあるのだが、それは簡単な誓約書のようなものだった気がする。辞めるときは一ヵ月前に通告するとか、三回遅刻したら一時間分の時給を引かれるとか。

それを告げると女は「じゃあ、雇入通知書は見てないわけですね」と、こちらの様子を探るように言った。

「雇入通知書、ですか」はじめて聞く言葉だった。

「勤務日とか休暇とか、あとは賃金などが書かれた書類なんですが」

「いえ、それは知りません」

「すると口約束だけだと……」

「ええと、そうだと思います」思いだした。個人面談で榊原は口頭で了解を求めたのだ。

「ちなみに有給休暇はとったことがありますか」

「いいえ」受話器を耳にあてたままかぶりを振った。

「だって、パートですから」

「パートでも有給休暇はあるんですよ。六ヵ月、勤めれば」

「そうなんですか」

「そうです。給料がもらえて休めるんです。それに一年以上働いて年収九十万円以上の見込みがあれば、雇用保険にだって入れます」

「……わたし、そういうのに疎いものですから」

「会社は隠してるんです。パートは無知だからってたかをくってるんです」

「はあ……」

相槌は打つものの、警戒心がふくらむ。面倒なことに巻きこまれなければいいがと思った。

「一度、お目にかかれませんか」女が言う。「及川さんとお会いして、ぜひお話ししたいことがあるんです」

恭子は戸惑った。だいいち、どうして自分に。

「あのう……小室さん、でしたよね」

「ええ」

「どうしてわたしなんでしょうか。小室さんはゆうべ、西尾淑子さんという方にもお電話なさってると思うんですが」

「西尾さんがおっしゃったんですか」

「今朝、聞きました」

「そうですか」受話器を伝って先方が苦笑しているのがわかった。「西尾さんには一応、ご内密にお願いしますとは申しあげたんですが。やっぱり、あの方では……」

「はい？」

「すいません。こう言っては失礼なんですが、西尾さんにはお話がなかなかご理解いただけないようなので、あきらめたんです。そこで、今度はどなたにしようかと思いまして、履歴書のコピーを拝見しましたら、及川さんが女子大を出てらっしゃるものですから、この方ならわかっていただけるだろうと思ったんです」

「はあ……」女子大といっても短大のほうだ。

恭子が黙っていると、女は「怪しい電話だと思ってらっしゃるんでしょうねえ」とかすかに笑った。

「いえ、そんな」こちらも苦笑する。

「いいんです。普通の人なら警戒すると思います。何かを売りつけられるんじゃないかとか。でも、そんなんじゃないんですよ。パート従業員の待遇を少しでもよくしようと活動してるだけのことなんです。及川さん、会っていただけません？　三十分でいいんです。お聞きしたいこともあるし、聞いてほしいこともあるし。もし会って、わたくしどもの話に賛同できないというのなら、そのときは二度と連絡は取りませんから」

「でも、わたしなんかと会っても……ほんと、ただのパートなんですよ」

「いいんです。実を言うと、北多摩店とか町田店とか、各支店のパートさんとはすでにお会いしてるんです。本城店だけ適当な方が見つからなくて。ほんとうにお願いします。それに、絶対にご迷惑はかけません」

「はあ……そういうことでしたら」

断りたかったけれど、その言葉が出てこなかった。

「まあ、うれしい」女は電話の向こうで声を弾ませている。

小室という女は、てきぱきと日取りと場所を決め、うなずいていたらいつの間にか三日後の午後、パートが引けてから会うことになっていた。

三日後というのも、明日とあさっては児童館の世話役の当番だと恭子が言ったからで、向こうは一刻も早く会いたがっている様子だった。

恭子は念のために連絡先を聞こうと思ったが、それより先に自分から電話番号を明かした。常識はあるのだな、と少しだけ安堵した。

女は最後に、「店側にだけはご内密にお願いします」と言った。たぶん、パート仲間に話してしまうのは仕方がないと思ったのだろう。

受話器を置いて吐息をついた。

勧誘ならばきっぱり断る自信がある。しかし今回は、そうではなさそうなので、押しきられた形となってしまった。

まあいいか。少なくとも感じの悪い人ではなさそうだから。

時計を見たらとっくに三十分が過ぎていたので、慌てて子供たちをテレビの前から移動させた。風呂を焚いていることも思いだし、風呂場に走ると、手を入れられないほど沸きすぎていた。

6

朝、工藤副署長の部屋に呼ばれた。花村の一件はどうなっているのかという、調査報告の催促だった。九野薫は窓の外の三月の空を見ながら、「進展がありません」と簡潔に答えた。雲は空全体に薄く広がり、その奥の青が透けて見えていた。

実際、花村は用心しているのか女の店やマンションへは出入りしていなかった。前から噂のあったサイ場にも足を踏みいれていない。女は女で、店と住居を行き来するばかりで、いたって平凡な毎日を送っている。

花村は手順を踏もうとしているように思えた。先に現在の妻と別れ、女は一旦水商売から足を洗わせ、そのあとで籍を入れるのだ。そうなれば服務規程を持ちだすのは容易ではなくなる。

「一度の外泊もないのか」工藤のよく透る声だった。

「わたしが見た限りでは」九野は静かに首を振る。

「暴力団がらみでは何かないのか」

「ですから、花村氏はここのところ真っすぐ家に帰っています。昼間のことまではわかりませんが」

工藤は黙ったまま九野を見つめ、たばこに火を点けた。彫りの深い工藤が眉を寄せると、そこだけ外国映画のワンシーンのように映る。「ま、一週間や二週間では何も出てはこんか」椅子の背もたれを軋(きし)ませ、煙を深く吸った。

いつまで続くのか。九野はうんざりした。

「安心しろ。何か事案が起きたら解放してやる」嫌気が顔に出たのだろうか、工藤は見透かしたようなことを言った。「実は本庁のほうからも問いあわせがきてるんだ」

「監察ですか」

「ああ、噂は早いんだ。できるならこっちで済ませたいんだがな」

警視庁の警務部人事一課には「監察」というセクションがある。組織内の不穏分子や、不祥事を起こした警官を取り調べ、処分する係だ。それはそうだろう。花村は本庁の人間がいる前で工藤をなじったのだ。

「言っとくがな、花村の言っていることは妄想の類いだ。おれは自分の腹を肥やすために金を使っているわけじゃない」

工藤が自分から金の話をしたので、九野は驚いた。幹部が警部以下にこの手の話をすることはまずない。

「商工会の連中と酒なんか飲んで何が楽しい。おまえならわかるだろう。おれは読書でもしていたいタイプなんだ。地元商工会なんて代議士にタカる有権者と同じだ。おれが防波堤にならなきゃ署長が引っぱり回されるんだ。交通違反を見逃せとか、あの道を一通にしろとか」

しばらく間があった。言い過ぎたと思ったのか、工藤はむずかしい顔で鷲鼻を掻いた。「おまえも上に立てばわかるさ。組織にはいろんなしがらみがあるんだ。これから一人だけ抜けることはできないんだ」

たばこを灰皿に押しつけると、大きく伸びをした。糊のきいたワイシャツのこすれる音がする。工藤が少しでもくたびれたシャツを着ているのを、九野は見たことがない。

椅子を回転させて窓の外に目をやった。

「ところで、おまえはいつまで警部補でいる気なんだ」

「ええ、まあ、ちょっと」九野が言い澱む。

「せっかく時間のとれる署に移ったんだから、ちゃんと試験勉強しろ。三十代で警部になれればあとあとらくだぞ」

「はい」

「警部になって本庁に戻れ。おれが推薦してやる」

「わかりました」

「帰ってよし」

言われて九野は部屋を出た。首を左右に捻ったら骨の鳴る音がした。

ともに本庁にいるとき、工藤は九野の上司にあたった。新米だったころは指導官でもあった。部下から慕われる上司とは言いがたいが、指示は的確だった。

工藤からしつこく教えられたことは、聞きこみの方法でも勘の働かせどころでもなく、調書の取り方だった。刑事は作文能力だと工藤は言いきった。被疑者がいかにして犯罪に至ったかを、簡潔かつ明瞭に文章化し、いかに検事を納得させるかが刑事の評価を分けるのだと、工藤は静かな目で言った。被疑者は往々にして口べたで、自分の気持ちをうまく伝えられないため、刑事がそれを補わなければならないからだ。工藤の書いた供述調書は常に課内の手本であり、ときには若手の検事がこっそりコツを聞きにくることもあった。彼は理論家だった。

そのぶん、部下を連れて飲み歩いたり、ハメを外すことはなかった。さしたる武勇伝もない。事案が解決すれば一人で家に帰っていった。他人と一定の距離を置く工藤の態度は、周囲の目にはややもすると冷たく映った。そのあたりが部下たちの誤解を招くのかもしれない。

刑事部屋に戻ると、佐伯主任から声がかかった。

「おい、コーヒーでも飲みに行かんか」

佐伯が上目づかいに睨む。怒っていなくてもそうやって凄むのがこの男の癖だ。

「いれましょうか」

「馬鹿。ここのコーヒーは自白剤が混入されてるって噂だ」そう言って口の端だけで笑う。「外に行こうぜ。裏の『シャッフル』だ。今ならまだモーニングサービスに間に合う」

「朝飯、喰ってないんですか」

「ああ」佐伯が立ちあがり、上着に袖を通した。

デスクワークがあったが、急ぎでもないので付きあうことにした。佐伯が先に歩き、九野はあとについていく。佐伯は署内で顔が広く、途中で何人もの署員と挨拶を交わしていた。

裏の通用口から外に出ると、敷地内の桜が八分咲きだった。その花弁が春の風に撫でられ、小刻みに揺れている。軽く深呼吸をすると樹木の香りが鼻をくすぐった。

二人で門をくぐる。佐伯がネクタイを緩め、短い首を精一杯伸ばした。

「奥さん、ストライキですか」

「うん？」

「朝飯。食べてないっていうから」

「ちがうよ。上の息子だ」

「……貴明君、でしたっけ」

「ああ。朝方、ひきつけ起こしてな。病院へ連れていったんだ。下の坊主にはコンビニのサンドイッチを食べさせたが、おれは時間がなかった」

筋ジストロフィーと聞いたことがあった。障害をもつ子を抱えながら明るく振る舞うのだから、その点に関しては尊敬している。

佐伯は転勤を望んでいない。本庁の人事にも家庭の事情を話し、本城署に留まることを願いでている。佐伯は一刑事としてこの町に骨を埋めるのだろう。

喫茶店に入ると、生活安全課の署員たちが奥のテーブルで談笑していた。

「よお。クスリのネタやるぞ。コーヒー代払え」佐伯が冗談とも本気ともつかない軽口を彼らに飛ばす。九野に向けて顎をしゃくり、窓際のテーブルに腰かけた。

「モーニングね」聞かれる前に佐伯が年増のウエイトレスに告げる。九野はコーヒーだけを注文した。

おしぼりで顔から首筋まで拭いて、佐伯が身を乗りだす。

「おぬし、花村を怒らせたのか」

思いもよらない問いかけに、九野は返答に詰まった。

「どうなんだ。花村の野郎、九野だけは許さねえって息巻いてるそうだぞ」

「……誰から、聞いたんですか」

「マル暴の若いのだ。もっともそいつも又聞きだがな」

「そうですか」

「だいたいの察しはついている。口が軽けりゃ刑事なんかやってられねえからな、詳しいことはおぬしにも聞かねえよ。花村はもう終(しま)いだ。誰だって知ってるさ」

九野は黙ったままコップの水で唇を湿らせた。

「かわいそうなもんさ。同僚も避けてやがる。災難が飛び火するのが怖いんだろう」

「主任は花村氏とは仲がよかったんでしたっけ」

「そんなわけねえだろう、あんなワル。度胸と気前がいいのは認めるが、慕っているのは態度の悪い奴らばかりだ。ベンツなんか乗りまわしやがって。おおかたやくざに金でもたかってんだろう」

コーヒーが運ばれてきたので砂糖を二杯入れた。ミルクを注ぎ、カップの中で渦を巻いて溶けていくのを見ている。

「おぬし、スナックの前でやっこさんの女を張ってるのか。ほら、去年の春までうちにいた脇田とかいう元婦警」

思わず顔をあげた。

「悪かった。返事はしなくていい。でもな、どうやらその件が知れて花村はブチ切れたそうだぞ」

「あの野郎……」あの晩のやくざの顔が浮かんだ。確か大倉とかいう名前だ。

「どうした」

「佐伯さん、清和会の大倉ってやくざ、知ってますか」

「おお、名前だけはな。清和会じゃ若手のホープらしいな。自動車金融とか興信所とか、いろいろ手広くやってるって話だ。それがどうかしたか」

「そいつが花村氏にチクッたんですよ。見られてますからね」

「とにかく気をつけろ。ヤケをおこした熊みたいなもんだからな、いまの花村は」

「いきなり背後から襲ってくるってこともないでしょう」

「自分でやるとは限らんさ」

「脅かさないでくださいよ」

「まあ、用心するに越したことはないさ」

佐伯がトーストをかじる。音をたてて食べながら「よくもまあこんなに薄くバターを塗れたもんだ」と、ひとりごとのように言った。

「ところで、おぬしの嫁さん探しの件だが……」

「またですか」

「新町の呉服屋の娘。今度の日曜、一緒に映画を観ることになったからな」

「誰がですか」

「おぬしがだよ」

「そんな勝手な」顔をしかめて抗議した。

「先方は気にいってるんだ」

「そんなこと言ったって」

「何か不都合でもあるのか」

「別に不都合ってことは……」

「じゃあいいじゃねえか。バツイチだけど、今日び珍しいことじゃねえ。亭主の浮気が原因だから被害者みたいなもんだ。すらっと背の高い美人じゃねえか。おぬしにはもったいないくらいだ」

「もったいないんだったら辞退しますよ」

「何がいやなんだ。一生独身でいくつもりか。亡くなったカミさんのことを思うのはわかるが、もう七年だろう」

「まだ七年です」

「じゃあ何年経てばいいんだ。十三回忌が済むまでか」

「それは……」九野が口ごもる。

「亡くなったカミさんだって、そんなことは望んでないだろう」佐伯は砂糖を三杯も入れてコーヒーを啜った。

「余計なお世話だってことは知ってるよ。でもな、こういうのは周りが急きたてないと、当人はいつまで経っても動こうとしないんだよ」

「その人は……」

「何だ」

「早苗の、いや義理の母と、一緒に暮らしてもらえますか」なぜ自分がそんなことを言いだしたのかわからなかった。

「何言ってんだ、おぬし」佐伯が目を剥いた。

「もしかしたら、義理の母と養子縁組するかもしれないし」

佐伯が眉間に皺を寄せて九野を眺めている。咄嗟の嘘なのか、それとも心の底にあった本心なのか、自分でも判断がつかなかった。だいいち義母にそんな話を持ちかけたことはない。

「……おぬし、九州の親ってのはどうなってるんだっけ」

「母は死んで父は健在です。兄貴夫婦と住んでます」

「ふうん」佐伯は腕を組むと、背もたれに身体を預け、あらためて九野の顔をまじまじと見つめた。「……一応、聞いておいてやるよ」

目の前の男からそんな言葉が出てくるとは思わなかったのだろう。佐伯は黙りこみ、トーストを食べる行為に戻った。

喫茶店を出ると、九野は佐伯と別れ、図書館に向かった。調べたいことがあると適当な理由をつけた。

本当は窓際の席にいたせいで、日差しをたっぷりと浴び、眠たくなったからだ。

雑誌の閲覧コーナーには革張りのソファがあった。

昨夜は薬を控え、眠りが浅かった。昼間三十分でも眠れれば儲(もう)けものだと思った。


日が替わると本城署は朝からあわただしかった。

昨夜、三月二十六日未明、管内で放火事件が発生したからだった。

最初は単なる火災として消防署が出動しただけだが、火元と見られる箇所からガソリン臭がしたことから、本城署の鑑識と当直の警官が駆けつけた。さらには病院に運ばれた負傷者が不審な人影を見たと証言し、放火事件である可能性が高くなった。

午前七時に呼びだされ、出勤した時点で九野が知ったのはここまでだった。

通常、放火は刑事課の強行犯係が担当する。すぐさま四階の会議室で捜査会議が開かれることになった。

ところが部屋に足を踏みいれて九野は驚いた。

本庁の刑事がいるばかりか、暴力犯係の刑事まで顔を揃えていたからだ。その総数は約四十名にものぼった。

雑談をする者もなく、会議室は張りつめた空気に支配されている。

先に来ていた井上と目が合い、九野は奥まで進み隣に座った。

「えらく大袈裟だな」声を低くして聞いた。

「九野さん、『ハイテックス』って会社、知ってますか。自動車用品メーカー。そこです、火災があったのは」

「その会社だとどうかしたのか」

「去年、清和会系の政治団体が賛助金を強要し、恐喝容疑でパクッてます。その報復の可能性あり」

「ふん、そういうことか」

担当がちがうので全容は知らないが、話だけは聞いていた。品川から本城へ本社を移転する計画を進めているメーカーが、地元の政治団体から賛助金を求められた。

それを嗅ぎつけた警視庁がメーカーに被害届を出させ、本城署との連携により、恐喝容疑で何人か逮捕したのだ。

雛壇（ひなだん）に幹部が揃ったところで「起立」の号令がかかった。

椅子が床をこする音が響く。礼をして着席する。

雛壇の中央には署長が座ったが、隣には本庁の管理官が陣取った。その顔には見覚えがある。捜査四課の警視だ。ほかには機捜と鑑識の係長もいた。署の刑事課長はいちばん端で眠そうな目をこすっている。

署長と管理官がマイクを譲りあい、管理官の方がそれを握った。

「諸君、おはよう」

ハウリングが起き、慌てて課長がボリュームのつまみをいじる。管理官は手元のメモ書きに目を落としていた。

「本日、三月二十六日、午前二時三十分ごろ、管内の中町一丁目二十三番地一号のハイテックス本城支社において火災が発生した。詳しくは鑑識より報告があると思うが、ガソリン臭がすることと、不審者の目撃があることより、放火の疑いがある。また、火を消そうとして負傷者も出ている。株式会社ハイテックスは、品川区港南にある自動車用品メーカーで、今回火災が発生したのは、二年前に開設した支社にあたる。また、ハイテックスは二年後をめどに本城市に本社を移転する計画が進行中で、中町五丁目で現在、土地の取得、地上げを行っている。さて——」

ここで顔をあげた。ゆっくりと捜査員を見渡す。

「中にはこれから述べる事案に関わった者もいると思うが、重要な事案なので今一度、確認の意味で聞いてほしい。……では続ける。ハイテックスの地上げに関して昨年九月、『日章旗塾』を名乗る団体から政治献金名目で二億円の要求があった。日章旗塾は本城市に拠点を置く暴力団清和会系の政治団体。会社側が返答を先送りしていたところ、本社に対して恐喝行為におよび……具体的には清和会の名を挙げての威しと街宣車での威力業務妨害だが、それにより本城署は被害届を受理し、幹部三名を逮捕している。つまり、今回の放火は報復行為の可能性が高いと考えられる」

管理官がお茶を口に含み、険しい顔で咳ばらいした。この先は予想がついた。恐らく被害届は会社側が進んで出したものではなく、警察側が説得して出させたものなのだ。
「もちろん、捜査に予断が許されるわけはなく、諸君はあらゆる可能性を鑑(かんが)みて捜査しなければならないが、第一に諸君は、本件が市民生活を脅かす重大な事案であるという認識をもっていただきたい。当面の捜査は、三つの方針で推し進める。一、清和会及び日章旗塾への捜査。二、地取りによる付近の聞きこみ。三、ハイテックス内部の関係者への事情聴取。なお、報告等は連絡担当を通すこと。わたしからは以上」

言うのかなと思ったが、管理官は言葉を呑みこんだようだった。中には「警察のメンツがかかっている」と焚きつける幹部もいるのだが、人によるのだろう。

後難(こうなん)を恐れ、渋る被害者を説得して被害届を出させるケースは珍しいものではない。ときには警察が恫喝(どうかつ)めいたカードを切ることもある。暴力団につくか警察につくか、企業は選択を迫られることになるのだ。だから説得に応じた被害者は何としても「お礼参り」から守らなければならない。先の事案に関わった捜査員たちは、はらわたが煮えくりかえっているにちがいない。

次は鑑識課の係長がマイクを持った。「火災の程度は半焼」だと言っている。支社と言っても倉庫に事務棟がついただけで、中古物件を買いとったものらしい。本社がいずれ移転するのだから仮住まいでよかったのだろうが、古くて耐火建材でないのが仇(あだ)となったようだ。火元は事務棟の外壁で、ガソリンを撒(ま)いたのちに火を放ったものと思われる。一・五リットルのペットボトル容器数本が燃えかすとして現場に残っている。一一九番通報は隣の民家の主婦。鎮火したのは午前三時五分。
「また、本事案では負傷者が出ている」係長が立ちあがってホワイトボードに名前を書いた。「及川茂則、三十八歳。ハイテックスの社員で、昨夜は宿直の当番。第一発見者にあたる」続いて社屋の見取り図を貼る。「ここが宿直室。第一発見者はここで睡眠中に火災を知るのだが、当人が火傷(やけど)を負い、また気が動転している様子で、まだ詳しい事情聴取はできていない。毛布で火を消そうとして両腕にやけどを負った模様。現在は市民病院にて治療中。怪我の程度もわかっておらず」

九野はメモを取りながら、花村の行確(コウカク)から解放されたことを密かによろこんだ。それとなく見渡したが、この会議室に花村の姿はない。もはや花村は仕事を与えられない立場なのだ。たぶん自分は地取りか敷鑑(シキカン)に回されるのだろうが、捜査の本線から外れているとしても身内の尾行よりはましだ。

鑑識係長の説明は続いた。門扉の上辺にズック靴の足跡を採取。第一発見者は前の道路から人影が走り去るのを目撃しており、若い男との印象を持っている。街灯が正門前にあるものの、数ヵ月前から電球が切れたままだった。その後、スクーターらしきエンジン音を聞いているが、タイヤ痕は特定できていない。

幹部からの説明が終わると、管理官が配置表を読みあげた。

管理官が言う三つの捜査方針とは、清和会か愉快犯か内部犯行かということだ。

予想していた通り、九野の割りあてはハイテックス本城支社関係者からの聴取だった。本庁からやってきた服部という捜査員と組むことになった。

名前を読みあげたとき、互いに目が合った。向こうから軽く会釈してきた。

会議終了の声があり、それぞれが席を立つ。服部が皆より頭ひとつ大きいのに驚いた。そこには自分より背が高い同年輩の男が、薄い笑みを浮かべて立っていた。

「清和会も思いきったことしますね」

服部が車の助手席で仁丹を口に放りこみ、言った。「九野さんも」と促すので、手を出す。数粒がてのひらに分け与えられた。

「地元のやくざとしては格好がつかないんでしょうね、あのままでは。もっとも、そうと決まったわけじゃないですが」

口に含んで九野が答える。仁丹の苦味が鼻の奥にツンと滲みた。

「いやあ、決まりでしょう。若い衆が出頭して、来週には逮捕でしょう」服部が長い足を窮屈そうに組む。「九野さんは、本庁にいたんですか」

「ええ。三年前まで」

「じゃあすれちがいだ。わたしは三年前まで丸の内にいましたから」

服部警部補は配置表でコンビが決まると、自分から近づいてきて慇懃に腰を折った。何期ですかと警察学校の卒業年度を聞き、自分がひとつ年上だとわかってからも丁寧な態度を崩さなかった。もっとも礼儀正しいというよりは、自分が野卑な刑事ではないことをアピールしたくてそうしているように思えた。服部の着ている背広は三つ釦で、本庁の指定業者から購入したようなものではなかった。百九十近い長身となれば、オーダーするしかないのだろうか。

「九野さん、どこかで朝飯、喰いますか。ファミリーレストランでも探して」

九野が顔を向ける。服部は、四課の誰かが先に行ってますよと言って軽く笑んだ。「病院にも先客がいるだろうし」

清和会の線で捜査を進める班が、支社長と、目撃者で第一発見者である人物の事情聴取を真っ先に行うのは当然のことだった。九野は了承し、知っているファミリーレストランに車を乗りいれた。入り口でウエイトレスに喫煙席か禁煙席かを聞かれ、服部は「ぼくは吸わないけれど」と振りかえる。「わたしも」九野が答えると、服部は満足そうにうなずき、大股でフロアを歩いた。

席につくなり、服部はメニューをめくりながらひとりごちた。

「朝は五百キロカロリーぐらいにしておきたいんだがな……。一日二千キロカロリー以内に収めないとね」と小さく白い歯をのぞかせる。

「成人病でも患ってるんですか」冗談のつもりで聞いた。

「古いな。今は生活習慣病っていうんですよ」

「ああ、そうでしたね」

「十二パーセント」

「はい？」

「体脂肪率。十二パーセントを保ちたいんですよ」

服部は充分すぎるほど、引き締まった身体をしていた。

「九野さんは？」

「さあ、測ったことがないから」

「たぶん」身体をひいて九野を眺める。切れ長の目が動いた。「十五パーセントぐらいかな」

「まずいですか」

「いや。適正です」

こんなことを言いだす刑事ははじめてなので、少しあっけにとられていた。たいていの刑事は健康に無頓着で、不規則な生活もあって、中年になれば腹が出る。

服部はクラブハウスサンドとカフェオレを注文し、九野もそれに倣った。

「トンカツソースをね」服部が水に口をつける。「ウスターソースに代えるだけで十パーセント、カロリーダウンするんですよ。マヨネーズをノンオイルのドレッシングにすれば、百キロカロリーは抑えられる」

「お詳しいですね」

「女房ですよ。太ると怒るから」

聞いてもいないのに、服部は自分の妻が短大で栄養学を教えていると言った。子供はいなくて、夫婦で美術館を巡るのが趣味なのだそうだ。

「九野さん、お子さんは？」

「いいえ。独り者ですから」

普段とは勝手がちがう雑談に、九野は小さく苦笑した。おそらく捜査の本線から外れているという緊張感のなさのせいだろう。

「ところで、ハイテックス本城支社は――」服部が手帳を開き、急に真顔になる。「従業員が約四十名います。平から順に話を聞きたいと思うのですが」

「いいですよ」九野はうなずいた。

「内部犯行を想定した場合、退職者を含めた会社への怨恨を持つ者を洗いだす必要がありますが、その手の噂は管理職より平社員のほうが詳しいでしょう。それも女が」

「ええ。そう思います」

「不祥事等、知られたくないことがあって、口裏あわせをされる可能性もあるし、その意味でも下っ端からいきます。記録をお願いしていいですか」

「もちろん」

有能なビジネスマンを思わせる口調だった。てっきり形だけの聴取をするものだと思っていた。

「まずは、会社側に、パートも含めた従業員名簿と過去二年間の退職者リストを提供するよう要請。他の班と重複しても、我々で手に入れましょう」

服部がてきぱきと指示をだす。この捜査のイニシアティヴは、どうやら本庁の刑事が取ることになりそうだった。

「内部犯行だと面白いんだけどな」サンドイッチを頬ばりながら妙なことを言う。

九野はそれには答えなかった。


ハイテックス本城支社に着くと、やはり別の班が宿直室を使って幹部たちから事情聴取していた。それ以外にも、鑑識係が敷地内や表の道路で遺留品の有無を調べている。捜査会議では半焼ということだったが、それは二階建の事務棟の一階に限っての話で、二階は無事らしい。のぞいたら、従業員たちはその二階に待機していた。その顔に沈んだ様子はない。経営者でもないかぎり、どこか人ごとの感じがするのだろう。

まずは名簿を手に入れ、出欠をとった。本社から駆けつけた人間もいたが、彼らは省くことにした。この日の欠勤者はいなかった。丁寧な口調で協力を要請し、出入りは自由だが今日中に全員からひととおり話が聞きたいと告げた。支社が設立されて二年間で五人という退職者のリストも手に入れた。もっともそれは総務担当者の手書きによるものだ。

服部がかけあい、倉庫の一角を仕切って椅子とテーブルを置き、その場所を借りることになった。

最初に呼んだのは二十三歳の女子事務員だった。髪を茶色に染めた今風の若い女だ。正社員ではなく、地元採用の契約社員だと言っていた。服部が話を切りだす。

「昨夜の午前二時三十分ごろは何をしてましたか」

聞くなり女子事務員は「うっそお」と手で口を押えた。

「全員に聞くことです。あなただけじゃありませんから」

「ああ、びっくりした。わたし、疑われているのかと思って」

「これも仕事なんです」緊張を解こうと九野は笑顔をつくった。

「寝てました」

「それは証明できますか」服部も柔らかな物腰だ。

「そんなこと言われても。父も母も、弟だって寝てたし」

「じゃあ結構です。次に、会社に恨みをもってる人とかは心あたりがありませんか」

「さあ……。あの、これって恨みによる犯行ってやつなんですか」

「いいえ、わかりません。すべて念のためにお聞きしているだけです。たとえば、最近、トラブルがあって退職した人がいるとか……。本城支社ができてから、男子が二名、女子が三名退職してますが」

「はあ……」女子事務員が口ごもる。その表情に少しだけ反応が見えた。

だが、時間をかけて聞きだした内容はといえば、そのうちの男女一組が不倫を理由に退社したというよくある話だった。

「揉めたんですか」

「揉めたっていうか、社内にばれていられなくなったんじゃないですか。自分から辞めたんです。去年の暮れに」

「その後は？」

「知りません。別れたと思いますけど」

女子事務員の話を聞きながら、清和会から早く誰か出頭しないかと九野は思った。あちらの捜査が続くかぎり、こっちもやめるわけにはいかない。もしも清和会の線でホシがあがりかけていたら、自分たちはとんだピエロだ。「どこにでもある話だから驚きませんよ。すべて念のために聞いているだけですから」服部は笑みを絶やさなかった。女子事務員は途中からリラックスしたようで、もうひとつの不倫話も披露してくれた。帰り際には、「絶対に言わないでくださいね」と何度も念を押していた。

服部と目が合い、どちらからともなく苦笑いする。お茶が飲みたかったが、出してくれる者はいなかった。非常時で、そこまで気が回らないのだろう。

二人目も若い女子事務員を呼んだ。

同じ質問をすると、今度は「心あたりがない」の一点張りで、余計なことは言いたくない様子だった。服部は話を変え、第一発見者について聞いていた。

「及川茂則さんってどんな人ですか」

「いい人ですけど」

「どんなふうに？」

「どんなって、普通の人ですから」

「この会社の宿直は当番制なの」

「ええ、男子社員だけですけど。月に一回程度の割合でまわってくるみたいです」

「及川さんは運が悪かったんだ」

「そうですね。なんか、部下と代わって宿直についた日にたまたまあいう目に遭ったわけだから」

「そうなんですか」

「そうみたいですよ。さっき、二階で聞いたんです。経理の佐藤さんが言ってました。ほんとならおれが宿直だったんだよなって」

「どっちが代わってもらったんですか」

「さあ。でもよくあることなんですよ。家の都合とか、風邪をひいてるからとか」

「どうもありがとう」

名前が出たときは早めに聞いたほうがいいので、次は佐藤という男を呼んだ。聞くと、直属の上司である及川の側からの申し出らしかった。なんでも及川の次の宿直日は、夜に家族とJリーグ観戦をする予定が入っているのだそうだ。

ついでに及川のひととなりを尋ねる。佐藤という小柄で痩せた男は、責任感が強い人だから火を消そうとして怪我を負ったのだろうと述べた。勤続十六年で役職は経理課長。出世コースに乗っているわけでもなく、冷飯を喰わされているわけでもなさそうだ。毎日顔を突きあわせる上司のことなので、男は慎重に言葉を選んで話している。ただ、最近の会社の景気について聞くと、佐藤は皮肉っぽく「どこも不景気ですよ」と笑った。

「残業がそれほどないから手当がつかないんですよ。会社も早く帰れって言いますし。これでまた経費削減の命令が本社からくるんじゃないかなあ。いい迷惑ですよ」

その後の聞き取りでは、清和会の名を出す従業員が何人かいた。心あたりがあるのではなく、向こうが知りたがったのだ。別班が清和会の線で幹部から話を聞いているので、不安が広がるのは当然のことだった。現場検証が終わり、新聞記者も現れた。彼らからも聞かされたのだろう。

結局、夕方までかけても全員の聞き取りは無理だった。三分の一ほどは翌日に持ち越され、第一発見者への聴取も翌日となった。

「ふう」服部が大きく息をつく。椅子の背もたれに身体をあずけ、伸びをした。「ねえ九野さん、あの管理官のことどう思います」

「はい?」

「本庁四課からきた男ですよ」

「さあ、仕事のできる人だとは聞いてますけど」

「わたしは好かないんですけどね。この前も、一課が泳がせていたホシをチンケな傷害でパクッちゃいましてね。うちの課長と大喧嘩ですよ」

返事に困り、苦笑いした。本庁の縦割り体質と縄張り意識は、九野自身、充分過ぎるほど知っていた。

「まったく融通の利かない堅物ですよ」

服部はそう言って仁丹を口に含み、音をたててかじる。両手で顔半分を覆い、自分の吐いた息の臭いをかいでいた。

7

マーガレットに似たオレンジ色の花を陽のあたる窓際

に置いたら、心なしか花弁が開き、茎も背筋をのばした気がした。花は会社の総務から届いたもので、花瓶は看護婦が気をきかせて持ってきてくれた。ナースステーションには退院時に寄贈された花瓶がたくさん余っているのだそうだ。

及川恭子は窓から差しこむ日差しを背中に浴びながら、りんごの皮を剝いている。夫の茂則に食べさせようと、わざわざ病院の向かいの金物屋でナイフを買ってきたのに、当の茂則はその間に寝入ってしまった。だからこれは自分のぶんだ。夫の穏やかな寝顔を見ていたら、安堵感がわいてきて急に空腹をおぼえた。考えてみれば、昨日から満足な食事をとっていなかった。きっと無意識の緊張が食を細くしていたのだ。

昨日は六人部屋だったが、今日は個室に移った。会社が手配してくれたからだ。六畳ほどの部屋は、壁が薄い合板で隣の笑い声が届いてしまうほどだけれど、人目を浴びないで済むのは気が安らいだ。昨日は刑事の事情聴取というものまで、カーテンを仕切っただけの空間で夫は受けさせられていた。

子供たちは病院の中庭で遊んでいる。五階の病室まで、ときおり声が届くくらいだから、窓から見下ろせば、どこかにその姿を見つけられるはずだ。

児童館で遊ばせようかとも思ったが、目の届くところに置いておきたかった。今はわずかの心配事も抱えたくない。もちろんパートは休んだ。

剝いたりんごをかじったら、酸味がほっぺたに染みた。

昨日の未明、家の電話が鳴った。恭子が夢の中にいるときだった。

夢の中で恭子は庭に花壇を造っている。香織と健太も一緒だ。土を掘り起こし、肥料を混ぜ、周囲にレンガを積みあげていった。あとは種を蒔くだけだ。ところが肝腎の花の種を買うことを忘れていた。それを子供たちに告げると、健太が「ぼくが買いに行く」と言いだした。健太は最近、自転車に乗れるようになったばかりで、それを駆って行くと言う。園芸センターは国道沿いにあり、始終大型ダンプが行き来している。心配ではあったが、健太の意気込みに圧される形で頼むことにした。息子に冒険心が芽生えたのは、よろこばしいことなのだ。恭子はお金を渡し、送りだした。ダンプカーに気をつけてねとしつこいくらいに言い聞かせて。なのに健太はなかなか帰ってこない。胸騒ぎがした。香織も不安げな顔を見せる。

そんなとき電話が鳴った。はっとして庭から居間に上がるのだが、なぜか電話機が見つからなかった。親機が電話台ごとなくなっていたのだ。慌ててキッチンにある子機を探したが、それも消えていた。音だけが居間で渦巻いている。焦る気持ちが頂点に達したとき、目が覚めた。そして実際に、暗闇の奥で電話がかすかに鳴っていたのだ。

廊下を小走りに歩みながら、不思議な確信があった。夫の茂則は会社の宿直で家にいない。茂則の身に何かが起こったのだと心臓が高鳴った。不吉な電話のベルに合わせて夢までがお膳立てするのだから、人間には予知能力があるのかもしれない。

果たして受話器をあげれば「本城消防署の者ですが」という低い男の声が聞こえた。夫の会社が火事で、茂則が火傷を負って病院に運びこまれたと知らされた。

恭子はその件に関して今でも腹を立てている。どうして消防隊員は事務的な口調で知らせてくれなかったのか。そしてひとこと、「怪我の程度はたいしたことがない」と被害者の家族の不安を取りのぞく配慮をしてくれなかったのか。消防隊員は「とにかく来てください」とだけ怒鳴るように言って電話を切ったのだ。

恭子が真っ先にしたのは妹の圭子に電話をすることだった。ほかに頼る人間など思いつかなかった。実家の母にかけなかったのは、距離が妹より遠いせいか、年老いた母にショックを与えたくなかったせいか、未だに判断がつかない。とにかく圭子のことしか頭に浮かばなかった。恭子は事情を話し、今すぐ来てちょうだいと告げた。自分はこれから病院へ行く、鍵はポストに入れておくから子供たちの面倒を見てほしいと頼んだ。あとで圭子は、てっきり茂則が死んだものと思い、血の気が失せたと言っていた。それほど自分はパニックに陥っていたのだろう。そもそも時刻を確認する余裕さえなかった。あの夜、午前三時を過ぎていることを知ったのは、電話で呼んだタクシーに乗りこみ、運転席の計器盤に光る緑色の数字が目に飛びこんだときなのだ。

タクシーの窓から小さくなる自分の家を見て、恭子は言葉に言いあらわせないほどの不安を味わった。それはことによると、夫の安否よりも深い恐怖だったかもしれない。この家はどうなるのだろう……。これまで疑いすらしなかったことが、いきなり現実として突きつけられ、恭子の身体はがたがたと震えた。

　だから病院に駆けつけ、夫の無事を確認したときは、生まれてはじめて腰が抜けた。両腕を包帯で巻かれていても、青い顔をしていても、茂則は廊下の椅子に腰かけちゃんと目を見開いていた。恭子を見つけるなり「よお」とかすかにほほ笑んだのだ。恭子はその場にへたりこむ。助かった――それが茂則のことなのか、自分のことなのかはわからない。とにかく最悪の事態は避けられたと思った。床の冷たさを感じたのはずっとあとだ。感じながら、ストッキングなしでスカートを穿くなんて何年振りだろうと、妙なことを考えた。

　看護婦たちに脇を抱えられ、恭子が立ちあがる。そうしてやっと周りが見え、茂則を取り囲むように二人の男がいるのにも気がついた。そのうちの一人に「奥さんですね」と言われ、自己紹介される前に、雰囲気から刑事だとわかった。「なんとか服装を思いだしてもらえませんかねえ」別の男が茂則に話しかけている。「バイクのエンジン音は低かったですか、それとも甲高かったですか」そんな質問もしていた。ただの火事ではないのかと、恭子はうまく回らない頭で考えた。

　茂則が刑事たちから解放されたのは、医師が間に入ってくれたからだ。「安定剤を飲んでますから寝かせてあげてください」そう言って、茂則を病室へと連れていったのだ。夫婦の会話はほとんどできなかった。茂則は、薬のせいなのか足どりもおぼつかなく、ベッドに横になるなり瞼を閉じた。弱々しい夫の姿を見て、あらためてショックを受けた。

　その後、恭子は診察室に呼ばれ、当直医から説明を受けた。両腕の肘より先に中程度の火傷。ただし左手甲の部分は重度。障害が残る心配はなく、指はすべて無事だが、ケロイド状の痕が一部に残ることは避けられない。加療のため十日は入院が必要。全治は四週間の見込み。若い医師は明るい声で「会社にお勤めだそうですが、パソコンのキーを打つのに不都合が生じるようなことはありません」と言っていた。患者の家族をリラックスさせようとしてか、「髪が少々焦げてますが、これはそのうち生えてくるでしょう」と白い歯も見せてくれた。

　ハンドバッグに突っこんであった携帯電話が鳴った。実のところ、鳴ってはじめて出がけにバッグに入れたことを思いだしたのだが。

　通話ボタンを押す。妹の圭子だった。いま家に着いたと心配そうな声を出していた。おそらく、恭子が心から安堵の息をもらしたのはこのときだろう。肉親が駆けつけてきてくれた。緊張と孤独から解放された気がした。

恭子は、確かに火傷は負ったが深刻な事態ではないと、状況を話した。何度も礼を言い、朝になったら子供たちを起こして、不安がらせないようにこのことを伝えてほしいと頼んだ。圭子は、大丈夫、朝食も冷蔵庫の中の物で作ってあげると、迷惑そうな様子を少しも感じさせなかった。

圭子は夫の博幸に車を運転させてやってきたようだ。息子の優作も連れてきたらしい。申し訳なく思い、義弟を電話に出してもらって謝った。博幸は「こんなときのための親戚じゃないですか」と、涙の出そうなことを言ってくれた。

医師は恭子にも精神安定剤を服用させた。夫の眠るベッドの脇に、担架のような簡易ベッドを用意してもらい、そこで横になった。ふだん薬に慣れていないせいか、安定剤は体の隅々に染みわたり、瞼が重くなるのに五分とかからなかった。それは大人になってから味わったことのない深い睡眠だった。気がついたら目の前には圭子と義弟と優作、そして子供たちが立っていた。時間経過の感覚がまるでなく、時計を見ると午前九時だった。

身内以外にも人はいた。医師と刑事と会社の人間だ。慌てて跳ね起き、髪を手でおさえた。少し待ってほしいと、刑事と会社の人には廊下に出てもらった。

圭子がやさしく目を細め、いたわりの言葉を口にした。簡易ベッドは義弟の博幸が片づけてくれた。

医師が夫を起こした。「気分はどうですか」と聞いている。「大丈夫です」茂則は痰がからんだような声で答え、続いて周りの人間を見渡し、「お、勢揃いだな」と弱々しく笑みを浮かべた。

香織と健太は拍子抜けするくらい動揺していなかった。包帯を巻いた父親を見て「えへへ」と照れ笑いしていた。薄情なのではなく、たぶん子供とは呑気な生き物なのだ。香織と健太は静かにしていることにたちまち退屈し、カーテンに隠れて遊びはじめた。迷惑をかけてはいけないと思い、芝と池のある中庭で遊ばせることにした。

茂則と二人で話をしたかったが、刑事が来ている以上、譲らざるをえなかった。昨夜とはちがう二人組だった。その場にいてはまずいような空気があったので、恭子は圭子たちと廊下に出た。義弟は会社があるので帰っていった。

圭子はいろいろ知りたがったが、恭子も詳しい状況は把握していないので、わからないと答えるほかなかった。放火事件らしいことだけは、なんとなく想像がついた。佐藤という夫の部下が来ていて、会社は朝から警察が現場検証をしていると教えてくれたからだ。社員も全員が事情聴取を受けなければならないと言っていた。会社はかなりものものしい雰囲気らしい。

茂則と二人きりになれたのは午後になってからだった。昼食後、圭子が子供たちを連れて恭子の家に帰り、やっと一息ついた。

茂則は顔の血色もよくなっていた。

「心臓に悪い」

あまりいい言葉が浮かんでこなかったので、恭子はそんなことを言った。

「ごめん、ごめん」茂則が苦笑して謝る。

茂則の話では、火事を発見したらパニックになって、気がついたときは宿直室から毛布を持ちだし、火を消そうとしていたらしい。「逃げればよかったね」茂則はそう付け加えて、もう一度ほほ笑んだ。

「放火なの？」恭子が聞くと、茂則は首を捻った。

「それが、わかんないんだよな。おれは人影を見た気がするし、バイクが去っていく音を聞いた気もするんだけど、刑事さんにあれこれ聞かれたら自信がなくなってさ。ほら、人間って慌ててるときは記憶もあやふやじゃない」

それには納得がいった。夫が救急車で病院に運びこまれたという電話だけで、自分は我を失ったのだ。目の前に炎が上がったら、さぞや強いパニックに陥ったにちがいない。

「でも、放火なら、暴力団がらみかもしれないよ」夫が大部屋であることを気兼ねして、声をひそめた。「さっき来た会社の連中が言ってたんだけど、ほら、去年の秋、ナントカっていう右翼が街宣車を本社と支社に横づけして騒いだことがあったじゃない。金を要求されたとかで幹部が逮捕された事件。警察はその線で捜査してるみたいだよ」

恭子は以前、夫がそんな話をしていたことを思いだした。

「なんか、怖いね」

暴力団と聞いて身の毛がよだった。助かったのは幸運だったのかもしれない。

茂則はその後、子供たちを呼んで、「おとうさんはしばらく帰れないから、その間、おかあさんの言うことを聞くように」と、二人の頭を撫でて言った。そして、食後の薬に安定剤でも入っていたのか、また寝入ってしまった。

恭子は一旦家に帰り、着替えやパジャマを手にして病院に戻った。そのころには面会時間が終わりに近づき、市民病院は完全看護なので、少し言葉をかわしただけで病室をあとにした。「普段どおりにしてればいいから」夫はそう言い、感謝の言葉で恭子の労をねぎらってくれた。

家に帰ると夕刊が届いていて、その社会面には「本城市で未明に不審火」の記事が載っていた。記事によると、株式会社ハイテックスはある政治団体から脅迫を受けた過去があり、そのことに警察は「重大な関心を寄せている」のだそうだ。

新聞の記事を見て、恭子はあらためて事件を現実のものとして受けとめた。世間が注目することで、なんだか味方を得たような気にもなった。

健太が夕食のとき、「うちはお金がなくなるの？」と不安そうに聞いてきた。

急にいたずら心が湧いたので、「オモチャは買えなくなるかもしれない」と恭子は唇をすぼめて見せた。

「ぼく、お小遣い、いらないよ。お年玉が残ってるから」健太が真顔で訴える。

「わたしも。郵便貯金が一万円くらいあるから平気。なんなら、それ、おかあさんが使ってもいいよ」香織も励ますように言う。

ありがとうと答えながら、いきなり鼻の奥がツンときた。

「お風呂、見てこなきゃ」そうごまかし、食事の最中なのに風呂場に走った。

感情がいっきに溢（あふ）れでて、恭子は泣いた。

まさか、子供たちからあんな答えが返ってくるとは想像もできなかったのだ。

家族のありがたさをあらためて思った。

そして夫が無事でよかったと、いまさらのように神に感謝した。夫と二人の子供が元気でいてこそ、自分の心は安らぐのだ。

夫が怪我をしたというのに、その晩は不思議と温かい気持ちだった。多少の心細さはあるけれど、夫のいない十日間、自分一人で頑張れそうな気がした。

恭子にとって、とても長い一日だった。

午後になって、病室に来客があった。私服の刑事で、またちがう顔ぶれだった。今度はやけに背の高い二人組だ。

「しつこいと思われるでしょうが、我々も仕事ですから」

整髪料で髪を撫でつけた、長身痩軀の男が口元に笑みを浮かべ、丁寧に腰を折った。「警視庁の服部と申します」と自分から名乗る。もう一人の、肩幅が広くて太い眉の男も「本城署のクノです」と、どんな字かはわからないが言った。

昨日来た刑事たちは誰も名前を名乗らなかったから、この二人は紳士的な部類なのだろう。とくに痩せた方は、ぱっと見は洒落た商社マンといった風情だ。

「お怪我の具合はいかがですか」

「ええ。両手が少し不便ですが」茂則が答える。

「奥さんも大変でしょう。お見舞い申しあげます」

本当に昨日の刑事たちとは大ちがいだ。恭子は礼を言って椅子を勧め、魔法瓶のお湯を急須に注いだ。

「しかし、とんだ災難でしたねえ」服部という刑事が親しげな口調で言う。「あの晩は、たまたま及川さんが宿直の当番だったんですよねえ」

「ええ、まあ」茂則が苦笑まじりにうなずいた。

聞きながら、おやっと思った。確か、部下の佐藤に頼まれて代わったはずなのに。もっとも内輪のどうでもいいことだから省いたのかもしれない。

「会社の宿直っていうのはお一人でやるものなんですか。警察にも宿直はあるんですが、我々は複数で泊まりこむものですから」

「倉庫がありますから、一応誰か見張りを立てておくかっていう程度のものなんですよ。本社は警備会社に任せてますし、支社だけの習慣です」

茂則は刑事とそんな会話を交わしていた。

お茶がはいったので、会社が差しいれてくれた茶菓子と一緒に出す。昨日もそうしたように、恭子は退室することにした。夫は、昨日と同様、目撃した不審な人影について聞かれるのだろう。会釈すると、刑事たちはにこやかに笑みを返す。彼らの感じは悪くなかった。

階段のところで子供たちと出くわした。よく見ると、知らない子がうしろにいる。

「病院の中で遊んじゃだめって言ったでしょう」

「ねえ、おかあさん、屋上へ行ってもいい?」健太が言った。

「さあ……。屋上ってどうなってるの」

「わかんない。この子たちがね、屋上へ行くって言うから」

健太がうしろにいた子供たちを指差した。入院患者らしい五歳から七歳ぐらいまでの子が数人いる。みんなパジャマを着ていた。

「上がってもいいの？」健太と同い年ぐらいの男の子に聞くと、はにかみながら小さくうなずいた。

「小児病棟は屋上に上がれないんだって」香織が代わりに答える。「だからこっちに来たんだって」

「じゃあ、おかあさんも行ってみようかな」

子供たちが顔をほころばせ、競うようにして階段を駆けあがっていった。

「走っちゃだめ」そう声をかけ、恭子も急ぎ足であとに続いた。

屋上に出ると、温かい風が南から吹いていた。白いシーツが隊列を組むように干されていて、眩しくはためいている。恭子は思わず両手を広げて深呼吸した。

屋上は思ったより広い。出入りは自由なようで、あちこちでガウンをまとった患者同士がおしゃべりしていた。

子供たちが干されたシーツの間を駆けまわり、鬼ごっこをはじめた。嬌声があがる。「シーツに触らないでね」と注意した。

景色が見たくて金網まで歩いた。屋上からの眺めはなかなかのものだった。自分の家の方角に目を向ける。さすがに我が家の屋根が見えることはなかったが、近くに高圧線の鉄塔があるので、だいたいの位置は確認できた。

自分の住む町をこんな高さから見るのは初めてだな。恭子は妙な感慨を覚えた。引っ越してきた当初は、映画館ひとつない繁華街と国道沿いに並ぶラブホテルに、なんて文化度の低いところなのかと侮る気持ちがあったが、暮らしてみれば、緑は多く、福祉施設も充実していて、家族四人が生活するには申しぶんのない町だった。なにより人が穏やかなのがいい。たぶん似たような家族が集まっているからだろう。小さな見栄の張りあいはあっても、大きな競争がないのだ。

恭子の生活にはもう都会のネオンもブランド品も必要ない。若いころ、むきになって高価なバッグを買ったことがおかしく思えるくらいだ。

一人のパジャマ姿の男の子が駆け寄ってきた。うしろからは健太が追いかけてくる。目の前で男の子がつかまり、勢いあまってコンクリートに尻餅をついた。

相手は病人なので「もっと静かに遊びなさい」とたしなめて、恭子は男の子を起こしてやった。そのとき額の生え際に手術の痕が見えた。健太と同年代の男の子の頭部に、一周するように縫い痕があるのに小さなショックを受けた。

「ぼく、走りまわってもいいの？」

「うん、平気」

無邪気に答えて、また走っていく。そのうしろ姿を見ながら、あの子の母親はきっと自分と同じくらいの歳なのだろうなと思った。そして、同情というのは安易すぎて傲慢だけれど、深い哀しみの一端を想像し、自分はしあわせな部類なのだと現実に感謝した。

健康な夫と二人の子供が自分の財産なのだ。恭子はそんなことを考え、小さく息をつく。もっとも何かが起こらないと、それはわからないのだろう。

三十分ほど屋上にいて病室に戻ることにした。昨日の刑事たちもそれくらいの時間で引きあげていったし、もし居座っているのなら牽制（けんせい）してやろうという意味もあった。夫は唯一の目撃者なのかもしれないが、連日時間をさかれるのはあまりいい気がしない。暴力団が犯人なら、あまり関わりあいになりたくない思いもある。

香織と健太も遊び疲れたのか一緒に行くと言った。入院している子供たちも小児病棟へと帰っていった。

親子三人で廊下を歩いていると、向こうから刑事たちがやってきた。背が高いのですぐにわかった。ちょうど終わったところらしい。目が合ったので会釈して「御苦労さまです」と言った。向こうも頭を下げる。

「あ、奥さん」痩せている方がすれちがいざまに声を発した。「ご家族でサッカーを観に行ったりなんかなさいますか」

何のことかわからず、恭子は立ち止まって首を捻（ひね）った。

「息子さんがJリーグのファンだとか」そう言って健太に視線を送る。

「……いいえ、とくにそういうことは」

「じゃあJリーグは観に行ったことがないんだ」

「ええ、そうですけど……」

もう一人の刑事が恭子を見ている。顔色でもうかがっているかのような視線だ。

「今度、チケットでもプレゼントしますよ。捜査にご協力いただいてますし」

警察はそんなことまでするのだろうか。戸惑いながら「はあ」とだけ返した。

「ぼく」刑事が息子に声をかけた。「サッカー、観たいよね」

健太は恭子の腕をつかみ、照れながら笑顔でうなずいていた。

「では、またお邪魔させていただきますので」

二人の男は踵をかえすと大股で歩いていく。それぞれの大きな背中で、背広の布地がゆらゆらと揺れていた。

病室に入ると、一瞬だけ茂則の硬い表情が目に飛びこんだ。恭子を見るなり笑顔を作ったが、それでもどこか取り繕（つくろ）った感じがする。刑事に何か言われたのだろうか。

「どうかしたの」

「いや、別に」茂則が布団にもぐりこもうとする。

「気分でも悪いの」

「ちょっと寝るわ。帰っていい」

「ねえ、どうかしたの。顔色悪い」

枕元にまわって茂則の顔をのぞき込む。血の気のなさに胸がざわついた。

「疲れただけさ」恭子を拒絶するように目を閉じた。

「いやなこと、思いだしたの？　ほら、ストレスなんとかって症状があるって言うじゃない。阪神大震災のときも地下鉄サリン事件のときも、被害に遭った人が、そのときのことを思いだして、あとから苦しくなるって」

「ああ、たぶんそれだ」夫が目を開けた。ため息をついている。「刑事からあの夜のことを根掘り葉掘り聞かれてさ、そうこうしているうちに火の手があがった光景が頭にありありと浮かんだもんだから」

「先生、呼ぶ？」

「いい。寝れば治るさ」

「精神安定剤、もらう？」

「だからいいって」

「警察も、そういうところ、もっと気を遣ってくれてもいいのに」

紳士的な刑事だと思ったのはとんだ勘ちがいだった。

「パート、いつまで休むわけ？」茂則が咳ばらいして言った。

「一応、三、四日は休ませてほしいって、お店には言ってあるけど」

「明日からもう行っていいよ。おれはトイレも行けるし、着替えもできるし」

「……邪魔？」

「そんなことはないさ。なに言ってんだよ」

「なんか、邪魔そうに聞こえた」

「そんなことないって」茂則が力なく笑った。「もう普段どおり生活していいよ。パートの帰りにでも寄ってくれればいいから」

「……うん。だったらそうするけど」

茂則がまた目を閉じたので、恭子はカーテンを閉めることにした。今日はこれで帰ろう。実のところ、病室にいてもすることがない。

窓に立って下を見ると、さっきの刑事が中庭にいた。さっと視線をそらし、足早に去っていく。なにやら険しい目で、この病室を睨んでいた気がした。

8

その夜の捜査会議も四課と暴力犯係が中心となって話は進み、九野は黙って聞いているだけだった。服部は腕を組み、下を向いている。ことによると居眠りをしているのかもしれなかった。たった二人のハイテックス内部調査班への新たな指示はない。

四課は、明朝からの清和会の家宅捜索を決めていた。その気になれば道交法違反でも家宅捜索はできる。通常、地検はあからさまな別件を渋るものだが、管理官が説き伏せたようだ。

清和会の幹部はすでに任意で呼んだということだった。ところが何も出てこないので、上層部は態度を硬化させている。今後は強引なやり方も辞さないという構えだ。

服部は、今日の捜査で知り得たことを会議では報告しないと言った。「もう少し裏を取ってから」というのが服部の意見だが、本音は有力な情報を他人に教えたくないという気持ちからきているのだろう。九野もそれは理解した。有力情報を出した途端に別の班が組まれ、情報を得た人間が蚊帳の外におかれるのは、警察組織では珍しいことではない。警部以下はただの駒として扱われる。

そっと欠伸をかみ殺し、管理官の話に耳を傾けた。

午前中にハイテックスの社員から新たな証言を得た。腕カバーをつけた年配の女事務員が、「昨日は本社の監査がある日だったんですよね」と、何気なく言ったのだ。九野の「年度末で忙しいでしょうね」と振った世間話に対する答えだった。経理課に所属するその事務員は、前日までの書類整理が無駄になったと憂鬱そうにため息をついた。

服部があらためて支社長を呼びだし、確認をとる。確かに三月二十六日は、本社の総務部経理課より数名が本城支社を訪れ、会計監査にあたる予定だった。

このとき支社長は、かなりむきになった。服部の「経理に不審な点でもあったのですか」という問いかけに、顔を赤くして、不自然なほど繰りかえし否定したのだ。

「暴力団の仕業じゃなかったんですか」

「いったいうちの何を疑っているのですか」

支社長の応対には余裕がなかった。

もっともこの時点では、湖面に垂れた浮きがかすかにふれた程度の手応えでしかなかった。九野も服部も、会計監査の件にさしたる期待はしていなかった。

しかし午後に、第一発見者である及川茂則を病院に訪ね、いきなり浮きは動いた。及川は、監査の話を切りだ

「目撃者がほかにいないとはどういうことだ。だいいち通報者は隣の民家の主婦だろう」

それに対し地取り班の捜査員は、主婦は飼い犬の鳴き声によって起きたものであり、火災後数分を過ぎてからであると口頭で伝えている。

バイクらしき音も近所の人間は聞いていないようだ。ちょうど受験が終わった時期で、徹夜で机に向かっている学生もいない、と冗談のようなことを真面目に討議していた。

門扉の上部縁にあった足跡は子供のものらしい。おおかた下校途中の小学生が登って遊んだのだろう。

地取り班の井上に会議の前に聞いたが、本当に何も出ていないらしい。「出し惜しみじゃないッスからね」と不機嫌そうに鼻の穴を広げた。

九野は机の下で手帳を開いた。番号が記されている。第一発見者の入院先の部屋番号で、その病室は会社が手配したという六畳ほどの個室だ。同じく「会計監査」「宿直の交替」というメモがある。

九野は殴り書きした文字を眺めながら、昼間のことを思いだしている。

されると、苦笑混じりに「参りましたよ」と頭を掻きながら、みるみる頬をひきつらせたのだ。丸い輪郭の顔全体が赤くなる。

九野はその表情の変化を見逃さなかった。と言うより、男の動揺は誰の目にも明らかだった。しばらく言葉が出なかった。服部を見ると、この相方も驚きの表情をしていた。

「及川さんは本城支社の経理責任者にあたるわけですよね」はやる心を抑え、慎重に探りを入れた。

「ええ、まあ、責任者というと語弊がありますが」

尋問は九野が行った。服部はじっと及川の顔色をうかがっている。三十八ということだが、自分たちより若く見えた。年相応の貫禄に欠ける男だった。

「でも、四十人ほどの支社で、あなたの上司にあたるのは副支社長と支社長しかいません。経理はあなたが見ていると考えていいわけですよね」

「はあ。ただ、泊まりの出張になると支社長決裁ですから、わたしにさして権限があるわけでは……」

笑おうとして、また男の頬が小さく痙攣(けいれん)した。

「過去に経理で本社の監査を受けたことは」

「……ありません。なにせできて二年の支社ですし」

「じゃあ経理面で問題が生じたことは」

「それもありません」

及川の額に汗が浮かぶのが、離れていてもわかった。

「窓でも開けましょうか」服部が口をはさむ。「汗をかいてらっしゃる」

「いえ、結構です」

「どうかなさいましたか」

「いえ、何も」

「何もということはないでしょう」九野がたたみかける。「最初とはずいぶん顔色がちがって見えますが」

「そんなことは」

典型的な素人の反応だった。心の準備はしていても、予期せぬ箇所を突かれると、たちまち崩れてしまう。

「あの」及川が布団を剝(は)いで身体を起こした。「トイレに行ってもいいですか。さっきから、こらえてまして」

「一人で用を足せるんですか」

「ええ、個室を使えば。ズボンを降ろすだけですから」

「ぼくも行こうかな」服部が挑発するような目で言った。「連れションといきますか」

及川はそれには答えないで、逃げるようにして病室を出る。服部は強い視線を九野に送ると、ゆっくりとあとをついていった。

主がいなくなった病室で、九野は自分を落ち着かせようとした。まるで予想もしていない展開に自分自身も面喰らっていた。

及川は何かを隠している。会計監査という言葉を投げかけただけで、あそこまで過敏に反応したのだ。また、それだけでないことも容易に想像がついた。たかが会社内部のことで、刑事を前にあそこまでうろたえる理由はない。となると放火につながることなのか。

連鎖するように「狂言」という言葉が不意に浮かび、九野の身体に震えが走った。

あの放火は狂言なのだろうか。てのひらにじんわりと汗が滲んできた。

及川は戻ってくると枕元にあったタオルを顔に当て、しばらくそのままの姿勢でいた。呼吸を整えているようにも思えた。

そしてタオルが取り払われたとき、赤みがかっていた顔は能面のようになっていた。

「話を続けてよろしいですか」九野はできるだけ感情を抑えて言った。

「はい、どうぞ」

「さきほど、この部屋に入ってきたとき、我々があの夜、たまたま宿直当番だったのは及川さんにとって災難だったと言いました」九野が手帳をめくる。「それに対して、及川さんは否定なさいませんでしたね」

「ええ」

「それは嘘ですよね」

「といいますと」

「あなたは、自分から佐藤さんという直属の部下に、宿直を代わってくれるように申しでている」

「ああ、そうですね」トイレでどのようなまじないをかけたのか、及川の目は体温を感じさせないものになっていた。「しかしそれを嘘と言われるのは……。単に説明を省いただけですよ。社員同士が宿直を代わるのはべつに珍しいことじゃありません」

「ご自身の宿直日には家族とのサッカー観戦の予定が入ったとか」

「それもありますが、どうせ監査の準備で遅くまで残業しなきゃならないものですから、いっそのこと代わってもらおうとしただけのことです。ほかの社員だってよくやることですよ。徹夜をしないと片づかないような仕事をかかえた人間が、ついでに宿直も引き受けてしまうよ

「三月三十一日になれば会社の決算は終了ってことになるんですか」

「それはわたしに聞かれても」

「じゃあ」服部が向き直る。「本社に問い合わせてみますか」

「……もしかして、私も疑われてるんですかねえ」

及川が少しだけ表情を緩めた。場を和らげたかったのかもしれないが、再び頬がひきつった。すかさず服部の鋭い視線が飛ぶ。

「いえ、決してそういうわけでは」九野が答えた。

「我々はどんな小さな手がかりでも欲しいもので」

「第一発見者ですから、重要参考人にはちがいありませんが」

服部がカマをかけるようなことを言う。及川はそれには答えなかった。

「面倒でしょうが、またお邪魔させていただきます」

謝辞を述べ、腰を上げた。去り際、打ち合わせでもしたかのように、二人で黙って及川を見おろした。体格のいい自分たちがそうするとどのような効果があるのか、目を合わせられないでいる及川の顔から、静かに血の気が失せていくのを見ればわかった。


うなことは」

及川が澱みなく答える。先程とは打って変わった無表情ぶりだが、それも不自然に見えた。メーターが逆に振れただけなのだ。

「ところで、バイクの走り去る音を聞いたそうですが。タイヤ痕が見つからないんですよ。本当に聞いたんですか」

「実は、午前中にいらした刑事さんにも言いましたが、あんまり自信がなくなってきたんですよね。わたしはパニック状態だったものですから」

「しかし昨日の段階では、二サイクル・エンジン特有の甲高い音だから五〇ccのスクーターではないかと、具体的なことをおっしゃってる」

「ええ、確かにそんな音を聞いたんです。でも、タイヤ痕がないとか言われると、自信がなくなってくるんですよね」

服部が椅子から立ちあがり、窓辺に歩く。レースのカーテンを少し開けて外を見ながら、「及川さん、本社の監査って、結局中止になったんですか」と聞いた。

「さあ、どうなんでしょう。今、それどころじゃないのは事実でしょうけど」

廊下では及川夫人と二人の子供とすれちがった。病室を訪ねたときに顔は覚えていた。首の細い、華奢な女だ。まだ三十そこそこの印象だった。

九野は女の目を見なかった。なぜか胸元のあたりへとわずかに視線をそらしていた。会釈すると艶のある黒髪が揺れた。

服部がサッカー観戦の予定を聞くと、夫人は訝しげに否定した。二人の子供は照れているのか母親の背中に回りこんでいた。男の子は父親に似ている。あどけない笑顔が瞼に焼きついた。

知らず知らずのうちに二人の足が速まる。ロビーに降りたところで、服部が九野の腕をつかんだ。

「クサイな。ぷんぷん臭うな。そうでしょう」興奮した面持ちで言った。

「狂言ですか」

「可能性ありだ。あの野郎、絶対に何か隠してやがるぞ」

思わぬ収穫に九野も心がはやったが、同時に、服部の子供のようなはしゃぎ方を意外に思った。

鼻から息を吐きながら「四課の連中、恥かくな」と、ひとりごとのようにつぶやく。

九野はその横顔を見て、手がかりをつかんだ興奮を味わいながら、かすかな困惑も覚えていた。

実りのない夜の捜査会議を終えて、九野と服部は一件だけ聞き込みに向かった。及川の直属の部下で経理課係長にあたる佐藤という男の家だ。二十代後半でマンションにひとり暮らしをしている。社員名簿を頼りに訪ねた。夜分の突然の来訪であることを詫び、表に駐車してある車で話を聞きたい旨を申し込んだ。家に上がられるよりましだと思ったのか、男は素直に従った。リヤシートの奥に乗せ、服部が横に陣取る。九野が運転席から身体をよじって話を聞く恰好になった。

「三月二十六日は本社からの会計監査が予定されていたはずですが、佐藤さんはそれに関してどのような指示を受けてましたか」

威圧的にならないよう、穏やかな口調で聞いた。

「いや、指示と言われても、とくには」

男は明らかに戸惑っている。まさか社の内部事情に警察が関心を示すとは思ってもみなかったのだろう。

「あの晩、残業はしなかったのですか」

「九時には帰りましたけど。課長があとは自分がやると言ったものですから」

「佐藤さんの知る限り、本城支社の経理に不明瞭な点はありましたか」

男は少し考え込んでから首を横に振った。

「我々は一般の会社組織に疎いものですから、基本的なことをお伺いしますが」服部が話を引き継いだ。「監査はどのようにして行われるのですか」

「わたしも経験がないもので。たぶん、倉庫の商品在庫数と帳簿が合っているかとか、経費の使途に問題はないかとか、そんなことだと思いますが」

「本社とオンラインでつながっていないんですか」

「つながってはいますが、数字だけではわからない部分もあると思います」

「監査が入るということは、疑わしい点があるということですよね」

ここで男が返答に詰まった。午前中、支社長に問いただしたときはこわばった顔で否定された。

「さあ、わたしの立場では」

「立場とは？」

「いえ、本社への申し送りや報告は課長がすべて仕切るものですから、わたしのポジションではわからないという意味です」

「つまり及川さんが本城支社の経理をコントロールしていたと考えていいわけですね」

「ええ」男が小さく目を伏せて答える。

「及川さんについて何か噂はありますか。どんなことでもいいのですが」

「噂なんて、何も」

「じゃあ、監査が入ると本社から通告があったのはいつですか」

「たぶん、火事のあった日の三日ほど前だったと思います」

「そのとき、及川さんに何か変わった様子はありましたか」

「あのう」

「何でしょう」

「警察は、課長を疑ってらっしゃるんですか」

「いいえ」なにくわぬ顔で服部が答えた。「念には念をいれるのが我々の仕事ですから」

「何も変わったところはありません」

「火事で焼けたものは」

「はい？」

「帳簿等の書類は焼けてしまったんですか」

「ええ。机の上に出してあったようで」

「ほう。大事な書類を机の上に出してあったんですか」

「たぶん、残業してそのままにしたのだと思います。でもフロッピーは残ってますから」

「じゃあ、不明瞭な点があったとしたら、今後の監査でわかるわけだ」

「伝票が焼失したので、完全につき合わせることはできないでしょうけど」

佐藤はひとつ咳ばらいすると、二人の刑事の顔を不安げに眺めた。

「犯人は暴力団じゃなかったんですか」

「今のところわかりません。もちろんそっちの線でも捜査を進めていますが。……社内ではどういう噂がたっているんですか」

男が黙る。何かを逡巡しているように見えた。

「何でも言ってくださいよ」九野が猫撫で声をだす。

「いえ、何でもないです」

「そうおっしゃらないで」笑顔も見せた。「秘密は守りますよ」

「本当に何もないです」

「いやあ、何かありそうだなあ」服部がシートに背を押しつけた。「今、言いたくないのなら、明日、署に出向いていただいてもいいんですが」

「そんな」男が顔をあげる。

「もちろん任意ですがね」

「佐藤さん、頼みますよ。どんなに些細なことでもいいんです」と九野。

男が落ち着かない様子で顎を撫でる。「でも、これは内輪のことだから」と窓の外に目をやった。

「お願いします」九野は真顔で頭を下げた。

しばらく沈黙があって、諦めたように男が口を開く。

「まさかこんなことで警察は目くじらを立てないと思うんで言いますけど、社員旅行の費用を伝票操作で捻出したんですよね、わたしら」

「それは、どういうことですか」

「毎年、本社から社員旅行の費用は下りるんですが、たいした金額じゃないんで、それで……」

「カラ出張の伝票を切ったり、架空の請求書を起こしたりするわけだ」

「いや、そういうのは本社とオンラインだからすぐにばれるんで」

「じゃあどういう方法で」

「こういう商いって販売店からよく欠損品が突きかえされるんですよね。搬送中によく壊れたりするから。で、欠損品が余計に出たことにして、その商品をディスカウントストアに卸して」

「ほう、なるほど」

「でも、どこもやってることなんですよね、こういうのって。うちだけじゃないと思うんです。ほら、役所だって」

　男がまくしたてるので「わかります、わかります」と九野がなだめる。

「運搬は別の会社に委託してるんで誰も責任は問われないし、保険が掛けてあるから会社としても被害はないし……。ほんと、どこの会社だって搬送中の商品は何割かが壊れるとか紛失するとか、そういうのを前提にやってるんですよね」

「ちなみにその取引をしたディスカウントストアっていうのはどこですか」

「嘘でしょう」佐藤が顔を歪めた。「調べるんですか。勘弁してくださいよ。これが問題にされたら、ぼく、裏切り者になっちゃうでしょう」

「大丈夫ですよ。業務上横領だとか、そんな野暮は言いませんよ」

「じゃあどうして」

「念のためですよ。ほら、そのディスカウントストアが取引上のことで一方的な逆恨みをしたとか」

「ありえませんよ」

「じゃあいいや。明日、支社長に聞くから」服部が口をはさんだ。

　佐藤が顔色を変える。そののち盛大にため息をつくと、渋々といった体で店の名を明かした。

「心配しないで。我々は協力者には絶対に迷惑をかけないから」服部が佐藤の肩に手を置いた。

「それで話の続きなんですが」九野が再び質問する。「本社の監査が入るとわかったとき、支社長はどうしたわけですか」

「だから、もしかしたらその件が問題にされるのかと支社長が慌てて、及川課長に指示を出して、その……」

「隠匿工作をしろと」服部があとを継ぐ。

「隠蔽って言われると……せいぜい五十万の話だし」男が心外そうな顔をする。

「ああ失礼。多少の操作をしたわけですね」

「はい。……だから、本社の監査が今度の放火に何か関係していると疑ってらっしゃるとしたら、それはお門ちがいですよ。小さな、どこにでもある話ですから」

「わかりました。話していただいてありがとうございます」

「そのことを知ってる社員は、冗談で『これでバレねえな』なんて笑ってるんですが。まあ、噂ってそんなつまらないことなんですよ」

男が自嘲気味に鼻息をもらす。

会社が燃えても、案外現実はそんなものだろうなと九野は思った。自分の家でも燃えない限り、どこか他人事めいているのだ。

「ところで、及川さんの金遣いはどうですか。最近、やけに羽振りがいいとか、そういうことはありませんか」

わざと軽い調子で聞いた。

男が目を丸くする。慌てて「これも念のためですから」と付け加えた。

「車は買い替えたみたいですけど、別に高級車でもないし、とくには……。奥さんの実家に頭金を借りて残りはローンだってみんなには言ってましたし」

「それ以外では？」

「麻雀のときに一人だけ寿司の出前をとるぐらいですかね」佐藤が苦笑する。

「麻雀、やるんだ」

「好きなんですよ、あの課長。麻雀とか、競馬とか」

「そうですか。ありがとうございました」丁重に礼を言って男を帰した。

今夜のことは内密に、と言ってはおいたが、一般人には無理な相談だろう。もっとも、直属の上司である及川に知れるのも悪い策ではなかった。外堀を埋めるように少し揺さぶってみるのもいい。

署に戻る車の中で、服部が「つじつまは合ってるわな」とつぶやいた。

「つじつま、とは」

「支社長がむきになって否定したわけですよ。あの男は社員旅行の費用を不正に捻出したことが発覚するのを恐れていたわけだ」

「ええ、そうですね」

「でも、それが及川がうろたえた理由にはならない」

「ええ」

「あの青ざめ方は、社員旅行の費用くらいじゃ説明がつかんでしょう」

「わたしもそう思います」

「とにかく、及川は裏金を作るノウハウを持っていたし、その立場にもあったわけだ」

九野もその意見には同意した。

服部が肩を震わせている。何かと思って見ると、服部は助手席で笑いをかみ殺していた。

「四課の連中、明朝にも清和会にガサを入れるって言ってましたよね。会議のあとで小耳にはさんだんだけど、容疑は組長の『車庫飛ばし』らしいですよ」

何と答えていいのかわからないので黙っていた。

「馬鹿な奴らだ」

服部はなおもにやついている。

フロントガラスから夜空が見えた。この町はネオンが少ないせいか、濃い闇の中で星がきれいに瞬いている。もう春だというのに、冬空のような透明度だった。

服部と別れ、九野は清和会の大倉を探しに新町のスナック「キャビン」へ行った。

花村の一件でひとこと言っておきたかったし、情報収集の意味もあった。

大倉は自分の女にやらせているという店にいて、カウンターの隅で気障(きざ)にブランデーグラスを傾けていた。九野を見つけると人懐っこい笑みを見せ、「どうも。来てくださったんですね」と会釈する。ゴルフ焼けでもしたのか、前回見たときより顔は浅黒く、色艶がよかった。

「大倉さん、約束は守っていただかないと」九野はポケットに両手を突っこみ、立ったまま言った。

「何のことですか」

「この前の夜のことですよ。どうして花村氏に伝わったのか、ぜひ知りたいね」

「言っちゃあいませんよ」大倉は途端に気色ばんだ。「見損なわないでください。わたしはそんな口の軽い男じゃありませんよ」

「じゃあどうして花村氏が知っているんですか」

「花村さんがどうかしたんですか」

「おれを許さないと息巻いている。女を張っていたことが理由だそうです」

「ほんとですか」

「ああ」

「とにかく、わたしじゃありませんよ」大倉はグラスを置くと、ストライプ地の上着の襟を直した。金バッジがきらりと光る。「心外ですね、疑われるなんてのは」

「あなたしかいないんですよ。署の人間にも話してないことなのに」

「だからわたしだって言うんですか。いくらなんでも短絡的すぎやしませんか。刑事さんがそんなことでどうするんですか」大倉が皮肉っぽく口を歪める。

「最近、花村氏と会ったのは」

「しつこいなあ、九野さんも」白い歯を見せた。「とにかく座ってくださいよ。刑事さんに見下ろされると、取調室を思いだしていけないや」

スツールを勧められ、腰をおろした。大倉はカウンターの中の女に命じ、グラスを用意させた。自分の手でブランデーを注ぐ。「まあ一杯どうぞ」そう言って酒を勧めてきた。

「九野さん、わざわざそれを言いたくていらっしゃったんですか。ほんとは別のことでしょう」

大倉が外国製のたばこを箱からひょいと一本出す。九野はそれを辞退してブランデーに口をつけた。

「おたくの署からはもう二、三人、いらっしゃいましたよ。ハイテックスの放火について知ってることを全部話せって」たばこをくわえ、火を点けた。「脅されましたよ。この店の看板、出せなくしてやるぞって」

「それで？」

「知らないって答えましたよ。実際、そうなんですから。考えればわかりそうなものでしょう。どうしてそんな無茶をしなきゃなんないんですか」

「去年の一件では幹部を三人もいかれてる。このままでは収まりがつかないんじゃないんですか」

「そんなことはありませんよ。うちは穏健派なんですから」

「穏健派のやくざですか」思わず苦笑した。

「そうですよ。損になる喧嘩はしませんよ、いまどきのやくざは。それに放火はリスクが大き過ぎるでしょう。誰が五年もくらいますか。やるとしても拳銃の弾を撃ちこむぐらいですよ」

大倉は自分が吐いた紫煙をじっと見ている。

「脅しじゃなくて報復だとしたら？」

「勘弁してくださいよ。こんなことで戦争してどうなって言うんですか。だいいち――」少し間をおき、声をひそめた。「九野さんだから言いますが、うちの幹部連中がいちばん慌ててるんですよ」

「そうなんですか」

「今日なんか朝から携帯が鳴りっぱなしですよ。『誰か勝手なことをした奴がいやがんのか』って。うちはインディーズ系のやくざですよ。どうしてそんな割に合わないことを」

インディーズ系、という言い方がおかしくて九野は肩を小さく揺すった。

「共存共栄ですよ。やくざと町は」

黙ってグラスを傾ける。大倉の言うことはもっともだった。

「あ、そうだ。この前乗ってらしたアコード。九野さんの自家用ですか」

「ええ、そうですけど」

「そろそろ外車なんてのはどうですか。ＢＭＷの出物、ありますよ」

大倉が自動車金融を営んでいることを思いだした。佐伯が言っていた。

「5シリーズが三年落ちで百万。九野さんなら八十、いや七十でもいいや」

「今日はもう帰ります」

「そんな。せっかくいらしたのに」

九野が立ちあがり、財布から五千円札を抜いてカウンターに置いた。

「結構ですよ」

「そうはいきません」

「わたしが勧めたんですから」

小さな押し問答をする。大倉が紙幣を強引に九野の胸ポケットに押しこんだ。

「九野さん、ところで明日のガサ入れ、わたしの会社もリストに入ってるんですか」

「ガサ入れ？　なんで知ってる」

「蛇(じゃ)の道は蛇(へび)ってやつですよ」

大倉がにやりと笑う。言葉に詰まっている九野の腕を、親しげにポンとたたいた。

結局、支払いはしないで店を出た。

通りに立ち、首の骨を鳴らす。

やはり清和会の線は薄いのか――。大倉の言葉を真に受けるわけではなかったが、清和会が手を下したとしたら、彼らに相当な覚悟がいったことは容易に想像がつく。狭い町で警察に恥をかかせるのは、暴力団にとって死活問題だ。

となると第一発見者がいよいよ怪しくなる。

ゆっくりと繁華街を歩いた。タクシーを拾うために大通りに向かった。

「あれ、九野さんじゃない」

前方からいきなり声をかけられ、顔を上げた。脇田美穂だった。

咄嗟に周囲を見渡す。花村の姿はなかった。

「もしかして、わたしのこと、つけてるわけ？」

「ちがうよ。偶然さ」笑顔を取り繕ったが、頬が小さくひきつった。

「そうかなあ」甘えた声を出し、いたずらっぽく笑っている。「花村さんに言いつけちゃおうかなあ」

「勘弁してくれよ。こっちは忙しいんだ」

美穂は以前と同じ赤いワンピースを着ていた。手にはハンドバッグを持っていて、どうやら店の帰りらしかった。少し酔っている様子だ。頬がピンク色に染まっている。

「九野さんもいっぺんうちの店に来てよ」

「ご冗談を」

「そうよねえ。わたしみたいな軽い女、嫌いだもんね」

「そんなこと」目を伏せて苦笑した。「あ、そうだ。どうせ花村氏には知れるんだろうから言っとくけど、もうおれは関係なくなったから」

「何を？」

「そう言えばわかる」

「ふうん」髪を掻きあげる。離れていても香水の匂いが伝わってきた。

「花村氏と結婚するんだって」

「うそ。誰がそんなこと言ったの」目を丸くした。

「あれ、そうじゃなかったっけ」

「知らないよ、そんな話。花村さんと付き合いがあるのは事実だけど、結婚なんて……。だいいち花村さん、奥さんも子供もいるじゃない」

「ああ、そう。じゃあ勘違いだ、ごめん」

「やだー。もしかして署で噂になってるわけ？」

「いや、そんなことは……」

「わたし、誰とも結婚する気ないよ。九野さんがしてくれるっていうなら別だけど」

返答に困って苦笑した。

「またいい男ぶって。わたしまだ九野さんの死んだ奥さんの名前覚えてるよ。早苗さんって言うんでしょ。腕枕してそんな話するんだもん。信じられないよ」

やはり酔っているのか、美穂は足で蹴る真似をした。裾のスリットから白い太腿がのぞく。

って、そうそう毎晩泊めてやんないよ」

花村が真っ赤になった。目が合う。憎しみのこもった目だった。

「おい、九野。貴様、嗤ってやがんだろう」

「そんな」

「おれみたいなのが若い女とくっつくわけがないと思ってんだろう」

「花村さん、酔ってるんですか」

「いいや、酔っちゃいねえ。貴様はおれを嗤いに来たんだ」

九野は軽く目を閉じ、かぶりを振った。「もうよしましょうよ。ほんとに偶然通りがかっただけなんですよ。ぼくはもう失礼しますから」

踵をかえそうとすると、腰のあたりに衝撃が走った。何が起こったのかすぐにはわからなかった。

「ちょっと、やめてよ」

美穂の悲鳴が耳に飛びこむ。九野はアスファルトにたたきつけられた。

「九野、立てっ」

険しい形相で見下ろしている。九野はゆっくりと立ちあがり、背広の汚れを払った。なぜかそれほど怒りはな

「意地悪言うなよ」

「言ってやるね。わたしが婦人警官になったのも間違いなら、九野さんが刑事になったのも大間違いだよ。刑事っていうのはもっとすれっからしじゃないと――」

「おい」背中から声がかかった。

九野が振りかえる。目を吊り上がらせた花村が立っていた。署では見ない派手なブルゾンを身にまとっている。

「貴様、まだおれをおちょくる気か」

「あ、いや……」思わず後ずさりした。

「放火事件の帳場に回されたはずだろう」

「これは偶然で……」

「とぼけんじゃねえ」花村が声を荒らげた。「それともなにか。美穂にちょっかい出しに来たのか」

「誤解ですよ」

「ちょっとお」美穂が横から口をはさむ。「いちいち迎えに来なくていいって言ったじゃない」

「おまえは黙ってろ」

「大きな声出さないでよ、恥ずかしい」

「黙ってろって言ってんだろう」

「なによ、えらそうに。奥さんとうまくいってないから

かった。

「かかって来い。今日こそけりをつけてやる」

「もうやめましょう。失礼します」軽く頭を下げた。

「おい、気取ってんじゃねえぞ」

「やめてよ、みっともない」美穂が声をあげる。「いい歳して何を興奮してんのよ。子供みたい。九野さんの方がずっと大人だよ」

「美穂。おまえまだ九野に気があるのか」花村の矛先が美穂に移った。

「へんなこと言わないでよ。九野さんに迷惑でしょう。ほんとに格好悪いんだから、もう。当分うちにも店にも来ないでよね」

「おまえ、ほんとは九野に言い寄られてたんじゃねえのか」


見ていられなかった。九野は「じゃあ」とだけ告げると、逃げるようにしてその場を離れた。

花村がなにやらわめいている。耳に入ってこなかった。

今夜は安定剤を飲もうと思った。目覚ましをたくさんセットすればいい。

前方から突風が吹いてきて、九野の前髪をひょいとはねあげた。

9

二日間休んだだけで、及川恭子はパート勤めを再開した。

前日、榊原店長に明日から出ることを告げると、店長は「助かったー」とあてつけがましいひとりごとを受話器の向こうで言い、突然休まれることがいかにスケジュールを狂わせるかを一方的に説いていた。なんでもほかにもレジ係に欠勤者がいたらしい。自分までがレジのボックスに立ったと、謝罪を求めるような口ぶりだった。そして驚いたことに、店長が見舞いの台詞を発することは最後までなかった。

さすがに恭子も腹が立ち、辞めることも頭をよぎったが、どうせパートはどこも同じだろうとあきらめ、ため息をつくだけにとどめた。さえない中年男の愚痴と思えばいい。相手にするだけ馬鹿らしい。

夫の勤める会社が放火された事件の方は、どうやら片づきそうな気配だ。

昨夜、テレビのニュースが、清和会という暴力団に家宅捜索が入ったと伝えていた。背広姿のいかつい男たちが、段ボールを抱えて事務所のあるビルに入っていくのをカメラが映していた。今朝の新聞でも読んだ。容疑は公文書不実記載で、通称「車庫飛ばし」と言われる不正行為だと書いてあった。本来なら多摩ナンバーであるはずの組長の自家用車が、品川ナンバーで登録してあったのだ。組長が代表取締役を務める自動車販売会社も家宅捜索を受けていた。社会的なことに疎い恭子でも、それが別件逮捕だということはなんとなくわかった。なぜならテレビも新聞も、放火事件の関連として伝えていたからだ。とりあえず身柄を拘束して、放火について自供させるのだろう。

夫の会社が暴力団に攻撃されたというのはショックだが、夫が経営陣というわけでもなし、これ以上累が及ぶ心配はなさそうだ。労災も下りるようだし、恭子はいつもの平静な気持ちを取り戻しつつある。まだ事故の一報を聞いたときの衝撃は生々しいが、夫が無事だったことや、妹が駆けつけてくれたことが、自分を勇気づけている。

いまさらながら、自分は一人じゃないんだと思った。

今朝、スーパー「スマイル」に出勤したときも、真っ先に淑子と久美が駆け寄ってきてくれた。一通り同情され、慰められたあと、淑子は互いの電話番号を知らないことがいちばん辛かったと訴えた。

「わたしたちって友だち同士よねえ。なのに電話番号も知らないんだもん。それに気づいたとき、なんだか悲しくなっちゃって」

淑子はこの場で住所と電話番号を交換しようと言ってきた。もちろん応じ、久美も含めた三人でメモ用紙を回しあった。

「なんかあったら助けあおうね」

淑子の言葉に心が温かくなった。

小さな町だから、放火事件はすっかり知れ渡っていて、ほかのパート仲間からも見舞いの言葉をもらった。有機野菜の磯田まで「ご主人、いつまで入院なの」と心配そうに聞いてきた。ただし、磯田に言わせると、病院の給食はダイオキシンだらけなので気をつける必要があるのだそうだ。野菜の試供品を送ってあげると言ってきたが丁重に辞退した。

いつぞや磯田と言い争いになった若い主婦は、やはり辞めてしまった。人間関係を我慢してまで続ける仕事ではないので当然のことだろう。

その日の朝礼では、たまたま本店から来ていた専務が挨拶に立ち、恭子の身に降りかかった災難をほかの従業員に説明してくれた。「うちは家族的経営がモットーですから」と述べたのはいいが、欠勤はみんなでカバーしあいましょうという話になったのには内心苦笑した。隣の淑子が「だったら見舞い金を出せ」と小声で言う。聞こえやしないかと恭子ははらはらした。

十時がきて、ドアが開く。レジの仕事についたら意外に集中できた。

この日は開店から一時間限りの「朝市セール」があったので、考えごとをする暇もなかったのが幸いした。

商品の値段をセンサーで読みとり、かごからかごへと移していく。レジで金額を打ちこみ、預かった金額からお釣りを手渡す。機械的に作業をこなしていると、時間の経過が希薄に感じられるから不思議だ。案外、家でじっとしているより外で働いた方が、精神衛生上いいのかもしれない。

店内放送では、刺身の盛り合わせが買い得だと営業主任のダミ声を流している。


二時過ぎに仕事を終え、恭子は店を出た。本当ならば児童館へ子供を迎えに行き、その足で夫の入院先へ向かいたいところだが、面倒なことに小室和代という女との約束があった。事件のせいですっかり忘れていたが、今朝、カレンダーの「二時半、ジャスミン」というメモを見て思いだした。延期してもらうことも考えたが、面倒なことは早めに済ませた方がいいかと思い直し、会うことにした。

ジャスミンは住宅街にひっそりと構える感じのいい喫茶店だった。香が焚かれているようで、扉を開けて一歩踏み入れただけで甘い香りが鼻をくすぐった。

テーブルの上に置かれた茶封筒が目印だったが、ほかに客がいなかったのですぐにわかった。壁際のテーブルの通路側に自分と同年代の女が座っている。小室が下座で待っているのに小さく感心した。恭子はOL時代の新人研修で、喫茶店にも上座と下座があることを習っていた。電話の印象と同じく、やはり礼儀は知っているようだ。

小室は一人ではなく同伴者がいた。四十歳くらいの男が並んで座っている。

向こうも恭子がわかったらしく、立ちあがって腰を折った。

「及川さんですね。お忙しいところ本当に申し訳ありません」

ショートカットの髪に薄い化粧をしただけの、飾り気のない女だった。瓜実顔に小さな目鼻がついている。男の方は地味な背広を着ていた。髪はぼさぼさで田舎町の教師といった風情だ。

恭子も頭を下げて椅子に座った。

「わざわざ来ていただいてありがとうございます。あの、こちらは弁護士の荻原さん。町田で事務所を開いていらっしゃるんです」

そう紹介されて男が名刺を出した。

「荻原です。突然すいません」警戒させまいとしてか笑顔を見せた。「小室さんとは市民オンブズマンのときからの知り合いでして。……と言っても及川さんにはわからないと思いますが、以前、地元市議会が視察旅行をしたとき、内実はほとんど観光だったことがありまして、その際に明細を公開させ、費用を返還させる訴訟を起こしたことがあるんです。ま、戦友みたいなものです」

「荻原さん、戦友だなんて、物騒な」小室が親しげに腕をつつく。

「ああ失礼。そうだよね。あの、ええと。じゃあ、友だちということで」

どう反応していいのかわからなかったので、恭子は作り笑いだけを返した。

ウエイトレスが水を運んでくる。三人で紅茶を注文した。

「先日の電話でも少しお話しさせていただいたんですが」小室があらたまった口調になった。「わたくしは二ヵ月ほど前からスマイルの多摩店でパート勤務をしておりまして。子供が学校にあがったものですから、少しぐらいは家計を助けようかなって。それで、これが初めてのパートなんですけど。働いてみたら、意外といいかげんと言うか、おおざっぱと言うか。学生のバイトと変わらないような扱いなので、正直なところ驚いてしまって」

「はい……」恭子が相槌をうつ。

「だって履歴書出して、面接して、時給はいくらいくらで、勤務は週に何日でって、それを店長との口約束で決めるだけでしょう。いまどきファーストフードの店だってそんなにずさんじゃないと思うんです。一応、昇給があるっていうけど、それだって怪しいし。及川さんは昇給ってありました？」

「わたしは、今年になって五十円、上げてもらいましたけど……」

「じゃあ、店によってちがうのかしら。多摩店は一年勤めても変わらない人がいるみたいなんですよ。サービス残業めいたこともやらされるし。……とにかく、契約書もないっていうのは変だと思って、荻原さんに相談したら、それは絶対におかしいって」

「もう五年以上前になるんですがね」荻原がコップの水に口をつけ、あとを引き継いだ。「パートタイム労働法っていうのができてるんですよ。正式には『短時間労働者の雇用管理の改善等に関する法律』っていう長ったらしい名前なんですがね。それによって国から雇い主に対して、雇入通知書を交付しなさい、就業規則を作成しなさい、有給休暇を与えなさいっていう指導がなされてるわけなんですよ。つまり、パートタイマーは法的に応援されていると言っていいわけです。及川さんは有給休暇、欲しいとは思いませんか」

「それは……欲しいですけど」

ふと昨日おとといの欠勤を思った。有給ならば七千円はもらえる。でも遠慮がちに言った。簡単に話に乗りたくはない。

「六ヵ月間継続して勤務し、出勤率が八割以上なら有給休暇は認められているわけです。それから雇用保険に入りたくはありませんか。もしものときのために」

「そう……ですね」

恭子は結婚退職したとき、三ヵ月間、失業保険をもらったことがある。システムは知っていた。

「さらには退職金だってもらえるわけです。三年以上勤務していれば、一ヵ月の基本給掛ける年数分を要求できます。最近、及川さんの店で退職なさった方はいますか」

そういえば先日、いちばんの古株が辞めたばかりだ。たしか五年間勤めたはずだ。そのことを告げると、小室が「たぶん退職金をもらってないでしょうね」と口をはさんだ。

「そうだと思います」

「もったいないわあ。その人、週に何時間働いてたんですか」

「さあ……二十時間は超えていたと思いますけど」

「じゃあ月に八十時間で、九百円としても七万二千円でしょう。だから五年で……」小室がてのひらに指で計算する仕草をした。「三十六万円だ」

その金額を聞いて恭子は驚いた。荻原の言っていることが正しければ、自分はあと一年で退職金をもらう権利を得ることになる。

紅茶が運ばれてきたので、それぞれが砂糖を入れた。スプーンがカップに触れる音が響く。

「どうです、及川さん」一口飲んでから、荻原が身を乗りだす。「今の話を聞いてどう思われましたか」

「どうって言われても……」

「主婦が何も言わないのをいいことに、スーパー側はパートタイマーの権利を蔑ろにしています」

「はあ……」何気なく腕時計を見た。そろそろ午後三時だ。

「あ、もしかしてお急ぎでしたか」

「いえ、ちょっと。子供を児童館で遊ばせてるもので」

「じゃあ、単刀直入に申しあげましょう。長々とお引き止めするわけにもいきませんし」荻原がそう言って鞄から紙切れを取りだした。「これは厚生労働省が普及を進めている雇入通知書の見本です。このままでも通用するちゃんとした書類です。これをですね、及川さんの方から本城店の店長に見せて、正式な契約書を交わしたい、と申し入れていただけませんか」

「わたしが、ですか」

労働者の待遇改善といった話だろうと想像はつけていたが、自分は雇用の実情を聞かれるだけだと思っていたので、恭子は戸惑った。

「電話でもお話ししたと思うんですが」小室が言った。「町田店と北多摩店からはすでに協力してくださる方を得てるんです。あとは本城店の及川さんがこの話に乗っていただけると……」

「我々のプランとしては、日にちを決めて、各店で一斉に店長につきつけたいと思ってるんですよね。その方が効果があるんです。どうかひとつ」荻原は頭を下げてきた。

「でも、わたしなんかが……。もっとほかに適任者がいると思うんですが」

「いえ、及川さんが適任だと思います」

「わたしも、お顔を拝見しただけで、この方ならって」

二人が口々に言う。

「そんな」

断らなくてはと思った。パートの待遇がよくなるのはありがたいが、それは誰かがやってくれればの話だ。自分が矢面（やおもて）に立つ気はない。

「ご安心ください。この勝負は見えてます。向こうに勝ち目はありません」

「でも」

「我々がひとこと声を発するだけで、有給休暇も雇用保険も退職金も手にすることができるわけです」

「わたし、困ります」

「どうしてですか」

「……そんなことしたら職場に居づらくなるし」

「いや、逆だと思うなあ、わたしは。パート仲間からは尊敬を集めると思うなあ」

「パート仲間はそうかもしれませんけど、店側にとってはやっかいな人物として扱われるわけですし、解雇なんかされたりしたら」

「いえ、それは絶対にありません。日本の法律はそんなに甘くないんです」

「とにかく……」恭子はバッグを胸に抱いた。押しきられないためにも、この場を逃げだすのがいちばんだと思った。「ごめんなさい。わたし、こういうのに向いてないと思うので」

「及川さん、お気持ちはわかります。誰だって波風を立てずに生きていたいものですよ。でも、誰かが行動を起こさないと世の中は変わらないんです」

「本当にごめんなさい。そろそろ子供を迎えに行かないと」バッグから財布を取りだし、紅茶代の五百円をテーブルに置いた。

「いけません」小室がすかさず硬貨を手に取り恭子に返そうとした。「わたくしどもが御足労願ったわけですから」

「いえ、でも」すでに恭子は腰を浮かせている。

「お願いですから払わせてください」

しばらく小さな押し問答があり、恭子が紅茶代を財布に戻した。

「及川さん」荻原が口を開く。「心配というのなら、この雇入通知書を一度ご主人に見せていただけますか。それで一度考えていただけると幸いです。ご主人は会社員ですよね。たぶん、ご主人の会社でもパートなり契約社員を雇っていると思うんですよ。だからこの通知書がまったく正当なものであることがおわかりいただけるはずです」

「……じゃあ、夫に相談するということで」

その意見には従うことにした。早くこの場を去りたい。

　書類をバッグに入れながら、ひとつだけ気がかりなことがあったことを思いだし、この際だから聞いておくことにした。

「ところで」立ちあがり、小室を見下ろす。「どうしてわたしの履歴書を見ることができたのでしょうか」

　小室は少しばつのわるそうな顔をすると、人事課のファイルを勝手に閲覧したのだと言った。多摩店は本部なので、全従業員の履歴書コピーが集まっているのだそうだ。

「ごめんなさい。勝手に見たりして」小室は恐縮して頭を下げた。「でも、夜中に忍びこんで見たとか、そんな凄い話じゃないんですよ。あの会社、ずさんだから、事務室の棚に差してあるだけなんですよ。『パート履歴書』って背書きまでしてあって。それを拝借してトイレで見させてもらったんです。気に障ったらお許しください」

　厳密に言えばプライバシー侵害だが、小室が終始低姿勢なので不愉快な思いはなかった。

　荻原という弁護士が「どうかご一考を」とテーブルに手をつく。

「それじゃあ、失礼します」

　また電話がかかってくるかもしれない。でもこの二人ならなんとか断れそうだ。そんなことを考えながら、恭子は丁寧に会釈して喫茶店を出た。

　自転車を駆って児童館へと向かう。

風はすっかり春の暖気を含んでいて、来るときに羽織っていたカーディガンを必要としなかった。

前屈みになって坂をのぼった。少し息が荒くなる。

お顔を拝見してこの方なら、か。ふと小室の口にした言葉が浮かんだ。

　思わず苦笑する。

　人に頼りにされるなど久しく途絶えていたことなので、悪い気はしなかった。

　でも断ろう。面倒なことに巻きこまれたくはないのだから。

「そりゃあ共産党系の弁護士だろうな。女は市民運動家だよ」

　ついさっきの出来事を話すと、夫の茂則は薄い不精髭が生えた顎を撫でながら小さくしわぶいて言った。子供たちは病院に着くなり屋上へ行った。眺めのいい屋上がよほど気にいったようだ。

「かかわらない方がいいんじゃない。面倒なことになるよ、きっと」

恭子がりんごの皮を剝き、爪楊枝を刺して手渡す。茂則は両手に包帯を巻いているが、物をつかむぐらいのことはできるようだ。

「その弁護士からこんなのもらったんだけど」

恭子は喫茶店で預かった雇入通知書を茂則に見せた。労働省が見本として推し進めているものだと説明した。

茂則がりんごを頰ばったまま見入る。「そりゃあ契約書があった方が、トラブルが起きたときに便利だろうけど。でもなあ……」

「おとうさんの会社、パートタイマーと契約書、結んでないの」

「さあ、どうだろう。おれの管轄じゃないから」

「有給休暇ってあるの」

「まさか」

「ないの？」

「そりゃそうだろう。どうしてパートに有給休暇があるのさ」

自分に言われたような気がして、少しむっとした。

「じゃあ退職金は払ってるの」

「退職金？　そんなものは払えないよ」

「どうしてって」

「パートタイム労働法では三年以上継続して勤務した者には払わなきゃなんないことになってるのよ。雇用保険だって一年以上勤務していれば入れるんだから」

「なによ。洗脳されたんじゃないの、連中に」

茂則が冗談めかして顔をしかめる。返事をしないでもうひとつりんごを差しだした。

「もういい。すぐに晩飯だから」

時計を見ると午後四時に近かった。しかたないので自分で食べる。

「もし、おとうさんの会社でパートの誰かがこういう要求を突きつけてきたら、どうなるわけ」

「どうだろう」茂則が天井を見て考えていた。「たぶん、会社は慌てると思うけど」

「馘にする？」

「いや、馘にはできないさ。そんなことして労働基準局に駆けこまれたらアウトだもん」

「じゃあどうするのよ」

「うーん」

「弁護士さんは絶対に勝てる勝負だって言ってたけど」

「そうだろうな。法を盾にこられると、会社としてはごめんなさいするしかないよ」茂則がベッドサイドのミニペットボトルに手を伸ばし、水を飲む。タオルで口を拭いた。「でも、現実問題としてパートでそこまでやる人はいないよ。居づらくなるだけだし」

「うん、そうだね」

「おまえ、妙なこと考えるなよ」

「考えてない」かぶりを振った。

「思想がかった連中っていうのは――」

「だから考えてないって」

恭子は立ちあがり、りんごの食べかすを片づけた。サイドテーブルにミニペットボトルがあるのに気づく。そういえばさっき茂則が水を飲んでいた。

「これ、どうしたの」

「うん？　自分で買ってきた。すぐ前のコンビニで。喉が渇いたから」

茂則がかすかに表情を変える。なんだろう。

「この運動靴は？」ベッドの下には真新しいスニーカーが置いてある。

「それも買った、すぐそばの小さな靴屋で」

「出歩いて平気なんだ」

「そりゃそうさ。足はなんともないんだから」

「ふうん」

「ついでに雑誌も買ってきた」額に汗が滲(にじ)んでいる。

「そう」

様子が変だと思った。何がと聞かれると、答えられないけれど。

「それはそうと車で来た？」

「うん。運転、久し振りだけど、ちゃんとできたわよ」

今日は車で来てくれと茂則に電話で言われていた。

「置いてってくれるかなあ。あとでちょっと会社に顔を出したいし」

「なに、車ってそのためだったの。だめよ。先生に叱られるでしょう」

「平気だよ。ちゃんと断って行くし」

茂則は目を合わせようとしなかった。少なくとも自分にはそう思えた。

「どんな用なの」

「午前中に佐藤が来て、仕事の報告を受けたんだけど、おれが確認しないとわからないことがあったから」

「書類なりなんなりを持ってきてもらえばいいじゃな

事をした。夫は一人になりたいのだろうか。まだ事件のショックが尾を引いているのかもしれない、そう理解することにした。自分には想像も及ばない体験をしたのだから、多少の気のムラは仕方がないのだろう。

「子供、見てくる」

「うん」

「そろそろ面会時間が終わるし、連れて来る」

「そのまま帰ってもいいよ」

「そんな水臭い。親子でしょ」

恭子が冗談っぽく抗議すると、茂則が新聞を置いて苦笑し、ごめんと目を伏せる。少し安心した。いつもの表情に戻っていた。

病室を出て屋上に向かう。病院の廊下はよく磨かれていて、パンプスの音が甲高く響いた。建物全体には、薬の匂いとたくさんの患者の体臭が混じり合った独特の空気が充満している。ふとのぞいた大部屋の病室からは老人の明るい笑い声が聞こえた。

すれちがった看護婦と軽い会釈をかわす。

あと一週間もすれば夫は退院だ。

それで元の生活に戻るのかと思ったら、意味もなくため息が出た。

い」

「みんなも忙しいんだよ」

「……先生に聞いてくる」

「何を」

「車を運転してもいいですかって」

「おれが大丈夫だって言ってるだろう」

茂則がとがった口調で声をあげる。恭子は驚いた。子供が悪さをしたときだって、夫は感情的に叱ることなどない人間なのに。

茂則が唐突に新聞を広げ、恭子の視線を遮った。

「手、痛くない？」

「ああ、平気さ」新聞紙の向こうから届く声はやけに事務的だ。

「今日、刑事さんは来たの」

「今日は来てない」

「あ、そういえば、ゆうべのニュースで暴力団に家宅捜索が入ったって言ってたね」

「ああ、そうだね」

「早く逮捕されるといいね」

「ああ」

妻にあたったことを後悔したのか、茂則は力のない返

10

九野薫は早苗の夢を見ていた。

頭のどこかが覚醒している、夢とわかっていての夢見だった。

独身のころ、週末になると早苗がアパートに泊まりにきた。早苗は小さな台所で器用に夕食をこしらえ、恋人に供してくれた。夏でも出しっぱなしのコタツの卓に、不釣り合いな手の込んだ料理が並んでいる。

若かった九野はそれらを夢中で食べた。「おいしい?」と早苗が聞く。口に大量のご飯を頬ばったまま「うん」と九野がうなずく。

恋人が忙しく食べる様子を、早苗はいつも楽しそうに眺めていた。九野にも、世話を焼かれているという心地よさがあった。

でも、その夜は変化があった。食事が済んで九野が寝転がってテレビを見ていると、早苗が小さな声で「疲れちゃった」とつぶやいたのだ。

「……ねえ、薫君。たまには後片づけ、やってくれない?」

思いきって言ってみたという感じだった。

振りかえり、早苗を見る。しばらく間をおいたのちに、九野は「いいよ」と答えた。

早苗の表情に安堵の色が広がる。断っていたら機嫌を損ねたかな、と立ちあがりながら思った。台所でスポンジを手にした。

「ねえ、ちょっと聞いてくれる?」

早苗が追いかけてきて、ガラス戸のところで鴨居(かもい)に手をかけた。前から言いたかったことがあるように見えた。

「なに」流しに向かったまま返事する。

「結婚したら、薫君、どれくらい家事をやってくれる?」

何事かと手を止めた。すぐには言葉が出てこない。

「たとえば、お風呂掃除は薫君がしてくれるとか、日曜は炊事当番をやってくれるとか。ほら、二人とも仕事をもってるし、こういうのってイーブンだと思うの。そりゃ薫君は仕事が不規則だし、事件が起きると一週間ぐらい泊まり込みってこともあるし、予定が狂うことはいくらでもあると思うけど、でも、やっぱり、そういうの決めておきたいし」

「……ああ、いいよ」

「わたし、教師の仕事はずっと続けたいのよね、おかあさんみたいに。子供ができても」

「子供ができても?」

「そう。いや?」

「いやってことはないけど……でも育児は誰がするんだよ」

「二人で。仕事のときは託児所に預けるの」

「ふうん」

「あ、薫君、いやそう」気乗りしなさそうな返事に早苗はすぐさま反応した。

「いやじゃないさ。考えてるだけ」

「女房はうちにいた方がいい?」

「そんなことはないよ。早苗が働きたいなら協力するさ。でも、別にいま決めなくたっていいんじゃないの。子供ができたら、そのとき話し合えばいいし」

「ううん」早苗がかぶりを振る。「結婚して、こんなはずじゃなかったって思うのいやだから、前もって決めたいの。大きなことも、細かいことも」

後片づけを終えて六畳間で向かい合った。早苗は居住まいを正し、いくぶん緊張した面持ちで口を開いた。

「お風呂掃除は薫君」

「いいよ」

「洗濯はわたし」

「うん」

「土日の炊事と後片づけは薫君」

「いいよ」

「平日はわたしがやる」

「うん」

早苗の表情が徐々に緩んでいった。

早苗は、ゴミ出しから子供の育て方まで、まるで学級委員のように取り決めていく。そのほとんどに九野は同意した。亭主関白を気取るつもりはもともとなかったし、思ったことを隠さず口にする早苗の性格も好きだったからだ。

尻に敷かれるかな。そんなことを思って心の中で苦笑した。

だが、ひとつだけどうしても意見が合わないことがあった。

「出産には立ち会ってくれる?」という早苗の問いかけに、九野は即座に首を横に振ったのだ。

「どうしてよ。出産って夫婦二人の事業じゃない」たちまち顔色を変えた。

「おれはそういうの、好きじゃない」

「好き嫌いの問題じゃなくて」

「男が出産に立ち会うって、なんか、いかにもヒューマニズムめいてるけど、嘘っぽい気がするんだよな」

「嘘ってどういうこと」

「直感だよ。うまく説明はできないけど、自然の摂理に反してると思う。だいいち、おまえ、見られたいのかよ」

「下品なこと言わないでよ。わたしが言いたいのは、出産っていう大きな事業に参加する気があるのかないのかってことなのよ」

「おれは男だ。子供は産めない。悪いが、女の仕事だ」

「ひどい。ファッショ。薫君、そういうのが九州男児だと思ってるんでしょ。男らしいと思ってるんでしょ」

早苗がますますむきになる。

「そんなことは——」

そのとき、身体が揺り動かされた。

誰かが自分を起こそうとしている。

もう少しこの夢を見ていたいので、寝返りをうった。


現実では結論が出なかった二人の問題だった。平行線をたどったまま、二人は結婚し、早苗は妊娠したのだ。

だからもう少し、話し合う時間がほしい。あの事故の直前には早苗だって諦めかけていた。「立ち会わなきゃ赤ちゃんはわたしのものだからね」そう言って、いたずらっぽく笑顔を見せるまでになっていたのだ。

九野さん——。井上の声だった。

わかっている。四階の武道場に布団を敷いて寝ていることまでは。昨夜は捜査記録を付けていて、遅くなり、そのまま署に泊まったのだ。

火事です。井上が言った。管内で連続不審火です。

不意に言葉が耳に飛びこむ。目を開けるが、頭に痺れたような感覚があり、その意味までは意識に入ってこない。

「おまえ、当直だったのか」枕に頭を乗せたまま、そんな場ちがいなことを口にした。

「たった今、通報がありました。中町です。ハイテックスの近くです」

九野は、ゆっくりと布団を剝ぎ、上半身を起こした。

腕時計を探し、すぐには見つからなかったので、井上の左腕をつかんで時間を見た。ぼやけていた焦点が合う。午前二時四十五分だった。

「早く服を着てください。車両は手配しました」

「火事の程度は」自分の声がかすれていた。

「わかりません。一件は駐車場の車が燃えたそうです。だから放火でしょう」

「鑑識は」

「もう出動しました。佐伯主任も自宅から向かうそうです」

くしゃみをした。肩のあたりに悪寒が走る。そろそろ四月なのに外はかなり冷えこんでいるようだ。

立ち上がりズボンをはく。ネクタイは首にかけただけで上着に袖を通した。

「清和会の組長は暗箱にいるのか」

「そうです。勾留中です。やっぱりこれは愉快犯ってことですかね」

「わからん。捜査の攪乱だってあるだろう」

なぜ自分がそんなことを口走ったのかわからない。突然、及川の顔が浮かんだ。廊下ですれちがった及川の妻の顔も、二人の小さな子供の顔も、次々と浮かんだ。

「と言うことは、清和会が若い者を使って」

「憶測でものを言うな」半分は自分に言い聞かせている。

廊下に出た。両手で顔をこすり、階段を駆けおりると徐々に体全体に血が巡っていく。同時に頭もはっきりしてきた。

小さな火事だといいが。そう心の中で願った。

覆面PCに乗りこみ、発車させた。無線が現場からの声を伝えている。

「機捜から警視庁どうぞ。発火場所は本城市中町二丁目三十五番地一号、同じく三丁目一番地十二号、さらに同じく三丁目二十二番地六号、以上三ヵ所。いずれもボヤですでに鎮火。怪我人は出ていません。機捜車両は現場付近の検索を実施……」

続いて別の無線が、燃えたのはすべて駐車場の車であることを付け加えた。

ボヤ程度であることに九野は安堵した。張っていた肩が少しだけ落ちた。

「警視庁から出行中の各車両に検索場所の連絡をします……」

無線を聞きながら井上が地図を広げる。「ついてねえや」とつぶやいた。

「中町の三丁目まではぼくの担当地域ですよ」

「地取りでは本当に何も出てないのか」

「何も」隣でかぶりを振っている。「目撃者一人、出てこないんですから」

いちばん近い現場に着くと、佐伯がコートの襟を立てて貧乏揺すりしていた。丸い体型なのですぐにわかった。サンダーバード二号とはよく言ったものだ。

消防車の赤色灯が回転して、付近の家屋の壁を赤黒く染めている。

午前三時過ぎだというのに数人の野次馬が遠巻きに眺めていた。これ幸いと制服警官が早速目撃者捜しをしていた。

ストロボが光る。鑑識が現場検証のふりをして野次馬にカメラを向けていた。

「御苦労さまです」白い息を吐きながら九野が声をかける。佐伯は「手口は一緒だぞ」と鼻をすすって言った。

「ガソリンにペットボトルだ。新聞にはペットボトルのことまでは書いてなかったから模倣犯じゃねえだろう」

佐伯の言葉どおり、現場にはうっすらとガソリン臭が漂っている。百坪ほどの野ざらしの駐車場で、黒いクーペの国産車が黒焦げになっていた。フェンダーのあたりが炎になめあげられている。ナンバーも焦げているが、かろうじて数字は確認できた。

「持ち主には知らせましたか」九野が聞いた。

佐伯が顎で差す。通りの先で、パジャマの上にジャンパーを羽織った若い男が、青い顔で、別の捜査員から事情聴取を受けていた。

「すぐそこのアパートの兄ちゃんだ。中古だが買ったばかりだとよ」

「ほかの現場は」

「別班が散ってる。似たようなもんだろう。一件は道端に停めてあったスクーターだ。ついでに民家の塀が焦げたそうだ。おぬし、どう思うよ」

「さあ。どうでしょう」

佐伯がほうという顔をする。「ハイテックスの放火に比べて腰が引けてますよ。あっちは建物でこっちは車でしょう。それにガソリンタンクのある後部は避けてる」

「捜査の攪乱ですよ、やっぱり」井上が口をはさんだ。

「中古車だしな」佐伯があとを引き継ぐように言った。

佐伯も同じ心証らしい。「駐車場の奥を見てみろ。高そうな四駆だってあるんだぜ」

「つまり、さほど被害を出したくないってことですよ。ねえ九野さん」

「わからんさ。愉快犯でも、前回はやり過ぎたって思ってるかもしれんぞ」

「そんな愉快犯がいますかねえ。奴らは派手な火事の方がうれしいんでしょうが」

九野はそれには答えず、周りを歩いてみた。一帯は住宅街で、コンビニエンスストアもなさそうだ。この時間になると、人はもちろん車の通行もほとんどない。ざわついた現場から一ブロック離れただけで、あたりを静寂が支配する。ここで放火に及び、逃げていく犯人のうしろ姿を想像した。どんな逃走手段を使ったのかはわからないが、車までの距離にせよ、靴音だけは闇に響いていたことだろう。

夜空を見上げると、冷えこみにふさわしく星がきれいに輝いていた。

ひとつ息を吐き、踵をかえした。車に戻る。

「おい、井上。ここはまかせるぞ。調書もおまえが書け」

「それはいいですけど、九野さん、どこへ行くんですか」

「ちょっとな」

やはり気になった。エンジンをかけ、サイドブレーキを下ろし、アクセルを踏む。停めてある消防車の間を縫うように通り抜けてから、闇に向かってライトをハイビームにした。

ここから市民病院はさほど離れていない。腕時計を見て時間を計った。

及川は確か両手に怪我を負っていたはずだ。車の運転はできるのだろうか。ハンドルを握りながら、そんなことを思った。徒歩や自転車での移動は目につきやすいから、普通に考えるなら車だろう。

昨日の昼間、服部と二人でハイテックスの本社に行った。品川の工場地帯にある本社は校舎を思わせる外観で、各窓に後付けされたエアコンの屋外機が目立つ、古びたコンクリートの建物だった。受付で総務部の責任者を呼びだすと、合板で囲っただけの応接室に通され、顔の平たい恰幅（かっぷく）のよい中年男が現れた。服部が会計監査の話を切りだす。本城支店の経理にどんな不審点があったのかを聞きだそうとした。

戸田と名乗る部長は当初、愛想がよかったが、目の前の刑事が「内部説」を調査しているらしいことを察知すると、みるみる顔から表情が消えていった。

「社内で調査してみないことには……」これが終始変わ

らない戸田の答えだった。上の人間との面談を求めると、すぐには無理だと断られた。たぶんこれが企業なのだろう。警察も似たようなものだ。責任の所在が曖昧で、外部からの問い合わせにやたらと時間がかかる。

交通量がまるでないこともあって、病院には十分ほどで到着した。午前三時二十分、と口の中でつぶやいた。

守衛所は閉まっていて門もゲートもない。夜間の出入りは自由のようだ。車を乗り入れ、アスファルトに降りたつ。九野は再び冷たい夜気に包まれた。

九野が最初にした行動は、駐車してある十数台の車のボンネットに手を当てることだった。ほとんどが夜勤の看護婦たちの乗用車なのか、大半は赤や黄色の軽自動車で、ウインドウの向こうに小さなぬいぐるみが見えたりした。

てのひらに神経を集中する。眠りについた鉄の板は、人間の体温をいとも簡単にはねのけ、九野の手はたちまち冷えていく。ときおりズボンでこすり、順番に手を当てた。しかしかすかな温度を感じることすらなかった。

やはり無理か。腕時計を見る。

通報があったのが二時四十五分。その直前に放火してその場を車で去ったとして、ここには二時五十分には着いたことになる。それからすでに三十分以上。エンジンが冷えきるには充分すぎる時間だ。

あるいは考えすぎかもしれない。放火は重犯罪だ。よほどの覚悟があるか、あるいは心の病んだ者でなければできる所業ではない。

そのとき、わずかな温度を感じた。はっとして顔をあげる。車は一目で新車とわかる白のブルーバードだった。及川の部下の言葉が脳裏に浮かびあがった。たしか及川は車を買い替えたばかりだと言っていた。

気のせいだろうか。もう一度てのひらを当てた。今度は判断がつかない。少なくともほかの車ほど冷たくはないように思えるのだが。

場所を変えて触り、頬までボンネットにつけた。わからなかった。

触れば触るほど、最初の印象が薄れていく。

ボンネットをこじ開けてエンジンに直接触りたい衝動にかられた。

少し離れて車を眺める。ほかに何か方法はないかと考えを巡らした。

焦る気持ちを抑えながら車のまわりを一周した。

ふと思いつく。九野は車の正面で腹ばいになり、床下られたエンジンオイルはそう簡単には冷えないだろう。

暗くて何も見えない中、右手を伸ばし、あちこちをまさぐった。

オイル交換を自分でしたことはないが、スタンドで整備されるのを眺めていたことがあり、見当はついた。

あった。思わず小さく声を発していた。自分の手が触れるものがオイルタンクなのかはわからない。しかしそれはどうでもいいことだった。右手の指先は、冷めたスープの入った器ほどではあるものの、確かに温度を感じているのだ。

立ちあがり、無線機を手にした。車のナンバーをメモした。急いでPCに戻り、「本城3から123」ノイズが流れ、すぐさま本庁の照会センターから「こちら123、本城3どうぞ」との応答があった。

「Pナンバー79××。本城3号、刑事課、九野。ナンバーより車の所有者ならびに使用者の照会をお願いします。多摩500、日本の『に』、67××で願います。照会事由は不審車両につき。場所は本城市市民病院内駐車場。どうぞ」

了解の答えがあり、九野は運転席のシートに背中を押しつけた。寒さなのか別の理由なのか、膝が小さく震えている。唾を呑みこんだら喉が鳴った。

ほんの十秒ほどで無線機から声がした。

「123から本城3」

「こちら本城3、どうぞ」

「先ほどの照会の件、申しあげます。多摩500、日本の『に』、67××。所有者と使用者は同一」ローンではない。現金で売買された車だ。「所有者ならびに使用者は……オイカワシゲノリ。及ぶの『及』、三本線の『川』、長嶋茂雄の『茂』、法則の『則』。住所は本城市明日加町五の九の一。以上、担当ヤマシタ、どうぞ」

「了解……」言いながら、軽く目を閉じた。あとの挨拶は声にならなかった。

無線機を置き、ハンドルに頭をのせた。

ローンで購入した場合、支払いが完了するまで所有者は販売店の名義になる。そうでないということは現金購入なのだ。

連鎖するように、また佐藤という部下の証言を思いだした。頭金は奥さんの実家から借り、残りはローンを組んだ――、及川はそう社内で言いふらしていたはずだ。

しばらくそのままでいた。及川の家族の顔が脳裏に浮かんだ。

フロントガラスから病棟を見上げる。ボヤで済んで感謝しろよ。口の中でつぶやいた。

九野は車から出ると、今度は通用口を探し、敷地内を歩いた。

駐車場の端に通路があり、その先に明かりが見える。扉の前に立ち、ドアのノブを捻ると簡単に開いた。鍵は普段からかけていないようだ。

声を出そうとも思ったが人の気配がない。そのまま廊下を進んだ。靴音が響く。忍び足も妙なので、かまわず大股で歩を進めた。

明かりが廊下に漏れる窓があった。ナースステーションだろう。靴音に気づいて看護婦が顔をのぞかせる。

「すいません。本城署の九野と申します」怖がらせないように笑みを浮かべた。

「はい？」まだ頬にあどけなさが残る看護婦が首をかしげる。

「刑事です。本城署から来ました」警察手帳を見せた。

「あ、はい。主任さん」うしろを振りかえって言った。

「刑事さんが」

主任と呼ばれた三十代の女が奥から現れ、ガラス窓を開けた。

「何でしょう」

「つかぬことをうかがいますが、午前零時から今までの間に何か変わったことはありませんでしたか」

「変わったことって言いますと」

「患者さんの出入りはありましたか」

「いいえ」訝しげにかぶりを振っていた。

「では、この時間、患者の出入りは自由にできるのですか」

看護婦は意味がわからないという顔で九野を見つめている。

「たとえば、ここに入院している患者さんが、午前二時に突然家に帰ろうとしたら可能ですか」

「院長の退院許可がおりなければ無理です」

九野は小さくため息をついて聞き方を変えた。

「そうじゃなくて、看護婦さんの目を盗んで抜けだすことはできますか」

「さあ……そんな人はめったにいませんし。そもそも、この時間はどこも鍵がかかってますから、外に出るためにはナースステーションの前を通らなければならないし、無理なんじゃないでしょうか」

九野は身体を引いて窓口の下を見た。腰を低くして通れば、看護婦の目を逃れられないわけではない。

「すいません。外科病棟の五階に上がりたいのですが」

看護婦が眉をひそめた。

「何か事件でもあったのですか」

「それは申し上げられませんが、ちょっと」

「どうしても……ですか」

「はい。どうしても」

看護婦が壁の時計に目をやる。しばらく沈黙があって「じゃあ、わたしがついていきますから、少しだけ」と言った。

「ありがとうございます。ご協力に感謝します」

足元のライトだけが遠慮がちに灯った廊下を看護婦と歩いた。

エレベーターは電源が切ってあるらしく、階段をのぼった。静かすぎて、病室で誰かが咳きこむ音まで聞こえる。五階に達したところで声をひそめた。

「五一一号室なんですが、患者の在室を確認させていただけますか」

「それは……」看護婦が言葉に詰まる。

「起こしません。のぞくだけです」

「でも、ナースコールがあったのならともかく……」

「じゃあ、看護婦さんがそっとドアを開けて在室を確認してください。重要なことなんです。お願いします」

看護婦は口を真一文字にしてうつむいていたが、しばらく間をおいてから「わかりました」とうなずいた。

「五一一号室というと、火傷で入られた方でしたよね」

「そうです」九野もあえて名前は言わなかった。

部屋の前に立ったところで、看護婦があらためて九野の顔を見る。九野は黙って頭を下げた。ドアノブが音もなく回る。

看護婦が十センチほどドアを開いたところで、九野はすかさず身を乗りだした。看護婦の背中に身体が触れたが、かまわず首を伸ばした。

暗い病室のベッドに、及川はいた。豆電球すら点いていない部屋でも、すでに暗闇に目が慣れていたせいか、輪郭ははっきりとわかった。掛布団の上に包帯をした両腕を出している。

表情は見えない。寝ているのかどうかはわからなかったが、及川は仰向けの姿勢のまま微動だにしなかった。

周囲にも素早く目を走らせる。なんでもいいから見ててある。

けれどほんの数秒で、看護婦の背中が九野の身体を押しかえし、ドアは閉まった。

「もういいですか」ささやくような声で言った。

「ありがとうございます」

ドアから離れて廊下の奥を見た。突きあたりに非常口がある。

看護婦に指で合図してその方向に向かった。

「非常口は鍵をかけてあるんですか」

「ええ。一応」

だが、実際に見てみると、内側からは自由に開けられるようになっていた。それはそうだ。開けられなければ非常時に意味をなさない。

ポケットからハンカチを取りだし、ロックを解除してドアを開ける。開けながら、包帯で巻いてあるから指紋は残っていないだろうと思った。目の前は非常階段で、下まで続いている。デッキに立った。東の空にはすでに夜明けの気配があり、町並の黒い稜線が藍色に変わろうとしていた。

白い息を吐く。頭の中にまた、及川の家族の顔が浮かんだ。

そして扉の隙間から垣間見た病室の光景を思いだした。間違いなく、及川は深夜の訪問に気づいているだろう。たった今、及川は破裂しそうな心臓を必死に抑えているのだ。

九野はこれからはじまる捜査会議のことを思った。心証だけは真っ黒の及川を、重要参考人として任意で呼ぶかどうか。それ以前に、これまでのいきさつを報告するのかどうか。

服部は反対するだろう。物証が見つかるまでと留保を主張するはずだ。手柄を横取りされないために。たぶん、自分も無理には逆らわないだろう。

冷気にさらされているというのに瞼が重くなってきた。ここのところ薬を服用する機会をずっと逸している。

11

腕時計を見ると午後九時を回っていた。渡辺裕輔はジャンパーの襟を立て、革のグラブをはめた。スクーターにまたがり、エンジンをかける。最近、洋平の真似をしてマフラーを改造した。背中では爆竹が破裂するような排気音が鳴り響いていた。

通用口に立っていた大学生が何かわめいている。唇を読んだらうるさいと言っていた。目が笑っているから本気ではない。こちらも笑顔を返した。まだ三日目だが、彼らとは冗談を言いあっている。こんなところに来てまで意気がるつもりはない。アクセルを吹かしてスクーターを走らせた。

高校が春休みに入ったので裕輔はアルバイトをはじめた。

出前のピザ・チェーン店だ。最初は女の子のたくさんいるファミリーレストランにしようかと思ったが、長髪に難癖をつけられそうなのでやめた。衛生管理で検便を強要されるというのもいやだ。それに時給はピザ屋の方が高かった。ピザを作る「メイク」は八百円だが、配達をする「デリバリー」だと九百円だ。裕輔は原付免許を持っているし、スクーターは慣れっこなので、うってつけのバイトだ。

面接もわけはなかった。店長は裕輔のメッシュに染めた髪を見て、「客の前ではヘルメットを脱がなくていいから」と仏頂面で言っただけだった。人手が足りないのだろう。

店には女っ気がないかと思ったが、メイクには女子高生もいた。アイシャドーを目の縁に塗りたくった女で、早速、裕輔に色目を遣ってきた。可愛いというほどではないけれど、胸が大きいのでデートに誘うタイミングをはかっている。

店は午前零時までだが高校生は九時で帰される。午後から休憩を差し引いた八時間で、一日約七千円が手に入る。上々のバイトだ。

母親はバイトに反対だった。もう三年生になるんだから大学受験の準備をしてほしいと、顔を曇らせていた。そんなとき裕輔は「大学なんか行かねえよ」と威(おど)しを入れる。これが本心なのかは自分でもわからない。一年も先のことなど考えたくもない。

父親は黙っている。と言うよりここ数ヵ月、口を利いたこともない。母親を通じて、高卒は不利だとか浪人してもいいからと伝えてくるぐらいだ。

春の夜風を正面に浴びながら、裕輔はアクセルを吹かす。

もちろん真っすぐ家には帰らない。繁華街へ行けば仲間がいる。弘樹や洋平たちと路上で深夜まで話しこむのが毎日の日課だ。ときには女の子をナンパできるし、喧嘩でスリルを味わうこともできる。

もっとも今、喧嘩は避けたいところだ。洋平は右腕にギプスを巻いているし、自分にしても顎に大きな絆創膏(ばんそうこう)を貼っている。刑事に殴られたからだ。亀裂骨折とやらで、最初の一週間はテープで固定され、柔らかい物しか口にできなかった。あれはとんだ災難だった。逮捕されなかっただけましだぞと、仲間はからかうのだが。

左手で顎をさすった。あまり痛まなくなったし、そろそろ肉でも食べたいところだ。

ネオン街に入り、いつものコンビニの前でスクーターのエンジンを切る。洋平のスクーターがあったので並んで停めた。あたりを見回すと、すぐに弘樹の目とぶつかった。白い上下のジャージ姿で、向かいの歩道にしゃがみこんでいた。隣には焦げたトーストといった感じの、日焼けした女が二人いる。

「おい裕輔。飯喰ったか」弘樹がだるそうに言った。

「ああ、ピザだけどな」

「おまえ、よく毎晩毎晩、ピザばっかり喰ってんな。飽きねえのかよ」

「馬鹿。焼きたてはうめえんだよ。バイトは半額だしな」そばまで行って同じようにしゃがみこんだ。「でも、なんか喰うんなら付き合うぞ。ケンタッキーでも喰うか」

「顎はいいのかよ」

「チキンぐらいなら平気よ。洋平は？」

弘樹が顎をしゃくる。振りかえるとニットのキャップをすっぽり被った洋平がコンビニから出てくるところだった。手にはビニール袋をさげている。

「裕輔のぶんはねえぞ」

洋平がぶっきらぼうに声を発する。缶ジュースが透けて見えた。

「いいよ。おまえらで飲めよ」

「あ、そうだ」弘樹が二人の女を指さす。「こっちがキンコでこっちがギンコ」

そう紹介され、女たちが大口を開けて笑っている。説明されなくても仇名(あだな)の由来がわかった。一人は金髪で一人は銀髪なのだ。

「よろしくねー」親しげに指でピースサインを作っていた。

「なによ、弘樹にナンパされたの」

「ちがうってえ。マーコ先輩に紹介されたんだって」

女たちは、ミニスカートからパンツが見えるのもおかまいなしに地べたに腰をおろし、膝を立てた。

「そうそう、こいつだよ。刑事に殴りかかったイノシシ野郎は」

弘樹の言いまわしがおかしいのか、女たちは手をたたいてよろこんだ。

「そうなんだよ。こいつのおかげで、おれまでこのザマだぜ」洋平がギプスを巻いた右腕を突きだす。「反省してんのか、え？ ほんとなら治療費の半分も――」

「うるせえよ」裕輔が半分笑いながら睨みつける。

いつかの夜の出来事は、仲間内ではすっかり有名だ。よそのグループの連中にまで「刑事と殴り合いしたのってアンタ？」と声をかけられた。後輩からは幾度となくその話をせがまれている。

「ねえ、怖くなかったの」と金髪の女。

「だって私服だぜ。刑事かどうかわかるわけねえじゃん」

「でも雰囲気でヤバイ相手かどうかわかりそうなもんじゃない」

「そんなもん、勢いだよ、勢い」

「でもよォ」弘樹が笑いをかみ殺す。「張り込み中の刑事から金タカろうとしたなんて、おれらぐらいのもんかもしれねえな」

「普通しないよー、そんなこと」銀髪の女も話に割りこんだ。「向こうもびっくりしてたんじゃないの」

「それがよォ」裕輔はたばこに火を点けた。「三人で取り囲んでもぜんぜんびびんねえの、その刑事。ま、そばに仲間がいたってこともあるんだろうけどさ」

「けど、あの刑事、強かったよな」と洋平。

「おう。あんな強えの見たことねえよ。おれらも結構大人相手に喧嘩してっけどよォ、なんか格がちがうって感じ」

「身体もデカかったしな。百八十はあったよな」弘樹が見上げるポーズをとる。

「もっとあったって。それに空手かなんかの黒帯だぜ、きっと」

「でさー、おれなんかいきなり腕をねじあげられてポキンだもん」

口々にあの夜の刑事の強さを訴える。まるで友だちの自慢話をするようなノリだった。そうしなければ自分たちのメンツが立たないせいもある。

った。

「やっぱり裕輔が治療費、半分払えよな」

洋平のしかめっ面にみんなで笑った。

「ねえ、これからクラブ、行かない？」金髪の女が言った。「知ってるでしょ。ガード下に新しくできたとこ」

「行こ行こ。DJ結構イカしてるよ」と銀髪。

「金がねえよ」

裕輔はジャンパーのポケットを裏返して見せた。

「バイトやってんじゃないの」

「金がねえからバイトやってんの」

女たちがけたけたと笑う。

「おい。おまえら」そのとき背中から声がかかった。振り向くと年上の顔見知りだった。去年までは暴走族の幹部をしていた地元の先輩だ。

「どうも。ちわッス」三人で頭を下げた。

「おまえら何かやったのか」

「はい？」弘樹が返事した。

何のことかわからず、黙ったまま先輩を見つめた。

「やくざがおまえらのこと探してるぞ」

「ここいらで最近、腕の骨を折られた奴はいねえかって。ついさっき、駅の裏側で若いのを片っ端からつかまえて聞いてたらしいぞ」

やくざと聞いて全員から笑顔が消えた。洋平を見る。

「おれのことかよ」洋平は眉をひそめていた。「嘘でしょう。だっておれ、やくざなんて関係ねえもん。人違いなんじゃないですか」

「高校生風の三人組とも言ってたらしいから、おまえらのことだよ」

「え、じゃあおれもですか」弘樹が自分を指さした。

「そうだろうよ。三人まとめてだ」

「先輩、からかわないでくださいよ。警察の間違いでしょう。だったら話はわかりますけど」と洋平。

「いいや、やくざだよ。清和会の人だって、おれの知り合いが言ってたから」

「でも、ほんと、心あたりなんかないッスよ」

「スカウトに来たんじゃねえのか」弘樹が強がって話を混ぜかえそうとした。「刑事に向かっていくなんていい根性だから、うちの組に入れてやるって」

「馬鹿。そんなんでわざわざ探しまわるか」先輩は真顔だった。「なんか怒らせるような真似したんじゃねえのか」

「ほんと、おれらは知らないッスよ」洋平がいちばん青ざめていた。

「ねえ。うちら、行くわ」話の途中で女たちが立ちあがった。「さっき言ってたクラブ、女の子だけだとタダで入れてくれるから」

「なんだよ、行っちゃうのかよ」弘樹が引きとめる。

「じゃあね。弘樹たちもあとでおいでよ」

女たちはかまわず去っていく。底の厚いサンダルがアスファルトに鳴っていた。

「清和会って、地元のやくざですよね」裕輔も名前だけは聞いていた。

「ああ。おれが走り回ってたころ、何度か挨拶に行ったことがあるけどな。ほら、おまえらにもステッカー売りつけただろう。あれの半分は清和会に納めたんだよ」

「じゃあ、何かあったら頼みますよ」と洋平。

「知るかよ、そんなもん。おまえら素人だな。やくざってのは頼みごとをすれば金がいるんだよ。ただで動くのは地震だけだぞ。……ま、とにかく気をつけな。おれの知り合いは、見つけたら教えろって言われたらしいから」先輩も踵をかえす。「あ、そうだ」二、三歩離れたところで立ち止まり、振りかえった。「おまえら、もしかしてこのへんでおやじ狩りやってんじゃねえのか」

三人で顔を見合わせた。少し間をおいて弘樹がうなずく。

「たまに、ですけど」

「じゃあそれだな、きっと。おれらのシマで勝手な真似するんじゃねえって話じゃねえのか」

いかにも他人事といった感じで冷たく笑う。先輩は、ジーンズの裾を引きずりながら歩道を歩いていった。

「おい、やべえんじゃねえのか」洋平が憂鬱そうに顔をしかめる。

「今日は帰るか」裕輔も不安になった。

「なんだよ、おまえらびびってんじゃねえよ」弘樹が五分刈りの頭を撫であげ、二人を交互に睨みつけた。「どってことねえよ。おやじ狩りならほかの連中だってやってんじゃねえか。どうしておれらだけ文句言われなきゃなんねえんだよ」

「そりゃあそうだけど」

本当は帰りたかったが、そうするとあとでどれだけ馬鹿にされるか知れない。仕方なく、裕輔は何本もたばこを吹かしながらその場にいた。たぶん、弘樹にしても本心は帰りたいのだろう。いろんな話題を探してはみたが、長続きせず、吸い殻だけが地べたに溜まっていった。

「おい、おれらもクラブ、行くか」しばらくして洋平が腰を浮かせた。「キンコとギンコ、よその男にやらせることはねえだろう」

「キンコはアパート暮らしだってよ」と弘樹。

「だったら帰りはみんなで押しかけちゃうか」裕輔もカラ元気をだした。

「よし。じゃあ行くか」

三人で立ちあがる。クラブのある方角へと歩いた。やけに足早なのは、本当のところ、みんなこの場を去りたいせいだ。スクーターはコンビニの前に置いていくことにした。クラブの前よりはコンビニの前のほうが安全だ。

「金、貸してくれよな」裕輔が口を開く。

「ほんとに金ねえのかよ」

「バイト代が入ったら返すからよ」

「確か二千円だろ。おれ、自分のぶんしかないぞ」

「おれも」洋平はわざわざ財布を開いて見せた。

「はい。裕輔君、居残り決定」立ち止まり、弘樹がからかうように言う。

「もういい。おれ、帰るよ」

ふてくされて告げたが、実際は帰りたかった。やくざが探しまわっているという晩に、呑気に遊んでいられるほど神経は太くない。

「じゃあ、帰れよ」二人も引き留めなかった。「二対二でちょうどいいか」洋平が下卑た笑顔を見せる。盛りあがらない夜だった。

裕輔は来た道を引きかえす。ポケットに手を突っこみ、下を見ながら歩き、スクーターのある場所へと戻った。そして顔を上げると、いかにもやくざ風の若い男が荷台に腰かけていた。

目が合う。慌てて視線をそらした。

「おい」野太い声が飛んできた。「このバイク、おまえのか」

まずいと思ったが、口が勝手に「あ、はい」と返事していた。

男が裕輔を睨めまわす。

「腕、見せろ」

言われてジャンパーの袖をまくりあげた。

「じゃあ刑事に腕の骨折られたってえのはおまえの連れか。そうだろう」

黙っていた。身体から血の気がひいていくのがわかった。

「聞いてんだから答えろ」男が凄む。「こっちはわかってんだよ、あちこちで聞いて。噂になってんだ、おまえらのことは」

男は裕輔に近づくとジャンパーの襟をつかんだ。

「あん？　どうしたんだ。この絆創膏は、おまえもやられたのか」

平手で頬を軽くたたかれた。気圧されてうなずく。

「まあいいや。ここで待ってろ。動くなよ」

男は携帯電話を取りだすと、誰かと話をはじめた。これまでの凄み方が嘘のような高い声だった。

「ええ、そうです。一人、つかまえました。腕の折れた奴じゃないんですが、その仲間ですから……。場所ですか。サクラ通りの脇を入ったコンビニの前です。ええ……ええ、わかりました」

電話を切る。向き直り「社長が来るから、ちょっと待ってろ」と言ってまたスクーターの荷台に腰をおろした。

「おまえ、高校生だろう。なんかやったのか」男はそんなことを聞いた。裕輔は「いえ」と答えたが、声がかすれた。

「まったく大倉さんもこんなガキになんの用があんのか

ねえ」裕輔を睨みながらひとりごとを言っている。

血の気はひいたままだった。何を要求されるのだろう。小便がしたくなった。

やがて目の前に大型のベンツが横づけされた。男が飛びあがるように荷台から降り、直立不動の姿勢をとる。ウインドウが下がり、三十半ばくらいの、髪をオールバックにした男が運転席から顔を出した。蛇のような目で裕輔を見ている。ドアの縁に乗せた手には、指輪がいくつも光っていた。

「社長、このガキです。いやあ、探しましたよ」

その言葉には答えず、やくざは「坊主、うしろに乗れ。ちょっとドライブしよか」と顎をしゃくった。

「あ、いや、ぼく、ちょっと」

逃げなければと思った。後ずさる。しかしジャンパーの袖を若い男がしっかりと握っていた。

「坊主。怖がるこたぁねえ。何もしやしねえよ。おじさんたち、ちょっと話がしたいだけだ」

一転して笑みを見せたが、恐怖は増しただけだった。やくざが目で合図する。若い男がドアを開け、裕輔は荷物でも積むように後部座席に押しこまれた。

前のめりの姿勢のまま顔をあげる。そこにはもう一人の男がいた。身体の横幅が大きい、もっと年嵩の男だ。薄い眉に細い目。中国人マフィアと紹介されても信用しそうな風貌だった。

心臓が早鐘を打っている。車が走りだし、手足が震えた。自分は何をされるのか、見当もつかなかった。

「花村さん。どうです。この坊主ですか」運転席のやくざが軽く振り向き言った。

「ああこいつだ。確かこんな顔してたわ」後部座席の男がうなずいている。「おい、おまえだよな。今月の十六日、マンションの前で刑事に殴られたのは」

「あ、いや、あの、すいません。ぼく、もうしませんから」

「何言ってんだ」

「すいませんでした。だから、その」喉がからからだった。

「落ち着け。何もしねえ。怖がらなくていいんだよ」

「ぼく、まだ高校生だし、だから」

「落ち着けって言ってんだろう」

「花村さん」運転席のやくざが口をはさんだ。「もっとやさしくしてやらなきゃ。相手は子供なんだから」

「ああ、そうか。どうも慣れてねえからな」男は咳ばらいして、声のオクターブを上げた。「この絆創膏は殴られた痕だよね、君」

「あ、はい」わけがわからず返事した。

「医者には診せたのかな」

「はい」

「で、どうだった」

「……亀裂骨折、でしたけど」

「そうか」男の顔がほころんだ。「腕を折られた奴もいただろう。ああ、その前に君の名前を教えてくれ。フルネームで」

「すいません。ぼく……」

「だから何もしないって。おじさんたちは君らの味方だから。ほら、名前」

「渡辺裕輔、です」

「渡辺君か。治療費は自分で払ったのかな」

「いえ、親が」

「ああ、そうか。高校生だもんな。その治療費はいくらかかった？」

「花村さん」運転席のやくざが割って入る。「保険だから治療費なんか知れてますよ。それより、診断書の方が」

「ああ、そうだな。じゃあ渡辺君。おじさんの言うことをよく聞けよ。世の中ってえのはな、殴られたら損害賠償だとか慰謝料だとかを請求できるようになってんだ。君の場合がそうだ。あの晩の刑事を訴えることができるんだ」

　何のことだかわからなかった。

「相場は一発三十万だ。君は骨が折れたから五十万はいけるぞ。どうだ、いい話だろう」

「いや、でも」

「でも何だ。言ってみろ」

「先に手を出したの、ぼくだし」

「いいんだ。どうせ目撃者なんかいないんだ。道端でしゃがみこんで話をしてたら、刑事さんがやってきて殴られたって言えばいいんだ。明日、通院してる医者から診断書をもらってこい。それで、本城署の刑事課ってところへ行って被害届を出すんだ」

「そんなこと……」

「大丈夫だ。あとはおじさんがうまくやってやる。おじさんは刑事だ」

　驚いた。男を見た。

「でもな、今夜会ったことは内緒だ。余計なことをしゃべったりすると、今度は前に座ってるおじさんの出番になるぞ」

車がゆっくりと路肩に停まった。運転していたやくざが振りかえる。

「坊主。おれは刑事じゃねえからな」また蛇のような目になった。

唾を呑みこもうとしたが、口の中はからからに乾いていて唾液すら出なかった。

「いいじゃないか。五十万あったら好きなものなんでも買えるぞ」

唇をなめたけれど、舌まで乾いていた。

12

「それでね、圭子が『一緒にどう』って。博幸さんのコネで安くなるそうだから」

「ふうん……」

茂則が天井を見たまま生返事した。及川恭子は紅茶のカップを片手に、夫の会社から差し入れられたクッキーを食べている。

「北海道三泊四日で一人四万八千円って絶対に安いわよ。子供は割り引きがあるっていうし」

「ゴールデンウィークなんてまだ先の話だろうに」

「ううん。そんなことない。遅いくらいだって。ディズニーランドの周りのホテルなんかもう予約は取れないみたいだし」

今日はパートが休みなので午前中から病院に来ている。子供たちはまた屋上だ。昨夜は真冬のように冷えこんだが、日が昇ってからは気温がぐんぐん上昇し、正真正銘春の陽気だ。桜もきれいに咲き揃った。

「それに混んでるんじゃないの」

「そりゃあ連休だもん。多少は混むだろうけど。……なによ、行きたくないの」

「そんなことはないけど」

茂則が面倒臭そうに寝返りをうつ。来たときはやけに機嫌がよくて自分からしゃべったのに、時間が経つにつれて口数が減った。

「香織と健太はもうその気だからね」

「そんな勝手なこと。休めるかどうかだってわからないのに」

「うそ。去年は八連休だったじゃない」

「去年は去年」今度は布団を被った。

「なによ。怒ったの」

「別に」

「……申しこむからね」

咳ばらいをしただけで返事はなかった。恭子がため息をつく。会話が続かなくなったので、病室に備えつけのテレビをつけた。料理番組をやっていて、若い女子アナが口の悪いコックに手際の悪さを叱られている。

「ねえ、ここの食事、おいしい？」

「……ああ、おいしいよ」気のない声が返ってきた。

しばらくテレビを見ていると看護婦がやってきた。包帯を替える時間なのだそうだ。恰幅のいい中年の看護婦だ。子供を扱うように「さあ及川さん、身体を起こしてくださいね」と明るく大きな声をだす。茂則がベッドの上に座り、手を前に伸ばした。

包帯が解かれ、恭子も身を乗りだして患部をのぞく。

「今はまだ赤くなってるけど、痕はそれほど残らないから」看護婦が恭子に向かって言った。「昔は火傷っていうと皮膚がただれちゃったけど、最近は薬がいいし」

口の端だけで笑みを作り、会釈した。

「あ、そうだ」看護婦が顔をあげた。「ゆうべも放火があったんだって。中町で」

「えっ、そうなんですか」

「ゆうべって言っても二時とか三時とからしいけど。三件も。連続放火だって」

「本当に？」茂則も驚いていた。

「うちの看護婦で近所に住んでる人がいて聞いたのよ。夕刊には載るんじゃないの。物騒よねえ、ほんとにもう」

暴力団が家宅捜索を受けて、てっきり解決するものだと恭子は思っていた。だとしたら犯人は別にいるのだろうか。自分たちの住む明日加町は多少離れているものの、それでも気味が悪い。

「放火犯っていうのは人の不幸を見てよろこぶ奴らだからね」茂則が眉をひそめた。

「ほんと。それに結構目立たない人間だったりするのよねえ」

看護婦がしきりにうなずいている。その間にも手際よく包帯が巻かれ、再び茂則の両腕はロボットのようになった。看護婦はその部分をぽんぽんとたたき、「あと少しだから」と笑って去っていった。

「わたしもそろそろ帰る。車、乗ってっていいでしょ」

恭子が立ちあがる。

「ああ、いいよ」

「昨日、会社に行ったの？」

「ううん。何だか面倒臭くなって」茂則がまた寝返りをうつ。

「なんだ」

もう少し話をしたかったけれど、茂則が一人になりたがっているような気がしたので、無理に構わないことにした。

夫婦なのにどこか遠慮があるのも事実だ。ときどき茂則のことがわからなくなる。

鍵を受けとって病室をあとにした。帰りに園芸センターに寄っていくつもりだった。夫が入院したことで花壇造りを忘れていた。思いだしてからも、気力が湧かないので少し迷ったが、ここで先送りにするとまた来年になりそうなので腰を上げることにした。

子供たちも張りきっていて、香織はキンレンカを育てると言っている。植物図鑑で調べたのだと得意そうに胸を張っていた。健太はピカチュウの絵の入ったジョウロが欲しいらしい。買ってあげれば毎日水をやってくれるだろう。

国道沿いの園芸センターで腐葉土や肥料などを一式買い揃えた。店員に駐車場まで運んでもらい車のトランクに積んだ。トランクの中にはなぜかポンプがあった。灯油をストーブのタンクに入れる際に使うものだ。一メートルに満たないゴムホースもあった。見覚えはなく、何だろうとは思ったが、とくに気に留めることはなかった。

家に帰って昼食を済ませると、早速庭に鍬(くわ)を入れた。花壇にする位置を決め、畑を耕すように土を掘り起こしていく。造成地に建った家なので石がたくさん混ざっているが、とりたてて土が痩せているわけではない。芝がちゃんと根づいたのだから、園芸には適している方なのだろう。テキストによると三十センチは掘り起こさなくてはならないらしい。腐葉土と堆肥(たいひ)を混ぜて固まりにくくするのだ。慣れない力仕事に、たちまち額に汗が噴きでた。

「おかあさん。水撒いてもいい？」

健太が新品のジョウロを使いたくてうずうずしている。

「まだだめ。掘るのを手伝ってよ」

素直にショベルで小石を取り除く作業をしてくれた。香織は土をほぐしている。

最初は種から蒔こうと思ったが、園芸センターの店員に初心者は苗の方がいいと言われ、従うことにした。自分の育てた花を早く見ることが長続きの秘訣なのだそうだ。

今日のところは苗を買い求めてはいない。土に肥料をなじませる期間が必要だからだ。この後、石灰をまぶして酸性を中和させてから、定植へと進む。

居間で電話が鳴った。作業を中断し、急いで手を洗い受話器を取った。

先日、喫茶店で会った小室だった。小室は相変わらず恐縮した口調で「先日の件でまたお電話を差しあげたんですが」と切りだした。

「申し訳ありません」先手を取って恭子は謝った。「夫にも相談したんですが、わたしには荷が重いので……」

引き受けるつもりはなかった。やはり面倒なことに巻きこまれるのはいやだ。

「でもね、及川さん。誰かがやらないと何も変わらないんですよね」

「ええ、そうだとは思いますが」

「こう景気が悪いと、いつ解雇されるかもわからないし、そうなると雇用保険とかは絶対に勝ちとりたいんですよね」

「はあ……」

「及川さん、退職金や有給休暇、欲しくありません？」

「それは、あればいいなあとは思いますけど」

「こっちが黙ってて、向こうが自発的にくれると思いますか」

「いえ、それは」返答に詰まった。でも、ここで押しきられるわけにはいかない。卑怯だと思われようと、戦うのは別の人にやってもらいたい。自分はただの主婦なのだ。

「ほんとに申し訳ありません。わたし、矢面に立てるような人間じゃないんです」

電話の向こうで小室が黙っている。恭子はだめを押すように「申し訳ありません」と繰りかえした。

「……あの、もう一度だけ考えてもらえませんでしょうか」

そのとき背中で健太の声がした。おかあさんと自分を呼んでいる。振りかえると、いつの間にか近所の男の子が来ていた。

「おかあさん、公園に遊びに行ってもいい」

「すいません。いま取りこみ中なので」

　これ幸いとばかりに話を打ちきる。「それじゃあ、またかけさせてもらえますか」小室は最後にそう言っていたが、失礼しますとだけ答え、受話器を置いた。

「ねえ、おかあさん。行ってもいい」健太が催促する。

「いいわよ。気をつけてね」

　言い終わらないうちに、健太が近所の友だちと一緒に駆けだしていく。子供は現金なものだ。あれだけ新しいジョウロを使いたがっていたのに。庭の掘り起こした部分を見下ろしながら、ひとつ息をついた。これで向こうもあきらめただろう。パートの待遇改善か。誰かほかの人がやってくれるとうれしいのだけれど。そんな都合のよいことを思った。

　健太がいなくなったので香織と二人で土を耕した。花壇を囲うレンガは後日届けてもらうことになっている。積み上げるのは素人にはむずかしいので、杭(くい)のように縦に埋めて並べるのがいいと店からアドバイスも受けた。

　花壇造りは恭子のささやかな夢だ。マンション暮らしをしていたときもベランダに鉢植の花を飾ってはいたが、どこか仮のものという感じがあった。庭に花が根を張ってこそ、自分もこの土地に根を張る気がする。

「ねえ、おかあさん。わたしも公園、行っていい」香織が遠慮がちに聞いてきた。

「うん。いいよ」苦笑して答えた。

「たぶんユミちゃんやマイちゃん、公園にいるから」

「うん。一緒に遊んでらっしゃい」

　娘が去り、恭子は一人で鍬をふるった。

　春の日差しが全身に降りかかり、汗の滴(しずく)が背中を伝った。

　土は思ったより黒くて肥えていそうだ。これなら苗の生育もうまくいくだろうと心がふくらんだ。

　まずは奥の列に桔梗(ききょう)を植え、手前に香織の花を並べ、夏になったら向日葵(ひまわり)を育ててみたい。そうだ、ハーブも植えてみよう。枯れたら浴剤としてお風呂に浮かべればいい。

　何か音が聞こえた気がした。

　一瞬手を休め、耳を澄ます。電話ではなさそうだ。周りを見渡したが何も変化はない。気のせいだろうと思って、庭仕事に戻ろうとした。

　振りあげた鍬を止める。やっぱり何か音がしている。

それも家の中からだ。

小走りにガラス戸に駆けよると、開ける前に玄関のチャイムだとわかった。

急いでサンダルを脱ぎ、居間を横断し、ドアホンを手に取る。

「ハイテックスの本社から参りました」無気質な男の声がした。

はい、と弾けるように答えながら髪に手をやった。事前の連絡もない突然の来訪だが、それより先に自分の恰好が気にかかった。洗面所へ走り、鏡で顔を見た。汗をかいたので顔が上気している。髪もひしゃげていた。ブラシを手に慌てて髪をとかし、タオルで顔を拭く。いったい何だろうと思う余裕もなかった。

もう一度居間に戻って目を走らせる。大丈夫だ。散らかってはいない。

廊下にスリッパの音を響かせて玄関へと急ぐ。

ドアのロックを外し、扉を押すと、黒い影が恭子の顔に降りかかった。

男は二人いた。

「総務の戸田と申します」年配の方が小さく会釈する。よく張ったえらが目に飛びこんだ。

もう一人は細身の若い男で、同じように自己紹介をしたが、恭子が挨拶を返したために名前は聞きとれなかった。

「突然お邪魔して申し訳ありません」

「いいえ」かぶりを振る。「せまいところですがどうぞ」

スリッパを用意しようとすると、戸田という男は手を目の前で振って見せ、「ここで結構です」そう言って鼻をひくつかせた。

「ええ、でも……」

「いいえ、長くお邪魔するつもりはありませんから」

スリッパを手に、玄関に膝をついた姿勢で見あげる。初めて気づいたが、男たちの顔に笑みはなかった。それどころか険しい表情をしていた。恭子の心に影がさす。何かよくない話なのだろうか。

戸田が玄関に腰をおろした。若い男は立ったままだ。

「この家は、まだ建てられたばかりですか」

「ええ……二年になりますが」

「そうですか。まだ新品の木の香りがするなあ」戸田がとってつけたように目を細め、匂いをかぐ。

「あの、やっぱり、お茶だけでも」腰を浮かせた。

「いいえ。おかまいなく」遠慮ではなく毅然とした口調だった。「わたくしどもも勤務中ですから。すぐに失礼します」

胸の中で不安な気持ちが渦巻く。

「早速ですが、ここに、刑事さんは来ましたか」戸田の重々しい声だった。

「いいえ……。病院にはいらっしゃいましたけど」

「その、もしも警察が来た場合にはですね」間があく。むずかしい顔でなにやら言葉を探していた。「差し障りのない話でお茶を濁していただきたいのですが」

恭子が返答に詰まる。何のことだかわからなかった。刑事に話して都合の悪いことでもあるのだろうか。

「たとえば……」戸田は話を続けた。「警察がご主人の、その、なんて言いますか、毎日の帰宅時間について聞いてきたとしますよね。そのときは、週のうち三日は家で夕食を共にすると、そう答えていただけますか」

ますます困惑した。夫は家で食べることの方が少ないのだ。恭子は黙って戸田を見た。

「それから」目をそらし、また間があいた。「警察は、ご主人の趣味についても聞いてくるかもしれません。それは、その、競馬などについてですが」

「はあ……」

「その場合も、たまに馬券を買う程度だと答えてくださいますか」

「あの、夫は競馬をしますが、実際、小遣いの範囲なんですけど」

「ああ、そうですか。だったらその通りに答えていただければ結構です」

本社の人間がどうして夫の趣味のことなど知っているのだろう。そんな考えを巡らせていると、戸田は見透かしたように「今しがた病院へ行ってご主人に聞いたものですから」と、軽くその方角へと顎をしゃくった。

「つまり、警察に付け入られないようにご注意願いたいわけです」

「……あの、どういうことなんでしょうか」

「とにかく、そうしていただきたいのです」

「でも、理由ぐらいは」

「どうかお願いします」

戸田にはとりつくしまもない。もう一人の若い男を見あげる。そこには冷やかな視線があった。二人とも見舞いの態度ではない。責められているような圧迫感があった。

「もうひとつは」戸田が咳ばらいする。「お車についてなんですが、おたくの車は……その、現金でお買いになられたんでしょうか」

「いえ……社内ローンだと主人からは聞いていますが」

「じゃあ結構です。社内ローンということなら結構です」

「あの、夫がどうかしたんでしょうか」

「ついでと言ってはなんですが」戸田は恭子の質問に答えない。「わたくしどもも少し質問をさせていただきたいのですが。ここ数ヵ月、ご主人の様子に何か変わったことはありませんでしたか」

喉が渇いてきた。脈が早くなってきた気もした。

「ほんとに、うちの主人が何か」

「立ち入ったことを聞くようですが、ご主人のひと月の小遣いなんかはいかほどなんでしょうか」

なんてことを聞くのだろう。

怒りではない。失礼だと思う余裕もなく、こんな質問をされること自体に恭子はうろたえていた。

「あ、いや、これは失礼な質問でしたね。その、ご主人の金遣いが荒くなったとか、それが近所で噂になったとか、そういうことがなければ、わたくし共も幸いなんですが」

「すいません。本当に何があったんでしょうか」

「たいしたことじゃないんですよ。いや……、たいしたことかもしれないけど、なんて言ってよいのか……」戸田は若い男と顔を見合わせ、鼻息をひとつもらす。「これからどうなるのか、わたしにもわからないものですから」

「これからって……」言葉が続かない。

「部長」はじめて若い男が口を利いた。「例のことも」

「ああ、そうだな」戸田が恭子に向き直る。「ご主人はあと数日で退院かと思いますが、しばらくは本社に勤務していただくことになるかもしれません」

「いや、そうじゃなくて、病室の……」若い男が口をはさむ。

「ああ……そっちか」戸田はいかにも気が重いといった表情で顎をさすった。「申しあげにくいのですが、ご主人は今日から大部屋に移っていただきました。同じ外科病棟の、ええと……」ポケットからメモ用紙を取りだして目を落とす。「四階の八号室です。あしからず」

戸田が立ちあがった。恭子は事態がつかめず、ただ二人の男を見あげている。

「繰りかえしますが、警察が来ても、差し障りのない返答であしらってください」

「それから、我々が来たことはご内密に」若い男が付け加えた。

うなずくように頭を下げる。会釈したあとの男たちの眼差(まなざ)しは、哀れむような、蔑(さげす)むような、体温の感じられないものだった。

「それでは、お邪魔しました」

男たちが扉の向こうに消えていく。恭子は何も言えないまま、一方的に話を聞くだけだった。

唾を呑む。喉が鳴る。恭子は重い足取りで台所に入ると、冷蔵庫からミネラルウォーターを取りだし、コップに注いだ。

茂則が会社で何かしくじったのだろうか。窓の外に目をやりながらそう思った。ここ数日、やけに気難しいところがあったし、自分を避けている節(ふし)もあった。

でもそれなら「警察が来ても余計なことを言うな」という本社の人の要請とつじつまが合わない。茂則個人の問題ではなさそうなのだ。

ならば会社の、何か都合の悪いことに茂則がかかわっているのだろうか。会社は警察に対して、何かを隠そうとしている。さっきの男たちは口止めに来た感じがする。

そんなことを言われても、自分は何も知らないのに――。

コップの水を喉に流しこんだ。そして半分飲んだところで、戸田という男の最後の台詞を思いだした。

大部屋に移っていただきました、だって？

茂則はあと数日の入院ではないか。どうしてわざわざ個室から移さなくてはならないのだろう。

単なる経費の節約だろうか。いや、そんなケチな真似を会社がするとは思えない。

コップを流しで洗い、居間のソファに腰をおろした。ぼんやりと視線を庭に送る。鍬が芝の上に放ってあった。

ため息をつく。作業を続ける気にはならなかった。

これから病院に行こうか。茂則本人に聞いてみるのがいちばんいい。時計を見た。急げば面会時間には間に合いそうだ。

しかし、それをするのは気が重かった。また茂則を不機嫌にさせるだけだ。

たいしたことではない。そう思いたかった。平凡な我が家に、大きな事件など起こるわけもないのだ。

恭子はソファに深くもたれかかった。

足を投げだした。シャツのボタンをふたつ外す。沈んだ気持ちのまま、ぼんやりと天井を見詰めた。

競馬。社内ローン。戸田の発した言葉が、時間差をおいて降りかかった。

競馬のどこが悪いのだろう。自由じゃないか。小遣いの範囲なら結構ですと戸田は言った。もしかして怪しい金でも得ているのだろうか。

胸の中でゆっくりと灰色の空気が渦巻いている。五年前、茂則の叔父が死んだとき、葬儀のあとで香典の金額が合わなかったことがあった。受付をしていたのが茂則だった。金額が二十万円程度だったのと、事を荒立てたくないという理由で不問に付されたが、その週末、茂則は競馬で儲(もう)けたと言ってノートパソコンを買った。問いただす勇気はなかったし、証拠もないのに疑うのは悪いと思った。

社内ローン——。その言葉の意味を考えたとき、恭子の頭にある考えが浮かんだ。

給与明細だ。それを見ればわかる。OL時代、海外旅行をした際、銀行より得だというので一度だけ短期のそれを利用したことがある。そのときは給料から自動的に引き落とされていた。給与明細がどこかにあるかもしれない。夫は見せてくれないが、探せば出てくるかもしれない。

恭子はソファから跳ね起きると、夫の書斎へ行った。書斎といっても、夫婦の寝室として使っている和室の奥の、本来なら収納として用意された二畳ほどのスペースだ。

机の前に立った。小さく深呼吸して、恭子は引き出しに手をかけた。いつも部屋の掃除はするが机の中を見たことはない。夫婦でも見せたくないものはあるだろうし、自分だって小さな隠し事はある。互いを尊重する意味で机には触れてこなかった。

いちばん上の引き出しには文具類に混ざって馬券が何枚かあった。ただ、それ以上の数で麻雀荘のクーポン券が出てきた。麻雀? 茂則から麻雀の話はほとんど聞いたことがない。

さらに前屈みになり二段目を開ける。雑誌の切りぬき記事や過去の年賀状が詰まっていた。給与明細らしきものはない。茂則は会社でもらうなり捨ててしまうのだろうか。それにしたって一枚ぐらいは——。葉書の束をめくったところで細長い伝票のような紙切れがみつかった。これだと思った。

　恭子はそれを手にとり、身体を起こした。目を落とすと、確かに「給与明細表」の文字があった。しかも「三月分」とあるからいちばん新しいものだ。指で明細をなぞっていく。基本給、時間外手当、家族手当、住宅手当……。けれどそこに「社内ローン」の項目はなかった。

　どういうことだろう。車を買い替えたとき、茂則は確かに社内ローンだと言っていた。あれは嘘なのだろうか。

　まだ引き落としは始まっていないのか。いや、買い替えたのは今年の一月だ。その月から引き落とされても不思議ではない。

　恭子の中で暗い気持ちがふくらんだ。

　社内ローンでなければ、購入資金はどこから出たのだろう。ごく平凡な乗用車だが、二百万円以上はしたはずだ。

　あらためて給与明細を眺め、各項目を目で追った。何度見ても引き落とされた金額はなかった。そしてもうひとつのことに気がついた。時間外手当が思っているよりずっと少なかったのだ。結婚する前、確か茂則はこんなことを言っていた。忙しいから残業代だけで二十万近いんだぜ、と。恋人の収入のことなので不思議と覚えていた。あれから勤務時間はそれほど変わっていないはずだ。目の前にある「八万五千円」という金額をどうとらえればいいのだろう。

　また戸田の言葉が浮かんだ。週に三日は家で夕食をとっていることにしてほしいと言っていた。

　毎晩帰りが遅いのは麻雀だったのだろうか。残業は嘘なのか？

　恭子は茂則に小遣いを渡していない。激奨金という名目の金が会社から直接出るからだ。それは本当なのだろうか。

　ますます頭が混乱した。

　とにかく、ひとつだけはっきりしているのは、夫が何か隠し事をしているということだ。そして会社は茂則に対し、非難するような態度に出ている――。

　茂則は何かまずいことをしでかしたのだろうか。胸が締めつけられた。

　恭子は給与明細を元の場所にそっと戻した。

　目を閉じ、考えを巡らせる。てのひらで頬を押さえ、深く息を吸いこんだ。

　寝室の時計を見る。もう病院の面会時間には間に合いそうになかった。

焦りながらも、気の重いことが先に延びたという、かすかな安堵もあった。深刻な話でも聞かされたなら、自分は今夜から寝込んでしまうだろう。

玄関のチャイムが鳴った。

はっとして顔をあげる。小走りに居間に行き、ドアホンを手に取ると「警察です」という男の低い声が恭子の耳に飛びこんだ。

心臓が早鐘をうつ。ドアホンを置く手が小さく震えた。

怖がることなんか何もない。うちは貧乏でも金持ちでもない平凡な家庭なのだ。何も起こるわけがないじゃないか。

13

ハイテックス本社へ出向いたのはこれが二回目だ。九野薫は革張りのソファに浅く腰をおろし、出されたお茶を飲んでいた。服部がゆったりと足を組み、ポケットから出した仁丹を口にほうり込む。ぽりぽりと音をたててかじり、てのひらに吐いた自分の息を嗅いでいた。

前回は周囲を板で仕切っただけの部屋に通されたが、今回は打って変わって分厚い絨毯が敷かれた応接室だった。といっても壁は古びた合板で照明は蛍光灯といった安い造りだ。新社屋建設の計画があるので手を入れる気もないのだろう。

「九野さん、目が赤いですよ」服部が言った。

「ゆうべは三時前にたたき起こされましたからね」

「じゃあ、これが済んだら図書館で昼寝といきますか。一時間でも眠ると随分ちがいますよ」

「いいですね。夜のこともあるし」

「夜のこと?」

「今夜から遠張り(とおば)したほうがいいでしょう。第三の犯行でもやられた日には目も当てられませんよ」

服部は黙って九野を見ている。しばらく間をおいたのち、「そりゃあそうだけど」とため息まじりに口の端を持ちあげた。

今朝の捜査会議で、及川の件に関しては報告をしなかった。予想したとおり服部が止めた。「状況でもいいからもう少し証拠を揃えてからにしましょう」というのが服部の言い分だが、本庁から来た四課の捜査員が焦っているのを横目で見ながらほくそ笑んでいる節もあった。病院での出来事を告げると、服部は小躍りせんばかりによろこんだのだ。

ハイテックス本城支社が商品を横流ししたディスカウントストアについては、事情聴取を先送りにしている。それはたぶん服部が、現段階で物証を求めていないからだ。

　捜査方針は清和会の追及が基本線のままで、振りあげた拳をどこに下ろしていいものか、管理官は終始険しい表情をしていた。佐伯から得た情報では、本庁の捜査員が、反抗的な若い組員を数名痛めつけてしまったらしい。

「今夜は動かないでしょう」服部がつぶやく。「警戒も厳しいし、そこまで馬鹿じゃないでしょう」

「でも素人ですからね。それも泡を喰った」

「まあ、そうですけど」

　ドアが開き、男が二人入ってきた。前回と同じ顔ぶれだ。年配の方は確か戸田という総務部長だ。大きく張った顎のせいで一度で覚えた。

「どうもお待たせしました」丁寧に腰を折って着席する。「さて、今日はどのような御用でしたでしょうか」と薄い笑みを浮かべた。あらかじめバリヤーを張るような慇懃な態度だった。

「先日もお聞きしたように、本城支社の会計監査についてなんですが」服部が切りだした。

「ああ、あれですか。あれはもう済みました。もちろん焼失した書類もありますので完璧というわけにはいきませんでしたが、残っている資料でつつがなく」

　余裕を見せようとしてか、戸田が白い歯を見せる。

「そんなに簡単に終わるものなんですか」

「ええ。もともと簡単な調査のつもりでしたし」

「……それで、何か不明な点は」

「何もありませんでした」戸田は首を振っていた。

「でも、何か疑うべき点があって本城支店を調べようとしたわけですよね」

「いいえ。持ちまわりのようなものでして。去年は川越支社を調査したから、今年は本城支社にしようと。それだけのことなんですよ」

　服部が視線を落とし、ゆっくりと髪を撫でつける。ちらりと九野を見てから、再び戸田に向き直った。

「そう来ましたか」

「はい？」戸田が怪訝そうに聞きかえす。

戸田はわざとらしくしわぶくと、まだ長いたばこを灰皿に押しつけた。

「及川さんは本城支社の経理課長です。つまり、会計監査を受ける立場にあった」

その言葉を聞くなり、戸田は目を伏せて軽く笑った。

「知られてまずいことがあって火を付けたとでもおっしゃるわけですか。そんな馬鹿げたことが。だいいち監査の結果は何もなかったと申しあげてるでしょう」

「それが本当ならいいんですけど」

「我々が嘘をついているとでも？」

「搬送中の欠損品が多く出ていると、そういう情報もあるんです」服部が足を組み、ソファに背中をあずけた。

「誰が言ったんですか」戸田がかすかに気色ばむ。

「それは申しあげられません。販売店から突き返される欠損品が、ほかの支社よりも多いとか」

「そんなことはありませんよ。工場の生産段階で品質管理は厳しくやってますが、それでも搬送の過程でどうしても欠損品が出るものなんです。それはあらかじめ計算に入れてます。どこの支社でもあることだし、本城支社だけ特別というわけではありません」

「欠損品が出たことにして、それをディスカウントスト
「調べますよ。川越支社に、去年、本社の監査が入ったかどうか」

服部が顎をしゃくる。隅のテーブルには電話機があった。

「なんだか、取り調べみたいですね」戸田がポケットからたばこを取りだす。「我々は被害者の立場にあると思うのですが」

「もちろんです」

「じゃあ、もう少し穏やかにお願いできませんか」置物のライターで火を点けた。ゆっくりと紫煙を吐きだす。

「会社内部のことを、積極的に警察に話したくないというのはわかりますが、ことは放火事件ですので、できるだけご協力をお願いします」

「ええ、そのつもりですよ」

「率直に申し上げますが」服部は身を乗りだし、話を続けた。「第一発見者の及川さんについて、我々は関心を抱いているわけです」

「及川が怪しいとでもおっしゃるのですか」

「可能性の問題です」

「ま、第一発見者を疑えというのは、刑事ドラマなんかだと鉄則のようですからね」

「ま……そういうことになりますかね。製造業はどこも同じだと思いますが」

「及川さんのタイムカードを、できたら見せていただけませんか」

「どういうことでしょう」

「及川さんが、今年になって新車を購入してるんですよ。それもたぶん現金で。収入が減っているのにこれは変でしょう」

戸田が思わず苦笑する。

「そんなことまでお調べになるんですか、警察は」

「普通の国産車ですが、販売店でローンを組んだ形跡はありません」

「べつに販売店でローンを組まなくっても、銀行から借りたのかもしれないし、蓄えがあったのかもしれないし、あるいは、奥さんの実家から援助があったのかもしれない。刑事さん、考え過ぎじゃないでしょうか。それに、そんなことを我々に聞かれても困ります。工場も含めれば二千人からの従業員がいるわけですよ。そのうちの一人が新車を買ったからといって、どうして総務が関知しなければならないんですか」

「それはそうでしょうが」


アに流して裏金を得るという行為が各支社で日常的に行われている、という情報もあるのですが」

「そういう認識はありません」

「いや、別にそれを問題にしようとしてるわけじゃありません。おそらく日本中の職場で行われている小さな不正でしょう。ただ、本城支社はこのところそれが目立った」

「そういう事実はありません」

戸田は、つけ入られまいとしてか、背筋を伸ばして答弁した。もう一人の若い部下は、口をはさむこともなく、ひたすら神妙に聞きいっている。

「ところで……会社の景気はいかがなんですか」九野が横から言葉を発した。

何の話だろうと戸田が顔を向ける。黙って見つめていると、「このご時世ですから好景気というわけにはまいりませんが」そう答えて皮肉っぽい笑みを浮かべた。

「従業員の残業なんかは減っているのでしょうか」

「そうですね。昨年から月に三十時間を超えないようにという指導はしています」

「じゃあ、全体的に従業員の収入は減っているわけですね」

「だいいち及川に対して失礼な話じゃありませんか」

「しかし、これがわたしたちの仕事なのでご理解いただきたい。疑いが晴れれば、何の問題もないわけです」

「疑いが晴れればって、暴力団の仕業じゃないんですか。報道を見る限りでは、そちらの方向で警察は動いているものとばかり思ってましたが」

「もちろん清和会の線でも捜査中です。それ以外の線でも」

「とにかく」話を打ちきるように戸田が腰を浮かせる。

「うちの社員が疑われているのだとしたら大変心外です。もうよろしいですよね」そう告げて背広の襟を正した。

「さっきの話に戻りますが、横流しした先を我々は特定できてるんですけどね」服部が冷ややかに言った。

「何のお話でしょう」

「本城支社が商品を横流ししたディスカウントショップですよ。そちらが協力的でないとしたら、別件で出頭していただくことになりますよ」

「警察は……」戸田が座り直す。てのひらで顔をこすりながら「いつも強引ですね」とため息混じりに言った。

「確か二年前でしたよ。清和会との一件で被害届を出させるときも、まるで我々が犯人であるかのような扱いを受けましたよ。あのとき、こちらとしてもあれこれ協力したつもりなんですけどね」

「戸田さん。あなたも組織の人間でしょうから、ご自身の一存であれこれ話せないのはわかります。もう一度、上の方々とご検討していただけますか」

服部は立ったまま、感情を抑えた声で言った。

「いえ」戸田がゆっくりとかぶりを振る。「その必要はありません。本当に何もないのですから」

やや赤くなった目で服部と九野を交互に見据えた。

「また参ります」服部がうなずくように会釈する。九野も立ちあがり、ドアに向かった。出際に振りかえる。

「ああ、そうだ」九野が口を開いた。忘れていたのではなく、最後に告げようと示し合わせてあった。「ゆうべ、と言っても日付は今日ですが、また本城支社の近所で放火がありました。今度は連続放火です」

戸田が眉間に皺を寄せる。言葉はなく、その事実をどう理解していいのか判断がつかないといった様子だった。

「愉快犯だと思われますか」

「そういうことになるんじゃないですか」

戸田はまだ困惑げな表情を浮かべている。

「不謹慎な話ですが、愉快犯なら我々も気がらくです」

「どういうことですか」

「ただ犯人が捜査の攪乱を目的にやったとしたら、我々としては気が重いところです」

五十代とおぼしき総務部長は、視線を宙に向けると、黙ったまま顎を手でさすっていた。犯罪を身近に感じるなど、この男の人生にはなかったことなのだろう。

「それともうひとつ。当然、保険金の請求はなさるわけですよね」

「保険金?」

「そうです。火災保険ぐらいは入っているでしょう。実際火事になったわけですから、請求するのが当たり前だと思うのですが」

「ええと……火災保険には入っていたのかな」消え入りそうな声で小首をかしげる。

「調べればわかることなんですよ」九野は笑ってやった。

「ええと、そうですね、請求することになると……」戸田の表情がいっそう険しくなる。

「それじゃあ失礼します」

若い男は立ちあがって目礼をしたが、戸田は目を合わせず、軽く頭を下げただけだった。

廊下を歩く。「あの部長、わかってんのかね」服部がひとりごとのように言った。

「たぶんわかってないでしょう。あと一時間もすれば、頭の中が整理できて青くなるんじゃないですか」

「それでも半信半疑でしょう。部下が犯罪者かもしれないなんて、普通の人間にはなかなか信じることなんてできませんよ」

「会社の不利益を逃れることしか頭にないんでしょう。今のあの男には」

「さて、どう出てくるか」また服部がひとりごちる。

「上司に付き添われて自首、なんてのがいちばんいいんですが」

「とんでもない」射るような視線を向けた。

それに九野は答えなかった。

服部が両手を挙げて伸びをした。背が高く、手足も長い服部がそれをすると、天井に手が届きそうだった。

冗談半分の提案だと思っていたが、服部は本当に図書館で昼寝をした。慣れた足取りで雑誌の閲覧コーナーへ進み、空いているソファを確保すると、ネクタイを緩めて身を沈めたのだ。次は及川の妻を自宅に訪ねる予定だった。病院の面会時間が四時までなので、その後がいいだろうということになった。九野も服部に倣い、ソファに腰をおろしたものの、目を閉じていても眠りに導かれることはなかった。

鈍い疲労が背中に張りついている。もっともこれは何年も続いていることで、すっかり慣れた。熟睡とはどういうものか、ほとんど忘れかけている。

ふと思いたち、義母に電話をすることにした。玄関ロビーに公衆電話があったので、そこから義母にかけた。数回、呼びだし音が鳴るが、義母は出なかった。古い人間なので留守番電話を嫌っている。暗闇にランプが点灯しているのがいやなのだそうだ。

買い物にでも出かけたのだろうか。あるいは日課の散歩か。

義母は還暦を過ぎたあたりから、毎日散歩を欠かさなかった。誰にも迷惑をかけたくないから健康に気を配っている、というようなことを言っていた。

一人の散歩は退屈ではないのだろうか。一度、犬を飼いませんかと、もちろんプレゼントするつもりで聞いたら、死ぬとかわいそうだからと辞退されたことがある。義母は一人でいることに馴染(なじ)んでしまったのかもしれない。

受話器を置き、両手で髪を撫でつける。

ガラスの向こうに児童書のコーナーがあった。ぼんやりと眺めていた。一段高いところに絨毯が敷いてあり、子供たちが素足で走りまわっている。母親が真顔をつくってたしなめている様子が目に映った。及川の妻もこれくらいの歳だったなと思った。そして早苗も生きていれば。

地域課で及川の家族構成は調べてあった。及川恭子は早苗と同い年だった。書類を見ながら何か不思議な思いがした。

及川恭子を見たのは一度きりだが、飾り気がなく、控えめな、どこにでもいる主婦との印象を受けた。若づくりせずとも、愛らしさが残っている。早苗もあんな歳の重ね方をしたのだろうか。

「三十代ってきっと楽しいよ」早苗はいつかそんなことを言っていた。「背伸びしなくていいから、肩の力も抜けるだろうし。わたし、周りから気の強い女だって思われてるけど、ほんとはもう少し穏やかでいたいの。三十代になったら、それができそうな気がするな」

歳をとりたがる女などいるとは思わなかったので、九野は意外に感じた記憶がある。及川恭子は、早苗が憧れた三十代を今生きている――。

そのときポケットの携帯電話が鳴った。通話ボタンを押して名乗ると「ああよかった。番号、変わってないんだ」という女の声が聞こえた。

「美穂です。この前、ごめんね」

「あ、いや、こちらこそ」曖昧に返事した。

「実はさあ、ちょっと相談したいことがあって。九野さん、一回会ってくれない」

「まずいよ」

「あ、間をおかずに言った。冷たいんだ」

「花村氏をこれ以上、怒らせたくないしね」

「その花村さんのことなのよ。花村さん、なんか誤解してるみたいでさあ、わたしと所帯を持つみたいなこと言いだしてるのよね」

「ああ、それなら本人から聞いたことがあるけど」

「やっぱりそうなの」電話の向こうで憂鬱そうな声を出していた。「やだなあ、こっちはその気ないのに」

「その気にさせるようなこと、言ったんじゃないのか」

「言ってないよ」語気を強めた。「ねえ、うまく切れる方法ってないかしら」

「おれに聞いたって」

「それに花村さん、馘になりそうなんでしょ。新しく店を持とうとか、そういうことまで言いだして。困るんだよね、思いこむ人って」

花村に同情した。この前の晩の、血走った目が脳裏に浮かぶ。

美穂はその後も、最近亭主面をされて頭に来ていることなどをあけすけに打ち明けた。九野は、相槌はうつものの、あたりさわりのない返事しかしなかった。これ以上花村とはかかわり合いたくなかった。

切り際、美穂は盛大にため息をつき、一度店に来てよねと言った。もちろん行く気はない。

図書室に戻り、ソファに腰をおろした。伸びをして欠伸をかみ殺す。睡魔はいつも手の届かないところを周回しているだけだ。

上を向いて目薬を差した。これで夜までもつだろうと自嘲気味に口を歪めた。

及川の自宅は真新しい、そして似たような木造二階建が並ぶ住宅街にあった。通りを眺めると、見事なほど遠近法にかなった屋根の稜線が目に映る。家々の壁は申し合わせたように白で統一され、二階には出窓があった。その窓からは観葉植物やぬいぐるみが顔をのぞかせている。あちこちから子供たちの声も。男の気配はどこにもない。平日の、まだ日の高いうちに住宅街を歩く自分たちは、明らかに別の臭いを振り撒く異物に思えた。

番地を頼りに探した「及川」の表札は大理石を彫ったもので、モルタルの壁の上に品よく輝いていた。きっと家を建てた者は、表札にささやかな贅を施すのだろう。すぐ横には車庫があり、白のブルーバードが停めてあった。九野は念のため手帳を開いてナンバーを確認した。そして軽く咳ばらいをすると、インターホンのボタンを押した。五秒ほどで女の返事が聞こえた。

警察だと名乗り、来意を告げる。しばらく間があって、扉の向う側でスリッパの鳴る音が聞こえ、木製のドアが開かれた。口元に笑みを浮かべた、及川の妻の顔が目に飛びこんだ。

「なんでしょうか」頰がほんのり赤く染まっていた。

「本城署の九野と申します。市民病院の方でもお会いしてますが」

「あ、はい」覚えているといった口ぶりだった。

「本庁の服部です」服部が長い首を突きだす。「今回はご主人様が怪我をされまして、あらためてお見舞い申しあげます」

「それはご丁寧に」恭子はそう言うと髪に手をやった。シャツのボタンがふたつ外してあり、白い胸元がのぞいた。「ちょっと庭仕事をしていたものですから」

「そうですか。お忙しいところまことにすみませんが、少しお話を聞かせていただけませんか」

「……はい。それじゃあ奥へどうぞ」

服部と顔を見合わせる。警戒されるかと思えば、恭子はあっさりと二人の刑事を家にあげた。

「ちらかってますが」恭子の先導で通された部屋は、淡いブルーのソファがL字形に配置された居間だった。お構いなくと言ったが、恭子は台所でお茶をいれている。ふと横を見たらサイドボードに家族の写真が額に入って立てかけてあった。ガラス戸の向こうに並んでいるのは洋酒ではなく、子供たちのテレビゲームだ。

テーブルにお茶が置かれ、恭子は一人がけのソファに浅く腰かけた。

「こういうの、聞き込みって言うんですか。刑事さんのお仕事も大変なんでしょうね」

恭子が自分から口を開く。以前見かけたときの控えめな印象と異なり、快活な物腰だった。

お茶をすすって適当に返事をする。恭子はそれ以外にも、世間話のつもりなのか天気の話などをした。九野は恭子の顔ではなく、手を見ていた。華奢な薬指に結婚指輪が光っていた。

「今日はいろいろとお伺いしたいことがありまして」九野が話を切りだす。「少々立ち入ったことをお聞きするかもしれませんが、こちらも仕事ですのでどうかご理解ください」

恭子は慇懃に笑みを浮かべると無言でうなずいた。

「車庫に白いブルーバードがありますが、おたくの自家用車ですか」

「はい、そうです」

「ゆうべはどこに置いてありましたか」

「市民病院ですが。主人が会社に行くのに必要だと申したもので」

「会社に行かれたんですか」

「いえ、結局は使わなかったんです。本人は手に包帯を巻いたままでも運転ぐらいはできると言っていたんですが、もしものことがあるといけないし、思い直したみたいです」

「じゃあ病院の駐車場に置きっぱなしだったわけですね」

「そうです」恭子は澱(よど)みなく答えた。

「新車のようですが、ご購入になったのはいつですか」

「確か……」顎に手をあてる。「一月だったと思います」

「失礼ですが、おいくらぐらいしたんですか」

恭子が小さく苦笑した。「全部で二百五十万ぐらいだと聞いてますけど」そう言ってお茶に手を伸ばす。一口飲んでから続けた。「正確な値段が必要ですか」

「いいえ。結構です」

「お金のことは主人に任せているものですから」

「現金でお買いになったんですか」

「いえ、社内ローンです」

「ほう」九野は恭子の顔を見た。作りものの笑みなのか判断がつかなかった。「ちなみに頭金は?」

「さあ、そこまでは……たぶん、それも会社から借りたんだと思います。それが、何か」

「いえ、たいしたことじゃないんです」

服部は隣で黙ったまま恭子の顔色をうかがっている。

「それから、ご主人の帰宅は早い方ですか。その、連日残業続きだとか」

恭子は相変わらず口元に笑みをたたえていた。

「昔は遅かったんですが、最近はそうでもないみたいです。そうですねえ……週に三日は家で晩ご飯を食べますし……あの、うちの主人がどうかしたんでしょうか」

恭子はそこではじめてもっともな疑問を口にした。

「とくにどうということではないんです。申し訳ないんですが、ご主人は第一発見者なわけでして、その場合、どうしても」

恭子が軽く吹きだす。肩を揺すって「主人にも言っておきます」とおどけたような態度を見せた。

「どんな事件でも第一発見者は——」

「ええ、わかります」

「この件に限らないことなんです」

「ですから、わかります」

九野は、目の前の恭子の隙のなさに意外な思いがした。てっきりおとなしい主婦だとたかをくくっていた。

「そう言っていただけると助かります。では、あの晩は、放火のあった夜のことをお聞きしたいんですが、あの晩は、本来ならご主人の宿直当番ではなかったと聞いています。どうして急遽宿直することになったのか、奥さんは何か聞いておられますか」

「さあ……」恭子が首をかしげる。「宿直を代わるっていうのはよくあることなので」

「ついこの前の出来事ですよ」

「でも、主人から『今日、宿直だから』って言われたら、『あ、そう』って答えるぐらいのもので、いちいち理由なんか聞きませんよ。新婚ならまだしも、十年以上連れ添っていると、そういうものなんじゃないですか、夫婦って。刑事さんのところでも同じだと思うんですけど」

服部がほんの一瞬だけ苦笑した。すぐさまむずかしい顔に戻り、腕を組んでいる。

「ところで、昨夜、中町で連続放火があったのはご存じですか」

「ええ。病院で看護婦さんに聞きました」

「ご主人の会社が被害に遭ったのと同じ手口です」

「そうですか」

「ペットボトルとガソリンです」

「はい？」

服部と顔を見合わせる。「ま、長くお邪魔するのも失礼ですから今日のところは」と腰を浮かした。

九野も立ちあがる。上着のボタンを留めながらもう一度、及川の妻を見た。感情を押し殺しているのが見て取れた。もっとも気分を害するのが当然の反応だ。

服部は無遠慮にあちこちを眺めまわしていた。目ざとく庭先の鍬を見つけると「お、ガーデニングですね」と声をあげた。「いいなあ、一戸建ては。うちなんかマンションだから、ベランダに鉢を置くぐらいですよ」

九野もつられて視線を向ける。畳一畳分ほどの大きさで庭が掘りかえされており、子供のものと思われるジョウロも横たわっていた。

「ええ」恭子は小さな声で答えただけで、うつむいたまま湯呑み茶碗を片づけていた。話には乗ってこず、笑みは完全に消えていた。

礼を言って玄関に歩く。あとをついては来たが、見送りというよりは、鍵をかけるためなのだろう。おじゃましましたという言葉にも目礼しか返ってこなかった。

通りに出たところで振りかえった。この家にも出窓があり、ガラスに花模様のシートが張ってあった。よく磨

「ガソリンは新聞に出てましたが、ペットボトルについては書いてありませんでした」

「はあ……」

「だから同一犯の可能性が高いということです。何か心あたりはありませんか」

「いいえ」恭子がかぶりを振る。どうしてそんなことを聞くのかという顔をしていた。

「単刀直入に申しあげますが、ガソリンのもっとも手っとり早い入手方法は自家用車のガソリンタンクから抜きとることです。昨夜、及川さんのご主人が車を必要となさいました。となると、我々はどうしても関心を抱かざるをえないわけです」

「それって、考え過ぎなんじゃないでしょうか」恭子の顔がゆっくりとこわばる。

「不愉快でしょうが」

「不愉快です」きっぱりと言った。「だいいち、うちの主人は被害者です」

「まあ、そうですが」

「もうよろしいでしょうか」恭子は背筋を伸ばすと、壁にかけてある時計に目をやった。「そろそろ夕食の買い物に行かなければならないもので」

かれたガラスの向こうには、真っ白なレースのカーテンがかけられている。家を可愛がっているのが容易に想像できた。

「意外でしたね」服部が口を開く。

言わんとしていることがわかったので、九野は黙ってうなずいた。

「夫が疑われているとなったら、もっと戸惑うもんでしょう」

「そうですね」

「精一杯、取り繕ったのか、ありえないことと思っているのか」

「さあ、どうでしょう」

「いずれにせよ、会社と家と、両方に揺さぶりはかけたわけだ」

服部はその台詞をひとりごとのように言うと、コートを手に持ったまま、この男の癖ともいえる伸びをした。

西の空ではそろそろ日が暮れかけていて、ぽっかり浮かんだ雲を半分だけオレンジ色に染めている。暖気を含んだ南風が吹いてきた。昨夜は真冬の冷えこみだったのに、今夜はコートも必要なさそうだ。

ポケットの携帯電話が鳴った。耳を当て応答する。しばらくの沈黙ののち男の声がした。

「やっぱり貴様か」花村だった。

「何か用ですか」驚いたが声には出さなかった。

「美穂の携帯からかけてんだ。リダイヤルを押してみたんだ。貴様、とことんおれをからかってくれるな」

「誤解ですよ」

「うるせえ。美穂は今シャワーを浴びてるぞ。どうだ、くやしいか」

「何を言ってるんですか」

「貴様は絶対に許さんからな」

それだけ言って電話は切れた。

「どうかしましたか」服部が顔をのぞき込む。

「いいえ、別に。なんでもありません」

「及川の遠張り、しますか」と服部。

「ああ、そうですね。した方がいいでしょう」

服部が首の骨を鳴らし、小さく息を吐く。それを見ていたら、自分の口からも吐息がもれた。胸の中では灰色の空気が重く澱んでいる。

14

人間の感情というものは反応に時間がかかるのだろうか。それとも一時的に回路を閉ざす装置でもあるのだろうか。及川恭子がその膝を震わせたのは、二人の刑事を見送ったあと、流しで湯呑み茶碗を洗っているときだった。

信じられないことだが、最初はそつなく応対できたという安堵があった。夫の上司から警察に付け入られないよう求められ、自分にそんなことができるのだろうかと、それだけを懸命に考えていた。だから少しも狼狽せず乗りきったことに、まるでそれがすべての心配事であったかのように、胸を撫でおろしていたのだ。

ゆらゆらと目の前の景色が揺れ、何事だろうと下を向いたとき、膝が自分のものでなくなっていた。手を拭く余裕もなく、濡れたままの手で両方の膝を懸命に抑える。膝の震えは手に伝わり、それがたちまち全身に及んだ。立っていられなくて台所にへたりこんだ。関節という関節が勝手に笑っている。コントロールの利かない肉体をはじめて味わった。

恭子は歯を喰いしばり、落ち着け落ち着けと自分に言い聞かせた。もうすぐ子供が帰ってくる。こんな姿は絶対に見せられない。

混乱した頭で茂則のことを考えた。茂則の身にいったい何が起こったのだろう。

いやそうではない。茂則が何かをしでかしたのだ。本社の上司の態度を硬くさせ、警察が関心を示すようなことを。

なんとか立ちあがり、椅子に腰かけた。テーブルに肘をつき、手で顔を覆った。

刑事の言葉を思いだそうとした。

頭がうまく働かず、言葉の断片しか出てこなかった。車――。刑事はうちの車に興味をもっていた。現金で買ったのかと、そんなことを聞かれたはずだ。

そういえば会社の上司も同じことを聞いてきた。社内ローンで買ったと答えたものの、実際はそうではなかった。給与明細を見ても、そんな項目はなかったのだ。

茂則は嘘をついていた。社内ローンでないとしたら、車を買うお金はどこで工面をつけたのだろう。

いや、こんなことではない。もっと別の問題があったはずだ。車に関して――。

恭子は懸命に頭の中を整理しようと試みる。とにかく、動悸だけでも治まってくれればと左の乳房を力まかせにつかんでいた。

ゆうべ――。するりと出た言葉だった。車を……、車を病院に置いてきたのだ。茂則に頼まれて。連続放火があったという前の日に。

ガソリン、ペットボトル。また言葉が出た。刑事が言っていた。もっとも手っとり早いガソリンの入手方法は、車のガソリンタンクから抜きとることだと。

突然、脳裏に病室の光景が浮かんだ。夫のベッド脇のテーブルに、ミネラルウォーターのペットボトルがあった。確か昨日のことだ。

いや、それは考え過ぎだ。ペットボトルなんてどこにだって転がっている。

ベッドの下に運動靴があった。いやそれだって考え過ぎだ。

身体を起こした。思いきり胸を反らし、空気を吸いこんだ。

奥歯をかみしめたまま、何度も深呼吸した。

遠くで学校のチャイムが鳴っていた。午後五時を知らせるチャイムだ。本当に子供たちが帰ってくる。なんとかしなければ。とりあえず夕食の買い物に行こう。この場を逃れよう。たぶん青ざめているであろう自分の顔を子供たちに見せないために。

恭子は立ちあがると財布を手に、急いでテラスから庭に出た。短い留守のときはテラスの扉を一枚だけ鍵をかけないでおくのが、子供たちとの約束だった。

自転車を引いて車の脇をすり抜けた。ふと白いブルーバードを見やり、また刺すような痛みが胸に走った。

自転車を走らせ、住宅街を進む。気ばかりが急いてうまく物事が考えられない。ペダルを漕ぐ音がやけに鮮明に耳に飛びこんできた。カーディガンを羽織ってくるのを忘れたが、風は春のそれで、冷たさは感じない。むしろ汗ばむほどで、薄着で正解だと場ちがいなことを思った。もしかすると、頭の中は空っぽなのかもしれなかった。

五分ほどで近所のスーパーに到着し、恭子は買物かごを片手に店内を歩いた。ふらふらと進むうちに一周してしまい、我にかえって野菜売り場に戻る。何を買おうか。まるで脳が痺れたようでうまく算段が立てられない。とりあえず目の前のレタスを一個、かごに入れた。

何も作りたくない。その感情だけは判断できた。なるべく簡単なものを。ハンバーグは……いや面倒すぎる。味噌汁も作りたくない心境だ。恭子はハンカチで額の汗を拭い、その場に立ちつくした。

誰かの視線を感じる。横を向いたら近所の主婦と視線がぶつかった。向こうがほほ笑んで会釈する。恭子も頭を下げ、咄嗟に踵をかえした。感じ悪く映っただろうが、今は普通に話す自信がない。

とりあえずおやつのプリンと牛乳をかごに入れた。卵も手に取った。

歩を進め、鮮魚コーナーの前を通った。刺し身でも買って帰ろうか。調理の必要がない。しかし時間を持て余すことも怖かった。たぶん、何かをしていたほうが考えごとをしなくて済むのだろう。

またカレーにしよう。恭子は靄(もや)がかかったような頭でそう思った。ぐつぐつと煮立つ鍋を、ときおりかき混ぜながら眺めていればいい。ジャガ芋もタマネギも買い置きがあったはずだ。レタスはちぎってサラダにしよう。ツナの缶詰と一緒に。ドレッシングもきれてはいない。

恭子は精肉コーナーへ小走りに向かい、豚肉をかごに入れた。そしていつも使っているカレールーを手に取り、レジに並んだ。恐らく何人かの顔見知りが店内にいるのだろうが、誰とも目を合わせたくないのでうつむいていた。

自分が何をすべきかよくわからなかった。いつのまにか胸の動悸は収まっていたが、全身が鉛のように重かった。

家に帰ると、香織と健太がテレビゲームで遊んでいた。カレーにするねとだけ言って台所に立った。子供たちは生返事をしてきただけだ。

タマネギを刻んでバターと一緒に炒めた。焦げつかないよう弱火にし、しゃもじでゆっくりとかき回した。手を休めることはなかった。

水を注ぎ、ジャガ芋を鍋に沈め、固形スープを加えた。沸騰してからは丁寧にあくをとった。

「おかあさん、健太がね」香織が何事か言っている。

「おねえちゃんこそ」健太が言いかえす。相手をしないでいたらいつのまにかやんでいた。ゲームに戻ったようだ。

炊飯ジャーが電子音を鳴らす。意識の端で聞いていた。うわの空というわけではない。カレーを作ること以外、何も受けつけたくないのだ。

肉を入れ、とろ火で煮込んだ。湯気を顔に浴びながら、ポコポコと泡立つ鍋をじっと見ている。じんわりと血の気が戻っていく感覚があった。

子供と自分だけなので蜂蜜をスプーンにとって垂らした。味見をする。いつもと同じ味に仕上がっていたことにほっとした。

皿にご飯をよそい、カレーをかけた。匂いが引きよせたのか、子供たちはテーブルについていた。

子供たちと普通に会話ができるだろうか。別の不安が首をもたげる。

「食べてていいよ」そう言って恭子は風呂場に行った。浴槽に水を入れる。洗面台の鏡は避けた。自分の顔を見たくなかった。

鍬やスコップが出しっぱなしだったことを思いだし、庭に降りた。拾いあげて物置にしまった。部屋の中をのぞくと、子供たちはテレビを見ながら食事していた。

幸いなことに二人の好きなアニメをやっている。テレビに集中するので口を利くことはない。自分も混ざってカレーを食べた。

「おかあさん、おかわり」顔をテレビに向けたまま健太が皿を差しだす。香織も続いた。よそって二人に渡す。

途中、風呂の水を止め、火を点けた。戻ってカレーに口をつけたが、一杯を食べるのがやっとだった。

食事が済むと、子供たちは再びテレビの前に座りこみ、歌番組を見ていた。恭子は流しで洗い物をする。普段より念入りに食器を洗った。時計を見る。まだ七時だ。なかなか時間が過ぎてくれない。

口を利かないのも不自然なので居間に行って声をかけた。

「宿題やったの？」

「春休みは宿題、ありませーん」

香織が節をつけるようにして言う。健太は恭子を無視し、司会のお笑いタレントのギャグに大口を開けて笑っていた。

小学生ともなればもう親にまとわりつく歳ではない。今はそれがありがたかった。

少し下がったところで恭子もテレビを眺めていた。

八時を過ぎて、子供たちが順に風呂に入った。いつもは一緒に入ることが多いけれど、一人ずつ入らせた。

その間は台所の掃除をしていた。ガスレンジの油汚れを、この際だから落とすことにした。タワシにクレンザーをつけ、力を込めてごしごしと磨いていった。くすんでいたステンレス板がたちまち光沢をのぞかせる。思いたったついでに換気扇も分解して磨いた。腕が痛くなったが、かまわず作業を続けた。

親に関心がないのか、それとも子供とは自分のことで手いっぱいの生き物なのか、香織も健太も母親の様子がおかしいのには気にも留めない。風呂を出ると二階の子供部屋へ上がっていった。

掃除を終える。つけっぱなしにしてあったテレビのスイッチを切り、恭子も風呂に入った。油断すると今日のことを考えてしまいそうなので、足をマッサージした。ふくらはぎから足首にかけて、余分な肉をつまみ出すように。いつかテレビで見た首の皺取りも試してみた。二本の指で顎の線をなぞるのだ。そんな詮ないことをしていた。

湯船を出て、スポンジで身体を隅々まで洗った。洗髪をし、トリートメントもした。一時間近くも風呂場ですごしていた。

午後九時半。そろそろ子供たちが寝る時間だ。階段の下で耳をすました。物音は聞こえてこない。寝室へ行き、布団を敷いた。普段なら寝るのは十一時過ぎだが、もう起きている気力がなかった。布団を被りたい。考えてみれば、刑事が帰ってからずっと、自分の望みは布団を被って丸くなることだったのだ。

家の中の施錠を確認し、パジャマに着替えた。布団に潜る。眠れるだろうか、そんな不安がよぎった。

目を固く閉じて頭から布団を被った。膝を折り曲げ小さくなった。

何も考えたくない。たとえつかのまでも、安らぎがほしい。

でもだめだった。

あぶり出しのように茂則の顔が脳裏に浮かぶと、連鎖して今日の出来事が記憶の淵から引きずりだされた。

茂則は何をしたのだろう。それは今の日常を損なうようなことなのだろうか。

おそるおそる考えを先に進めた。車のお金の出どころからはじまって、ガソリン、ペットボトル……。胸が締めつけられた。闇に引きこまれそうな錯覚をおぼえた。

茂則は警察に疑われているのだ。何を?

また身体が震えた。自問する必要はない。本当は、何を疑われているのかとっくにわかっている。その部分を避けていただけのことなのだ。

放火——。頭の中ではっきり言葉にしたら、目を閉じているのに視界が真っ黒になった。そこにあるのは距離感さえない暗闇だ。

何かの間違いだ。そう思いたい。

脳が激しく揺すぶられている。縮こまって懸命に耐えた。奥まで潜りこんだ。もはや自分を守ってくれるのは一枚の布団だけだ。

そして突然、ひとつの光景がポンと記憶のスクリーンに映しだされた。

ポンプ――。園芸センターで荷物を積んだときだ。車のトランクにプラスチック製のポンプがあったのだ。あのときは何だろうと気にも留めなかったが。

震えが急に激しくなった。どんどんと心臓が波打っている。どっちが上か下かもわからなくなった。

やっぱり茂則はそういう人間なのだろうか。恭子は遥か昔のことを思いだす。

結婚式の日、それぞれの友人と一緒に二次会へとなだれ込んだ。みんなで騒いでいるとき、義父が現れ茂則を手招きした。店の隅に呼び寄せ、お金を手渡していた。恭子はたまたまそれを見ていた。この店の支払いだろうと思った。義父は自分のポケットマネーから出したのだ。息子の友人たちに払わせてはいけないと。

ところが宴がお開きになったとき、茂則は声を張りあげた。「おい。男は五千円、女は四千円な」そう言ってみんなからお金を集めはじめたのだ。

めでたい日にケチがついたような気になった。些細な出来事だが、記憶に残った。

夫は悪い人間ではない。やさしいし、人付き合いもいい。しかし、つまらない不正をする……。

今度は呼吸が苦しくなった。目に涙が滲み、恭子は小さく嗚咽(おえつ)を漏らしていた。こんな恐怖を味わったのは三十四年の人生で初めてだった。

翌日、恭子はパートに出た。本当は休みたかったが、家に一人でいることの方が怖かった。また会社の人間や刑事が来たら――。それを思うとじっとしていられなかった。

単純な作業であることがせめてもの救いだ。人と会って話をしたり頭を使ったりする仕事だったら、今の自分は使いものにならないだろう。

恭子は黙々とレジを打った。商品をかごからかごへと移し、機械的に頭を下げた。

昨夜は浅い眠りを何度も繰りかえすばかりで、睡眠をとったのか起きていたのかわからないような一夜だった。覚醒するたびに絶望的な気分になり、心細さに身体を震わせた。その考えに近づくだけで胸に刺すような痛みが走った。茂則が事件を起こしたのだとしたら……。

朝になると少しは落ち着いたものの、暗い気持ちは変わらなかった。子供に朝食をとらせる間も、じわじわと湧きおこる不安感を抑えることばかりに神経を使っていた。

この日のいちばんの気がかりは夫の見舞いだった。朝起きて、その日課があることに気づいた。まさか行かないで済ませるわけにはいかない。茂則はどんな態度をとるのだろう。そして自分はどんな顔をすればいいのか。まずは大部屋に移ったことから話題にしなければならない。それすらもいい考えが浮かんでこない。

「及川さん」顔をあげると、淑子が缶詰を両手に抱えて目の前に立っていた。「これお願い」そう言って白い歯を見せる。どうやら今日は缶詰が特売品らしい。

小さく笑みをかえして商品をセンサーに通す。受けとりながら、淑子は後続の客がいないことを確認して身を乗りだした。

「このスーパー、本店でなんかあったみたい」

「なんかって?」

「わかんないけど、店長とか課長とかが慌ててる。ほら、前に別の店のパートの人から電話があったって言ってたでしょう。確か小室とかいう人。そのことじゃないかなあ。みんな聞かれてるのよ。雇用契約のことで誰かから電話はなかったかって。わたし、面倒臭いから、知らないって答えたけど」

恭子は周囲を見回し、声をひそめた。「実をいうと、わたし、会ったんですよね。小室って人と」

「うそ。いつ?」

「つい最近。二、三日前かな。喫茶店で」

「それで」

「パートも有給休暇や退職金がもらえるんだって。だからみんなで店側に要求しましょうって」

「へえー、そうなんだ。有給休暇なんてあるんだ」

「でも断った。絶対居づらくなるに決まってるから」

「そうよねえ。誰かやってくれるのはいいんだけど」

調子のいいことだと自分でも思っているのか、淑子はおどけて舌を出す。そうか、小室という人は動いたんだ。恭子は小室の意志の強そうな顔を思いだした。きっと理路整然と店側に要求をつきつけているのだろう。そ話で情報を仕入れていた。共産党という言葉が飛びかった。みんなが陰では、どうやら共産党員らしい小室に期待していた。

足が地面についていないような不思議な半日だった。

午後二時半に仕事が終わり、恭子は自転車を漕いで病院へ向かった。法廷に立たされる被告人とはこんな気持ちなのかもしれない。これ以上、自分に用意された逃げ場はなかった。どんな現実が待っているのか、ひたすら怖かった。子供たちはそのまま児童館で遊ばせることにした。連れていく勇気はなかった。

自転車を漕ぐと、残酷なほど正確に病院との距離は縮まっていった。結局なんら心の準備はできなかった。夫にかける言葉も思いつかなかった。これほど時の流れを恨めしく思ったことはなかった。コンクリートの建物が道の向こうに見えたときは、心底泣きたくなった。

病棟に入り、階段をのぼった。今日は五階ではなく四階だ。個室から大部屋へ移ったのだ。廊下で看護婦に会釈する。歩きながらおなかに力を入れた。確か本社の上司は八号室だと言っていた。そのプレートが廊下の先に見えた。その下まで行くと「及川」という手書きの名札が他人の名前に混じってかかっていた。

扉は開いたままだ。恭子が首を伸ばし中をのぞく。笑顔を作った。本能的にそうしていた。

茂則はいちばん窓際のベッドにいた。背もたれを起こし、雑誌を読んでいた。人影に気づいたのか茂則がこちらを見る。「よお」と声は出さずに口の形だけで言い、いたずらっぽく顔をしかめた。続けて白い歯を見せる。自然な笑みだった。

瞬間、恭子の肩から力が抜けた。

夫が笑っている。窓から差しこむ春の陽を浴びながら。

自分のからだがスーッと軽くなるのがわかった。この変化をどう理解していいのかわからない。ただ、恭子から恐怖の感情は消えていた。

誰とはなしに病室の患者たちに目礼し、恭子は中に入った。夫のところへ歩く。

「あんたの会社、ケチだね」するりと出た言葉だった。

「まったくな。あと四、五日だっていうのに」

茂則が包帯を巻いた手で頭をかく。口をとがらせての物言いだったが、どこか冗談めいていた。

「昨日、本社の戸田さんっていう人が来たよ」

「ほんとに？　なんて言ってた」

「申し訳ないが大部屋に移ってもらったって」

「なんだ。ナースステーションで聞いて来たわけじゃないんだ」

顔色ひとつ変えずに言う。茂則は普段どおりだった。

「あなた、本社に嫌われてるんじゃないの」

「かもな」恭子を見て苦笑する。「おまけに警察には疑われるし」

「そうなの？」

茂則はそのことを自分から言いだした。恭子がどう聞いていいのかさんざん悩んでいたことを。

「第一発見者を疑うのは捜査の基本なんだってさ。ほら、背の高い二人組がいただろう。九野っていう刑事と服部っていう刑事。あいつら暴力団の捜査班から外されてるもんだから、むきになってやがるんだよ」

「へえー、そうなんだ。頭に来るね」

昨日家までやって来た刑事の顔を思い浮かべた。物腰は柔らかいが失礼なことばかり聞いた連中だ。

「それで刑事が会社にいろいろ吹き込むわけよ。だから会社も個室だとしつこくつきまとわれると思ったんじゃないの」

そういうことなのか？　胸がふくらむ感じがした。

「結局、警察だって会社と一緒でさ。業績を競ってんだよ、あいつら」

茂則は普通だった。むしろ機嫌がよくさえ思えた。

「人権侵害だよ、これって。ほら、松本サリン事件みたいなこともあったしさ。警察って強引な真似するんだよな。今度なんか言ってきたら弁護士でも雇ってやるか」

「そうだね」答えながら、先日会った弁護士を思いだした。小室と一緒に現れた、荻原と名乗った男だ。一度会っただけなのに急に近しく思った。その世界にまるであてがないわけではないのだ。

胸の中で渦巻いていた靄がみるみる消えていく。

昨日の心配はまったくの取り越し苦労だったのか。感情の変化がめまぐるしくて、冷静な判断などできない。けれど恭子は大きく安堵していた。少なくとも、意識の端に巣くっていた最悪の空想は、現実のものとはならなかったのだ。

「香織と健太は？」茂則が聞いた。

「児童館で遊んでる。病院に来るのはもう飽きたみたい」

「そんなもんだよ、子供って。おれも子供のころ、親父が交通事故で入院したことがあったけど、まったく他人事みたいに思ってたもんな」

「ふふ」笑いながら、夫婦なのになんだか照れた。

「ところでガーデニングはどうなったのよ」

「うん。場所だけ決めて一応掘りかえしたけど」

茂則は本当に機嫌がいいようで、いろいろな話題をふってきた。やさしい目をしていた。おかしなことだとは少しも思わなかった。

ただただ恭子はうれしかった。この場が、何かを宣告される場にならなかったことが。そして自分が何も失わずに済んだことが。

三十分ほどおしゃべりをして病院をあとにした。

自転車を漕ぎながら、行きとは町の風景までちがって見えることに恭子は驚いた。

もしかすると疑問は何も解決していないのかもしれないが、今日はこれ以上、歩を進めたくはなかった。今の安堵感を手放したくなかった。

本当は何かあるのかもしれない。いや、何もないということはないのだろう。車の購入資金のことだってある。

でも、いい。少しずつわかればいい。急がなくったっていい。

暖かい南風を正面から受け、思わず笑みがこぼれた。夫が放火犯かもしれないなんて、なんとまあ馬鹿げた空想をしたものか。

腰を浮かせて自転車を漕いだ。今日はちゃんとした夕飯を作ろうと恭子は思った。

15

「九野よ。おぬし、最近はもっぱら夜勤だそうじゃないか」

午後七時からの捜査会議を終えて廊下に出ると、佐伯から声がかかった。内容のない会議にうんざりした様子で、口の端を皮肉っぽく持ちあげている。

「ええ、まあ」九野薫は生返事をしてお茶を濁そうとした。

「本庁出身は水臭えな。同僚にも保秘か」並びかけて肩に手を回す。「地域課の奴から聞いたんだ。巡回中に見かけたってよ」

会議室から出てきた服部と目が合った。署の人間といるのに遠慮してか、食事をするジェスチャーをすると一人で階段を降りていく。

「おい、おれたちも飯といこうじゃないか」

佐伯は大きく息をつき、首を左右に曲げ関節を鳴らした。

「地取りしたって何も出てきやしねえ。不審者もいるにはいるんだが、つながるもんは何もなし」

「ふふ。そうですね」

「企業とマルBがからむと、上の連中の張り切ること張り切ること」

「ブン屋が注目するからでしょう」

「まったくだ。今日なんか元組員っていう産廃業者の家までガサ入れだ。本庁はむちゃしやがる」

九野が目を伏せて苦笑する。

「裏の単身寮にでも行くか。近所の店は署の人間ばかりだ。ここんとこ揚げ物炒め物で胃がもたれてるしな」佐伯は自分の腹をさすって言った。「賄いのおばちゃんとは顔見知りだ。堅いことは言わないさ」

いいですね、とうなずいた。九野も脂っこいものを食べたい気分ではない。

中庭を抜けて同じ敷地内の寮に足を踏みいれた。佐伯

はサンダル履きで、踵を引きずる音が廊下に響いてい
る。新しく建て替えられたばかりの単身寮はまだ塗料の匂いがした。二人で食堂に入り、カウンターから奥の厨房をのぞく。数人の賄い婦たちが後片づけをしていた。

「お嬢さん。二人分、ある？」佐伯が声をかけた。

「あらー、佐伯さん。もう売れちゃった。ショウガ焼きだったんだけど」五十がらみの女が明るい笑みを見せる。「でも、ご飯なら残ってる。焼き飯ぐらいなら作れるけど」

「上等、上等」佐伯が厨房の暖簾をくぐり、九野もあとに続いた。「でも、油は少なめにしてね」

「あら、胃でも悪いの」

「ううん、さっぱりしたもんが喰いたいだけ」

「じゃあ、おにぎりにする？」

九野は賄い婦と佐伯のやりとりを聞きながら厨房を見回した。ガラス張りの大きな冷蔵庫があり、その中に卵や椎茸があった。野菜もいくつか見える。

そんなことを言ってみた。

「ぼくが何か作りましょうか。さっぱりしたやつ」ふと
「おぬし、料理できるのか」佐伯が意外そうな顔をする。

「できますよ。独身だから」

「おお、じゃあ頼もうかな。このお嬢さんたち、ときどき毒を盛るって噂だからな」

「あらー、なんで知ってるの」

賄い婦が言いかえし、佐伯とじゃれている。ほかの女たちも話に加わり、厨房の一角で佐伯を中心としたおしゃべりが始まった。

九野は冷蔵庫から椎茸と根菜類を取りだし、包丁で千切りにしていった。鰹でだしをとり、醬油や味醂を加え、その中に材料をほうり込む。並行して卵焼きを作った。さやえんどうも茹でた。

いつのまにか佐伯と賄い婦たちはビールを飲んでいた。食堂に残っていた若い巡査に買いに行かせたらしい。にぎやかな笑い声が厨房に響いている。

何かほかに具になるものはと棚を物色したらツナの缶詰が出てきた。それも使うことにした。彩りにもなるだろう。

包丁を使って卵焼きを細く切り、金糸たまごを作った。

木の桶がなかったので鉄製のトレイにご飯を入れ、合わせ酢を振りかけた。しゃもじを使って切るようにかき

混ぜていく。

その匂いが厨房に充満したせいか、佐伯が近づいてきた。

「おい、何作ってんだ」怪訝そうに聞く。

「ちらし寿司ですよ」

「ちらし寿司？」唖然とした表情で、眉をひそめている。「……おぬし、そんなもん作れるのか」

「嫌いでしたか」

「いいや、好物さ。でも、なんでまた、そんな手のかかるものを……」

賄い婦たちも寄ってきて、口々に驚きの声をあげていた。佐伯は不思議そうに九野を見つめると、しきりに首を捻り、ビールを片手に食堂へと歩いていった。

ちらし寿司が出来上がり、誰もいなくなった食堂で二人向き合った。

「いいじゃねえか、一杯ぐらい」佐伯がビールを勧めようとする。

「まだ仕事中ですから」

「だから一杯だけだ」

グラスに無理矢理ビールを注がれ、仕方なく半分ほど喉をぐらせた。空腹だったせいか内臓全体に滲みていった。

佐伯がちらしを頬ばる。「うん、うめえ」と言ったのち、「でも、おぬしも変わってんな」と小さく苦笑いした。

「ところで、病院、張ってんだって」佐伯が言った。

「二夜連続で覆面が脇の通りに停まってたってよ」

「署内で顔が利くといろいろ情報が入っていいですね。こっちなんか婦警までよそよそしいですよ」

「単に長くいるだけのことだ。出世の見込みのない者同士は仲がいいんだよ」

「またそんな……」軽くほほ笑んだ。

「参考人名簿を見たけどなんにも書いてねえ。おぬしら報告を怠ってるな」

「堅いことは言わないでくださいよ」

「もちろん言わねえさ。でもな」佐伯が手酌でビールを注ぎたす。「何かつかんでることがあるのなら、匂わすぐれえのことは会議で言えよ。でねえと捜査はあさっての方向へ行っちまうぞ」

九野がグラスを飲み干すと、佐伯が素早く酌をしてきた。もう飲む気はないのでそのままにしておいた。

「実はな、会議では出てこねえが、ハイテックスと清和会はとっくに取引してやがったんだ」

「はい?」意味がわからないので眉を寄せた。

「去年、恐喝事件があって幹部が引っぱられたろう。あのあとで清和会系の清掃会社が、今度移転するハイテックス本社社屋の清掃を丸ごと請け負うことで話がついてんだ。やくざと企業なんてそんなもんよ。抜け目ねえったらありゃしねえ」

「そうなんですか」

「清和会がとうとう泣きついてきたんだ。だからうちがやるわけないでしょうって。締めつけがきついから、音をあげたんだよ」

黙って聞いていた。気が変わって自分も再びビールに口をつけた。

「ところが本庁の管理官は聞かねえふりだ。何がなんでも清和会を挙げろって、てめえのメンツばかり気にしてやがる」

佐伯は背もたれに身体を預けると、ふんと鼻を鳴らした。

「で、おぬしの釣ろうとしてる魚のことだ。病院を張ってるとなりゃあ対象は第一発見者の及川茂則だ。狂言の目があると踏んでるわけだろう」

「ただの勘ですよ。証拠があるわけじゃないんです」

「でもおぬしの中じゃあ心証はクロなわけだ」

「クロってほどじゃ」

「とにかく、おれに言わなくたっていいから管理官には報告しておけよ。あの本庁の、なんて名前だっけ、二メートルぐらいある奴」

「そんなにあるわけないでしょう。服部さんです」

「その服部に言わせろよ」

「相談してみます」

「マル暴の連中も頭抱えてるよ」と佐伯。

「そうでしょうね」

「いい気味っていやあいい気味なんだがな」

返答に困って下を向いていた。

「現場の連中にしたって、ガサも入れたし幹部も引っぱったし、引くに引けねえんだ。誰でもいいから若いのを自首させろってよ。無茶しやがる。立件はどうするつもりなんだ。地検まで丸めこむつもりか。放火は重罪だぞ。ヤクや賭博とはわけがちがうんだ。清和会だってそう簡単に取引に応じるもんか」

佐伯はちらしを頬ばりながら話している。途中でビールを流しこむ器用さだ。

「及川の線は本当に勘だけなのか」

「……ええ」

「じゃあ早めに手をうっておけよ。管理官に経過報告をするとか、さっさと物証をつかむとか。もしもこれ以上清和会を痛めつけると、内輪の問題じゃなくなるぞ。弁護士もこれはひどいって騒ぎはじめてんだ」

「はい」

「任意同行できないのか」

「考えてはいます。時期を見計らって。なにせ今は入院中ですから」

「医者に事情を話せ。病院なんてのはな、放っておけばいつまでも入院させようとするんだよ。うちのせがれにしたってそうだ。なんやかんや理由をつけて通わせやがる。治りもしねえのに薬漬けだ」

いつのまにか佐伯の話は病院批判になった。佐伯の子供はそろそろ車椅子が必要で、その購入先まで病院が指定して紹介料をとるのだそうだ。

「万事利権が絡むところなんか警察とそっくりだ」そう言ってぎょろ目を剝く。

九野は黙って口を動かしていた。厨房では仕事を終えた賄い婦たちがおしゃべりをしている。

「呉服屋の娘の件は、先延ばしだな」

「来年でいいですよ」

「馬鹿。そうはいくか。向こうはおぬしのこと気にいってんだ。顔を忘れるといけないから写真をくださいってよ。可愛いじゃねえか。おれが探して渡してやったよ」

「なんでわたしの写真なんか持ってるんですか」

「慰安旅行で箱根に行ったろ。そんときのだ」

「もしかして、井上と二人でピンクレディーやったやつじゃ」

「おお、それだ」

「ひでえ上司だ」顔をしかめた。

「面白そうな人だって、ますます気にいってたよ。警官っていやあ堅物のイメージがあるからな。ああいうのがちょうどいいんだ」

「なにもそんな写真を」

「がたがた言うな」佐伯が食べ終え、爪楊枝を口にくわえた。大きく息を吐き、座ったまま伸びをしている。

「しかしまあ……」小さく吹きだした。「ちらし寿司を自分で作る刑事がいるとはな」

よほどおかしいのか、しばらく佐伯は一人でにやにやしていた。

日付が替わるまで署の道場で横になり、九野は服部と覆面PCに乗りこんだ。この行動に口をはさむ者はいなかった。捜査員同士の横の連絡はなく、とくに捜査本部が設置されて本庁の刑事が加わるとその傾向は強まった。

まずは及川の自宅前を通り、ガレージに車があることを確認した。実のところそれで夜張りの意義は半減するのだが、万が一のことを考えると休むわけにはいかなかった。刑事の仕事の大半が徒労に終わることにはとうに納得している。

市民病院の横の通りに車を停め、エンジンを切った。その場所からは外科病棟の非常階段と駐車場が見渡せる。あとは夜が白み新聞配達が動きだすまでの四時間ほどが、九野と服部の張り込みの時間だ。退屈だがルーティンワークとなれば、たいていの仕事は慣れることができた。

「しかしあの管理官は無能だよなあ」服部がシートを目いっぱいスライドさせてつぶやく。靴を脱いで長い足を組んだ。「馬鹿のひとつ覚えみたいに連日、清和会の家宅捜索でしょう。よくあれで警視になれたもんだ」

「引っこみがつかないんじゃないですか。マスコミの手前もあるし」

九野もシートをスライドさせた。軽く背もたれを倒し、腕を頭のうしろで組む。眼球に疲労が張りついていたので何度も目をしばたたかせた。

「ところで、何の話だったんですか」と服部。顔は外に向けている。

「はい?」

「おたくの上司ですよ。佐伯さんでしたっけ」

「地取りやっても何も出ないっていう、ぼやきみたいなもんですよ」

「それだけ?」

「まあ、それ以外にもいろいろと」

「我々の夜張りは知ってるんでしょう」

「ええ、知ってるようです」

「巡回中の署員に見られてますから、当然でしょうけどね。で、ほかの連中も知ってるわけですか」

「さあ、ぺらぺらしゃべる人じゃないから」

「ま、四課に知られなきゃいいか」

「どうです。服部さん」身体を起こして服部の後頭部に話しかけた。「そろそろ任意で呼んで話を聞きませんか」

「及川をですか」

「やつが本ボシなら動揺しきってますよ。気の小さいど素人だし、シラは切りとおせんでしょう」

「どうかなあ」服部は思案するように顎をさすった。「事情を聴きに行ったら青い顔をした、ぐらいじゃあ、上も許可はしないでしょう」

「事件当日に本社からの会計監査が予定されていたんですよ。それだけでも充分です。それに、二度目の連続放火の前日には車を妻にわざわざ運ばせてます」

服部はすぐには返事をしなかった。ダッシュボードから布を取りだすと、曇りかけた窓を丁寧にこすった。

「あと三、四日待ちませんか」

「三、四日というのは」

「そのころには及川も退院するでしょう。それからでもいいと思うんですよ」

「でも、四課がこれ以上清和会を締めあげると」

「大丈夫ですよ。やくざなんかいくら締めあげたところで自業自得でしょう」

「それはそうかもしれませんが」

「それより、ハイテックスの方をもう少し追及してみませんか」

「本社ですか」

「支社の方が崩しやすいかな。そろそろ噂がたってるころでしょう。病室が大部屋になったとか、刑事が頻繁に訪れてるとか。四十人かそこらの職場だから、いくら本社が釘（くぎ）を刺したところで黙ってなんかいられませんよ」

「そうでしょうね」

「とにかく、あと三、四日――」服部は身体をひねると、後部座席に置いてあった膝掛けを手に取った。一枚を九野に手渡し、もう一枚を自分の膝に乗せる。「待ちましょうよ。いいでしょう」

九野は何か言いたかったが、無理に逆らおうとも思わなかった。

しばらく黙ったまま外を見ていた。

張り込みはコンビを組む捜査員によっては気詰まりなものだが、服部は無口でも話し好きでもない加減のよさがありがたかった。なにより九野の私生活に関心を向けないのがいい。もっともその分、考えていることはわからない。

瞼にいっそう重さを感じたので目薬を差そうとした。

「九野さん、一時間だけ寝ててもいいですよ」

大丈夫ですと断った。そんな器用な睡眠をとることは無理だった。

服部が向きを変え、少し思案げに九野の顔を見つめる。

「じゃあ、ぼくが寝てもいいかな」

「どうぞ。どうせあと二時間くらいのものだから、ずっと寝ててもいいですよ」

「いえ、一時間で起こしてください。けじめがつかないし」

服部は膝掛けを胸まで引きあげると、シートをリクライニングさせた。長い身体を横たえ、静かに目を閉じている。どこでも寝られる体質らしく、三分と経たずにかすかな寝息が聞こえてきた。

あらためて目薬を差し、九野は窓の外に目をこらす。周囲はしんと静まりかえり、暗闇の中、病院の駐車場のアスファルトだけが外灯に青白く照らされていた。

建物に明かりはない。あの一室で及川はどんな思いで寝ているのだろう。九野は重い頭でぼんやり想像した。

日が昇ってからは、朝礼と変わらない朝の会議に顔だけ出し、それぞれ一度帰宅した。服部はどんなに忙しくても毎日風呂には入るという主義の持ち主で、無精髭が頬を覆うのもいやなのだそうだ。

九野は帰ると、まず仏壇に飾った早苗の遺影に「ただいま」と語りかけ、線香を焚いた。服部っていう性格のつかめない相方がいてね——。しばらくおしゃべりをした。そして義母に電話をした。前回は留守だったので、ちゃんと声を聞かせたかった。

ところがまた義母は留守だった。朝の九時からどこへ出かけるのかと一度は訝しんだが、義母は義母で予定があるのだろうと思い直すことにした。年寄りが暇だと決めつけるのは、たぶん不遜な思いこみなのだ。

この朝は久しぶりに薬を飲んだ。胃が荒れるといけないので、牛乳と一緒に安定剤を三錠流しこんだ。するとシャワーを浴びている最中から睡魔がやってきて、髪を乾かす暇もなくベッドに倒れこんだ。なんとか意識を働かせ、目覚ましを三つまとめてセットした。おかげで寝過ごすことはなかった。覚醒に時間がかかったが、新聞を読み終えたころには頭もはっきりしてきた。食事はシリアルとヨーグルトで済ませて午後に署に出向くと、井上が暗い顔で待ち構えていた。

井上は書類を書く手を休め、上目遣いに九野を見る。

「九野さん。やばいことになってますよ」声をひそめて上の階へ顎をしゃくった。

「なんだ。何かあったのか」

「いつだったか、花村さんのコレのところのマンションを張ってたとき」井上が小指を立てる。「ガキ共を殴ったことがあったでしょう」

「ああ。あったな」

「そのうちの一人が被害届、出しましたよ。顎の骨が折れてたそうです」

「被害届が出たのはいつだ」

「今日です」

「受理したのか」

「だからまずいんですよ」

「どこの馬鹿が受理したんだ」頭に血が昇った。

「花村氏ですよ。九野さん、やられましたね」

課内を見渡す。花村はどこにもいなかった。

一旦脱いだ上着を手に取り、暴力犯係へ行った。デスクワークをしている若い刑事をつかまえて「花村はどこだ」と語気強く聞く。九野の剣幕におされて男は一瞬たじろいだが、よその係の人間に上司を呼び捨てにされたのが不愉快だったのか、「知らないね」とぞんざいに返事した。

「携帯で呼びだせ。今すぐ」

その言葉に男はこめかみを赤くした。

「あんたに命令される筋合いはないだろう」

「なんだと」

「九野さん」

うしろから腕をつかまれた。井上が顔を歪めてかぶりを振っていた。周囲の視線が自分に向かっている。自分でも意外なほどの気持ちの昂ぶりだった。

井上の腕を振りほどき、荒い息をついた。暴力犯係の男が敵意のこもった目で九野を睨みつけている。その目を見たらまた顔が熱くなった。

「花村に言っておけ。恩給もつかない懲戒にしてやるってな」

「あんたにそんな力があるもんか」

「九野さん」井上が今度は腰を抱きかかえた。「落ち着いてください」

べつの刑事も駆け寄ってきて九野を押さえた。大丈夫だ、上の連中が取り下げさせるさと耳元で低く言っていた。

二人になだめられた形で机に戻る。ふと視線を落とすとメモがあり、宇田係長の名で副署長室に出頭するようにと書かれてあった。握り潰して部屋を出た。

興奮はまだ続いていたようで、五階に駆けあがると、副署長室のドアを思わずノックなしで開けた。そこには宇田係長がいて、硬い表情でソファに浅く腰かけていた。工藤副署長は机で手にした書類を眺めている。

「九野。どうして事前に報告しない」宇田が冷たく言った。「重大な服務違反だぞ」

かちんときた。報告すればしたで、この小心な上司は取りあわないに決まっているのだ。返事をしないでソファに腰をおろした。

「事情を説明しろ」今度は工藤が口を開いた。鷲鼻が上下に動く。「相手は高校生だぞ」

「そうですか」静かに言った。

「知らなかったのか」宇田は貧乏揺すりをしていた。

「学生服を着ていたわけじゃないので。だいいち相手になっただけのことですよ。先に手を出したのは少年たちです」

「そうなのか」宇田が意外そうな声を出す。「でも、向こうの言い分は逆だぞ。深夜に公民館前でたむろしてたら、刑事に職質(ショクシツ)され、ふてくされた態度をとったらいきなり殴られたって話だ」

「花村の野郎」九野が口の中で罵った。

「なんだ」

「とにかく、先に殴りかかってきたのはガキ共です」

「じゃあどうしてうちに被害届を出しに来たんだ。それにおまえを名指しだぞ」

「さあ。井上が止めに入ったとき、わたしの名前を呼んだからじゃないですか」

「三月十六日っていえば」工藤が口をはさんだ。「花村の女のマンションを張ってた時期だろう」

「……ええ」

「発生場所を見ると、女のマンションと同じ番地だ。それで受理したのが花村というのはどういうことだ。何かあるんじゃないのか」

九野は答えに窮した。花村が仕掛けたことだと言えば、あの夜、花村と対面した事実が工藤に知れる。工藤には、女のマンションに花村は現れなかったと虚偽の報告をしている。

「すいません……とにかくわたしが行って被害届を下げ

させます」

「答えになってないぞ」工藤が厳しい口調で言った。

「わたしが責任をもって処理しますので」

「九野。ちゃんと答えろ」

「ですから」

「ですからなんだ」

咳ばらいをした。痰が喉にからんだので続けて唸った。

宇田が険しい目で自分を見据えている。無視して顔を背けた。

「すいません……実は」自分の立場も悪くなるが、もう花村を庇う理由はない。「花村氏はあの晩、女のマンションにいました。張ってるところを少年たちに囲まれ、諍いごとになりました。それでちょっとした騒ぎになり、花村氏に知られました」

「まったく、この馬鹿者が」

工藤の眉が吊りあがった。これで工藤の信頼を失ったなと妙に乾いた心で九野は思った。

16

昨日あたりから身体の調子がおかしかった。

スーパーへの道すがら、及川恭子は自転車を漕ぎながら、片手で胸をたたく。おくびが断続的に込みあげてくるのだ。苦しいというほどではないが、肺の中に何かが溜まっている感じがした。ガスを意識的に抜いてやらないと、うまく呼吸ができない。家にいるときは頻繁にミネラルウォーターを飲んだ。そうすると気が紛れた。

茂則の一件は頭の隅から追いだした。努力すればそうできることが不思議だった。

本社の上司と刑事が家へ訪れた翌日、病院で夫の明るい笑顔を見て安堵した。あられもなくうろたえた自分を馬鹿だと思った。

しかし夜になると、いとも簡単にその気持ちは崩れた。

遅くまで浴槽の掃除をし、一人床について電気を消したときだ。油断したのだろうか、ふと車のトランクにあったポンプが頭に浮かんだ。家にはなかった真新しいポンプだ。赤いキャップ部分が知らぬ間に目に焼きついていた。すると閉じていた箱の蓋が開き、中からこぼれ落ちるように次々と疑問が湧きでてきた。

車は社内ローンで購入したものではなかった。おまけに夫の残業手当は思っていたよりずっと少なかった。いつだったか寿司屋で高価な食事をしたことにまで、よからぬ想像が働いた。疑問はひとつとして解決していないのだ。

たちまち身体がバランスを失った。布団の中で横になっているのに、右に左に揺れている錯覚を味わった。底のない闇に引っぱられそうになるのを、歯を喰いしばって懸命に耐えた。まるで親とはぐれた子供のような心細さだった。

じっとしていられなくなって、恭子は布団を抜けだした。居間に行き、そこでしばらくテレビを見ていた。これまで縁のなかった深夜番組をぼんやりと眺め、なんとか心を落ち着かせようとした。

見たこともない若いタレントが、水着の娘たちと戯れている。無邪気な笑顔が羨ましかった。

そんなはずはないと無理に思った。茂則にそんな大それたことができるわけがない。だいいち怪我をしたのだ。自分でしておいて、いったい誰が火の中に飛びこむものか。

それに理由が見つからない。会社での出来事はときどき聞いていたが、愚痴をこぼすようなことはなかったし、彼自身の人生にも不満はないはずだ。こうして一戸建を持てたのだし。

大きく息を吐く。少しだけ持ち直した。ひとつの心の中でふたつの気持ちが攻防を繰りひろげている。ふくらみかけた希望の方の感情を損なわないように、恭子はゆっくりと寝室に戻った。水が満ちたコップを運ぶような慎重さだった。バランスを保ちながら、廊下をそっと歩いた。

布団にもぐってからは別のことを考えた。花壇を早く完成させよう。一日でも早く花を見てみたい。色とりどりの花が咲き乱れる我が家の庭を想像した。

そうしてやっとのことで眠りにつくことができたのだ。

それ以降、ときどき首をもたげそうになる悲観的想像に、恭子は目を背けることで回避している。水が怖ければ、水辺に近寄らなければよいのだ。今の恭子の望みは、とにかく平静でいたいということだった。

子供とは普段どおりの接し方をしている。今のところ、香織も健太も母親の様子が変だとは思っていない。児童館にもっていく弁当には、タコの形にカットしたウインナーを入れてやった。作りながら、自分にはこれくらいの余裕だってあるのだ、と己を勇気づけた。

スーパーの控室に入ると、パートの女たちがなにやらひそひそ話をしていた。西尾淑子と岸本久美もその輪に加わっている。恭子と目が合うなり淑子が「ねえねえ」と手招きした。

「わたしたち、店長に一人一人呼ばれるみたい」

「どうして」恭子が隣の椅子に腰かける。

「岸本さんが一番手で呼ばれたの」

「たまたま早く着いたから」久美が言った。

「今は磯田さんが呼ばれてる。何かの書類にサインさせられるんだって」

恭子が久美を見る。久美は口をとがらせて「だってむずかしいこと言われたって、わたしわかんないし」とか細い声をだした。

「どういうこと」

「わからないならサインなんかしちゃだめだって」

年配の女が非難するように言った。どうやら何かの書類にサインをした久美が、主婦たちに詰問されていたらしい。

「どういうことが書いてあったのか思いだしてよ」と淑子。

「確か契約書みたいなものだと思うんですけど」

「それだけじゃ」

「店長はなんて言ってたの」誰かが口をはさむ。

「一応、パートのみなさんと雇用契約を結ぶことになりましたって。それで形だけでいいからここにサインしてくださいって言うから……」

久美は説明を試みるのだが、肝心の内容となるとまるで要領を得なかった。

「よく読まなかったの?」恭子が聞いた。

「だって店長だけじゃなくて、課長さんとか三人くらい周りにいて、あれこれ質問するような雰囲気じゃなかったし」

「怖い感じ?」

「うーん。そんなことないです。みなさんにこやかだったし」

「じゃあどうして」

「だって……」

久美は口ごもるが、なんとなく状況はわかった。男数人に囲まれれば、女は誰だって萎縮してしまうものだ。

「そういえばこの前、多摩店だか町田店だかで、待遇改善を要求した人がいたそうじゃない。それと関係があるんじゃないかしら」

一人の女が言い、それぞれが小さくうなずいている。

「でも変よねえ」別の誰かが言った。「契約書って普通は双方が持つものじゃない。それにこっちだけサインするのもおかしな話だし」

みなが口を揃え、そうよねえと不安げにつぶやいた。

「あ、じゃあ契約書じゃないかもしれません」

「どっちなのよ」淑子が苛立った声をだす。

「わかんないんですよ。とにかく、形だけのもので、今までどおりと何も変わりませんって店長が言うから」

「でもサインって日本じゃ法的効力はなかったんじゃないかしら」

年配の女が言う。こんなことを言いだす主婦がこの中にいるとは思わなかったので、みんなが女を見た。

「ほら。火曜サスペンスかなんかで見たことがあるから。そういうの」

「あ、わたし、拇印なら押しました」

「もう、岸本さん。そういうことは最初に言うのよ」淑子は顔をしかめていた。

そこへ磯田が現れた。今日は紫のニットを着ている。有機野菜を誰彼かまわず勧めて、陰では煙たがられている女だ。

「どうでした」

皆から顔を向けられ、磯田は「たいしたことじゃないわよ」と落ち着きはらって言った。

「確認事項のようなものよ」

「でも契約書なんでしょう」と淑子。

「ううん。雇入通知書。パートでも口約束だけの雇用だとまずいんですって。本店からの指示でやってるみたい」

「ふうん」

「読んだけど、当たり前のことしか書いてなかったわよ。雇用期間とか、勤務時間とか。辞めるときは一ヵ月前に通告するとか」

「なあんだ」淑子がため息とともに言う。少しは安心した様子だった。

「大丈夫。わたしはこういうのに慣れてるから」

磯田が自信ありげに鼻の穴を広げる。皆も警戒をといたのか、表情がゆるんだ。

「もう、岸本さんが脅かすから」

「わたし、脅かしてなんかいませんよ」久美は不満げに頬をふくらませていた。

　店内のチャイムが鳴り、各自がタイムカードを押して下に降りていく。

　朝礼で店長はいつもどおりの挨拶と連絡事項を述べた。雇入通知書のことには触れなかった。どうやら仕事中にも一人一人が呼ばれるらしい。持ち場に散ると、バックヤード組のパートが店長に名前を呼ばれ階段を上がっていった。

　小室和代という女の主張は通ったのだろうか。だとしたらラッキーなことだ。自分は誰の恨みも買わずに済んだのだから。

　無心にレジをたたいていた。相変わらずおくびが込みあげてくる。客に気づかれないよう、何度もげっぷを吐いた。

　うしろのボックスの久美が野菜の値段を聞きにきた。「これいくらでしたっけ」と尋ねるが、手元のチラシを見ればわかることなので、本当はそれがチンゲン菜だということを知らないのだろう。呆れつつ教えてあげた。

　そのとき、不意に大きな影が目の前に現れた。背広姿の男だった。男性客は珍しいことではないが、午前の時間帯には稀(まれ)だ。

　海苔弁当と缶のお茶をかごからかごへ移しかえ、何げなく顔をあげて、恭子は動きを止めた。心臓がいきなり高鳴った。男は、つい先日自宅に訪れた刑事二人組の片割れの方だったのだ。

　あわてて目をそらした。身体の向きを変え、咄嗟に「五百三十五円です」と声色を使った。偶然なのか、パート先を知って来たのか、考える余裕もなかった。

　トレイに千円札が置かれた。見ないままそれを手に取り、レジのキーを打った。

「あのう」男が声を発する。「もしかして」

　顔を向けたが目は合わせなかった。不自然とわかっていても、身体が言うことをきかなかった。

「及川さんでは……」男が顔をのぞき込む。「先日お邪魔しました本城署の九野です」

　会釈だけ返した。

「ここで働いてらっしゃるんですか」

　はいといったつもりが声にならなかった。目をそらしたまま釣銭を渡す。小銭が男の手に乗らず、床に散らばった。肘が震えていた。

男が「おっと」と明るく言いながら腰を屈めた。ますます動揺し、恭子は自分でも信じられない行動をとっていた。男を無視して次の客の応対をしたのだ。客の主婦が目を丸くしていた。視界の端に久美の驚いた顔も映った。

男は不快な素振りを見せることもなく、「それじゃあ」と頭を下げて出口へと歩いていった。

心臓が躍っている。汗がどっと噴きでてきた。うろたえた姿を見せてしまった。せっかくこの前はうまく対処できたのに、これで台なしになってしまった――。

そして連鎖するように、茂則のことも、まるで潮が満ちるように胸の中にあふれた。

懸命に呼吸を整える。なんとか仕事はこなさなければ。

客の差しだした金額の小銭を数えながら、恭子は必死に動揺を抑えていた。

昼食は一人で食べた。テーブルの中央ではパートの主婦たちが世間話をしていたが、加わる気になれなかった。

ご飯は喉を通りそうにないので、総菜売り場からサンドイッチをひとつだけ選んで牛乳で流しこんだ。セルフサービスのコーヒーでも飲もうと思ったところで、控室に入ってきたパート主婦から名前を呼ばれた。

「次は及川さん。店長が来てくれって」

脱いでいた制服のベストを再び身につけ、恭子は事務室へと歩いた。

入るとカーテンの衝立の向こうに一見して安物とわかる応接セットがあり、そこに三人の男たちが座っていた。榊原店長がいつもとはうって変わって口元に笑みをたたえている。だがどこか作りものめいていて、表情はぎこちなかった。

「ほかのみなさんにもお願いしてるんだけど」榊原が目を合わせないで言った。「これ、形だけだけどサインしてもらえるかな。本店からのお達しでね、パートさんといえどもうちの従業員に変わりはないわけだから、口約束だけじゃまずいだろうって話になって」

榊原が一枚の書類を差しだす。磯田が言ったとおり「雇入通知書」の文字があった。

「ここ」そう言っていちばん下の空欄を指さした。「ここに署名捺印してくれるかな。印鑑はないだろうから拇印でいいんだけど」

横にいた池田という課長が、せかすようにボールペンをテーブルに置く。

恭子は黙ったままその書類を手にとった。ワープロで打たれた活字を順に追っていく。細かい字でいくつもの項目が箇条書きしてあった。

「雇用期間とか、時給とか、そういうものですよ」なぜか榊原は多弁だった。「一年経つと時給が五十円上がることも明記してあるし、こっちの都合で辞めてもらうときも一ヵ月前には通告するように決めてあるし」

榊原が言うとおり、書かれてあるのはとくに変わったことではない。「安全及び衛生に関する事項」「表彰及び制裁に関する事項」といった決まりごとが列記してある。

「及川さん。じゃあ、いいですか」と隣の池田課長。

「ちょっと、すいません」

一応はすべてを読もうと思った。

「所定外労働等／無」という項目があった。規定の時間以外は働かなくてよいのだろう。ありがたいことだ。

「諸手当／交通費を実費支給」という項目を見つけ、おやっと思った。パートは全員、自転車で通える範囲の人を選んでいるので、これは意味のない飾りだ。

そして同じ「諸手当」のところで「賞与／無」「退職金／無」という文字を見つけた。

小室の顔が浮かぶ。小室の主張が通ったわけではない。きっと店側が慌てて、まだ情報の届いていないパート相手に先手を打とうとしたのだ。

おそらくこの二点に関して既成事実を作りたいのだろう。まるでその他のどうでもいい項目の中に紛れこませるようにして。

ほかのパートが何の疑問も抱かずにサインしたのもうなずけた。小室の話を聞いていなければ、自分だってパートに賞与や退職金の権利があることを知らなかった。

よく見れば「勤務内容」のところにも「年次有給休暇／無」の一文があった。

「もういいでしょ」榊原が言った。「次がつかえてるから」ハンカチで額の汗を拭っていた。

「すいませんが……」咄嗟にでた言葉だった。「家に帰って夫に見せて、それで判子(はんこ)を押させてもらっていいですか」

榊原の表情がみるみる曇る。笑顔を取り繕ってみるものの、口の端が小さく痙攣していた。残りの二人の男たちも落ち着きをなくしている。

「いや。今サインしてほしいんだよね。事務の都合もあるし」

「でも、今日は来ていないパートもいるわけですから、わたしのサインが明日になっても問題はないと思うんですけど」

「いや、そういうことじゃなくて……」

「じゃあ、どういうことでしょうか」

向こうの焦りが手にとるようにわかった。

「とにかくサインしてくれれば終わることだから」

「でも、サインって大切なことだし、急ぐ必要はないと思うんです」

男たちと渡りあっている自分が意外だった。ついさっきまで暗く落ちこんでいたというのに。

「困るなあ、及川さんだけそういうこと言われたら」

池田が口をはさむ。なだめる口調だった。

「明日だと、どういう不都合があるんでしょうか」目を見て言いかえした。

「だから、その、会社はいろいろ忙しいわけでさ」

「困るんだよなあ、こういう人がいると」

榊原が苛立った様子で声のトーンをあげる。

「すいません。夫から、何かの書類にサインとか捺印するときは相談するようにって前から言われてるんです」そんな嘘を言ってみた。「前に訪問販売でだまされかけたことがあって、それ以来」

「うちら訪問販売じゃないんだけど」

池田が軽く笑おうとして頬をひきつらせた。

「ええ。ですけど、明日にはお返事できることですから」

「うーん」

池田が唸った。榊原は腕を組んで苦虫を嚙みつぶしたような顔をしている。事務の社員たちがこちらを盗み見るようにしていたが気にならなかった。これで店側にはも、なるようになれ、という乾いた気持ちでいた。

生意気なパートとして印象づけられてしまったとしても、なるようになれ、という乾いた気持ちでいた。

「それじゃあ、これで失礼していいですか」

書類を手にして立ちあがった。すかさず榊原が「それは置いていって」と手を伸ばす。

「どうしてですか」

「どうしてって……」榊原が口ごもった。

「こういうのは社外秘だから」今まで黙ってた若い社員が言うと、榊原は「そうそう、社外秘だから」と恭子の手からなかば強引に書類を奪い取った。

　それだと夫に相談できないのですが。恭子はそう言いたかったが、これ以上問い詰めるのも相手の態度を硬化させるばかりだと判断し、引きさがることにした。

「失礼します」

　恭子が踵をかえす。背中に敵意のこもった視線を注がれるのを感じた。なぜか少しも怖くなかった。

　控室に戻ると、淑子がおにぎりをほお張っていた。もうサインの件については関心がないらしく、恭子を一瞥(いちべつ)しただけで手元のチラシに目を落とした。

「ねえねえ及川さん。あとで海苔の佃煮(つくだに)、ふたつレジ通してね」

　それには答えないでテーブルの正面に座る。

「西尾さんは、もう店長に呼ばれたの」

「わたし？　うん。もう呼ばれたけど」

「じゃあサインしたんだ」

「うん、した」

　ため息をついた。ほとんどのパートがすでにサインを済ませたにちがいない。

　淑子が顔をあげる。「どうかしたの」不思議そうに聞いた。

　数秒考え、「ううん」とかぶりを振った。淑子に相談したところで、解決につながるとは思えなかった。

「ねえ及川さん」そのとき、少し離れた場所にいた磯田から声がかかった。「おいしいお水があるんだけど、どうかしら。今みなさんにも勧めてるところなの」手には魔法瓶を持っていた。

　ああ、これか。久美が売りつけられたという水は。

「いいえ、わたしはいいです」丁重に辞退した。

「これ、市販のミネラルウォーターじゃないのよ。浄水器を通した水道水なの。カルキ臭が消えるのはもちろんだけど、発ガン性物質まで除去してくれるの。及川さんもどうかしら」

　磯田の周りには三人ほどの女がいた。仕方なくというのではなく、熱心に耳を傾けていた。こんな馬鹿げた話に聞きいっている女たちの気持ちがわからなかった。

「水道水に発ガン性物質が含まれてるなんて知りませんでした」

「でしょう？　みなさん意外と知らないことなのよね」

　磯田は恭子の言葉を皮肉とはとらないで、あくまでも高慢な態度で浄水器の利点を説いていた。磯田の夫はその水を飲みはじめてから白髪が消えたのだそうだ。みなさん世の中に無関心すぎるから、と人を見下すようなことまで得意げに言う。それを聞いていたら、なぜかひとこと言いたくなった。

「磯田さん。お店の用意した雇入通知書にサインなさいましたよね」

「ええ、しましたけど」磯田が、何の話かという顔で恭子を見る。

「あれって、わたしたちを丸めこもうとしてるみたいですね」

女たちの視線がいっせいに恭子に向いた。淑子も食べる手を休めて顔をあげた。

「賞与とか退職金とか、そういうパートの権利を放棄させようとしてるんですよ」少し声がうわずったが、すぐに普段どおりに戻った。「多摩店でパートの権利を要求した人がいて、それでこの店も慌てたみたいですね」

「それ、ほんと?」淑子が眉をひそめる。

「みなさん、サインする前にちゃんと読まないと」

「あら、わたしはちゃんと読んだけど」磯田がかすかに顔色を変えた。

「じゃあ、年次有給休暇はなくてもいいわけですね、磯田さんは。パートだって半年以上勤務すれば要求できるんですよ」

「それは……」磯田が言葉に詰まる。

「磯田さん、契約の類いには慣れてるっておっしゃってたけど、真に受けた人も多いんじゃないかしら」

言いながら驚いていた。自分はほとんど喧嘩を売っている。

返す言葉もないのか、磯田が憮然とした顔で恭子を睨みつけていた。

「ねえねえ、それで及川さんはどうしたのよ」淑子が聞く。

「サインしませんでした」

「しないとどうなるわけ」

「さあ、向こうも困ってるでしょうね。法律があるから簡単に馘にはできないだろうし」

女たちが、あっけにとられて恭子を見ている。尊敬と畏(おそ)れが混じったまなざしだった。おそらく自分は女たちの噂の的になるのだろう。もしかするとそれは陰口かもしれない。でも、理解など得られなくてもかまわないと思った。

午後の仕事は客足が多く忙しかったが、不思議な集中力があって難なくこなすことができた。クレームをつける客に対しても、スチュワーデスのように慇懃な笑みを浮かべ、冷静に応対した。

途中、一人のパートが「店長に呼ばれたんだけど、わたしどうしたらいいかしら」と不安そうな顔で相談にきた。あなたが決めることだけど夫に相談しますと答えたらどうかしら、と教師が生徒を諭すように答えてあげた。

当然のごとく店長はよそよそしかった。まるで恭子を避けるように、レジには近づかなかった。

久美には、「磯田さんから買った水、突き返したら?」と言ってやった。「でも、契約しちゃったから……」久美は煮えきらない態度をとっていた。

仕事を終えると、子供を迎えにいき、いつもどおり病院に夫を見舞った。

着替えを届け、三十分ほど無駄話をした。話の終わりに、茂則は、退院したら本社勤務になるよ、と何事でもないように言った。どういう反応をしてよいのかわからず、そう、とだけ答えた。もっと驚いたふりをすればよかったのかもしれないが、そこまで演技はできなかった。

スーパーで起きた出来事は話さなかった。もともと夫に相談するつもりはなかった。反対されるに決まっている。

車で行ったが、病院から帰るとき、着替えを詰めたバッグはリヤシートに置いた。

トランクを開けたくなかったからだ。

その夜、恭子は小室和代に電話をした。

昼間の件に関して、無性に話相手がほしかったのだ。

今日スマイルであった出来事を詳しく話した。当初は憤っていた小室だが、恭子がサインを拒否したことを伝えると、電話の向こうで小躍りするのがわかるほどよろこんだ。

「やっぱりわたしの勘は正しかったわ。及川さんは簡単に言いくるめられるような人じゃないのよ」興奮した口調でそう言った。「ありがとうね、及川さん。本当にありがとう」

恭子は言葉に詰まった。人にあてにされ、感謝されることなど、結婚して以来久しくない経験だった。

「当然の要求なんだから絶対に権利を勝ちとりましょ

う」小室の励ましに恭子もうなずいていた。「わたしたちで少しでも世の中を変えなきゃ」

早速、明日会う約束を交わした。

敬遠していた小室なのに、今はなんだかとてもいとおしく思えた。

17

九野薫が、渡辺裕輔という少年の自宅を訪ねるのは今日で二回目だ。

昨日は少年の母親に事情を説明するだけで、話し合いにまで踏みこむ時間がなかった。肝心の少年も不在だった。

小ぎれいな身なりをした母親は、自分の息子の素行について保護者としての管理不行き届きを認めたものの、少年が先に手を出したということに関しては一切信じようとはしなかった。うちの子はそんなことをする子じゃないという、ありきたりな思いこみだった。夜遊びや外泊が過ぎるのは、近ごろ付き合っている友人の質(たち)が悪いからなのだそうだ。近年頻発する警官の不祥事も、母親に不信感を植えつけているのだろう。

もっとも頑(かたく)なではなかった。人生に波風が立つことを好まない、どこにでもいる主婦だった。治療費を負担して頭を下げれば、少なくとも母親は納得しそうな雰囲気だった。しかし事実は少年の恐喝未遂ならびに暴行傷害であり、これを曲げるわけにはいかなかった。工藤副署長の指示は絶対に非を認めるな、だった。一度でも言質(げんち)をとられたら、表沙汰になったときに立場が悪くなる。

同行した宇田係長は終始不機嫌だった。人事考課に響くことを恐れているのだろう。余計な仕事を増やしてくれるな、とおとなしい上司にしては珍しく毒づいていた。

今日も車のハンドルを握りながら、ひとことも口を利こうともしない。

九野は助手席で弁当を食べていた。朝飯を食べ損ね、たまたま通りかかったスーパーで総菜の弁当を買い求めたのだ。運転を頼んだのも不機嫌の一因かもしれない。

スーパーでは意外な人物に出くわした。及川の妻、恭子だ。パート勤務をしているのか、レジのボックスに立っていた。気づいたとき一瞬だけ逡巡(しゅんじゅん)したが、この近距離で知らないふりはできないだろうと思い、話しかけた。ただし向こうは歓迎しなかったようだ。及川恭子は伏し目がちで、九野の顔もまともに見ようとはしなかった。

いつか自宅に訪ねたときとはまるで印象が異なってい て、九野は意外だった。最初は嫌われているのだから仕方がないかとも思ったが、うろたえ方の度が過ぎていた。釣銭をこぼしても謝罪すらしなかったのだ。

やけに脂っこい空揚げを頬ばりながら、及川の妻の心を思った。先の訪問で警察が疑っていることは承知済みのはずだ。こちらが期待するように、彼女は夫を問い詰めたのだろうか。そして釣銭を渡されたときの白くて柔らかそうな指を思いだし、また早苗と重ね合わせてしまっていた。早苗も指のきれいな女だった。

付き合いはじめた頃、九野は恋人の顔を見るのが照れ臭く、早苗の指ばかり見ていた。喫茶店で向かい合ったとき、映画館で開演を待つとき――。早苗がどんなに憎まれ口をたたいても、指のきれいな女はきっと心根がやさしいと、すべてを受け入れることができた。守ってあげたくなる、早苗の指だった。

及川恭子はどうなのだろう。表面的な物腰はちがっても、早苗と根は共通している気がする。

車が新興住宅街に入っていく。白い壁と青や赤の色鮮やかな屋根。その景色は及川の住む町とほとんど変わりがないように見える。どれも築五年程度の新しさで、住民の家族構成や暮らしぶりまでが容易に想像できた。

「九野、今日はおれが話すからな」少年の家の前に立ち、宇田が言った。「母親にとって息子は恋人みたいなもんだ。おまえが状況を説明すると向こうはショックを受けて余計に戸惑うんだ」

口の中だけで返事してうなずく。玄関脇にはスクーターがあった。マフラーが改造してあり、少年のものと推察できた。まだ学校は春休みだ。今日は家にいるかもしれない。

約束の時間より一時間ほど早いが、それには相手に準備をさせず、少年を逃がさないという意図があった。

インターホンで来訪を告げると、母親が現れた。時間より早いことに少し驚いていたが、昨日と同じく応接間に通された。お茶を供されたところで宇田が「ご主人とは相談なされましたか」と切りだした。

「ええ話しました。とりあえず治療費プラス、慰謝料っていうんですか、そちらのおっしゃられた金額をいただければ、主人のほうも事を荒立てたくはないと」

「あの、慰謝料と言われるのはちょっと。あくまでも九野個人が払う見舞い金という種類のものですから」

宇田が釘を刺す。払い過ぎると却って勘ぐられるという理由から、工藤が決めた金額が五万円だった。実際に九野の財布から出る金だ。

「ええ、それはどんな名目でもいいんです。うちの子供が深夜に徘徊してたのも悪いわけですし、学校には内密にしてくださるそうですから、わたくしとしてもこれ以上面倒なことにはしたくないのですが、なぜか子供の方が……」

「お子さんがどうかなさったんですか」

「被害届は取り下げないって」

思わず顔を見合わせた。母親も困惑の表情だった。

「刑事さんが味方についてるから大丈夫なんだって。その、わたしは詳しく事情を知らないのですが、なんでも被害届を出すように勧めたのは本城署の刑事さんだとか」

「ええ、まあ、それはそうなんですが。取り下げていただければあとはこちらの内部の話ですから、問題なく事を収めます」

「でも……おかあさんは関係ないって」

「しかし、あなたは保護者のわけですから、それくらいは説得していただかないと」

宇田が苦りきった顔で言う。九野はただなりゆきを見守っていた。

「ふだんは素直ないい子なんですけど、なぜか今回に限っては」

「お子さん、今日はいらっしゃるんですか」

「あ、いえ」母親がかすかに表情を変えた。「出かけてますが」

嘘だと思った。母親にとっては九野が加害者であり、自分の息子とは会わせたくないのだろう。九野は思わず口をはさんでいた。

「さっき窓から見かけましたよ」

もちろんでまかせだが、母親は赤くなると自分から嘘を認めた。

「でも子供はよろしいんじゃありませんか。被害届を出したときにちゃんと事情聴取はされてますから」

「一度会ってわたしと話をさせてもらえませんか。おかあさんも本当のところを知りたいでしょう」

「ああ。できればそうした方がいいかな」宇田も同意した。「どっちが先に手を出したかっていうのは重要な問題なんですよ」

「でも、うちの子はまだ高校生ですから。あの、なんていうか、大人の人に責め立てられると……」

「責め立てたりなんかしませんよ」宇田は軽く笑って言った。

「でも、こちらの刑事さんに」そう言って九野を指差す。「うちの裕輔が、おやじ狩りって言うんですか、それで返り討ちに遭ったような言い方をされると……」

「それは事実なんですよ。金を出せとか、殴るぞとか、そういった文言(もんごん)があったんです」

「そんな……」母親は不服そうだ。

「とにかく一度」

そう宇田が言いかけたところで小さく階段がきしむ音がした。すかさず九野が立ちあがり、玄関へと歩いた。

「裕輔君だよね」

やさしく声をかけた。少年は振り向こうとせず靴を履いている。だぶだぶのズボンが揺れていた。あわてて母親も駆けつけた。

「裕ちゃん、ご挨拶は」

少年が外へ出ようとしたので咄嗟に三和土(たたき)に降り、トレーナーのうしろ襟をつかんだ。

「逃げなくていいじゃないか。あの夜のこと、おかあさんにちゃんと話しなさい」

「離してくれよ」

少年が九野の手を振りほどこうとする。いつぞやの威勢のよさはまるでなく、蚊の鳴くような声だった。

「裕ちゃん、ちゃんと話しなさい。刑事さんたち、学校には黙っててくれるっていうから」

「おふくろには関係ねえよ」

「そんなこと」

「おい、九野。離してやれ」宇田がうしろに来ていた。

「今日はちゃんとさせないと」

「いいから離してやれ」

宇田に言われ少年を解放した。少年が目を伏せたまま外に出る。少しの間をおいて、甲高いスクーターのエンジン音が家の中にまで響いた。

「本当にすいません」母親がしきりに恐縮している。

「じゃあ我々はこれで」宇田が九野を見て顎でしゃくった。「明日またお邪魔することになりますが、今日中には説得しておいてもらえますか」

「明日もですか」遠慮がちではあるものの、迷惑そうな口調だった。

「こういうのは早めに済ませたいもので」

「……でも、それって考えてみれば、うちの子はもともと本城署の刑事さんに言われて被害届を出したわけですし、あとはそちらの問題なんじゃないでしょうか。子供にはあとで何とでも言って聞かせますから、そっちで破棄するなりなんなりしていただけませんか」

しばらくの沈黙があった。母親の言い分はもっともで、騒ぎを起こしたのは少年ではなく花村なのだ。

「そうはいかないんですよ。出した当人でないと、取り下げることはできないんです」

今度は宇田が申し訳なさそうな声を出す。丁重に頭を下げ、少年の家を辞した。

「あのガキ、どうして逃がしたんですか。あの場で問い詰めれば」

不満を口にする九野に宇田は「馬鹿野郎」と小さく吐き捨てた。「子供が親の前で本当のことなど言うもんか」

車に乗りこむ。九野が運転席に座った。

「おまえがあの小僧を捕まえて直接説得しろ。少々脅したってかまわん。書類送検すると言ってやれ。さっさとやらないとおまえが送検されるぞ」

黙ってうなずいたが、つまらない仕事が増えたことに嫌気がさした。

「向こうが先に手を出したっていうのは本当なんだろうな」

「係長、わたしを疑ってるんですか」

「念のためだ。それから本庁の人間には言うな。監察の耳に入るとやっかいだからな」

エンジンを始動し、アクセルを踏んだ。

「ああそうだ。ところで九野よ」宇田が前を見たまま言った。「言い忘れたが、昨日、署まで不動産屋がおまえを訪ねて来たぞ」

「不動産屋が?」

「ああ、自宅に行ってもいつも留守だからってよ」

「何の用なんですか」

「さあな、八王子の空き家がどうとか言ってたけどな」

空き家? 義母が住んでいるのに、いったいどういう思いちがいだ。

「家でも買うのか」

「まさか。そんな金あるわけないでしょう。向こうの勘違いですよ」

宇田は「ふん」とつぶやくと鼻毛を抜きはじめた。

どういうことか。義母が義理の息子のところへ行けとでも言ったのだろうか。

均一に家々が並ぶ住宅街を走らせながら、なにやら不安が込みあげた。

夜は午後十一時から及川の遠張りをした。佐伯の言うとおり、病院はできるだけ患者をつなぎとめておきたいところらしい。及川の入院はすでに一週間となり、退院日の知らせは聞こえてこない。

午後は車中で二時間ほど睡眠をとってから少年を探しに盛り場に出かけたが、見つけることはできなかった。ゲームセンターで不良がかった少年たちに聞くと、昼間はピザ屋で出前のアルバイトをしているらしいことがわかった。となれば明日にでも電話でしらみつぶしに調べ、バイト先を特定すればいい。時間がなければ、地取りに飽き飽きしている井上にやらせるまでだ。

夕方、義母に電話をするとまた留守だった。買い物か、近所の主婦とおしゃべりか。ここのところ電話をかけるタイミングが悪いようだ。それとも旅行にでも出かけたのだろうか。二泊程度の旅ならば、義母は何も知らせないで行くことが多い。そもそも義母から連絡を取ってくることなどまずないのだ。

服部はあいかわらず及川のことを報告するのに消極的だ。この間、清和会は若頭が恐喝容疑で逮捕された。二年も昔の事案だった。家宅捜索は関連施設を併せて都合五回も行われ、世間の目は完全に清和会に向いていた。管理官が出す指示は、ほとんどが本庁の四課か署の暴力犯係に対してのものだ。

「今日は昼間、何をしてたんですか。副署長の指示で動いてたそうですが」

助手席の服部が、いつものように仁丹を口に入れて言った。てのひらに息を吐きかけ、くんくんと臭いを嗅いでいる。

「たいしたことじゃないですよ。署には署の懸案事項ってものがありまして」

「副署長に及川のことを報告したわけじゃ……」

どうやら服部はそのことを心配しているようだった。

「いえ。副署長はこの事案に関してはノータッチですよ」

「ところで、記者が嗅ぎつけてきたようです」

「本当に?」

「鼻のいい連中ですよ。ハイテックスの本城支社の連中に聞き込みをかけているうちに、会計監査のことを知ったらしいですね。清和会を洗っても何も出てこないもんだから、矛先を変えてみたんでしょう」服部はネクタイをゆるめ、首を左右に曲げた。「今日、顔見知りの記者がマンション前で待ってたんですよ。わたしを見るなり、ニヤッとして、第一発見者は参考人名簿に入ってるんですかって」

「まずいですね」

「保秘で突っぱねましたけどね。でも、そろそろかな」

そう言いつつ、服部に焦っている様子はない。

「経過報告だけでも管理官にしておきますか」

「九野さんから、おたくの刑事課長に報告してもらえますか」

「わたしが、ですか」思わず目を剝いた。

「管理官は、わたしのこと嫌ってるんですよ」

「それは、しかし」

「本社のガードが固くて事情聴取に手間取ったことにしましょう。連中があまり協力的じゃないのは事実だし」

「まあ、それはそうですけど」

「おまけに物証がない段階で滅多な真似はできないでしょう」

「いや、でも」

「頼みますよ。『ちょっと気になることがあって』とか、そういう言い方でいいと思います。会計監査の話を切りだしたら及川の顔色が変わったとか、そのへんは省いて……」

「しかし、ここまで及川のことを引き延ばしたのは服部さんの意向でしょう。それをわたしに言わせるのは、ちょっとひどいなあ」

「まあ、そうおっしゃらないで。頼みますよ、九野さん。マスコミに先に出ちゃうのだけは避けなきゃならないし」

九野は自分の顔がこわばるのがわかった。おそらく服部は最初からそのつもりだったのだろう。引っぱるだけ引っぱり、適当なところで所轄の刑事に言わせればいいと思っていたのだ。言葉に詰まっていると、服部は「どっちにしろチンケなヤマですよ」と呑気な声をだした。

「もともと清和会とのかかわりさえなきゃただのベタ記事で終わりですよ。捜査本部だって立たなかっただろうし」

苛立ちをなんとか自分の中で圧しとどめる。九野は一人かぶりを振った。

そのとき遠くにサイレンが聞こえた。ＰＣではなく救急車の音だ。どこかで事故があったか、急病人が出たのか、いずれにせよこの市民病院に向かっているのだろう。

職員通用口に人影が姿を現す。看護婦が急患の受け入れ態勢をとっているようだ。

服部が双眼鏡を取りだした。身体を起こし、窓にレンズをつけるようにして見入っている。やがて赤色灯を回した救急車がやってきて、後部扉から患者を担架ごと降ろした。

「病人かな。点滴もないし、それほど慌ててる様子もないし」服部がひとりごとのように言う。「ああ、年寄りだ。髪が真っ白だから」

不意に義母の顔が浮かんだ。八王子で一人で暮らしている義母の、悲しみをたたえたような静かな笑顔が。

「付き添いがいないってことは、自分で電話したのかな」服部は双眼鏡をのぞいたまましゃべっている。「よくいるみたいですよ。タクシー代わりに救急車を呼ぶ連中が」

途端に胸がざわざわと騒いだ。

「ちょっと失礼」九野がドアを開けた。

「どこへ行くんですか」服部が振り向く。

「ちょっと用足しに」

嘘をついて外に出た。近くの公園へと急ぐ。昼間、宇田係長が言っていた。署まで不動産屋が訪ねて来たと。本当は、義母は家を売って老人ホームに入るのではないか。体調に不安があり、完全看護の暮らしを望んでいるのではないか。そんな想像がよぎったのだ。

腕時計を見る。十二時に近かった。普通ならもう床についている時間だ。こんな時間に電話をしたら、いかに義理の息子といえども迷惑に決まっている。それに、義母を逆に不安にさせやしないか。歩きながら逡巡した。いや、確か最近は深夜のラジオを愉しみにしていると言っていた。若者向けではなく、高齢者を対象にした落ち着いた深夜番組があると義母は教えてくれた。

とにかく電話をしよう。義母が出たら、昼間かけてもなかなかいないからと言い訳すればいい。

外灯の下で携帯電話を手にした。早苗の実家を呼びだす。呼出音が数回鳴るのだが、それが途切れることはなかった。

胸の中で灰色の感情がみるみるふくらんでいく。どういうことか。ずっと義母は留守なのか。いつから義母の声を聞いていないか思いだそうとしたが、うまく頭が働かなかった。

念のため今度はボタンで番号をひとつひとつプッシュした。同じように呼出音が鳴るだけだった。

やはり旅行に出かけているのだろうか。この時間に用事などあろうはずがない。

義母の知り合いに電話してみようか。仲がいいのは近所の内村夫婦と、女学校時代の同級生の高木という未亡人だ。どっちか一人ぐらいは一〇四でわかるだろう。

いや、いくらなんでも非常識だ。義母から話に聞くだけで、自分は会ったこともない人たちだ。

しばらくその場に立ちつくしていた。腰に手をあて軽く深呼吸した。

きっと旅行だろう。陽気もよくなって、いつもの仲間と出かけたのだ。たとえ四、五泊の旅だとしても、いちいち義理の息子に知らせる義務はない。こちらが気にかけているほど、義母は弱ってなどおらず、自由に老後を楽しんでいるのだ。

だいいち何かあったとしたら、義母が自分から知らせてくれるはずだ。そこまで水臭くはない。九野はそう思うことにした。

もう一度深呼吸した。心が晴れたわけではなかったが、自分のうろたえ方に小さく苦笑し、車に戻ることにした。

助手席では服部が窓の外に目をやっている。「しかしまあ、医者っていうのも大変な商売ですね。電話で呼びだされたのか、さっきも医者らしい男が駆けつけてきましたよ」そう言って鼻をすすった。

「そのかわり給料がいいから」

「そりゃあそうだ。ベンツだったもんなあ」

九野は買い置いてあったペットボトルのお茶を口にふくんだ。

「さっきの年寄り、やっぱり死にそうなのかな。医者をわざわざ呼ぶぐらいだから」

収まりかけた動揺がまた首をもたげる。服部のデリカシーのない物言いにも腹が立った。同じ年代なら、自分の親も老いているはずなのに。

「服部さん、ご両親は健在ですか」

「ええ、元気です。親父はまだ現役で働いてますよ。証券会社を退職したあと、子会社の顧問をやってます。……九野さんのところは?」

「母は死にましたが父は健在です。九州で兄貴夫婦と暮らしてます」

「ほう、そうですか」服部が気のない相槌をうつ。

「近くにお住まいなんですか」

「江東区に兄貴夫婦と二世帯住宅で暮らしてますよ」

それなら気がらくだろう。急に倒れたとしても、誰かが気づいてくれる。

急に倒れる？　縁起でもない言葉が浮かんだことに九野は軽く目を閉じた。

こうなったら明日はなんとか時間を作って八王子の家をのぞこう。無駄足だろうと、心配を抱えてすごすよりはるかにいい。

いや、明日にそんな時間はない。課長に及川のことを報告しなければならないし、少年の一件もある。

気持ちが焦れた。なんとか連絡をとる方法はないものだろうか。車のドアを開けた。考えるより先にそうしていた。

「どうかしたんですか」服部が怪訝そうな顔を向ける。

「すいません。ちょっと腹の具合が悪いみたいで」

服部はうなずくだけで何も言わなかった。

公園まで小走りに急いだ。さっきはトイレにでも行っていたのかもしれない。そんな気がした。先月山形に行ったばかりだし、そうそう旅行などするものではない。義母は家がいちばんいいという昔の女なのだ。

また外灯の下に立って電話をかけた。なんの効果もないはずなのに携帯を強く耳に押しつけていた。留守だった。

腕時計を見る。先程から十五分ほどしかたっていなかったが、これで用を足していた可能性は消えた。不吉な予感がだんだんその嵩を増していく。

もしかして寝込んでいるのだろうか。よからぬ想像が浮かび、青くなった。

そこから先は考えたくなかった。独居老人の孤独な死という想像の片鱗が一瞬頭をかすめ、あわてて追いはらった。いくらなんでもそれはないだろう。義母はよく近所の話を聞かせてくれる。毎日誰かとおしゃべりして生活を楽しんでいるはずなのだ。

車に戻りながら決心した。これから様子を見に行こう。本当に不在なら、旅行だと思って納得すればいい。

ドアを開け「ちょっと八王子まで行ってきます」と服部に告げた。

「はい？」何を言っているのかという顔をした。

「妻の実家です。義理の母が電話に出ないものですから」

「妻？」服部はあっけにとられていた。「だって、九野さんは……」

「動きがあったら携帯で知らせてください。何もないとは思いますが」

「ちょっと……どういうことですか」

「だから義母が電話に出ないんです」

「それって……」服部は二の句が継げないでいた。

「すいません。今夜は一人で張ってもらえますか。あ、いや、変わったことがなければ三時間ほどで戻ってこれると思いますが」

「でも、あんた、独身でしょ」

「ちょっと説明してる暇がないから」

「説明してる暇がないって」

「すいません」

ドアを閉めた。服部が慌てて反対のドアから降りてくる。「ちょっと待てよ。あんた、どっちにしろそれは私事だろう」感情を害した口ぶりだった。

「だからすいませんって言ってるでしょう」

「あんた、今日は昼間だってすっぽかしてるじゃないか。ハイテックスをあたるはずだったのに」

「それについては副署長経由で話がいってたでしょう」

「しかし昼も夜もってことはないだろう」

「とにかく、わたしはこれで」

もう相手などしていられない。九野はアスファルトを蹴って走りだした。背中に「おい」というとがった声を浴びる。これで服部との関係が悪くなるかもしれなかったが、気が急いてそれどころではなかった。

大通りまで出てタクシーを拾った。運転手に自宅の町名を告げる。自分の車で飛ばした方が早いと判断したからだ。

ふと、年老いた女の一人暮らしには広すぎる家屋が頭に浮かんだ。学生時代、初めて泊めてもらったとき、家の天井が高くて、電球の笠の向こうがやけに暗いのに驚いた。早苗は、子供のころは怖くて寝るまで母にそばにいてもらったと言っていた。義母は一人で心細くないのだろうか。

ますます胸が締めつけられた。後部座席で、九野はひたすら貧乏揺すりをしている。

自宅マンションで車を拾いあげると、乱暴に路地を走らせた。幹線道路に出てからは法定速度を無視して飛ばした。

カーステレオからはラジオの深夜放送が流れている。

DJの騒々しいしゃべりが神経にさわったので、局を次々と変えていった。ひとつ、落ち着いたアナウンサーの声が流れる局があった。義母は毎晩これを聴いているのだろうか。

アナウンサーが、リスナーからの手紙を朗読するように読んでいる。夫を亡くして数年になるが少しも寂しいと感じたことはない、共に過ごした一生分の思い出があるからだと、気負うことなく日常が綴られた文章だった。

人生の終点に向けて、静かに準備をしている人たちの放送のように聞こえた。明るくも暗くもなく、ただ淡々と運命を受け入れる。ハンドルを握りながら、まるで自分までが七十歳になったような気分だった。

もしも義母が死んだら……。心の準備はまったくしていなかった。血はつながっていないけれど、たぶん自分は泣き崩れてしまうのだろう。

無事でいてくださいよ。心からそう祈っていた。

もし無事だったら本当に一緒に暮らそうと九野は思った。

一時間とかからず妻の実家にたどり着いた。坂の上、闇の中に屋根の形がいっそう黒く浮かびあがっている。車でいっきに駆けあがり、門の前に停車させた。

敷地内に足を踏みいれ、中の様子をうかがう。雨戸が閉めきってあるので明かりはどこからも漏れてこない。

九野は郵便受けをのぞいた。新聞も郵便物もたまってはいない。

これをどう判断するべきなのか、すぐにはわからなかった。旅行ではなさそうだ。そして、いやな想像だが布団の中で起きあがれない状態でいるわけでもない。少なくとも、夕刊が届けられる時間までは家にいたのだ。

そっと呼び鈴を押す。しんと静まった家の中でその音がこだましているのがわかった。

戸に耳を当ててみたが人のいる気配は届いてこない。

一度家屋から離れて二階を見あげた。腰に手をあててしばらくたたずんでいた。

そのとき、中からかすかな物音が鳴った気がした。床がきしむ音だ。

「おかあさん」一声をあげていた。「いるんですか」

また音がした。今度はたぶん室内の戸を開ける音だ。

玄関のガラス戸の向こうに黒い人影が見えた。

「薫君、なの」か細い義母の声だった。

「そうです。薫です」答えながら、いたのかと全身の力が抜けた。

玄関の鍵が外されガラス戸が開かれた。義母は闇に向かって目を凝らしていた。

「どうしたのよ、こんな時間に」寝間着姿の義母が声を低くして言う。安堵と不安が混ざった表情だった。

「すいません。驚かせて」

「驚くわよ。誰かと思ったでしょう」

「電話しても、おかあさん、出ないから」

「とにかく入って」義母は両手で腕をさすると深夜に訪れた娘の夫を家に招きいれた。

「もう寝てましたか」

「ううん。ラジオ聴いてたけど」

居間の電気を点け、義母は台所に向かった。

「おかあさん、おかまいなく」

「おかまいなくって、そんな他人行儀なこと言わないで」

義母はお湯を沸かし、九野のぶんだけのお茶をいれた。自分は何も飲みたくないとコタツで頬杖をついている。

「十一時過ぎに二回ほど電話をしたんですが、おかあさん、出ないから。手がふさがってたんですか」

「薫君だったんだ、あの電話」義母は目を伏せて小さく息をついた。

「じゃあ、いたんですね」

「うん、いたけど」

「どうして出なかったんですか」

義母は顔をあげると視線を宙に向けた。「出たくなかったの」

「出たくないって、そんな。前にかけたときも出なかったし」

「前って?」

「二、三日前の昼間ですけど」

「ああ、じゃあそのときは本当に留守。たぶん福祉会館の読書会に出てた」

「今夜はどうしてですか。そりゃあ夜中の電話は気味が悪いかもしれないけど、緊急の用だってあるわけだし」

「緊急なの?」義母が九野を見る。

「いや、そうじゃないですけど。ここのところ留守が多かったから、なんか急に心配になって」

「そんな。子供じゃないんだから」

「でも」

「でも、なによ」

「……出たくないって、何かわけでもあるんですか」

義母は黙ったまま頬を撫でていた。

「わけがあるなら教えてください」

「……ここのところ、出たくない人から夜中に電話がかかってきたから、居留守を使っちゃえって思って」

「誰ですか、その出たくない人って」

義母が唇をすぼめる。

「いいじゃないですか、教えてくださいよ。変な奴だったらぼくが文句を言ってやりますよ」

「べつに変な人じゃないの」

「じゃあ誰ですか」

義母は視線を落とすとかすかにほほ笑んだ。「おかぁさんね……」いまさらのように手で髪を整えている。

「ある人とずっと文通してたの」

「文通?」

「そう。国分寺に住んでる男の人なんだけど、三年くらい前に教員の退職者サークルが主催した俳句の交流会で一度だけ話をしたことがあったの。おかあさんもその人も世話役だったから。それで、そのときの名簿があったから礼状を書いて、なんとなく手紙のやりとりをするようになって。もう今はやめにしたんだけど」

「いくつぐらいの男なんですか」

「六十……六かな。奥さんに先立たれて、一人で暮らしてるの」

「そいつがいたずら電話をかけてくるんですか」

「いたずらじゃないの」義母がかぶりを振る。

「じゃあ何ですか」

「……最初はね、近所の誰それとカラオケをしたとか、老人会で花見に行ったとか、お互いに日常のとりとめもないことを書いて、月に一回とか二ヵ月に一回とか、そういう感じで文通らしきものをしてたの。会ったりはしないのよ」義母はその部分を強調するように言った。

「手紙のやりとりだけで、顔を見たのは句会で会った一度きりなの。電話もかけないし」

「それで」

「おかあさん、わりと楽しみにしてたの、その手紙。面と向かって話すより気がらくだし、近所の人には言えないようなことでも遠慮なく書けるし。それに文章を書くのってボケ防止になるっていうし」

「ボケ防止だなんて」

「ううん。おかあさんたちはもうそういう歳だもん。頭使わないとどんどん錆びてっちゃうし」

「ええ、わかりました。それで」

「そしたら、先月来た手紙に……結婚してほしいって」

「結婚？」

せいぜい会いたいぐらいのことだろうと予想していたので、九野は面喰らった。

「そうなのよ」

義母は立ちあがると、「やっぱりおかあさんもお茶、飲もうっと」そう言って湯呑みを取りにいった。

「それで、おかあさんはどうしたんですか」義母の背中に向かって言った。

義母はそれには答えないで「煎餅（せんべい）、あるけど」と戸棚を開けていた。

「いいですよ、こんな夜中に煎餅なんか。それよりどうしたんですか」

「おかあさんね」義母が湯呑みを手に戻ってくる。「なんかがっかりしちゃって」

「断ったんですか」

「返事書くのやめたの」

「そう」

「急に生々しいものを見せつけられたみたいで」

「ええ」

「こっちはもう新しいことなんか望んでないし」義母は静かにお茶をすすった。「一人でいることにすっかり慣れてるんだから」

九野は何か言おうと思ったが、適当な言葉が浮かんでこなかった。

「こっちが勝手な想像をしてた部分もあるんだろうけど。もっと飄々（ひょうひょう）と生きてる人だと思ってたから、それでがっかりしたの」

黙って義母の手元を見ていた。

「でも、向こうもきっと後悔したんじゃないのかなあ。しばらくしたら電話がかかってきて、申し訳ないって謝ってて」

「ええ」

「おかあさんは、気にしてませんって答えたんだけど、会って謝罪がしたいって。そんな電話がここのところ数回あったのよ。それで出たくなかったの」

「そう」

「それだけのことなの。心配かけてごめんね」

柱時計が二回鳴った。その音が広い家屋の隅々にまで響いていく。

「おかあさん、もてるんですね」

「からかわないの」義母はたたく仕草をし、笑った。

「でも、何事もなくてよかったですよ」

「ありがとう。わざわざ来てくれて。でも忙しいんじゃないの」

「ええ。ここのところ休みがとれなくて」

「薫君」

　義母を見る。口元に柔らかな笑みをたたえていた。

「おかあさんのことなら心配しないでね。身体は丈夫だし。周りの人にもよくしてもらってるし」

「わかってますよ。今日はたまたま、無性に気になっただけで……」

　しばらく沈黙が流れた。義母は九野の湯呑みにお茶をつぎたした。

「おかあさんは」ぽつりと言った「もう一人に慣れたけど、薫君は一人に慣れちゃだめよ」

「なんですか急に」

「いい人、いないの？」

「なに言ってるんですか。早苗が聞いてますよ」

「早苗はもう死んでます」

「そんな……」

「一生喪に服する必要なんかどこにもないんだから」

　また二人で黙った。柱時計の振り子の音が静かに響いていた。

「さてと」義母が立ちあがりかけた。「じゃあ、二階にお布団敷いてあげる」

「あ、いいです。帰りますから」

「帰るって、こんな時間に」

「明日、早いし」

　九野は自分で湯呑みを流しに運ぶと、そのまま玄関に向かった。

　靴を履いて腰を伸ばす。背中に疲労が張りついていた。

「じゃあ、帰ります」

「うん。気をつけて」

　義母はカーディガンを羽織って外まで九野についてきた。車に乗りこむとき、「薫君、ありがとうね」そう言ってはにかむようにほほ笑んだ。

　車を走らせる。坂を下りながらルームミラーに目をやると、義母は通りにまで出て九野を見送っていた。

　その影はなんだか頼りなげで、義母がますます愛しく思えて仕方がなかった。

18

「どうしてわかってもらえないのかなあ」

スマイルの事務室、応接セットのソファで店長の榊原は苦りきった顔をしていた。おそらく店側の用意した雇入通知書に、パート全員のサインを得ることが本社から下りた命令なのだろう。一人でも欠ければ榊原たちの立場が悪くなることは容易に想像がついた。

及川恭子は男三人に囲まれても動じなかった。自分は間違っていないという自信があったし、波風が立つことも怖くなかった。だいいち別の心配事に比べれば、さざ波のようなものだ。

「ほかの人からはみんなご理解いただいているんですよね。及川さんだけでしょう」

「でも、みなさんはけっして理解してサインをしたんじゃないと思います」

恭子は冷静だった。榊原から目をそらさなかった。

「どうしてそんなことが言えるのよ」そして当の榊原はいつもどおり恭子の目を見ようとしない。「ほんと、頼むよ。及川さん」

事務室の社員がそれとなくこちらの様子をうかがっていた。もう自分のことは店中の人間が知っているのだと思った。

昨夜、スーパー側の雇入通知書にサインしなかった旨を連絡すると小室の行動は早かった。今日の朝には恭子の家を訪れ、本城店の用意した書類の詳細を知りたがった。恭子は覚えている範囲で答えたが、やはり有給休暇と退職金を放棄させるのが店側の狙いのようだった。小室は、そんなものは労働基準局に訴え出ればまるで効力はないと鼻息荒く言っていた。むしろ雇用者としての立場を悪くするだけなのだそうだ。そしてあらためて厚生労働省の作成した通知書の見本を手渡してくれた。

「これを突きつけて、これにならサインするって言ってやって」小室は恭子の手を握って言った。「きっと多摩店でもわたしを自宅待機にさせておいて、パートたちに同じ書類にサインさせてると思うの。書面通知だけしておけば、労働省のいう条件明示の義務を果たしたことになるから、不利な条件を押しつけてそれで済ませようって腹なのよ。こうなったら断固戦うわ」

戦うという言葉を聞きながら、恭子は自分からも手を握りかえしていた。恍惚感というのは大袈裟だけれど、奇妙な気分の昂まりがあった。上辺だけの付き合いでない、本当の仲間がいるのだという心強さもあった。

「我々はパートのみなさんとも仲間意識をもって働いていきたいんですよねえ」

池田課長がため息をつく。その声に力はなかった。

「そうそう。だいいち店がつぶれたらあなた方だって職を失うわけでしょう」

店長はひたすら苛立っている。三人のうちの若い社員は黙ってなりゆきを見守っているだけだ。

「それと今回の通知書とどういう関係があるんでしょう」恭子が冷静に言う。「わたしはパートタイム労働法に基づいた条件を提示していただきたいと申しているだけです」

「どこで入れ知恵されてきたのよ、まったく。もしかしておたくの旦那さん?」

「いいえ。主人とは関係ありません」

「パートで有給をよこせとかボーナスをだせとか、虫がよすぎるんだよなあ。そうは思わないわけ」

榊原が髪をかきむしる。上司の言葉が適切でないと思ったのか、池田課長が「まあまあ」となだめて言葉を引きついだ。

「及川さん。あなたが持ってきた労働省の作成した雇入通知書なんですが、これはあくまでもモデルケースであって、必ずしもこの通りのものを作れと言っているわけではないんですよ。それぞれの職場にそれぞれの事情があるわけで、すべての権利を勝ちとれるわけじゃないんですよね」

「でも有給休暇と退職金は、与えるようにと労働省が指導を出してます。あ、それと雇用保険も」

朝方、あらためて小室から教えられたパートの権利だった。小室はワープロで打たれた想定問答集のようなものを持っていて、それを恭子に渡していた。

「やめましょうよ。なにも事を荒立てる必要なんかないじゃないですか。それに指導はあくまでも指導であって、役所だって理想を言っているだけのことですよ。もっと柔軟に物事を考えていただけませんかねえ」

「いえ、義務だって聞いてますけど」

「あのですねえ」池田が軽く目を閉じてかぶりを振った。「そりゃまあうちなんかが労働基準局から睨まれたらひとたまりもないですよ。中小企業はお役所を怒らせたら終わりだし。でもね、及川さん。権利をいうなら、わたしら正社員だってすべての権利を認められてるわけじゃないんですよ。サービス残業だってあるし、有給だって満足に取ってる人なんかいないですよ。この前なんか商品の入れ替えがあって、男子社員は全員徹夜してるんですよね。それでも本店の方から残業枠が決められてるから、わたしら余分な手当なんかビタ一文もらってないですよ。会社ってそういうものなんですよ。杓子定規にはいかないんですよ」

恭子と同年代と思われる池田は、続けて「及川さんのご主人もきっと同じですよ」と言った。

池田は学生が着るような紺のブレザーを身にまとっている。靴はローファー。いまどきアイビーというのが、郊外のスーパーらしいといえばらしいのだが。

「わたしの勝手な憶測ですけど、及川さんはご主人には相談なさってないんじゃないですか。会社がどういうところかわかっている方なら、無理に権利を主張しようとはなさらないと思うんですよ。互いに少しずつ譲り合って、バランスをとっているところがどこの職場にもあるはずなんですよ」

援軍を得たと思ったのか、榊原はうんうんとうなずいている。

「でも、それはあくまでも会社と社員の関係だと思うんです」恭子にとっては予想外の課長の言いぶんだったが、ひるむことはなかった。不思議と頭も働く。「パートというのはその輪には入れてもらってないわけですし、景気が悪くなったら真っ先に切られるのはわたしたちだし」

「あのね、リストラだったら我々の方が深刻なわけですよ」榊原が苦々しそうに口をはさんだ。「それに、言っちゃあ悪いけど、奥さん方っていうの生活がかかってないわけでしょう。いやになったとか身体がきついとかですぐに辞める人だっているし。わたしらそんなことはしたくたってできない。それを同じように有給よこせとか退職金よこせとか言われたって」

「まあまあ、店長」また池田がなだめにかかった。そして恭子の方を向く、「どうですかねえ、職業選択の自由っていうものが誰にもあるわけだし、その、なんて言うか……うちみたいな小さなスーパーじゃなくて、ダイエーさんとかヨーカドーさんとか、そういう大きなところへ行けば、きっと及川さんのお望みのような雇用契約を結べると思うんですよね」

恭子は身体を固くした。きたなと思った。

「不満のある職場で、なにも無理して働くことはないわけだし」

「解雇ということでしょうか」

「いや、そんなことは言ってないでしょう」池田が小さく顔をひきつらせた。「あくまでも提案をさせてもらっているだけですよ。お互いのために」

「解雇ならそれでも結構ですが、そのときは解雇理由を書面にしていただけますでしょうか」

「ほんとにさあ」榊原が語気を強めて言った。「誰に入れ知恵されたわけ。ふつうの奥さんはそんなこと言いださないよ。こっちは雇ってあげてんだよ。こんな近くに職場があって、及川さんだってありがたくてしょうがないでしょう。それとも満員電車に揺られてどっかに勤めに出ますか。主婦にそんなことできやしないでしょう」

「雇ってあげてるっていうのは」その言葉には恭子もさすがに腹が立った。

「いや、それは言葉のあやだから」池田がすぐさま間に入った。「つまり、地域に雇用を提供してるってことなんですよね」

「でも、店長さんは、いま『雇ってあげてる』っておっしゃいました」

「じゃあ失言。取り消し」と池田。

「おまえが勝手に取り消すなよ。おれが言ったことだろう」

「いや、ほら……」

「いやなら辞めりゃあいいんじゃないの。簡単なことなんだよ」

「まずいですよ、店長」

「何がまずいんだ」

「とにかく、少し黙っていてくださいよ」

池田に諫められ、榊原が不機嫌そうに横を向く。榊原は感情のコントロールがうまくできない男のようだった。よくもこんな男を店長にしたものだ。

「ねえ、及川さん。うちらもスーパーだし、地元の人たちと面倒は起こしたくないんですよね。パートのみなさんも仕事を離れればお客さんになるわけだし、スーパーなんてお客さんあっての商売だし、悪い評判が立ったらすぐにそっぽ向かれちゃうし。ほら、こういうのってお互いさまなんじゃないかなあ。うちはみなさんに働いてもらって助かってる、みなさんは近くに働く場ができて助かってる。ギブ・アンド・テイクってやつなんじゃないかなあ」

「ええ、それはわかります。でも待遇改善は誰かが言いださないと始まりませんし」

「待遇改善ってねえ……」池田が手で首の裏を揉んでいた。「うち、そんなに待遇悪いですか。そんなことはないと思いますよ。たとえば、ほら、うちの隣のお弁当屋さん、あそこなんか時給八百円でもう五年ぐらいやってるんですよね。いっさい昇給なし。そういうのに比べたらうちは自発的に五十円ずつ上げてるし、年末になると餅を配ったりしてるし、ま、小さなことかもしれないけど、みなさんのこと考えてるつもりなんですよね」

「でも、わたし、そんなに無理なお願いをしているでしょうか。法律で定められているのなら、その権利をいただきたいと申しているだけですから」

「あなたねえ」またしても榊原が割って入った。「権利権利って、そういうのはフルタイムで働いている人間の言うことだよ。好きなときだけ働いて、小遣い稼ぎして、それでいろんな権利までよこせっていうのは、いいとこどりなんじゃないの、実際の話。虫がよすぎるよ」

「小遣い稼ぎって言われると……わたしたちだって家計を助けてるわけだし」

「だから店長は、ちょっと極端な話をしているわけで」

池田がとりなそうとする。

「何が極端だよ」

「ちょっと店長は黙っててくださいよ」

「もういい」榊原が立ちあがった。こめかみを赤くしている。「あとはおまえに任せる。とにかくだなあ、例外を認めるわけにはいかんのだからな」

榊原は語気荒くそう言うと部屋を出ていった。最後まで恭子の目を見ることはなかった。

「……君も行っていいよ」

池田にうながされ、若い社員も去っていく。

「ねえ、及川さん。どうしちゃったんですか」池田の声がいきなり柔らかくなった。「いままでの及川さんとどこかちがうんだよなあ。ほら、前はぼくらとだって冗談を言い合ってたし。まあ、店長は気難しいところがあるから好きじゃないかもしれないけど、でもやっぱり職場って人間関係じゃない。いまならまだ取りかえしがつくと思うんだよね。あなたが引きさがってくれれば、ああ及川さんもやっぱり話がわかるんだってことになって、これまで通り仲良くやっていけるじゃないですか。でも、このまま頑なな態度でこられると、どうしたって陰口たたく人だって出てくるだろうし、そうなると及川さん、うちの店では働きにくくなると思うなあ。アメリカじゃないんだもん。言いたいこと言って仕事は仕事っていうふうにはいかないでしょう」

池田が両手を広げ、外人のように肩をすくめる。そして恭子の顔をのぞきこみ、「とりあえず今日は保留ってことにしませんか」と言った。

「保留といいますと」

「お互い一晩考えて頭を冷やしましょうってことですよ。なにも今日結論を出さなきゃなんないってこともないし」

「じゃあ明日には結論をいただけるわけですね」

これも小室から言われていた。相手が結論を引き延ばそうとしたら期日を決めるよう求めるようにと。

池田がうーんと唸りながら下を向く。

「わかりました」急に明るい声で言った。「こっちも一晩考えるから、及川さんもちゃんと考えてよね」そしてやけになれなれしく恭子の肩を軽くたたいた。「また、そんな怖い顔して」

緊張がとけたのか一瞬苦笑してしまう。でもすぐに真顔に戻した。

「及川さんってしっかりしてるよなあ。うちの女房とは大ちがいだ」池田が立ちあがって伸びをした。「うちの社員になってもらいたいくらいですよ」

それには答えないで事務室を辞去した。

なんとか渡り合えた。決着はついていないが、押しきられることはなかった。

階段を降りながら、少し足が震えた。安堵とも恐怖ともつかない感情が溢れでて、何度もおくびを吐き続けた。これで一人ならたまらないだろうなと思った。なんだか小室だけがいまの自分を支えていてくれる気がする。

想像していたほど店側は強硬ではなかった。多摩店の小室は、権利を主張した途端に自宅待機を命じられたそうだ。それに比べれば、この本城店はまだゆるやかだ。池田たちはいかにも対処の仕方を知らない様子だった。向こうだって慌てているのだ。

それに、解雇されたところでたいした痛手はない。家計はやや苦しくなるが、そのときはまた別のパート先を探せばいい。こういう気軽さを男たちはずるいと思うのかもしれないが、そういう仕組みにしたのは当の男たちだ。疚(やま)しがることなどひとつもない。

スイングドアのところで割烹(かっぽう)着姿の淑子と鉢合わせし

店内に入るとレジのボックスに立ち、キーを差しこんだ。店はまだ混んではいない。久美が遠くのレジから笑みを投げかけてくれた。やや気が晴れた。

榊原の悪感情のこもった顔が脳裏に甦る。引きかえせなくなったなとそっと奥歯をかみしめた。これからは毎日が針のむしろだろう。でもいい。言いたいことも言わないで生きているよりはずっといい。

そんな考え事をしながら、しばらくは、まばらにやってくる買い物客の応対をしていた。商品を右のかごから左のかごへと移し替え、現金を受けとり、お釣りを渡す。

胸の底はずっと澱んだままだ。その理由はわかっているのだが、わざと避けることにした。夫のことに少しでも考えが及ぶと、憂鬱どころの騒ぎではなくなる。

「及川さん」

その声に顔をあげると、レジの前には表情を曇らせた池田が立っていた。

「申し訳ないけど、すぐにレジを締めてもらえますか」

「あ、はい」

かごを立て、クローズの印を出して最後の客の精算を済ませる。池田が目で合図をするのであとについていった。

「あ、及川さん、どうなったの」興味津々に聞いてくる。

「今日のところは結論が出ないみたい」軽く笑んで答えた。

「サインはしたの」

「ううん。しないつもり」

「強いわあ、及川さん」

「そんな」

「わたしら抵抗しようなんてまったく思わないもの。ねえねえ」腕をつついてきた。「パートでも有給とか退職金がもらえるって本当のことなの」

「そう。パートタイム労働法っていうので定められてるの」

「ふうん」淑子は尊敬の混ざった目で恭子を見上げている。「じゃあ及川さんが頑張ってくれると、わたしらも有給がもらえたりするんだ」

かちんときたが顔には出さなかった。たぶんともに戦おうという女たちは現れないのだろう。小室は内部に協力者を作るように勧めたが、今のところ恭子にその気はない。孤独な闘争で結構だ。

た。

明るい店内を出て薄暗い通路を歩く。着いた先は段ボールが高く積みあげられた倉庫だった。

「及川さん」池田が向き直る。「ぼくは隠し事をしたくないから全部正直に言います」

「はい……」

「本店からの指示なんですよ。悪く思わないでくださ い。今日から当分は倉庫係をお願いします」

すぐには言葉が浮かんでこなかった。じっと池田の目を見つめる。たいした驚きはなかった。小室も言っていた。店側がもっとも恐れるのはほかのパート主婦を扇動されることだ、と。恭子を隔離しようとするのは当然のなりゆきなのだろう。

「契約違反だとか、そんなふうには思わないでくださいね」

「ええ」落ち着いて返事することができた。

「及川さんを雇い入れるとき、レジ業務を特定して契約したわけではないですから」

「……と言うより、何の契約も結んでいませんよね」

「そうですね」池田が力なくほほ笑んだ。「ご理解いただいて幸いです」

「でも、納得はしてないんですけど」

「そうでしょうね。ぼくだって女性の方に力仕事なんか頼みたくないですよ。心が痛みますよ。うちの女房と同年代の人に、どうしてこんなことがさせられますか」

「気にしないでください。やりますから」

「怒らないんですか」

「大丈夫です」

段ボールの山を見ていたら、なんだか悲しくなった。これが現実というものだ。

「どうして怒らないんですか、ぼくが及川さんの立場だったら怒りますよ」

「でも……」

「ぼくもこれはないだろうと思ってるわけですよ。本店に報告したら、すぐにレジを外せっていう命令がきて、ぼくはその必要はないって抵抗したんだけど」

「ありがとうございます」

「お礼なんか言わないでください。ほんとに申し訳ないんだけど、これが会社ってところなんですよ。ぼくみたいな一介の中間管理職にはどうすることもできないわけで、上から命令が下ったら……」

「いいです。わたし平気です」

「言っておきますけど、ぼくは反対したんですよ。パートの女性にこんなことをさせたら、ほかのパートの主婦からも反感を買うって」

「だから、わたしは平気です」

池田は額に手を当てると天井を仰いだ。

「及川さん、知ってますよね」

「はい？」

「多摩店でパートをやってる共産党系の市民運動家が、雇用条件に異議を申したてたことを。及川さん、その人と会ってるわけですよね」

「ええ、会いました」もう隠しだてすることではないと思った。

「考え直しませんか」

「いいえ」かぶりを振った。「わたし、間違ってるとは思ってませんから」

「もちろん間違ってるとは思いませんよ。正しい要求かもしれません。でもね、職場ってそういうところじゃないんですよ。長いものには巻かれろって諺（ことわざ）があるじゃないですか」池田が真剣な眼差しでしゃべっている。

「これは別に否定的な意味で言ってるんじゃないですよね。いやな言葉だけど、世渡りってとても大切なことじゃないかなあ。及川さんが要求を下げてくれたら、ぼくでできることは何でもしますよ。売れ残った生鮮食品なんかは、ぼくの権限で無料で配ってもいいし」

「あの、わたし、ここで何をすればいいんですか」

これ以上無駄な話はしていたくなかった。とっくに覚悟はできている。

池田は恭子を正面から見据えると、また盛大にため息をついた。

「じゃあ、あとしばらくしたら明日分の商品の搬入がありますから、それを奥から順に積みあげて……」

池田が仕事の説明を始める。恭子に動揺はなかった。心のどこかに諦観じみた感情があり、今の自分は何にでも耐えられそうな気がした。

自分を試すいい機会だとも思った。結婚してこのかた、ずっとぬるま湯に浸かってきた。一度くらい、自分にどんな力があるのか知ってみたい。たとえその動機が逃避からくるものだとしても。

「及川さん、何か困ったことがあったらぼくに相談してください。気が変わったときも」

池田は真顔でそう言い、丁寧に腰を折って去っていった。

最初は懐柔しようとしているのかと警戒していたが、どうやら池田は人のよい男のようだった。上司と現場の板挟みになり、彼自身も困っているのだろう。

倉庫に突っ立っていたらトラックがバックする警告音が聞こえた。入り口がトラックの荷台にふさがれ辺りが暗くなる。

若い社員たちが数人現れ、手際よく荷台の商品を降ろしていった。

恭子もその流れ作業の列に加わる。若者たちは当初ぎょっとしていたが、すぐに関心を示さなくなった。

力作業は久しぶりだ。たちまち額に汗が浮きでて、恭子はハンカチでそれを拭った。

明日からは化粧をするのをやめよう。そしてスカートを穿くのも。

恭子は黙々と作業をこなしていった。

家に帰ってからは花壇造りにいそしんだ。子供たちは外に遊びに出かけたので、一人で鍬をふるい土を耕した。病院の見舞いは休んだ。毎日毎日来られると、茂則だって話すことがなくて困るだろう。一応、電話で看護婦に行けないという伝言だけは頼んだ。

花壇を囲うレンガは、最初は縦にして埋めるだけのつもりでいたが、せっかくだから横に積みあげることにした。

そのほうが見た目もきれいだし、なにより時間をかけられる。

何かに熱中していないと、恭子は自分が保てない。

19

朝の捜査会議で、九野薫は服部とは並ばないで座った。時間ぎりぎりに滑りこんだこともあるが、無言の抗議の意味もあった。及川の件をさんざん引き延ばしておいて、その報告を自分にさせようというのは、やはり納得がいかなかった。

会議では発言することもなかった。もっとも朝の会議は朝礼に毛が生えた程度のもので、今日も管理官が険しい表情で指示を出しているだけだ。

「清和会の構成員について、いまだ所在のつかめない者が数人いるようだが、周辺の署の協力をあおいでも突きとめるように」

幹部を追及しても何も出てこないので、一部跳ねっかえりの単独犯行という線まで洗うことになったらしい。

所轄暴力犯係の捜査員たちは、清和会の取り調べにとっくに疑問を抱いている。本庁の刑事とちがい、地元暴力団とはつながりが深く、互いに取引をしている部分もある。ここまで粘るケースは通常考えにくいというのが彼らの心証だ。

同じ係の佐伯や井上はすっかりやる気をなくしている。本庁から来た四課の管理官が、最初に頭に血を昇らせたのがそもそものボタンの掛けちがいなのだと、地取りにも身が入らない様子だ。

会議が終わると服部が近づいてきた。「おはようございます」といつもどおりの口調で会釈し、昨夜、夜張りを抜けたことについては何も言わなかった。

及川の件を幹部に知らせることについては、ごく事務的に耳打ちしてきた。

「じゃあ九野さん、おたくの課長には及川を参考人として呼びたいという切りだしで……。相談をもちかけるといった感じがいいと思います」

ご丁寧に打ちあけ方までアドバイスされた。

そして服部は、自分は喫茶店で待っていると一人階段を降りかけた。

「服部さん。それはないでしょう。せめて同席してくださいよ」

すかさず呼びとめた。この男の考えていることがわからなかった。

「同じ署員同士のほうが本音の話ができるでしょう。本庁の人間はいないほうがいいですよ」

「そんな」

「いいじゃないですか。昨夜のことは不問にしますから、これでおあいこにしましょう」

「おあいこって……」

「ところで、おかあさんはどうだったんですか」

「いや、こっちの勘ちがいで何もなかったですが」

「自分より若いおかあさんだったりして」

「はい？」

「いいですよ。堅いことは言いませんから」

「おかしな勘ぐりはやめてくださいよ。ほんとに——」

九野は不愉快さを隠さずに抗議したが、服部には悪びれた様子もなかった。「それじゃあ」と薄い笑みさえ浮かべて階段を弾むように降りていく。その背中に向かって舌打ちしたが、この男には通じそうもなかった。

てのひらで顔をこする。仕方なく九野は、捜査員たちが引きあげていくなか廊下に立ちどまり、刑事課の課長である坂田を目で探した。

そして背の低い、けれど肩幅だけは異様に広い坂田と目があったとき、その視線があらかじめこちらに向けられていることに気づき、おやっと思った。坂田も自分に用があるのだとすぐにわかった。なぜか坂田は口元に不自然な笑みをたたえていた。

「おい、九野。ちょっといいか」

そう言って顎をしゃくる。早足に先を行くので黙ってついていった。シャツのうしろ襟の汚れが目についた。泊まりこみが続いているのだろう。

「参考人名簿ぐらいちゃんと記載しろよ」軽く振りかえって明るく言う。

「いや、実はそのことで」

「うん?」

「ハイテックス関係でちょっとお耳に入れたいことが」

「……ああ、それはあとでいい」

坂田は空いている取調室に九野を通し、うしろ手にドアを閉めた。

「まあ、座ってくれ」

よくない話だと直感で思った。机に向かい合うと途端に坂田は視線をそらせた。

「実は、おまえが過日、高校生相手に怪我を負わせた件についてだがな」坂田は机の上で自分の指をもてあそんでいる。「その……これは形だけなんだが、別の者が取り調べをすることになってな」

九野が眉間にしわを寄せる。すぐには言葉の意味がわからなかった。

「形だけなんだ。おまえの悪いようにはしない」

「本庁の監察室ですか」

「いや、そうじゃない。うちの暴力犯係だ」

「どういうことでしょう」

「だから一応調書を取ってだな」

「……つまり、わたしは傷害事件の被疑者になるわけですか」

「まあ平たく言えばそうだが」

「平たくもなにも、そのままじゃないですか」思わず語気を強めた。

「大丈夫だ。起訴にはならん」

「だったら取り調べの必要などないでしょう。だいいち、わたしは少年の被害届を取り消させるために動いてるんですよ」

「それはもういい。宇田係長に任せる」

「どういうことですか。ちゃんとした説明をしてください」

坂田はひとつ咳ばらいをすると、「そんなに怖い顔するなよ」とわざとらしく目尻をさげた。

「それから、一応書類をそろえるために、これも形だけでいいんだが、退職願を書いてくれるか」

耳を疑った。言葉を失っていると、坂田は「形だけだから」と、何事でもないように繰りかえした。

「ご冗談でしょう」答えながら、こめかみが小さく痙攣する。「どうしてわたしが退職願を書かなきゃならないんですか」

「頼むわ。な、九野。絶対おまえの悪いようにはしないから」

「わたしは副署長から、少年の被害届を取りさげさせるように言われてるんですよ。それがどうして……。もしかして工藤さんの命令ですか」

「それは言えない。とにかくこの件に関してはおれが処理することになったんだ」

「そんな無茶な」

「な、おれの立場も考えてくれ。必ずうまく収めるから」

「うまく収めるって……」

「それにおまえ、もう一人別の少年の腕も骨折させてるんだろう」

「誰が言ったんですか」顔が熱くなった。

「そっちの被害者も昨日来たんだ。もちろん届けは受理せず預かりにしてあるんだがな」

警官に暴行されたという届けなど身内が受けつけるわけがないので、それには納得できた。身内の不祥事は全力でもみ消すのが警察組織の鉄則だ。花村はその場にいられなかったのだろう。

「おまえにしたって、本庁の監察記録に残るよりはましじゃないか」

「それはそうですが」

「じゃあ、ひとつ頼むよ」

「いやですよ。いやに決まってるでしょう」

「そう言うなよ。おれの立場もわかってくれ」

「そんな……」

「一身上の都合って書いてくれればいい」

「課長。わたしだって警察は長いんです。そうやって実

「おまえを辞めさせはせんよ」坂田が急に真顔になって言った。「取り調べも形だけだ。もしかすると戒告とか減俸とかはあるかもしれんが、たいしたことじゃないだろう」

「……わけは教えてもらえないんですよね」

「わけなんて何もないさ」

「じゃあ課長の名で一筆書いてください。自分の依頼によって書かせたものだと」

「馬鹿言うな。そんなもん書けるか」

「形だけですから」目を細めて言った。

「ふざけるなっ」坂田がいきなり声を荒らげた。「貴様、上司をおちょくる気か。いやなら内勤にするぞ」坂田はこめかみを赤くし、九野を正面から見据えている。

「そもそもおまえが蒔いた種だろう。手帳を見せれば追っ払えるものを、ガキの喧嘩の相手なんかしやがって。尻拭いするおれの身になってみろ。誰が好きこのんで部下の退職願なんか預かるもんか」指先が小さく震えていた。

九野が気圧(けお)された形で黙る。坂田は自分の怒鳴り声に興奮したのか、一呼吸おいてまた言葉を連ねた。

「おまえは独り者だから強気だな。そうだよな、独身な

際退職に追いこまれた例をいくらだって見てきたんですよ。冗談じゃない。たしかに少年たちに怪我を負わせたのは事実ですが、向こうが先に手を出したんですよ」

「それはわかっているさ」

「わかっているならどうして。些細なことじゃないですか。交通課(コウツウ)の連中が暴走族を痛めつけたとか、生活安全課(セイアン)の連中が補導した少年を道場で締めあげたとか、この手の案件はいくらだってあるでしょう」

「だから何度も言っているだろう。形だけだ。ある種のしきたりみたいなもんじゃないか。絶対おれが悪いようにはしない」

坂田がなだめるように言う。

九野は大きく息をつくと背もたれに身体を反らせた。なぜ自分がこのような立場に立たされることになったのか、なんとか考えようと目を閉じ、小さくかぶりを振る。頭がうまく回らなかった。少年のうしろに有力者がいるとは考えにくく、自分が煙たがられる存在だとも思えなかった。ただひとつだけはっきりしていたのは、上司の命令は宣告に近いということだった。抵抗を試みながらもそれが無駄であることは、警察組織の人間たる九野自身がいちばんよくわかっている。

ら怖いもんはないだろう。自分の面倒を見ればいいだけだからな」つばきがテーブルの上に飛ぶ。「おまえ、本当はいつでも辞めてやるって気でいるだろう。そういうのは伝わるんだ」

「まさか。刑事なんか潰しはきかないし、リストラされやしないかってひやひやものですよ」

「嘘をつけ。八王子の土地持ちが。おれだって本庁に知り合いぐらいいるんだ。情報だって入ってくるんだ。何がリストラが心配だ」

「八王子？　何のことですか」九野が眉をひそめる。

「……あ、いや」坂田が急に声のトーンを落とした。ばつが悪そうに九野から目をそらす。「すまない……今のは取り消しだ。忘れてくれ」額には汗をかいていた。

「課長、いったい何のことですか」

「だからすまなかった。おれもどうかしてんだ」坂田は手の甲で額の汗を拭うと、大きく息を吸った。「ここんとこ本庁とうちとの関係がうまくいってなくてな、間に挟まれて気が立ってたんだ。つまりその……疲れてんだ。一週間、帰ってないしな」

坂田がそんな弱音を言うのは初めてだったので、少し意外な気がした。それにしても坂田は何のことを言ったのか。

「なあ、おれの頼みを聞いてくれるか」

「あ……ええ」九野は静かにうなずいて返した。

納得はしていないが、軽いあきらめがあった。花村が間違いなく辞めさせられるように、組織に抵抗して勝った人間はいないのだ。

「明日でいい。調書は空いている時間に係の人間と作ってくれ。本当に形だけだ。どっちもおれの部下だしな。だからハイテックス関連の捜査はこれまでどおり続けてくれればいい。……ああそうだ」思いだしたように顔をあげた。「おまえ、ハイテックスのことで何か話があるって言ってたな」

「はい、実は……」憂鬱な気持ちを抱えながら、話すタイミングとしてはちょうどいいかと妙なことを思った。

「放火のあった同日、ハイテックス本城支社に本社からの会計監査が予定されていたことがわかりました。第一発見者の及川茂則は経理課長です」

「会計監査だと」坂田がぎょろりと目を剝いた。

「一度参考人として呼んでみたいのですが」

「貴様、今日は何日だ」

「ですから、たぶんハイテックスの社員は気にも留めてす」

「まったくもう……」低く呻き、両手で髪を引っ詰めるようにして押さえつけていた。「二件目はどうなんだ。それも第一発見者が臭うのか」

「その前日、妻に車を病院まで運ばせてます。確認済みです」

「本庁の野郎だな」

「はい？」

「あのひょろっと背の高い一課の男だ。あの野郎が引き延ばしやがったな」

「いえ、そんなことは」

「おまえ知ってるか」

「何をですか」

「四課の元気のいい奴が、取り調べ中に清和会幹部の鼻骨を折っちまいやがった」

「わたしよりやるじゃないですか」

「馬鹿野郎。ますますひっこみがつかないんだよ」

「たかがやくざに遠慮することもないでしょう」

「メンツの問題だ。それに弁護士も騒いでやがるんだ」

坂田はたばこに火を点けると、険しい顔で横を向いて何やら思案している。


なかったのでしょう」

「ふざけるな。答えろ。今日は何日だ」今度は顔全体を赤くする。

「四月の六日ですが」

「事件から十日も経って報告することか」

「向こうも重要なことだとは思ってなかったみたいです。それに本社の総務もあまり協力的ではなくて……」

坂田は黙ったまま耳をほじると、その指先をじっと見ている。

「こちらが退職者を優先して洗っていたということもあるのですが」ここは嘘を言った。

「で、どうなんだ。おまえの心証は」

「灰色です」クロと答えたかったが躊躇した。「支社をもう一度あたってみますが、小さな横領をしていた疑いがあります」

「なんだと」坂田が顔をしかめる。

「おそらく在庫品の横流しでしょう。支社内では噂になってます。流した先もほぼ特定できてます。本社は知らぬ存ぜぬですが」

「ほかにわかってることは」

「及川の当夜の宿直は予定外で、本人が申しでたもので

「それで、及川を一度参考人として呼びたいのですが」

「ちょっと黙ってろ」紫煙をくゆらせ考えごとを続けていた。

こんなときなのに欠伸が込みあげてきた。腹に力を入れてかみ殺す。窓枠にはめ込まれた鉄格子が壁に影を映しだしていて、ぼんやり眺めていたらますます瞼が重たくなってきた。

昨日の睡眠時間を思った。たぶん横になっていたのが合計四時間ほどで、眠りに落ちていたのはその半分程度のものだろう。またしても薬が欲しくなった。

「管理官にはおれから言っておくが、第一発見者を参考人として呼ぶのは待て」坂田が低い声で言った。

「でも相手はど素人ですし、もしやったのなら、呼んでちょいと揺さぶれば」

「いいから言うとおりにしろ」不機嫌そうにたばこをもみ消す。

「泳がせろってことですか」

「ああ、そうだ」

「そうする意図がわからないんですが」

「命令だ。それまでちゃんと見張ってろよ」

坂田が立ちあがる。灰皿を手に九野を見おろし、「だから本庁の連中は好かねえんだ」と吐き捨てた。

「それから書類は明日書いて持ってきてくれ」

退職願とは言わずに、書類と言葉をはぐらかした。

坂田が肩をいからせて部屋を出ていく。九野は自分の置かれた立場を思ってみたが、事の重大性については正直なところ判断がつかなかった。警察組織の理不尽さはわかっているつもりでも、辞めさせられる理由などどこにもないだろうと自分に言い聞かせている。


「タイミングをずらしたいんでしょう、きっと」

服部は喫茶店のソファで長い足を組んで言った。九野が課長とのやりとりを聞かせると、及川を泳がせる理由に関して、時期の問題だと推察したのだ。

「清和会を締めつけるだけ締めつけておいて、はい人ちがいでしたじゃ連中も面目丸つぶれでしょう。少しは間をあけないと」そして愉快そうに白い歯を見せる。「藤井の馬鹿だろうなあ、幹部の鼻の骨を折ったっていうのは。目に浮かびますよ。すぐかっとなって被疑者を殴りとばすような単細胞だから」

服部はコップの水を飲み干すと、ソファに深く身を沈めた。九野はモーニングサービスのトーストにかじりついている。もっさりとしてなかなか喉を通らなかった。

及川の件を九野一人に報告させたことについて、服部は申し訳なさそうな顔ひとつしなかった。どうでした、と尋ねる物言いは、まるで麻雀の結果でも聞くような軽さだった。

「我々も、そろそろらくができるかな」と服部。

「らくができるとは？」

「上層部がぼくらだけにやらせるわけがないでしょう。ハイテックスの洗いだしには別の班が組まれるんじゃないかな。手柄の匂いがするところには、わっと寄ってくるもんですよ」

「まあ、確かに」

「及川は今日、退院だそうです。さっき病院に問い合わせました。さっそく家庭訪問といきましょう」

「……わかりました」

「いや、それより病院の前で快気祝いでもしてやったほうがいいかな」

及川の妻の顔が浮かんだ。夫が退院となれば当然妻も迎えに来ていることだろう。

「こっちは何でも知ってるぞってところを見せたほうがいいでしょう。声をかけるだけでも及川は動揺すると思うんですよ」

ついでに妻の顔もこわばるにちがいない。

「いっそ観念してくれるとありがたいんですけどね。管理官に伝わったとなりゃあ待つ必要もないし」

九野が食べ終わるのを見ると、服部が伝票を手に立ちあがった。「こっちの経費で落としますよ」そう言ってレジに歩く。気のせいかその足取りは軽やかに見えた。

喫茶店を出て車に乗りこんだ。多少は遠慮があるのか服部がハンドルを握った。街路樹の桜はすでにあらかた散っていて、ところどころに緑の芽が吹いている。どういうわけか、またしても及川の妻のことを思った。あの家族も今年は花見をしていないだろう。子供は春休みだったが、行楽地にも行けないでいたのだ。

「服部さん。子供がいたら声かけるのやめましょう」九野はそんなことを口にしていた。

「どうして」

「いい趣味とは言えないでしょう」

服部はしばらく黙ったのち「了解」と答えた。続けて「情けは禁物なんだけどな」とひとりごとのように言った。

車は病院の駐車場に入れた。職員や見舞い客の車ですでに半分ほどが埋まっている。正面玄関が見渡せるスペースに入れた。そして一旦車から降りてあたりを見渡すと、及川の白のブルーバードがすでに停めてあった。おそらく妻が迎えに来ていて、退院の手続きでもしているのだろう。

「会社の人間は来てるんでしょうかねえ」

九野は助手席の窓を開けた。外の空気を入れて眠気を覚ましたかった。

「どうでしょう。支社の人間は触らぬ神に祟りなしだろうし、本社には頭痛のタネだろうし。来ないんじゃないですか。組織なんてそんなもんでしょう」

ふと横を見ると、二十メートルほど離れたところにワゴンが停まっていた。病院の駐車場にはふさわしくない大型のもので、窓には黒いシールドが張られていた。

「及川も一生冷や飯暮らしになるわけか」服部がつぶやいている。

なにげなくその方向に目をやっていると、真ん中の窓が三分の一ほど開き、そこから何かのレンズがのぞいた。人影も見える。

「おっ、出てきましたよ」

服部に言われて視線を移す。病院の正面玄関に及川が家族とともに現れた。子供たちの笑い顔が目に飛びこんだ。

「あーあ。ガキがいやがる」服部が舌打ちする。「でも、やっぱり声だけでも――」

「服部さん。テレビ局が来てます」九野が言った。ドアのレバーに伸ばしかけた服部の手が止まる。「駐車場の奥です。大型のワゴン。窓からレンズがのぞいてます」

そのとき別の方角からかすかなシャッター音が響いた。あわてて振りかえると、数メートル離れた車の陰にカメラをかまえた男の姿があった。

「なんてこったい」服部が顔を歪めた。「おれたちゃ朝からつけられてたのか」

二人で車から降りた。

「ほかにもいますか」と服部。

「いや、二社だけのようです」周囲を見渡したが、ほかに変わった様子はなかった。

「じゃあ九野さんはワゴンを頼みます。ぼくはカメラマンを追っ払います。あいつは東京タイムスの野郎だ」

九野は身を低くすると車を離れ、半円を描くように遠回りしてワゴンへと向かった。やはり子供のいる前で及川に気づかれたくはなかった。

車の間を縫うようにして足早に進み、裏側からワゴンに近づく。向こうも九野たちの動きを視野に入れていたのか、こちらが声をかける前に助手席の窓が開き、報道記者と思われる男が顔を出した。

「あんたら、どこの社だ」

「NBCです。及川の逮捕状が出たそうですね」

まだ二十代半ばとおぼしき記者が、どこで覚えたのか一丁前にカマをかけてきた。

「ふざけるな」九野がとがった声を出す。

「でも請求はしたんでしょう」

「聞いたふうな口を利くな。退院したんであらためて事情を聞くだけだ」

「放火のあった当日はハイテックス本社からの会計監査が予定されていたそうですが」

「それよりカメラを止めろ」

「第一発見者の当夜の宿直は自ら申し出たものだそうですね」

「いいからカメラを止めろ」

記者はしばらく黙ると、身体を捻り、後席のカメラマンに手で合図をした。カメラが降ろされ、窓が閉められる。

そのとき、ワゴンのすぐ前を及川とその家族が通り過ぎていった。親子四人で楽しげに歩いている。顔をそむけ、視線を合わさないようにした。

一家のうしろ姿にそっと目をやる。男の子が父親にまとわりつき、甲高い笑い声がこちらにまで届いた。そして四人の乗りこんだ乗用車はゆっくりと駐車場から出ていった。

首を伸ばして通路の反対側を見る。服部がカメラマンの前に立ちはだかっていた。

「九野さん」記者が口を開く。「及川を任意で呼ぶ予定だったんじゃないですか。いいんですか、行かせて」

「そんな予定はない」

「家宅捜索のほうはどうですか」

若い記者がメモ帳を広げて、九野の次の言葉を待っている。ペンを持つ指は子供のように幼かった。

ひとつ息をついた。あまり頑(かたく)なな態度はまずいと思い、口調を変えた。

「そんな予定はないよ」苦笑いも浮かべた。「あんたら、あんまり先走ったことしないでくれよな。子供まで撮っただろう」

「もちろん人権には配慮します。それに映像は逮捕時まで流しません」

「それが先走ってるっていうの。第一発見者はあくまでも大勢いる参考人の中の一人なんだから」

「でも重要参考人ですよね」

「重参(ジュウサン)でもないさ」目を伏せ、もう一度笑ってみせた。

これ以上しゃべって言質をとられたくないので、九野はその場を離れることにした。

離れ際、振りかえって「おれらをつけてたの?」と聞いた。

「内緒です」

おそらく駆けだしなのだろう、まだうっすら伸びた髭(ひげ)も産毛(うぶげ)に近いような記者が、硬い表情で答えていた。

車に戻ると、ボンネットに腰をおろした服部が外人みたいに首をすくめていた。

「これは報告したほうがいいかな」

まるで他人事でもあるかのように、眩しそうに春の陽を浴びている。

その夜の会議で、管理官は第一発見者について何も触れなかった。手短に清和会への家宅捜索の指示を出すと、あとはもっぱら四課の部下の報告に聞き入っていた。

九野とは目を合わせなかった。と言うより眼中にないのだろう。服部には一瞥を投げかけ、かすかに表情を険しくしていた。

夜張りを解除したのは坂田課長の命令によってだった。若い奴をあててやると、なぜか九野を気遣うようなことを言った。

そして久しぶりに早い時間に、自宅マンションに帰ると、脇田美穂がエントランスホールにたたずんでいた。

「ああ、よかった」美穂が声を発した。「署に泊まりだったらどうしようと思ってた」

天井からの白熱灯を浴びて、顔に濃い陰影がある。

「ねえ、ちょっと話聞いてよ」

影ではない。美穂の目の縁には青い痣(あざ)ができていた。

「どうした、その顔は」

「聞かなくたってわかるでしょう。あのおやじ、狂ってるよ」

「花村か」

「そうよ」美穂が顎を突きだす。「どうしてくれるのよ。当分お店にも出られないじゃない」

九野はそれには答えないで屈みこみ、「医者には行っそばにあったタオルに水を含ませ目に当てる。居間に移動してソファに腰をおろし、ため息をついた。

「この部屋、たばこ吸っちゃいけないんだっけ」

「いいよ」戸棚にしまってあった灰皿を出してやった。

美穂は細いメンソールたばこに火を点けた。赤いマニキュアが目に飛びこむ。

「女に暴力をふるうとは許せんな」ありきたりの慰めを口にした。

「でしょう。やっぱ九野さん、やさしい」唇をすぼめて紫煙を吐いた。その仕草は水商売の女そのものだった。「もう家に来ないでほしいって言ったら、おれに内緒で九野と会ってるだろうって。疑ってんの。頭に来て『そんなのわたしの自由でしょ』って言ったら、ものも言わずにパンチが飛んできて、それで逃げてきたの」

「おい……」ゆっくりと血の気がひいていった。「なんで否定しない」

「だって、いいかげんいやになったんだもん」

九野が立ちあがる。耳を澄ました。

「どうしたの」

「黙ってろ」

たのか」と顔の痣に触れた。

「もう閉まってるよ。明日にでも行く。それよりわたし被害届出すから、九野さん手続きしてよね」

「おれが?」

「だってわたし、署には行きづらいじゃない。知った顔ばっかだし。九野さんが調書取ってなんとかしてよ」

「そんなことしたら、花村氏、余計に狂っちまうぞ」

「知らないよ、そんなこと。どうせ馘なんでしょ」

「しかし……」

「ねえ、今夜泊めてよね」美穂は急に甘い声を出し、九野の腕をとった。

「まずいよ」

「じゃあわたしどうするのよ。あのおやじ、うちの合鍵持ってんだよ。ねえお願い」そう言って腕を揺すっている。

とりあえず部屋に入れることにした。もっとも泊めるつもりはない。花村が知った場合どうなるか容易に想像がつく。二人でエレベーターに乗った。

美穂は部屋に入るなり洗面所に駆けこみ、鏡を見て「うわっ」と声をあげた。

「さっきより黒くなってる。ひどいよ、これ」

そっと玄関まで歩いた。レンズに目をあて外をのぞく。何も映ってはいなかった。念のためにドアを開けてみる。夜風が入りこんできた。

そのまま外廊下に立ち、手摺りから下を見る。街灯の下に人が立っていた。

花村だとすぐにわかった。こちらを見ている。

調べて来たのか。同僚の住所ぐらいすぐに割れる。

二十メートル以上離れているはずなのに、目の色までわかった。

脱力感に襲われた。馬鹿は手に負えないな。心の中でつぶやいていた。

花村が踵をかえす。ゆっくりと離れていき、道に停めてあったベンツに乗りこんだ。野太いエンジン音が静かな住宅街に響き渡った。

「ねえ、どうしたの」部屋の中から美穂の声がする。

九野は部屋に戻り、不安げな顔の女に「泊まっていってもいいぞ」と言った。

美穂の表情が愛らしく緩んだ。

20

台所で葱を刻むと、青い匂いが鼻の奥をつんとさせた。及川恭子は包丁を入れた野菜や焼き豆腐を手際よく皿に盛っていく。肉は奮発して和牛の霜降りを七百グラムも買った。

夫の快気祝いはすき焼きにした。病院食で十日あまりも脂っこいものから遠ざかっていた茂則が肉を食べたいと言いだしたからだ。子供たちは大よろこびで、恭子自身も支度がらくで助かった。

リビングでは茂則が子供たちと遊んでいる。両手は包帯を巻いたままだが、もう痛みはないらしい。入浴もさっき済ませた。腕ごとビニールを被せ、水が入らないようにバンデージでとめてやったら、一人で器用に頭も洗っていた。本社勤務になったことは病室で一度聞いただけだが、それ以上この話題に触れるのはやめにした。

「おかあさん、まだ?」健太がキッチンをのぞいて催促する。

「もうすぐ。テーブルにホットプレート出してくれる」

「うん、わかった」

健太が流し台の下の棚から取りだそうとすると、すかさず香織が駆けてきて同じように手伝おうとした。ぼくがやる、わたしがやると姉弟で言い争いをしている。

「じゃあ香織はお皿を並べてちょうだい」

二人の子供たちが楽しげに夕食の準備に加わるのを見て、茂則が「あれ。どういう風の吹き回しだ」とからかった。

「おとうさんのいない間、香織も健太も家のこと手伝ってくれたんだよ」

「そうかあ、二人ともえらいなあ。ご褒美にゲームソフトでも買ってあげようか」

茂則が相好をくずす。香織と健太が小躍りしてよろこぶ。そんな家族を見ながら、恭子はまるですべてが元どおりに戻ったような気になった。

すき焼きの鍋を囲んで、茂則はビールを飲んだ。勧められて恭子も飲んだ。血管の隅々にまでアルコールが行きわたり、頭が心地よく痺れた。コップ一杯のつもりだったが、茂則におかわりをねだった。

「おかあさん、顔赤い」香織に指を差され、みんなで笑う。

茂則が葱を食べようとしたら中の身がするりと抜けおち、またみんなで笑った。

「香織も健太も春休みの宿題はやったのか」と茂則。

「春休みは宿題ありませんー」香織が鼻の頭に皺を寄せて答える。

「そうか、香織は今度四年生になるんだ」

「ぼくは二年生」負けじと健太も口をはさんだ。

「じゃあまた新しい友だちができるな」

「残念でした。クラス替えは二年に一回ですー。おとうさん、なんにも知らないんだから」

香織にやりこまれて茂則が頭を掻く。本当にすべてがあの日の前に戻ったような団欒だった。

食べきれるかどうか心配だった肉だが、きれいになくなった。茂則に食欲があったので小さく胸を撫でおろした。自分はといえば、三切れも食べたら胃が求めなくなったのだが、無理をして押しこんだ。食欲がないと家族に心配されたくない。

夕食後は丁寧に流し台を磨いた。今夜はろくに使っていないので汚れはないのだが、もはやここ数日の日課になっていた。何かをしていないと落ち着かないのだ。

子供たちが風呂に入っている間、茂則はテレビのプロ野球中継を見ながら水割りを飲んでいた。「アルコールがずっと切れていたから」夫はそう言ってグラスや氷を自分で用意した。

カウンターを挟んだキッチンとリビングで言葉のやりとりはないが、さほど不自然ではなかった。四月からプロ野球が始まってよかったと恭子は思った。これが先月までなら、夫もすることがなくて困っただろう。自分も会話を捻りださなくてはならない。

子供が二階に上がる時間になって、恭子は風呂に入った。できるだけゆっくり浸かろうと、少し水を加えて湯の温度を下げた。寝室には布団が敷いてあるから、眠くなれば茂則は勝手に寝るだろう。浴槽のへりに頭を乗せて軽く目を閉じた。

とりあえず最初の夜はこれでほぼしのいだ。なぜかそんなことを思った。

そして一人になれた安堵を一瞬だけ味わうと、その油断をあざ笑うかのように、胸の中で黒い何かが首をもたげた。

昼間の記憶がよみがえる。思わず頭を左右に振ってみたがもう遅かった。胸に刺すような痛みが走り、たちまち暗い気持ちがふくらんでいく。

今日、病院の駐車場にいつもの刑事がいたのだ。二人とも背が高いのですぐにわかった。なんとか気づかないふりをしたが、背筋は凍りついていた。

さらに、もし自分の見間違いでなければ、カメラのレンズがあった気がする。ひとつはワゴンの中から、もうひとつは車の間から望遠レンズを向けられた。あれはいったい何だったのだろう。想像もつかないが、夫を被写体にしていることは確かに思えた。少なくとも、彼らは今日が茂則の退院日であることを調べていたのだ。

軽い目眩（めまい）を覚える。怖くなって湯船から出た。マットの上にうずくまった。

突然胃がせりあがり、こらえる間もなく恭子は嘔吐していた。ピンク色の吐瀉物（としゃぶつ）がマットにはね散る。目を背け、手で胸をさすった。たらいでお湯をすくい、汚物を見ないようにして排水口に向けて流した。

すると今度はもっと大きな嘔吐感が襲ってきた。恭子は前屈みになり、腹部を押さえた。バケツをぶちまけるように、夕食のすべてが吐きだされる。酸っぱさが喉や口を支配し、視界には銀粉が舞っていた。

涙が出てきた。滴（しずく）が頬をつたった。

やはり夫は警察にマークされている。その現実に恭子は打ちのめされた。

やりきれない思いで汚物を流した。ついでにお湯を頭から浴びた。

落ち着こうと自分に言いきかせた。まだ夫が犯人と決まったわけではない。警察は何でも疑ってかかるのが習性なのだ。あの刑事だって家にやってきたとき、確かそんなことを言っていた。今日だって、もしかしたら、事件当夜のことをあらためて聞きたかっただけのことかもしれない。夫は唯一の被害者であり目撃者なのだから。

恭子はおそるおそる湯船に戻った。肩まで浸かり、呼吸を整えた。

でもだめだった。用があるのなら声をかけてきたはずだ。あの刑事たちはそれをしなかった。とりわけワゴンの陰にいた男は明らかに身を隠していた。彼らは夫を見張っていたのだ。

ひょっとして夫も気づいていたのではないだろうか、そんな思いがよぎった。だとしたら、夫婦で素知らぬふりをしていたことになる。

いたたまれない気持ちになった。恭子の感情はまるで綱渡りをさせられているような不安定さだった。


その後、やけにだるい身体にムチ打って肌の垢をこすった。雑念を振り払うように力を込めてタオルを上下させた。ヘチマで踵まで磨いた。髪は念入りにトリートメントした。

結局一時間も入浴に費やし、浴室を出たのは午後十時を回っていた。その足でキッチンに向かうと夫はテレビの前にはいなかった。明日の朝食用の米を研ぎ、炊飯器のタイマーをセットした。一人でテレビも少し見た。

さすがにもうすることがなくなった。電気を消し、寝室へと歩く。茂則はまだ起きているのだろうか。考えてみれば、子供というクッションがなくなり、二人きりになるのは今日これが初めてなのだ。

夫が起きていて、もし話があるとでも言ってきたらどうしよう。動悸が除々に早まっていった。

唾を呑みこみ襖を開けた。枕元のスタンドがついているだけで、茂則は横になって布団をかぶっていた。

何かを免れた気になった。それは安堵とは程遠いものなのだけれど。

無言のまま自分も隣の布団にもぐった。

眠れるかどうかわからないが、朝までずっと目を閉じていようと思った。

翌日はパート勤務の日だった。今日から新学期なので、子供たちの心配をしなくて済むぶん負担がひとつ減った。あしたからは給食も始まる。学校とはなんとありがたいところだろうと、こんなときだからこそ感じいった。

夫は品川の本社勤務となり、午前七時十五分には家を出るスケジュールになった。子供より先に発ってくれるのが、夫婦にあるまじき感情とわかっていても小さな救いだった。

夫はいつもどおりだった。それが自然なものなのか、演じているものなのか、恭子には判別がつかない。と言うより観察などしたくなかった。自分を保つことで精一杯なのだ。

いつもより早い八時半に家を出て、途中の喫茶店に寄った。ここで小室たちと会う約束をしていたからだ。互いに仕事も家庭もあるため、こんな時間にしか予定を合わせることができなかった。向こうは「朝早くからすいません」と言っていたが、恐縮するのはこちらの方だ。

小室は多摩から車で駆けつけてきている。

この日は弁護士も同席していた。以前会ったことのある荻原という人の善さそうな男だ。

「及川さん、がんばりましょうね」

人懐（ひとなつ）っこい目で会釈されたら、心がいくぶん軽くなった。

それ以外にも二人の女がいた。北多摩店と町田店のパートだと紹介された。小室に賛同して店側に要求を突きつけた主婦仲間だとすぐにわかった。

「小室さんから聞いたんですが、及川さん、倉庫勤務に回されたんですって」荻原が心配そうにたずねる。

「ええ。でも大丈夫です。こう見えても腕力ある方なんですよ」明るく答えられた。

「強いわあ」

小室が心から感心した様子で恭子を褒（ほ）めたたえた。

「わたしも及川さんを見習わなきゃ」

「そうそう、店側に負けてなんかいられないわよ」

ほかの女たちも口々に賛辞を唱える。ややくすぐったかった。

「スマイル本城店の様子はどうなんですか。店側は慌ててますか」荻原が聞いてきた。

「榊原という店長がいて、ただ苛立っているだけです。あと池田さんっていう課長がいて、この人はやさしいんですけど、なだめて引き下がらせようとしているみたいで」

「だめよ。その手に乗っちゃ」小室が横から言う。「こっちの味方になんかなるわけがないんだから」

「ええ、わかってます」

「それで、こちらの作戦なんですが」荻原がメモ帳を開いている。「いきなり労働基準監督署に持ちこむという手もあるにはあるんですが、それは切り札ですから最後にとっておきましょう。お役所というのは対応がスローモーということもあるので、切り札としてちらつかせるのが効果的かと思います。それから今一度確認しておきますと、我々としては最終的に有給休暇、賞与、退職金、雇用保険を勝ち取りたいわけです。で、とっかかりとして、まず有給休暇を認めさせるのを第一目標にしましょう。これだと絶対に負けることはないわけですから」

女たちはうなずきながら聞いていた。

「実のところ、たとえば退職金なんてのはむずかしいんですよね。就業規則で雇い入れ側が拒否すればできるものだから」

「あら、そうなの」小室が聞いた。

「そうなんですよ。罰則はないし。でもその代わり、有給休暇だけは労働基準法の第三十九条で定められてるし、同じく第百十九条で罰則規程も用意されてます。だから店側は逆らいようがないわけです。告発されれば懲役も罰金もある」

荻原の言葉を聞いて恭子は安心した。法律はやはり弱者の味方なのだ。

「一点突破全面展開ですよ。スマイルがどれほど法律書を調べてくるかわからないけど、うまくもっていけば退職金を勝ち取ることも夢じゃありません。あ、そうだ」恭子に顔を向けた。「及川さん、店側の用意した雇入通知書っていうのを見たと思うんですが、それには有給休暇について書いてありましたか」

「ええと、有給休暇の項目があって『無』の方に丸がうってありました」

「それ、本当ですか」

「ええ。ちゃんと確認しましたから」

「やったな」荻原がほくそ笑む。「連中は思ったより無知ですよ。年次有給休暇は法律で定められている以上、逃れられないんです。つまりそんな雇入通知書はこっちがサインしたところで法的には何の効力もないんですよ」

「じゃあ各店のパートの人たちも、サインして縛られたわけじゃないんだ」小室が顔をほころばせた。

「そうそう。意味のない紙切れですよ」

うれしそうな小室たちの顔を見て、なんだか恭子の気持ちもときほぐれていった。

「及川さんもよく落ち着いて見ておられましたね」荻原に褒められた。「ふつう、男に取り囲まれたら焦っちゃうもんなんですけどね」

自分が役に立っていると思ったら、笑みもこぼれた。

「及川さん。本城店のパートの人たちに、先に結んだ契約は法的に無効であると告げることができますか」

「ええ、大丈夫です。できると思います」

強くうなずくと女たちが白い歯を見せて拍手した。

「それじゃあ有給休暇に的を絞って各店で要求を突きつけたいと思います。連絡役は引き続き小室さんにお願いします。勝ったあかつきには祝勝会でも開きましょう」

荻原の明るい声を聞きながら、こんな頼もしい人間関係はいつ以来だろうと恭子は妙な感慨にふけった。OL時代は補助的な仕事ばかりでいつも輪の外だった。短大時代は仲良しグループがあっただけで緊張とも興奮とも無縁だった。主婦になってからはなおさらだ。頼られたことなど一度としてない。たぶん、高校時代にソフトボール部で地区大会に出たとき以来だ。試合の前には円陣を組んで「しまっていこう」と声をかけあった。みんなが互いを信頼しあっていた。あの心強さに似ていた。

始業時間が迫っていたので急いで細かな打ち合わせをし、それぞれが仕事に散っていった。

初めて会った二人の女が、別れ際、口々に「及川さんみたいな味方ができてうれしいわ」と身体を寄せてきた。店側に異議を唱えてよかったと心から思った。おとなしく言いなりになっていたら、今頃は茂則のことに頭の中が占拠され、日がな一日血の気を失っていたことだろう。

自転車を漕ぎながら、おなかにエイッと力を入れた。晴れ晴れというには無理があるけれど、今の自分の心に少なくとも雨は降っていない。

スマイルに着くと、控室で早速パート仲間に店側の契約書は無効であることを告げた。「みなさん、ちょっといいですか」と、談笑中の主婦たちに声をかけ、みなが注目する中で立って話をしたのだ。

西尾淑子も岸本久美も、口をぽかんと開けて恭子を見上げていた。有機野菜の磯田は無関心を装い、不機嫌そうに横を向いていた。

「……というわけで、わたしはスマイルに対して有給休暇を要求することにしました。そして、できれば賞与や退職金や雇用保険についても今後要求するつもりでいます。もしもご賛同くださる方がいらっしゃるのなら、午後二時にここに集まってください。わたしと一緒に店長のところへ行って——」一人で充分と思っていたのに、勝手に口が動いていた。「団体交渉しましょう。怖がることはないと思います。法律はわたしたちの権利を認めてくれてます。言いなりになっていたら、向こうのいいように使われるだけですから」

言いながら、気持ちが昂った。みなの敬遠するような態度も感じた。でも、陰口など好きなだけたたけばいい。本当の味方が数人いれば、敵が何人いようが怖くはないのだ。八方美人でいる方がずっと孤独だ。

話し終えると、好奇の視線を背中に浴びながら控室を出た。

用意しておいた軍手をはめ、倉庫へと向かう。そこにはすでに搬入のトラックが来ていて、若い従業員たちが缶詰の箱を棚へと移し換えていた。

「おはようございます」明るく声をかけた。

何人かが恭子を見る。ぎこちない会釈を返しただけで、声を発する者はいなかった。

「わたし、何をすればいいですか」

若者たちが目配せしている。

「あ、おれら、よくわかんないから、課長さんに聞いてもらえますか」

二十歳ぐらいの男がぼそりと言った。

「じゃあ、とりあえず、積むのを手伝います。みんなより背が足りないから、下の段をわたしがやるね」

そう言うと恭子は缶詰の入った箱を棚に積んでいった。今日はパンツにスニーカーという服装だからずっと動きやすい。ハンカチもタオル地のものを選んできた。

若者たちが働くのを見ていたら、作業手順もわかった。新しく搬入されたものは奥へ、古くからあるものは前へと置き換えるのだ。

やってみると、腰を屈めるぶん、下の段の方が力が必要だった。仕方がないか、自分で言い出したことだし。もしかしたら二の腕やウエストが細くなるかもしれないと前向きに考えることにした。

たちまち額に汗が滲みでて、恭子は軍手の甲でそれを拭った。なんだ軍手はこういう使い方もできるのか。ひとつ利口になった気がした。

作業が一段落すると、倉庫の隅で若者たちはたばこを吸いはじめた。水を張った一斗缶を灰皿の代わりにして、競うようにして紫煙をくゆらせている。それを見ていたら自分もたばこを吸いたくなった。

「ねえ、おばさんにも一本くれない？」

自分のことをおばさんと言った。近所の子供相手以外では初めてだったが、違和感はなかった。自分の中から気負いとか見栄とかが消えている。

一人の男の子が照れ臭そうにマイルドセブンを差しだす。一本抜いてくわえたら、ライターで火も点けてくれた。少しは警戒を解いてくれたようだ。幼い表情がいっそう幼く見えた。

十何年ぶりかでたばこを吸いこむと、咳きこみはしなかったが一瞬頭がくらっときた。でも悪くない感覚だった。

「みんな、この近くに住んでるの？」

「あ、はい。多摩に寮があるから」

たばこをくれた男の子がそう答えると、リーダー格とおぼしき若者が「おい」と低く声を発した。

「あ、すいません」男の子はなぜか恭子に対して謝っている。

彼らの雰囲気からだいたいのことは察した。

「店長が、倉庫番のパートとは口を利くなって言ったわけだ」

「あ、いえ」蚊の鳴くような声で下を向く。

「いいよ、それならそれで。おばさん、店長とちょっと喧嘩してるの」何事でもないようにさらっと言った。相手は一回り以上歳の離れた若者たちだ。臆する気持ちはどこにもなかった。「たぶん辞めさせたいんだと思う。それでレジを外されちゃったの。ここにいるとわたし邪魔？」

「あ、いえ」

「そんなことないです」

それぞれが真顔で首を左右に振っている。

「店長がわたしのことをなんて言ってるか知らないけど、わたし間違ったことはしてないの。雇う側と雇われる側は対等じゃなくちゃいけないと思うし。異議を唱えたぐらいで怒りだす方がどうかしてると思うの」

「あの店長」リーダー格の若者がぼそっとつぶやいた。

「陰険だから」

途端に若者たちの表情が緩み、肩を揺すって笑いはじめた。

「缶詰なんかは重いからぼくらがやります。おばさんは菓子とか海苔とか、そういうのをお願いします」

「ほんと。ありがとう」

胸がじんわりと熱くなった。言ってよかったと心から思った。言葉とはなんと力のあるものなのだろう。黙って暮らしていた今までが馬鹿みたいだ。

それ以降の作業は苦痛でもなんでもなかった。むしろ若者たちが自分を労(いたわ)ってくれているのがわかり、単純な仕事なのに充実感があった。

昼食も彼らと一緒に食べた。男の子の一人が事務の女の子に気があるようで、みんなからしきりにからかわれていた。そんな話題を耳にしたのは何年ぶりだろう。自分まで若くなった気がした。

午後二時になって恭子は控室に戻った。早番のパート主婦たちが帰り支度をしている。誰も恭子と目を合わせようとしないので、賛同者がいないことがすぐにわかった。

落胆はなかった。もともと期待などしていなかったのだから。

それでも淑子と久美だけは恐る恐る声をかけてきた。

「及川さん、ごめん。わたしたち――」

「いいの。気にしないで」

「ほら、わたしなんか近所だから、買い物もここでしてるし」淑子が口をすぼめる。

「だからいいの。わたし一人でも大丈夫だし」

「わたしはできれば正社員にしてもらいたいと思ってるし」と久美。

「ほんと、気にしないで。こういうのって人に押しつけるものでもないから」

「でも倉庫っていうのはひどいよね」淑子が眉間に皺を寄せて言った。

「ううん、平気。男の子たちと仲良くなれたし」

「強いなあ、及川さん」久美がため息をつく。

「ねえ、及川さん」淑子が声をひそめた。「今朝、あなたが控室で言ったことは、もうお店には伝わってるからね」

「そうなの」

「課長がバックヤードに来て言ってた。これ以上騒ぎが大きくなるようだと、全員、一旦解雇することになるかもしれないって」

「そんなことできるわけないのに。誰がレジ打ったりお総菜作ったりするのよ」

「たぶん磯田さんだよ、告げ口したの」

そんな気もしていた。逆恨みもいいところだ。

ほかの女たちはかかわりを恐れてか、ふだんならお茶を飲んでおしゃべりしているのに、この日は着替えるとさっさと帰ってしまった。淑子も久美も、短い会話を終えると、そそくさと部屋を出ていく。

残された恭子は一人でお茶を飲んだ。ひとつ息をつく。とくに緊張はなく、落ち着いている自分を確認した。タイムカードを押して通路に出た。事務室へ向かうところで、正面に池田課長が立ちはだかっているのが見えた。

「及川さん」甘えたような声だった。「お願い。今日は勘弁して」強引に回れ右をさせられる。そのまま背中を押されて、階段のところまで戻された。

「離してください」池田の手を振り払う。

「まずいんですよ、今日は」懇願する口調だった。

「榊原店長はいらっしゃるんですか」

「いるけど、取り込み中だから」

「じゃあ待ちます。今日にも回答をいただけるって約束でしたから」

「予定変更。社長が来てんの。本店から」

「だったらちょうどいいです。社長さんにも聞いてもらいたいし」

「あなた、なにを言ってるんですか。どうしてパートさんにいちいち社長が会うの。常識で考えてくださいよ」

「常識って……」大企業の社長じゃあるまいし。なにを大物ぶってるんだ。そんな言葉が出かかった。

「それにうちの社長、ちょっとクセのある人だから。怒らせると、及川さん、いきなり馘とかになっちゃいますよ」

できるものならしてみろと言いたかった。法律は自分の味方なのだ。

「おい、池田」そのとき廊下の奥からよく透る声が響いた。「なにやってんだ。早く仕入れの帳簿を見せろ」

背の低い、よく太った男がそこに立っていた。

「はい、社長。ただいま」池田が弾かれたように背筋を伸ばす。「だから及川さん」声をひそめ、目配せした。「この件は、あとでぼくが相談にのりますから」

「早くしろ、この野郎。パートさんといちゃついてる場合じゃないだろう」

冗談めかして目をぎょろつかせる。顎の肉が揺れる。伸びたパーマはぼさぼさで、従業員と同じ作業着を身にまとっていた。見た目だけなら誰も社長とは思わないだろう。

「社長さんでいらっしゃいますか」恭子は首を伸ばし、声をあげていた。これは願ってもないことなのだ。

「あ、なんだ、おたく。パートさんじゃなかったの」

「パートです。及川といいます」

「お願いだから、及川さん」池田が耳元で低く言う。顔を歪めていた。

「ちょっと話を聞いていただきたいのですが」

「うん？　なんだ」女に対して失礼だと思わないのか、社長は恭子を正面から見据え、野太い声を発した。

「いえ、なんでもないんです」池田が一人で焦っている。「ほら、及川さん、そろそろお子さんの学校が終わるころでしょう」

「パートの待遇のことで」

「あん？」社長はやくざのような凄み方をした。「パートの待遇だと」

「いや、そうじゃないんです」と池田。

「うるせえ。おまえは黙ってろ。及川さんとか言ったな、待遇がどうしたって」

「パート労働法に認められた有給休暇を、わたしたちにもいただきたいと」

心臓がどきどきしたけれど、声はうわずったりしなかった。

「おいっ」

「はい」池田が甲高い声で返事する。

「てめえら嘘つきやがったな。本城店は解決済みとかぬかしやがって」

「ですから、それは……」

「やかましい。本店から専務を呼びだせ。てめえら全員グルだろう。ほんとはなんにも解決なんかしてねえんだろう」

池田が青い顔で事務室へ駆けてゆく。

「及川さんとやら」社長が険しい顔で睨んでいる。「ちょっと来てよ。座って話そうじゃないの」踵をかえすと事務室へと歩いていった。

恭子はあっけにとられてそのうしろ姿を見ている。スマイルの社長を見るのは初めてだが、こんなに柄の悪い男だとは思わなかった。すぐ我にかえり、慌てて後を追う。

「やい、榊原」社長は部屋に入るなり店長を怒鳴りつけた。「おまえらが自由に働けるようにおれはなるべく口をはさまないようにしてきたんだ。それをいいことに隠し事ばっかしやがって」

すでに池田から耳打ちされていたのだろう、榊原は直立不動でうなだれている。四十を過ぎた店長がまるで子供のようだった。

「こっちへ来い」

言われて榊原と池田が応接セットの長椅子に腰をおろす。恭子もうながされ、端に座った。事務室の全員が緊張しているのがわかった。

「専務はどうした。連絡とれたか」

「今、物流センターの方へ出かけておられまして」池田が額の汗を拭いている。

「ほんとのことを言え。多摩も北多摩も町田も片づいてねえんだろう」

「他店のことは、わたくしには……」榊原はしどろもどろだ。

「ふん」社長が鼻を鳴らした。「どいつもこいつも、情けねえ連中だ。雇用問題ひとつ解決もできねえで。……社長、わたくしどもで処理しますので」誰かの声色を真似ていた。「どうかお任せください、社長が手を煩(わずら)わすほどのことではございません、だと。専務の野郎はいつもそうだ。最後はおれにケツをもってくるくせに」

社長はポケットからたばこを取りだすと、フィルターをテーブルに打ちつけ、口にくわえる。ヤニで黄ばんだ歯と金むくの腕時計が見えた。

「で、及川さんとやら」恭子の方に向き直った。「うちの待遇に不満があるわけ」

少し考えたのち、思いきって「ええ」と答えた。恐れることはない。自分に言い聞かせる。「とくに労働条件が悪いとは思いませんが、有給休暇を認めないというのはおかしいと思います」

「なあ、及川さん。うちは強制収容所なわけ？」

「はい？」

「あんたを無理やり連行して働かせてるわけ？」

「いえ、そんなことは」

「だったらよそへ行けばいいじゃない」ぐいと身を乗りだした。「なにも頼んで来てもらってるわけじゃないでしょう。よそであんたの理想の職場を探してよ。有給休暇があって、時間が自由で、やさしい社員がいて、たくさんお金がもらえるところを。簡単なことじゃないの。辞めればいいんだよ、辞めれば」

「社長」池田が眉間に皺を寄せ、うめくように言う。「それはまずいですよ」

「なにがまずいんだ。労働基準監督署か。市役所か。役人がなんだっていうんだ。気にいらないんなら今すぐパチンコ屋に売るぞ。どの店も駅に近いいい土地なんだ。売ってくれって話はいくらでもあるんだ。でもそうなりゃあ困るのは住民と役人だろうが」

「そんな、社長」

「及川さん」社長が低く言い、口の端を持ちあげる。仕草のひとつひとつが芝居がかっていた。「人間ってそういうものじゃないよ。金勘定ですべてを割りきっちゃいかんよ。もしもね、損得だけで判断するんなら、とっくに身売りするなりなんなりしてるよ、この店。もう充分稼がせてもらったんだ。家も建てたし伊豆に別荘もあるし、何もしゃかりきになって働くことはないんだもん。息子に継がせるつもりはない。うちの息子はどういうわけか国立大学を出て商社に入ってね。近所の主婦相手に十円二十円の商売する器じゃないらしいんだなあ、これが。だからいつパチンコ屋に売ったってわたしは困らないわけ。たぶんアメリカの経営者ならそうするだろうね。さっさとリタイアして、フロリダあたりで釣り三昧ってなもんよ。……しかし、だ。わたしはそんなことはしない。経営者責任ってものがあるんだ。ここにいる社員と、その家族の、生活を支えていかなければならない。日本の経営者はそういうことまで考えてるわけ。わかる？　すべてを契約でやってるわけじゃないのよ。そんなギスギスした人間関係じゃなくて、もっとゆるやかな、融通の利く関係でやっていきたいわけよ」

「でも、それって――」正社員だけの話でしょうと言おうとしたら、社長がひとつしわぶき、また大きな声で話しはじめた。

「それから、あんたは先駆者のつもりかもしれないけど、こういうの、別に初めてじゃないんだよね。もう十年も前になるかなあ、ここにいる池田がまだ入ったばかりのころだ。アカがどこからともなく入ってきて、組合を作るとか騒いだのよ。あ、言っとくけど、スマイルは組合、ないから。わたし、そういうの大っ嫌いだから。で、そんときもアカが従業員を扇動(せんどう)してあれこれ要求してきたけど、わたしはそれなら店を畳むって言ったわけ。これ、脅しじゃないんだよね、悪いけど。こっちはそんな要求を呑んでまで商売を続けたいとは思わないもの。もうロックアウトどころじゃないよね。さっさと弁護士呼んで廃業の手続き始めちゃったわけ。そしたら、こんな馬鹿には付き合ってられないって、アカどもは慌てて逃げてったよ。あっはっは」

社長が愉快そうに笑う。唾がテーブルの上に飛び散った。

「昭和四十二年」恭子を見て、社長が講談のような口調で言う。

「はい?」

「スマイルを始めたの。それが昭和四十二年。それまではただの乾物屋。親父が結核で死んで、二十五でいきなり跡取りになって、さてどうしようかって思ったとき」

「あのう……」そういう話じゃなくてと言いたかったが、社長は身振り手振りをまじえ、かまわず話を続けた。ほとんど社史と言えるものを、一方的に。中小企業のオーナー社長とはこういう生き物なのだろう。人の話は聞かないのだ。

「……それでバブルの頃なんかは銀行が毎日のようにやってきて、やれ店舗を増やしましょう、やれ事業を拡大しましょうってそそのかすわけ。でもわたしは四店舗以上は増やさなかった。わたしはダイエーの中内さんじゃないからね。これでも自分の器はわきまえてる。適正規模ってものがわかってる男なわけ。わたしのやり方だとこれが限度だろうって。組合もなくて、従業員を怒鳴りつけて、顎でこきつかって。はっきり言ってわたしは暴君だよ。なあ、榊原」

「あ、いえ」店長の榊原がひきつった笑みを浮かべている。

「でもね、及川さん。わたしは自分を信じてついてきてくれた人間にはそれなりのことはするよ。たとえスマイルを畳んだとしても、次の商売で榊原と池田は使うよ。紙切れでつながってるわけじゃないからね。人間対人間ってそういうものなのよ。だから及川さん、権利とか、法律とか、つまんないこと言っちゃいけない。そういうの、角が立つばっかでいいことなんかひとつもないの」

「でも、わたしたちは、身分が保障されてないわけですし」恭子がやっとのことで言葉を発する。

「だめだめ、保障なんてこと言いだしたら」すぐに遮られた。「今の世の中、どこに保障なんてものがあるのよ。こっちだって近くに大型店ができたらイチコロなんだから。もっともそんときはさっさと商売替えるけどね。要するにわたしはそういう覚悟で毎日を生きているわけですよ。及川さんも、もっと独立独歩で生きていってもらいたいなあ。こんな仕事やってられないと思ったら、さっさと次を探せばいいんですよ。だあれも邪魔なんかしません。あなたの自由だ。もしもあなたに何らかの能力があるのなら、雇う側が放っておかないでしょう。給料百万出すからうちに来てくれって引っぱりだこだ。ねえ、及川さん」

突然、指を差される。「でも、ふつうの主婦に能力とかおっしゃられても……」

「じゃあそれはあなたの責任だ。我々の責任じゃない」

もちろん納得などできないが、言いかえそうにも言葉が出てこなかった。

「とにかくうちはアカは絶対に入れませんよ。有給休暇とか、最初は小さなことを言っておいて、やがて内部に入り込んで組合を作ろうとするに決まってる」

「アカだなんて」

「じゃあ何ですか」

「考え過ぎだと思います。わたしはただ――」

「全然考え過ぎじゃないね」社長は大袈裟にかぶりを振って見せた。「だって四つの店で同時に起きてんだもの。及川さん一人の考えじゃないわけでしょう。裏で誰かが糸を引いてるわけでしょう」

「とにかく」自分を落ち着かせようと、恭子が唾を呑む。「有給休暇が認められない場合は、労働基準監督署に訴えることになると思いますので」

「どうぞ」社長はあっさり言った。「お好きなように」ソファにもたれかかり、新しいたばこに火を点ける。

榊原と池田はただ下を向いて黙っていた。

「わたしは絶対に屈しないね。罰金刑が下りようが懲役に服しようが、絶対に引かない。そんときはスマイルを畳む。パチンコ屋に売る。ここ、商業地域だからまったく問題ないんだよね。学校もないし。そうなったら、失業者、たくさん出るだろうなあ。この地域の主婦たちも困るだろうなあ。全部あんたらの責任」

「そんな……」

「ああそうだ。及川さん、パチンコ屋で働いたら? スーパーよりは間違いなく給料多いよ。もっともパートで雇ってくれるかどうかは知らないけど」

予想もしなかった展開に恭子は軽い目眩を覚える。人種がちがうと思った。

「とにかくこういう人間だから、来るなら刺しちがえる覚悟でどうぞ。引きませんよ、わたしは。町田店で、地回りが駐輪場に露店を出させろって言ってきたときも、わたしは頑として断った。翌朝、ガラスを五枚も割られましたよ。一枚十万円もするやつを。それでも引かなかった。親分のところへ直接乗りこんで、狭い駐輪場なんだから露店なんか認められるかってタンカをきって……」

社長の自慢話はあまり耳に入ってこなかった。それより声の大きさに圧され、身を縮めるようにして長椅子の端で固まっていた。逃げだしたくなるほどの不快な声だ。頭にガンガンと響いてくる。

額をてからせた中年男を見ながら、こういう人間が世間で成りあがるのだろうな、と場違いな感想を抱いた。すべてを自分のペースで進め、人に好かれようなどとは最初から考えていない。茂則にはとうていできない芸当だ。なぜか夫と比較していた。

まがりなりにもふくらんでいた気持ちはとうにしぼみ、胸の中の空気は重く澱んでいた。

小室や弁護士の荻原なら、この社長に対抗できるだろうか。少なくとも、いまの自分ほど無力ではないだろう。でも、楽観的ではいられなかった。また大声でまくしたてて、煙に巻くに決まっているのだ。

「で、どうします？　及川さん」社長が顎を突きだした。「いまなら元の鞘に戻れますよ。わたしはこう見えても人情家なんだ。ここでわたしの頼みを聞いてくれたら、悪いようにはしませんよ」

そう言ってわざとらしく相好をくずす。黄ばんだ歯を見せつけられ、思わず視線をそらした。

「いいえ」せめてここだけははっきり言おうと思った。「弁護士の先生とも相談して、近々、労働基準監督署に訴え出ることになると思います」

「いや、及川さん。それはちょっと考え直したほうが……」隣の池田が遠慮がちに口をはさんだ。

「うるさい。おまえは黙ってろ」たちまち社長の叱責が飛ぶ。そして首の骨を鳴らすと、目をいっそう大きく見開いた。「何度でも言いましょう。どうぞご自由に。わたしは絶対に屈しませんから。ええ屈しませんよ」

社長が立ちあがる。「おい、仕入れ帳簿だ。早くしろ」肩を怒らせ、歩いていく。事務室は静まりかえり、社員たちは全員が硬い表情で机に向かっていた。

ここは彼の王国なのだと恭子は思った。民主的に運営するなどとは、この社長の頭には元々ないことなのだ。

大きな脱力感を抱え、恭子は廊下に出た。いきなり高い壁が眼前に立ちはだかった気がした。ため息をつく。家に帰るのもいやになった。

「及川さん」

池田があとを追ってきた。恭子の腕をつかみ、洗い場へと引っぱっていった。

「頼みますよ、ほんとに」手には力がこもっている。声には怒気が含まれていた。「あの社長、本気でこの店を畳みたがってるところがあるんですよ。レンタル倉庫のほうが人件費がかからず簡単で儲かるとか言って、一度、銀行と業者を呼んで見積りまで出させてるんですよ。ほんと、あの社長、奥さん亡くしてからどこかヤケになってるっていうか、ブレーキが壊れたっていうか……」

「そんなことわたしに言われても」痛かったので腕を振りほどいた。

「でも、あなた、どうせここで一生働く気なんかないわけでしょう。いいところが見つかればよそへ行くだろうし、家計にゆとりができれば辞めるだろうし。どっちにしろ十年二十年と働くわけじゃないでしょう。だったらいいじゃないですか。そっちの気まぐれな正義で人の職場をかきまわさないでくださいよ」

「気まぐれって――」

「そうでしょう。市民運動だかなんだか知らないけど、主婦の生きがい探しでやられちゃたまんないよ。こっちは生活かかってんだよ」いっそう語気が強くなった。「リストラされたらどうしようってビクビクしながら生きてんだよ。あんた、ほんと……」興奮したのか言葉に詰まっている。

「でも、課長さんは、社長に面倒みてもらえるわけでしょうから」

「誰が信じますか、そんなこと。創業以来の大番頭だって体よく取引先に移籍させてるんですよ。社長の金遣いをたしなめたばっかりに。こっちはねえ、おたくの旦那さんみたいに大きな会社に勤めてるわけじゃないんですよ。実態は個人商店なんですから」

茂則の顔が浮かぶ。大きな会社だなんて。それに茂則の立場は微妙なのだ。

「だったら、課長さんたちも、社長に対してもっと民主的に経営してほしいって要求すれば」

「ご冗談を。この不況のおりに、誰が自分の首を危なくするようなことをしますか。マンション、買ったばかりなんですよ。うちは」やってられないといったふうに腰に手を当てた。「とにかく、この件はもう勘弁してもらえませんか。お金がご入り用なら店長とぼくでなんとか工面しますよ、和解金という形で」

「お金なんかいりません」

そんな返事をしながら、恭子は別の想像をしていた。茂則が会社を辞めさせられたら、自分たちはどうなるのだろう。以前、家まで来た本社の人の態度では、少なくとも安閑としていられる状況ではないのだ。

「じゃあどうすればいいんですか。どうしても労働基準監督署に行くつもりですか」

池田の問いかけが耳を素通りする。刑事だって茂則をマークしている。それは厳然たる事実だ。ゆっくりと血の気がひいていった。いまの自分の生活が風前の灯火(ともしび)のように思えた。

「ちょっと、及川さん。聞いてるんですか」

「あ、はい」

でも、もう何も耳に入ってこなかった。あの家に、これからもずっと住めるのだろうか。子供たちは、今までどおり学校に通えるのだろうか。

胸が締めつけられた。唇が震える。呼吸までしづらくなった。

「……どうか、したんですか」

たぶん自分の顔は青ざめているのだろう。「いえ、なにも」目を合わせないで首を横に振った。

「とにかく、社長に会ってわかったと思うんですが、うちはこういう会社なんで、余計なことはしないでもらいたいんですよ」

池田は声を荒らげたことを悔いたのか、やや口調をトーンダウンさせた。そして「最後のお願いです」と言って深々と頭を下げた。

つられて自分も頭を下げる。この男は悪い人間ではない。茂則と同じように、気の小さなサラリーマンなのだ。

息苦しさを覚えたまま店をあとにした。

おくびがいっそう激しく口から吐きだされる。なんとか花壇造りに頭を切り替えようと思った。今日は水をまいて雑草を抜いて……。玄関に新しくプランターを飾ってみようか。ポット苗を買ってくれば簡単に育てることができる。

また園芸センターに行こう。花を見ていれば、少しは気が紛れるかもしれない。

自転車を漕ぎながら、恭子は何かを懸命にこらえていた。


夜になって小室に電話を入れた。小室は恭子の話を聞くと、まったくひるむことなく「望むところだわ。こうなったら団体交渉よ」と受話器の向こうで鼻息を荒くしていた。「及川さん、社長を引っ張りだしたのね、さすがだわ」と褒めるようなことも言った。

少しだけ救われた気がした。

茂則は少し酒の匂いをさせて午後十一過ぎに帰ってきた。誰と飲んだのかは聞かなかった。自分で追い焚きして風呂に入り、そのまま床についた。

寝息が聞こえるところをみると、茂則は眠りにつくのに困っていないように思えた。

どうして夫が眠れるのかわからなかった。酒にはそんな力があるのだろうか。

恭子は目を閉じ、布団の中でじっとしていた。

午前二時過ぎになって、やっと睡魔を捕まえることができた。

それはとても浅い睡眠だったけれど。

21

新学期が始まって渡辺裕輔は髪をブリーチした。茶髪も飽きたし、メッシュにしたところで学校ではさほど目立たないので、思いきって色を抜いたのだ。ついでに短くして、銀髪をとがらせるように逆立てた。

父親はまるで汚いものを見るかのように顔をしかめていたが、母親は「髪が傷むわよ」と小さくつぶやいただけだった。

生活指導の教師は「おまえはブラッシーか」と、すでにあきらめたのか明るく笑っている。なんでも昔、そういう銀髪のプロレスラーがいたのだそうだ。

三年生になり、もうインネンをつけてくる上級生がいなくなったこともある。これまでは生意気だと言っては体育館裏に呼びだされたり、開かれもしないパーティーの券を買わされたりしてきたが、これからは逆の立場になるのだ。

入学式の日も、早速生意気そうな一年生数人に目をつけた。おいおい呼びだして可愛がってやるつもりだ。

ただし、退学になるような派手なことは控えようとも思っている。一応大学を受験することにしたからだ。ろくな大学にはいれないことはわかっているが、四年間遊べるのならそれもいいかと考えるようになった。遊び仲間の弘樹や洋平を見ていても、中退者に未来があるとは思えない。

裕輔はさっきから誰もいない化学室で、実験テーブルの上に腰かけ、仲間と食後のたばこを吸っていた。缶コーヒーの空き缶が灰皿がわりだ。教師は薄々気づいているようだが、誰も踏みこんではこない。これ以上退学者を増やしたくないのだろう。入学時の生徒数は、すでに三分の二に減っている。

「裕輔。顎はもういいのか」同級生が聞いてきた。

「ばっちりよ」

もう絆創膏は貼っていない。ハンバーガーにもかぶりつけるようになった。

「じゃあ学校終わったら麻雀やろうぜ」

「だめだ。バイトがあんだよ」

「まだピザ屋でやってんのかよ」

「いろいろ欲しいもんがあってな」

裕輔は水道の水で手を濡らし、髪を少し湿らせた。

「その頭、いくらしたんだよ」

「八千円」

「高ぇー」

窓に映る自分を見ながら、指先でヘアスタイルを整えた。

「おまえよォ」同級生が言った。「進学するんだって?」

「おう。親が行けってうるせえしよ」

「いいよなあ。甘い親がいるうちは」

「おまえはどうするんだ」

「おれか。おれはフリーターよ。就職すんのはかったるいしよォ」

進路指導の教師によると、今年の卒業生の半数は進学も就職もしなかったらしい。学校側は頭を抱えているようだが、偏差値五十の都立高校なんてどこもこんなものだ。どう頑張っても名のある大学には行けないし、就職先もしれている。これで夢を持てと言う方がどうかしている。

「センパーイ」そのとき扉が開いた。二年の後輩が顔をのぞかせる。「ちょっといいですか」

「なんだ」見ると、後輩のうしろに一年生らしき連中が三人いた。

「生意気な新入生がいるんスよ。ちょっと先輩、行儀仕込むの手伝ってくださいよ」

「馬鹿野郎。そんなもんテメエでやれ。なんでおれが中坊に毛の生えたような奴の相手しなきゃなんねえんだよ」

新しいたばこに火を点けた。年上の余裕を見せておこうと思った。口の端だけで笑って煙を吐く。

「でもこいつら、上級生にガン飛ばすんスよね」

同級生と笑う。

「花粉症なんじゃねえのか。目薬でも差してやれよ」

入り口にいた一年生たちに目をやると、裕輔たちを静かに睨んでいた。かっとなった。あきらかに喧嘩を売る目つきだった。

「ぼくちゃんたちよ。誰に向かってガン飛ばしてやがんだ」

脅すように言うのだが、一年生たちは睨むのをやめようとはしなかった。

「おい。こっちに連れてこい」

裕輔は声を荒らげた。一年生たちが裕輔の前まで歩いてきて、五十センチほどの間をおいて睨みあう形となった。向こうはやけに落ち着きはらっていた。

「ここは中学じゃねえんだぞ。どこで番ハッてたのか知らねえけどな、高校入ったらまずは先輩の靴磨きからやんなきゃなんねえんだよ」

テーブルから降り、たばこを落として靴で踏み消した。

「先輩。ぼくら、ナメられてんですか」はじめて一年生の一人が口を利く。

「言うねえ、このガキが。ピストルでも持ってんのかよ」相手に鼻を寄せた。自分の顔が熱くなるのを感じた。

「年下だからってあんまりナメないでくださいね。ぼくら曼荼羅の松村さん、知ってるんですからね」

地元では名の知れた暴走族のアタマだった。うしろで後輩の顔がこわばるのがわかる。裕輔は言い澱むことなく大声を発した。

「曼荼羅の松村がどうしたァ。ここへ連れてこい」ついでに目の前の一年生の鼻をつまんで力まかせに捩(ねじ)った。

「おれはなァ、清和会の大倉さん知ってんだよ。本職のやくざだぞ。ガキを集めてつるんでるような馬鹿とは格がちがうんだよ」

一瞬ののち、リトマス試験紙を薬液に浸したように、一年生たちが青ざめる。同級生と後輩は驚いて裕輔を見ていた。

「組の事務所にも出入りさせてもらってんだよ。いっぺん引っぱってってやろうか。おらァ、どうした。何とか言ってみろ」

さっきまでの威勢のよさはたちまち消えさり、揃って目を伏せている。相手がまるで子供に見えた。

「てめえら学校の廊下も歩けねえようにしてやろうか」

一年生たちが唇を震わせる。

「おい。ここに一列に並べ」

一年生たちは言われるままに、ぎこちない動作で一列に並んだ。そのおどおどした態度を見ていたら、ますます凶暴な気分になった。

ものも言わずに、まず一人目の頬にパンチを繰りだす。

「おれは渡辺っつうんだ、覚えとけ」

続けて二人目を殴りつける。三人目を殴ったときは不思議な恍惚感があった。

これで一年間は自分の天下になるなと、裕輔は、心の中でほくそ笑んでいた。

放課後はピザ屋に直行した。配達地域の裏道もわかり、仕事にはすっかり慣れた。バイト仲間からは、三年生だろう、受験勉強しなくていいのか、と言われたが、「そんなもん余裕よ」とはぐらかした。いまさら勉強したところで焼け石に水で、四流大学が三流大学になるぐらいのものだ。

その日は仕事が暇だった。待機室の壁には地図があり、配達先に赤いピンが刺されている。その数がいつもよりまばらだ。どうせ時給は変わらないから歓迎すべきことだが、まだ若い店長の機嫌は悪い。「ノルマがこなせねえよ。誰か家に電話して出前とってもらってくれないかなあ、半額にしてもいいから」としかめっ面をしていた。これで大学出だというから、自分の将来に照らし合わせてもいやになる。

安物のソファに腰かけてたばこを吹かしていたら、店長が入ってきた。「おい、渡辺」とむずかしい表情で顔を寄せてくる。

「おまえ、なんかやったのか」耳元でささやいた。「警察の人が来てるぞ。言い忘れてたけど、昼ごろ問い合わせの電話があってな。そちらに渡辺裕輔っていう高校生がバイトしてないかって。はいおりますがって答えたら、じゃあ結構ですって言うから、そのままにしておい

「おい、小僧。口の利き方に気をつけろよ。おれは交通課でも生活安全課でもないからな。本城署の刑事課の者だ。凶悪犯を追っかけてんだよ。てめえみたいなガキ、その気になりゃあ——」

男は歩み寄ると裕輔の胸倉をつかみ、通りへと連れだそうとした。

「何すんだよ」抗議の声をあげた。

「やかましい。高校生のくせしやがって。一丁前の口を利くな」

裕輔は男に引きずられるようにして通りを渡ると、停めてあった車の後部座席に押しこまれた。男も隣に乗りこむ。前の席に人はおらず、この男は一人でやって来たらしかった。「小僧、おれの顔は覚えてるか」耳を引っぱられる。

「痛えよ」

「三月十六日未明、新町の路上でおまえが私服刑事にゴロまいたろう。そんとき止めに入ってやったやさしいお兄さんだ。よく顔を見ろ」

言われて目を見開くと、確かに見覚えがあった。自分の顎の骨を折った刑事と一緒にいた、たぶん張り込みの相棒だ。


たんだけど。どうやら警察からの電話らしかったな。裏に来てんだ。ちょっと呼んでくれって」

急なことにうまく言葉が出てこなかった。

「交通違反とか、そういうんじゃないよな。まずいんだよな。デリバリーのバイトが違反キップ切られると、本部から小言を言われちゃうんだよな」

「それはちがいますよ、違反なんかしてないし」

「じゃあ何よ」

「いや、よくわかんないッスけど」

また被害届の件だろうか。憂鬱な気持ちが首をもたげた。あれから数回、刑事の家庭訪問を受けている。親では埒があかないと思って、直接自分のところに来たのかもしれない。

戸惑いながら腰をあげた。通用口から外へ出ると、軒下に眼鏡をかけた若い男が一人、ズボンのポケットに両手を突っこんだまま立っていた。

「おまえが渡辺裕輔か」男が低い声で言った。

「……そうッスけど」

「ずいぶん印象がちがうな、前に見たときとは。なんだおまえ、その頭は」男ははなから威圧的だった。

「関係ねえだろう、あんたには」少しむっとした。

「おまえ、その夜、線路の反対側でおやじ狩りやってんだろう。正直に答えろ。とぼけんなよ」

反射的にかぶりを振った。「知らねえよ、そんなもん」

「嘘つくんじゃねえ。帰宅途中の会社員を高校生風の三人組が襲って金品を強奪してんだよ。おまけに暴行を加えて怪我まで負わせた」

「おれらじゃねえって」

「いいや、おまえらだ」男が鼻息荒く身体を押しこんでくる。裕輔はドアと男にはさまれ、おまけに首までつかまれて息が苦しくなった。「会社員から被害届はもう出てんだ。診断書付きでな。全治十日間だとよ。立派な強盗傷害罪だな」

「ちがうって言ってんじゃん」やっとのことで声をふり絞る。

次の瞬間、全身を激痛が駆けぬけた。みぞおちに男の拳がめり込んでいた。

「まずはおまえの口の利き方からたたき直してやる」男は顔を真っ赤にしていた。「何度も言ってんだろう。少年係の物分かりのいい刑事さんとはちがうんだよ。貴様らの悩みなんかに耳を貸す気もねえ。人生相談には応じねえんだよ」

裕輔が咳きこんでいると、今度は腕をねじあげられた。

「ちょっと、痛いッスよ」

「おれの名前は井上様って言うんだ。言ってみろ」

「何なんスか」

「いいから言ってみろ」いっそう力を込められた。

「……井上様」声がかすれる。

「よし。次は、わたしはすべてを正直に話します、だ」

「……わたしはすべてを正直に話します」

「ようし」やっと腕を解放された。男の息が荒かった。

「意気がるのもいいかげんにしろよ。こっちは機嫌が悪いんだからな」

脅しではなく、本当に不機嫌そうだった。目が据わっている。

「じゃあ、もう一回聞くぞ。三月十六日未明、刑事にゴロまく前に、仲間二人と会社員を殴りつけて金品を奪ってるな」

「……知りません」目は合わせなかった。

「じゃあしょうがねえ。任意同行して被害者と面通しだ。そこでおまえが犯人となったら情け容赦なく逮捕するからな」

胸が圧迫された。額に汗も滲みでる。

「そうなったらおまえはまちがいなく退学だ。聞いてんだぞ、進学することに決めてんだってな」

口の中が一気に乾く。唾を呑みこんだら唇が細かく痙攣した。相手の迫力に圧倒されていた。

「ほら。やったんだろ」

声が出てこない。

「じゃあほかの二人も道連れになるな。三人揃って家庭裁判所送りだ」

弘樹と洋平の顔が浮かぶ。それだけは避けたいと思った。

「余罪をいっぱい付けて保護監察程度じゃ済まないようにしてやる。ここんとこ駅前で自販機がたくさん荒らされてるが、あれもおまえらの仕業だろう」

「いいえ」

「いいや、おまえらだ。おれにはわかってんだ。調書取って腕ずくでもおまえの拇印を押してやる」

膝が震えた。この男の目は憎しみに満ちている。

「小僧。そこで取引だ。おまえが以前、刑事に殴られて顎の骨を折ったとかで被害届を出してるな。あれを引っこめろ。そうしたら強盗傷害の件は忘れてやる」

「いや、それは」

「わかってんだ。花村にそそのかされて訴えでたんだろ。慰謝料ふんだくれるぞとか言われて。あきらめろ。だいたいおまえらが刑事から金を取ろうなんてこと自体が太え話なんだ」

「いや、でも」

「でも何だ」

裕輔が口ごもる。まさか清和会の大倉の名を出すわけにはいかなかった。

「もう一度言うぞ。おまえが被害届を取り下げたら、強盗傷害の件はなかったことにしてやる。しかし取り下げねえっていうんなら、そんときは逮捕だ。高校中退だ。一発おまけに被害者に慰謝料も払わなきゃなんねえぞ。一発三十万だ。おおかた花村にも言われたろう。それが示談の相場だ。さあて、貴様は何発殴ったのかな。十発か、二十発か」

「いや、そんなに」つい言ってしまった。

「こっちのさじ加減でなんとでもなるんだよ。最低でも百万は覚悟しておけよ」

「いや、だから」

「だから何だ」

言葉が出てこない。どうして自分はこんな目に遭うのか。

「花村が怖いのか」

「あ、いえ」花村とかいう刑事じゃない。そのうしろにいるやくざが怖いのだ。

「じゃあ何を迷ってんだ」

「あの、おれ、もうバイトに戻んないと……」

「だったら首を縦に振れ」

もう一度襟首をつかまれる。思わず裕輔はうなずいていた。先のことなど考えられなかった。

「ようし。最初っから素直に言うこと聞いてりゃあよかったんだよ。慰謝料なんかに目がくらみやがって」男が身体を離し、後部座席のドアを開ける。「今夜、バイトがひけたら本城署に来い。二階の刑事課の井上だ。待ってるからな、逃げんなよ」車から降り、通りに立って首の骨を鳴らしていた。「大丈夫だ。花村はいない。やっこさんはとっくに自宅待機だ」

裕輔は暗い気持ちで車を出ると、睨みつけてくる刑事から目をそらせたまま通りを渡った。逃げるように通用口に入りこむ。

動悸が収まらなかった。刑事たちといいやくざといい、親や教師とは種類のちがう大人の怒りに裕輔は翻弄されていた。そしてこれからのことを思い、ますます気分が落ちこんでいった。

被害届を取り下げたらどうなるのだろう。考えるのもいやだった。


夜の七時を回ったころ、バイトを早引けして裕輔は新町へとスクーターを走らせた。腹痛がすると店長に申しでて、了承されたのだが、店長はまるで信じていない様子だった。「これから忙しくなるんだろうが」と、聞こえよがしにつぶやいていた。

路地をすり抜け、古びた雑居ビルの前にスクーターを停める。ここに来るのは二回目だ。つい先日、大倉に連れられて、初めてやくざの事務所に足を踏みいれたのだ。扉には会社名が書かれていたが、事実上は暴力団事務所だ。そのときは弘樹も洋平も一緒で、大倉は陽気に出前のカツ丼をふるまってくれた。帰り際には小遣いだと言って一万円ずつくれた。断りたかったが、一見笑っている眼の奥底にある狂気のようなものに気圧(けお)され、礼を言って受けとった。

気が重かった。自分の被害届にどのような事情があるのか想像もつかないが、警察とやくざが綱引きをしていることだけは理解できた。

エレベーターに乗りこみ、一人ため息をつく。数字を示すランプが、よくないことへのカウントダウンのように思えた。

「大倉総業」のプレートを横目にインターホンを押す。「どちらさんで」というドスの利いた声が聞こえた。名前を告げ、「大倉さんはいますか」と聞いた。

鉄の扉が開かれ若い舎弟が顔を出す。そのうしろには「清和会」と筆文字で書かれた提灯が壁に並んでいた。

「なんだ、この前の高校生か」と舎弟は言った。「まあ入れ」顎でしゃくって中に招きいれた。正面奥の机には
ポロシャツの襟を立てた大倉がいる。足を机に乗せて爪を磨いていた。

「おお、渡辺だったよな、確か」大倉が親しげにほほ笑む。「なんだ、またカツ丼喰いに来たのか」

「あ、いえ」汗が出た。

「遠慮するこたあねえぞ。カツ丼ぐらいいつでも喰わせてやるぞ」

「いえ、そうじゃなくて」

裕輔の硬い表情を見て何か感じたのか、大倉が「どうした。相談ごとか。どっかのチンピラにからまれてんのならウチの名前出してもいいんだぞ。前にも言ったろう」と立ちあがった。

「まあ座れや」

促されてソファに腰をおろす。大倉は正面に座り、たばこをくわえた。すかさず舎弟がライターで火を点ける。大倉の吐きだす紫煙を見ていたら胸がざわざわと騒いだ。

「なんだ、言ってみろ」

「あの、実は」覚悟を決めた。「被害届、取り下げるとまずいッスか」

「なんだと、おい」大倉の顔色が変わる。

「いや、その」血の気がひいた。「今日バイト先に井上っていう刑事が来て、取り下げないと、別のおやじ狩りを事件にしてパクるぞって脅されて。そうするとおれ、退学になるし。そうなると……」

「おまえ、まさかおれの名前は出してねえだろうな」大倉が射るような目で言った。

「ええ、出してないです」

「それで」

「だから、被害届……取り下げようかと」

「ナメんじゃねえぞ、このガキが！」

突然、落雷のような怒声が正面から降ってきた。思わず身をすくめる。大倉はこめかみを赤く染め、顔を近づけると、裕輔の胸倉をつかんだ。

「てめえ正座しろ。ここに正座しろ」引っぱられてソファから転げ落ちた。「おれをコケにするとはいい度胸じゃねえか。あ？　親をここへ呼べ。いますぐ呼べ。おのれじゃ話にならん。親からケジメ取ってやる」

裕輔の全身ががたがたと震えた。歯が嚙みあわない。

「サツとやくざを天秤にかけるんならよおく考えろよ。いいか。警察はおのれなんぞ守っちゃくれねえぞ。用が終わればハイそれまでだ。でもなァ、やくざはちがうぞ。追いこむときはとことん追いこむぞ。絶対に逃がさねえんだよ。わかってんのか、こらァ」

迷った自分が馬鹿だった。やくざは人を脅すのが商売なのだ。

こんな恐怖を味わうくらいなら、留置場に入った方がましだと思った。

もっとも翌日になるとその気持ちもぐらついた。警察は警察で、充分すぎるほどしつこいのだ。

校門を出てしばらく歩くと、道の先に背広姿の男が立っていた。

車にもたれかかってたばこを吹かしている。遠くからでもそれが誰であるのかすぐにわかった。

急所がひょいと持ちあがる。裕輔は反射的に踵をかえし、来た道を戻ろうとした。気づかれないよう、走りたい気持ちを抑えて。

だが遅かった。背中に靴音が聞こえる。その甲高い音が間隔を狭め、うしろから襟首をつかまれるのに時間はかからなかった。

「やい、小僧。ゆうべはどうして来なかった」井上という刑事が唸る。険しい形相で顔を寄せてきた。「遅くまで待ってたんだぞ。おれに恥をかかせる気か」

唾が顔にかかった。答えようにも首を締めあげられている。

「てめえが被害届を取り下げねえと、まずいことになんだよ。人ひとりの人生がかかってんだよ。わかってんのか、おい、こら」

刑事が目を血走らせていた。なんのことだか見当もつかないが、顎が勝手に上下していた。

「これ以上ナメた真似しやがると、絶対にてめえを強盗傷害でパクるからな」なおも刑事は不機嫌そうにわめいた。「そうなりゃあ退学だ。大検の準備はできてんのか」

「昨日はちょっと……」自分の声がかすれている。

「昨日は何だ」

「バイトが忙しくて」

「じゃあこれから署に来い。車で連れてってやる」

「いや……今日もこれからバイトで」

「遅れますって電話入れろ。なんならおれが話してやる」

「いや、でも」

「うるせえ。おれを怒らすなよ」

胸倉をつかまれ、引きずられる形で車のところへ連れていかれた。下校途中の生徒たちが何事かとこっちを見ている。ドアの前で一旦解き放たれた。

「おい。自分で乗れ」刑事が言った。見ると顎をしゃくっている。

ノブに手を伸ばしながら逡巡した。このまま警察に連れて行かれれば、いやおうなく被害届を取り下げさせられることになる。やくざの大倉の顔が浮かんだ。肘から先が小刻みに震えた。

「早く乗れ。おまえの意志で乗るんだ」

乗るわけにはいかない。警察とやくざを秤にかければ、やくざが怖いに決まっているのだ。

「ほら、乗れよ。これは任意なんだ。ガキにはわかんねえことだろうがな」

次の瞬間、裕輔は駆けだしていた。鞄を胸に抱え、夢中でアスファルトを蹴った。

「おいっ。待て、こら」

刑事の怒声がうしろで響いている。校庭のフェンスに沿って懸命に走った。金網の中からは野球部のノックの音が聞こえてくる。平和でいられる彼らが羨ましかった。

四つ辻を曲がり、突然目の前に現れた自転車と衝突した。前につんのめりながらも、なんとか倒れることなく体勢を立てなおす。小さな女の子の泣き声が聞こえ、自分がなぎ倒した自転車が少女のものであることがわかった。

かまっていられない。うしろを振りかえる。刑事が迫ってきた。少女を助け起こすのではないかという期待があったが、眼鏡の刑事はまるでハードルのように転んだ少女を飛び越えただけだった。

「このガキゃあ」

刑事は完全に頭にきている様子だった。つかまればただでは済みそうにない。

咄嗟に鞄を投げつけていた。ただ平べったいだけの革鞄は、フリスビーに似た飛び方をして、運がいいのか悪いのか、刑事の顔面にヒットした。

「くそガキがあ」

真っ赤に紅潮した刑事の顔が目に飛びこんでくる。ますます退路を断たれた気分になった。

裕輔は路地に入ると、さらに歯を喰いしばり、右へ左へと住宅街を駆けまわった。心臓の鼓動が鼓膜を内側から鳴らしている。駅とは逆方向なので地理の見当がつかなかった。三叉路の突きあたりで公園の柵を乗り越えた。公園と思ったら実は保育所で、幼児たちの遊びの輪の中を突っきる形になった。

保母たちがあっけにとられている。わずかの時間差で、背中に「あなたたち、何ですか」という非難の声が聞こえた。まだ追いかけてくるのだ。

もう一度柵を乗り越えると、そこは墓地だった。通路を無視し、墓石に手をつきながら斜めに走り抜けていく。花を踏みつけ桶を蹴飛ばしたが、逃げることしか頭になかった。

いつの間にか寺の境内（けいだい）に出ていた。もう心臓は破裂しそうだ。鶏のように首を振ると、賽銭箱（さいせんばこ）の隣に自転車が停めてあるのを見つけた。一も二もなくハンドルをつかんでいた。しかし鍵がかかっている。

「待て、こらあ」刑事の怒声が樹木に覆われた境内に響きわたった。

右足でフロントフォークに付けられた鍵を蹴った。震える足で二度三度と蹴った。カチャンという音をたてて鍵が外れる。

自転車を押し、走りだした。刑事は目前に迫っていて、その口元が血に染まっているのが視界の端に映った。

助走をつけて飛び乗る。刑事の伸ばした手が背中をかすった。

懸命にペダルを漕いだ。前傾姿勢で、ハンドルに顎を乗せるようにして。

たちまち刑事との距離がひろがる。

門をくぐると急なスロープになっていて、自転車はいっそう加速した。

一瞬だけ振りかえる。刑事は門の下で膝に手をつき、肩で息をしていた。声も出ない様子だった。もう数十メ学校は退学になるのだろうか。すべてを放りだしたい気分になった。

この一ヵ月でかかわった刑事たちは、交通課や少年係の警官とは明らかにちがっていた。手加減がなかった。裕輔の将来など眼中にないという態度だった。

一人で顔を歪める。自分はまだ高校生だぞと言いたくなった。

途中、駅前で停車したのでそこでバスを降りた。不安をわかちあいたくて携帯電話で洋平に連絡を入れた。洋平も腕を折られていて、確か警察に訴えたはずだ。弁当の配達のバイトをしている洋平は、いつも三時を過ぎれば暇になる。

呼びだすとすぐに応答した。

「おい、おまえンところ、刑事は来たか」

いきなり用件を切りだす。洋平は「いいや」と呑気な声を発した。

「なんでだ。被害届、おまえも出したんだろう」

「行ったよ、一応。でもな、受け取ってもらえなかったんだよ。怖え刑事が出てきてよォ、てめえふざけた真似するんじゃねえぞって追いかえされた。もう一人、やさしい刑事もいて、そのおっさんは、うちへ帰ってもう一

ートルは離れているはずなのに、なぜか刑事の憎しみのこもった目が見えた。

しばらく自転車を漕いだ。もう追ってはこないとわかっても、とにかくその場を遠く離れたかった。油が差し足りないのかギアの軋む音が等間隔で鳴っている。

逃げおおせたという安堵感はどこにもない。喉がからからに渇いていた。

どこだかわからないバス停で自転車を乗り捨て、たまたま来たバスに乗った。いちばんうしろのシートに腰をおろし、足を投げだす。さっき缶ジュースを飲んだせいで玉のような汗が噴きでた。ポケットをまさぐったがハンカチはなく、仕方がないので上着の袖で汗を拭った。

ため息をつく。今日はバイトに行けないなと思った。あの井上とかいう刑事がやってくるに決まっている。そして家も安全ではないことに考えが及び、自分の置かれた立場に嫌気がさした。

刑事に鞄を投げつけたのはいかにもまずかった。しかも怪我をさせてしまった。法律には無知でも、それが何かの罪になることは容易に想像がついた。

回考えなさいって言ってたけどな」

「それで」

「それだけよ」

「花村っておやじはいなかったのかよ」

「そうそう、あのおやじ、そのあと大倉さんのところへ報告に行ったら、横で花札やってんの。あいつ、ロクな刑事じゃねえな」

「どういうことだよ」

「知るかよ、おれに聞いたって。で、追いかえされましたって言ったら、『ま、しょうがねえか』って。渡辺一人がいればいいかって、そんなことも言ってたぜ」

「ほんとかよ」髪を掻きむしった。

「裕輔、どうかしたのか」

「したよ。井上っていう刑事に待ち伏せされて、無理やり警察に連れていかれそうになったよ」

「逃げたのか」

「おう。鞄投げつけて、刑事に鼻血まで出させちまったよ」

「やるじゃねえか」

「馬鹿野郎。それどころじゃねえよ。これって公務執行妨害とかだろう。今夜うちに帰れねえよ」

「とりあえず大倉さんに連絡入れたらどうだ。きっと相談にのってくれるぞ」

「冗談じゃねえよ。おれ、昨日、被害届を下げたら承知しねえぞって、さんざん脅されてよォ」

「おれにはやさしいぞ。飲みに連れてってくれたし、小遣いもくれたし。なあ裕輔、おれ、大倉さんの舎弟になろうかと思ってよ」

「馬鹿かおまえ。やさしいなんて、そんなもん最初だけだろうが」

「そりゃあそうかもしんねえけど、弁当屋は飽きたしなあ。おれ、やくざに向いてる気もしてきたし」

「信じらんねえよ。おれが困ってるときに、何呑気なこと言ってんだよ」

「情けねえ声出すなよ」

「人の身にもなれ」携帯に向かって怒鳴りつけた。

「とにかく、新町で会おうぜ。いつもの喫茶店。もうすぐ仕事終わっからよ」

電話を切る。またため息をつく。駅に向かう足どりが重かった。

どうして自分がこんな目に遭うのかわからなかった。

いくつかの悪さをしたのは事実だが、それは相応の罰を受ければいいだけのことで、今の自分の窮状（きゅうじょう）は、どう考えても納得がいくものではなかった。

　大人のくせして高校生相手に本気になるなよ。そんな泣きごとを心の中で叫んでいた。

　切符を買い求め、改札をくぐる。初めての駅でホームに立つと、よその学校の不良がかった身なりの集団がガンを飛ばしてきた。

　相手をする気分ではないので目を合わせないように下を向く。ホームの端へと移動した。すると気の弱いカモと思ったのか、男たちが靴を引きずって近づいてきて、裕輔を取り囲んだ。

「おめえ、見かけねえ顔だな。どこの学校だ」中の一人、長髪の男が凄んで言う。

「うるせえ。あっちへ行ってろ」そう吐き捨て、睨みつけた。

「おろ。かわいくねえなあ、この兄ちゃん」顔を寄せてきた。「やっちまうぞ。銀色なんかに髪染めやがって。てめえは外人か。それとも老人かァ」

「おまえらナメんじゃねえぞ」裕輔が低く声を発する。相手は五人いたが怖くなかった。ただうっとうしかった。

「おいおい、どこ押せばこんな強気な台詞が出てくんだァ」

「喧嘩の達人かァ、君は」

「わかった。空手やってんだ、こいつ。通信教育で」

　男たちが口々に裕輔をからかい笑っている。

「おい、銭出せ」長髪が真顔で言った。「ただしこっちは五人いっからよォ、五千円以下だとやっちまうからな」

「やってみろ」ホームに唾を吐いた。男たちの顔色が変わる。「おまえらおれを誰だと思ってやがんだ。こう見えてもおれは清和会の大倉さんを――」

　顎に衝撃が走った。続いて腹部にも。

「この野郎。なに意気がってんだよ」

　そんな罵声を浴びせられ、次々とパンチや蹴りをくらった。手で避けようとするのだが、五人を相手に抵抗できるわけもなく、裕輔はその場にうずくまることになった。

　脇腹に蹴りがめりこむ。背中を何度も踏みつけられた。

「よそへ来てでかいツラするんじゃねえぞ、このタコが」

不良たちが捨て台詞を残して去っていく。なんとか立ちあがり、手の甲で口元を拭ったら、唇が切れていて血がべっとりと付着した。

　ハンカチは持っていない。仕方がないので上着を脱ぎ、シャツも脱ぎ、Tシャツをズボンから引っぱりだして顔を拭いた。ホームの客が裕輔の様子を盗み見ているのがわかったが、不思議な開き直りがあり、人の目も気にならなかった。

　ついてねえな。口の中でつぶやく。電車を一本やりすごし、ホームのベンチでたばこを吸った。吐いた煙を目で追いながら、ついてないどころじゃねえだろうと自分に茶々をいれた。目を閉じる。事態の深刻さに気が滅入るばかりだった。

　新町に着くと待ち合わせの喫茶店へと向かった。誰でもいいから知り合いの顔が見たかった。一人では身がもたないと思った。

　ところが喫茶店の玄関をくぐると、奥のテーブルには、洋平と一緒に柄の大きな中年男がいた。目を凝らすまでもなく花村だとわかった。花村は裕輔を見つけるなり口の端だけで不敵に笑い、「井上と追いかけっこしたんだって」と太い声を出した。

「あ、いえ」

　顔がひきつる。洋平を見ると、「おれが大倉さんに電話したんだよ。そしたら花村さんがいたから」と、もうギプスの取れた右腕を陽気に振った。

　何か言いたかったが、花村の手前、顔色を取り繕うことしかできなかった。小遣いぐらいで懐くなと、腹の中で毒づく。洋平の隣に座った。

「どうしたんだよ、その顔」洋平がのぞき込む。

「おい、井上にやられたのか」花村は腰を浮かせた。

「だったら医者へ行け。診断書取ってこい」

「いえ、ちょっと駅でよその学校の連中に」

「ほんとかよ。じゃあ仕返しに行こうぜ」洋平が言った。

「ああ、今度な」

「それより井上にやられたことにしろ」と花村。

「そんなこと、できませんよ」

「いいんだ、そんなもん。おれが裏から手を回してやる。刑事課にはまだおれの息のかかったやつがいるんだ」

「いや、もう勘弁してください」辛そうに顔を歪めた。

学になっちゃいますよ」

「馬鹿野郎。いまさら何言ってやがんだ。おまえはおれの切り札なんだぞ。日和りやがったらただじゃおかねえぞ」

「でも、ほかでやったおやじ狩りが事件にされそうだから」

「ただの脅しよ。びびるこたあねえ」

「いや、あれは本気ッスよ」

そのとき喫茶店の扉が開き、大倉が入ってきた。花村に軽く会釈して裕輔の正面に座る。ポケットからたばこを取りだしくわえたら、洋平がまるで舎弟気取りで火を点けた。不機嫌そうに吸いこむ。

「おい渡辺」口を開くと煙がもれた。「しばらく部屋住みでもするか」

「はい?」

「うちの事務所に住まわせてやるってことよ」

大倉は冷たい目で裕輔を見据えている。

22

午後六時、ハイテックス本社玄関口に現れた及川は、能面のような表情をしていた。もっとも一人で歩いていれば、誰だってこんな顔なのだろう。周囲の通行人と比べても変わったところはない。真っすぐ前を見て、駅の方角に向かっている。

「行きますか」隣で服部がつぶやいた。「ぼくは目立つから、少し離れて歩きます」

自分の身長が尾行に邪魔なことは充分知っているらしく、軽く九野の背中を押し、先に行くよう促した。

九野がゆっくりと歩を進める。及川のグレーのスーツと、全体に華奢な印象のうしろ姿を頭にたたき込み、視線はそれより下の足元に向けた。九野はスーツをやめてジーンズにジャンパーといういで立ちだった。色の薄いサングラスと野球帽も用意した。面が割れているので、無茶な尾行はできない。

もっとも見失ったところでさしたる支障があるわけではなかった。及川が家族を置いて逃走するとは思えず、再犯の可能性も考えにくかった。

及川が駅の改札を抜け、九野も警察手帳を提示してあとに続く。見失わないよう、及川のうしろ姿に集中した。ホームでは十メートルほど離れて斜め後方に立った。

服部は隣の車両に乗りこむつもりなのか、さらに離れた場所にいる。

売店で夕刊紙を買い求め、読んでいるふりをした。開幕ダッシュに失敗した巨人を皮肉る見出しがぼんやりと目に映った。

電車がホームに到着する。目の端で及川を確認し、別の扉から乗りこむ。久々の満員電車だった。運悪くすぐ脇に女子高生の集団がいた。耳障りな甲高い声を聞きながら、九野はこっそり顔をしかめる。

本城署に設けられた捜査本部は、いつのまにかみすぼらしいものになっていた。放火事件にしては過剰とも思えた四十人の捜査陣は、説明もないまま縮小され、会議に出席する顔ぶれは半分ほどに減っていた。清和会の幹部の鼻骨を折ったという捜査員は、あたり前のように消えていた。今ごろは本庁で机に足を乗せ、鼻毛でも抜いていることだろう。

管理官の機嫌はすこぶる悪い。ハイテックスの会計監査の一件を知らされるなり、年上の坂田刑事課課長を怒鳴りつけ、始末書を出せと息巻いたらしい。当然、坂田も激怒している。

九野と服部に直接の叱責はなかった。外されるかなと思ったがそれもなかった。報復はきっと別の機会にやってくるのだろう。ただハイテックスへの調査は本庁の別の班が当てられ、九野と服部は及川の朝夕の行確だけを受け持つことになった。面が割れている捜査員をわざわざ当てるところが、もしかすると嫌がらせなのかもしれない。

服部はそれでも涼しい顔をしている。本庁にいたころの知り合いに探りを入れたところ、刑事部長と刑事一課長のラインに乗っていて、四課の管理官など怖くもないのだそうだ。

及川の所属が本社総務部人事課に移ったのは、本城支社に問い合わせたらすぐに判明した。退院後の出社予定日を聞くと、事務の女子社員が無防備に教えてくれたのだ。これでハイテックスの腹はわかった。服部は「警察からのガードも含めて、監視下に置くつもりでしょう」と呑気に言っていた。職場でどんな時間を過ごしたのかわからないが、針のむしろであろうことは容易に想像できた。警察組織の例からしても、たぶん仕事は与えられていないはずだ。

及川は、吊り革につかまって車窓から外の景色に目をやっている。その目にはいったい何が映っているのだろう。容疑者の気持ちを思うことなどあまりないのに、今回に限っては、胸の中で頻繁に湧きおこった。

電車はターミナル駅に吸いこまれ、及川は本城市へと向かう私鉄に乗り換えた。九野と服部もあとに続く。乗客はほとんどが帰宅途中のサラリーマンやOLになり、どこか緩んだ空気が漂っていた。新聞で顔を隠したまま様子をうかがう。及川は空いた席に腰かけていた。中空を見つめているが、何を見ているというふうでもない。服部を探すと、隣の車両から窓越しに鋭い視線を向けていた。

二つ三つと駅を通過していく。知らずに乗ったが急行らしく、このぶんでいくと本城には三十分ほどで到着しそうだった。

腕時計を見る。及川の行確はたやすい任務だ。帰宅後まで張り込むつもりはない。八時前には解放されそうだ。

そう思ったとき、及川が座席から立ちあがった。車内アナウンスでは次に停車する駅名を告げており、それに連動して電車が速度を緩めはじめた矢先だ。

どうするつもりかわからなかった。服部を見ると、訝しげに眉間に皺を寄せている。

本城より手前の駅で電車は停まり、及川は、まるでそこが自宅からの最寄り駅であるかのように、ごく自然に降りていった。

気づかれたのかと一瞬緊張した。車両を移動することも考え、九野は車内に残ったまま乗降口から及川の背中を注意深く目で追った。

及川は何喰わぬ顔でホームを歩くと、帰宅客の群れに混じって階段へと向かっていく。その挙動に変わった様子は見られなかった。

仕方なく九野はあとを追った。階段までは駆け足で進み、姿を確認するとまた二十メートルの距離を保った。

及川が改札を抜ける。駅舎の前でほんの数秒立ちどまり、どちらに行くか迷ったような素振りののち、右手の繁華街に歩いていった。駅前ロータリーに吹きこむ春の宵風が、九野の頬を撫でている。

「誰かと会うのかな」

いつのまにかうしろに来ていた服部から声がかかった。

「いや、ちがうでしょう」

なんとなく確信があった。及川は目的がある歩き方ではなかった。

「服部さんは」九野が駅前の派出所を顎でしゃくる。「そこの交番で待っててください。二人も必要ないでしょう」

「いいんですか」

「なんかあったら携帯で知らせます」

そう言い残し、九野はアーケードの中に入った。及川の行動が無目的ならば、突然方向を変える可能性が大いにある。それを考えると行確は一人の方がよかった。

及川は通りの真ん中をぶらりぶらりと歩いていた。ときおり飲食店の前で歩を緩め、ガラス越しに中の様子をうかがっている。

そんなことを何度か繰り返し、やがて「お食事処」という暖簾(のれん)が下がった一軒の店に入っていった。

少し間をおいて、九野が近づく。暖簾の端をつまみあげて中をのぞくと、及川は一人でカウンターに腰かけていた。及川は斜め上を見ている。その視線の先には、巨人戦を映しだす備え付けのテレビがあった。

暖簾を戻し、携帯で服部に状況を告げた。服部は、「じゃあこっちもコンビニのおにぎりでも喰うかな」と気の抜けた声をだしていた。九野が周囲を見まわす。斜め前にラーメン屋があったのでそこに入ることにした。

いちばん通りを見やすい席を確保し、何の変哲もない醬油ラーメンをすすった。この店にもテレビがあり、こちらでは全員が同じ顔に見える少女のグループが、忙しく踊り唄っていた。帽子をとって団扇(うちわ)代わりにあおぐ。ハンカチで汗を拭い、コップの水を飲み干した。ラーメンのスープは残した。化学調味料の味ばかりが強かった。

隣の客がたばこに火を点けた。紫煙がこちらに漂ってくる。その匂いがやけに甘く感じ、一度はやめたたばこだが、また吸い始めようかとぼんやり思った。

水をお代わりしてガラス戸の外に目をやっていると、三十分ほどして及川が定食屋から出てきた。九野も急いで勘定を済ませ、外に出る。

及川は駅とは反対の方向に歩きだしたが、九野は驚かなかった。そんな気がしていた。

ゆっくりとした足どりだった。自分より二つ三つ年上の男の背中が、青白い街灯の光に照らされ、ゆらゆらと頼りなげに揺れている。

少し先にあった書店に及川が入っていった。奥の通路でラックから雑誌を取りだし、パラパラとめくっていた。九野は表のスタンドで同様に週刊誌を眺めた。

十分ほどで書店を出た。何も買ってはいなかった。九野のすぐ脇を擦り抜けたが、こちらにはまったく気づいていなかった。再びアーケードの下を歩く。通りの斜め前方ではパチンコ店のネオンが瞬いていて、入るかなと思ったら、及川の足は本当にそちらに向かっていった。

看板の陰にかくれて携帯で連絡を入れた。服部は「コーヒーと茶菓子が出ました。ここはサービスがいいですよ」と軽口をたたいていた。本庁捜査一課の警部補は、派出所で王様のように扱われているのだろう。

念のためにリバーシブルのジャンパーを裏返した。パチンコ店の中に入る。及川はすぐに見つかった。雑多な客層に混じって玉を弾いている。虚ろな目で盤面を見ていた。

九野は店内を一周して裏口がないかを確認した。出入り口は通りに面した一ヵ所しかない。どうするかなと少し思案し、出入り口に近いところで自分も打つことにした。

パチンコをするのは十年ぶりだった。聞き馴れない電子音が店内のあちこちに響き渡っている。勝手がわからず、たちまち三千円をすった。自販機でコーヒーを買い求め、一息ついた。今度は台を移って弾いてみたが、それでも玉は減るばかりだった。

ふと思いたち、残りの玉を持ってフロントへ行った。マイルドセブンとライターに替える。台に戻ってたばこをくわえ、火を点けた。

軽く吸いこむ。辛さだけが口の中に広がった。早苗が妊娠したときたばこをやめた。だから、ほぼ八年ぶりの味だ。懐かしくもなんともない。ただまずいだけだった。

それでも一本を半分ほど吸う。肺の中に濁った気体が広がり、消したあとになって、手足の先まで何かが滲みていく感じがした。

時計の針はまだ八時半にも届いていない。閉店までいるつもりなのだろうか。九野はひたすらガラス扉に映る及川を目で追っていた。当たり台にめぐまれないのか、及川は頻繁に台を移動した。その都度、盤面で弾ける玉をじっと見つめている。

九野は二本目のたばこに火を点けた。今度はやや味がなじんだ気がする。続けて三本目も吸った。そろそろ辛さが消えていた。こうしてまたたばこを吸いはじめるのかと吐息混じりに思った。

結局、及川は十時近くまでパチンコ店にいた。手ぶらで出ていくところを見ると、戦果はなかったのだろう。いいかげんにやっていた九野でさえ一万円ほどすっていたので、及川はもっとつぎ込んだはずだ。さぞや痛い出費だったにちがいない。

及川は駅に向かって歩きだした。見るからに重そうな足どりだった。すでに通りに人影はまばらで、多くの店がシャッターを降ろしていた。帰宅を急ぐOLのハイヒールの靴音が、アーケードの天井に響いている。

駅前に着くと、派出所の服部を迎えにいった。服部は待ちくたびれた様子で、眠そうな目を向けて「お疲れさん」と言った。

若い巡査が敬礼をする。九野は目礼だけを返した。

「やっこさんは?」と服部。

「もう駅に入りました」

「じゃあ、行きますか」億劫(おっくう)そうに腰をあげる。「一応、仕事だし」

二人で改札をくぐり、ホームにいた及川を確認した。距離を充分にとったので表情はわからない。ただ血色がよくないことだけは全体のたたずまいから想像できた。その肩は落ちていて、背広までくたびれて見えた。

電車が来て、二人とも隣の車両に乗った。混んではいないが座席は埋まっている。

服部が吊り革の上の鉄パイプをつかんで言った。

「結局、及川は飯喰ってパチンコをしただけですか」

「ええ」小さくうなずいた。

「帰宅拒否症ってやつかな。哀れなもんだ」

その言葉には答えないでいた。ガラス越しに及川を見ると、中吊り広告にぼんやり目を向けている。

「女房は問い詰めたりしてないのかな」

「さあ、どうなんでしょう」

「でも、あれだけ我々に揺さぶられて、夫婦の間に何も話し合いがないっていうのはおかしいでしょう。とっくに冷えきってたっていうのなら別ですが。……きっと明日もパチンコだな」服部はつぶやくと、凝りをほぐすように頭を左右に振った。「会社では仕事なし、家に帰ってもいる場所なし。また手前の駅で降りるんじゃないですかね。……となると、あの派出所に手土産でも持ってクシーで先回りすることにした。もう寄り道するところはないだろうと踏み、及川の自宅近くで張り込む。

午後十時二十五分、すっかり静まりかえった住宅街に及川が現れた。街灯に照らされ、その顔が余計に青白く見えた。

自宅玄関の呼び鈴を押し、しばらくののち、扉が開く。及川の妻、恭子の白い腕だけが隙間から見えた。

「いくらなんでも、この時間はないでしょう」

案の定、パジャマ姿の佐藤はマンションの玄関口で顔をこわばらせ、目の前の刑事たちに抗議した。二人の体格に圧倒されてか、三和土に降りてこようとしない。渋った服部だったが、結局九野に従った。署に戻って車に乗り換え、深夜の訪問となったのだ。

「まあまあ、こっちも失礼なことはわかってます」九野がとりなそうとする。「着替えなくていいから、ちょっと表の車までお願いできませんか」

「昼間、会社にくればいいじゃないですか」

「会社だと、いろいろ話しにくいことだってあるでしょう」

「ありませんよ。現に今日だって刑事さんが来てたし」

「それとは別に話を聞きたいわけですよ」

「いやです」佐藤が九野を見据えて言った。「だいいち、ぼくなんかに聞いてもしょうがないでしょう。会社のことなら本社に聞いてください」

「おや、いいわけ?」服部が横から言う。「おたくの支社で商品を横流しした件も聞くことになりますよ」渋々ついてきたせいか、ぞんざいな口の利き方だった。

「あれはぼくの勘違いでした。そういうことはありませんでした」

佐藤が頬をひくつかせる。目を合わせなかった。

「あんた、ふざけちゃいかんよ」

「いえ、別にふざけてなんか」声が小さくなる。

「おたく、何人社員がいるんだ。全員が口裏合わせられるとでも思ってるのか。だいいちこの前は横流し先まで言ってただろうが。裁判になったら、あんた、絶対に証言台に立たせるからな。そこで嘘つきゃ偽証罪だ」

「そんな……」佐藤が顔を歪め、絶句する。

「嘘なんかどっかでほころびが出るもんなんだよ。業務上横領で警視庁が捜査に乗りだしたら、会社なんてもんは最後には社員を切り捨てるぞ。組織が守ろうとするのは組織なんだよ。誰が一介の社員を守る? 馬鹿をみるのはあんた自身だよ」

「刑事さん、協力者には絶対迷惑をかけないとか言ってたでしょう」佐藤が声をひそめた。

「最後まで協力すればの話だよ」

パジャマ姿の若い男が、口を半開きにしたまま言葉を失っていた。

「佐藤さん、今回は我々に貸しを作ってくださいよ。必ず返しますから」九野が笑みをつくってなだめた。「佐藤さんの悪いようには絶対にしない。市内での違反キップぐらいならなんとかするし」

佐藤は大きくため息をつくと、「着替えます」と力なく言った。

うなだれる佐藤を促して外に出た。

前回と同じように服部が後部座席に乗り、九野は助手席から話しかけた。

「まず最初に。ハイテックスでは箝口令(かんこうれい)がしかれてるわけですよね」

「箝口令っていうのは、ちょっと」

「でも、警察に余計なことは言うなと」

「……ええ。それとマスコミにも」

「ブン屋も来てるんだ」

「新聞記者どころか週刊誌まで来ましたよ」

「週刊誌?」

「ええ。支社長が応対しましたけど」

九野が服部と目を合わせる。

「そりゃそうか」服部がふんと鼻を鳴らした。「暴力団の放火なら記事にならなくても、社員の狂言となりゃあ喰いつくわな。こりゃあますます時間の問題だ。佐藤さん。新聞とちがって平気で飛ばし記事を載せるから。おたくの会社、シラは切りとおせないよ」

「そんなことぼくに言われたって」

「で、会社では噂になってるんですか、及川氏のこと」九野が話を続けた。

「いや……」二、三度目をしばたたいたのち、口を開いた。「少なくとも表立ってその話はしませんよ。みんな何事もなかったような顔してますよ。でも、同僚同士が集まればするんじゃないですか。ぼくなんかは直属の部下だったから、本社の同期から電話がかかってきて。おい、火を付けたのはおたくの課長なのかって」

「会社はかくまうつもりなんですかね」

「知りませんよ、そんなこと」

「本社移転でどうせ取り壊しになる社屋だから、燃えた損害はたいしたことがない。それより会社のイメージダウンのほうが怖いと」

「いや、ほんと、ぼくに聞かれても」

「横流しで、及川氏は個人的にいくらぐらい着服したのかな」

「知らないんですよ、嘘じゃなくて」佐藤が懸命にかぶりを振る。

「あんたねえ」服部が佐藤の肩に手をまわした。「ここまできて協力してくれないわけ? 噂でもなんでもいいから。だいいちあんたは及川の部下だったんだ。見てりゃあだいたいのことぐらいわかるだろうが。それとも横流しの話はあんたから出たって本社に言ってやろうか」

「ちょっと。刑事さん、それって……」さすがに憤慨したのか、佐藤は顔を紅潮させた。

「おおよその金額でいいんですよ。一千万? 二千万?」と九野。

「冗談でしょう。アルミホイールだのエアロパーツだので、そんなに大金が動くわけがないでしょう。うちらの商売なんて小さなもんですよ」

「じゃあいくら」

「せいぜい二、三百でしょう」吐き捨てるように言った。

「薄々気づいてたわけ？」

佐藤が黙る。荒い鼻息を吐きながら、窓の外に顔を向けていた。

「頼みますよ。答えてくださいよ」

「……今にして思えばってやつですよ」ぽつりと言った。「在庫数と伝票が異様に合わないなんてことが何度かあったんで」

「金遣いが荒くなったとかは」

「いいえ。とくには。麻雀の打ち方が荒っぽくなったぐらいじゃないですか」皮肉めかして口の端を持ち上げる。「だいいち豪遊できるほどの金額でもないでしょう」

「及川氏は、商品の横流しで社員旅行の費用を捻出(ねんしゅつ)するうちに、自分の小遣い稼ぎもするようになったと」

「さあ、どうなんでしょうね」

「そして本社の会計監査が入ることになって慌てた」

「ぼくに聞かれても。とにかく、会社じゃもうその件についてはタブーなんで。……みんなだって触れるのが怖いんですよ。人間ってそういうもんでしょう。いやなことはなるべく見ないようにするでしょう。経営陣だって、本社を新築移転して、いよいよ東証二部に上場しようって矢先にこんな事件があったんじゃあ……」

佐藤が髪を掻きあげる。ふてくされたような目で九野を見ていた。

「上場するんだ」服部がシートに背中を押しつけ、小さく笑った。「そりゃ間が悪いこった。もみ消そうって気持ちもわかるわな」

「とにかく」佐藤がひとつ咳ばらいした。「ぼくのところへ来るのはこれで最後にしていただけますか」

「まあそう言わないで」一転して服部が親しげに言う。

「今度、飯でも奢るよ」

「結構です」

「二回目の犯行が余計だったね」服部がにやついていた。

「何のことですか」

「あんたの上司だよ。愉快犯の犯行に見せるつもりだったんだろうけど、他人の車を燃やしちゃったからね。これが自分の会社の敷地内だけの出来事なら、まだ収めようがあるんだけどね。ああ、ありがとう。もう帰っていいよ。悪かったね、こんな時間に」

佐藤が憮然とした表情で車を降りる。サンダルを引きずりながら、マンションの玄関へと消えていった。

服部は助手席に乗り換えると、腕をヘッドレストのうしろで組む。小さく伸びをしながら「ついてねえ男だ」とつぶやいた。

「過去に清和会とのいざこざがなければ、本庁が出張(でば)ることもなかったし、マスコミが注目することもなかったわけでしょう。ベタ記事にもならない事件だったのに」

「ええ、そうですね」エンジン・キーを捻り、車を発進させた。

「もっともそれだと、さっさと馘か。……となると、ついてるんだか、ついていないんだか」服部は一人で苦笑いしている。「しかしまあ、二、三百の金で火を付けることはないだろうに。子供が授業いやさに学校に放火するのと同じだな」

服部はすっかりリラックスしている様子だった。上層部が時間稼ぎをしている間、及川の行確をすればいいだけなのだから、それも当然のことだろう。

「及川、カミさんにはどう言い訳してんのかね」いつもの仁丹を口にほうり込む。

九野は及川の妻のことを思った。

あの恭子という女こそ、最大の被害者なのかもしれない。一家の大黒柱と頼った男が、会社でつまらない不正を働き、火を放った。これが明るみになった時点で、恭子は今の暮らしのすべてを失うことになるのだ。いくら夫を信じていたとしても、平常心ではいられないだろう。心は揺れているはずだ。恭子は、自分と同じように、眠れない夜を過ごしている——。

アクセルを吹かした。低い排気音がうしろで響いている。


署に戻り、日報を書いていると佐伯が刑事部屋へふらりと現れた。

「よお、遅くまでご苦労だな」うっすらと髭が浮いた顎を撫で、けだるそうに声を発する。

「当直ですか」

「ああ、さっき夫婦喧嘩の仲裁に駆り出されたばかりだ」

「災難ですね」九野が苦笑した。

「いっそ民営化して金でも取った方がいいんじゃねえのか、警察は」

佐伯はそんなひとりごとを言いながら、自分でお茶をいれている。

「ああ、そうだ」振り向いてひとつしわぶいた。「課長の机の上の週刊誌、見てみろ。明日発売の号だ。ハイテックスの例の第一発見者のことが出てるぞ」

「もう、ですか？」驚いて顔をあげた。

「週刊誌は遠慮なしだ。実名さえ出さなきゃ憶測でも平気で書きやがる」

課長の机に行き、週刊誌を手にした。ページをめくると、いかにも締め切り間際に突っ込んだと思われる小さな記事が載っていた。見出しには「ハイテックス放火事件で新事実、警察のとんだ勇み足」とある。

記事は証拠もなく清和会を痛めつけた警察を揶揄するもので、及川について詳しく触れられてはいなかったが、それでも第一発見者が新たに捜査線上に浮かんだことをはっきりと示唆していた。ひととおり記事を読んで席に戻った。

「管理官はゆでダコになってるぜ」佐伯が向かいのデスクに腰をおろす。「課長は青くなってるがな」

「もう任意で呼んだ方がいいでしょう」

「そうもいかん。こうなると引っぱるには何か物証が欲しいだろう」

「じゃあなおさら。記事を見たら証拠隠滅の恐れありですよ」

「……ああ、そうだな」

「横領の方で引っぱれるでしょう」

「それがな、ハイテックス本社の総務部長、海外出張だってよ」鼻でふんと笑った。「総務担当の役員も一緒に」

「なんて奴らだ。逃げ切れるもんでもないでしょう」

「それから、保険会社には火災損失の保険金請求をしたそうだ」

「苦渋の選択ってやつですか」

「本庁が問い合わせたそうだ。そうなりゃあ請求しないと疑われるしな」

「じゃあ保険会社も調査に乗りだすわけですね」

「いいや。やらねえさ、連中は」佐伯が投げやりに言う。「無視して支払わねえんだよ。保険会社は自分から裁判を起こさないんだ。顧客が起こすのを待ってそれから腰をあげるのさ。それが連中の常套手段よ。だから時間稼ぎにはなるわな」

「まったく、どいつもこいつも」

「知らんよ、おれは。もうどうだっていいだろう、こんなヤマ」

佐伯が背もたれに身体をあずけ、たばこに火を点けた。それを見て、九野も自分のたばこを取りだす。

「なんだ。おぬし、たばこ吸うのか」

ええと軽くうなずいた。「本庁にいたころは吸ってたんですよ」

「ふうん……ところで花村だがな、清和会のガサで借用書が出てきたってよ。まったく間抜けな野郎だ」

「そうですか」昨晩の、怒りに燃えた目を思いだした。

「これで懲戒は固いな。おとなしく辞表を書けばよかったものを」

「ああ、そうだ」九野が書類を書く手を休めた。「わたしの辞表はちゃんと止まってるんでしょうね」

「うん？ 何の話だ」訝しげに九野を見る。

「なんだ、知らないんですか。坂田課長に言われて書いたんですよ。先月、ガキ共に怪我をさせた件で」

「嘘だろう」

「いえ、ほんとです。課長の指示で暴力犯係から調書も取られました」

みるみる佐伯の顔全体が赤くなった。「課長がか」

「ええ、そうですけど」

「宇田係長は知ってんのか」

「そりゃあ知ってるでしょうよ」

佐伯は立ちあがると課長の机に向かい、引き出しを勝手に開けはじめた。

「何するんですか」

「決まってんだろう。そんなもん破っちまうのさ」

「まずいッスよ、それは」慌てて駆けより、佐伯を押さえた。

「馬鹿野郎。おぬし、こんな真似されて平気なのか」

「平気じゃないですけど」

「じゃあ怒れよ。騒げよ。何を澄ましてやがんだ」

「別に澄ましてなんか」

「うろっとしてると受理されちまうぞ。そんなことおぬしだってわかってんだろうが」

「主任、声が大きいから」部屋に居残っている数人の刑事たちがこちらを見ている。

「聞こえるように言ってんだよ。おれたちは将棋の駒じゃねえぞ。血が通ってんだぞ。てめえらの保身のために切り捨てられてたまるもんか」

佐伯の荒い息が九野の顔にかかった。「とにかく、落ちついて」懸命に押し戻す。

「いいか。絶対に辞めんじゃねえぞ。死んでも辞めんじゃねえぞ」

佐伯が血走った目をして唸っていた。

23

朝、茂則がゴミ袋を片手に家を出た。夫がマイカー通勤ではなくなり、バス停まで歩くことになったので、ついでとばかりに集積場に置いてくれるよう頼んだのだ。いってらっしゃいと玄関口で見送り、台所へと踵をかえしたところで、及川恭子はもうひとつゴミ袋があったことを思いだした。子供部屋から出たゴミをそのまま二階に放ってあった。

慌てて取りに走り、サンダルをつっかけて外に出た。茂則の姿は通りのずっと先にある。仕方ない、自分で捨てにいくか。そう口の中でつぶやいたとき、斜め前にワゴン車が停まっているのに気づいた。運転席の男と目が合う。男はさっと視線を避けた。

途端に胸騒ぎがした。後部座席にも人影が見えた。あきらかにビデオカメラらしきものを肩に担いでいた。そのレンズは茂則の背中に向けられている。退院した日と同じだ。警察だろうか。背筋に冷たいものが走る。うしろにも似たようなワゴンがあった。数人の男たちが乗っている。

振りかえると、バス停とは反対方向の路上にもワゴンが停めてあった。計三台だ。頭がぐるぐると回る。警察ではない。テレビ局だ。なぜか確信した。茂則の顔を撮るために、朝から自宅前に張り込んでいたのだ。

いちばん手前のワゴン車がエンジンをかけた。恭子は無意識のうちに駆けだし、その前に立ちはだかっていた。ゴミ袋を地面に置き、ボンネットをばんばんと叩いた。得体のしれない感情が溢れでてきた。

車内の男たちが一斉に顔をこわばらせた。運転手が窓から顔を出し、「すいません。どいてもらえませんか」と遠慮がちに声を発した。恭子はすかさず運転席の横に移動する。

「あなた方、ここで何をしてるんですか」強い口調で聞いた。

「いや、道に迷っただけですが」運転手がみえすいた嘘をつく。

「じゃあ、そのカメラは何ですか」

「ロケの帰りなんですよ」

「そんな嘘ついたって——」

えば清和会の幹部連中の顔だってすでに撮ってあるわけです。もちろん流したりはしませんよ。その、なんて言うか」

「及川さんですか」

横から声がかかった。別のワゴンから降りてきた若い男がいつのまにかそばに来ていた。

「おまえら、あっち行ってろよ」口髭がとがった声を出す。「及川さんはうちと話をしてんだよ」

「いいじゃないですか。こっちも混ぜてくださいよ」

足音がして反対側に停めてあったワゴンからも男たちが近づいてきた。しかもビデオカメラを肩に担いでいる。

「なんですか、あなた方は。勝手に撮らないでください」

咄嗟に手で遮った。七、八人ほどの男たちに取り囲まれ、喉がからからに渇いた。

「おい、カメラは止めろよ。今日は亭主を撮るだけだってさっき取り決めたじゃねえか」口髭の男がいきなり乱暴な口を利きはじめる。

「だったら中央さんだけ抜けがけはしないでくださいよ」

「嘘じゃないです」

「あなたたち、うちの主人を撮ってたんでしょう」

「そんなことしてません」

「おい、いいよ」

そのとき、奥からリーダー格らしき男が身を乗りだして運転手に言った。後部座席のスライド式ドアが開き、口髭の男が降りてくる。「及川さんの奥さんですよね」そう言って名刺を差しだした。

「中央テレビの者です。昨日発売の『週刊ジャパン』はご覧になりましたか」

「いいえ……」

「ああ、そうですか。実はご主人のことが出てまして、失礼とは思ったんですが、ちょっと……」

「ちょっと何ですか」

「その、取材ということで」

「やっぱり夫を撮ったんですね」

詰問しながら男の言ったことが頭の中でふくらむ。週刊誌に茂則のことが載っていた？　全身の血が下りてゆく。顎がかすかに震えた。

「まあ、撮らせていただきましたけど……。でも撮ったっていっても、うちらの世界ではよくあることで、たと

「この人から話しかけてきたんだろうが。そもそも最初に来たのはおれらだぞ。あとから来ておいて勝手なこと言ってんじゃねえよ」

「及川さん、放火のあった日は、もともとご主人の宿直予定じゃなかったそうですが」カメラを向けられ、思わず身体をのけぞらせる。

「やめろって言ってんだろう」口髭が声を荒らげる。

「あんた黙ってろよ。音声が被っちまうだろう」

「馬鹿野郎。制作会社の下っ端がえらそうなこと言うんじゃねえ。デスク連れてこい、デスクを」

男たちはまるでチンピラのように言い争っていた。ふと我にかえり、周囲を見回す。隣家の主婦が窓から外の様子をうかがっていた。斜め前の家からは老婆が門扉のところまで出てきて、遠慮のない視線を向けていた。

目眩がした。ますます震えがひどくなった。

「及川さん、どうですかねえ、少しお時間をいただいて個別に話をお聞かせいただけませんか」誰かが言っている。「すぐに流すようなことはしません。わたしら、こう見えても人権には配慮しているつもりですから」うまく耳に入ってこなかった。

子供を放りっぱなしにしていることを思いだした。朝食の途中で外へ出てきたのだ。

恭子は男たちを押しのけ、ゴミ袋を拾いあげた。

「あ、ゴミなら我々が捨ててきますよ」口髭が言った。

「そうそう。だからお時間を」と別の男。

「おい。おれはそういうつもりで言ってんじゃねえよ」

「いいじゃないですか。なにも中央さんが仕切ることないでしょう」

「おまえら、あさましい真似すんじゃねえ」

「おまえらって言い方はないでしょう」

「うるさい」恭子は金切り声をあげた。自分の声の気がしなかった。

ゴミ袋を目の前の男めがけて振りおろした。

「ちょっと、何するんですか」

「うるさい、うるさい」

今度は顔が熱くなった。そうやって順に男たちにゴミ袋を打ちつけた。

もはやこの騒ぎが隠し通せるわけもなく、近所の人たちが通りに出てきた。目を合わせられなかった。

「おい、撮るなよ」

誰かの声にカメラが回っていることを知った。こんな屈辱はないと思った。カメラを担いでいる若者に体当たりすると、恭子は一目散に自宅へと駆けこんだ。心臓が口から飛び出そうだ。

玄関に鍵をかけ、その場にへたりこんだ。

「おかあさん、どうしたの」居間から香織が顔をのぞかせた。

「ううん。なんでもない」なんとか明るく返事をする。全身にびっしょりと汗をかいていた。「もう朝ご飯食べたの？」

「うん。健太はまだだけど」

「じゃあ食器は流しに運んでおいてね」

香織が奥へと消えていく。恭子は一回深呼吸すると、再び外に出た。子供の顔を見たら、これだけはしておかなければならないと思ったからだ。

まだ通りにたむろしている男たちに近寄った。

「子供が学校へ出かけるとき、絶対に撮らないでくださいね」感情を押し殺して告げた。

「あ、ええ……も、もちろんです」恭子の険しい表情に気圧されたのか、口髭の男がつかえながら答える。

斜め向かいの家の老婆が、男たちの輪の中にいた。遠慮がちに会釈してきた。おおかた情報収集をしているのだろう。この老婆によって、今朝の噂は町内に広まるのだ。

ぎこちない足取りで家に戻る。奥歯をかみしめ、拳を握りしめた。

いまは子供を送りだすことに全力を尽くそう。子供にうろたえた母親の姿を見せたくない。そう自分に言い聞かせて台所に立った。

「おかあさん、どうかしたの」

香織が不安げな表情で聞いてくる。上の子だけあって、母親の異変に気づいたようだった。「ううん。別に」笑って答える。声が少しか細かったけれど。

「今日、おかあさん、用事があるから児童館で遊んでてね。六時までには帰るから」

「うん」「わかった」香織と健太が交互にうなずく。

「冷蔵庫にケーキあるから、帰ったら食べてね」なんとか普通に言うことができた。

だが長くはもちそうにない。お茶を出してやり、「忘れ物しないように」と言って洗面所に置いてある洗濯機の前まで歩いた。洗濯物を中に入れ、洗剤を振りかける。スイッチを押すと水が音をたてて流れだした。

あらためて震えがきた。まるで体温が奪われてしまったかのようだ。

テレビ局の男は週刊誌に書いてあったと言っていた。いったい何が書いてあるのだろう。そういえば茂則の宿直のことについて聞かれた気がする。とにかく週刊誌を買い求めよう。読みたくもないけれど、読まないと余計に怖い。

恭子は朝食を摂らないで、ずっと洗濯機の前にいた。八時に子供たちが出かけると、急いで自転車を駆って近くのコンビニまで行った。テレビ局の男が言っていた週刊誌をその場でパラパラとめくる。なかなか見つからなかった。サラリーマン向けの週刊誌などめったに読まないので、目次を探すのも一苦労だ。細かく並んだ見出しを目で追っていく。「放火事件」の文字が見つかり、ひと呼吸おいてからそのページをめくった。

三分の一ページほどの小さな記事だった。ざっと目を通す。「ハイテックス」の会社名が書かれている。茂則の名はない。どちらかというと、証拠もないのに暴力団をたたいた警察をからかう内容だった。もっと凄いことを想像していたので、最悪の事態だけは避けられた気がした。

買おうかどうか思案し、やめることにした。こんな忌まわしいものを手元に置いておきたくない。

さてどうしようか。このままスーパーへ行くにしては時間が早すぎるし、家には帰りたくない。

とりあえず自転車を漕ぎ、たまたま目についた公園の前で停めた。中に入り、ベンチに腰かける。

時間が早いせいか子供を遊ばせる主婦たちもいない。恭子はぼんやりと空を見上げていた。仕事を休みたいがそうもいかない。今日はパートがひけたあと、小室と弁護士の荻原と伴って社長に面談を求める予定になっている。

難問山積だな。ため息をついた。今日は何日だっけ。四月の十五日だ。もうすぐゴールデンウィークだ。北海道旅行はすでに申し込んでしまった。はたして自分たちは北海道に行けるのだろうか。そのころ自分はどうしているのだろう。

あの週刊誌ははたしてどのくらいの影響力があるのか。見当もつかない。けれど心当たりのある人間が読めば、たちまち噂として広がるのだろう。恐らく茂則の会社でも。

全身が落ち着かない。身体の中で虫でもうごめいている感じがした。

週刊誌か……。やはりこれは決定的な出来事だ。濁流る。

いやになった。今日がはじまることも、明日があることも。

恭子は一旦自宅に戻るために自転車を漕いだ。青い空がうらめしかった。

スーパーで仕事をしていても落ち着かなかった。倉庫の男の子たちは普段どおりなので、たぶん週刊誌のことは知らないのだろう。淑子や久美もいつもと変わらないが、いずれは全員に知れ渡るのだろうなと思った。小さな職場で、この噂が広まらないほうがおかしい。そうなったらどうしよう。今以上に居づらくなる。

いっそパートを辞めたらどうだろうと考えた。抱えている問題のひとつはそうするだけで簡単に解決する。いやそれはできない。小室たちに申し訳ないし、そもそも今は一人になりたくないのだ。家に一人で置かれたら、ますます気が滅入ってしまう。

荷物の積み降ろしをしながら、恭子は身体の奥底から湧いてくる不安感と戦っていた。地に足が付かず、腕にも力が入らなかった。

「及川さん」

が、とうとう堰を越えはじめたようなものなのだ。

恭子がベンチから立ちあがる。ひょっとしたら自分の読み落としで、茂則の名が出ていたのではないか。そんな気がしたのだ。じっとしていられない。急いで自転車を走らせ、さっきと同じコンビニに戻った。

また雑誌コーナーに立ち、週刊誌をめくる。夫の名前はなかったが、ハイテックスの本城支社に当日、会計監査が入る予定だったことが書いてあった。だめだ。誰が読んでも第一発見者が怪しいと思う内容だ。

どうしてさっきは多少なりとも安堵したのだろう。自分が信じられなかった。これこそ最悪の事態ではないか。だいいち、この記事を読んでテレビ局が押し寄せたのだ。

ふと横を向くと、大きな鏡に自分が映っていた。すぐさま目をそらした。そこには青い顔をした三十女がいたからだ。

週刊誌を買うことにした。どうせ気にかかってしょうがないのだ。夫の目に触れないよう、そのページだけ破って持っていればいい。

子供たちは大丈夫だろうか。不意に頭に浮かんだ。親が週刊誌を読んで、吹き込む可能性は大いに考えられ背中に声をかけられ、振りかえると課長の池田が立っていた。

「今日、なんかたくらんでるみたいですね」

顔を曇らせている。恭子は質問には答えず、額の汗を軍手で拭った。

「荻原とかいう弁護士から本店に電話がかかってきて、今日どうしても社長に時間をとっていただきたいと言ったそうですよ」

「そうですか」

「そうですかって、及川さん、あなたもそのグループの一員なわけでしょう」

「ええ、そうですけど」

「ひとつ確認しておきたいことがあるんですけどね。及川さん、もしも要求が通ったとしたら、このままうちで働き続けるつもりですか」

「……そのつもりですけど」

「そうかなあ」池田がぎこちない笑みを見せる。「ぼくにはそんな気はないように思えるんだけどなあ。人の職場、かき回して、さっさと辞めちゃうんじゃないですか」

「そんなことは――」

「だって居づらいでしょう、普通の神経なら。及川さん、そんなに図太い人でしたっけ」

「とにかく、働かせてもらうつもりですから」目を合わせないで答えた。

「でも、いいんですか、こんなことに熱中してて。及川さん、うちのことの方が大変でしょう」

恭子が顔を上げる。背筋が凍りついた。

「ご主人のことを心配なさった方がいいんじゃないですか」それだけ言って池田がこの場を去ろうとした。

「ちょっと待ってください」背中に声をかけた。「どういうことでしょうか」

「どういうことって……」池田が立ち止まり、口ごもっている。

「週刊誌に書いてあったことでしょうか」今度は顔が熱くなった。

「まあ、そうですけど……」

「あんなの嘘ですから、信じないでください。勘ぐって、いいかげんな噂、流さないでください。うちの主人は潔白です。マスコミなんか、証拠もないのに憶測だけでものを言うし、面白ければいいって無責任なこと平気で書くし」自分でも驚くほどの大声だった。剣幕に圧されてか池田は黙っている。周りの男の子たちが作業の手を止めてこっちを見ていた。「松本サリン事件だって、こんなふうにして無実の人が犯人扱いされたでしょう。こういうのって一旦疑われたら、わたしたち普通の市民はどうすることもできないし、ほんとに困るんです。課長さん、噂が人を傷つけるとか考えたことはないんですか」

「あ、いや……ぼくは別に」

「とにかく、勝手な噂話をしないでください。知りたいことがあるのなら直接わたしに聞いてください」

池田が目を伏せ、逃げるようにして去っていく。男の子たちがまだ恭子を見ていたので彼らにも言った。

「君たちも週刊誌、読んだの？」

「あ、いや、おれらは読んでません」リーダー格の男の子が遠慮がちに答えた。

「でも課長さんから聞かされたんだ」

「あ、はい」

「なんて言ってたか知らないけど、全部嘘だから。ほんと、全部でっちあげなんだから」

「はい……」

ひとしきりまくしたて、恭子は荒い息を吐いた。そうか、やっぱりみんな知っていたのか。知らないふりをしていただけなのだ。淑子も久美も。

いよいよ来るべき日が来たな。そう思い、すぐさま自分の中で打ち消した。来たのではなく、これが始まりなのだ。たぶん今日、何かに向けてのカウントダウンが始まったのだ。それが何かは考えたくもない。

仕事を終えると、そのまま待ち合わせの喫茶店へと自転車を漕いだ。ここで合流し、小室の用意した車で本店へと向かう手筈になっている。到着して中に入ろうとしたとき、ちょうど小室たちが車でやってきた。てっきり自家用車だと思っていたのに、目の前に停車したのは屋根に拡声器がついたマイクロバスだった。

「及川さん、行くわよ」小室が助手席から顔を出す。マイクロバスの中をのぞくと、知らない人も含めて七、八人の男女が乗っていた。

蛇腹式のドアが開き、弁護士の荻原が降りてきた。

「さあさあ、早く乗って。いよいよ団交の日が来ましたよ」そう言って白い歯を見せた。

背中を押され、乗車した。小室が早口でメンバーを紹介した。一度会った他店のパートもいて、笑顔で会釈をかわす。それ以外の人はどうやら小室の市民運動の仲間らしかった。口々に「よろしくね」と握手を求められた。

「ねえねえこの人でしょ。スマイルの社長相手に一歩も引かなかった人って」

いかにも積極的そうな、目に自信が溢れている三十くらいの女が言った。

「そうよ。わたしがスカウトしたの」自慢げに小室が答える。

「頼もしいわあ。及川さん、一緒に頑張りましょうね」

今度は肩を揺すられた。

恭子は戸惑いながらも笑みを返す。ふと足元を見たら段ボール箱に詰まったビラがあった。「スーパー『スマイル』の労基法違反を糺す！」という勢いのある手書き文字が見えた。どきりとした。小室はこれを配るつもりなのだろうか。前の座席のコンソールボックスにはハンドマイクもあった。自分が思っていたより、事はずっと大きくなっているようだ。

「及川さん」荻原が声をかけてきた。「学生時代、弁論大会に出たとか、応援団にいたとか、そういう経験はありますか」

「いいえ」

「じゃあ、最初は緊張するかもしれませんが、一度大声を出すとあとはもう慣れますから」

「はい……」

「快感よ」小室が振りかえって弾んだ声を出した。「うしろにいる大野さんなんか、初めは足が震えてたの。でも、マイク持って『社長、出てこーい』って叫んだら、だんだん声が大きくなって、最後は大演説はじめちゃったの」

「そうなの」今度は、その大野という、年配なのに髪を三つ編みにした女が親しげに恭子の腕をつかんだ。「及川さんもきっと病みつきになっちゃうから」

もしかすると、自分はマイクで何かをしゃべらされるのだろうか。そんな話は聞いていない。団体交渉といっても、あくまでも経営者側と膝を突きあわせて談判するものだと思っていた。

もっとも恭子の中に臆する気持ちはなかった。それどころか、望むところだという感情もあった。どうせ朝からめちゃめちゃな一日なのだ。

車の中は賑やかだった。それぞれがどこかハイになっていて、社長は絶対に法廷の場に引きずり出そうとか、この次は『赤旗』に記事にしてもらおうとか、ふだん恭子が耳にすることのない勇ましい台詞が飛び交っていた。

そんな彼らの様子を見ながら、恭子の気持ちも徐々にときほぐされていった。こういう世界があることに驚きつつ、あらためて自分のいた場所の閉塞性を思った。

これまで、自分の得にならないことは何ひとつやろうとはしなかった。面倒なことはすべて関わりを避けてきた。でもここにいる人たちはちがう。信念を持っている。戦うことはきっと怖くない。戦わないから、いつまでたっても臆病なのだ。

淑子や久美は助けにならなかった。恨む気持ちはないけれど、どこか見下したのも事実だった。女の仲良しなんて、所詮はおしゃべり相手にすぎないのだ。

十五分ほどで多摩の本店に到着した。業者用の駐車場にマイクロバスを入れ、総勢九人で通用口へと向かった。

そこでは制服姿の警備員が待ち構えていた。体格のいい男が二人、入り口を塞ぐようにして立っている。そのうしろには背広を着た初老の社員が顔をこわばらせ、両腕を広げている。若い社員も数人いた。

「社長はいるか」荻原がよく透る声を響かせた。いきなりの喧嘩腰に恭子は驚いた。ついさっきまでの柔和(にゅうわ)な表情が嘘のようだ。

「社長はあなた方とはお会いしません」痩せた初老の社員が頰の筋肉をひきつらせて言った。

「おまえは誰だ」

「わたしは専務の小林です」

「おまえに雇用に関する決定権はあるのか」

「ええ、あります」

「嘘だ。おまえじゃ話にならん。社長に会わせろ」

荻原が前に進もうとする。警備員が前に立ちはだかり、胸を反らした。

「なんだ、どきなさい」かまわず歩を進める。身体と身体が接触した。警備員が押しかえし、荻原はよろけて尻餅をついた。それはわざと倒れたように見えた。「暴力だ、暴力だ。どこの警備会社だ。名を名乗れ」

「ちょっと、何をしてるんですか。勝手に撮らないでください」

専務の声が裏返る。うしろを見ると仲間の一人がビデオカメラを回していた。その用意周到ぶりに恭子は呆気(あっけ)にとられている。

「撮られて都合の悪いことでもあるのか」

「いや、とにかく、ちょっと……」

「社長を出さないと店の前で演説することになりますよ」

　小室がたたみかけるように声を張りあげた。専務はうろたえているだけだ。

「ビラも用意してあるんですよ。このあとすべての店舗前で配ることになります。それでもいいんですか」

　小室は相手を睨みつけていた。これまでとはまるで別人だ。ほかの仲間も口々に「社長を出せ」「団交に応じろ」とがなりたてている。声を出していないのは恭子だけだった。

　これではいけないと思い、一声あげた。

「社長を出せ」

　自分の声なのに鼓膜の外側から聞こえた。もう一回。

「社長を出せーっ」

　声を振り絞る。何かが腹の中からすうっと抜けでた気がした。緊張がいっきに解けた。

「パート労働法で認められた権利を踏みにじるつもりか。主婦がいつまでも言いなりになっていると思ったら大まちがいだぞ」

　すらすらと言葉が出た。小室がちらりとこちらを見た。表情に変化はないが目で分かりあえた。自分は仲間として認められたと思った。

「とにかく、帰ってください」専務が顔を歪める。前髪がぱらりと垂れ、頭の地肌が見えた。「あんたらむちゃくちゃじゃないか。いきなり押しかけてきて、大声出して」

「ちゃんと連絡したじゃないか。経営側としての責任を果たせ」と荻原。

「おまえみたいな犬じゃ話にならん。飼い主を出せ」と小室。

「犬とは何だ、犬とは」髪を直しながら、専務が顔を真っ赤にした。

「犬は犬だ。餌をもらうためなら何でもやるんだろう」

「そうだそうだ。犬らしく三べん回ってワンと言ってみろ」

「ふざけるなっ」専務の声が裏返った。「お、おれは」声が震えている。「三十年間、この仕事をやってるんだ。真面目にやってきたんだ」

「それがどうした。犬の一生など聞きたくもないぞ」

「人を侮辱するなっ」

「侮辱してるのはそっちだ。法律も守らないでえらそうなことを言うな」

専務が何か言おうとして口をパクパク開けている。目は怒りに満ち、こめかみには見事な青筋が立っていた。

「ほら、脳溢血を起こす前にどいたどいた。可愛い孫と遊べなくなるぞ」

小室は容赦がなかった。うしろにいる若い社員たちはまるで役に立たない。蒼白の面持ちで立ちすくんでいる。いつのまにか搬入の業者たちが遠巻きに眺めていた。

「どうするんだ。このまま店舗前での抗議行動に移ってやろうか」荻原がここぞとばかりに一歩踏みだす。「困るのはそっちだぞ。時間をやるから社長と相談してこい」

「う、うるさい。貴様らの指図は受けん。帰らんと警察を呼ぶぞ」専務がやっとのことで口を開いた。「おい、一一〇番だ」部下に怒鳴り散らす。興奮しきっている様子だった。

「一一〇番か……」荻原が急に口調を変えた。「そいつは困ったぞ」腕を組み、何やら思案している。「ここはスーパーの敷地内になるわけだし、街宣をするにも道路使用許可は取ってないし……」

「そうだ。あんたら不法侵入だろう。わかればさっさと帰れ」

「いや、待てよ。呼んでもらってもいいかな」荻原が顔をあげた。「この前の通り、いつも駐車違反の車でごったがえしてるんだよな。ここのスーパー、駐車場がないから。警察はこのことをどう考えているのか、一回聞いてみるのもいいかな。いや、前もね、こういうことがあったんだよ。大型ディスカウント店が駐車場も持たないでやってるものだから、前の道路がいつも違法駐車の車だらけで。それで調べてみたら店側が地元署に毎年付け届けをしてたのがわかってね……」

みるみる専務の顔が青くなった。

「じゃあ呼びなさい。ちょうどいい。一石二鳥だ」

「あ、いや、それは」専務がしどろもどろになった。

「おいっ」荻原が一喝する。「さっさと社長を出せ。くだらん時間稼ぎなどするな。おまえみたいな犬っころに我々の相手ができるとでも思ってるのか」

警備員を押しのけて中に入ろうとした。小室たちがあとに続く。仲間の一人が恭子の腕を取った。みんなでスクラムを組むような形になって前に進んだ。

警備員が慌てて入り口を塞ごうとする。押し合いがはじまった。

「金で雇われれば何でもするのか」と小室。

「そうだ。どっちが正しいか自分の頭で考えてみろ」恭子も大声を発した。

そのとき通路の奥に人影が見えた。ズボンのポケットに手を突っ込み険しい形相をしている。社長だとわかった。伸びたパーマ頭が白菜の葉のように立っていた。

「みなさん、あれが社長ですよ」恭子が身を乗りだして指さした。「あの太った人がここの社長です」

「こらァ、太った人とはなんだ」社長が怒鳴り声をあげる。顎の肉が揺れた。血相を変えて近寄ってきた。

「社長、ここはわたくし共に」専務が身体の向きを変え、社長を止めようとする。

「やかましい。わたしにお任せをって言うから任せてみりゃあ、てめえ、ババアどもにやり込められてるだけじゃねえか」

「ババアですって」

「うるさい。てめえら、おれの店がいやならさっさと辞めりゃあいいだろう。有給休暇が欲しい？　退職金よこせ？　何を寝言ぬかしてやがる」

「あんた、いまおれの店と言ったな」荻原が社長と向き合った。

「言ったがどうした」

「自分の思いどおりにしたいなら会社なんか作るんじゃない。個人商店のまま乾物でも売ってろ。会社にした以上は従業員に対しても社会に対しても責任が生じるんだ。そんなこともわからんのか、この馬鹿社長が」

「馬鹿社長？　なんだと、このアカが」社長が荻原につかみかかろうとする。「てめえだな、裏で糸を引いてるって弁護士は」

「いけません。相手になっちゃ」専務が抱きかかえた。

「離せこの野郎。もう頭にきたぞ。いい歳して共産主義なんかにかぶれやがって。おまえら雇われる側だから勝手なこと言ってやがんだ。経営者になってみろ。真っ先に悲鳴上げるに決まってんだ。虫喰いのジャガイモつかまされたとき、おまえら助けてくれたか。総菜で食中毒出したとき、おまえら給料返上したか。涼しい顔して家に帰っていくだけだろうが」社長は猛り狂っていた。目を剝き、歯をぎりぎりと鳴らしている。「手形が落ちなくて眠れねえ夜があったか。地回りと揉めて女房子供を実家に帰したことがあるか。取引先に小馬鹿にされて、帰り道、夕焼けを見ながらああおれは孤独だと思ったことがあるか。ありゃしめえ。おまえら餌が少ないってブーブー鳴いてる豚と一緒だ」

「おい、許さんぞ。いまの発言は」荻原がつばきを飛ばす。

「何が許さんぞだ。ビラなんぞ撒いてみやがれ。とっと店畳んで不動産屋に売り飛ばしてやる。そうなりゃあパートからも近所の主婦からも恨まれるぞ」

「そんなくだらん脅しに誰がのるか」

「じゃあやれ。好きなようにしろ。おれは絶対に屈しないぞ。一生暮らせるだけの金はあるんだ」

「もうおまえは絶対に許さん。意地でも法廷に引っぱり出してやる」

「だからその前に店を畳むって言ってるだろう」

「社長、お願いですから……」専務は泣きそうな顔でおろおろとうろたえている。

「うるさいっ」

社長は専務を振りほどくと、通用口へと消えていった。残された社員たちはその場に立ちつくし、口が利けないでいた。

「なんだあの男は。よくあんな態度で会社をもたせてきたな」

荻原は怒りで顔を紅潮させている。耳たぶまで赤かった。

「弁護士さん」専務がこれまでとはうってかわった懇願調の声で言った。「なんとかご勘弁いただけませんか。うちの社長はああいった性格で……」泣きそうな顔で深々と頭を下げた。

「だめだ。なんならあんたらも救ってやるぞ。明日にでも組合を作れ。わたしが相談にのってやる」

「このとおりです。なんとかご勘弁を」荻原にすがりついた。

「だめだめ。あんたらが言いなりになってるから、長い年月をかけてああいう異常な人格ができあがるんだ」

「そこをなんとか」

初老の男が必死に頭を下げていた。また髪が垂れ、地肌があらわになる。その姿を見て恭子は気の毒になった。でも悪いのは自分たちではない。あの社長が部下までをも苦しめているのだ。

「じゃあ、みなさん。早速抗議行動に移ります」荻原が向き直って言った。「車を移動してください。店の前でビラを配りましょう。マイクは小室さんにお願いしていいですか」

「任せて。わたしたちを怒らせたらどうなるか思い知らせてやるわ」

「ほんとに、なんとかなりませんか。社長に内緒で、パートのみなさんには別の手当を付けてもいいし、和解金を払ってもいいし」

「もうおまえに用はない。帰って社長の靴でも磨いてろ」

本当に犬でも追い払うように手をひらひらさせた。専務は顔を歪めている。

荻原の先導で店の前に回った。ビラを渡され、スーパーの入り口付近に陣取る。敷地内には入らないようにと荻原の指示があったので歩道で客に配った。ふと見ると、ワゴンの横っ腹には横断幕が吊るされていた。「パートは奴隷ではない」という大きな文字が見えた。これだけでもスマイルが大きな打撃をこうむることは容易に想像できた。小室がマイクを握る。

「ご通行中のみなさん。少しだけお騒がせします。みなさんが毎日利用なされるスーパー、スマイルは、法律で定められたパートタイム労働法を守っていません。パートの有給休暇を認めないばかりか、満足な雇用契約すら結ぼうとしません」

丁寧な口調だが、その声は力強さに溢れていた。原稿もないのにすらすらと言葉が紡ぎだされていく。場数を踏んでいることはすぐにわかった。聞き惚れるほどだった。

恭子は口元に笑みを作ってビラを配った。その方が効果的だと思い、自らそうした。不思議な充実感があった。

「ねえ、及川さん」小室がそばにやって来た。「あなたもマイクで何か言いなさいよ」

「いえ、そんな、わたしは」慌ててかぶりをふった。そんな経験、子供のころからずっとない。

「大丈夫よ。乱暴でもいいんだから。社長は隠れてないで出てこいとか、それくらいのこと言ってみなさいよ」

「でも、わたし」

「勇気出して。最初だけ、緊張するのは」

無理矢理マイクを押しつけられた。頭がぼうっとした。肩から上に血が昇っていくのがわかった。背中を押され、ワゴンの横に立つ。「わたしは……」拒むつもりだったのに声が出た。誰かに操られているような感じだった。

「もっと大きく」小室が人懐こい笑みを見せる。

「わたしは」おなかから声を出した。「本城店で働いているパート従業員です」

拡声器から流れた自分の声が、建物に跳ねかえって響いていた。

「このスーパーのパートに対する待遇は少しおかしいと思います」

「そうそう。その調子、その調子」小室が手をたたいていた。

「法律によってパートにも有給休暇が認められているにもかかわらず、スマイルはそれを与えようとしません。異議を唱えると、わたしはレジ係から倉庫の肉体労働に回されました。これはあきらかないやがらせです。家庭の主婦相手に商売をしているスーパーが、実は主婦の敵だったのです。ここの社長は客をナメてます。近くに競争相手がいないことをいいことに、少々勝手をしても客は逃げないとたかをくくっているのです」

通行人に見られているはずなのに、なぜか気にならなかった。うわずっていた声もすっかり落ちついている。

「それから、ここで売っている肉の内容量はトレイ込みの重さです。ネギトロは本当のトロではありません。余った赤身に油を混ぜて練ってあるだけです。これってインチキだと思います」

荻原が腹を抱えて笑っていた。ほかの仲間たちも顔をほころばせている。周囲をうかがう余裕も出てきた。立ち止まって恭子の演説を聞いている人がいる。店の中からは従業員たちが困惑顔でこちらを見ていた。

「みんな、人に嫌われるのがいやで、ついつい我慢してると思うんです。自分が我慢すれば波風は立たないって。でも、黙っていると世の中何も変わらないと思うんです。一人一人は弱くても、みんなが力を合わせれば変えられるはずなんです。たとえば、これから一週間スマイルでは買い物をしないって決めて、多少不便でも隣町のスーパーへ足を運ぶとか、それだけでもスマイルは慌てて商品の値段を下げたり、グラム数をごまかさないようになったりするはずです。大事なのはわたしたちは馬鹿じゃないぞって思い知らせることで……」

ずいぶん話がそれてるなと思ったが、止まらなかった。それより自分が堂々としていることに驚いていた。自分だって捨てたものじゃない。これまで戦う機会がなかっただけのことなのだ。

足元で何かが砕ける音がした。同時に液体のようなものがズボンにかかった。何だろうと思う間もなく、白い物体が恭子めがけて飛んできた。反射的にそれを避けた。ワゴンの窓に当たる。振りかえると卵がひしゃげていた。

「おい、何をするか」荻原の怒号が飛ぶ。

「うるせえ」

社長が真っ赤な顔をして入り口付近で仁王立ちしていた。手には卵のパックを持っている。この男が投げつけているのだとやっとわかった。

「中学生みたいなこと言いやがって。世間は学級会じゃねえぞ。てめえらの亭主だって小さな嘘ついて、ごまかしやって、他人を蹴落として、そうやって給料を稼いでんだ。てめえらはその金で飯喰ったり服買ったりしてんだぞ。汚れたことのねえ奴がきれいごとを言うんだ」

口角泡を飛ばしてわめいている。慌てたのは恭子たちよりスマイルの社員だった。専務が顔をひきつらせて社長を取り押さえ、若い男たちも加わって社長を奥に連れていこうとする。あたりは騒然となった。

「哀れな男……」横に来ていた小室が汚いものでも見るような目をして言った。「これで勝ったも同然ね」

「あ、はい」

「でも油断しちゃだめよ。あの社長は徹底的に糾弾してやるんだから」

社長は社員の手で奥に連れ去られ、マイクは再び小室が握った。スマイルがパート差別している実情を繰りかえし説いていた。演説している小室は輝いて見えた。そうすることが生きがいでもあるかのように。

恭子は百枚以上のビラを配った。これで心が晴れるわけもないが、その最中は何もかも忘れていられた。荻原からは当分抗議行動を続けるが参加できるかと聞かれ、恭子は二つ返事で了承した。自分も心のどこかでそれを期待していた。小室や荻原に引っぱっていってほしい。このままどこかへ連れ去ってもらいたいくらいだ。

24

及川が急行のひとつ手前の駅で降りるのは、もはや日課となっていた。

時間も決まっている。午後七時十分に到着し、無表情のまま、駅前商店街へと向かうのだ。

当然、会社は定時に退社していた。いつも一人で、同僚らしき社員と口を利くこともなかった。及川の会社での日常がどんなものであるか、その不安定な背中を見ていれば容易に想像がついた。及川のうしろ姿はどこか緊張感が漂い、家に帰ってくつろぐだけの人々の群れの中で、あきらかに異質なものとして映った。

九野薫は行確を続けながら、頭から感情を追い払う努力をしていた。及川をただの対象物として見たかった。居場所がどこにもない中年男を尾行するのは、憎悪よりも哀れみが先にたつ。

ここ数日で、捜査本部の雰囲気はますます悪くなった。本庁の四課から来ている捜査員たちは完全に白けきり、清和会を散々たたいた後始末を本城署に押しつけようとしていた。もちろん彼らは、元凶が同じ本庁の服部だということを承知している。だから余計に怒りのやり場がないのだろう。

服部は面の皮がよほど厚いのか平然としている。どうせあと一週間もすればハイテックスが屈して及川を業務上横領で告発し、その勾留期間中に本件も自白するだろうと、まるで他人事のように解説した。

今夜も、服部は駅前派出所で待機だ。代わりましょうか、とも言わなかった。

及川はいつも同じ定食屋で夕食をとった。すなわちそれは、九野がはす向かいのラーメン屋でラーメンを食べるということだった。

食べ終わると九野はたばこに火を点ける。ニコチンがだんだん身体に馴染んでいくのが自分でもわかった。とくに後悔はない。早苗に言われてやめたたばこだが、今は健康すぎても困るだろうという思いがある。

九野は自分の先行きを想像するのがいやだった。平均寿命まで生きるとしたらあと四十年もある。早苗のいない人生——。考えるだけでもむなしい気持ちになる。

及川が爪楊枝をくわえて店を出てきた。九野も勘定を済ませ、通りに出た。

アーケードを駅とは反対の方向へと歩いていく。またパチンコにでも行くのだろう。もう三日連続となるが、及川は一度も勝っていない。景品交換所へ足を向けていないからだ。

九野も合計で五万円ほどいかれていた。ろくに盤を見ていないのだから仕方がないが、経費で落ちそうもないことを思うと気分が暗くなる。

歩きながら尻ポケットの財布に手をやった。今日は一万円までにしておこうと思う。どうせ裏口はないのだから、すったあとは表で待てばいい。

ところが及川はパチンコ屋の前を通り過ぎた。横目で中の様子をうかがっただけで、立ち止まることもなく歩を進めたのだ。

どうするつもりかと訝っていると、及川は二軒隣の小さな映画館に入った。おそらく今夜は最初から映画館で時間を潰すつもりだったのだろう。及川は自然な足どりで入り口をくぐっていった。

通りの手前から看板を見上げた。聞いたこともない洋画のタイトルが、見たこともない役者の似顔絵に被さっている。外で待つか中に入るか少し迷い、自分も入ることにした。服部にはその旨を携帯で知らせた。

切符売り場で身を屈め、プラスチックボードの穴に千円札二枚を差しいれた。

事務服を着た中年の女がぎょっとした顔をした。

「もう始まってますよ」

「あ、そう。それでもいいですよ」

「でも、これ、本日の最終回ですよ」

そう言われて目の前の時間割を見る。始まってすでに一時間近くも経っており、入っても二時間の映画の後半部分しか見られないことがわかった。

「それでもいいから」

たぶん、及川にも同じことを聞いたのだろう。二人続けて変な客が来たのだ。女は信じられないといったふうにお釣りと入場券を差しだすと、感情を害したような目で九野を見つめていた。

売店で缶コーヒーを買った。プルトップを引き、一口つける。それを手にしたままドアを開けた。

本当に小さな映画館だった。席は二百ほどしかなく、スクリーンも小さい。暗闇に慣れようとしばらくうしろで立つことにした。

客の頭は数えるほどしかない。たぶん二十人ほどだ。見渡すと、及川はすぐに見つかった。中程の席に浅く腰をおろしている。スクリーンの光でその横顔が白くなったり赤くなったりした。目は正面に向けられているが、どこにも焦点が合っていないように見える。

九野はいちばんうしろの端の席に腰を深く沈めた。スクリーンでは男と女が言い争っている。途中なのでストーリーはわからない。どうやら軽い感じのラブコメディらしかったが、客席からは何の反応もなく、映画の音声ばかりが甲高く空間に響いていた。

パチンコよりは安上がり、か。口の中でそうつぶやいた。

毎晩時間潰しに一万円以上を費やしていたら、今の及川の財布などたちまち空になってしまうのだろう。これからは残業代もつかないにちがいない。そしてその先のこととなると……。

考えまいとしていたことなのに、九野の頭に及川の今後のことが浮かんだ。

いつになるのかわからないが、まちがいなく及川は逮捕される。となれば、及川の家族は大きな波にのみこまれることになるだろう。子供は学校でうしろ指をさされ、妻の恭子は地域から孤立する。あの買ったばかりの家に住み続けるのも、かなり困難と言わざるをえない。だいいち及川は仕事を失う。それどころか放火は重罪で、実刑は確実だ。

ささいな窃盗でも、家族の暮らしは簡単に崩壊する。そんな例はいくつも見てきた。この国では、犯罪者を出せば家族も同罪なのだ。

目を閉じる。てのひらで顔をこすった。

警官になって十年以上。若いころは何とも思わなかったことが、近ごろやけに身に滲みた。平凡な人間が魔がさして犯した罪は、解決を見たとしても後味が悪い。


映画は九時過ぎに終わった。場内の明かりが灯る前に外に出た。携帯で服部に報告する。及川は映画館を出ると、腕時計に目をやり、その場でしばらく考えごとをしていた。

まだ時間が潰し足りないのか、及川は駅には向かわず、さらにアーケード下を奥に進んだ。商店はあらかた閉まっている。いつ方向転換するともしれないので、九野は追うのをやめて路地の陰から眺めていた。しばらく歩き、立ち止まり、天井を見上げ、また歩を進める。まさに行くあてのない男の足どりだった。

途中、赤提灯の店をガラス越しにのぞいた。内ポケットから財布を取りだし、札を数えている。入るのかなと思ったが素通りし、今度はけばけばしいネオンが瞬く店の前で止まった。九野が少しだけ近づく。「ビデオ個室鑑賞」という看板の文字が見えた。千五百円という値段も書いてある。

及川はそのビルの細い階段を上がっていった。今の及川がアダルトビデオを見たい心境とは思えないので、財布と相談したのだろう。

服部に連絡するのはやめた。残酷に笑うに決まっている。

九野は路上の目立たない場所で待った。たばこを何本も吹かす。通行人はすでにまばらで、アーケード内に流れるBGMもやんでいた。ときおり、スナックからカラオケの音が漏れてくる。通りを風が吹きぬけていった。目を細めてその風を浴びた。

斜め向かいの食堂で、初老の女が暖簾を外していた。その姿を見たら急に義母の声が聞きたくなった。ポケットから携帯電話を取りだす。

この夜はすぐに義母が出た。ただし夜分の電話だけに警戒したような声だった。

「おかあさん。薫です」

「ああ、薫君」安堵の息がもれるのがわかる。

「まだ変な男から電話かかってくるんですか」

「ううん……もう平気」

その明るい答え方を聞いて九野も安心した。笑顔まで想像できた。

「風邪とか、ひいてませんか」

「元気よ。だいいちもう暖かいじゃない」

「それはそうですけど」

「薫君は元気なの？」

「ええ、元気ですよ。あ、そうだ。そろそろ早苗の花を替えないと。昼間は時間があるんです。明日あたりそっちに行きたいんですけど」

「あら、そう。じゃあ家にいるようにする。どうせならお昼、食べてってよ」

「そうですね。では遠慮なく」

「何が食べたいの」

「面倒じゃなかったらちらし寿司がいいんですが」

「うん、わかった。薫君、ちらし寿司が好物だものね」

「不動産屋、まだ来るんですか」

「あれからは来てないけど」

「売るなんて言わないでくださいね」

「ふふ……そうね」

義母は機嫌がよさそうだ。「じゃあ明日」と言って電話を切った。

義母の声を聞いたせいで、少しだけ憂鬱な気持ちが薄まった。

明日は一度、養子縁組の話をしてみようか。そんなことを考えた。本当の家族になれば、義母だって老後が安心なはずだ。

またたばこに火を点けた。及川の入ったビルをぼんやり眺めながら紫煙をくゆらせた。

首の骨を鳴らす。たばこの赤い火種に目をやり、これで当分は喫煙者だなと乾いた気持ちで思った。

午後十時過ぎに及川は出てきた。急ぎ足でその場を離れ、すぐさまゆっくりした歩調に戻った。そのまま駅まで歩き、改札をくぐった。

駅前で合流した服部がホームで伸びをした。欠伸をかみ殺し、「映画のあとは、またパチンコですか」と聞いてきた。

「ええ」顔を見ないでうなずいた。

「奴さん、勝ってるんですか」

「いいえ」

「踏んだり蹴ったりだな」ひとりごとのように言って肩を揺すった。

ホームに立つ及川を柱の陰からうかがっていた。いつもはホームの真ん中あたりなのに、今夜はずっと進行方向のうしろの位置を選んでいた。

九野は斜め後方から及川の青白い顔を見ている。

「ああ、今日中には帰れるから……」隣では服部が妻に電話をかけていた。

遠くで踏切の警報機が鳴る音がした。続いてホームの拡声器が電車が来ることをアナウンスする。

そのとき、及川がひょいと一歩前に出た。

九野の胸の中で黒い何かがみるみる充満していく。

電車のまばゆいライトが向こうに見えた。警笛が一足先に飛びこんできて、ホームの屋根に響く。

及川がもう一歩前に出た。及川は電車を見ていなかった。虚ろな目でじっと前だけを見つめている。

九野の背筋が凍りついた。考える間もなくコンクリートを蹴っていた。

二十メートルほどの距離を駆け、及川の肩に手をかけた。

及川が驚きの表情で振りかえる。襟首をつかみ、渾身の力をこめて引っぱった。尻餅をついた。電車が轟音とともにホームに入ってくる。

「何だ。あんた、何をするんだ」

及川が九野の上でわめいた。九野は及川の下敷きになっていた。声が出なかった。とにかく、電車が停止するまでは押さえつけておかなければ――。

「おい、九野さん。どうしたんだ」上から服部の鋭い声が降ってきた。及川を九野から引き離そうとした。「離せって。何があったんだよ」

目の前を光の放列が走っていく。電車の窓が、映画のフィルムのように左右に流れていった。そのスピードがだんだんゆっくりになり、乗客の顔が見える。無表情に、それでも何事かといった様子でそれぞれがこちらを見ていた。

「九野さん、どういうつもりなんだよ」

「行確対象者、自殺未遂」声がかすれた。「いや、その、この男が電車に飛びこもうとしたから」

一瞬にして服部の顔色が変わる。「あんた。そうなのか」及川のネクタイをつかみ手前に引き寄せた。

「ふざけるな」及川が声を荒らげた。「あんたら、あんたら……」膝をついたままの姿勢で唇を震わせている。

「ちゃんと答えろ。あんた、飛び込むつもりだったのか」

「そんなことするわけないだろう」

服部が九野を見る。九野は反射的にかぶりを振った。

「いや、確かに、ふらふらと線路の方へ」

「おい、そう言ってるぞ」

「歩いたさ。歩いちゃいけないのか。黄色い線のずっと内側じゃないか」

及川が服部の手を払いのける。立ちあがると自分でズボンをはたいた。赤い目で九野を睨んでいる。

「あ、いや、我々のことは覚えてるよね」と服部。ひとつ咳ばらいした。「その、こっちも仕事の帰りでね。たまたまホームであなたを見かけたものだから」

及川はそれには答えないで荒い息を吐いていた。

「相棒がさ、ちょっと早とちりしちゃったみたいで。ほら、中高年の自殺ってここんところ多いもんだから」

場をやわらげようとして、服部がひきつった笑みを浮かべる。

及川は九野たちと目を合わせず、いつまでも背広についた埃（ほこり）を払っていた。汚れてもいない腕や肩のあたりまで、何かに憑（つ）かれたように小刻みに手を動かしている。その不自然な仕草に、ふと手に目がいく。及川はじっとしていられないほど震えていた。うつむいた顔面は蒼白だった。

「及川さん、あんたもう自首しなさい」思わずそう言っていた。

「おい、何を言いだすんだ」服部が九野を制しようとする。

「見ちゃいられないよ、あんた。家にも帰れないんだろう。奥さんはなんて言ってんだ。疑われてることぐらい知ってるわけだろう」

「やめろって」

「会社に行って毎日何やってんだ。どうせ仕事なんかないはずだ。周りから白い目で見られて、口も利いてもらえないで、こんな状態、いつまで続けるつもりなんだ」

「九野」服部が呼び捨てにした。

「週刊誌は読んだのか。今朝はテレビ局があんたの自宅を取り巻いてたぞ。少しは変だと気づいただろう。あんたを隠し撮りしてたんだよ」

「やめろって言うのがわからんのか」

服部に胸倉をつかまれた。

「あんたは黙ってろ」

「なんだと」

「そもそもさっさと任同(ニンドウ)すりゃあよかったんだよ。それをあんたが」

「今言うことか。それよりどういうつもりなんだ。おれは知らんぞ」

「そんなこと――」

及川が鞄を拾いあげ、この場を離れようとした。

「おい、待てよ」その背中に九野が声をかける。「今から署に行こう。洗いざらいしゃべっちまえ。らくになれるぞ」

及川が振りかえる。「令状はあるんですか」まだ声が震えていた。

「任意だ」

「だったら心外ですね。人を尾行したりして」頬も痙攣(けいれん)している。

「これは職務だ。明日も、あさっても、あんたのうしろにはおれたちがいるぞ。死なせるものか。家族のことを考えろ」

「おいっ」服部が九野の胸を突く。

「わたしは何もやってません。潔白です。だいいち証拠はあるんですか」

「お望みとあればいくらでも揃えてやる」勢いでそう言った。

「やってないのに、あるわけがないでしょう」

最後は泣きそうな声で言った。及川は右手で髪をなでつけると、呼吸を整えるように胸を反らせ、強い視線を送ってきた。泥酔でもしたような赤い目だった。

次の電車が到着した。及川が乗りこむ。真っすぐ前を見て、電車の中を車両から車両へと歩いていった。

九野と服部は乗らなかった。まばらな客を乗せた電車を黙ったまま見送った。

「あんた。ほんとにどういうつもりなんだ」

あらためて服部が九野に詰め寄った。険しい目で睨みつけている。

「だから電車に飛び込もうとしたんですよ、及川が」

「当人はちがうって言ってるだろう」

「いや、危険な状態でした。及川は放心状態でした」

「わかったようなことを」

「服部さんは見ていなかったからですよ。夢遊病者のようにふらふらと……」

弁解しながら気持ちがぐらついた。自分の早とちりなのか。いや、網膜にはまだあのときの残像がある。及川の挙動は確かに不審だった。

「それに、もしものことがあったら大失態でしょう」

「だったらそのあとの言い草はなんだ。尾行をばらすことはないだろう。あんた、明日からどうするつもりだ」

「続けましょう。なんなら並んで歩いて世間話をしたっていい」

「どうかしてるぜ、あんた」服部が天を仰いだ。「開き直らせちまったな、及川を。放火は現逮(ゲンタイ)以外は供述が頼りなんだぜ。わかってるだろう、それくらいのことは」

「吐かせますよ、あんなやつ」

「冗談じゃないよ、引っぱる権限もないくせに」これみよがしにため息をつき、かぶりを振った。「おれはこの場にいなかったことにするからな。トイレにでも行ってたことにさせてもらうよ」

「ご自由に。なんなら、明日からはぼく一人で行確を続けましょうか」

「ふざけるな」服部が目を剝いた。

「とにかく、今後は自殺の心配もしなければならないってことですよ」

「あんたの言うことが事実とするならな、もう及川は死なないよ。人間、一度死に損なうと、逆に妙な度胸がつくんだ。死より怖いものはないなんて思っちまうんだ」

服部はネクタイを緩めるともう一度九野を睨みつけ、

「今日はお開きだ」そう言って踵をかえした。ポケットに手を突っこみ、長身を折り曲げるようにして、足早に去っていく。

九野はしばらくその場にいた。たばこを取りだして火を点けた。終日禁煙の看板が目に留まったが、構わず紫煙をくゆらせた。

及川は本当に死のうとしていたのか。考えてみようとしたが、わかるわけもないと早々に諦めた。目を閉じる。いつのまにか及川を哀れむ気持ちは失せていた。小悪党なら小悪党らしく、さっさと裁きを受ければいいのだ。

　吐息をもらし、肩を回す。背中に張りついた疲労が生き物のように動いた。

　首を曲げると鋭利な痛みが背筋に走った。

　署に帰ったのは午後十一時過ぎだった。刑事部屋には井上がいて、暗い顔で椅子の背もたれを軋ませている。九野を見るとゆっくりと身体を起こし、「お疲れのところなんですが」と憂鬱そうに口を開いた。

「例のガキ、取り逃がしました」

「そうか」上着を脱ぎ、長椅子に放り投げた。

「そうかって、ずいぶん呑気じゃないですか。こっちは佐伯主任に怒鳴られちゃいましたよ」

「ああ、すまない。おれのことなのにな」向き合って座った。

「家にも帰ってないし……。頭に来て学校にねじ込んでやりましたよ。出頭させないとてめえんとこの生徒、公務執行妨害でパクるぞって」

「おい、それじゃあ取引にならないだろう」

「かまやしませんよ。あんなガキ。……それより、ちょっと小耳にはさんだんですが」井上はそう言ってあたりを見回した。離れた机に別の係の刑事が一人いるだけだ。声をひそめる。「本庁の監察がやってきたみたいですよ」

「……そうなのか」

「署長が青くなってます。工藤副署長も、坂田課長も」

「大袈裟だな。どうせ調べられるのは花村の服務規程違反とおれの一件だけだろう」

「いや、それが」井上がいっそう声を低くした。「連れてきたのは管理官らしいんですよ」

「本庁四課のか」

「そうです。もうすでに何人か、上の階に呼ばれてます」

「なんでだ。どういうことだ」

「さあ」肩をすくめている。

「呼ばれたのはこの部屋の連中か」

「いや、地域（チイキ）課も生活安全（セイアン）課も入ってます。ばらばらです」

「どういうことだ」

「だからぼくに聞いても知りませんよ」

「ああそうだ、坂田課長は？」自分の書いた辞表について聞いてみたかった。

「それがですね……実を言うと、課長も呼ばれたんですよ」

井上が困惑顔で九野を見つめている。

25

抗議行動の翌日も、及川恭子はパートの仕事を休まなかった。解雇か自宅待機を覚悟していたが、弁護士の荻原が先手を打っていた。本城店の榊原店長に対し、処分を下すなら文書で通知せよと連絡をとったのだ。そうなると店側は証拠を残したくない。荻原の話では、榊原は「現時点で処分は考えていません」と憮然としていたそうだ。

「及川さん、行ける？」昨日、荻原は恭子にそう聞いた。申し訳なさそうな物言いだった。休むのは相手の思うつぼで、居座ることが大事な戦略なのだ。

「大丈夫です」と恭子は躊躇することなく答えた。荻原たちの役に立ちたかったし、家にいたくないという思いもあった。もしも一人で家にいたら、チャイムの音にも飛びあがってしまうにちがいない。何か用事があるというのは、いまの自分にとってありがたいことなのだ。

無論、荻原たちがそんな事情を知る由(よし)もなく、恭子はたちまち勇敢な同志として拍手を浴びることとなった。

「すごいわ、及川さん。わたしもう絶対に離さないから」

小室がいかにも感激したといった様子で恭子に抱きついた。今度市議会議員に立候補してもらいましょうよ、そんなことまで興奮気味に語っていた。

スマイルに到着すると、誰とおしゃべりするでもなく倉庫に向かった。昨日の出来事はとっくに伝わっているらしく、みなが目を合わせようとはしなかった。通路でも階段でも、年配の社員でさえ避けているのがわかった。

今朝も家の前にはマスコミがいた。夫を送りだし、外の様子をうかがうと、またしても見慣れない車が路上に停まっていた。中からスチールカメラの影が見えた。

夫が角を曲がるのを見て、恭子は近寄った。車の窓をたたいてやると、若い男が驚いた顔で苦しい言い訳をしていた。名刺を求め、出させた。週刊誌のカメラマンだった。

彼らの手口はだいたいわかった。被疑者の段階で映像や写真を押さえ、逮捕されたら一斉に流すのだ。これのどこが「人権に配慮」なのか教えてほしいものだ。

恭子は黙々と倉庫での作業をこなした。若い男の子たちは、そばに来ようとはしない。自分で勝手に仕事を探し、棚を整理したり、いらなくなった段ボールを畳んだりした。休憩時間も自分で決め、隅でたばこを吸った。

ふと、夫は会社で何をしているのかなと思った。たぶん自分と似たような境遇にいるはずだ。誰にも口を利いてもらえず、孤独に机に向かっているのだろう。夫婦揃って四面楚歌か――。ひとり皮肉っぽく笑ってみた。

妻が耐えているのだから茂則にも耐えてもらわなければ困る。だからまるで同情はしなかった。

昼食時間、控室のテーブルでおにぎりを食べていると、磯田が声をかけてきた。今日は真っ黄色のブラウスだ。

「ねえ、及川さん」なぜかやさしい口調だった。「わたし、気になってるの」

「はい？」何のことかと思った。

「ほら、ここのところ及川さん、災難続きじゃない。ご主人が疑われたり、パートの待遇のことで店と揉めたりして」

「ええ……」

「わたし思うんだけど、これって水子の霊が影響してるんじゃないかしら」小声で言った。

「どういうことでしょうか」

「別にあなたに中絶の経験があるとか、そういうことじゃないの。誤解しないでね。先祖なの。先祖にそういうことをした人がいると、どうしても子孫に祟ってくるものなのよ」

「祟り？」

「そう」

ため息をついた。「……オーガニックじゃなかったんでしたっけ」

「オーガニックは入り口なの。自然とはどういうものかを知り、人がどこから来てどこへ行こうとしているのかを理解するための手段なの。でも、その先は別のステージがあって、霊的認識が必要なわけ」

「そうなんですか」

「そうなの。つまりオーガニックは下地。それをベースとして幸福追求が始まるの。及川さんの場合、頭のいい方だし、下地はできあがってると思うの。だから、もしも充分な幸福が得られていないとしたら、水子の霊の可能性が高いの」

「まあ、なんだか怖いですね」

恭子が頬に手をやる。磯田の目が光った。

「どうかしら、わたしの知り合いにその道に詳しい人がいるの。一度会ってみない。いろいろなアドバイスをしてくれると思うわ」

「そうですね。もし水子の霊ならお祓いしてもらわなきゃならないし」

「そうそう」身を乗りだしてきた。

「壺とか塔とか、そういうのを買って祀った方がいいのかしら」

「ううん。うちはそうじゃないの。ピラミッドの置物なの。三角錐っていうのが家の悪霊を追い払って、御利益のある霊だけをつなぎとめてくれるの」

「ふざけるな」静かに言った。

「え？」

「ふざけるなって言ってるの」

磯田の顔色がみるみる変わった。

「どこの宗教だか知らないけど、わたしはそんなのに引っかかるほどお人よしじゃないからね」磯田を睨みつけ、立ちあがった。「ねえ、岸本さん」テーブルの隅にいた久美の名を呼んだ。「磯田さんから売りつけられた水、わたしが突きかえしてあげるわよ。平気よ。こんなもの契約違反にもなんにもならないから。契約書、明日持ってらっしゃい。わたしの責任で破棄してあげる。これ以上、お金なんか絶対に払っちゃだめよ」

「ちょっと、及川さん……」磯田が絶句している。

「ほかにインチキな水とか野菜とか売りつけられた人はいませんか。解約したい人はわたしに知らせてください。本部でもどこでも乗りこんで、わたしが話をつけてきてあげます」控室にいたパートの主婦たちがあっけにとられていた。「大丈夫です。怖がることなんか何もありません」

「ひどいわ、及川さん。なによ、名誉毀損だわ」

磯田が声を荒らげた。同じように立ちあがり、恭子と対峙する。

「じゃあ訴えなさい。こっちにはちゃんと弁護士がいるんですからね。法廷の場で決着をつけましょう。わたしがあなたの名誉を毀損しているのか、あなたが詐欺を働いているのか、いっそのことはっきりさせましょう」

「詐欺って……」唇を震わせていた。

「磯田さん、あなたこそ水子の霊に憑かれてるんじゃないの。あ、背中」恭子が指さし、磯田が思わず振りかえる。「そこに赤ちゃんの霊がいるみたい。人相悪いのが」

磯田が荒い息をはき、歯軋りしていた。「あんたなんか……あんたなんか……」うまく言葉が出てこない様子だった。「サンドリア様の天罰が下ればいいのよ！」

「何よそれ、馬鹿みたい」

磯田は目に涙を浮かべ、控室を飛びだしていった。途中、椅子をひっかけ、ドアが閉まるのとそれが倒れるのとが同時だった。鉄の音の余韻だけが控室に響いている。

小さく深呼吸をすると、恭子は再びおにぎりを食べた。久美がおそるおそる近づいてきて、「あの、ほんとに解約してくれますか」と遠慮がちに聞いてきた。うん、大丈夫よ。作り笑いして答えてやった。

それ以外、誰からも言葉が発せられることはなかった。静まりかえった控室で食事をしながら、恭子は矢でも鉄砲でも持ってこいという気になっていた。


午後二時に仕事を終えると、荻原たちのマイクロバスでまた本店へと向かった。彼らの明るい笑顔を見たら、いとおしさが込みあげてきた。

「ねえ、辛くなかった？」小室が心配そうに聞いた。

「ううん、平気よ」白い歯を見せ、かぶりを振った。

「ごめんなさいね、こんな損な役回りを押しつけて」

「全然平気だって。みんなわたしを怖がってるみたいなの」

「みなさん」小室が車内に声を響き渡らせた。「及川さんの頑張りを無駄にしないためにも、スマイルの社長を徹底的に糾弾しましょうね」

「そうよ、負けないわ」

「あんな社長、土下座させてやるわ」

威勢のよい声があちこちからあがる。自分の体温がじんわりと上がっていくのがわかった。小室や荻原と知り合えてよかったと心から思った。

本店に到着し、昨日と同じように抗議行動を開始した。社長との面談は求めなかった。「相手が面談を求めてくるまで続けます。これからは、話し合いに応じてやるのは我々の側なんです」と荻原は言っていた。これが彼らの戦法なのだろう。

恭子は入り口付近でビラを配った。自分なりにコツをつかんだ。よろしくお願いしますと笑顔で言えば、たいていの主婦は手にしてくれるのだ。

恥ずかしさはまるでない。それどころかかすかな優越感すらあった。自分は、自宅とスーパーと公園を行き来するだけの退屈な主婦ではないのだ。夫も子供も知らない、もう一人の自分がここにいる。そしてもしかすると、これが本当の自分なのかもしれない。

この日の抗議行動を妨害する者はいなかった。警備員が二人、歩道に立っているだけだ。社長は姿を見せなかった。逃げたのならそれでもいい。相手が出てこられないというのは我々にとっての前進だ。

ビラがなくなり、マイクロバスのところまで補充に行った。なにげなく通りに目をやると、白い乗用車から男がカメラを向けていた。

動悸が早まった。なんて連中だ。どうして自分を――。

「及川さん、どうかしましたか」荻原が肩をたたく。

「あ、いえ。なんでも」

すぐに目をそらせたが、荻原は恭子の視線の先がわかったらしく「気にすることなんかありませんよ」と不敵な笑みを浮かべた。

「公安の低能どもですよ」

「はい？」

「公安警察。市民運動を目の敵にしている税金泥棒ですよ」

よく理解できなかった
「我々が行動を起こすところ、ああやって常についてくるんですよ。まったく暇人どもが」

「そうなんですか……」

「あー、エンジン掛けっぱなしにして。税金の無駄遣いどころか空気まで汚してやがる」

なんだマスコミじゃないのか。恭子は胸を撫でおろした。

荻原は道の反対側に向かって「おいっ、駐車中はエンジンくらい止めたらどうだ」と一喝した。顔見知りなのか、運転席の男が苦笑いしている。

もしかすると、これで公安のリストに載ったのかもしれないが、どうでもいいことだった。むしろ警察すら恐れない荻原たちが頼もしかった。

店の前では小室がマイクを握っている。爽やかな弁舌だった。どうせなら自分もあれくらいしゃべれるようになろうと、恭子はそんなことまで思った。

そのとき、法被を身にまとった従業員たちが、ワゴンを数台押しながら現れた。入り口横に並べ、シーツを外す。パック入りの卵が山と積まれてあった。

ハンドマイクを手にした初老の男がやってきた。確か小林とかいう専務だ。小室の言葉が途切れたのを見計って大声でがなりはじめた。

「えー、ご通行中のみなさま。毎度スマイル多摩店をお引き立ていただき、まことにありがとうございます。えー、当店では感謝の意味をこめ、ただいまより本日限りのタイムセールを実施します。商品は卵。卵十個入りワンパックがなんと五十円。消費税はいただきません。五十円ポッキリで販売させていただきます。数に限りがございますので、みなさまお早目に正面玄関横の特売スペースまでお越しください」

たちまち主婦の群れが店舗前に押し寄せた。恭子が人波に押し流される。ビラが手からこぼれアスファルトの上に散乱した。

「はい押さないでください。お一人様ワンパックとさせていただきまーす」

若い従業員の声も飛びかう。

恭子はあわててビラを拾い集めようと腰を屈めた。駆け寄ってきた主婦たちに押されてよろける。手をついたら誰かのサンダルに踏まれた。

「痛っ」思わず悲鳴をあげる。

「及川さん、大丈夫？」仲間の一人に助け起こされた。

手を踏んだ女は恭子には見向きもしないでワゴンへと突進している。

顔をしかめ、手の甲をさすっているとまたうしろから押された。背骨が軋む。

「ちょっと、こんなとこに立ってないでよ」年配の女に文句を言われた。

「あの、そちらこそ押さないで……」

「なによお、ビラ配りならよそでやってよ。邪魔なんだから」

誰かの買い物かごが顔に当たった。鼻の奥がツンときた。

なんてあさましい女たちなんだ。自分の得になることにしか関心がないのか。世の中がどうなろうと、自分さえよければいいのか。

「及川さん、怒っちゃだめだよ」小室が恭子の腕をとり、人だかりの外に連れ出そうとした。「ほら、青筋立ってる」そう言っておでこをつつく。

「これが大衆なのよ。でも見下しちゃだめなの。体制側に飼い馴らされた人たちなのよ。でも見下しちゃだめなの。こういう人たちを目覚めさせ、立ちあがらせるのが私たちの運動なの」

「あ、はい……」

「敵もやるもんだ。こっちの抗議行動に合わせて特売セールをやるとはね」

「ええ……そうですね」

「十個パックで五十円だって。投げ売りじゃない。わたしも買おうかしら」

恭子は思わず吹きだしてしまった。

「でもこっちだって負けないわ。根比べよ」

つかんだ腕に力をこめられ、恭子は黙ってうなずいた。

山積みされた卵は十分とたたず売り切れた。卵がなくなると主婦たちはさっさといなくなった。足元にはビラが散乱している。

恭子はそれを拾い集めた。もう腹は立たなかった。考えてみれば、自分だってついこの間までは卵に群れる主婦だったのだ。面倒なことは他人にまかせ、自分は安全地帯にいたい口だったのだ。

帰りの車の中で恭子は自宅に電話を入れた。今日は児童館が閉館日なので、子供たちに留守を頼んでいた。

「これから帰る。留守番、大丈夫だった？」

「うん。マイちゃんが遊びに来てたから」香織が答えた。

「そう、よかったね。変わったことはなかった」

「新聞の人が来たけど」

どきりとした。「新聞の人って、集金？」

「ううん。配達のお兄さんじゃなくて、おじさんだった。うちの人はいますかって」

「それで？」暗い気持ちがみるみるふくらむ。

「いませんって言ったら、じゃあいいですって帰っていった」

「あ、そう」

平静を装いながら、冷や汗が流れた。新聞記者か。写真を撮るだけで飽きたらず、家にまで来るとは。

電話を切り、生唾を呑みこんだ。子供だけはなんとしても守らなければ。どんな噂も耳に入れたくはない。

新聞は記事にするのだろうか。まさか、証拠もないのに書くとは思えない。

いや、自分が知らないだけでマスコミや警察は証拠をつかんでいるのではないか。背中を悪寒が駆けぬけた。

「及川さん、どうしたの。顔色悪いけど」仲間の一人に言われた。

「うん？ちょっと疲れたから」

「そうよねえ。ごめんなさい、負担かけて。今夜はゆっくり休んでね」

軽く笑みを返しながら、眠れるわけはないなと思った。このところ満足に睡眠をとったことなどないのだ。

ふとうしろを振りかえると、荻原が最後部の座席で一人ノートパソコンをいじっていた。

助けを求めてみようか。一人で抱えこむにはあまりにもつらすぎる。

通路を歩き、荻原の隣に座った。

「ちょっといいですか」

「ああ、いいですよ。何か」明るく小首をかしげる。

「実は、わたし、警察とマスコミにつけまわされて困ってるんです」言ってしまった。わりと抵抗なく。「先月、主人の勤める会社で放火事件があって、最初は暴力団の仕業と思われてたんですが、そのうち風向きが変わってきて……」

荻原は真顔になると、パソコンをたたみ、身を乗りだしてきた。恭子の訴えにうんうんとうなずいている。

「主人は潔白です。それなのにたまたま宿直で第一発見者だったという理由だけで何度も刑事に事情聴取されて、とうとう先日は週刊誌にそれらしいことまで書かれて……」

言葉がいくらでも出てきた。胸に閉じこめていた反動なのだろうか、これまでのいきさつをいっきにまくしたてた。

「警察が疑う根拠はほかに何かあるんですか」と荻原。

「いいえ」恭子がかぶりを振る。刑事が興味を抱いた会計監査の話とか、会社から聞かれた新車購入の金の出所とか、それは伝えなかった。

「じゃあ動機の点ではなはだ曖昧なわけだ」

「ええ」

「おまけに物証すらない」

「そうなんです」

「わかりました。わたしが追っ払ってあげましょう」荻原が胸をポンとたたいた。

「ほんとですか」思わず荻原の膝に手を置いていた。

「大丈夫です。奴らがやってるのは基本的人権の侵害です。警察に協力する必要などどこにもないし、マスコミには堂々と抗議すればいい。早速行動に移しましょう。まずは本城署の署長に面会を求め、今後、任意の事情聴取においてもすべてわたしを通すよう申し入れましょう。それから週刊誌には抗議の電話をかけましょう」

打ち明けてよかった。身体中の力が抜けるのがわかった。

「家の前で隠し撮りした社はわかりますか」

「ええと、何人かは名刺をもらってます」

「えらい。さすがは及川さん」

褒められてうれしくもあった。

荻原はお金の心配はしなくていいと言った。無料というわけにはいかないが、最低料金で引き受けると恭子を安心させてくれた。

「よし、明日にでも本城署に乗りこんでやる」

まるで楽しいことでもあるかのように両腕を前に突きだした。

「警察か。あいつら弱い者には威張りちらすけど、法律知識のある者にはからっきし腰抜けなんですよね。前に町田署の刑事を一人つるしあげたことがあったんですけどね。検問でトランクを開けなかった会社員を逮捕状もないのに署に連行したんですよ。あのときはうちの事務所の弁護士五人で乗りこんだら、真っ青になって、それこそ米つきバッタみたいに頭下げて……」

荻原が愉快そうに話す。その横顔は子供のようだった。

「マスコミにしたってね、叩きやすいところを叩いてるんですよ、連中は。普段はえらそうにしてますが、所詮はサラリーマンですから。我々が内容証明の一通も送りつけてやれば……」

ああそうか――。荻原の屈託のない話しぶりを聞いて、恭子はなんとなく謎が解けたような気がした。

この人たちは闘争好きなのだ。権力者や金持ちを屈服させることに生きがいを抱いているのだ。

でもそんなことはどうでもよかった。今は自分の唯一の味方なのだから。

「ねえねえ、及川さん」小室から声がかかった。「及川さん、映ってるわよ」

見ると、デジタル式のビデオカメラを手に持っていた。

席を離れ、近くまで行った。

「昨日の及川さんの演説。ほら、なかなか堂に入ってる自分が思っているよりずっと老けて見えたからだ。

ほほ笑んで見せたものの、小さくショックを受けた。

「かっこいいわよ」

恭子がマイクを手にしゃべっている姿だった。

じゃない」


夜、妹の圭子から電話があった。ゴールデンウィークの北海道旅行をキャンセルしたいという内容だった。

「ごめんね。うちの博幸さん、真ん中に接待ゴルフが入っちゃったのよ。それでまさかわたしと優作だけ行くわけにはいかないし」

嘘だと思った。どこかよそよそしい口ぶりでわかった。

圭子は週刊誌の記事を読んだのだ。そして茂則の先行きを案じているのだ。

「ううん。気にしないで。うちもいろいろ忙しいし」精一杯、ふつうに振る舞った。

「ほんと、ごめんね」

妹は申し訳なさそうに言って早々に電話を切った。

心のどこかで安堵していたのも事実だった。今の状態ではとても旅行を楽しめる気分ではない。

でも、子供たちにはなんて言おう。

茂則はこの夜も帰りが遅かった。どこで何をしていることやら。

夫婦の会話はまったくない。求めてもいなかった。

26

朝、及川が出社するのを見届けて、九野薫は八王子の義母のところへ向かった。

昼間はどうせ暇なのだが、緊急連絡があるといけないので、井上に行き先だけは伝えておいた。

途中、スーパーへ寄ってちらし寿司の材料を買った。イクラが安かったのでそれも買った。金糸たまごと一緒に振りかけてもらえばいっそう彩りも増す。義母もよろこんでくれるだろう。

及川の行確では、もう距離をとるのをやめた。どうせこちらの存在は隠しようもないのだ。

同じ車両に乗りこみ、視線も直接向けた。及川は目を合わせようとはしなかった。無表情に前だけを見ていた。

この日発売の週刊誌に、またしても放火事件についての記事が載った。電車の中吊り広告を見て九野は知った。小さいけれど「ハイテックス放火事件に新事実？」という見出しが躍っていたのだ。

その広告は及川の頭の上にあった。おい載ってるぞ、と肩でも叩いてやりたい気分になった。

もっとも及川は否応なく知ることになるのだろう。目と耳を塞いで生きていくわけにはいかないのだから。

服部はほとんど口を利こうとはしなかった。ウォークマンで音楽を聴いていた。かすかに漏れてくる音はクラシックだった。

義母はいつもと変わらない笑顔で九野を迎えてくれた。春らしい薄いピンクのブラウスを着ている。

いつものようにまずは二階へ上がり、押し入れの布団を窓から干した。二階から眺める八王子の町は、春の太陽を浴びて静かに輝いている。こうして見れば緑も多いものだな。そんなことをひとりごちてみる。小高い丘に位置するこの義母の家を、不動産業者がほしがるのも当然かと思った。

一階に下り、台所にいる義母に聞いてみた。

「ねえ、おかあさん。不動産屋はまだ来るんですか」

「ううん。ここのところ来てない。来るとうるさいけど、来ないとちょっと淋しいものね」割烹着を身にまとった義母が流し台に向かっている。

「またそんな……。ああそうだ。ぼくが留守のとき、署まで来たらしいんですよ。おかあさんが教えたんですか」

「うん。そうなの」振りかえり、軽くほほ笑んだ。「義理の息子がいて、任せてるからそっちに行ってみてくださいって」

「なんだ。だから来たのか」

「薫君の好きにしていいから」

「いいんですか、そんなこと言って。この屋敷なら億の値段がつきますよ」

「屋敷だなんて。おとうさんが買ったときは安かったのよ。サラリーマンでも買えたぐらいだから。辺鄙な場所だし」

「時代がちがいますよ。八王子っていえば今は立派なベッドタウンでしょう」

「とにかく、薫君に任せます」

義母が菜箸を手に鍋の煮物をつついている。居間で転がっていようかとも思ったが、もっと話をしていたかったので、自分も横で手伝うことにした。

「酢飯はぼくが作りましょう」

「ああ、そう。ありがとう」

木の桶を用意し、炊いたばかりのご飯をあけた。合わせ酢を振りかけ、しゃもじで手際よく切っていく。空いている左手で団扇（うちわ）をあおいだ。

「まあ、器用だこと」義母がうしろからのぞき込み、感心している。

「慣れですよ」

「だめよ。男の人が料理になんか慣れちゃ。ますます結婚と縁遠くなるでしょう」

「しませんよ。結婚なんて」

「おかあさんはしてほしいなあ。孫も見てみたいし」

そうか、孫か。考えたこともなかったが――。

「ふふ。でも変ね。薫君の子供はわたしの孫じゃないのに」

「おかあさんの孫ですよ。どうせぼくは九州の実家とは疎遠だし。ああ、そうだ」切りだすにはちょうどいい機会だと思った。「前から考えていたんですが……ぼくと養子縁組しませんか。その方がおかあさんも安心だと思うんですよ」

義母が黙る。顔を見たらおかしそうにほほ笑んでいた。安堵した。義母はこの話をけっしていやがってはいない。

「もちろんおかあさんはまだ若いし、元気だし、一人で平気でしょうけど。でも、十年先のことを考えると、やっぱりそばに誰かいた方がいいと思うんですよ。介護保険とかスタートしたけど、ああいう国の政策ってあまりあてにならないし、最後はやっぱり肉親なんじゃないですかねえ。ぼく、ここに引っ越してきてもいいし。あ、おかあさんが一人がいいって言うなら別ですけど」

「ふふ。ありがとう。おかあさんのこと考えてくれて」

「じゃあ、いいんですね」思わず声のトーンが上がった。

「でもその前に再婚すること」義母がいたずらっぽく顎を突きだす。

「だから再婚は……」

「早苗もそれを望んでると思うんだけどなあ」

「そうですか」

「そうよ。あの子、自分のしあわせより人のしあわせを願うタイプだから。ましてや薫君のこととなれば……」

母が鍋の火を止めた。「さあ、具ができたから混ぜるわよ」

　たっぷりと味の染みた具が酢飯の上に乗せられた。九野が手早く混ぜていく。いい匂いが桶から立ちあがった。

　皿に盛りつけ、金糸たまごとイクラをふりかけた。黄色と赤の鮮やかさに満足した。居間のテーブルに運ぶ。お茶も用意した。

「うん、おいしい」義母の顔がほころぶ。

「具の味付けがいいからですよ」

「ううん、酢飯がおいしいの。ちらしはやっぱりご飯がおいしくなくっちゃ」

　しばらく二人で黙って食べた。今日は不思議と食欲もあった。

「実はね」九野が口を開く。「一人おせっかいな上司がいてね、見合い話を勝手に進めるんですよ」

「あら、いいことじゃない。どんな人なの」

「その上司の親戚で呉服屋の娘だそうです」

「会ったの」

「ええ、一度だけ」

「チャンスだから逃しちゃだめよ」義母は屈託なく笑っている。

　そのとき庭で人影が動いた。縁側の戸は下半分が磨りガラスになっている。そこに何か動くものが映ったのだ。

「誰かいるのかしら」

「さあ、ちょっと見てきます」

　立ちあがり、外を見た。庭では男が一人、腰を低くして門へと駆けていく。そのうしろ姿には見覚えがあった。

　見まちがいか。だいいちこの家に連れてきたことはない。場所は知らないはずだ。

　玄関にまわり、靴を履いた。九野も駆けていた。前の道路に出て鶏のように首を左右に振った。

　坂の下に車が一台停まっていた。その運転席に人が乗っている。

　坂を駆け降りた。自分の靴音が背中に響いている。車のエンジンがかかった。発車寸前に追いつき、ドアピラーに手をかけた。

「おい、井上。ここで何やってんだ」ガラスをノックした。

　井上は硬い表情で目を伏せている。

「おい、開けろよ。どうしたんだ」今度はやや強くガラスを叩いた。

しばらくの間があり、窓がモーター音を唸らせゆっくりと下りていった。

「あ、どうも」井上は顔をひきつらせていた。

「どうもじゃないだろう。おまえ、ここで何やってんだ。緊急か。おれを探しに来たのか」

「いや、その……」

「おれに用事があって来たんじゃないのか」

「ええと、あの……」井上はしどろもどろだった。顔中に汗をかいている。

「はっきり言え。おれに用か」

「ええ、まあ」

「おかしな野郎だな。携帯鳴らせばいいだろうが」肩を軽くつついてやった。「でも、どうしてこの家の場所がわかったんだ。教えたことはないだろう」

「九野さんのあと、つけてきました」

すぐには意味がわからなかった。

「……つけてきた?」

「及川の行確ののち、いったんご自宅に戻るだろうと思ったので、マンション前で張ってました。それで九野さんのアコードのうしろをずっと……」

井上はまだ目を合わせようとしない。緊張した面持ちでハンドルに手を置いている。

「おれに行確がついたのか」

「いいえ、ちがいます。佐伯主任が九野さんのことを心配して」

「佐伯主任が?」思ってもみない回答だった。

「はい、そうです。おまえ、ちょっと見てこいって……」

「わけがわからんな。おれの何が心配なんだ」

「ここのところお疲れのご様子なので」

「なんだおまえ、馬鹿っ丁寧な言葉遣って。普段通りにやれよ。……ま、いいや。せっかく来たんだから上がれよ。飯喰ってたんだ。おまえも喰うか、ちらし」

「いえ、おなかは減ってないんで」

「とにかく車から降りろ」

九野がドアを開ける。井上の腕をとり、車から降ろさせた。井上はひとつ息を吐くと首の骨を左右に鳴らした。初めて目が合い、互いに苦笑した。だが井上の笑みはぎこちない。

二人で坂をのぼった。空ではひばりが鳴いている。

「どうだ。いいところだろう、このへんは」

「おい。どうしたんだよ。顔色悪いぞ」

「じゃあ、これで」

井上は踵をかえすと、あわてた様子で靴を履き、まだ履き終わってもいないうちから外へと駆けだした。

「変な野郎だな」

仕方がないので居間に腰かけ、再びちらしを食べた。義母の作った吸い物に口をつける。

ふと井上の言っていたことを思いだした。

佐伯主任があとをつけさせた？　いったいどういうつもりなのか。見当もつかない。

とりたてて何かの裏を感じることはなかった。二年間の付き合いで佐伯の真っすぐな性格は知っていた。単純な思いちがいだろう。

義母が台所から現れた。

「うあ、びっくりした」九野が思わず身を引く。「おかあさん、飯の途中にどこへ行ってたんですか」

「うん、裏へ。おすそ分けに」

「なんだ、びっくりさせないでくださいよ」義母がどっこいしょと言ってテーブルについた。

「署の後輩ですよ。井上っていうんですけど。上がって

「ええ、そうですね」

「義理の母が住んでんだ。おまえにも紹介してやるよ」

「ええ……」

門をくぐり、玉砂利の上を歩く。玄関に入ると土間から奥に向かって声をかけた。

「おかあさん。署の後輩が来たんですよ」

応答がない。靴を脱いで上がった。居間の戸を開ける。

「あれ、どこへ行ったんだろう」

義母の姿がなかった。テーブルにはちらしの皿が二つ並んでいる。

「トイレかな」

廊下に出てまた声をあげた。それでも義母がいる様子はない。

「おかしいな。さっきまで一緒に飯喰ってたのに」

「あの、九野さん」井上がささやくように言った。「やっぱり、ぼく、これで失礼しますから」もう後ずさりしている。

「何言ってんだよ。ここまで来て」

「仕事、いっぱい残ってるし。ほら、被害届出したあのガキ、早急に探さなきゃなんないし」

いけっていうのに、さっさと帰っちゃいましたよ」

「あら、残念。ご挨拶したかったのに」

義母は食事の続きにとりかかった。品よくゆっくりと口を動かしている。

「お茶、いれましょう」

「うん、ありがとう」

「庭の木、あとで手入れしますね」

「薫君、刑事を辞めても植木屋さんになれるね」

「家政婦にだってなれますよ」

義母が鈴を転がすように笑った。

結局、午後三時過ぎまで義母の家にいた。帰りには墓参りも済ませた。いつもの花屋に寄ったとき、若旦那が「平日に珍しいね」と話しかけてきた。

「あんな大きな家、維持するの大変なんじゃない」

「ううん。別に」

答えながら、でも維持してるのは義母だし妙な言い方をするな、と九野は一人心の中で思った。

署には寄らず、直接ハイテックス本社へと向かった。

到着すると、正門横にはすでに服部が立っていた。不機嫌そうに腕を組んでいる。もうこの任務にうんざりしているといった様子だった。

「今日出た週刊誌、読みましたか」服部が鼻の頭に皺を寄せて聞いた。

「いいえ、ちょっと読む暇がなくて」

「見開きの記事でしたよ。我々が聞いていないことがいろいろ出てて。まったく不愉快だな、あの管理官は」

「どんなことですか」

「二年前のハイテックス恐喝事件のあと、警視庁四課出身のOBが総務に天下ってたそうです」

「OBが?」

「だからなかなか捜索させないんですよ。我々が会計監査の事実を告げた時点で、すぐに乗りだしたっておかしくないでしょう。戸田部長をみすみす海外へ逃がしてるし」

「そのOBが横槍を入れていると?」

「さあね。とにかく馬鹿をみたのは現場ですよ。放火があった、それ清和会を叩け、いや社員が怪しいらしい、ちょっと様子を見よう。すべてOBの手前だ。冗談じゃない」

服部が仁丹を口にほうり込む。てのひらに息を吐き臭いをかいでいた。

「ああ、それから及川が弁護士を雇ったみたいです」

「弁護士を？」

「しかも共産党系。どうなってんだろうね。今日、本城署に現れて、任意であろうと話を聞きたいならすべて自分を通せと息巻いていったらしいですよ。もう何がなんだかさっぱりわからないや」お手上げのポーズをしている。「しかも、捜査本部はとっくに解散状態だ。今朝なんか会議もなかったそうです」

「ええ」

「自分の子飼い以外は全員蚊帳の外ってわけですよ。まったくあの管理官は」

服部はそう吐き捨てて、門柱を蹴飛ばした。

午後六時になって及川が会社から出てきた。視界のどこかに二人の刑事が映っているはずなのに、素知らぬふりをして駅へと歩いていく。

今日からは真っすぐに帰るのだろうか。家に居づらいとはいえ、まさか刑事を引き連れて時間潰しをするとは思えない。

ところが及川は堂々とその時間潰しをした。この夜はターミナル駅で降り、映画館に入ったのだ。


「ほら、開き直らせちまった」服部が舌打ちしていた。

映画はロードショーの娯楽物だった。もちろん観たくて選んだわけではないのだろう。若いカップルたちに混じって及川はスクリーンに目をやっていた。その虚ろな横顔はすっかり見慣れてしまった。

九野は少し居眠りをした。浅い夢に義母が出てきた。一緒に暮らしてもいいわよと口元に笑みをたたえていた。つかの間、温かい気持ちになった。

映画が終わると、及川は牛丼屋で食事をとり、帰路についた。駅からは同じバスに乗った。もうタクシーで先回りする必要はないと服部が言いだし、そうした。遅い時間なので乗客はまばらだったが、双方とも視線の置き場に困るということはなかった。及川は車窓からじっと外を見、九野と服部は後部座席から及川の足元を見ていた。

最寄りのバス停で降りるときはすぐうしろに立った。さすがにこのときは及川の背中が緊張しているのがわかった。

当間隔の街灯に照らされた住宅街を歩く。及川の自宅はちょうど街灯の真横で、白い壁が闇夜に冷たく浮きあがっていた。及川が猫背で門をくぐるのを見たら、どちらからともなくため息がでた。

署に戻ったのは午後十一時過ぎだった。井上はいない。刑事部屋はがらんと静まりかえり、ところどころで居残りの刑事が机に向かっていた。九野は自分でお茶をいれるとポケットから安定剤を取りだし、少し考えてから四錠飲んだ。これで自宅につくころには睡魔がやってきてくれるだろう。

「よお、九野」

声に振り向くと佐伯が入り口に立っていた。

「お疲れさん」

「いえ、そちらこそ」

「待ってたんだ」

「そうなんですか」

「ああ」サンダルの音をさせて近づくと、うしろから九野の肩を揉んだ。「おお、おぬし凝ってるな。ちゃんと休暇はとれよ」

「じゃあ半月ほどいただきますかね。嫁を探しにハワイにでも行ってきますよ」そんな軽口を言った。

「そうするか。課長にはおれが話をつけてやる」

どこか乾いた口調を意外に思い、振りかえった。

「ちょっと話があるんだ。空いてる部屋へ行こう」

「ええ……いいですけど」

佐伯が歩きだし、あとにつづいた。九野も聞きたいことはあった。廊下の蛍光灯が一本、寿命なのか瞬いている。取り調べ室に入り、佐伯がうしろ手にドアを閉めた。

「おぬしもたばこ、吸うんだよな」そう言って脇の棚にあるアルミの灰皿を取りだした。「人生、毒も必要だ。水清くして魚住まずだ」

「何ですか、話って」テーブルに肘をついた。

「昼間、悪かった。まずはそのことだ。井上につけさせたりしてな」佐伯が首を左右に曲げる。「井上はおれの命令に従っただけだ。しこりは残さんでくれ」

「いや、別にしこりなんて。でも、どうしてそんなことを……」

「さっきの話じゃないが、おぬし、どうだ、少し休んでみないか」

言葉の意味がわからず、佐伯の顔を見ていた。

「課長の了解はおれがとるし、警務にも話はおれが通す。こう見えても顔は利くんだ。文句は言わせねえ」

「どういうことなんですか、いったい」

「おぬしは疲れてんだ。ただそれだけのことなんだ」

「主任、言ってる意味が……」

「なあ、おい」佐伯が身を乗りだす。小さなテーブルに角を突き合わせるような恰好になった。「おぬしのカミさん、死んだのはいつだ」

「何ですか、いきなり」

「いいからいつだ」

「……七年前ですけど」

「ダンプとの衝突事故だったよな」

「ええ……そうです」

「そのとき車に乗ってたのはカミさんだけか」

「いえ、義理の母も同乗してましたが」

佐伯の大きな目が一瞬反応した。何やら言葉を探している。

「その義理のおかあさんっていうのは、どうなったんだ」

「ほんとに何なんですか。休暇をとれとか、女房が死んだのはいつだとか」

「頼むよ。答えてくれ」声のトーンが上がった。「知りたいんだよ、おぬしのことが」

部屋の中にしばし沈黙が流れる。九野は身体を起こし、椅子にもたれかかるとたばこに火を点けた。

「……義理の母は重傷でした」

「じゃあ助かったんだな」

「当たり前じゃないですか。いま生きてるのに」

「じゃあ今日も、会って来たんだな」

「ええ」

「歳はいくつだ」

「六十五です」

「ふうん、そうか……」

佐伯が頬をふくらませ、息を吐く。また二人で押し黙った。

「あの……」九野が口を開く。「今日はもう眠いんですけど」さっき飲んだ薬が効きはじめたのを感じた。四錠は飲みすぎか。じんわりと脳の中に霞(かすみ)がかかる。

「おお、そうか。悪いな」佐伯が視線を下に向け、手で首の裏を揉んでいる。ひとつ咳ばらいした。「あのな、手短に言うけどな。おぬしの義理のおかあさん、とっくに死んでるぞ」

何を言っているのかわからなかった。

「気を確かにしろよ」口調が変わった。「おぬしにはおれがついてるからな。井上だっているぞ。関だって、原いる。

田だって、うちの係はみんないるぞ。それから交通課のかしまし娘、いるだろう。あの三人組、おぬしのファンだってよ。みんな味方だ。遠慮することなんか何もねえ。いくらだって甘えていいんだ」早口でまくしたてている。

「ちょっと、いったい、どういうことですか」

「死んでるんだ。おぬしの義理の母親は死んでるんだ」

「え」九野が顔をしかめる。「主任、そっちこそどうかしてるんじゃないですか」

「これを見ろ」佐伯が内ポケットから紙切れを取りだした。「気になって調べたんだ。八王子の共済病院へ行ってコピーをとってきた。死亡診断書だ。おぬしの義理のおかあさんのものだ。事故の二日後、意識不明のまま死んでるんだ」

テーブルに広げられた書類のコピーに目を凝らす。

本格的に薬が効いてきたのか、うまく焦点が合わせられない。

顔を上げると佐伯の姿までがぼやけて見えた。

27

「今朝はマスコミ、いましたか」マイクロバスの中で荻原が聞いてきた。

「いいえ。車は一台も停まってませんでしたから」

「各局の報道局長宛にファックス送ってやったんですよ。新聞社にも」

「そうですか。ありがとうございます」

及川恭子が丁寧に頭を下げる。荻原の迅速(じんそく)な行動に感心はしたが、同時に、これで土俵に上がってしまったなという思いもふくらんだ。生意気な主婦として、ますます彼らの興味をひくことだろう。黙っていれば怪しいとされ、声をあげれば疚(やま)しいことがあると勘ぐられる。どっちに転んでもはまった沼から抜けだすことはできないのだ。

「警察にも釘を刺しておきました。事情聴取はすべて弁護士を立ち会わせるようにって」

「あの、そこまでは……」

その要求には困惑した。茂則には弁護士のことなどいっさい伝えていない。

「だめですよ、遠慮しちゃ。放火は供述が頼りだから、一度引っぱった容疑者は強引に自白させようとするんですよ、警察は。ぼくに任せてください」

荻原が明るく胸を叩き、恭子は微笑をかえすしかなかった。

この日の抗議行動に対しても、本店は特売セールで対抗してきた。今日はティッシュペーパーの投げ売りだった。同じように主婦が群がり、せっかく配ったチラシがアスファルトに散乱した。

この豚どもが。恭子は思わずそんな悪態を心の中でついてしまった。昨日は小室に諌められて反省したが、やはりそこまで鷹揚にはなれなかった。目の前にいる女たちは、ひたすら醜いだけだ。

社長は引っこんだままだ。勝ち目のない戦いを、あの自己中心的な男はどうやって乗りきるつもりなのだろう。考えていることがさっぱりわからなかった。

帰りの車中、恭子は、どうして労働基準監督署にさっさと告発しないのかを荻原に聞いた。

「最初は改善勧告だけだしね。役所って腰が重いんですよ」荻原はノートパソコンに向かう手を休めて教えてくれた。「それに裁判に持ちこんだところで、すべては密室で行われるわけでしょ。世間にアピールできないんですよ。告発されたことも、裁判に負けたことも、そこいらを歩いている主婦には伝わらないし。それより我々に派手な抗議行動をされた方が、あの店にとってはダメージは大きいわけ」

納得のいく説明だったが、それより恭子はこの団交が当分続くことの方がありがたかった。荻原や小室との関係を保てるし、時間を持て余さなくて済むからだ。

午後四時過ぎ、自宅に帰ると、香織と健太が居間でテレビを見ていた。どこかうわの空といった感じで、ソファの上で膝を抱えている。

「どうしたの。公園で遊んでるかと思った」

香織が無言で振りかえる。沈んだ表情をしていた。いやな予感がした。

健太を見ると、テレビに向いたまま視線を合わせようとしない。屈んで顔をのぞき込むと、目が赤かった。

血の気がひいた。恐れていたことが起こったと思った。

「何かあったの。喧嘩でもしたの」懸命に笑顔をこしらえた。

「ねえ、おかあさん」香織がぽつりと口を開く。「おとうさん、会社に火を付けたの？」

「誰よ、そんなこと言ったの」高鳴りだした心臓を必死に抑えた。

「青木君と、吉村君」

　町内の男の子たちだ。いつも健太と遊んでいる上級生だ。

「公園で健太が言われたの。おまえん家のおとうさん、会社に火ぃ付けたんだろうって」

「嘘よ、そんなの。嘘に決まってるじゃない」恭子の唇が震えた。

「ほら、おかあさんが嘘だって言ってるよ」

　香織が健太に話しかけた。健太はそれでもうつむいている。

「健太がね、嘘だって言ったんだけど信じてもらえなかったんだって」

　心臓が音をたてて鼓動しはじめた。鼓膜が内側から鳴っている。

「それで身体を押したら押しかえされて、倒れたところを蹴飛ばされたの」

「よし。おかあさんが文句言ってきてあげる」

「いい」健太が声を発した。目を吊り上げている。

「よくない。だっておとうさん、そんなことしてないもの」とっくに体温は失せているはずなのに、全身から汗が噴きでてきた。「放っておいたらまた言われるでしょ。もう遊んでもらえなくなるでしょ」

「いいもん、別に遊んでくれなくても」

「いいわけないでしょう。青木君たち、まだ公園にいるの？」

「いい。行かなくていい」健太が叫ぶように言う。

　恭子はその声を聞き終わらないうちに玄関に向かって歩きだした。

「ねえ、おかあさんってば」

　背中に健太の声が降りかかる。返事をしなかった。放置できないと思った。いや、そんな悠長な理由ではない。もう戦うしか方法はないのだ。子供を守るために。この家を守るために。

　サンダルをつっかけ、表に出た。住宅街を小走りに駆けた。胸の中は黒く澱んでいる。この半月間ずっとそうだ。何も心配事がなかったあの日までが懐かしかった。退屈だけど平穏があった。幸運はなかったけれど眠れる夜があった。

自分の人生に、心から笑える瞬間はもう訪れないのではないか。そんな気すらした。

自分の町の見慣れた景色なのにちがって見えた。似たような白壁の家々がただの冷たい箱に思えた。

公園に少年たちはいた。数人でボール遊びをしている。つかつかと歩み寄り、一人の男の子の腕をとった。

「青木君、ちょっといい。吉村君もこっちに来てくれる」

隅の水飲み場まで引っぱっていった。少年たちは事態を察し、顔をこわばらせている。

「うちの健太に何言ったの」

二人並んで下を向いた。

「黙ってちゃわからないでしょ。健太に何言ったの」

それでも黙りこくっている。

「うちのおじさんが会社に火を付けたとか、そういうこと言いふらしてるんでしょう」ほかの男の子たちが遠巻きに眺めていた。「何でそういうこと言うわけ。誰に聞いたの。おとうさん？　おかあさん？」

幼児を遊ばせている若い主婦たちも視線をこちらに向けている。胃がせり上がるような感覚があった。

「言いなさい。答えなさい」

語気を強めると、少年たちは震えるように身を縮めた。恭子の気持ちが昂ぶった。

「言っておきますけど、うちのおじさんはそんなことしてませんからね。だいいち君たち見たわけ？　見てもいないことをどうして言えるのよ。大方おとうさんかおかあさんに吹きこまれたんでしょ。あそこのおじさん週刊誌に出てたぞ、とか。いい？　あんなの嘘なんだからね。これからそういうこと言ったら、おばさん許さないからね」

少年の耳を引っぱった。少年が顔を歪める。自分の中で激情が走った。

頬に平手を繰りだしていた。ピシャリと音が響く。もう一人にも同じことをした。自分の子供にすら手をあげたことはないのに。

顔を上げると、公園にいた全員が恭子を見ていた。遠くで、豆腐売りの笛がのんびりしたメロディを奏でていた。

砂場のところに町内子供会のリーダーを務める六年生の男子がいたので、近寄り声をかけた。今度は笑みを作った。

たような気もする。けれど、じゃあほかにどんな方法があるというのか。黙っていればどんどん噂は広がるのだ。

香織と健太は学校でうしろ指を差されるのだろうか。無事で済むとは思えない。学校に行きたくないと言いだしたら、そのとき自分はどうすればいいのだろう。

茂則の顔が浮かんだ。自分がこんなに苦しんでいるのに、夫は何をしているのだろう。

しかも原因は夫だ。不公平だと思った。こんな不公平があってなるものかと思った。

家に戻り、夕飯の支度にとりかかった。「注意してきてあげたからね」そんな報告だけをしておいた。それに対する反応はなかった。

子供たちは居間で黙ってテレビを見ている。アニメだが笑い声も起きない。恭子は炊飯器にスイッチを入れ、台所に立った。

「あ、そうだ」子供たちに言わなければならないことがあったのを思いだす。先に延ばすとますます言いにくくなる。どうせならと打ち明けた。「ゴールデンウィークの北海道旅行、中止になっちゃった。圭子おばさん家が行けなくなっちゃったの」

部屋の空気が重かった。何か話をしなければ。

「庭の花壇、途中のままだね」恭子が話しかける。

「うん、そうだね」と香織。

「チューリップの苗、買ってきて植えてみようか」

「チューリップってもう遅いんじゃないの」

「苗なら大丈夫よ。いろんな種類があるみたいだし」

「ふうん」

「学校の花壇、いまチューリップ咲いてるよ」やっと健太が口を開いた。

「あら、そう」

「ちがいますー。あれはスイセンですー」香織がそう言って唇をすぼめた。「健太、花なら何でもチューリップなんだから」

「だって先生が言ったんだもん」

「先生がそんなこと言うわけないじゃない」

「聞き間違えただけよ。ねえ」

恭子が助け舟を出してやる。少しだけいつもの食卓に戻った。

電話が鳴った。子機はサイドボードの上にある。食事を中断して電話に出た。

「わたくし青木と申します」受話器から聞こえたのはと

「ふうん……」香織が気のない返事をする。

「うちだけで行ってもいいんだけど、おとうさんもなんだか忙しいみたいだし」

「うん、いいよ」

「健太は?」

「ぼくもいい」

それだけ言ってまたテレビを向いた。二人とも、まるで抗議はしなかった。

もっと無邪気に駄々をこねてほしかった。いつもならそうしたはずだ。

「ねえ、その代わり、どこかへ一泊だけ旅行しようか。それくらいなら行けると思うし」

「どっちでもいい」香織だけが答え、健太は黙っていた。

「そんなこと言わないで、どこか行こうよ。遠くは無理だけど、小田原とか箱根とか、それくらいなら車で行けるだろうし」

「うん、いいよ」やっとかすかに笑んでくれた。

三人で夕食を食べた。テレビは付けっぱなしにした。歌番組をやっていて、子供たちはそれを見ながら食べていた。

がった女の声だった。

「はい？」

「青木翼の母親です」

「あ、はい……」たちまち暗い気持ちになった。

「及川さん、ちょっとひどいんじゃありませんか。よその子をぶつというのは」

　穏やかには済みそうにないと思い、恭子は居間を出た。夫婦の寝室へと向かう。

「子供同士の喧嘩に親が出るというのは問題なんじゃないかしら。翼には、親のわたしでさえ手をあげたことはないんですよ」

　戸を閉めて、部屋の電気を点けた。

「でもおたくのお子さんは四年生でうちの健太は二年生でしょう。いじめられて黙っているわけにはいきません」

「いじめってそんな大袈裟な。ただふざけあってただけのことじゃないですか」

「いいえ、そういうふうには思っていません。それにおたくのお子さんはうちの健太を蹴飛ばしたんですよ」

「聞いてません」

「じゃあおたくの子が正直に言ってないんです。痣までできてます。なんなら診断書とってお送りしましょうか」勢いでそんなことを言った。

「そんな……」青木が絶句している。

「それから青木さん、お子さんに余計なことを吹きこんでるんじゃありませんか」

「余計なことって何ですか」

「余計なことは余計なことです」

「……意味がよくわかりませんけど」青木がいかにも皮肉めかして言った。

「とにかく、今後うちの健太に手を出したら法的措置を取らせていただきます。うちには顧問弁護士もいますから保護者責任を問わせていただきます」

「なんですか、あなた……信じられない」

「もういいですか。こっちは食事中なんです」

　一方的に電話を切った。目を閉じる。畳にしゃがみこんだ。しばらくそのままの姿勢でいた。

　まるで戦争だな。身体に力が入らなかった。これというのもすべて茂則が悪いのだ。

　受話器を襖に軽く投げつけた。小さな穴があいたが、どうでもいいことだった。

　居間に戻りテーブルについた。

「誰だったの」香織が不安そうに聞く。

「パートのお友だち」

もう作り笑いにはすっかり慣れた。だが食事はほとんど喉を通らなかった。


子供たちが二階に上がったとき、それを見計らうように今度は実家の母から電話がかかってきた。週刊誌の記事を母も読んだのだろう。予感はしていた。

「ねえ、茂則さん、大丈夫なの」親子とは思えない、遠慮がちな声だった。

「うん。大丈夫だよ。とっくに職場復帰しているし、病院には週に一回、包帯を替えに行くだけだし」

「そうじゃなくて……」母が口ごもっている。

「あ、もしかして週刊誌のこと?」自分から明るく切りだしてやった。「なんだ、そんなんだったら全然心配しなくていいのに」

「おかあさんは心配してないけど、おとうさんが電話しろ電話しろって」

「お前がしろっていったんだろう」うしろから怒ったような父の声が聞こえた。

「大丈夫だよ。だってあんなのインチキ記事だもん。噂だけで、茂則さんが怪しいようなこと平気で匂わすんだもん。もうアッタマ来てさあ、わたし弁護士雇ったの」

「そうなの」

「そうよ。知り合いに弁護士がいてね。相談したら、これは許せない、まるで松本サリン事件だって言って。それでマスコミと警察に書面で警告したの。そしたらすっかりおとなしくなったよ」

「なんだ、そうなんだ」母の声がやっと明るくなった。

「自分たちの方が疚しいもんだからシュンとしちゃったみたい」

「恭子、弁護士さんなんかに知り合いいるの」

「いるよお、それくらい。わたしこれでも顔が広いんだから」

「ふうん、そうかあ……」一応は安心した様子だった。

「圭子もね、おねえちゃん家、大丈夫かなあって心配してたの」

「大丈夫だって言ってやってよ。そんなんで気を遣ってくれなくったっていいのよ」

「うん、わかった」吐息がもれるのまでわかった。

母はこのあと持病の神経痛の話などをして電話を切った。どこまで信じてくれたかはわからない。百パーセント、というのはたぶん無理だろう。でも希望は与えてやったのだ。それが子供が親にできるせめてものことだ。
すっかり疲れた。もう風呂にも入りたくない。

ソファに深く身体を沈めた。天井を見る。このあと茂則が帰ってくるのか。何度もため息がでた。

帰ってこなければいいのに。いっそ踏切事故で死んでくれてもいい。

そんなことを考える自分を少しも悪いとは思わなかった。


茂則が帰宅したのは午後十時過ぎだった。酒の臭いはしなかった。

「風呂、沸いてる?」ネクタイを緩めながらそう聞くと、一人で勝手に入ってくれた。

今日も残業? 食事は済んだの? いちいち聞く気力もなかった。

先に寝室に入り、二人分の布団を敷いた。いつもより早いが寝てしまおう。

パジャマに着替え、布団にもぐりこんだ。夫の布団との距離は微妙に取った。ここのところずっとそうだ。くっつける気にはなれない。


横になり目を閉じた。寝つきは悪く、いろいろなことを考えてしまうが、それでも最悪の想像を回避する術は覚えた。誰でもいいから今日会った男に抱かれる想像をするのだ。団交仲間に一人適当な男がいたので、彼を使うことにした。股間に軽く手をあてながら。

しばらくして茂則が入ってきた。ライターで火を点ける音がした。枕元のスタンドを灯してたばこを吸っているらしい。恭子は背中を向けている。

「おい」茂則が口を開いた。「恭子、起きてるか」

「うん?」生返事をする。

「おれな……」

「疲れてるから」口が勝手に動いていた。同時に心臓が早鐘を打ちはじめる。「わたし、疲れてるから」

茂則が黙る。灰皿でたばこをもみ消していた。

「なあ、恭子」また名前を呼ぶ。

「何よ」

「話があるんだけど」

「またにしてよ。寝てるんだし」

「もう気づいてると思うけど」

「聞きたくないっ」

語気鋭く言っていた。背中を向けたまま、両腕で胸を抱きかかえた。

「だめか……」

「だめに決まってるでしょう」

「そうか……」

茂則はまだ布団に入ろうとしない。沈黙が流れる。恭子は身を固くしていた。

「……すまなかった」乾いた茂則の声だった。

「何がすまなかったよ。そんなんで済むわけがないでしょう」早口でまくしたてる。

「そうか……」

「当たり前じゃない」

茂則がまたたばこに火を点けた。

「冗談じゃないわよ」歯を喰いしばっていた。「冗談じゃないわよ」

とうとうこの日がやってきたのか。懸命に目を閉じていた。

いっさいを拒絶するように、恭子は息まで止めていた。茂則はたばこを吸い終えると、ごそごそと布団に入った。

電気スタンドが消される音。身体の震えがやまなかった。

28

早苗の交通事故を知ったのは、まだ本庁にいたころの張り込み中だった。強盗傷害事件の容疑者を追っていた。立ち回り先の女のアパートの前、車中で夜を明かしたときだ。無線連絡が入り、至急八王子の共済病院へ向かうよう指示が出た。「奥さんが交通事故みたいですよ」伝聞だったせいか、さほど深刻でない口調だった。

交替要員が来るのを待ってタクシーをつかまえた。胸騒ぎはしたが、まさかという思いの方が強かった。前夜、元気な声を聞いていた。母と朝市に出かけると話していた。「おい、子供の名前考えたぞ。朝市にしよう」九野はそのとき思いつきで言った。当然、「馬鹿」と却下された。その前の晩は、九野が張り込みに「昼夜逆転だよ」とぼやくと、早苗が「あ、子供の名前考えた。チューヤにしよう」と笑っていた。おなかの子が男児とわかって以来、二人の間で流行っていたゲームだった。

父親になることを疑っていなかった。親子三人で暮らす日々は目前にあり、夢でもなんでもなかった。

病院に着くと、看護婦が九野を集中治療室へと先導した。女の青い顔を見て事態を察知した。廊下で待てと言われたが、警察手帳を振りかざし、強引に中に入った。タイル張りの床に靴を乗せたところで叫びたくなった。こんな便所みたいな部屋から早く早苗を出してくれ。そして手術台をのぞき込み、言葉を失った。目を閉じ横たわっていたのは、早苗ではなく義母だった。無数の管が身体につながれている。どういうことか。

医師の怒声を浴び、廊下に連れだされる。看護婦がすいませんと泣きそうな声で言っていた。みんなが混乱していた。間違えました、奥さんは地下の霊安室です。その声を聞いたとき、九野の頭の回線は切れた。

思いだそうとしても、その先は真っ白な闇だ。白い闇というものがあればの話だが。手を伸ばしても、振り回しても、触れるものが何もない。

葬式は挙げたのだろうか。墓は自分が手配したのだろうか。それすら自信がない。

「これも運命だから」義母が静かに言った。「神様が決めたことだから」

「そんなふうに思えるんですか」九野が聞く。

「天国があるって思うのよ。天国って人類最大の発明かもしれないわね。誰だって一生のうちに何回かは愛する人を失うんだから」

「そんなに簡単には思えませんよ」

「薫君。だめよ、現実を受け入れなきゃ」

「そんな、おかあさん、天国って言ったり、現実って言ったり――」

身体が揺り動かされる。ねえ九野さん――。

じんわりと覚醒していく感触がある。あぶり出しのように意識が色をつけていった。自分の肉体に温度と体重を感じる。

「起きてよ、九野さん」

脇田美穂が腕をつかんでいた。

「おう……何だ」声がかすれる。天井が見えた。

「何だじゃないよ。大丈夫？」

「大丈夫って、何が」

「死んでるかと思ったよ。何回揺すっても起きないんだもん」

電灯の明かりが眼球に染みた。

「電話」

耳に意識を向ける。呼出音は鳴っていない。

「さっきから三回ぐらい鳴ったんだけど。わたしが出るわけにはいかないから」美穂はベッドの横にしゃがみこんでいた。「こんなに眠りの深い人、初めて見たよ。九野さんってそうだったっけ」

それには答えないで、首を捻り目覚まし時計を見る。午前十時に近かった。小さく呻き、また枕に頭を沈める。

「疲れすぎなんじゃないの。ゆうべだって、帰って来たときから意識が朦朧としてて、ベッドに倒れ込んで。服脱がしたのわたしなんだよ」

「……たばこ」右手を差しだす。

美穂がパッケージからたばこを二本取り出し、自分の口にくわえる。火を点けてから一本を九野に渡した。

美穂が自宅に帰らないのは、そのマンションが、花村の口利きで入居した占有物件の又貸しだからだ。大倉の名前も聞かされた。債権のカタに取り上げたものなのだろう。

大倉は最初、脇田美穂を知らないと言っていた。なかなかの役者だ。

「仕事、いいの?」

「よくはないな……」煙とため息を同時に吐いた。

服部はさぞや怒っていることだろう。ぼんやり天井を見ていた。

それより頭の中に何かが引っかかっている感じがする。なんだろう。心の中でつぶやいてみる。夢を思いだすような曖昧さだ。ああ、そうか。ゆうべのことだ。佐伯と会って話をした気がするが、どうも記憶があやふやだ。そういえば義母のことを言っていた。

「朝御飯、食べる?　といってもパンだけど」

「ああ……」

佐伯から持ち込まれた見合い話に、義母と一緒に住んでくれるならと答えたことがある。その件についてだったのだろうか。いや、そんなことではない。

美穂がキッチンへ歩いていった。

頭を巡らせる。思考がいまだに頼りない。そうだ、確か義母は死んでると佐伯は言っていた。何だって?　いったいどういう冗談だ。

目を閉じてみた。やはり夢だろうか。薬を飲んだのが署に戻ってからで……。

一瞬、不思議な頭痛がした。全体ではなく脳の一部がつねられたような痛みだ。

「はい」

美穂が食パンとカップスープを運んできた。座卓に目をやる。

「焼いてくれないわけ?」

「そういうの、先に言ってよ。トースターはどこにあるの」

「……いいよ、このままで」

起きあがり、パンを食べた。うまく喉を通らないので自分で冷蔵庫まで歩き、牛乳をパックから飲んだ。身体を動かしたらやっと目が覚めた気分になった。

カーテンを開けた。まぶしいほどの空の青だ。両手を伸ばし胸を反らせた。

「ねえ、花村さんって馘になるの」美穂がテーブルに頬杖をついて聞いた。

「さあ、どうだろう。退職させられる可能性が高いけどな」

「そうだと、わたしいやなんだけど」

「……なんで」

「現職でいるうちは無茶しないでしょう。でも辞めたとなると、何するかわかんない」

「あんな男と寝るからだろう」

「九野さんにふられたからだよ」

「ふざけるな」九野が睨みつける。

脇田美穂は、周囲の男という男すべての気をひかなければ気が済まないタイプの女だった。転任早々、色目を遣われ、あっさり関係をもった。その後評判を聞かされたが、憤慨もしなければ肩を落とすこともなかった。自分にも都合がよかったということだろう。美穂が若い巡査に鞍替えしたところで縁は切れた。未練も何もなかった。ただ署内で顔を合わせたとき「おっす」と言われたのには驚いた。

「前から聞きたかったけど、おまえ、なんで婦警になったんだ」

「親がなれって言ったのよ。父親、警官だし」

「おい、聞いたことなかったぞ」眉をひそめた。

「言いたくないでしょう、そんなこと」

「所属と階級は」

「聞かないの」

「泣いてるか」

「大泣きしてるよ」美穂は鼻の頭に皺を寄せている。

九野は着替えるためにタンスを開けた。

「……ねえ、しようよ」ミニスカートをはいた美穂が膝をくずした。

「何言ってんだ」

仏壇の扉はここ数日閉じたままだ。

署に着いたのは昼近かった。途中、服部の携帯に連絡を入れた。体調が悪くて起きられなかったと謝った。朝の行確は一人でやったらしい。「お大事に」服部は冷淡に見舞いの言葉を言っていた。

廊下で佐伯と出くわした。

「おう。おぬし、調子はどうだ」いつもより低い声だった。

「いいですよ。ところで主任、ゆうべは何の話でしたっけ」

佐伯がむずかしい顔で九野の顔をのぞき込む。

「……いや、なんでもない。気にしなくていいんだ」

「わたしの義理の母がどうとか言ってましたよね」

「いいんだ」

「よかないでしょう」

「おぬしがあんまり眠そうなんでやめにしたんだ」

「何をやめにしたんですか」

「……見合いの話だ」

眉を寄せる。「そうでしたっけ」

「なあ」佐伯が肩に手をまわしてきた。「半日でいいんだ。いっぺんおれに付き合ってくれないか」

「どこへですか」

「病院だ」

「病院？」

「ああ、ここんとこ胃の調子が悪くてな。警察病院には行きたくねえし、どっか別のところへ行こうと思ってんだ。一人じゃ心細くてな。連れションみたいなもんだ」

「そんな子供みたいな」苦笑した。

「とにかく付き合え。いいな」

佐伯は九野の背中をポンとたたくと、サンダルの音をたてて廊下を歩いていった。捜査本部から外れた佐伯はすっかり暇なようだ。曲がり角のところで婦警をからかっていた。

刑事部屋に入る。いちばん奥の机の坂田課長と目が合った。すぐさま坂田が視線をそらす。

五秒ほど思案し、課長席の前まで行った。貸しがある気になっているので臆することはなかった。

「課長」声をかける。

「なんだ」書類に目を落としたまま坂田が答えた。

九野は顔を近づけた。ささやくように言う。

「例の辞表、ちゃんと課長のところで止めていただいてるんですよね」

書類を忙しくめくり、続いて机の引き出しを開けた。判子を拾いあげる。何も答えようとしなかった。

「どうなんです。まさか上に回ったってことはないですよね」

「回った」

ぶっきらぼうな物言いだった。九野が耳を疑う。

「回った？　どういうことです」声を低くしたまま語気を強めた。

「どうもこうもない。回ったってことだ」

坂田が怒ったように顔をこわばらせている。まだ九野を見ようとはしなかった。

「約束がちがうでしょう」机に手をついた。

「何の約束だ」

「自分のところで止めるって言ったじゃないですか」

「部屋を出ろ」

「はい？」

「第二取調室へ行け。空いてるはずだ。あとから行く」

顔が熱くなった。奥歯をかみしめ、踵をかえす。何が起きているのかまるでわからなかった。


取調室で待っていると、ほどなくして坂田が現れた。

「九野、落ち着け。まだ決まったわけじゃない」戸を閉めるなりいきなりそう言った。椅子に座る。「ただ、覚悟はしておけ」初めて九野の目を見た。

「覚悟って」

「本庁の監察が入ってる。厳正な態度で臨むそうだ」

「だったら事情聴取ぐらいしてくださいよ。こっちだって言いたいことはいっぱいあるんですから」

「いずれそうなるかもしれん。ただ、最悪の事態も想定しておいてくれ」

「どうしてこうなったんですか。花村が腹いせにガキを使って出させた被害届でしょう。そんなものにどうして本庁が出てくるんですか。話が変でしょう」

「別に変じゃない。組織とはそういうものだ」

「答えになってませんよ」

「再就職はおれが責任をもって世話する」

九野は眉間を寄せた。

「もしもの場合はだ」

「そんな馬鹿な」机を叩いた。

「小さな会社には絶対に入れさせん。おまえは大学出の警部補だ。それなりの会社でそれなりのポストを必ず見つけてやる」

「冗談じゃない」

「悪いようにはしない」

「悪いようにしてるでしょう」

「それから、書類送検の可能性もあるからその腹積もりだけはしておいてくれ」

「あんた本気で言ってるのか」

「口を慎め。おれはおまえの上司だ」

「だったら上司らしく約束は守って――」

「以上だ」坂田が椅子から立ちあがる。「現時点においては他言無用のこと」

九野が見上げると、視線の先はすでに坂田のうしろ姿だった。

「ちょっと……」

ドアが閉められる。とりつくしまがなかった。十年以上警察官として働いてきて、このあっけなさは何なのだ。ひと一人の人生がこんなことで決められていいものか。怒りが込みあげてきた。

九野は取調室を出ると階段を駆けあがった。踊り場で若い署員とぶつかる。床にバインダーが散乱した。「すまん」それだけ言って先を急いだ。


五階までいっきに駆け昇った。息が切れる。薬が残っているのか、立ち眩みのように頭が一瞬痺れた。廊下を大股で歩き、副署長室のドアを開けた。

「なんだ、九野。呼んでないぞ」

工藤がよく透る声を響かせた。いつもはしていない眼鏡をかけ、手にはペンを持っている。

「わたしの辞表はここにあるのでしょうか」

「どうした、やぶからぼうに」

「わたしの書いた、いや課長に書かされた辞表です。工藤さんがお持ちですか」

工藤がゆっくり眼鏡をはずす。指で二度三度と眉間を揉んだ。鷲鼻が上を向いた。

「最後まで善処はする。まだ決定ではない」

「でも受理する方向なんでしょう」

その問いに工藤は答えない。

「常識で考えてください。少年相手に立ち回りを演じたくらい、辞めなければならないことでしょうか。前例からしても、訓戒もしくは減俸が妥当だと思います」

「万が一のとき、再就職先はおれが責任を持って探す」

工藤は胸を反らせ、椅子を軋ませて言った。

「さっき課長から同じ台詞を聞きました」

「坂田と一緒にするな。おれの方が顔は利く」

「こっちにそんな気はありません」九野の口からつばきが飛ぶ。

「餞別もおれが直接集めてやる。本庁にも出向いて集めてやる。最低でも五百万だ。それから再就職先からは支度金を用意させる。合わせて一千万はいくようにしてやる」

「何があったんですか」

「何もない」

「何もないわけがないでしょう。ただの依頼ならどうしてそこまで」

「熱くなるな。頭を冷やせ」

「一生の問題ですよ」

「おまえの悪いようにはしない」

「それも課長が言いました」

「だから坂田と一緒にするな」

「とにかく納得のいく説明をしてください」

「退室してくれ」工藤がまた眼鏡をかけた。書類に向かう。

「むちゃくちゃじゃないですか」

「退室っ」工藤の鋭い声が部屋に響き渡った。


しばし立ち尽くす。もう工藤は九野を見ようとはしなかった。

奇妙な空白感を味わい、副署長室をあとにする。身体に力が入らなかった。頭もうまく回らない。階段をぎくしゃくとした足どりで下りた。

刑事部屋へ行く気にはなれず、そのまま外に出た。少し気の早い初夏の陽気だった。上着を脱ぎ、肩にかける。

警察、辞めるのか。心の中で思ってみた。けれど実感が湧かなかった。署の建物を出てみれば、どこか他人事めいた感覚もある。

携帯を取りだし義母に電話しようとしたが、少し考え、やめにした。

いま心配をかけることはない。決まってからでもいい。

それに義母はショックを受けたりしないだろう。危険できつい仕事だと、前から九野の身を案じていたのだから。

また頭痛がした。義母のことを思うと頭が痛くなる気がする。

公園までぶらぶらと歩いた。ベンチで午後の時間を潰した。

　夕方からの及川の行確には出かけた。さぞや服部は機嫌が悪いかと思えばそうではなく、逆に九野の身体を気遣った。

「九野さん、ずっと独身だと思ってたんですが、以前は結婚してたんですね」なぜか声までやさしかった。「一課に大沢っているでしょう。今日、奴と昼飯を喰ってて聞いたんです」

「ああ、そうですか」

「七年も前のことだけど、お悔やみ申し上げます」背筋を伸ばして言った。

「あ、いや」慌てて九野も姿勢を正す。

「一挙に二人も失うとね……」

「え……ああ、おなかに子供もいましたしね」

「そうだったんですか」服部が顔を歪めた。「そりゃ大変だ……。大沢がね、たまには本庁にも遊びに来てくださいって言ってました」

「ああ、元気ですか、あいつ」

「馬鹿だから風邪もひきませんよ」

九野が思わず苦笑する。服部の冗談を聞いたのはこれが初めてだった。

　服部は新しい情報をもっていた。戸田総務部長が海外出張から帰ってきたらしい。本庁の捜査員が近々任意で事情を聞くことになるのだろう。

「OBの邪魔に遭いながらね」服部が皮肉っぽく口の端を持ちあげた。

　及川のアフター・ファイブは相変わらず惨めなものだった。この夜は客もまばらな劇場で難解な白黒映画を観ていた。夕食は立ち食い蕎麦。及川の頬は退院以来どんどんこけているように見えた。

　駅の改札口手前で、九野は若い二人組のサラリーマンをつかまえた。

「おい、何か用か」

　振り向きざまに一人の腕をつかむ。二十代後半とおぼしき男の顔がたちまち青ざめた。

　服部がもう一人の男の腰ベルトを背中からつかむ。服部もとっくに気づいていたらしかった。

「なんでつけてくる。品川からずっとだな」

　改札上の発車時刻案内に目をやる。本城方面行き急行にはまだ十分あった。二人を柱の下につれていく。

「何をするんですか。人違いなんじゃないですか」男の声が震えていた。

「とぼけるな。警察だ。身分を証明するものを見せろ」

迫力に押されたのか、男がぎこちない手つきで内ポケットから定期券を取りだす。中の免許証を見せた。

「名刺も出せ」

「乱暴ですね、最近の警察は」もう一人の男が顔をこわばらせて言った。「令状でもあるんですか」

「やかましい、さっさと出せ。見当はついてるんだ」九野が一喝した。

観念したのか男が名刺を出す。案の定、「ハイテックス総務部」の肩書が印刷されていた。

「遊びか。業務命令か」

遊びだとわかっていた。にやにや笑いながらついてきたのだ。

「遊びです……」揃って目を伏せた。

「職場の仲間が刑事に尾行されててうれしいか」

「いえ……」蚊の鳴くような声だった。

「どうせ社内じゃ噂になってんだろう。明日はこれの報告会か」

いたずらを叱られた小学生のようにひたすら下を向いている。

「もういい、帰れ。今度見つけたら公務執行妨害でしょっぴくからな」

解放すると二人の男は軽く頭を下げ、小走りに去っていった。

服部と顔を見合わせ、どちらからともなく首をすくめる。

及川の職場での孤独を思った。いや、家庭でも同じくらい孤独なはずだ。

哀れというより苛立ちを覚えた。

「九野さん、話しかけたりしないでくださいよ」服部が見透かしたように言った。「我々は朝と夕、及川の行動を確認するだけの任務なんだから」

「ええ、わかってます」

「あとは上にやらせましょうよ」

及川は午後十時過ぎに自宅に戻った。玄関の外灯を浴びた彼の横顔はほとんど土気色に見えた。

署に戻ると、刑事部屋に井上が居残っていた。ほかにも数人いたが、井上以外は顔を合わせようとしない。

様子が変だった。たった今ここで事件でもあったかのような、そんな空気の重さだ。

「何かあったのか」席に着き、小声で聞いた。

「佐伯主任が課長を絞め落としました」井上が声を低くして答える。

意味がわからなかった。眉をひそめる。

「さっき武道場で、柔道の稽古で」

「こんな時間にか」耳を疑った。

「ついでに頸椎捻挫（けいついねんざ）で病院に行きました」

「誰がだ」

「坂田課長がですよ」

「ちゃんと説明しろ」

「わかりません」

「わかりませんって」

「誰も教えてくれないんですよ」いっそう声をひそめた。「ここで仕事をしてたら、交通課の人が駆け込んできて、『おい、おまえんところの課長と主任が武道場で喧嘩してるぞ』って。それでみんなで四階に上がったら、武道場の電気がついていて、課長が畳の上でのびてたんですよ」

「よくわからんな」

「こっちだって」

「佐伯主任はどこにいる」

「一応、病院についていったみたいですけど」

周りを見渡した。やはり誰も九野を見ようとしない。事情を知りたかったので部屋に残った。背もたれに身体を預け、何本もたばこを吹かす。すっかりニコチンが血管に馴染んでいた。

刑事部屋で会話を交わす者は誰もいなかった。

午前零時を過ぎて佐伯が帰ってきた。口を真一文字に結んでいる。佐伯は目が合うなり顎をしゃくり廊下へと出ていった。

九野があとに続く。井上もついてきた。

「おい、井上。おまえは来るな」と佐伯。

「そんなあ」井上が抗議の声をあげる。

「おまえのためだ。知ると後々面倒になる。まだ若いんだ。警察内で世間を狭くすることはない」

手で追い払うと、井上は渋々戻っていった。

「外へ行こう」そう言って先を歩いていく。「静かな所がいい。中庭にするぞ」

当直の署員とすれちがったが、佐伯には目を伏せたまま会釈するだけだった。途中、佐伯が自販機で缶コーヒーを二本買った。黙って一本を九野に手渡した。通用口から外に出る。月明かりが玉砂利を白く照らしだしていた。

「よし、ここだ」

佐伯が植え込みの縁に腰かけた。九野はその前に立つ。

「おぬしの書いた辞表、上に回ったそうだな」

「ええ、課長に聞きました」

「やけに冷静じゃないか」

「そうでもないですよ。昼間は抗議もしたし、工藤副署長のところにも怒鳴り込んだし」

「そうか」缶のプルトップを引く。「副はなんて言ってた」

「再就職は面倒をみると」

「ふん」

鼻で笑った。佐伯は喉を鳴らし、コーヒーをいっきに飲んだ。九野も口をつける。

「いいか。順序だてて話をするからな」大きく息をつき、手の甲で口を拭った。「ハイテックスの放火事件直後、清和会のガサでやっかいなもんが押収された。それが発端だ」

「やっかいなもの？」

「ああ、大倉って幹部がいるだろう。そいつの事務所からだ」

ぬるりとした膚(はだ)の顔を思いだす。目は爬虫類(はちゅうるい)を想像させた。

「大倉は自動車金融をやってるが、そこで担保流れした車をうちの署員に安くさばいていたんだ。花村を窓口にしてな」

「そうですか……」

「ああ、名義変更時の控え書類とか、住民票の写しとか、ごっそり出てきたんだ」

「ええ」

「二十五台分だ」

「はい？」

「つまりうちの署の人間が二十五人、花村経由で暴力団から車を買っていたってことなんだ。刑事課はもちろん、交通課も地域課も……」佐伯がたばこに火を点ける。闇の中に煙を吐いた。「一年落ちのマークIIが八十万だとよ」

「そりゃ安いや……」

「本来なら清和会系の中古車屋に卸して相場で売るんだろうが、ま、警察セールってとこなんだろうな」

そういえば大倉はBMWを買わないかと言っていた。

大倉の経営するスナックに行ったときのことだ。

「それでな、本庁四課から来た管理官はそれを知って激怒したそうだ。本城署を大粛正してやるってな。……おれたちが地取りしたり、おぬしらがハイテックスを捜査してる間、あの管理官は清和会と署の癒着について調べてたんだ。数人の子飼いを使って。放火事件なんざあの管理官にとってはどうでもよくなっちまったんだ」

「そうだったんですか……」

「ところがこれだけの規模の粛正となると、警視ぐらいの階級じゃ好きにはできねえんだ。本庁のもっと上が出てきた。決まったのが段階的処罰だ」

「段階的処罰？」

「いっぺんに二十五人もどうやって処分する。外にばれないわけがない。各自に別口の服務規程違反を押しつけて、二年がかりで一人ずつ減給並びに降格処分にするそうだ」

九野は肩を揺すって笑った。「よく考えますね、出世した人は」

「でも花村は別だ。こいつだけは本庁としても許すわけにはいかない。もともと問題の多かった男だしな。副に楯突いたことだって本庁はとっくに知っている。だから懲戒に決まりかけていた」ここで佐伯がため息をつく。「ただ……花村も口が利けねえわけじゃねえ。おとなしく馘になるようなタマじゃねえんだ。口止め料をよこせとよ」

「金ですか」

「まさか、誰が現金なんか出すもんか。自分を依願退職扱いにして、ついでに副とおぬしを辞職させろとよ」

全身からゆっくりと力が抜けていった。九野も佐伯と並んで腰かけた。

「おぬし、花村の女にちょっかい出したのか」

「花村の誤解ですよ」

「大災難とはおぬしのことだな」

「工藤副署長はどうするつもりなんですか」

「副も辞表を書いたそうだ」

驚いて佐伯を見た。

「少しは見直したというか……いや、見直しちゃいけねえか、こんなことで」頭を掻いていた。「もともと価値観がくるってんだよ、全員のな」

九野はたばこに火を点けた。しばらく二人で黙っていた。夜風が吹いていて、足元に置いてあった空き缶がころころと音をたて転がっていった。

「ああ、そうだ」九野が口を開く。「坂田課長とやり合ったそうで」

「あの課長も二十五人のうちの一人だ」

声が出なかった。

「呼びだして道場でとっちめてやった。観念してたんだろう。あまり抵抗しなかったな」

「問題にならないんですか」

「互いに柔道着を着てたんだ。立派な夜稽古よ」

「気まずくなるでしょう」

「おぬしが心配することじゃない。それに真っ先に降格だろうよ」

遠くの国道で暴走族が走り抜ける音がした。甲高いクラクションが夜風にのって届く。

「おれがおぬしにできることはもうなさそうだ」佐伯はそう言って九野の肩に手を置いた。

「花村が死んででもくれない限り、ひっくりかえすのはむずかしいだろうな」その手で九野の肩を揉んだ。「でも、ものは考えようだ。別の人生を歩むってのもいいかもしれんぞ。しばらく……そうだな、半年ぐらい南の島へ行って休むとかな。刑事やってりゃあ退職するまで一生かなわないことだ」

「ええ、そうですね」

「おぬしは素直だな。おれなら大暴れしてるぞ」

「放火事件はどうなるんですかね」

「知らんよ。本庁がハイテックス本社に脅しを入れて、第一発見者をまずは業務上横領で逮捕するんじゃねえのか」

「ハイテックスの総務に警視庁ＯＢが天下ってるそうです」

「そうなのか。おぬしも事情通だな」

「相方に聞きました。週刊誌に出てたことですよ」

「ふうん。じゃあ長引くのかな。どうでもいいさ。どっちにしろ屁みてえな事案よ。マスコミだってすぐに飽きるさ」

佐伯が両手を突き上げ、伸びをする。大きな欠伸をした。

同時にやけ気味の大声を発した。その声が四方の建物に響いていた。

力を入れて擦ったら泡で手が雑巾から滑り、便器を直接てのひらで触ってしまった。

渡辺裕輔は思わず顔をしかめる。ついでにしぶきが口元にかかり、便器に向かって何度も唾を吐きつけた。

隣で洋平が笑っている。洋平は床をタワシがけしていた。

「おい、便器はおまえがやれよ」裕輔が口をとがらせる。

「昨日はおれがやっただろう。順番じゃねえか」

洋平が腕で額の汗を拭って言った。自分の部屋すら掃除しない男がここではやけに熱心だ。今朝は大倉のベンツをスポークホイールの一本一本まで磨いていた。

裕輔と洋平が大倉総業の部屋住みになって三日がたつ。裕輔は渋々だが洋平は志願だ。洋平は本当にやくざになりたいらしい。親が離婚してばらばらなので、止める人間がいないのだろう。弁当屋はさっさと辞めてしまった。

29

裕輔は当初、「部屋住みになれ」という大倉の脅しに懸命に頭を下げ、弘樹の家に避難することで話がついたが、井上という刑事はよほど仕事熱心なのか、あっさり居所をつきとめられた。屋根から道路に飛び降りるという芸当を生まれて初めてやる羽目になった。

おまけに恐る恐る学校に顔をだすと、たちまち体育教師に取り囲まれ、一一〇番通報された。トイレに行くと偽って窓から逃げた。

もう行くところは大倉の事務所しかなかった。

大倉はにやりと口の端だけで笑うと、「断っとくが、おまえはいつでも帰れるんだからな」と言った。万が一に備え、「住むところがなくて転がりこんだ」という筋書きを教え込まれた。自称十九歳ということにもなっている。

これで高校生活はおしまいだな――。裕輔はやけに乾いた心で思った。どうせ進学したところで、四流大学など出るだけ恥か。そう自分を慰めることにした。

やくざになる気は毛頭ない。大倉は、九野という刑事が辞職した時点で解放してやると言っていた。自分の顎の骨を折ってくれた刑事だ。どういう事情があるのか説明もされていないが、あの刑事が困るのなら気味がいい。

この件が済んだらアパートを借りよう。学校を馘になれば親もあきらめるだろう。女を連れこんで毎晩セックスして過ごしたい。

洋平がやくざになりたがる気持ちは少しだけ理解できる。大倉のお供で夜の新町へ行ったときだ。ベンツの前で待たされ、大倉が店から出たところでドアを開けた。言われたとおり「お疲れさまです」と声を張りあげた。そのときたまたま顔見知りの暴走族ＯＢが路上にいた。驚いた目で裕輔と洋平を見ていた。この男が今後自分たちにパー券を売りつけることはないだろうと思った。

ただ、今はひたすら掃除と雑用の行儀見習いだ。兄貴分がたばこをくわえたとき、ぼうっと見ていたら灰皿で頭を殴られた。しかもガラス製の灰皿でだ。

「おい、済んだか」

その灰皿の兄貴分がトイレのドアを開けて言った。

「はい、もうすぐです」洋平が元気な声を出す。

「おめえらがちゃんとやらねえと、社長に叱られるのはおれだからな」

そう言って兄貴分は腰を屈めると、目を凝らし、小便用の朝顔を点検した。

「なめてみろ」裕輔に向かい、顎をしゃくる。

「はい……」

腹筋に力をこめ、心の中で気合を入れてなめた。昨日は洋平がやらされたのでとっくに覚悟はできていた。

「床は水で流したら水滴も残すなよ」

兄貴分はそう凄んでトイレを出ていった。

すぐさま唾を吐く。洋平は黙ってにやついていた。

仕事がないときは事務所の隅で立っている。組員がたばこをくわえると走って火を点けにいき、来客があればお茶をいれるのだ。

この日は午後になって花村が現れた。こいつはまだ刑事を辞めていないはずなのに、てかてかと光る生地のスーツを着ている。シャツは赤だ。

「大倉よ。九野を痛めつける方法だがよ」

花村がソファにどかりと身を沈め、たばこを取りだす。洋平が走った。

「はい、なんでしょう」大倉は奥の大きな机でパソコンに向かっている。

「やつが車に乗ってるとき、ダンプで追突するってのを思いついたんだがよ」

「ダンプでですか」大倉がパソコンを打つ手を休め、椅子を回転させた。「そりゃあ本城署との戦争になってしまいますよ」

「もちろん辞職してからだ」

「でも一応OBになるわけだし、当て逃げといえどもマジで捜査してくるでしょう。塗料ひとつでばれてしまいますよ」

「大丈夫だ。神奈川まで逃げてさっさと解体しちまえばいい」

「それにしたって」大倉がたばこをくわえ、今度は裕輔が走った。「ダンプはどうするんですか」

「おまえの組の息のかかった産廃業者がいるだろう。廃車寸前のやつでいいんだ。手配してくれ。それと若い者を二人ほど貸してもらいたいんだがな」

花村は片足を自分の膝に乗せ、エナメルの靴の埃を払っていた。

「それはちょっとね」大倉が椅子に深くもたれる。たばこの煙を天井に向けて吹きかけた。

「なんだ、おれの頼みがきけねえのか」

「九野とわたしは無関係でしょう」

「そう言うなよ。おれとおまえの仲じゃねえか」

「しかし若い者を貸せっていわれると……」

「これまでさんざん面倒みてやっただろうが」

「あれ、そうでしたっけ」

大倉が机の上に足を投げだす。それを見て花村が顔色を変えた。

「おい、大倉。おまえのやってる興信所に犯歴者リストを回してやったのはおれだろうが」

「確かあれには百万払ったと記憶してるんですが」

「あちこちの課の刑事を紹介してやったのは誰だ」

「でも飲み代は全部うちが払ってるんですよ。おまけに何台も車を安く譲ってるし」

「なんだと」花村が険しい目で大倉を睨んでいる。

「車の一件じゃあうちも迷惑したんですよ。花村さんがわざと押収させろって言うから、書類一式を出しておいたんですが、それでうちの事務所は本庁にまで目をつけられちゃいましたよ。警察に貸しがつくれるって言うから信用したのに」

裕輔は洋平と目を合わせた。自分たちにも雲行きがあやしくなっているのがわかった。組員たちも厳しい顔で成り行きを見守っている。

「……犯歴者リストでパクってやろうか」花村が唸るよ

うに言った。

「あれはもう処分しましたよ。だいいちこの前ガサが入ってるんですよ。そんなやばいもん誰が残しますか。それより花村さん、いつまで刑事のつもりでいるんですか。せいぜいあと一週間の命でしょう」

花村は返す言葉がないのか、拳を握りしめ、顔全体を赤くしていた。

「それから、今後は口の利き方にも注意していただかないと。さん付けで呼べとは言いませんがね、せめてわたしのことは社長とか呼んでくださいよ」

「……用がなくなりゃあ態度が変わるんだな」

「花村さん、ひとつ忠告していいですか。新町でスナックをやるそうですが、客商売っていうのはきついですよ。頭も下げなきゃなんないし、客の無理も聞かなきゃなんない。そういう態度じゃ半年ともちませんよ」

大倉は机から足を降ろすと立ちあがり、上着の襟を直した。

「それから美穂とかいう女には逃げられたそうで。新しいママを探すにしても――」

「うるせえ」

花村が声を張りあげる。隣の洋平がぴくりと動いた。

「花村さん、お静かに」

「もうおまえには頼まねえ。組長のところへ行ってくる」

「会えやしませんよ」

「やかましい」

「花村さん、うちはシャブは御法度(ごはっと)なんですよ」

「……なんの話だ」

「知ってますよ。金井のところの若い者に調達させてるそうじゃないですか。組長に知れたら金井はどうなるんですか。立場を考えてやってくださいよ」

花村が黙る。耳たぶまで赤かった。

「本部の若頭も薄々は気づいてるんですよ。だから組長に面会なんてさせませんよ」

花村がテーブルを蹴る。湯呑みが床に落ちて割れ、甲高い音が事務所内に響いた。

「おい、お帰りだ」

大倉にそう言われて裕輔は扉へと走った。戸を開け、脇に立つ。花村はゆっくり近づくと裕輔の足元に唾を吐いた。思わずよける。顔を見たら試合前のプロレスラーのような目をしていた。廊下に出たので扉を閉めた。

「ふん、いつまで刑事気取りでいやがるんだ。シャブ中のくせしやがって」

大倉が残酷な笑みを浮かべていた。

夕方になると洋平は使いに出された。系列の組に酒を届ける用事で、洋平は兄貴分から挨拶の仕方を手取り足取り仕込まれていた。「しくじったら歯ァ抜くぞ」と脅され、青くなっていた。

その間の雑用は裕輔一人で賄うことになった。茶がぬるいといっては殴られ、窓から差し込む夕陽がまぶしいといっては尻を蹴飛ばされた。

日が暮れたころまた来客があった。インターホンが鳴り、裕輔が急いで受話器を取った。「どちらさんで」というのが教わった応対のし方だ。

「ハイテックスの戸田と申します」

いかにも堅気っぽい丁寧な口調だったので拍子抜けした。

「社長、ハイテックスの戸田さんっていう方ですが」

奥に向かって伝えると、大倉は金の刺繍（ししゅう）の入ったネクタイを締めて出てきた。

「おう、丁重にお通ししろ」

扉を開け、ソファに案内した。少々貫禄はあるが、どこにでもいる会社員といった風情だった。野球のホームベースを思わせる顔だ。自分の父親ほどの年齢だろうか。男は硬い表情をしている。

流しに行ってお茶の用意をした。あのおじさん、脅されるのかな。やかんにお湯を沸かしながら裕輔はそんなことを思った。やくざの事務所に呼び出されたのだ。怒声が飛び交うのかもしれない。

ところがお茶をテーブルに運ぶと、大倉は丁寧な言葉でしゃべっていた。

「どうでしょう、お考えいただけましたでしょうか。そちらにとっても悪い取引じゃないと思うんですけどね」

目は笑っていないが、少なくとも脅している雰囲気ではない。

「しかし三億というのは、ちょっと……」

三億という言葉を聞き、思わずお茶を床にこぼした。

「こらァ。何やってんだ」

たちまち大倉の鋭い声が飛び、裕輔は身を縮めた。慌てて雑巾を取りに走る。兄貴分が追いかけてきて一発お見舞いされた。

部屋に戻り雑巾で男の足元を拭いた。

「東証二部に上場なさるんでしょ。イメージダウンだけは避けなきゃなんないでしょう」

大倉はそんなことを言っていた。何の話かはわからない。ただ三億が気になり、つい聞き耳を立ててしまった。

「上に相談しましたところ、金額的に……」

「まあ金額は相談に乗ってもいいですよ。こちらが持ちかけた話ですし。でもね、早めに決断なさった方がいいですよ。ほら、週刊誌にも出てたでしょう。早くしないとおたくの社員、逮捕されちゃいますよ」

「いや、それはこっちでも時間稼ぎを考えてまして」

「ほう、どうやって」

「うちの総務相談役が警視庁OBでして、その線で……」

大倉の顔がこわばった。「まさかこの件はかんでませんよね」

「ええ、それはもう、話がややこしくなるだけですから。知ってるのはわたしと担当重役の二人だけです」

大倉が表情を緩めた。

「そりゃあそうでしょうねえ。警察OBってのは会社のことなんか考えてませんから。ワンワン吠えるだけの番犬で、経営ってものを知らない」

「ええ、まったくもってそのとおりで」男はひきつった愛想笑いをしていた。

「おい、いつまで拭いてんだ」

大倉に言われ、その場を離れる。裕輔はまた部屋の隅の立ち番になった。

二人はひそひそ話をはじめた。声は聞こえてこない。三億か——。金のことだろうな、やはり。裕輔はシノギのスケールの大きさに驚き、大倉を見直した。パー券を売って小遣い稼ぎをしている暴走族などやはりチンピラなのだ。

洋平はこういう世界へ入るのか。やや羨ましくもあった。

戸田と名乗る男は三十分ほど大倉と話しこみ、むずかしい顔で帰っていった。

夜になると、大倉は洋平だけを連れて飲みに出かけていった。裕輔は留守番を言いつけられ、兄貴分たちにこき使われた。掛け軸が曲がっているといっては殴られ、出前が遅いといっては頬をつねられた。

大倉と洋平は十二時過ぎに帰ってきた。大倉は自宅に引きあげ、裕輔と洋平は奥の部屋に布団を敷いて横になった。

「おい、裕輔。おれ、舎弟にしてもらえそうだぞ」

豆電球がわびしく灯る部屋で洋平がぽつりと言った。

「まだ部屋住み三日目だろう。そんなに簡単に盃なんかもらえるのかよ」

「ああ。社長がくれるって言うんだ。だから、おれ、少年刑務所に行くかもしんねえ」

その言葉に洋平を見る。洋平は顔を天井に向けたままだった。

「どういうことよ」

「先月、中町のナントカって会社が放火されただろう。覚えてねえか」

「いや、知らねえ」

「裕輔、新聞ぐらい読めよ」

「おまえが言うな」

「でな、その放火事件、おれに被らねえかって社長が言うんだ」

「なんだよ、それ」

「身代わりだよ。誰がやったか知らねえけど、おれがやったことにするんだよ」

「嘘だろう。おまえ刑務所なんかに入りてえのかよ」


裕輔が身体を起こす。どこか遠い目をしている。洋平は腕を頭のうしろで組み、どこか遠い目をしている。


「社長が言うんだよ。刑務所は男を磨くには格好の場だろうって。だってよォ、全国からワルい奴がいっぱい集まって来るんだぜ。顔がつながるじゃねえか。社長も府中に三年入ってて、そんときの人脈が今も役に立ってるってよ。放火は罪が重いかもしれねえけど、どうせおれは十七だし、一年以内で済むみたいだし。帰ってきたらポーカー喫茶ひとつ任せてくれるっていうし、だいいち社長の舎弟にしてもらえるし……。いい話なんだぜ。一年部屋住みやって舎弟になるか、一年勤めて舎弟になるかのどっちかなんだよ。あとのこと考えたら勤めた方が得なんだよな」

「もう一度考えた方がいいんじゃねえのか。だいいちおまえ、ほんとにやくざになりてえのかよ」

「ああ、なりてえ」

「ほかの道もあるだろうが」

「何があるんだよ。高校中退で親がどっか行っちまって、雇ってくれるとこなんかしれてんだぜ。また弁当屋か。弁当屋なんか続けてどうなる」

「そりゃそうだろうけど……」

なぜかもう引きとめる気にはならなかった。

「電気、消していいか」洋平が起き上がり電灯の紐を引いた。部屋が闇に包まれる。「おれ、真っ暗にしねえと眠れなくってよ」

ごそごそと布団にもぐる音。洋平がひとつくしゃみをした。

「刑務所って夜も豆電球は消せねえんじゃねえのか」と裕輔が言う。

「ほんとかよ」

「なんかで読んだ気がする」

「……それって、やだな」

互いに黙った。裕輔は目を閉じ、鼻息ともため息ともつかない空気を吐いた。

一日中こき使われたせいか、睡魔がすぐそこまでやって来ている。

しばらくしたら隣から寝息が聞こえた。呑気な奴だ。洋平はやくざになるのか――。そう思い、布団を被り直した。

自分は将来、何になるのだろう。

何かになれそうな気もするし、何かのチャンスが転がってくる気もする

裕輔が口ごもる。また布団に入り、枕に頭を沈めた。

「この前、新町で元ジョーカーの高野が目ェ丸くしたの見たか」洋平が言った。

「おお、見た見た」やはり洋平も気づいていたのか。

「大倉さんと一緒にいただけでおれらにびびってただろう。おれ、あんとき本気でやくざになろうと思ったわけよ」

「実を言うとおれも少しは考えた」

「そうだろう。おれは勤めを終えて帰って来たら、もう西高の曾根だとか、商業の山田とか、あいつらにはデカイ顔させねえぜ。とっちめて金巻き上げてやる」

「おまえが出るころには卒業してんだろうが」

「じゃあ暴走族の連中をシメて上納金を取り立ててやるってえのはどうだ」

「おれにも分けてくれるか」

「おまえは集金係にしてやる」

「えらそうに」つい吹きだしてしまった。

「一年なんてあっという間よ」

「……ああ、そうだろうな」

「出たら幹部候補よ」

「……ああ」

でも、せいぜいショップをもつぐらいだろうな。高校中退だし……。

もう十七歳か。いつまでも馬鹿やってらんねえよな。

これが終わったらいっぺん家に帰ってみるか。

寝返りを打つ。大きな欠伸が出て、口を閉じたときは眠りに落ちていた。

30

ビラ配りと抗議行動は多摩本店だけでなく、各支店を回るまでになっていた。及川恭子はパートがひけてからの時間はすべてそれに充て、小室たちと連日行動を共にしていた。今日は本城店で、店長の榊原がどんな顔をするのか見ものだ。

マイクを握ることにはすっかり慣れた。自ら申し出ることもあった。演説していると自分の中で不思議な力が湧いてきて、恍惚というのは大袈裟だけれど、ある種忘我の境地に浸ることができた。

昨日、香織が学校から泣いて帰ってきた。香織は泣いた理由を絶対に言おうとしなかった。健太は公園で遊ばなくなった。テレビゲームは一日三十分という決めごとはうやむやになった。

茂則には土日もどこかへ消えてくれと告げた。遠慮なく、冷徹に言った。茂則は頬をひきつらせると、弱々しい目でうなずいていた。

「お買い物中のみなさん、少しだけお騒がせします。わたしはスマイル本城店でパートをしている及川と申します。みなさんにぜひ知っていただきたいことがあります。それはスマイルがパートに押しつける労働条件についてです……」

自分の声が鳴り響いている。嫌いだった自分の声だが、なんとも思わなくなった。

「国はパートタイム労働法により、雇用者にパートにも有給休暇や各種保険を与えるよう指導しています。これには罰則規程もあり、つまり雇用者の義務と言い換えることができます。にもかかわらずスマイルは、パートに対して旧態依然とした労働条件を強い、改善しようとする態度もみせず……」

店のガラスには自分が映っている。どうせ見られるのならと思い、ちゃんとメイクをした。赤い口紅をひき、爪にはマニキュアを塗った。

人に見られ続けることが若さを保つ秘訣だと、何かの本で読んだ記憶がある。先日見たビデオは、やはり心にひっかかっていた。老けて見えたのは、自分が緊張感とは無縁の生活を送ってきたからだ。

ガラスの向こうのレジからは久美が首を伸ばして見ている。目が合ったので手を振ってやったら、ぎこちなく笑んでいた。仕事を終えた淑子は私服に着替え、店の前にたたずんでいる。ワゴンセールがあるみたいだから、と居心地悪そうに言っていた。

恭子に同性を見下す感情はもうなかった。むしろ、つまらない付き合いから解放された晴れがましさすらあった。自分はすでに違う場所にいるのだ。

榊原や池田は、暗い顔で恭子たちの行動を見守っている。馬鹿な社長がいるばっかりに、社員たちは気が気ではないらしい。

荻原は別の用事があるようで、顔を見せていない。それはそうだろう。毎日こんなことばかりをしているわけにはいかない。彼は弁護士なのだ。

恭子は二十分以上も演説をした。台本もないのに言葉に詰まることはなかった。店側がトイレットペーパーの特売セールを始めたときは、「お一人様二パックまでだそうです」とからかってやった。

何かに抗うように、恭子は常に背筋を伸ばしていた。気を緩めると、現実に引き戻されてしまいそうだから。

抗議行動が終わると喫茶店でおしゃべりをした。ここのところ恭子の話相手といえば市民グループの仲間ばかりだ。この仲間しか話し相手がいないと言ってもいい。近所の主婦や職場の人たちとはずいぶん口を利いていない。

グループでは新入りのくせに会話の中心にいた。ここでは自分が一目置かれていると実感することができた。

「及川さんもすっかり闘士ですね」二十代半ばの女が尊敬のまなざしを向けて言った。

「ほら、わたしの言ったとおりでしょ」小室が横から口をはさむ。「最初に見たときピーンときたのよ。見た目は物静かだけど、心には熱いものがある人だって」

「そんな」恭子は照れて手を左右に振った。

「だってそうだもの。普通の人ならここまでできないと思うの。まず近所の目を気にするでしょ。夫に反対されるでしょ。たいていは腰が引けちゃうものなのよ」

「及川さん、ご主人はなんて言ってるの」と別の女。

「何も」

恭子はそう答えた。だいいち知らせてもいない。

「理解あるのねえ」

「ううん。諦めてるだけよ」軽く笑おうとして頬がこわばった。

「ところで荻原さんは？」誰かが聞く。

「荻原さんは本店。社長と直談判してるの」小室が答えた。

知らなかった。だから今日は不在だったのか。

「スマイルもだいぶまいってるみたいよ。社長が、というより周りの幹部連中がだけど。実は今朝方、とうとう向こうから会いたいって言ってきたらしいの」

「じゃあ、いよいよフィナーレかしら」

「わからないわよ。あの社長、ヒステリー起こすタイプだから」

「また卵投げたりしてね」別の誰かが言い、みんなで笑う。

恭子は、心のどこかでまだこの抗議行動が続くことを願っていた。もし終わったら、明日からどう過ごせばいいのかわからない。

そのとき店の扉が開き、荻原が勢いこんで入ってきた。茶封筒をひらひらさせ、顔は上気している。「交渉成立」と声を弾ませた。

「勝ったの？」

小室が立ちあがる。その言葉にグループが色めきたった。

「ほぼ要求どおりと言っていいんじゃないかな」

荻原は空いている席に腰をおろすと、誰かのコップの水をいっきに飲み干した。まるでビールを飲んだあとのように大きく息をつく。

恭子も心がはやった。勝つために戦ってきたのだから。

「ねえねえ、詳しく教えてよ」小室が荻原の腕をとって揺する。

「まあまあ焦らないで。飲み物の注文ぐらいさせてよ」

でも、やはり一抹の寂寥（せきりょう）感もあった。ああ、これで終わるのか。ぼんやりとそんなことを思った。

「あの社長、結局社長室から出ずじまいですよ。小林っていう専務が応対したんだけど、こっちが条件を出すたびに中座して、伺いをたてに行ってるわけ。なんか知らないけど、銀行の人間まで来てましてね、あれは社長に癇癪を起こさせないために取り巻きが呼んだんでしょう。もうおかしくって、おかしくって」

荻原が、運ばれてきたアイスコーヒーを手に持つ。ストローを抜きとり、直接口で飲んだ。

「ねえ、それでどうなったのよ」小室がせかす。

荻原は濡れた唇を手の甲で拭くと、不敵に笑み、口を開いた。

「向こう五年間、年三百万の献金」

「それって、すごいじゃない」誰かが眼を輝かせて言う。

「でしょ」

「応接セット、買い替えなきゃ」と別の女。

「その前にパソコン。そろそろ新しいやつに替えないと」

「そうそう、プリンターもね」

いったい何のことか。スマイルに要求が通ったのではないのだろうか。

「馬鹿な社長がいて助かったね」小室が笑っていた。

「もうリサーチどおり。前に組合を作られそうになったとき、むちゃくちゃな抵抗したでしょ。その話を聞いてたから、これはたやすい相手かなって」

恭子だけが話の輪に入ってゆけない。やっぱり自分の思っていたこととはちがうようだ。

女たちは興奮気味に戦果について語り合っている。

「あのう……」恐る恐る声を発した。「有給休暇は認められたんですか」

「あ、それはね」荻原が恭子の方を向いた。「我々の団体に年間三百万を献金することで話がついたんですよ」

「……献金？」

「そう。まあ賛助金ってやつかな。我々の活動費になるわけですよ」

ますますわけがわからない。その困惑顔を見て、荻原が小室に「なんだ、説明してないわけ」と聞いた。

「ごめんなさい。いつか話そうとは思ってたんだけど」

小室の明るい口調は変わらなかった。「要求が通ればそれでよし。もし抵抗するようなら賛助金で取引しようっていうのがわたしたちの戦術なのよ」

「はい……」

「活動にはどうしても資金が必要でしょ。事務所を維持するのだって年間二百万円ぐらいはかかっちゃうし、ほら、マイクロバスを借りるのだってただじゃないでしょ。会員の寄付だけじゃ賄えないし、どうしたって企業献金がないと……」

「小室さんたちは共産党員じゃないんですか」

「ううん。昔はそうだったけど、今は独立して『桜桃（おうとう）の会』の運営委員なの。サクランボの桜桃ね。荻原さんはそこの顧問で、ここにいるみんなはメンバー。もっとも緩やかな組織だから決まった会費も取ってないし、強制されることは何もないし」

恭子の表情が曇ったのを見て、小室が「ごめんなさい」と手に触れた。

「徐々に説明しようと思ってたの。いきなり会の名前を出すと何かの勧誘みたいに思われるでしょ。でも、騙したつもりはないのよ。市民レベルの運動であることには変わりはないし、女性や弱者にやさしい社会を作ろうって志は共感してもらえてると思うの」

「ええ」恭子はうまくほほ笑むことができなかった。

「及川さんにあらためてお願いするわ。わたしたちの会の運営委員になってもらえないかしら。あなたは絶対にリーダーになるべき人だし、できれば本城市の次の市議選に立候補してほしいって考えてるくらいなの」

小室はあくまでも笑みを絶やさない。ほかの女たちからも明るい顔で勧誘の言葉を投げかけられた。

「あのう……それで結局、パートの待遇改善については、賛助金と取引したってことになるんでしょうか」

「うん、それなんですけどね」荻原が座り直し、身を乗りだした。「これは戦術として理解していただきたいんですよ。共産党なんかは組織が大きすぎて融通が利かないでしょう。ぼくらはそれが不満だったわけです。もっとずる賢く……いや、こんな言葉を使っちゃいけないな……もっと現実的に社会と渡り合った方がいいんじゃないかって。あのスマイルは今後五年間、見逃してやることになるけど、それによって我々は総額一千五百万の活動資金を得ることができるんです。これは小を捨て大を取るという考え方なわけで、決して志を曲げているわけじゃないんです」

「でも、パートの有給休暇は得られないんですよね」

だんだん心に影がさした。声まで小さくなる。

「だからそれが考え方なんです。あんなちっぽけなスーパーをたたいて仮にパートの有給休暇を得たとしても、成果としてはしれてるでしょう。それより資金を得て、それを運動の基礎体力として巨悪に立ち向かった方がよほど効果的じゃないですか。環境保護団体なんかも同じ方法をとる人たちが多いんですよ。小物は賛助金を得て見逃してやろう、その代わり大きな環境汚染は徹底的に糾弾してやるぞって。われわれもそうなんです。最終的に打倒すべきは自民党と大企業に支配された拝金社会であって、あんなスマイルみたいな小物じゃないんです」

簡単には納得できなかった。小物と言われ、淑子や久美を馬鹿にされた気もした。

「あのスマイルにしてもね」小室が話を引き継いだ。「もしも全パート従業員の有給休暇や雇用保険その他を受け入れたとしたら、おそらく年間一千万以上の人件費が余計にかかると思うの。それより私たちと和解して年間三百万払った方が絶対に得なの。だいいち告発されたら裁判じゃ勝ち目がないわけでしょ。あの社長は馬鹿だけど、側近はちゃんと計算してるのよ。及川さん、もしかしたらお金を得たことに抵抗を感じたのかもしれないけど、わたしたちは政党として届け出もしてあるし、政治献金を受け取るのは悪いことでもなんでもないの。理解してほしいわ」

「最初からそのつもりだったんですか」

「ううん。さっきも言ったとおり、要求を受け入れればそれでよし、もし抵抗するようなら条件を出すっていう二段構えの作戦なの。もっとも、あの社長の性格をリサーチしてたのは事実だけど」

「じゃあ、小室さんがスマイルにパートで入ったのは、潜入っていうか……」

「潜入って言われると大袈裟だけど、でも、雇用契約がいいかげんだってことは最初から知ってたし、頃合いを見計らって異議を唱えようとしてたのは事実ね」

恭子が黙る。どういう態度をとればいいのかわからなかった。自分はパートの権利を勝ち取るつもりで頑張ってきたのに。

「ごめんなさい。もっと早く言うべきだったわね」小室は申し訳なさそうに再び恭子の手を取った。「でも感謝してるわ。及川さんはもう私たちの仲間だし、これからも一緒に活動したいと思ってるの」

「これで抗議行動は終わるわけですよね」

「うん。目的は達成したから」

「わたし、明日からのパート、行きづらいんですけど……」

「うそ。まだ行くつもりなの。辞めなさいよ、あんなところ」

勝手な物言いにかちんときた。趣味で働いていたわけではない。家計を助けるために働いていたのだ。

「大丈夫。多摩にわたしたちのリサイクルショップがあるの。及川さんがその気なら大歓迎よ。いつも人手が足りなくて困ってるの」

「多摩なんて、そんなに遠くまで通えません」

「バスと電車で三十分ぐらいよ」

「うちは小学生の子供もいるし、近所じゃないと無理なんです」つい語気を強めてしまった。

「あら、そう……」

恭子の気持ちはすっかり沈みこんでいた。かわりに苛立ちが首をもたげる。バッグからたばこを取りだし、火を点けた。みながおやっという顔をした。

「やっぱり、そういうこと、最初に言ってほしかったと思います」ゆっくりと煙を吐く。「なんか…… 利用されたとは言いませんけど、それに近いような」

「利用だなんて」

「だからそうは言ってません。最初に『桜桃の会』ですって名乗ってくれて、こういう戦術で運動をするって教えてくれれば」

「参加しなかった？」

「……それはわかりませんけど」

「確かに及川さんを誘ったのは私だけど、最終的に決断してくれたのは及川さん自身だと思うの。だってあなたから電話をくれたわけだし」

座はすっかり静まりかえった。もちろん自分が白けさせているのだが。

「及川さん、わたしたちの趣旨には賛同していただいてるって思ってたんだけど」

「ええ、賛同してます」

「じゃあ、会の名前とか、戦術って小さな問題じゃないかしら」

また恭子が黙る。自分は何に苛立っているのだろう。確かに運動に参加したのは自分の意志だ。一度は断りながら、その後自分から電話をしたのだ。けれど、気持ちはすっきりしない。

「わたし……」恭子がぽつりと口を開く。「本城店のパートの人たちに合わせる顔がありません。メンツが立たないっていうか」

「及川さん、要求が通ったとしたら、本当にまだ勤めるつもりだったんですか」

「それはわからないですけど……。でも、小室さんたちは、結局スーパーのパート主婦ごときは有給休暇が得られようが得られまいがどうだっていいと思ってるわけですよね」

「ううん、そんなことない。大事な問題よ。でも、何度も言ってるとおり、小を捨て大を取るっていう割り切りは必要なの」

「わたしの職場の友だちは捨てられたわけですね」

「仲がいい人、いたの？」

「いますよ、それくらい」

「わたし、及川さんが参加してくれた時点で職場を見限ったものだと思っていたの」

　言葉が出てこない。淑子や久美との関係は終わったなと思った。近所にいよいよ友だちがいなくなった。二本目のたばこに火を点けた。

「ねえ、みんながよろこんでるんだからケチつけないでよ」一人のおかっぱ頭の女が言った。

「ケチなんかつけてないでしょう」恭子が思わず言いかえす。

「つけてるわよ」

「まあまあ」荻原が割って入った。「ちゃんと説明しなくてこっちも悪かったんだから」

「だって運動にはお金が必要なことぐらいわかりそうなものじゃない」

「それくらいわかります。でも強請（ゆすり）のようなことをして得てるとは思ってませんでした」

　言った瞬間、しまったと思った。周囲が顔色を変えた。

「及川さん、強請って言うのはあんまりだわ」小室も色をなしている。

「だって抗議行動はお金を引きだすためにやったことでしょう」

　引っ込みがつかない。二の矢も放ってしまった。

「冗談じゃない。それって問題発言よ。エセ右翼なんかと一緒にしないでよ」

　おかっぱ頭が声を荒らげる。荻原まで表情を硬くした。

「及川さん、もしかして、そのお金で私腹を肥やしてるとでも思ってるんじゃないの」別の女まで加わった。

「それはわかりませんけど」

「わかりませんって、じゃあ疑ってるってこと？　わたしたち、持ちだしの方が多いのよ。心外だわ。謝罪してよ」

「そっちこそ謝ってください。人がせっかくみつけたパートを台なしにして、明日からわたし、どこで働けばいいんですか」

　言った端から後悔している。自分はなんて卑近な台詞を口にしているのか。

「うそォ。及川さん、そのことで腹を立ててるわけ。信じられない」

「わたし、働かなきゃならないんです。みなさんみたいに暇じゃないです」

「暇って何よ。みんな働きながら活動してるのよ」

顔がどんどん熱くなる。もう返す言葉が思いつかない。

「ひょっとして自分の有給休暇や退職金が欲しかっただけなんじゃないの」

「ちがいます」

「どうちがうのよ。だったらもっと大局的に物事を考えてよ」

「そうじゃなくて」

「がっかりしたわ。仲間になれる人だと思ってたのに」

「ねえ、ちょっと冷静になろうよ」荻原が女たちを抑えようとした。

「だって言いがかりをつけてきたのは及川さんなんですよ」

「言いがかりって」

「だってそうじゃない」

いたたまれなくなり、恭子は立ちあがった。

「何よ、逃げるの」

さっきまでの友好ムードはどこにもなく、みんなが敵意を向けていた。小室は哀れむような目を恭子に投げかけている。

「わたし、これで失礼します」声が震えた。

「ああ不愉快」

おかっぱ頭に言われ、指先まで震えた。

逃げるようにして喫茶店を出る。外に停めてあった自転車にまたがった。

心臓が早鐘を打っている。馬鹿なことをしたな。目の前が真っ暗になった。たぶん小室たちは悪くない。自分が悪いのだ。事前に知らされていなかったくらいのことで。

いや、そんなことはどうでもいい。本当の問題は、自分がとうとう一人になってしまったということだ。

自分の考えのなさを呪った。多少不服でも、合わせていればよかったのだ。

西日が恭子を照らし、長い影がアスファルトの上を走っていた。孤独が身に滲みた。残されたのは、子供たちとの毎日だけだ。行く場所もない。することもない。ただ夫の逮捕を恐れ、一人脅えて暮らすだけなのだ。家に帰りたくない。このまま蒸発したらどうなるのだろう。

自転車を漕ぎながら恭子は泣きたくなった。

31

及川の憔悴（しょうすい）ぶりは、もはや遠目にもわかるようになっていた。目の下にはくっきりと隈（くま）が浮き出て、唇に色はなかった。妻がアイロンをかけてくれないのかズボンの折り目は消えかかり、靴も光沢を失っていた。ハイテックス本社前で行確の引き継ぎをするとき、本庁の捜査員は「見てらんねえよ」と吐き捨てていた。

「三階の窓際の席なんだけどな」そう言って顎でしゃくる。「一日そこで一人だ。トイレ以外じゃ席を立たないし、話しかける者すらなしだ。ときどき窓の外に目をやるんだがな、目ン玉はまるでビー玉だ」

会社も及川が警察の行確を受けていることは知っている。外にすら出させてもらえないのだろう。

九野薫にはまだ職務が与えられていた。辞表がいつ受理されるのか、詳しい話は一切ない。宇田係長は視線を合わせようとせず、本庁の管理官からは黙って肩をたたかれた。服部には話していない。こんな話は聞かされても困るのだろうが。

「及川は弁護士と切れたらしいですね」駅までの道すがら服部が言った。「昼間、弁護士が本城署に来て、依頼人とは今後は無関係だと言い置いていったそうです」

「何かあったんですかね」

「さあ、共産党系の弁護士だっていうから、会社が雇ったわけじゃないだろうし、我々は及川が弁護士と接触したところを見ていないし……謎ですな」いつものように仁丹を口に入れると自分の息を嗅いでいた。

及川のあとをついて品川駅まで歩く。改札を抜けたところで携帯電話が鳴った。通話ボタンを押して耳にあてる。「おれだ。佐伯だ」ささやくような低い声だった。

「おぬし、今どこだ」

「品川駅です」

「となりに本庁の二メートルはいるか」

「はい、いますが……」

「じゃあ、これから言うことにはすべて『はい』と『いいえ』だけで答えろ。いいな」

「はい」佐伯の口調にただならぬものを感じた。

「うちの警務課にいた元婦警が刺された。脇田美穂だ。当然知ってるわな」

「はい」

「やったのは花村だ。犯行時間は午後五時二十分。場所はおぬしの自宅マンション。凶器は台所にあった包丁。現場で採取済み」

　構内の通路で立ち止まっていた。服部が振りかえる。九野は弾かれたように歩を進めた。深く息を吸いこみ、平静を保とうとした。

「被害者は警察病院に運びこまれた。一一九番通報は被害者本人よりあったもの。詳しい容体はわからんが、救急隊員の話によると刺し傷は一ヵ所のみで、意識あり。命に別状はない模様。おれは今おぬしのマンションにいる。相方に怪しまれずに駆けつける方法はあるか」

「いいえ」

「そうか。じゃあいい。この事案は工藤副署長が指揮をとる。緊急配備は敷かない。動くのはおれと井上を含む数名だが、警視以下にはすべて保秘。坂田課長も知らねえことだ。もっとも入院中だがな。おぬし、脇田美穂の親父が警官だってことは知ってたか」

「はい」

「でも所属と階級までは聞いてねえだろう」

「はい」

「警察大学の校長だ。キャリア様だ」

　言葉が出てこなかった。

「花村は身柄を確保次第、精神鑑定を受けさせそのまま措置入院。脇田美穂は元恋人の自宅で自殺未遂。これでいく」

「……咄嗟によくそんな絵が描けますね」

「『はい』か『いいえ』だけにしろ」

「はい」

「前例があるんだろう。おれたちの知らねえ世界だ」佐伯の、怒りのこもった声だった。「花村の立ち回り先で心当たりはあるか」

「いいえ」

「県外逃亡の可能性はあると思うか」

「いいえ」

「つまり次はおぬしが危ないってわけだ」

「はい」

「花村はもうまともじゃねえ。うしろに気をつけろ」

「はい」

「及川の行確が終わり次第自宅に急行せよ。よろこべ。

辞めなくて済むかもしれんぞ」

「はい……」

電話が切れた。思わずうしろを振りかえる。渡り通路を歩く帰宅客の顔を一人一人見た。服部に「どうしたんですか」と聞かれ、適当な返事でごまかす。及川のあとを追い、ホームに降りた。

いつぞやの、マンションの廊下から見下ろした花村の目を思いだした。嫉妬に狂った中年男の目だ。花村はいくつだったか。四十はとうに過ぎているはずだ。天から降ってきたような若い女との色事を、花村は死んでも手放したくなかったのだろう。

美穂は刺されたのか。命に別状なしという言葉が本当ならばいいのだが。

父親が警察大学の校長ということは、警察庁の警視監だ。自分が一生口を利くこともない階級だ。

美穂は父親に勧められて警官になったと言っていた。嘘だなと九野は思った。キャリアが自分の娘を婦警にしたがるはずがない。どんな親子関係があることやら。

胸騒ぎがした。どす黒い空気が喉の奥で渦巻いている。傷は内臓に達していなくても出血性のショック死がありうる。脈が速くなった気がした。

電車が到着し、及川と共に乗りこんだ。また映画を観て時間を潰すのだろうか。五メートルほど離れた場所に立っている及川が疎ましく思えた。

たかが小さな放火だ。いつまで逃げ回るつもりなのか。じんわりと血が昇る。顔が熱くなっていた。

身体のあちこちで細胞が勝手にうごめいている。早苗の死以来ずっと巣くってきた、神経症特有の焦燥感だ。久し振りに来たか――。ここ数年は飼い馴らしたつもりでいた。ただの不眠症と思いたくて、意識を向けないようにしてきた。

九野は思わずポケットに手を突っ込み、そこに薬があることを確認した。

ターミナル駅でやはり及川は外に出た。真っすぐは帰らない。今夜も映画館へ行き、盛り場をうろつくのだ。

急に怒りが込みあげてきた。説明のつかない苛立ちに息が荒くなった。九野は歩く速度をあげると、距離を縮め、うしろから及川の肩をつかんだ。

「ちょっと話があるんだがな」

九野の言葉に、振り向いた及川が青ざめる。目は脅えきっていた。

「何やってんだよ、あんた」という服部の声。追いついて顔を歪めていた。「またかよ。気は確かか」

「服部さんは黙っててください」

「ふざけるな。どういうつもりなんだ」

無視して及川の正面にまわった。「今日は早く家に帰ってくれ。こっちも用事があってな」

「何ですか」及川の声が震えている。

「安心しろ。逮捕じゃない。任意同行でもない。早く家に帰ってくれって頼んでんだ」

「おい、いいかげんにしないとおたくの署長に報告するぞ」

服部が割って入ろうとする。九野は両手で服部の胸を押した。服部は信じられないといった顔で天を仰いでいる。

もう一度及川と向かいあった。

「あんた、いつまでこんな毎日を送るつもりだ。毎晩観たくもない映画を観て、定食屋でぼそぼそと飯を喰って。女房は何て言ってんだ」

「関係ないでしょう、あなたには」及川は蒼白の面持ちだ。

「おまえにはな、この先もずっと行確がつくんだ。先送りしてどうにかなるもんでもないだろう。とっとと自首したらどうだ。実刑はまぬがれんだろうがせいぜい二年だ。真面目に勤めりゃあ一年だ。それでやり直せ。子供がいるんだろう」

「余計なお世話ですよ」

「とにかく今夜は家へ帰れ。おれは行かなきゃならんところがあってな」

「行けばいいでしょう。わたしと何の関係があるんですか」

「PC呼んで自宅へ送り届けてやる」

「何ですかPCって」

「パトカーだよ」

そのとき襟首をつかまれた。服部が力任せに引っぱっていた。

バランスを崩す。うしろによろけて尻餅をついた。

周りを見ると、いつの間にか人だかりができていた。

「あんた、いっぺん病院へ行ってこい」服部が目を吊りあげて言った。「本庁でいろいろ噂は聞いたよ。奥さんを亡くしたのには同情するがな、その後ちょくちょく奇行があったそうじゃないか」

九野はゆっくりと立ちあがった。ズボンをはたく。

「おたくの工藤さんが引き取らなきゃ、まちがいなく内勤に配置換えだったって話だぞ」

服部はしっかりと及川の腕を握っていた。及川は抗うでもなく、立ち尽くしている。

「優秀だってのも聞いてるよ。工藤さんに目をかけられるくらいだからな。でもな、今のあんたはどうかしてるよ。悪いことは言わない、上司と相談して長期休暇願いでも出せ。さもないとおれが本庁の人事に話をもっていくぞ」

「おいっ、何の騒ぎだ」その声に振りかえる。人をかきわけ数名の制服警官が現れた。「喧嘩か。公道で何をやってるんだ」

「ああ。ちょっと交番、貸してくれるか」と服部。

「何だと。交番は休憩所じゃねえぞ」まだ二十代そこそことおぼしき警官がチンピラのように凄んだ。

服部が内ポケットから警察手帳を見せる。たちまち若い巡査から顔色が失せた。

「本庁刑事部捜査一課の服部だ。口の利き方に気をつけろ」

巡査が弾かれたように敬礼する。

「案内しろ。おっと……」服部はポケットから小銭を取りだすと巡査に渡した。「おまえはウーロン茶を買ってこい。三本だ。冷たいやつだぞ」射るような目で睨みつけていた。

制服警官たちの先導で歩道を進む。無言のまま数十メートル歩き、やがて安手の玩具店のような外観の交番に到着した。三人だけで奥の部屋に入る。

「及川さん、悪いけどなかったことにしてくれるか」

服部が切りだした。及川の唇には色さえなかった。

「今さらとぼける気はない。あんたは行確対象者だ」

九野は椅子に腰かけ、不安神経症の襲来に耐えていた。歯を喰いしばり両手を握り締めていないと、全身に痒みにも似た震えを覚える。顔中から汗が噴きでてきた。

「おれはそれ以上のことをするつもりはない。いろんな事情が絡みあってんだ。こっちの事情も、おたくの会社の事情もな。あんたが自首したいっていうのなら止めやしないが、少なくともおれがあんたに同行を求めることはない。おれの仕事じゃないんだ。ここにいるもう一人は——」服部が九野を顎でしゃくる。「今日限りで外す。明日からは別の人間があたる。どうだ、安心したろう」

及川は顔を上げようとしなかった。腕を組み、椅子でじっとしている。

「というわけで、あんた、もう今日は帰ってくれないか。あんただってぶらつく心境じゃあないだろう。な」

「一人にしてはもらえないんですかねえ……」及川がつぶやいた。

「一人だよ、あんたは。おれたちは空気だと思ってくれ」

「思えるわけないでしょう」唇が震えていた。

「思ってもらうしかないね」服部は椅子に深くもたれ、足を投げだしている。「ところで、おい、九野さんよ。すっかりおとなしくなっちまったな」

「帰っていいかな」九野はなんとか声をふり絞った。

「ああ、好きにしな。あんたとはこれで終いだ」

「迷惑かけてすまない」

「ああ」

服部が見下すような目で返事する。その言い草にかっとなった。

「服部さん、もとはと言えばあんたの四課に対するいやがらせから始まったんだろう」

「何のことかな」平然と胸を反らせている。

「この男を」及川を指差した。「重参でさっさと引っぱればここまでややこしくはならなかったってことだよ」

「聞いてるぜ、おれは。ややこしくしたのはおたくの署だろう。清和会との癒着と放火事件と何の関係があるんだ。捜査が進展しないのはおれのせいか？　むしろ管理官の関心をあさっての方向へもってった本城署の馬鹿どものせいだろう」

「馬鹿とは何だ」

「ほかになんて言う」

九野が立ちあがる。テーブルに身を乗りだし服部の胸倉をつかんだ。

「おい、この背広は高いんだぜ。あんたの着ている――」

力まかせに引き寄せる。服部がテーブルを乗り越え、九野に覆いかぶさった。二人でそのまま床に倒れ込む。

脇腹に激痛を覚えた。服部の拳がめり込んでいた。

「おいっ。あんたら何やってんだ」個室の入り口で交番の制服警官が怒鳴っている。「みんな、こっちへ来い」

いくつもの足音がして、たちまち九野は数人の警官に組み敷かれた。頬が床にあたる。ワックスの匂いが鼻をついた。

「あんたら、本庁の大学出の刑事かなんか知らないけれど」五十がらみの実直そうな警官が声を張りあげた。

「みっともないことをするんじゃない。恥を知れ。おれたち交番勤務はな、毎日真面目に働いてるんだ。酔っ払いに絡まれても、近所同士の苦情を持ち込まれても、じっと我慢してやってんだ」

「関係ない話するんじゃねえ」服部がわめく。

「便利屋みたいなことまでやってんだ。それをあんたら出世好きの連中が、顎でこき使うような真似をするんじゃない」

「うるさい。さっさと離せ」服部は壁に押しつけられていた。

九野はいったん身体の力を抜き、両手を軽くあげ、抵抗しない意思を示した。制服警官たちから解かれる。ゆっくりと立ちあがり、呼吸を整えた。

及川を見ると、生気のない目で宙を見つめている。もう会うこともないだろう。九野は目を伏せ、部屋を出た。

「おいっ、挨拶もなしか」年配の警官のとがった声が背中に降りかかった。

通りに出てタクシーを拾った。

ポケットから安定剤を取りだす。数錠を、水がないので齧(かじ)って飲みこんだ。

自分がいかなる感情に支配されているのか、まるでわからなかった。

怒りでもなく、悲しみでもなく、もしかするとそれは自分が生きていることの違和感かもしれなかった。

無性に義母に会いたかった。甘えたかった。

ただ、今の九野に、携帯電話に手を伸ばす勇気はない。本能がやめておけと言っていた。たとえ砂の上に建てた城だとしても、もうしばらくそこに住んでいたい――。

自宅マンションに帰ると、部屋の中で佐伯が待っていた。

「おう。おぬし、顔色が悪いな」入ってすぐのダイニングテーブルに肘をついている。

「佐伯主任、お一人ですか」

「外に覆面が停まってたろう。井上だぞ。そんなことにも気づかなかったのか。花村のターゲットはおぬしだ。少しは注意を払え」

部屋の中を見渡す。とくに散らかった様子はなかった。奥の寝室へと向かう。カーペットのどす黒い血の跡が目に飛びこんだ。

「九野さん、今PCの無線で聞いたんですが、ハイテックスの放火、犯人が自首しました」

「そうか。及川が自首したか」かろうじて声を出した。

「いいえ、十七歳の少年です。寺田洋平。聞き覚えはないですか。先月、九野さんが腕を折ったガキですよ」

意識がとろけるように形をなくしていく。おかあさん――。言ってはみたものの、たぶん声にはならなかったろう。白い闇の中へ、九野はゆらゆらと落ちていった。

32

団交が決着をみた翌日、及川恭子がスマイルに出勤すると、廊下で出会うなり池田課長は「うそ」と目を丸くした。

恭子が無言で会釈する。なぜのこのこと出かけたのか自分でもわからない。ただ家にいると息が苦しく、じっとしていられないのだ。

「……ああ、残りの給料分を取りにいらしたんですか。でもご存じのとおり、うちは末締めの翌五日払いだから、今日来ていただいても出ませんよ。なんなら銀行振

「ソファもだ」と佐伯。

黒い革製なので目立たないが、確かに乾いた血がこびりついていた。

「脇田美穂は無事なんですよね」

「ああ、救急隊員の話ではな。しかし、この先おれたちに情報が入ることはない。知りたきゃ工藤副署長に直接聞いてくれ」

「見舞いに行きたいんですが、面会はできますか」

「無理に決まってんだろう。もはや相手は警察庁（サッチョウ）だぞ。のこのこ出かけてみろ。おぬし袋だたきの目に遭うぞ。副が『九野こそ被害者だ』って頑張ってるらしいが、親が娘のことで聞く耳持つと思えるか」

床に膝をついた。崩れ落ちたといった感じだった。

「おい、どうかしたのか」

なんとか立ちあがり、そのままベッドに倒れこむ。

「まあいい。寝ちまえ。おぬしは疲れてんだ。おれは台所で寝かせてもらう」

部屋のインターホンが鳴った。

「誰だ」佐伯が乱暴に応答する。「何だ井上か」

井上が部屋に上がってきた。ベッドの脇までくる。耳元で低く言った。九野は目を閉じたまま聞いた。

り込みにしましょうか。口座番号を教えてくれればちゃんと振り込みますけど」

池田は腕を組んでそう言い、ぎこちなくほほ笑んだ。

「あの、わたし、仕事をしに来たんです」

池田が眉をひそめる。「それ、どういうことですか」

「まだ辞めたくないっていうか……」

「桜桃の会でしたっけ。そこことはもう話がついたと思うんですけど」

「それとは関係なしに、わたし、もうしばらくはここでお世話になりたいんです」

池田がますます訝る。鼻の頭を掻き、「あのう、まだ要求があるわけなんですか」と警戒するように聞いた。

「いいえ、ですからわたし、桜桃の会とはもう関係がないんです」

「関係がない？」

「はい。ちょっと行き違いがあったっていうか、裏であいう取引をするとは思ってもみなかったので……」まだ池田はむずかしい顔で考えこんでいる。「もちろん倉庫で結構ですから。これからも働きたいと思ってるんです」

「嘘でしょう」

「本当です。わたし、馘ですか」

「まさか、そんな恐ろしいことしませんよ。また労働基準監督署とか持ちだされたらたまりませんからね」池田が皮肉っぽく笑う。

「そんなことはしません。ただ働きたいだけなんです」

「わからないなあ」池田が顎をさすり唸っていた。「うちの店とあれだけ揉めて、どうしてここで働こうとするんですか。仕事がほしいにせよ、ほかにもパート募集してるところ、いっぱいあると思うんですけどねえ」

「家にいたくないんです」

恭子の脳裏に数時間前の光景が浮かぶ。今朝も家の前には刑事がいたのだ。

「はあ？」

「とりあえず、あと何日かだけでも」

「何を言ってるんですか、及川さん」

「どこか面接に行ったとしても、すぐに働けるかどうかわからないし」口の端に泡が立つのがわかる。本当に自分は何を言っているのだろう。「来週からとか言われたら、わたしそれまでどうしていいかわからないし、だから――」

「ちょっと、及川さん。落ち着いてくださいよ」

「わたし、だめですか。鹹ですか」

「だから鹹にはできないって言ってるでしょう」

「じゃあ働かせてください」

池田は目に困惑の色を滲ませ、恭子の顔をのぞき込んでいる。

「倉庫でもいいんですか」

「もちろんです」

「また有給休暇がどうしたとか、言いだしません？」

「言いません」

「それじゃあ、いいですけど……」

「ありがとうございます」深々と頭を下げた。

しきりに首を捻り、池田が去っていく。惨めだとは思うが仕方がない。恭子の頭には、昼間の時間をいかにうっちゃるかしかなかった。

倉庫では男の子たちが明らかに恭子を敬遠していた。彼らが昨日の取引を知っているとは思えず、どうやらこの店の前で抗議行動をしたことが原因らしかった。いくら不満があっても、自分たちの職場を悪く言われれば腹が立つのだろう。

仕方がないので自分で仕事を探し、棚の整理をした。缶詰類の積み降ろしは女には重労働だったが、やるしかなかった。たちまち額に汗が滲みでる。軍手で拭うと化粧がみるみる剝げた。

いったい自分は何をしているのだろう。息をきらしながら恭子は思った。先月までは何不自由ない暮らしをしていた。家計を助ける程度のパートをして、家で子供や夫の帰りを待っていた。退屈だがとくに不満はなかった。花壇を造ろうとする余裕もあった。それがどこで歯車が狂ったのか。

ああ、そうだ——。恭子の思考は、そこで茂則にではなく花壇に向かった。花壇が造りかけだったのだ。なんとしてもゴールデンウィーク中には完成させたい。そして初夏の太陽がさすころには、我が家の庭で花が咲くのを見たい。一戸建を持ったときからの夢だったのだ。

精一杯花を可愛がってやりたい。こまめに水をやり、雑草をとり、虫を駆除し、きれいに咲かせてあげたい。訪れた客には庭を見せよう。妹の圭子にも見せびらかしてやろう。圭子は社宅住まいだからさぞや羨ましがることだろう。

でも、そんな日は来るのだろうか。だいいち明日、自分がどうなっているのかもわからない。

「及川さん」

声に振りかえると池田が立っていた。さっきまでの戸惑った態度ではなく、口元には薄い笑みを浮かべていた。

「今しがた桜桃の会に電話したんですよ。もうケリはついたはずでしょう、どういうつもりなんですかって。そうしたら会の人が、『及川さんはもう当会とは関係がありません』だって」

「ですから、それはわたしも言いました。もう桜桃の会とは無関係です。昨日、ちょっと喧嘩みたいなことになって……」

「いい根性してますね」

「はい？」

「うちに年間三百万もの損害を出させといて、それでまた働こうっていうんだから」

「やっぱり馘ですか」

「だから会社っていうのは、パートであろうが従業員を簡単に解雇できないって言ってるでしょう」池田は腰に手をあて口の端を片方だけ持ちあげている。

「すいません」恭子はなぜか謝っていた。

「どうしてこういうことができるのかなあ。まったく理解できないんだけど」

「すいません」その言葉しか出てこない。

「社長が見に来るって」

「……社長さんが、ですか」

「そう。昨日まで抗議行動していた人がどんな顔して働いてるか。悪趣味だけど、気持ちはわかるよね。煮え湯を飲まされたんだから」

意味もなく会釈した。

「とにかく、ご報告までに」池田が去ろうとする。「あ、それから」立ち止まり、顔だけ向けた。「時給、五十円下げさせてもらいますから。レジよりも単純労働ってことで」

池田が倉庫から出ていく。恭子はしばらくその場にたたずんでいた。これはたぶん屈辱的なことなのだろう。ため息をついた。けれど怒りも悲しみも湧いてこない。どういう感情を抱けばいいのか、恭子にはそれすらうまく判断できなかった。

社長は一時間ほどで倉庫に現れた。作業服姿で、腰には手拭をぶらさげている。榊原と池田を従え、外からの光を浴びてそのシルエットだけが入り口に浮かんでいた。

「おお、ほんとにいるぞ」

まるで珍しい動物でも見るような社長の口ぶりだった。

「ほう、まさかとは思ってたんだがな……」

そばまで歩いてきて、遠慮なく恭子の顔をのぞき込んだ。

「我々男にはできないことですよねえ」うしろで榊原が言っていた。

「ぼくらプライドありますからねえ」池田もほくそ笑んでいる。

恭子は無表情のまま頭を下げた。

何を言われてもいい。今の自分の望みは、家以外の場所で体を動かしていたいということだけなのだ。

「馬鹿かおまえら」そのとき社長が二人の部下を睨んだ。

「何がプライドだ。何が男にはできないことだ。おまえらそうやって恰好ばっかつけてるから、いつまでもうだつがあがらねえんだ」低い声で凄んでいた。「商売に邪魔なのはなんだか知ってるか。見栄とか痩せ我慢とか、そういうやつよ。おまえら、何年この仕事やってやがんだ」

榊原と池田の顔から笑みが消える。矛先が自分たちに向いたのに戸惑っている様子だった。

「この奥さんを見てみろ。生きていくのに必死なんだぞ。おまえらこの奥さんみたいに必死になったことがあるのか」

二人の部下は身を固くしている。雲行きが変だ。てっきりからかわれるものだと思っていたのに。それともこれは手のこんだ当てこすりなのだろうか。

「及川さんだったよね」

「はい……」

「あんた、桜桃の会とやらと仲たがいしたんだって。どうしてよ」

「あの、賛助金が目的だとは聞いてなかったもので……。わたしはただパートの権利を認めてほしいって、それだけのつもりだったんです」

気持ちは沈んでいるが、せめて正面を見て言った。

「じゃあ、あんた、本当に損得抜きでわたしらに刃向かってたのか」

「ええ、まあ」

「おい榊原、池田。おまえら聞いたか」いっそう声のトーンをあげた。「立派な奥さんじゃねえか。たいした意志の持ち主じゃないか。おまえらたった一人でここまでのことができるか。いつも群れて人の顔色ばっかうかがいやがって。おい榊原」

　名前を呼ばれ、榊原が背筋を伸ばした。

「おまえは人を見る目があるのか。こういうパートさんがいるなら正社員として登用するとか、奥さん連中の取りまとめ役にするとか、どうしてそういう知恵が浮かんでこねえんだ。おい池田っ」今度は池田が気をつけをした。「いつまでこの人を倉庫に閉じ込めておくつもりなんだ」

「あ、いや、それは本店の方から……」

「なんだ」

「いえ、その、すぐに……」池田が顔色をなくしていた。

　社長はどういうつもりなのか。恭子には見当もつかない。

「なあ、あんた」恭子を見た。「おれの秘書にならんか」

「はい？」耳を疑った。

「秘書だよ、社長秘書。最初にやりあったときから思ってたんだ。ああ、こういう人材はうちにはいないなあって。どいつもこいつもおれの言いなりだ。もちろんそういう人間ばかりを周りに置いたおれの責任でもあるんだが、それにしても、毎日顔色をうかがわれるといやになる。あんたみたいな人、いいよ。すごくいいよ」

　恭子が言葉に詰まる。本気なのか、からかわれているのか、どうにも判断がつかない。

「なる気はない？　おれの秘書」

「うちは小学生の子供がいますから……」かろうじて返事した。

「そんなもん家政婦を雇えば済むことじゃないの。土日休みで九時から六時まで。本店社長室勤務。池田くらいの給料は出すよ。どう。やってよ」

「わたし、会社勤めなんてもう十年近く遠ざかってますから。それにパソコンも使えません」

「いいんだよ、そんなもん、覚えれば。それより、軍手なんかさっさと取って」社長が恭子の手を取る。思わず避けた。「なんだ。おれのことそんなに嫌いか」

「あ、いえ。そんな」

　社長は恭子の手から軍手を脱がせると出口に向かい、顎をしゃくった。

「本店へ行って話そう。そっちも条件があるだろうから、いろいろ出してよ」

　恭子はあっけにとられている。嘘だろう？　この状況を信じることができない。

「さあ早く、行くよ」

せかされて足を踏みだした。迷いながらも社長のあとについていく。榊原と池田は茫然とその場に立ち尽くしていた。

裏の駐車場にシルバーのベンツがあった。社長が先に乗り込む。恭子はほとんど言いなりのような形で助手席に収まった。

「この車ね、三千万」社長がベンツを発進させる。「中東の王族が乗ってるやつをそのまま注文したの」

「そうですか……」

「あちこちに金メッキを施してあるの。いいよね、成り金ぽくて」

「あ、いえ……」

車は商店街を縫うようにして走る。威圧的なベンツの外観に、ほかの車や歩行者は躊躇なく道をあけた。恭子はぼんやり思う。ああ、これまでなかった経験だな。人が避けてくれるなんて。

「いいよなあ、あんた。颯爽と生きてる感じがして」社長が前を見たままで言う。

「いいえ、そんなことはないんです」

「女なんか、固まって噂するだけの生き物だと思ってたけどね。あんたはちがうよ。それからあの桜桃の会とかの女どもともちがうね。あいつらだって一人じゃ何もできない連中だ」

「いえ、その、わたしだって……」

「池田からね、あんたが桜桃の会と別れたらしい、それで今朝も倉庫仕事に現れたって聞いてね。おれ、なんかうれしくなったよ。逃げない人がここにいたってね」

車は国道に入った。高級車だけあって滑るようにアスファルトの上を進んでいく。

「年収五百万でどうよ。課長の池田がちょうどそれくらいなんだけどね」

「五百万もですか」

主婦がいきなり稼げる金額ではない。にわかには信じ難かった。

「残業すればもう少し上がるだろうけど」

いったいどこまで本気にしていいのか。恭子は冷房の効いた車内で腕をさすった。

でも、お金は必要だな。これからどうなるかわからない。少なくとも、茂則の給料で今後も生活できるとは思えない。

車が脇道にそれた。田圃が広がっている。その先にモーテルの看板が見え、いやな予感がした。

「ちょっと休んでいこう」ぶっきらぼうに社長が言う。目眩がした。安物の二時間ドラマじゃあるまいし。

「降ろしてください」恭子は毅然と言った。「なんのつもりですか」

「知ってるんだよ、おれ。あんたの旦那、会社に火ィ付けたんだってな」

絶句した。一瞬にして顔が熱くなった。

「週刊誌なんかにも出ちゃったそうじゃない。本城店で噂になってたよ。これから大変なんじゃないの。履歴書見たけど、小さい子供が二人もいるだろう。おれが生活の面倒みるよ。あんた、おれの好みだよ」

「冗談じゃありません。誰があなたなんかに」

「いいなあ、そういうの。気の強い女、おれたまんないね」

社長の顔が上気している。鼻息が荒かった。

「停めてください」横を向いて抗議した。強い口調で何度も言った。

「まずは中に入ってから。ほら、田圃で野良仕事やってる人もいるじゃない。ここで停めたら目立つよ」

「目立ってもいいから停めてください」

社長が速度を落とす様子はなかった。

「とにかく入ろうよ。話はそのあとで」

恭子が両手で頬を包む。怒りより、悲しみより、脱力感があった。恐怖はなく、ただただ現状に疲れていた。

恭子が黙ると、それを了解の合図と思ったのか、社長はいっそう鼻息を荒くし、車をモーテルへと入れた。駐車スペースに車を停め、「ここまで来たんだから、恥かかせないでよね」と甘えた声を出した。

恭子は虚ろな気持ちで前を見ていた。

「なあ、頼むよ。正直言うよ。おれ、こういう気持ちになったの久しぶりなわけ」

何も考えが浮かんでこない。

「女房が死んでから、水商売の女とは何回もあったよ。でもな、普通の女とは出会いがなかったの」

駐車場入り口に垂れさがった暖簾のようなビニールシートが、そよ風でゆらゆらと揺れていた。

「さ、さ。行くよ」社長が車から降りる。

恭子は無言で社長に続いた。自分がどうしたいのかもわからない。ただ、心は重く澱んでいる。自動ドアが開き、一組の男女が出てきた。若い女がさっと目を伏せた。一目で不倫だとわかった。自分とは縁のなかった世界だな。ぼんやりとその背中を見送っていた。恭子は吸い込まれるように建物に入った。

「おっ、和室があるな。これにしよう」部屋の写真が並んだボードの前で、社長が部屋を選んでいる。そのうしろ姿を見ていた。目の前の男が好みのタイプなら、迷わず抱かれるだろうと思った。誰かに守られたい。自分はとっくに限界なのだ。

薄暗い廊下を歩き、部屋に入った。和室といっても一角が一段高くて畳が並べてあるだけだ。その上に布団が敷いてある。社長が興奮した面持ちで作業着を脱いだ。

「どう、先に風呂に入る？　その方がいいよな。おれも汗かいてるし」

社長が風呂場に行った。蛇口から勢いよく湯の出る音が響きはじめた。

恭子は黙ったままだった。ソファに腰をおろし、頭の中を整理しようと試みた。真っ白な脳裏にせめて現実を映しだそうとした。小室や荻原と縁が切れた今、自分に頼る人間はいない。この孤独に果たしていつまで耐えられるだろう。おまけに茂則がこのまま無事で済むとは思えず、現在の生活は風前の灯火（ともしび）だ。早ければ来月にも収入は断たれる。そうなったら、自分はどうやって香織や健太を養っていけばいいのか。あの家にはいつまで住めるのだろう。年間、二百五十万円のローンを返済しなければならない。そんな収入は自分には見込めない。

社長に手を握られ、ぎょっとした。弾かれたように払いのける。

「何よ、その気になってくれたんじゃないの」いつの間にか隣にいた。

慌ててソファの隅に逃げる。身を乗りだす社長に「近寄らないでください」と強い口調で告げた。

「どうしたのよ。怖い顔して」猫なで声を出す。

「まだＯＫしたわけじゃないんです」

まだ、という言い方をした自分を疑った。ならばこの男に抱かれる気が少しでもあるというのだろうか。あらためて社長を見る。額や頬が脂でてかっていた。造作に品がなかった。石鹸でどれだけ洗っても不潔感は拭えそうにない顔。先月までの自分なら一億円積まれてもいやだと言っただろう。

「いいじゃないか。こっちへ来なよ」

社長が顔をにやつかせ手を伸ばした。

「寄るな。触るな」恭子がとがった声を発する。「わたしにだってねえ、好みはあるんだよ」

　突然出た乱暴な台詞に自分でも驚いた。たぶん、大人になってからは初めての言葉遣いだろう。

「おい、ひどいこと言うじゃないか」

「ひどくったって、何だって、とにかくあんたは好みじゃないんだよ」まるであばずれだ。でも違和感はなかった。「あいにく面喰いでね。カバと寝る気はないんだよ」

「カバだと。言ってくれるじゃないの」

　社長は動じなかった。うれしそうな顔で腰を浮かせると恭子に覆いかぶさってくる。

「風呂はあとにしよう。な、な。秘書になれば年収五百万だぞ」

　口臭がかかった。思わず顔をそらす。胸をつかまれた。恭子は左手で社長の首をつかむとそのまま押し上げた。不思議と慌てないでいられた。続いて社長の親指を握り、逆方向へと捩りあげた。

「痛てて」社長が声をあげる。恭子から離れ、ソファの下に転がった。

「何するんだよ。痛えじゃねえか」顔を赤くしている。

「これ以上やったら告訴するからね」立ちあがり、社長を睨み据えた。「今度は刑事事件だからただじゃ済まないよ。新聞に載るよ。あんたのスーパーはおしまいになるからね」

「いいよ、いいよ。すごくいいよ。ますます好きになったね」

　社長は声を震わせ、また手を伸ばしてくる。恭子はその手をぴしゃりとたたいた。

「なあ、あんた。つれなくするなよ」社長は跪いている。どこかよろこんでいるような口調だった。

「ふざけるなっ。いやなものはいやなんだよ」

　天井に響く大声だった。勢いでソファを蹴飛ばした。

「頼むよ。おれ、辛抱できないよ」

「セックスしたけりゃ風俗にでも行きな」

「おれはあんたがいいんだよ」

「わたしはいやなの」

「頼むよ。お願いだからおれの秘書になってよ」

「秘書？　愛人でしょ」

「うん。まあそうだけどさ。五百じゃ少ない？　だったら考えるから」

「一千万、出しな」ついそんなことを言った。残酷な気持ちが込みあげてきた。

「一千万はあんまりだろう。専務だってそんなにとってないんだぞ」

「じゃあこの話はなしだね」

「そんなこと言うなよ。おれだってあんたに好かれるように努力するよ」

「どうやって。整形でもするわけ。でもいまさら背は伸びないし、若くもなれないでしょう」

「そんなにいじめるなよ」社長が懇願するように言う。本当に手を合わせていた。

「わたしはねえ、まだ三十四なんだよ。その気になれば水商売だってできるんだよ」

「六百にしてよ。それで手を打とうよ」

「九百」勝手に口が動いていた。

「じゃあ七百」

「八百」

「間をとって七百五十だ。これでいいだろう。な、な」

「ふん」

恭子が鼻で笑った。ちょうど茂則の年収が七百五十万円だった。ただの偶然なのに運命のような気がした。

「じゃあ、おれ、急いで風呂に入ってくるからよ」

返事もしていないのに社長が興奮した様子で腰をあげた。

「ちゃんと洗っといで」いったい自分は何を言っているのだろう。

「おう」

「歯も磨くんだよ」言いながら、他人事のような気がしていた。

「まかしとけって」

恭子は社長がバスルームへ消えるのを冷静に見ていた。ソファに身を沈める。足をテーブルに乗せた。たばこを取りだし、火を点けた。立ちのぼる煙をじっと見ていた。

すべてが面倒臭くなった。泣く気も起きない。

ただ、これで本格的に茂則はいらなくなったなと思った。いざとなれば、自分は同じだけの金が稼げる。

堕ちてみるか――。喘(あえ)ぎに似た、小さな吐息がもれた。一度汚れてしまえば、汚れを気にしなくて済む。きれいでいたいと思うから、余計な苦しみが増えるのかもしれない。

テーブルに照明のリモコン装置があった。手に取り、部屋を暗くした。

闇の中、たばこの火種だけが赤く灯っていた。

茂則は午後十時過ぎに帰ってきた。本社勤務になってから家で夕食を摂ったことはない。どこで何を食べているのか、聞く気にもなれなかった。どうせ一人で定食屋にでも行っているのだろう。今の茂則に話相手がいるとはどうてい思えない。そもそも食欲はあるのだろうか。恭子は三キロ減だ。胸までしぼんだ。

茂則は自分で風呂を沸かし、入っていた。以前より長湯になった。恭子が先に寝つくのを待っているのだろう。もちろん恭子は眠れるわけがない。

布団にくるまっていると、茂則は寝室へ入ってきて枕元で静かにたばこを吹かした。何か言いたそうにしているのを背中に感じたが、無視することにした。

わざとらしく寝息をたてた。いっそのこと明日から茂則の布団は客間に敷いてやろうか。その方が茂則だって多少は眠れるはずだ。そんなことを考えていると「おい」という声が恭子に降りかかった。

返事をしなかった。ただ、身を固くしたのを悟られたと思った。

「起きてるんだろ」

それにも答えない。

「おれな……」突然、茂則の声が裏返った。「もう限界だわ」まるで嗚咽をもらすような声の震わせ方だった。

思わず目を開けた。背中は向けたままでいた。

「毎日毎日、刑事があとをつけてきてな。それもすぐうしろを歩いてんだ。食堂に入ると外でじっと待ってんだ。もうずっとだ。今日なんかとうとう『早く帰れ』って怒鳴られてな。いやがらせで交番にまで連れてかれたんだ。おまけに会社じゃ仕事も与えられずに八時間まるまる机に縛られて、トイレに行くにも課長の許可がいるんだ。誰も口を利いてくれないしな。おれ、耐えられないわ」

茂則が手をついて恭子の横まできた。音と気配でわかった。

「ほんとにすまない。おれ、明日自首するわ。いろいろ調べたらな、放火は重罪だけど、初犯だし、二年程度で済みそうなんだよ。まじめに勤めりゃあその半分で出てこれると思うんだ」

「耐えなさいよ」不意にそんな言葉が飛びでた。突き刺すような自分の声だった。

「恭子……」

「耐えろって言ってるの。会社で孤立してることぐらいるのよ。放火犯の子供として生きていくわけ」

「申し訳ない……」

「あんた死ねば」

「おい……」

「香織と健太は犯罪者の子供にならなくて済むわ、生命保険が下りるわで、いいことずくめなんだけどね」

茂則が苦しそうに顔を歪める。

「どうして火なんか付けたのよ」

うつむき、口を真一文字に結んだ。

「言いなさいよ。黙ってちゃわかんないでしょう」

「……会社の商品、横流ししてな、小遣い稼ぎしてたんだ。それが本社にばれそうになってな」

「いくらよ」

「……三百万、ぐらいかな」

「だからって火を付けることないじゃない」

「すまん……。ばれたら馘になるし、そしたらおまえにも親戚にも顔向けできないし」

「ほんとに馬鹿なんじゃないの。放火犯の方が顔向けできないでしょう」

「すまん……」

「会社は何て言ってるのよ」

なんなのよ」

恭子は布団を剥ぎ、ゆっくりと起きあがった。茂則は布団の上で正座している。十も幼く見えた。

その情けない姿を目のあたりにしたら、怒りが込みあげてきた。

「あんたねえ、わたしがどれだけ耐えてると思ってるのよ。近所で噂になって、香織や健太は学校でいじめられて、どれだけ苦しい目に遭ってると思ってるのよ」

昼間、スーパーの社長に抱かれたことを思いだした。首筋を這う男の舌。乳房をつかむ男の手。ねちねちと愛撫された。足を大きく開かされた。

「冗談じゃないよ。どういう理由か知らないけど、自分の会社に火を付けて、それがばれるのが怖くて車やバイクに火を付けて、あっと言う間にボロが出て警察に疑われて、馬鹿なんじゃないの」

行為の最中は感情の回路を断ち切っていた。けれど服を着る段になって社長のたるんだ腹を見たら鳥肌が立った。暗闇の出来事と割り切れなくなった。帰宅するなり風呂を沸かし、狂ったように身体を洗った。

「この家のローン、どうするつもりなの。わたしたちもうこの町に住めなくなるじゃない。香織と健太はどうな

「何も」

「何もってことはないでしょう」

「放火についてはほんとに何も言ってこないんだ。警察に聞かれても何も話すなって言われてるだけで……。商品を横流ししたことについては調べられて、白状したから、そのうち解雇されると思うけど」

恭子の口から吐息がもれた。

「それってもしかして退職金も出ないってこと？」

「ああ、たぶん」

恭子が目を閉じる。手で顔を覆った。

「放火って、何か証拠は残ってるわけ？」

「いいや、証拠はないと思う。目撃者もいないし」

「だったら自首なんかしないでよね」

茂則が顔をあげた。

「警察に取り調べられても、知らぬ存ぜぬで通すんだからね」

茂則が唾を呑みこむ音が聞こえた。

「わたしは絶対に香織と健太を守りますからね。死んでもあの子たちを犯罪者の子供にはしませんからね」

「でも……」

「でも何よ。男でしょう。腹をくくりなさいよ。会社で孤立してるとか、刑事につけられてるとか、それくらいなんなのよ。あんたが我慢すればいいことでしょう」

「けど、逮捕されたら……。状況証拠だけでも逮捕はあるよ」

「それでもシラをきりとおせばいいでしょう。わたし、子供にも親にも、うちのおとうさんは絶対やってないって言ったんだからね」

「おれな……」茂則が再び顔を歪めた。「苦しいんだよ」

「ふざけるんじゃないよ。こっちは十倍も二十倍も苦しいんだよ。あんたは刑務所に入ってればいいのかもしれないけど、ここで暮らすわたしらはどうなるのよ。逃げないでよね。家のローンはなんとしても払ってもらいますからね」

「おまえ、これからもおれと暮らしたいのかよ」泣きそうな声になった。

「子供のためなら何でも我慢するよ。少なくとも健太が中学に上がるまで……あと五年はどんなに苦しくたってこのままで行きますからね。離婚はその後よ」

「おまえ、そんなこと考えてるのか」

「考えないでどうするのよ。わたしは女ですからね。家と子供をなくしたら生きてる意味なんかないのよ」

茂則は目を真っ赤にしていた。打ちひしがれてるといった様子だった。

「あんたって人間は、どうしてそういうつまらないインチキをするのかね」

返事がなかった。顔を背けている。

「ひとつ聞いていい？　わたしたちの結婚式の日に二次会があったよね。あのとき、お義父さんがあんたにお金を渡してたでしょう。あれってお店の支払いのお金だよね。お義父さんが奢ってくれようとしてたんだよね。なのにあんた、会計のときみんなからお金を集めたでしょう」

「いや、あれは……確かおやじがくれた祝儀だったと思うけど」

「嘘だね。誰が信じるものか」

恭子は完全に見限った。この期に及んで嘘をつく男なのだ。

手を伸ばし、茂則のたばこを拾いあげた。一本取りだし、火を点けた。肺いっぱいに深く吸いこむ。恭子の中でどす黒い感情がどんどん肥大していった。

「ねえ。あんた、どうしてわたしと結婚しようと思ったわけ」茂則を睨み据えている。

「それは……」

「それは何よ」

「おまえが好きだったし……」

「それから」

「三十までには結婚したかったし……」

「ふうん」天井に向かって大きく煙を吐いた。「ねえ、わたしにも聞いてよ」

弱々しい目で恭子を見た。

「いいから聞いてよ」

「……どうしておれと結婚したの」

「二十四までには結婚したかったから」

茂則は黙りこくり、また下を向いた。唇は紫色だった。

「あ、そうだ。ゴールデンウィーク、箱根に一泊で行くから、そのつもりでいてね。香織と健太に約束しちゃったから。北海道旅行は中止になったし、それくらいのことはしてやらないと」

「ああ……」茂則が力なくうなずいた。

「じゃあ、もう寝るから」恭子は横になり、布団を被った。「あ、それから、明日からあんたの布団、客間に敷くからね」

目を閉じる。たばこの煙が血管にまで染み渡っていく感覚があった。

眠れそうな気がした。もちろん安眠とはほど遠いものだろうが。

悪夢が来たけりゃ来ればいい。どうせ現実以上の悪夢などあるわけがないのだ。

33

面会を求めても管理官は会議室から出てこようとはしなかった。九野薫は宿直室に宇田係長を呼びだし、つかみかからんばかりに抗議している。宇田は畳の部屋の壁にもたれかかり、不快そうに口を結んでいた。

「だからさっきから言ってるでしょう。三月の十六日に、わたしはあの少年の右腕の骨を折っている。一度は被害届を出しにきたわけだから診断書だってあるはずです。公判でそれが出てきたらどうするつもりですか。ギプスを巻いた腕でスクーターを運転したとでも言うんですか」

「一週間もすればアクセル操作ぐらいはできるんじゃないのか。若者っていうのは治癒も早いだろうし」

「本気で言ってるんですか」

宇田が視線をそらす。シャツのポケットからたばこを取りだし、口にくわえた。

「でもブレーキはかけられないでしょう」

「スクーターは軽いんだ。後輪ブレーキだけでも充分止まるはずだろう」

たばこに火を点け、天上に向かって煙を吐きだす。頬の筋肉が小さくひきつった。

「じゃあ実況見分はどうするんですか。ハイテックスの社屋ならまだしも、二度目に起きた三件連続については。当人は場所を特定できないに決まってますよ」

「おれに聞くなよ」

「じゃあ管理官に伝えてください。九野があの少年はシロだと言ってるって」

「あのなあ」宇田が足を組み直した。「おれだってもはや蚊帳の外なんだ。坂田課長はいないし、うちの署で管理官に意見できるのは署長だけだ」

「だったら署長に言ってください」

「おれが報告できるのは課長だけだ。それくらいおまえもわかってるだろう」

「せめてわたしに取り調べをさせてもらえませんか」

「だめだ。おまえは昨日づけで捜査から外れたんだ。どうしてそんなことができる」

「少年の犯行動機は？」

「知らん」

「犯行方法は？」

「知らん」

　宇田がたばこを灰皿でもみ消す。鼻をひくつかせると両手で髪を掻きあげた。九野は宇田から目をそらさなかった。宿直室の柱時計がひとつ鳴る。

「……まあ、もれ聞くところによるとだな」宇田がぽつりと言った。「その少年はシンナーで歯がぼろぼろだそうだ。シンナー常用者となると、供述も曖昧にならざるを得んだろうな」

「ふざけるな」

「おい、誰に向かって言ってるんだ」宇田が色をなす。

「ひとりごとですよ」

　沈黙が流れる。九野は宙を探るように天井に目を向けた。廊下を婦警たちが賑やかに歩いてゆく。その嬌声が部屋の中にまで届いた。ここで今朝から考えていることを口にすることにした。

「……その少年はどうして自首するつもりになったと言ってるんですか」

　九野は身を乗りだし、畳に手をついて宇田に近づいた。

「知らんよ」

「変でしょう。シンナーを常用する非行少年が、なんで殊勝に自首するんですか」

「おれに聞くな」

「誰が得をするんですかね。その少年が自首すると」

「妙なことは考えるな。おれたちはもう関係ないんだ」

「及川かハイテックスでしょう」

「やめろ」

「及川には無理だ。奴はもう逃げ回るだけの男だ。ならばハイテックスだ。しかし企業が直接そんなリスクをおかすわけがない」

「やめろって言うのがわからんのか」

「間に誰か入っていると思いませんか。この町でハイテックスと縁があるっていやあ清和会だ」

「九野。いい加減にしろ」宇田が声を荒らげた。「まだ逮捕と決まったわけじゃない。取り調べ中だ。あたっている捜査員だって馬鹿じゃない。あやふやな自供だけで逮捕などするもんか」

「係長。さっきと言うことがちがうでしょう。シンナー中毒だから供述が曖昧でも――」

「うるさい。黙れ。そもそもおまえは今日から休暇が与えられてるんだ。どうして署に出てくる。自宅で静養してろ」

宇田は立ちあがると、サンダルをつっかけ宿直室を出ていった。ドアが音をたてて閉まる。九野は畳の上で大の字になった。目を閉じ、もう一度考えを巡らせた。佐伯は以前、清和会とハイテックスの癒着について言っていた。ハイテックスの新社屋に清和会系の清掃会社が入ることで和解が成立している、と。両者がつながっていることはまず間違いがない。誰が仕組んだことかは知らないが、清和会で頭が切れる男といえば、いちばんに大倉の名が浮かぶ。

身体を起こし、頭を振った。昨夜からずっと脳の一部に疼痛のような感覚がある。大きく息を吐き、自分に気合を入れた。

上着を手に宿直室を出た。廊下を大股で歩く。

「九野さん」井上の声だ。階段の踊り場から顔をのぞかせた。「どこに行ってたんですか。勝手に歩き回らないでください。ぼくの目の届くところにいてもらわないと」

「おお、すまんな。じゃあたばこを買ってきてくれ。マイルドセブンだ」

小銭を手渡した。井上が中庭の自販機へと走っていく。九野は一階の交通課を横切り外に駆けでた。運よくタクシーが通りかかった。急いで乗りこみ、運転手に「新町」と告げる。携帯電話のスイッチを切った。

大倉総業のインターホンを押すと、マイクを通じて若い男の声が聞こえてきた。

「どちらさんで」

凄んでいるつもりなのか、どこか幼さの残る声だった。

「警察だ。ちょっと開けてくれるか」何事でもないように言った。

しばらく間がある。ドアチェーンを外す音がして扉が開いた。髪を銀色に染めた、明らかに未成年とわかる少年が顔をのぞかせる。目が合った途端、少年の表情がこわばった。

九野は迷うことなく少年のシャツの襟をつかんでい

た。

「よお坊主、奇遇だな。確か渡辺裕輔とかいったな。どうしてここにいる」

少年はたじろぎながら後ずさりする。九野の心がはやった。

「九野さん」奥から声がした。大倉が姿を現す。「九野さんじゃないですか。どうしたんですか、何か御用ですか」

「ひとつ聞きたいんだがな、なんでこのガキがここにいる？」

大倉がいったん目を伏せる。数秒の沈黙ののち、顔を上げたときは薄い笑みを浮かべていた。ズボンのポケットに両手を突っこみ、胸を反らせた。

「うちはオープンな会社なんですよ。いろんな人間が出入りしてましてね、このあたりで遊んでる子供たちもよく来るんですよ。ま、わたしがカツ丼なんかをふるまうもんだから、それを目当てに来るんでしょうね。こいつらにとっては食堂代わりですよ」

乾いた笑い声を響かせる。

「おい坊主」少年に言った。「寺田洋平っていうのはおまえの仲間だったよな」

少年が目をそらせる。その顔からは血の気が失せていた。

「ということはだ、寺田もここに出入りしてたってわけだ。なあ、そうだな」

「九野さん」大倉が話に割って入った。「基本的なことをお聞きしたいんですが、捜査令状、お持ちですか」

「大倉。おまえが描いた絵か」

「あらら、いきなり呼び捨てですか。しかもおまえ呼ばわり。九野さんはそういう人じゃないと思ってたんですがね」肩をすくめている。

「いいから答えろ。寺田洋平を自首させたのはおまえか」

「何の話ですか。それよりその子を離してやってくださいよ」

九野は少年の襟をつかんだまま前後に揺さぶった。

「おい坊主、言え。おまえの仲間はなんで自首した。大倉の命令か」

「九野さん、ほんと、何の話をしてるんですか」

少年を押しやる。少年は壁までよろけて尻餅をついた。

「そういうことか。どいつもこいつも」

「九野さん、落ち着いてくださいよ。その寺田なんとかっていうのは何者なんですか。そいつがどうかしたんですか」

「おい大倉。枕高くして眠れるのは今しばらくだぞ。おまえは絶対に挙げてやる」

「ほんと、何の話やら」

九野は正面から大倉を睨みつけ、大倉の頬がかすかにひきつったところで踵をかえした。背中にドアの閉まる音を聞きながら下りのエレベーターに乗りこむ。

身体中を熱い血が巡っていた。九野は確信した。ハイテックスは清和会と取引をしたのだ。及川を逮捕させないために。会社の利益のために。

「九野さん」

ビルから外に出たところで声がかかった。井上だった。

「頼んますよ。ぼくの立場はどうなるんですか」

ふてくされた目で九野を見据えている。

「どうしてここがわかった」

井上はそれには答えず、顎でうしろの方角をしゃくった。少し先に覆面PCが停まっている。中に同じ係の刑事が二人いた。

「花村の立ち回り先ですからね。当然でしょう」ひとつ鼻をすする。「叱られましたよ、先輩方に。どうして九野がここに来てるんだって」

井上に腕をとられ、そのまま車に乗せられた。

「はい、マイルドセブン」

膝に投げてよこされた。封を切り、たばこに火を点けた。煙が肺の中でゆっくりと渦巻いた。

34

「馬鹿野郎。二億だぞ。値切られたとはいえ、それでも二億だぞ。あきらめられるかよ」

大倉は顔を真っ赤にしてわめいていた。九野という刑事が帰ってからというもの、椅子に座ったかと思えば立ちあがり、立ちあがったかと思えばソファに腰をおろし、広くもない事務所内をせわしなく歩きまわっている。

渡辺裕輔は目を合わせないよう、身を固くして壁際に立っていた。さっき、わけもわからず蹴りを喰らったばかりなのだ。

「何なんだよ、九野の野郎は。捜査から外れたんじゃねえのか。花村の話では会社員の尾行をやらされてるだけのはずだろう」

こんなに怒り狂っている大倉を見るのは初めてだった。いつもクールに気取っている男なのに、荒い息を吐き目を血走らせている。

「おい渡辺っ」また来た。「てめえどうして名前を聞かなかったんだ。『警察です。一人です』なんて言うもんだからどうせマル暴の暇つぶしぐれえに思っちまっただろうが」

裕輔は目を閉じた。歯を喰いしばり、腹に力をこめた。

黒い影が近づいてくるのがわかる。次の瞬間、腰に衝撃が走った。大倉の膝蹴りが入ったのだ。思わず床に膝をついた。

ドアを開けていいと言ったのは大倉で、ビデオモニターで訪問客を確認したのはほかの舎弟だ。自分はただ言われたことをやっただけなのに。

「ハア」大倉は一転して大きなため息をついている。

「世の中なんてのはこんなもんだ。おれはついてねえ男なんだ。よりによって九野と渡辺がうちの事務所で鉢合わせするとはな。あとは寺田がどこまで頑張れるかだけじゃねえか」

洋平の自首した理由というのは、少年院にでも入って規則正しい生活をし、シンナー中毒から足を洗いたかったというシナリオだ。洋平がこっそり教えてくれた。シンナーをやっていると、自分が何をしでかすかわからず怖いのだそうだ。でも、そんな嘘が果たして通るのだろうか。

「ハイテックスもうちも素っとぼけるにしても、二億がパーだぞ。こんな馬鹿な話があるか。やりきれねえよ、おれは。おいっ」舎弟の一人を怒鳴りつける。「あの九野の野郎、なんとか抱きこめねえのか。二千万、いや三千万握らせてもいいんだぞ」

言われた舎弟が亀のように首を縮めている。

「何かいい方法はねえのか。おまえら脳味噌ぐらいあんだろう。少しは組のために知恵を絞ってみろよ」

その舎弟が小突かれた。大倉は植木を蹴とばし、ついでに衝立も倒した。手当たり次第ものを壊していた。

今度は頭を抱え、ソファにもたれこむ。足を投げだし、何度もため息をついた。

「神にでも祈るか。寺田の供述が通って逮捕されますようにって。なあ渡辺」

薄ら笑いを浮かべている。裕輔は「はあ」と返事した。

「はあじゃねえぞ、この野郎」

湯呑み茶碗が飛んできたので慌てて避けた。

大倉は手で顔を覆い、ソファの縁に頭をあずけ、しばらくそのままでいた。

兄貴分に腕をつかれ、裕輔は割れた茶碗の後片づけをする。破片を拾いあげたら小さく指を切った。たちまち血が滲む。

いいかげん家に帰りたくなった。どうして自分がこんな目に遭わなければならないのか。蹴られた腰もうずいている。明日からゴールデンウィークが始まるというのにとんだ災難だ。

「あー」大倉が身体を起こした。「花村がいた」そう言って立ちあがる。

「花村がいたじゃねえか。あのおっさん、九野に復讐するとか言ってたよな」色めきたち、誰ともなしに話しかけた。「確かダンプで当て逃げするとか。花村にやらせりゃあひょっとしたら……」宙に視線をさまよわせている。

「だめか」すぐにうつむいた。「いくらなんでもバラす気はねえだろう」

またソファに腰をおろした。

「そりゃそうだ。現職の刑事をバラしたら大騒動だ。いくら頭に血が昇ったからって、花村もそこまでやりはしねえだろう。それに九野が辞職してからの話だ」

大倉は髪を両手で引っ詰め、じっとしている。

「社長」舎弟頭が静かに口を開いた。「とりあえず、花村にダンプを与えてみたらどうですかねえ。だめもとでいいじゃないですか。運がよけりゃあ九野の野郎、仏になるかもしれないですよ」

「馬鹿野郎。現職の刑事を襲うってのがどんなことか知ってんのか。あいつらメンツがかかると死ぬ気で捜査してくるぞ」

「でもやるのは花村じゃないですか。うちの産廃業者は鍵を付けっぱなしにしたダンプを盗まれたことにすればいいんですから」

「おれは御免だ。そんなことにかかわりたくはねえ。組長に累が及んだら、おれはどうやって言い訳すりゃあいいんだ」

「二億ですよ」

「うるせえよ」

大倉がソファに横になり、拗ねた子供のように親指を嚙んでいる。

「祈るしかねえんだよ。寺田が逮捕されることを」

ため息の回数はとっくに五十を超えているだろう。

「社長」別の舎弟がおずおずと口を開いた。「今朝方、金井の叔父貴んところのマサに聞いたんですが、ゆうべ遅くマサのところへ花村が車を借りにきたそうですよ」

「それがどうかしたのか」

「ついでにFM発信機を誰かの車に付けに行かされたそうです。マサは断れずにやったらしいんですが」

「何のこっちゃい」

「それ、もしかして九野の車なんじゃないですかね」

「わけのわかんねえ話するんじゃねえ。どっちにしろ九野の口は塞げねえんだろうが」

事務所内に沈黙が流れる。裕輔が生唾を呑んだら喉が鳴り、大倉にじろりと睨まれた。

「社長、ハイテックスに釘を刺しておかなくていいんですか」舎弟頭が言った。

「何をだ」

「だって向こうがオチてもうちはアウトですよ」

「……わかってるよ」

「じゃあ早めに電話で事情説明だけでも」

「うるせえな、てめえは」身体を起こし、テーブルにあった雑誌を投げつけた。

大倉がたばこをくわえる。裕輔がライターを手に慌てて駆け寄り、火を点けた。

「気が重えなあ……」それでもコードレスの電話機を手にした。「かっこつかねえじゃねえか。ハイテックスは二年後には同じ町の住人だぞ」

大倉が手帳を取りだす。ページをめくり、ぶつぶつと番号を口にしながらボタンを押していた。痰を切るような大きな咳ばらいをする。

「あ、戸田さんですか。清和会の大倉ですがね。ちょっと面倒なことが起きまして……」やくざだけあって、声だけはドスを利かせていた。「本城署の九野って刑事がいましてね。そいつが、自首した若い者がうちに出入りしていたことを感づいたみたいなんですよ。……ええ……ええ。もちろんうちの人間は口が固いですから、間違ってもおたくの名前を出すようなことはしませんがね……」

それは嘘だと裕輔は思った。洋平はそもそも詳しい事情など何も聞かされていないのだ。

「それでも多少は勘ぐられると思うんですよ。その際は知らぬ存ぜぬの一点張りでですね……。ええ、うちだってシラを切り通しますよ。まかせといてください。やくざは口が固いのが取り柄ですから、死んでも……。はい？」

ここで少し口調が変わった。大倉は眉間に皺を寄せ、相手の話に聞き入っている。

「ええ……ええ……そうなんですか？」声まで裏返った。「じゃあ、そちらはそちらで別の手を打っていたと……」

大倉の表情がいきなり和らいだ。

「ええ……ええ……。本社が本城市に移転したあかつきには、警視庁と本城署から毎年数人の退職者を受け入れる用意があると……。ああ、そうですか。そういえば警視庁四課のOBがおたくの相談役にいるって言ってましたよね、その線で……。ええ……ええ……。何だ、じゃあエサはちゃんと撒いてあるわけですね」

大倉はソファに背中をあずけると大きく足を組んだ。

「そりゃそうだ。考えてみればチンケな事件ですからね。民家が燃えたわけじゃない。取り壊しの決まった社屋の一部と、あとは車が焦げたぐらいのもんですしね。元々大騒ぎするようなもんじゃなかったんですよ。ええ……ええ……。おっしゃる通り。誰が犯人でもいいわけですよ。あははは」

ついには笑い声まであげていた。

「いやあ、そうだったんですか。だったらうちが若い者を差しだしたのも無駄にはならないってわけですね。……ええ、わかってます。例のものは判決が下った時点で、ということで。なあに、未成年ですから結審も早いですよ。裁判も流れ作業でしょう。ええ……ええ……。わかってますよ。ま、互いに油断せずということで……。はい、それじゃあ」

大倉が電話を切る。まるで花でも咲いたかのような表情をしていた。

「おいっ」勢いよく立ちあがった。「うまくいくかもしんねえぞ」

テーブルを踏み越え、裕輔や舎弟たちがいる方へやってきた。

「あいつらしっかり手を打ってやがったんだ」一人の舎弟をつかまえて首を揺すっている。「いやあ、抜け目ねえなあ、ニッポンの会社はよぉ。危機管理はイモなくせして組織防衛だけは死に物狂いなんだよ」

つかまれた舎弟は目を白黒させていた。

「おいっ」今度は裕輔が肩をどやされた。「世の中捨てたもんでもねえぞ。真面目にこつこつやってりゃあいいことだってあんだよ」

それは自分のことか。思わず耳を疑う。

「おい渡辺。おまえ、やくざになれ」

「あ、いえ……」

「やくざはいいぞォ。がはははは」

つばきが顔にかかった。理由もなく頬を平手打ちされた。

「世の中はな、上に立った者が動かしてんだよ。九野みてえな下っ端の刑事に何ができるってんだ。そうだろう?」

「あ、はい」裕輔がキツツキのようにうなずく。

「なんだよ、そうだったのか」また事務所内をうろつき始めた。「馬鹿野郎。肝を冷やさせやがって」はしゃいで植木を蹴飛ばす。「いよっ」かけ声とともにジャンプもした。

「おい、寿司でもとれ。特上のにぎり十人前だ。誰かビール買ってこい。前祝いするぞ」

舎弟たちが持ち場に散った。

裕輔はとりあえず大倉が倒した植木や椅子を片づけるために壁際を離れた。

どうでもいいけど早く帰らせてくれよ。

裕輔は泣きたい気持ちをこらえていた。

35

花壇に水をやったらチューリップの苗たちがざわざわと揺れ、濃い緑の葉が勢いよく水滴を弾いた。柔らかな土は木綿（もめん）のように素直に水を吸いこみ、黒く湿っている。明日の朝は水をやれないので、ふだんより少し多めに撒いた。

二週間前に植えたポット苗が、いよいよ花を開かせようとしている。ゴールデンウィークの終盤には、赤や黄の花弁が艶（あで）やかな色を競いあっていることだろう。

「おかあさーん、リボンつけて」

娘の声に及川恭子が顔をあげた。香織が居間の窓から身を乗りだし、ピンクのリボンをひらひらさせる。恭子はホースを片づけ、香織の髪に蝶の形に結んでやった。

「健太はもう支度できたの」奥に向かって声をかける。

「おかあさーん」と香織の声。「あとはおかあさんだけだよ」

「うん、わかった」

庭から居間に上がり、エプロンを外した。窓に鍵をかけ、カーテンを閉めた。玄関に向かう途中、洗面所の鏡で顔を見る。ここ数週間ずっと化粧ののりが悪かったのに、なぜか今日は肌になじんでいた。髪を整え、外に出た。

茂則が車にエンジンをかけている。子供たちは道で待っている。車がゆっくりとガレージを出たところで、恭子は人影が近づいてくることに気づいた。

すぐ先に車が停まっている。その車から降りてきたのだろう。

背筋が凍りついた。白髪の初老の男がにこにこしながらやってきた。首からループ・タイを下げている。

「及川さん、おはようございます」

警察だと確信した。逮捕か？　こんなひどい話があるのか？

「いい天気ですねえ、お出かけですか」

運転席の茂則を見る。平静を装っているつもりなのだろうが、もう額に汗を浮かべていた。

「何かご用でしょうか」

恭子が男の前に立ちはだかった。心臓が早鐘を打っている。

「本城署の垣内と申します。ちょっとお話が」男は笑顔を崩さない。「お子さん、車に乗せちゃってください。すぐにすみますから」

「はい……」

「大丈夫ですよ。お邪魔はしません」

「ねえ、あなたたち先に車に乗って」

恭子は香織と健太に命じた。子供たちはただならぬ気配を感じたのだろうか、表情を曇らせ、後部座席に乗りこんだ。

入れ替わりに茂則が降りてきた。

「ご旅行ですか」男が聞いた。

「ええ」恭子が答えた。

「行き先と日程を教えていただけませんか」

「なぜですか」

「お願いしますよ」男がいっそうほほ笑む。

「お断りします」

「そうおっしゃらないで。あ、ご主人」茂則の方を向く。声を低くした。「わたしら、何も家族旅行にまでついていきたくはないんですよ。お子さんもいらっしゃるし。そうでしょう? 行く先々に刑事がいるなんてのは、あなた方もたまらんでしょう」

「どういうことでしょうか」

恭子が聞く。それを無視して男はなおも茂則に話しかけた。

「もう説明はいらないですよね。うちの九野が行確の話はしちゃってるわけですから。つまり、無駄を省こうって言ってるわけですよ。及川さんが行き先と日程を知らせて、その通りに行動してくだされば、わたしらついてはいきません」

「ええ。わかりました……」

初めて茂則が口を開いた。ポケットから手帳を取りだし、宿の名前と住所を教えている。男はあくまでも低姿勢でメモをとった。ループ・タイが揺れている。

逮捕じゃないのか。恭子の身体から力が抜ける。口に手をやろうとしたら、指先が小さく震えていた。子供が見ているといけないと思い、頬を軽くたたき笑みを作った。

「お仕事大変ですね」なんとか気を取り直し、そんなことまで言った。

「ええ、まあ」男が上目遣いに苦笑する。

ただ、警察からここまでマークされていることを知って、別の冷や汗が出てきた。もしもこの男が融通の利かない刑事だったら、自分たちは二日間ずっと尾行されたのだ。そして恭子の行動も……。

あらためて身震いがした。立て続けにおくびが込みあげる。男は軽く頭を下げ、車へと戻っていった。

恭子はそのうしろ姿を見ながら深呼吸する。助かった。とりあえずは助かったのだ。

車に乗りこむと香織が「あの人だれ」と不安そうに聞いてきた。

「このへんで赤い首輪をした三毛猫を見かけませんでしたかって」恭子が答えた。いつかみたワイドショーの街ネタを咄嗟に思いだして使っていた。

「何それ」

「迷子になった猫を探す仕事なんだって」

「ふうん。そんな仕事の人いるんだ」香織に疑っている様子はない。

「じゃあ出発進行」

拳を突きだし、明るく言った。子供たちも続いてくれた。

「おかあさん、ぼく前がいい」と健太。

「もう走りだしちゃったでしょう」と香織。

「国道へ出る交差点の信号が赤だったらそのとき替わってあげる」

「あれ。裏道行こうと思ってたのに」茂則も話にのってくれた。

「だったらここで替わろうか」

脇に停車し、急いで健太と入れ替わった。

「シートベルトしてね」

「うん」

白いブルーバードが住宅街を走り抜けていく。朝の太陽を浴びて、ボンネットがまぶしく反射している。ラジオから流行りの歌謡曲が流れ、香織が合わせて歌いだした。よくは知らないが恭子もハミングした。うしろのスピーカーからはボンボンと跳ねるような低音が響いていた。

さすがにゴールデンウィーク初日ともなると道は混んでいた。横浜インターから乗った東名高速は、家族を満載した自家用車で数珠（じゅず）つなぎだ。

車の中はどこも同じような家族構成だった。外に目を向けるとつい見てしまう。子供たちの笑顔が弾けていた。屈託なくじゃれあっている。日々の仕事や学校から解放され、みなが休暇を楽しんでいるのだ。

香織と健太はあまり外で遊ばなくなった。とくに健太は公園でいじめられたことがショックだったのか、一人テレビゲームに向かうことが多くなった。香織は明るく振る舞っているが、ふと暗い目をすることがある。

二人の子供たちがどれくらい我が家の事態を理解しているのかはわからない。もちろん父親が会社に火を付けたなどとは思っていないだろうが、なにかしらの不安は感じているにはちがいない。いつ降りだしてもおかしくない厚い雲が、我が家にはずっと垂れこめているのだ。

片道三時間半をかけて芦ノ湖に着いた。家族でボートに乗った。湖畔でバドミントンをして遊んだ。昼食はジンギスカン料理を食べた。

子供たちにもやっとふだんどおりの笑顔が戻った。茂則も笑っていた。それが作り物であるにせよ、少なくとも表面上はどこにでもある四人家族だった。

36

夜になってやっと工藤副署長が署に帰ってきた。本庁か警察庁に呼ばれていたのだろう、胸に金の階級章をつけた制服を身にまとっている。二階から駐車場を見張っていてわかった。専用車から降りたった工藤は険しい表情で玄関照明を浴びていた。彫りの深さがいっそう強調された。

すぐに五階へ先回りした。副署長室の前で待ちかまえる。

「なんだ、九野。どうしてここにいる。休みじゃないのか」じろりと九野を睨んだ。

「ハイテックス放火事件のことでお耳に入れたいことが」

「おれの担当じゃない。坂田に報告しろ」

「入院中です」

「じゃあ宇田だ」顔を背け、ドアに手をかけた。

「係長には言いました。埒があかないので直接来ました。工藤さんから署長もしくは管理官に伝えていただけませんか」

「何をだ」

「ここではちょっと」

「ここで言え」部屋に入れるのを拒むような態度だった。

「自首してきた少年はシロです。わたしが先月怪我をさせた少年です。それも右腕骨折です。スクーターには乗れません」

「どういうことだ」

「清和会が差しだしたチンピラです。清和会とハイテックスに何らかの取引があった可能性があります」

「証拠は？」

「少年の仲間が清和会の関連事務所に出入りしています。少年もまずつながっていると思ってまちがいありません」

「そんなもの証拠になるか」

工藤がドアを開けた。

「いいんですか。本ボシを挙げなくても」九野が語気を強める。「第一発見者は引っぱればすぐにオチます。シラを切りとおせるようなタマじゃないんです。工藤さん、管理官に進言してください」

「おまえはなんだ。もうあの事案からは外れてるんだろう。余計なことに首を突っ込まなくていい」

「まさか少年の逮捕はないでしょうね」

「おれに聞いたって知るか」

「そんなことになったら清和会とハイテックスの思うつぼですよ」

「知らんと言ってるだろう。それよりさっさと家に帰れ。花村の身柄を確保するまではおまえの自由もないんだぞ」

「今は花村なんかどうだっていいんです。あの少年を――」

「うるさい。上の人間に直訴したいなら警部になってからこい」

工藤は吐き捨てるように言うと、部屋に入りドアを閉めた。最後までまともに九野の目を見ようとはしなかった。

どういうことか。みんな本ボシを挙げる気はないのか。

九野が壁を蹴飛ばす。今度は小走りに二階へと降りた。

取調室のプレートがいくつもかかった廊下を歩く。

「おっと、九野ちゃん、どうしたのよ、血相変えて」

本庁の知った顔の捜査員がベンチでたばこを吸っていた。

「自首した少年はどこにいます」

「なによ、いきなり。どうかしたのかよ」

「ちょっと聞きたいことがあるんですが」

「だめだよ。こっちが担当してんだから。それにもう終わりだよ。夜だしな」ベンチにもたれ、足を組んでいる。

「あの少年はシロです。供述はでたらめです。清和会が差しだした若い者です」

「九野ちゃん、あの少年を知ってるのかよ」

「知ってます。清和会の大倉のところに出入りしていたはずです。おれに調べさせてください」

「そりゃだめだよ。管理官の許可を得なきゃ」

「その管理官が出てこないんですよ」

「じゃあおたくの課長に言いなよ」

九野が髪を掻きむしる。荒い息を吐いて廊下を右往左往した。

「どうしたんだよ。落ち着けよ」

「まさか逮捕状の請求はしてませんよね」

「これからするんじゃないのかな」

「どうして」声を荒らげる。

「何を怒ってんだよ」

「物証はあるんですか」

「スクーターは押収したわな。第一発見者の言った『甲高いバイクの音がした』には合致(がっち)してるぞ」

「それから」

「少年のアパートをガサ入れしたらポンプが出てきたけどな」

「そんなの後から用意したものだ」

「何を根拠にそんなことを」

「供述は？」

「供述も一応、合ってるぞ。シンナーで朦朧(もうろう)としてたらしいけど、手口も犯行場所もほぼ供述通りだ」

「それだって調べりゃあなんとでも――」

「どうしたんだよ、ほんとに。九野ちゃん、大丈夫かよ」

「ちょっと会わせてもらうよ」

「だめだ」

捜査員が立ちあがり、九野の腕をとった。それを振りはらう。手の甲が捜査員の鼻に当たった。顔色が変わる。

「おい、しゃれにならんぞ、九野よ」

「もう一回言います。あの少年はシロです」

「おーい、誰かいないかーっ」捜査員が廊下の先に向けて大声を張りあげた。「こいつをどこか連れてってくれ」

刑事部屋から何人かが顔をのぞかせる。

「取り調べの邪魔だ。すぐに連れだせ」

井上が青い顔で走ってきた。「九野さん、ほんと、頼んますよ」そう言ってうしろから身体を抱きかかえた。

「部屋にいてくださいって何度もお願いしてるじゃないですか。それを条件に出勤してるんでしょう」

「逮捕状は待ってくれ。おれが本ボシを連れてきてやる」捜査員に向かってわめいた。

「落ち着いてくださいよ、九野さん」

「誤認逮捕になるぞ。ただじゃ済まないぞ」

「馬鹿か」捜査員が言いかえす。「自首してきたんだろうが。何が誤認逮捕だ」

井上に押されて廊下を歩いた。胃が焼けつくように熱い。肘から先が小刻みに震えていた。コントロールのきかない感情が身体の中で不気味にうごめいている。

刑事部屋に連れ戻され、応接用のソファに押しつけられた。同僚たちの視線を浴びたが、目が合うとすぐにそらされた。

「これから席を立つときは、必ずぼくに断ってからにしてくださいね」

井上が懇願するように言う。九野はネクタイを緩めると、シャツの第一ボタンも外し、呼吸を整えた。不規則な脈を首筋に感じる。井上が冷たい麦茶を運んでくれ、それを一気に飲んだ。

ふと脇を見ると、もうすぐ定年だという刑事が机でお茶をすすっていた。

確か自分に代わって及川の行確を任せられた刑事だ。

「垣内さん」声をかけた。「及川の行確、どうしたんですか」

「ああ。やっこさんは家族旅行でね。行き先と日程だけ聞いて解放したよ」のんびりした口調で言う。

言葉が見つからず、しばらく垣内を見ていた。

「上の了解は得たよ。ホシは自首したし、行確ランクも下がってるし。おれの仕事もすぐに解かれるだろう」

「及川は家族とどこへ行ったんですか」

「箱根に一泊だとよ。宿泊先は『朝日荘』だ。有名な旅館だ。豪勢なもんだな」

「子供も一緒ですか」

「ああ。こっちも一応、気は遣ったんだぞ。子供に聞かれちゃ気の毒だからな」

「どんな様子でしたか」

「普通さ。普通の四人家族だよ。ありゃあシロなんじゃないのか、九野よ。玄関から出てきた家族はみんな明るかったぞ」

「ああ、そうですか」

「だいいち奥さんが平然としてたよ。夫を信じてるんだな」

及川の妻の顔を思い浮かべた。一度家に押しかけ、あとは病院とスーパーで声をかけただけだ。なんとなく正視するのを避けていた。濃い眉、長い睫、柔らかそうな唇——。早苗に似ていたのだ。おまけに生きていれば同い年だ。

「九野さん」井上がやってきた。「宿直室に弁当があります。腹減ってるでしょう。一緒に食べませんか」

「ああ、いいな」

腰を上げ、垣内に会釈した。

「九野。いろいろ耳に入ってくるが、おまえは疲れてるんだ。あとはおれに任せてゆっくり休むがいいさ」

「ええ。ありがとうございます」

刑事部屋を出て宿直室に入った。畳に足を投げだしたら全身の力が抜けた。

「美乃屋の仕出し弁当。おいしそうでしょう」と井上。

「ああ」

「副署長の奢りです」

「そうか」

井上は割り箸を勢いよく割ると、漬物を音をたてて齧った。

「脇田美穂は無事だそうです。佐伯主任が得意の人脈を使って聞きだしました」

「そうなのか」

「警察病院の看護婦連中にも知り合いがいるそうです。あの人、刑事の鑑(かがみ)ですよね」

「花村は？」

「依然行方知れず。花村のベンツは駐車場に置きっぱなしだから徒歩ですかねえ。レンタカーは足がつくし、調達しようがないでしょう」

「ああ」

「自殺でもしてくれないかってみんな言ってますよ」

「そんなことをする男か。どこかでおれを待ち伏せてる

「九野さん、落ち着いてください」

「わかってる……」座り直し、深く息を吸う。箸を手に弁当に向かった。

「逮捕はあくまでも逮捕です。不起訴になるかもしれないし、審理でぼろが出るかもしれないし、地検だってそう本庁のいいようには動かないでしょう」

「ああ、そうだな」

得体のしれない、怒りと不安が混ざったような感情が込みあげてきた。

「それに自首だから仮にひっくり返ったとしてもそれほど非難は浴びないでしょう。上だってちゃんと計算してますよ」

「ああ……」

もう入らなかった。九野は弁当の大半を残して重の蓋(ふた)を閉めた。

「もう終わりですか。食欲ないんですか」

「ちょっと横になる」

座布団を二つ折にして枕代わりにした。井上に背中を向け横になった。

「帰るんなら車で送りますけど」

「まだいい。記者会見ってのを見たいしな」


よ」

「また呑気な。怖くないんですか」

「どうだっていいさ」

しばらく黙って弁当を食べた。たぶん五千円はする弁当だ。

「この角煮、おいしいッスよ」と井上。

「じゃあやるよ」

「食べてくださいよ。栄養つけないと」

そのとき宇田係長が現れた。険しい表情をしている。

「一応おまえらにも報告しておく」虚勢をはってか胸を反らせていた。「一連の放火事件において一昨日自首した十七歳の少年の逮捕状をとった」

「なんだって」九野が声を荒らげた。

「記者会見は午後九時より。十時のニュースには間に合うだろう」

「冗談でしょう」テーブルに手をつき、膝を立てた。

「以上だ」

宇田はそれだけ言うと踵をかえし、部屋を出ていった。

胃のあたりが動いた気がした。脈が速くなる。かすかな吐き気を覚えた。

会社の金を使いこみ、泡を喰って火を放った男が、不問に付されていいわけがない。

「九野さん、寝ちゃったんですか」

井上の小さな声が聞こえた。九野が寝息をたてる。しばらくして毛布が自分の身体にかけられた。

重箱を片づける音。どっこらしょと井上がつぶやき、部屋の外へと出ていった。

横になったまま様子をみた。口の中で百数える。目を開けた。上着を手に立ちあがった。いったん畳から降り、靴を履く。もう一度畳に上がって窓を開けた。飛びだすのに躊躇はなかった。

通りに出てタクシーを拾う。また携帯電話のスイッチを切った。

37

さんざん遊んで疲れたからだろうか、香織と健太は午後九時を過ぎるともう瞼(まぶた)を重そうにし、布団とじゃれあっているうちに寝ついてしまった。

及川恭子は寝相を直し、布団をかけてやった。高級旅

「物騒なこと考えないでくださいよ」

「考えてないさ」

目を閉じる。ゆっくりと、静かに深呼吸し、暴れだしそうな感情と戦っていた。

警察は辞めよう。九野は決めていた。辞めて義母と八王子の家で暮らそう。未練はない。

警備員でも宅配便の運転手でもいい。毎週日曜には早苗の墓参りに行けるような仕事がいい。

大きなおくびがひとつ出た。喉がすっと通る。

剣道という手もあるな。母校のOB会に頼めば、どこか指導者の口はみつかるだろう。

できれば子供たちに教えたい。もしもあの事故がなければ、自分の息子は七歳だ。

張っていた腹部が少し緩んだ。身体がらくになった。

明日、工藤副署長に告げよう。たぶん引き留められはしないはずだ。それに工藤も辞めるような気がする……。

しかし、その前にやることがある。及川に自首させることだ。

誰にも得をさせはしない。ハイテックスにも、清和会にも、警察にも。

館だけあって、シーツ一枚まで柔らかくて艶がある。部屋は木の香りがし、畳には青さと張りがあった。

さっきから恭子は子供たちの寝顔に見入っている。そっと二人の頬に触れた。桃のような産毛が手の甲に心地よく擦れる。軽く押したらゴム毬に似た弾力で恭子の指を押しかえした。朝まで起きることはなさそうだ。どんな夢をみているのか。楽しい夢だとありがたいのだが。好きな男の子からラブレターをもらうとか、サッカーの試合でハットトリックを決めるとか。

茂則は隣の部屋で寝ている。夕食にビール一本と銚子二本を頼んだ。それをすべて夫が飲んだのは、恭子がいっさい口をつけようとしなかったからだ。

恭子は酒に酔うわけにはいかなかった。家族のしあわせを守るために。いや、もう自分には望めないのだから、子供たちのしあわせを守るために。

旅館に着くなり、香織と健太は鬼ごっこをはじめた。生まれて初めての高級旅館の豪華さに、じっとしていられないという様子だった。恭子が諫めても、すきを見ては跳ね回っている。仕方なく浴室へ連れていくと、天然の岩風呂に目を丸くし、またしても大はしゃぎした。

風呂は茂則だけ男湯で、健太は女湯に入った。恭子が「おかあさんと入る？」と聞いたからだ。健太は迷うことなく首を縦に振った。二人の髪を洗ってやると、今度は香織と健太がお返しをしてくれた。健太は恭子の髪に角をつくって遊んでいた。この子たちは自分のものだと思った。

夕食は恭子も経験したことがないほどの品揃えだった。鯛のお造りに和牛の一口ステーキ、キャビアの和え物まであった。子供のためにはプリンが出てきた。

「こんなの初めてだね」香織が笑っていた。

「一年に一回は来たいね」恭子は答えたが、それが現実になるとは思えなかった。

茂則は明るく振る舞っていた。酒が入ったせいもあるのだろう、子供を笑わせるギャグを飛ばし、健太とは食後にプロレスごっこもした。

長い一日だった。そつなく終えたという安堵感があった。

もしかしたら香織と健太は楽しいふりをしてくれたのではないか。グズッたり駄々をこねたりしない二人に、ふとそんな想像が湧いたのも事実だ。けれど恭子は信じることにした。子供たちは何も知らない。そしてこの先も一生真実を知ることはない。

部屋の時計を見た。午後十時半を回っていた。恭子は縁側に移動すると、籐製の椅子に腰かけ、たばこを吸った。手にした百円ライターを見る。そっとテーブルの上に置いた。

テレビはつけっぱなしで、音量は絞ってあった。ニュース番組をやっている。同年代の女性キャスターが今日一日の出来事を伝えていた。

「……容疑者を殺人罪で再逮捕し、東京地検に書類送検しました」

そんな言葉がかすかに耳に届く。殺伐とした話など聞きたくもない。恭子はリモコンを拾いあげた。

「では次のニュースです。先月、東京の本城市で起きた連続――」

スイッチを切る。煙を天井に向けてふかす。三口ほど吸っただけでたばこを灰皿に押しつけた。

立ちあがり、茂則の枕元まで歩いた。しゃがんで顔をのぞき込む。口を半開きにして寝息をたてていた。

よくも眠れるものだ。しばらく寝顔を見ていた。

この結婚は失敗だったな。小さく吐息をもらした。

OL時代の同僚の紹介で知り合った。一年ほど付き合って結婚した。会社員だったことと次男だったことが決め手になった。もっとも、自分では愛情だと信じていた。女は誰もそうなのだろう。医者と結婚しても愛で結ばれたと思いたがる。

結婚に憧れていた。二十四で結婚して若い母親になりたかった。授業参観で子供が威張れるように。

要するに、結婚したいときに現れたのが茂則だったのかもしれない。

誰かに責任を押しつけるつもりはない。自分の選択がまちがっていた。自前で生きようとしなかった報いが、今頃になって来たのだ。

茂則が顔を向ける。薄目を開け、「どうした」と小さく声を発した。

「なによ、起きてたわけ」

「ああ」乾いた口調だった。

「そうだよね。眠れるわけがないもんね」

茂則は再び天井を向くと、布団を引きあげ、自分の顔を半分覆った。

「二人きりになるとあの話が出ちゃうもんね。そりゃあ寝たふりしてた方がいいや」

恭子を見ようとはしなかった。

「ついでだからもう一度確認しておくけど、もしも警察に呼ばれたとしても、絶対にシラをきるんだからね。弁護士に聞いたけど、放火は自供が頼りらしいから、取り調べが結構厳しいんだって。でも、あんたはそれに耐えるんだからね。自首したけりゃ五年後、離婚してからすればいいよ」

「ああ……」力ない声がかえってくる。

夫の姿を見るのがいやになったので、恭子は部屋の照明を落とし、豆電球だけにした。外では風が吹いて庭木がかさかさと鳴っていた。

「私は香織と健太を絶対に犯罪者の子供にはしませんからね」恭子が静かに言った。「もしそんなことになったら、もうあの町には住めないし、学校も変わらなきゃならないし、あの子たちは一生心に傷を負うことになるんだよ。年頃になって、好きな人ができたとき、香織や健太は告白しなきゃならないわけ。実はうちのおとうさんは刑務所に入ってたことがある、放火事件を起こしたことがあるって。……辛いよね。恋愛には積極的になれないかもしれないね。友だち作るのでさえ大変だよ。性格変わるだろうね。これを試練だなんていうふうには思えないね。進学や就職にだって響くんだよ。あの子たちにそんなハンディ、とてもじゃないけど背負わせたくないね」

うしろを振りかえる。さっき布団をかけ直してやったばかりなのに、健太はもう足を外に出していた。

「あんたもこれから大変だね」声をさらに低くした。「会社を馘になることは決まりだから、再就職先を探さなきゃなんないけど、使い込みがばれて解雇されたような人間、まともな会社なら雇うわけがないからね。これからは肉体労働だよ、きっと。収入、減るだろうね。家のローン、どうするつもり」

茂則が額に汗をかいているのが暗い部屋でもわかった。

「まるでドミノ倒しだね。亭主の小さな使い込みが、次から次へと家族の生活をなぎ倒していくんだよ。そうやって考えると人生なんて――」

「頼むよ」消え入りそうな声で茂則が言った。「もう勘弁してくれ」

「できるわけないでしょう。ふざけるんじゃないよ」

「なあ、恭子」茂則が顔を向けた。「罪を償(つぐな)ってやり直すってのはだめなのか」

「だめだね」

「どうして……」

「香織と健太を犯罪者の子供にはしないって何度も言ってるでしょう」

「子供にはおれから説明する」

「どうやって」かっとなった。「おとうさんは会社の金を使い込んで、ばれそうになったので会社に火を付けてしまいましたって言うわけ？　小学四年生と二年生にそれでどうやって納得しろっていうのよ」

「だから」

「だから何よ」

「時間をかけて」

「無理だね。子供たちに思春期がきたとき、あんた完全に馬鹿にされるよ。もしも万引きでもして補導されたら、あんたどうやって叱るのよ。盗みはいけないことだって、香織や健太の目を見て言えるわけ？　言えないでしょう。元々あんたは小ずるくできてんだよ。叔父さんの葬式で香典をかすめ取ったとき、親戚はみんなあんたのこと疑ってたんだよ。それなのに、どうして平然とパソコンなんか買ってくるかねえ」

茂則は反論しなかった。認めたも同然だった。

「直らないんだよ、手癖の悪さは。いっそのこと、ここで告白してみたら？　最初に人のもの盗ったの、いくつのときよ」

言いながらいやになった。自分はたぶんひどい女だ。でも止まらない。

「大方、中学高校時代は万引きの常習犯だったんでしょう。罪の意識なんかなかったんでしょう」

親にも、近所の主婦にも、言いきってしまった。うちの夫は潔白だと。もう引きかえせない。

「いっそのこと、銀行の金庫を破るくらいの大泥棒の方がありがたかったよ。スマートで、度胸もよくてさ。あんたはスケールが小さすぎて余計に惨めなんだよ」

恭子の声が震えた。自分の本性を見た気にもなった。完全に修復の道は断たれたと思った。これまで穏やかでいられたのは、追いつめられたことがなかったからだけなのだ。

いつも観客の側だった。感想を言っていればよかった。狂ったような恋も、一個のパンを十人で取り合うような争いも、なにも経験してこなかった。今それが巡ってきた。そして自分は、あられもなく醜さをさらけ出している。

茂則が布団を頭から被り、丸くなった。沈黙が流れる。喉の奥からおくびが次々と込みあげてきた。

「そのまま朝までじっとしてな。わたしはちょっと出かけるけど、行き先なんか聞くんじゃないよ。あんたを助けてやるんだから」

恭子が立ちあがる。ほの暗い部屋で浴衣（ゆかた）の帯を解いた。縁側へと歩き、脱いだ浴衣を椅子にかける。ジーンズをはいた。サマーセーターに袖を通す。バッグの底からスニーカーを取りだした。

目を凝らして腕時計を見ると、午後十一時になろうとしていた。

テーブルの百円ライターをジーンズのポケットにしまった。

そっと縁側の戸を開ける。スニーカーを履いて外に出た。

風が髪をなびかせる。顔をあげ、どす黒い雲が流れているのを見たら、途端に底なしの不安感に襲われた。心細さに強く胸が締めつけられる。今の自分は、丸裸で闇に放りだされた子供のようなものだ。

玉砂利を踏みしめ、裏庭を歩いた。建物に沿って行けば表に抜けられることは確認済みだった。車は駐車場のいちばん遠くに停めてある。到着時、夫に指示してそうした。エンジン音をなるべく聞かれたくない。

高地だけあって空気はひんやりと冷たく、恭子は思わず身震いした。両手で腕をさすりながら速足に歩いた。

車に乗りこむ。シートを前に動かした。外灯のせいで、ブルーバードのボンネットが青白く浮かんでいた。

あたりを見回し、誰もいないことを確認してキーを捻った。暖機運転の余裕などない。すぐさまシフトをDレンジに入れ、車を発進させた。

またしてもおくびが込みあげてきた。沼に気泡が浮くように、身体の中の気体がひとつふたつと吐きだされていく。その合間は閉塞感があった。考えてみれば、ここ数日はずっと息苦しさが続いているのだ。

両脇の樹木が空を覆う一本道を走らせる。ハンドルに顎を乗せるようにして、そろりそろりと徐行した。

いきなり対向車が現れた。旅館の従業員だろうか。血の気がひく。こんな時間に出かける不審な客として覚えられてしまう。向こうがライトを消した。咄嗟にナンバーを見た。

胸を撫でおろす。東京の多摩ナンバーだった。きっと夜遊びでもしていた客だ。自分のことなど気にも留めないだろう。

顔を合わせないようにすれちがった。心臓が高鳴っていた。

二車線の通りに出て山を下った。曲がりくねった道は恭子に緊張を強い、てのひらがたちまち汗ばんだ。来るとき、注意深く道順を頭に入れていた。夜では迷うかもしれないが、とにかく下ればいいのだ。その先には有料道路の入り口があり、乗ってしまえば東京まで一直線だ。

カーブは怖いのでずっとブレーキを踏んだまま曲がった。車の往来はまったくない。昼間なら後続車にクラクションを鳴らされるところだ。

短大時代に免許を取ってはいたが、長らくペーパードライバーだった。峠道を運転するなど初体験だ。対向車がないのをいいことに、センターラインをまたいで走った。

ラジオは消した。どうせ何も耳に入ってはこないのだ。タイヤがアスファルトをなぞる音だけが車の下から響いてくる。

何度も手の汗をジーンズで拭った。途中、シートベルトを締め忘れていることに気づいたが、一旦停車すると何かがしぼんでしまう気がしたのでそのまま行くことにした。なんとか山を下りたときは、ジーンズの腿(もも)のあたりが汗ですっかり湿っていた。

高速に乗ってからはいくぶん緊張が解けた。肩が張っていたので、意識的に力を抜いたりもした。

ふと明日からのことを考えた。いつもどおりの日常が約束されたなら、花壇をもうひとつ増やしたいと思った。そして夏に向けて向日葵(ひまわり)の種を蒔いてみたい。そんなに背の高くならない品種を。黄色い花が庭に咲き乱れるのだ。子供たちには朝顔でも育てさせよう。花が咲いたら、きっとペットのように可愛がってくれるはずだ。

スーパーにはもう行かない。あの社長の秘書になるという話は保留だ。いざとなったらその手があると自分を励ませばいい。パート自体もとうぶんやめよう。がつがつ働くこともない。自分は家にいたいのだ。テーブルクロスに刺繍をしたり、電子レンジのカバーを作ったり、そんなことをして過ごしたい。家があって二人の子供がいてくれればいい。あとは何もいらないのだ。

だからミシンを買おう。香織のトートバッグにアップリケを縫いつけてあげよう。健太の帽子にはイニシャルを入れてあげたい。

そのためには今の生活を守らなければならない。どこかで新しくやり直すなどというのは自分には重すぎる。

そんな力はない。現状維持こそが自分の願いなのだ。

車内が湿っていたので窓を少しだけ開けた。箱根とちがって平地には夏の気配すらあった。

高速道路の左車線を、恭子の操るブルーバードが走っていく。

38

九野薫は、自宅マンションの五十メートルほど手前でタクシーを降りた。電柱の陰から見ると、覆面PCが一台玄関前に停まっている。助手席の捜査員がダッシュボードに足を乗せていた。

ポケットの中の鍵束を確認した。薬のケースも手に触れた。鍵束だけを音をたてないように取りだし、右手に握った。

車はマンション裏の駐車場だ。出るときは一方通行の前の道を通らなくてはならない。張り込みの彼らは九野の車がアコードだということを当然知っている。

住宅街にはほとんど人通りがない。正面から行くわけにはいかず、九野は裏から遠回りすることにした。ネクタイを緩め、空を見上げる。厚い雲に覆われているが上空は風があるらしく、流れる雲の透き間から月が顔をのぞかせていた。

裏手に張り込みの車はなかった。鉄製の柵に手をかけ乗り越える。足音を忍ばせ駐車場を歩いた。

車に乗りこみ、大きく息を吐く。髪を掻きあげたら額に汗をかいていた。上着を脱いだ。キーを捻る。しばらく乗っていなかったせいで犬が鳴くような音がエンジンルームに響いた。数秒後、始動する。液晶パネルの時計に《9：00》という数字が灯った。

捜査本部の記者会見は始まったのだろうか。たぶんマイクに向かったであろう管理官の顔が浮かんだ。

マスコミはこのニュースに飛びつくだろう。それは暴力団の報復と思われた放火事件が実は愉快犯だったからではない。犯人が十七歳だからだ。ここのところ世間を騒がす未成年犯罪が多発していた。マスコミは見出しになることによろこび、ほかのことを忘れるにちがいない。

もしかすると管理官はその効果も考えたのだろうか。もはや幹部たちは真実に関心がない。誰の顔を立てるかが彼らの問題なのだ。

たばこをくわえ火を点けた。背中をシートに押しつけ、深く吸いこむ。エンジンが暖まる間、立ちのぼっていく煙をしばらく見ていた。

腹に力をこめ、サイドブレーキを下ろす。ライトを灯す。アクセルに足を乗せた。

ゆっくりと車が動きだす。知らず知らずのうちに息を殺していた。ハンドルを切り、マンションの表に回る。すぐ目の前にPCが見えた。二人の捜査員が音に気づき振りかえる。その瞬間、九野はブレーキをかけた。すぐさまシフトをバックに入れる。身体を捩り、顔をうしろに向けた。強くアクセルを踏んだ。

エンジンが甲高い唸り声をあげ、一方通行の道をすると後退していく。道端の野良猫が驚いて塀をよじ登った。

三十メートルほど走り、十字路を突っきった。ブレーキペダルを踏みつける。前を見た。PCから顔見知りの捜査員が慌てて降りていた。

シフトをいちばん手前に引き、右折した。再び加速し百メートルほど走る。バックミラーに後続車のライトはない。そのまま住宅街を駆け抜けた。

気がつくと短くなったたばこをくわえたままだった。灰がズボンに落ちている。手で払った。コンソールボックスの灰皿は小銭入れになっているが、かまわず火種を押しつけた。

署内のことを思った。今頃井上は青くなり、工藤副署長は激怒していることだろう。どうせ辞職するのだ。最後ぐらいは自分の好きにやる。

しばらく走り、国道に乗りいれた。ラジオからは賑やかなポップスが弾けてでてくる。チューニング操作をしてクラシック音楽をやっている局を探した。

ピアノの調べが流れてきた。肩の力を抜いた。首を左右に曲げる。

箱根まで二時間か。そうひとりごちる。

その時間になれば及川は寝ているだろう。だがフロントで呼びだせばいい。残酷だが知ったことではない。そこで自白させるのだ。及川は会社と家庭でいやというほど孤独を味わっているはずだ。オチないわけがない。むしろ及川は逮捕を望んでいる気がする。

そうだ、及川は逮捕されたがっている。逃げおおせたとしても、その後の人生に晴れの日などくるわけもない。心から笑える日常もない。それを及川自身はわかっている。自分が及川を救ってやるのだ。

国道をせわしなく車線変更し、先を急いだ。不思議と背中の疲れはとれていた。目も冴えている。瞼に重さを感じないなど、いったいいつ以来だろう。鎧でも外した気分だった。

東名高速に乗り、アクセルを吹かす。アコードは滑るように右側車線を駆けていった。


箱根に着いたのは予想より三十分ほど早かった。高地だけあって車内にまで夜の冷気が伝わってくる。上着に袖を通し、時季外れのヒーターを入れた。

「朝日荘」はなかなか見つからなかった。旅館街を走りまわるのだが看板が見つからない。道を聞こうにも、みなが寝静まっていた。九野は仕方なく目にとまったホテルに飛びこみ、警察手帳を提示して観光地図を手に入れた。

地図によると、朝日荘は山の奥まった場所にあり、細い一本道の突きあたりだった。垣内が高級旅館だと言っていたことを思いだす。人里離れた一軒家なのだろう。大衆旅館でないのが妙にありがたかった。贅沢な料理を味わったのなら多少は同情も薄れる。

目的の一本道を捜しあてたところで、時計を見た。午後十一時ちょうどを示していた。

及川にどう切りだすかを考えた。少年が自首し逮捕されたことはニュースで知ったのだろうか。だとしたら一喝するまでだ。検察に内部告発すると脅しをいれてやる。現場のタイヤ痕を特定したとカマをかけてやる。

車を低速で走らせた。曲がりくねった道の両脇には樹木が生い茂り、月明かりは届かない。しばらく進むと前から対向車が近づいてきた。

九野が脇に車を停める。すれちがうのがやっとの道幅なのでライトを落とし、向こうが通り過ぎるのを待った。

習性でナンバーに目をやるが、まぶしくて確認できない。ふと視線をあげ、フロントガラスに映る女の顔を見て息が止まった。

早苗――。いや、そうじゃない。及川の妻だ。及川恭子だ。

慌てて髪に手をやる。搔きあげるふりをして自分の顔を隠した。心臓が脈打っていた。

真横にきたとき横目で盗み見た。

及川恭子は前だけを見ていた。ハンドルをしっかりと握り締め、いかにも運転に慣れていないといった様子で、狭い山道でのすれちがいに集中していた。

後部座席ものぞいた。誰も乗っていない。振りかえり、あらためて確認しても彼女以外の人影はなかった。及川恭子は一人でどこへ行こうとしているのか。こんな時間に。

ハンドルを右いっぱいに切った。少し出る。切りかえしでUターンを試みようとした。バンパーが木に当たったがかまわず切りかえしを続けた。

もう及川恭子の車のテールランプは見えなかった。しかしここは町中ではない。すぐに追いつくはずだ。

やっとのことでUターンし、一本道を戻った。気がはやった。動悸が鼓膜を震わせた。

二車線の道路に出たところで左右をうかがう。箱根山を下る方を選んだ。

混乱する頭で必死に考えようとした。及川恭子はどこへ行くのだ。

夫と諍(いさか)いごとでもあったのだろうか。いや、子供を置いて帰るわけがない。

親でも倒れたのだろうか。それでも一人で帰るわけがない。

そもそも車で帰ったとしたら、残された夫と子供は交通手段を失うのだ。

と言うことは、どこかへ出かけ……戻るのか？

やがて車のテールランプが峠道の先に赤く見えた。及川恭子の車だという確信はどこにもないが、とりあえず後をつけることにした。

信号がないのでなかなか近づくチャンスがない。前方の車は速度が遅かった。ブレーキランプを灯したままコーナーを曲がっている。しかもセンターラインをまたぐ乱暴さだ。

九野は賭けることにした。あれは女の運転だ。ちがっていたら戻ればいい。あらためて及川に引導を渡すだけだ。

十五分ほどして前方の車は小田原厚木道路に入った。九野がアクセルを吹かす。追い越して確認しようと思った。

追い越し車線を八十キロほどで飛ばす。左前方に目的の車が姿を大きくした。

白いブルーバードだ。及川恭子にまちがいない。

そのままの速度を保った。ゆっくりと女の顔が角度を変えていく。やはり及川恭子だった。運転に慣れていないのだろう、ハンドルに身体を近づけ、喰い入るように前方だけを見ている。

振り向かれないよう真横に並ぶ前に視線をそらした。一気に加速しブルーバードを追い越した。この先は小田原に出口がある。その路肩で停車して及川恭子を先に行かせよう。

たぶん途中下車はない。九野はそう踏んだ。及川恭子はこの深夜、本城へ帰るのだ。

尾行する意味があるのかはわからない。ただここまできて引きかえす気はなかった。妙な胸騒ぎもした。あの横顔は、何かにとり憑かれた顔だ。

39

東名高速を走っている間、及川恭子はただの一度も車線変更をしなかった。そんな勇気はどこを探してもなかった。深夜の高速道路は、昼間とはちがって野卑な男たちの世界だった。大型トラックが追突せんばかりに車間距離を詰め、轟音を響かせながら抜いていく。柄の悪そうな運転手が、追い越しざまに女一人の車を好奇の目で睨めまわしていく。そのたびに恭子は身を縮め、動悸を速くした。狼の群れに紛れこんだ子羊の心境だった。

茂則を罵っていた一時間前までの威勢のよさは、完全に吹き飛んでしまっている。車の運転ひとつで気持ちが萎えてしまうとは——。何度も生唾を呑みこんだ。荒い息を吐いていた。

自分はずっと助手席に座る人生を歩んできた。人任せで、連れていってもらう立場に安閑としていた。これからはすべて自らハンドルを握らなくてはならない。香織と健太を守るのは母親たる自分しかいないのだから。

人間関係はもうめちゃめちゃだ。近所に話相手はなくなり、淑子や久美とも合わせる顔がない。妹の圭子も遊びにこなくなった。これから気のおけない友人を作るのは相当困難なことだろう。テレビドラマに感動しても語り合う相手はなく、庭に花が咲いていても誰かにみせびらかすこともない。服を買いに行くのは一人だ。喫茶店に入るのも一人だ。

もうか弱い女ではいられない。図太くならなければ——。ハンドルにしがみつき、歯を喰いしばりながら、恭子は懸命に自分を励ました。

横浜インターで東名を降り、国道十六号線を走った。今度はさらに心拍数が増した。左車線には停車中の車があり、それを避けるために車線変更をしなければならないからだ。

ドアミラーで後続車を確認する。でも距離感がつかめない。ウインカーを出すだけでクラクションを鳴らされる。意を決してハンドルをきると、急ブレーキの音と共にパッシングされることが何度もあった。ダンプカーに幅寄せされたときは、誰か助けてと心の中で叫んでいた。

脇の下は汗だくだ。前髪が額に張りついている。エアコンをつけたいのだが操作がわからなかった。前だけを見ているのでそんな余裕もない。

右足のふくらはぎが痛くなった。アクセルの踏み加減がうまくつかめず、ずっと力を込めているせいだ。たぶん普通のドライバーはこんなことにはならないのだろう。

首も痛くなった。視力はいいのに、ずっと身を乗りだしている。

これが済んだら毎日少しずつ車に乗ろうと思った。車の運転を克服すれば、自分に自信がもてる気がする。

ジーンズとセーターが汗ですっかり湿ったころ、やっと「本城」の道路標識が見えた。こんな場合なのにうれしかった。まるで月から帰還した宇宙飛行士のような気持ちだった。

国道から脇道へと、いちばん苦手な右折をなんとか終える。初めて肩の力が抜けた。あとは空いている道ばかりだ。車の窓を全開して外の空気を浴びた。心地よい風がほてった肌を冷ましてくれた。

コンビニを見つけ、車を停めた。二時間ぶりに停車したら、今度は全身の力が抜けた。大きくため息をつく。腰が痺れていた。降りるのにも一苦労だった。

両手を挙げ、背筋を伸ばす。すると立ち眩みがして、その場にうずくまってしまった。

これくらいでまいっていてはいけない。夜が明けるまでには旅館に戻らなくてはならないのだから。

深夜のコンビニに入り、スポーツドリンクとウーロン茶を買った。客は恭子だけだった。店員と目を合わせないようにして会計を済ませた。

車の中で飲んだ。スポーツドリンクは一息に飲めたが、ウーロン茶を飲む段には胃が水分でふくれあがり、なかなか入らなかった。

苦しくて何度か咳きこんだ。涙が滲む。

でも空にしなくてはならない。恭子は目を閉じて残りをいっきに飲んだ。

バックミラーに視線がいった。そういえばここまで一度もバックミラーなど見なかったなと、首の裏あたりに悪寒が走った。のぞき込み、自分の顔を見てみた。漂流の果てに無人島にたどり着いたようなひどい顔だった。でも目をそらさないでちゃんと見た。逃げない意志を自分自身で確認するかのように。そして今ある現実を受け入れようと。

たばこをくわえ、火を点けた。吐息とともに煙を吐く。一本だけの休憩だ。ずっと続いている動悸を鎮めたくてゆっくり吸った。しばし目を閉じる。えいっと自分に気合を入れてみた。どこまで通じたか、心もとなかったけれど。

空になったペットボトルを助手席に置いて、恭子は再び車を走らせた。

どこか適当な場所を見つけなくては。絶対に人目につかない場所を。

しばらく走ると広い駐車場が見つかった。ここにしようと思った。もし人が通りかかったとき、駐車場なら車を停め、トランクを開けていても怪しまれない。

恭子は敷地に車を入れると、外灯からいちばん遠い場所に停めた。ライトを消し、エンジンをきる。運転席下のレバーでトランクとガソリンの給油口を開けた。

ペットボトルを手に車を降り、トランクの中からポンプを取りだした。

続いて給油口のキャップを外し、ポンプの一方を差しこむ。やったことはない。初めての経験だ。でも何とかなるだろう。石油ストーブの給油と同じことなのだから。

ふと左手に持った空のペットボトルを眺める。

小さく吐息が漏れた。自分は馬鹿ではないのか。さっき、どうして苦しみながら全部飲んだのだろう。余ったのなら捨てればよかったのだ。

顔中から汗が噴きでてきた。セーターの袖で拭った。背中にも汗が伝っている。

一本目のペットボトルにホース部分を差しこんだ。蛇腹の部分を右手で握った。

手応えがない。ああタンクに届いていないのか。ここで突然、トランクに短いゴムホースがあったことを思いだした。茂則はゴムホースを継ぎ足してガソリンを抜いたのだ。愚かなくせして、こんな用意だけは周到なんだな。一人鼻で笑った。

ホースをつないで差しこむ。今度は勢いよくガソリンが出てきた。

あっと言う間にボトルはガソリンで満たされ、その流れは止まらない。たちまち溢れでて恭子の腕と足元は多量のガソリンを浴びるはめになった。

慌ててボトルを地面に置き、ポンプの蓋を緩めた。鼻をつくガソリン臭があたりに漂う。下を見るとアスファルトが変色していた。

こんなに勢いよく出るものなのか。全身はもう汗だくで、鼻から滴が垂れるほどだ。

あたりを見回す。誰もいないのを確認してセーターを脱いだ。

そのセーターをタオル代わりにして顔や脇の汗を拭いた。

また身につける。不快だが仕方がない。首の裏の筋肉が張っていたので顎を上げた。

視線の先に夜空があった。雲のスクリーンの裏側で、満月がぼんやりと照っていた。

孤独を感じた。生まれてこの方、これほど孤独なことはないと思った。小さな胸がここまで張り裂けるものなのか。

子供に還(かえ)れたらどんなにしあわせだろう。父や母、大人たちが、絶対的な愛情で守ってくれた子供時代に。心配事は何もなく、毎晩深く眠りについていた。待ち遠しいことがたくさんあった。人生を祝福されている実感があった。

足元に視線を落とす。込みあげてくる感情を抑えようと、恭子は我が身を抱きしめた。ここでくじけてどうする。自分を叱咤した。今は自分がその大人であり母なのだ。絶対的な愛情を子供たちに与える立場なのだ。

香織と健太に心の中で呼びかけた。おかあさんが守ってあげるからね。肩身の狭い思いは断じてさせないからね――。

深く息を吸いこみ、また作業に戻った。二本目もまたガソリンを溢れさせてしまった。スニーカーはびしょ濡れだ。

ボトルにキャップをして作業を終えた。ポンプとゴムホースをしまいトランクを閉じる。

運転席に戻りエンジンをかけた。エアコンを全開にした。換気口から勢いよく流れてくる冷風に、しばらく身体をあてていた。

助手席に置いたボトルに目がいく。ガソリンは赤いのか。知らなかった。

インパネの時計を見る。デジタルの数字が午前一時半を示していた。

急がなくては。五時には戻らないと子供たちが起きだす可能性がある。

恭子は中町の住宅街を車で流した。以前の放火はすべて中町で起きたことなので、今回も中町にする必要がある。それも二件だ。愉快犯に見せるためには連続放火が望ましい。最初から決めていたことだ。

被害は最小限にとどめたかった。民家はもちろん空き家だっていやだ。車も避けたい。できることなら乗り捨てられたスクーターなんかがいい。

でもなかなか見つからなかった。放置スクーターが市の問題になっているくせに、こういうときに限ってないのだ。気が焦る。また汗をかいていた。

どこかの団地に入りこむ。こんな事態なのに道に迷ってしまった。曲がり角で掲示板の足にバンパーをぶつけてしまう。大きな音に心臓が縮みあがった。

時間は残酷に過ぎていく。これを逃したら次はないだろう。茂則のアリバイが約束されて、自分も疑われない機会など。

茂則はいつ警察に呼ばれるかわからない。警察のやり方はだいたい想像できた。任意または別件で呼びだし、本件を追及するのだ。

茂則には耐えるように命じたが、あてにはならない。今夜の弱々しさを見たらますます悲観的になった。呼ばれたら最後と覚悟した方がいい。

警察に呼ばせないのだ。そのためには恭子が捜査を攪乱しなければならない。茂則のアリバイを作らなくてはならない。

団地を抜けて川沿いの道に出た。用水路のような小さな川で、柵が張り巡らされている。しばらく走ったところで、「あった」と思わず声を上げていた。スクーターではないけれど、一目で捨てられたものとわかる車が、その柵にくっつくようにして放置してあったのだ。川の向かいは市民グラウンドだった。それも好都合だ。

通り過ぎたところで車を停め、サイドブレーキを引いた。

降りて近づく。タイヤが四本ともパンクしていて、窓ガラスはすべて割られていた。

これならいいだろう。誰も迷惑しないし損もしない。

車に戻りペットボトルを手にした。心臓が高鳴りはじめた。息も荒くなる。しかも不規則だ。喉がからからに渇いた。

キャップを取り、どこに撒こうかと考え、うしろのタイヤにした。

ボトルを持つ手が震えた。まるで大地震の最中のように、肘から先が上下左右に振れた。ガソリンがあちこちに飛び散る。

気がついたら全身が震えていた。奥歯がカスタネットのように鳴っている。

落ち着け。落ち着け。自分に言い聞かせている。

早く済ませよう。もう一件やらなければならない。

ポケットに手を突っこみ、ライターを取りだした。震えは止まらない。心臓がまるで喉のすぐ奥にあるみたいだ。その鼓動の音だけが鼓膜を占拠している。

腰を屈め、火を点けようとした。

誰かに右手をつかまれた。頭の中が真っ白になった。

「及川さん」

男に名前を呼ばれる。身体を抱きかかえられ、車から引き離された。

何が起きたのか。咄嗟に男を払いのけようとしたが、強い力で抱きしめられた。

「及川さん、見なかったことにします」

言葉が出てこない。悲鳴すら上げられない。いったいこの男はどこから現れたのか。どうして自分の名前を知っているのか。

「本城署の九野です。覚えてるでしょう。あなたの家まで押しかけた刑事です」

必死にもがいた。でも一切身動きができない。男の手に噛みついた。何も考えられず、ほとんど本能的な行動だった。

男の腕から解き放たれた。

「落ち着いて。おれの顔を見ろ。見覚えがあるだろう」

近所の人か？　スーパーの誰かか？　昔の知り合いか？　いや、そうではなさそうだ。気が遠のくような感覚が背骨から脳天にかけて走る。この男は見たことがある。でも次が出てこない。脳が扉を閉ざした。一切の反応を拒絶している。

「見逃してやる。だから旅館に帰って亭主を自首させろ」

そもそも自分は今どこにいるのだろう。箱根に行ったはずではなかったか。家族四人で。記憶の断片だけが、フラッシュを焚くように脳裏で瞬いている。

「アリバイ工作のつもりかもしれんが、馬鹿な真似はやめろ」

峠道。高速道路。さっきまで車を運転していた気がする。そうだ、本城の町へ帰ってきたのだ。たった一人で。

「じたばたしても無駄だ。あんたの亭主は放火犯だ。これは覆(くつがえ)らん」

男がさっきから何事かわめいている。背の高い男だ。怒ったような形相だ。その事実だけが、何の情報も伴わず目に飛びこんでくる。

車のタイヤが軋(きし)む音がした。まばゆいライトが恭子を照らしだす。大型の乗用車がこちらに向かってくる。目の前で急停車した。ドアが勢いよく開き、角刈りのいかつい男が降りてきた。

「おーい、九野よ」まるで酔っ払いのような大声だった。「探したぞ。深夜のドライブか。遠出なんかしやがって」

この男は何者か。今度は何が起きたのか。

「深夜の逢いびきか。貴様も気の多い野郎だな」

薄闇なのに男の目が光って見えた。

「おれの美穂は死んだか」

「生きてるぞ。今なら傷害だけで済むぞ」背の高い男が声を張りあげる。

角刈りの男の右手には短刀が握られていた。恭子はそれをガラス越しのような光景で眺めている。

自分は殺されるのだろうか。角刈りの男がこちらへ近寄ってきた。逃げた方がいいのか。

いやそれどころではない。自分にはもっと大切なことがあったはずだ。香織と健太の明日のために。

恭子は麻痺したような頭で、それが何だったかを懸命に思いだそうとした。

40

見ていられなかった。これほどつらい尾行はないと、九野薫はハンドルを握りながら何度も顔を歪めた。

国道十六号線で、及川恭子の乗る車は荒波に漂う難破船だった。進路変更のたびに後続車にクラクションを鳴らされ、車体ごと震えるかのように小刻みな蛇行を繰りかえす。リヤウインドウに映る恭子の頭の影は、子供と見まちがうほどに小さく頼りなさげで、せつなさが込みあげてきた。

　ダンプカーに幅寄せされたときは、九野の背筋が凍りついた。早苗はああやって殺されたのではないだろうか。不意にそんな想像が浮かび、衝撃を受けたのだ。しばらく動悸が収まらなかった。追いかけて、ダンプカーの運転手を引きずり降ろしてやりたい衝動に駆られた。恭子は前だけを見ていた。だから車間距離に気を遣う必要はまるでなかった。少しはうしろにも気を配れ。尾行の対象者なのに、九野は一人で焦れていた。

　国道から脇道に入るとその先は本城だった。無事到着したことに九野までが安堵していた。それにしても、いったい恭子は何をしようとしているのか。この不可解な行動は、何を意味しているのか。

　恭子は途中車を停め、コンビニで買い物をした。その先は慎重になった。無灯火で追尾し、距離もおいた。恭子は五分ほど車を走らせると、駐車場に入った。たまたま見つけて入ったという感じだった。恭子が車から降りる。九野は手前で停車し、足音を忍ばせて柵の外から様子をうかがった。わずかの月明かりと、外灯の光線を頼りに目を凝らす。ポンプが見えた。ペットボトルにガソリンを移し替えているのだとわかった。

　この段階で九野は恭子のやろうとしていることを理解し、目眩を覚えた。体温までがゆっくりと下がっていく。少年が自首したニュースは見ていないのか——。恭子の不憫さに胸が締めつけられた。やりきれなさに、この世までをも呪った。

　恭子はセーターを脱ぎ、身体の汗を拭っていた。暗がりの中、遠くからでもその肌の柔らかさが想像できた。女の孤独を思った。早苗にもこんな夜があったのだろうか。いや、ないはずだ。そう信じたい。自分は早苗を一人にはしなかった。ずっとずっと愛してきた。

　誕生日には花を贈った。休日には映画に誘った。髪型を変えれば似合うよと褒めた。二人で愛を確め合ってきた。

　恭子にそんな日々はなかったのだろうか。子供が生まれたとき、ちゃんと労ってもらったのか。家を買ったとき、君のおかげだよと感謝されたのか。いや、そんな表面的なことはどうでもいい。あの男は恭子を守らなかった。それどころか、平凡な主婦をここまで追いつめてしまった。目の前の恭子の姿が、それを証明している。

　及川茂則が憎かった。妻を不幸にするつまらない男が。

声をかけようか。不意にそんなことを思った。及川さんじゃないですか、どうしたんですかこんな所で、と。恭子はうろたえるだろう。パニックに陥るだろう。何も問うつもりはない。無言で抱きしめてやる。なんなら箱根の旅館まで自分が送り届けてやってもいい。

狂おしいほどの感情が、身体の奥底から湧きおこってきた。この女を犯罪者にしてはならない。この場で、女を守れるのは自分しかいない。

腰を浮かしかけたところで、恭子が再び車に乗った。エンジンがかかり、駐車場を出た。九野も慌てて車に戻る。絶対に見失ってはならない。

恭子は本城の町を迷走していた。考えていることが手にとるようにわかった。火を放つ場所を物色しているのだ。ますます胸が締めつけられた。恭子の家が目に浮かぶ。ホームドラマに出てきそうな、白い壁の二階建だ。訪れたとき、庭を見た。造りかけの花壇があった。もう完成したのだろうか。花は咲いたのだろうか。

生きていたころ早苗が言っていた。二十八で一人目の子供を産んで、三十で二人目の子を産んで、三十三で八王子にマンションを買うの。それでわたしが四十になったら、おかあさん七十一だから、そうなったら実家を改築してみんなで一緒に住も——。恭子にはどんな人生設計があるのだろう。聞いてみたかった。話をしたかった。許されるなら、早苗と同じように白くて柔らかなその指に触れてみたかった。

恭子は市民グラウンド脇の道路で車を停めた。九野は一旦バックして距離を置き、グラウンドを腰を屈めて横断した。うしろから近づく。植え込みに身を隠した。

恭子はペットボトルを手に、放置された自動車にガソリンを撒いていた。その手が震えている。いや手だけではない。全身がマリオネットのように前後左右に振れていた。

あらためて衝撃を受けた。犯罪の瞬間を目撃するのはこれが初めてだった。身も心も重心を失い、闇の側に堕ちていく人間の姿。生贄（いけにえ）だと思った。恭子は、不幸を一定数設ける神の配剤の、生贄だ。正視するに耐えなかった。

九野は立ちあがり、大股で近づいた。もう周りの状況など見えていないのだろう。靴音をたてても恭子は振りかえらなかった。これで終わりだ。あなたは、こんなことまでしなくていい——。

恭子がポケットからライターを取りだす。背中からその右手をつかんだ。「及川さん」包みこむように抱擁した。

「見なかったことにします」耳元でささやいた。甘い髪の匂いがした。

恭子が弾かれたように身を反らす。突然のことに声も出ない様子だった。パニックに陥った恭子は九野の腕の中で激しくもがいていた。けれど女の力だ。やすやすと車から引き離した。

「本城署の九野です。覚えてるでしょう。あなたの家まで押しかけた刑事です」

右手の甲に痛みが走る。恭子が嚙みついたのだ。思わず抱いていた腕を解く。

「落ち着いて。おれの顔を見ろ。見覚えがあるだろう」

恭子が向き直る。顔色はほとんどなかった。唇をわななかせている。

「見逃してやる。だから旅館に帰って亭主を自首させろ」

艶のない汗が恭子の顔を濡らしていた。髪が額に張りついている。

「アリバイ工作のつもりかもしれんが、馬鹿な真似はやめろ」

果たして聞こえているのか。恭子は九野の言葉を一方的に浴びるだけだった。

「じたばたしても無駄だ。あんたの亭主は放火犯だ。これは覆らん。ここの後始末はおれがやってやる。放火未遂にもならないようにしてやる。だから亭主のことは諦めろ」

恭子が蒼白の面持ちであとずさる。目の焦点はどこにも合っていなかった。

そのとき道の向こうにヘッドライトが光った。タイヤがアスファルトに鳴っている。一台の大型車が猛スピードで近づいてきた。二人の動きが止まる。まばゆい光が視界をいきなり白くした。

目の前で急停車する。ドアが開き、男が降りてきた。笑っている。ヘッドライトに照らされ、真っ白な笑い顔がゆらゆらと揺れていた。

花村だった。どうしてここに——。腕を左右に広げ、ゆっくりと近づいてくる。戦慄が走った。右手には短刀が握られている。

「おーい、九野よ」まるで飲み仲間に声をかけるような口調だった。「探したぞ。深夜のドライブか。遠出なんかしやがって」

知ってたのか。どこからつけてきたのか。指先が震えた。

「深夜の逢いびきか。貴様も気の多い野郎だな」

恭子に目をやる。花村は正気ではない。茫然と立ち尽くしていた。逃がさなければ。

「おれの美穂は死んだか」

「生きてるぞ。今なら傷害だけで済むぞ」声を張りあげた。

「ばーか。だったら殺人未遂だ。どっちにしろおれは終わった人間なんだ」

「これ以上罪を重ねるな」

「おい九野。がっかりさせるなよ。もっと気の利いたこと言えよ」

「花村さん、あんた歳はいくつだ」

「なんだ、街頭アンケートか」

「まだ四十だろう。やり直しはいくらでもきくぞ」

「四十五だ。きくわけねえだろう」わめき声になった。

九野がもう一度恭子に視線を走らせる。その目の動きを花村に悟られた。

花村が恭子に大股で近寄り、腕を取る。左手で抱きかかえ、短刀を喉に突きつけた。恭子はまるで抵抗しなかった。

「もう新しい女ができたか。美穂が泣いてるぞ」声をあげて笑う。

その尋常ではない顔つきに九野は凍りついた。経験からわかった。覚醒剤か。花村は覚醒剤をやっているのか。

「花村さん、冷静になろう。その人は無関係だ。職質で呼びとめただけだ」

「嘘をつけ嘘を。さっき抱きあってただろうが。グラウンドの向こう側から見てたぞ。この好色野郎が」

「誤解だ。逃げようとしたから揉みあっただけだ」

「もっとうまい嘘をつけ」

「嘘じゃない」

「馬鹿野郎。工藤の犬になるような奴を誰が信用するか」

「あんた、どうしたいんだ。おれを殺したいんだろう。だったらその人は関係ないじゃないか」

「逃がさねえためだ」

花村が恭子の頬に刃先をつけた。恭子は一切反応することなく、ただ虚ろな目で宙を見ている。

「逃げやしない。おれなら好きなようにしろ。だからその人を離せ」

「だったらおれと勝負しろ」

「ああ、いくらでもしてやる。あんたなんかに負けやしない」

「言ったな、この野郎」

花村が恭子を解放した。腰でも抜かすのかと思えば、恭子は、何事もなかったかのようにその場にたたずむだけだった。

花村は首を左右に一度ずつ曲げ、ゆっくりと近づいてくる。

無意識に上着のポケットをまさぐった。鍵束を取りだす。何もないよりはましだ。鍵の先がはみでるよう右手に握った。腰を落とし、身構えた。

「癇（かん）に障る野郎だぜ」

花村が短刀を振りかざし、突進してきた。右に移動してかわし、鍵の先端を花村の側頭部に振りおろす。近すぎて空振りだった。

花村はすぐさま体勢を立て直すと、また向かってきた。

今度は避けきれなかった。短刀はかわしたものの花村の左肩が胸に当たり、九野は大きくよろけ、そのまま道路わきの植え込みに落ちた。

身体を起こす。顔を上げると花村が空から降ってきた。花村の体重をもろに浴び、全身に激痛が走った。

無我夢中で花村にしがみつく。花村の鼻息が顔にかかる。距離を置いたら刺されると思った。

花村の頭突きが顔面に入る。視界に銀粉が舞う。それでも懸命にしがみついた。何度か植え込みの中を転がる。

呼吸が苦しくなった。首に圧迫感がある。絞められているとわかった。短刀を持ちながら、なんて器用な奴なんだ。

九野の意識が遠のきかける。霞がかかったように花村の形相が薄く濁った。

そのときボンという大きな音がした。花村の背後で火の手があがった。

数メートルの火柱が、夜空に向かって闇を切り裂いている。

恭子か。恭子がやったのか。なぜここで火を付ける――。

瞬間、花村が振りかえった。自分の首が花村の腕から解き放たれた。右手を握り締める。まだ鍵は持っている。その鍵の先を花村のこめかみめがけて打ちつけた。充分すぎるほどの手応えがあった。

花村は声もなく九野の上に突っ伏した。ぴくりとも動かない。殺したか？　けれどそれより今は——。

花村を脇にどけ、なんとか立ちあがる。短刀をもぎ取り、道へと放り投げた。アスファルトに甲高い音が響いている。

「どうしてやった！」恭子を怒鳴りつけた。「どうして火を付けた！」

恭子が振りかえる。目を大きく剝き、驚愕の表情をしていた。まるで、今日初めて九野の姿を見たかのように。

近寄り、腕をとった。「どいてろ」道の隅へと押しやる。上着を脱いだ。だめだ。天を仰いだ。衣類でたたいたぐらいでどうにかなる火の勢いではない。

背中に何かが当たった。うしろを見る。恭子の顔がすぐ肩越しにあった。

目が合った。瞳に炎が映りこんでいる。瞳孔が開いているのがはっきりとわかった。

恭子は弾かれるように九野から離れると、地面に尻餅をついた。

恭子の両手には短刀が握られていた。肘から先ががたがたと震えている。

九野は恐る恐る背中に手をやった。てのひらに、べっとりと血が付着していた。

「なぜだ」声がかすれた。「逃がしてやるつもりだったんだぞ」

恭子が短刀を放り投げた。声にならない声をあげ、うしろ手に後ずさりしている。

「これじゃあ逃がしようがないだろう」恭子に向き直った。「どうしてだ。なぜ火を付ける。なぜおれを刺す」

九野が歩み寄った。その先には白いブルーバードがあった。恭子は這うようにしてこの場を去ろうとする。

「おい、待てよ。ここにいろ」九野が手を伸ばす。「一人じゃ淋しいだろう」それが自分のことなのか、恭子のことなのか、わからなかった。

「行き場所なんかないだろう。話をしよう。な。あんた、早苗と同い年なんだ。話せばわかると思うんだ。早苗はスキーがうまかったんだ。あんたスキーはやるのか」

恭子は前につんのめりながら車にたどり着こうとして

いた。何も耳には入らないのだろう。もがくように口を半開きにしている。

「死ぬなーっ。死ぬなよーっ」

九野は恭子の背中に向けて声を嗄らした。それが自分に言える精一杯のことだった。

41

いつの間にか身体中の汗がひいていた。寒いのかといえばそうではない。乾いてしまったという感じだ。皮膚の感覚がなく、外からは何も伝わってこない。季節はいつなのか、昼なのか夜なのか、そんなことすら判断がつかない。

及川恭子はぼんやりと自分の足元を見つめていた。スニーカーを履いている。その下はアスファルトだ。やけに黒いからきっと夜だ。

今さっきまで自分の身に何かが起こっていた気がする。それもかなり深刻な事態が。冷たく光るものを見た。あれは刃物だったのか。男の血走った目も見た。でも怖くはなかった。と言うより、いかなる感情も湧いてこないのだ。

ああ、そうか。香織と健太だ。いちばん大切な、わたしの宝物。子供たちを守りたくて、自分は旅館を抜けだした。

闇の中のドライブ。対向車のヘッドライト。緑色に浮きでた車の計器パネル——。

瞬きをしたら、そんな光景がぽんぽんと瞼の裏に映った。

今のは何だろう。ここはどこだろう。どうして自分は一人でいるのだろう。

茂則はどこにいるのか。旅館に置いてきた。もはや必要がないから。邪魔だから——。

せかされるような気持ちだけは働いている。正体のわからない焦燥感。

自分は夫にかなりひどいことを言った。直らないんだよ、手癖の悪さは。終わったな。あの一言で。健太が中学にあがるまでと思っていたが、五年も待つのは無理だ。三年に短縮しよう。あの家があれば一人でやっていける。いまさらアパート暮らしはいやだ。庭が欲しいから。緑の芝生と色とりどりの花が咲く花壇。それが自分の夢だったから——。

真っ白だった恭子の頭の中に、次々と言葉が浮かんでは消えていった。色彩を感じた。脳裏のスクリーンでは、万華鏡のような正体のない模様が猛スピードで回転を始めた。

親に電話で言った。心配しなくていい、茂則は無実だと。公園で近所の子供をたたいた。その親と喧嘩になった。もうあとには引けない。絶対に。スーパーのパート仲間。淑子と久美。彼女たちもきっと知っている。もう顔を合わせることはないのだろうか。週刊誌。事件の記事。家の前のマスコミ。激情が込みあげ、ゴミ袋でたたいた。斜向かいの老婆。ひそひそ話。きっとみんなが噂している――。

ふと耳に意識がいった。何も聞こえない。けれど静寂ではなかった。テレビのホワイトノイズのようなザラついた音が、間断なく恭子の鼓膜を震わせている。

市民運動グループ。桜桃の会。ここでも仲間に入れなかった。みんながよろこんでるのにケチつけないでよ。おかっぱ頭の女のとがった声。蔑むような視線。ぬるくなった紅茶。いたたまれなくなってその場を逃げだした。自転車を漕いだ。行くところがなくなった。スーパーの倉庫。青白い蛍光灯。軍手。若者たちに混じって力作業をした。見物にきた社長。脂ぎった顔。たるんだ腹。田圃に囲まれたモーテル。孤独。限界。かび臭い部屋で自分は抱かれた。その夜の夫の泣き言。冷たくはねつける。背を向け布団を被りながら。このとき自分は決意した。何を？　茂則のアリバイを自分が作ってやるのだと。ゴールデンウィーク初日。箱根の旅館。はしゃぐ子供たち。香織と健太と温泉に浸かった。豪華な食事。遊び疲れて眠る子供たち。布団から健太の足が出ている。健太の柔らかで弾力のあるふくらはぎ。布団をかけ直してやらなければ。

そうだ、早く子供たちのところへ――。

いきなり風を感じた。前髪が額で揺らめいている。

右手を見た。ライターが握られていた。

思いだした。自分がしようとしていたことを。突如として意識が甦った。

そうだ、さっきガソリンを撒いたのだ。

時間がない。ここを片づけ、もう一ヵ所を探さなくてはならない。

腰を屈め、ライターを着火した。躊躇はなかった。ガスコンロに火を点けるような自然な動作だった。

車のタイヤのそばに近づけただけで、一瞬にして炎が上がった。思わず身をかわす。

ボンという大きな音。炎の勢いに二、三歩あとずさった。

ガソリンはこんなに燃えるのか。相手はゴムと鉄なのに。恭子はその場に立ち尽くし、炎の熱を浴びていた。体内を流れる血にやっと温度を感じた。

これでよかったのか？　妙な違和感がある。胸がざわざわと騒ぐ。「あ」と思う。

甲高い音がした。アスファルトの上を何かが転がる音だ。

「どうしてやった！」

男の声に振りかえる。この状況が信じられない。刑事がいたのだ。

全身に衝撃が駆け抜けた。さっき、刑事に止められたのだ。手をつかまれたのだ。なぜ自分は忘れていたのか――。

「どうして火を付けた！」男の怒鳴り声が夜空に響いた。

頭がぐるぐる回る。逃げなくては。いや、見られた以上、逃げても無駄だ。自分はどうなる？　捕まるのか？　香織と健太が学校に行けなくなる。あの家に住めなくなる。

男に腕を取られた。引っぱられた。九野という刑事だ。こんなときなのに名前を思いだす。九野が上着を脱いで炎を消そうとした。

アスファルトの上の短刀が目に飛びこむ。気がついたらそれを手にしていた。

時間経過が曖昧だ。数秒、意識が飛ぶことがある。今現在のことなのに。

次に気づいたとき、九野の背中に顔を埋めていた。男の汗の匂い。肩越しに目が合う。

嘘だろう――？　両手の感触。短刀の柄を握り締めている。

また空白。恭子は尻餅をついていた。九野が背中を押さえ、顔を歪めている。自分が、刺したのか？

身体の自由が利かなくなった。関節という関節が、がたがたと震えていた。

「なぜだ。逃がしてやるつもりだったんだぞ」

短刀を放り投げた。やった。やってしまった！

動悸が全身を打ち鳴らしている。眼球が中から押しだされそうな錯覚を覚えた。

「これじゃあ逃がしようがないだろう」

九野が何かわめいている。耳に入ってこなかった。

恭子は車に向かっていた。立ちあがれない。地面に這いつくばった。それでも懸命に手足を動かし、なんとか運転席に乗りこんだ。

キーを捻った。サイドブレーキを外し、車を発進させる。

なぜ刺した。どうして刑事を刺してしまったのか。

それよりどうして火を付けたのか。刑事に見られたのなら、やめればよかったのだ。

動悸が止まらない。身体の震えも。

もうおしまいだ。アリバイ作りどころではなくなった。なんて自分は馬鹿なのか。世界一の馬鹿だ。

気が遠のきそうになった。小さな十字路。ヘッドライトが民家の垣根を映しだす。慌ててブレーキを踏む。車の鼻先がそこに突っこんでいた。バックしようとはしなかった。ハンドルを切り、強引に突き進んだ。木の枝ががりがりと車体を擦る音。

あの刑事は死んだのか。いや、倒れはしなかった。立ったまま叫んでいた。

戻ってとどめを刺すか。死んでくれれば目撃者はいなくなる。

いや、でも、もう一人いた気がする——。恭子の頭の中で別の記憶が瞬いた。男に刃物を向けられた。首根っこを押さえられた。あれは九野ではなかった。

わけがわからない。自分は狂ってしまったのではないか。

逃げよう。香織と健太を連れて。学校なんかどうだっていい。家は捨ててもいい。

別の土地へ行こう。どうせ本城では仲間外れなのだ。近所付き合いは辛く、友だちもいない。

それともいっそ死ぬ？　死ねば少しは同情も集まる。香織も健太もそれでいじめられなくて済む。

息苦しくなり、咳きこんだ。目に涙が滲む。

なんで自分が死ななければならないのだ。ハンドルをバンバンとたたいた。

死ぬなら茂則だ。冗談じゃない。生きていたい。自由でいたい。逃げるしかない。名前を変えても、歳をごまかしても、子供と一緒に別の土地で生き続けたい。

いつの間にか国道を走っていた。車は南に向かっている。このまま行けば東名の横浜インターだ。

そうだ、子供を迎えに行こう。寝ているのを起こし、車に乗せて、一緒に逃げるのだ。なんとかなる。女の子供連れだ。怪しまれはしない。住み込みの口でも探そう。そこに庭はないけれど。

進路変更。クラクションを鳴らされた。負けずに鳴らしかえした。奥歯がぎりぎりと音をたてている。

もう花壇を愛でることはないのか。ゴールデンウィークの終わりごろにはチューリップが咲くはずだった。妹でも呼んで自慢するつもりだった。それがどうして。

一人叫び声をあげた。唇を嚙みしめた。身体がぶるぶると震えていた。

馬鹿だ。本当に馬鹿だ。自分はなんて取り返しのつかないことをしてしまったのか。

茂則などさっさと自首させればよかった。離婚して職を探せばよかった。きっと親だって援助してくれたはずだ。そうやって周りに支えられ、頭を低くして、地道に生きていけばよかったのだ。

それなのに、世間の目を恐れ、自分までもが犯罪者の家族とうしろ指を差されるのを恐れ、犯罪者になってしまった。茂則と同じだ。いや、それ以上の愚かさだ。何もしなければ、肩身が狭くなる程度で済んだのだ。

心底タイムマシンが欲しかった。時間を逆戻りさせることができるなら、全財産を差しだしてもいい。一時間だけでいい。たった一時間だけで——。

行く手に赤色灯が見えた。全身に緊張が走る。警察だ。検問だ。

急いで脇に目を走らせる。手前に側道があった。左折する。その角に制服姿の警官が立っていて目が合った。

思わず互いに見入ってしまう。呑気そうにしていた警官の顔がみるみるこわばった。恭子はアクセルを強く踏んだ。バックミラーに目をやる。警官が走って追いかけてきた。

もう知れ渡ったのだ。自分が火を付けたことも、刑事を刺してしまったことも。

絶望的な気分になった。ハンドルから手を離し、髪を搔きむしりたかった。

国道を外れたせいでもう道がわからない。方角もわからない。箱根にたどり着けるのだろうか。香織と健太に会えるのだろうか。

遠くでサイレンが鳴っていた。この車はもうだめだ。車種もナンバーも知られてしまっている。車を捨ててタクシーに乗り換えようか。いやだめだ。きっと幹線道路はどこも検問だらけだ。

あてどなくさまよう。どこかの駅が見えた。ここで車を捨てよう。今度見つかったら最後だ。刑務所行きだ。世間のさらし者だ。恭子は車を停めた。

放置された自転車が道端にいくつも並んでいた。徒歩よりはましだ。自転車に乗って箱根を目指そう。どれくらい時間がかかるかわからない。でも、自転車なら検問を避けて行ける。

適当な一台を見つけた。目立たない普通の買い物用自転車だ。鍵もついていない。助走をつけ、サドルに腰を乗せた。油が切れているのか、漕ぐたびに犬が鳴くような音がした。夜空を見上げる。雲の切れ間から月が顔を出している。なんとなく方角がわかった。

サイレンがあちこちで鳴っている。遠回りしてもいい。サイレンだけには近寄らないようにしよう。絶対に逃げきってやる。もう誰にも顔向けはできない。親にも。妹にも。逃げるしか方法はないのだ。

静まりかえった住宅街に、自転車を漕ぐ音が響いている。汗の滴が鼻からひとつ落ちた。

42

恭子の乗ったブルーバードが動きだした。エンジン音を響かせ、ぎくしゃくと川沿いの道を駆けていく。九野薫はそのテールランプを茫然と眺めていた。

渇きに似た感情が喉元から込みあげてくる。どうしてこうなるのか。いったい何が間違っていたというのか。

気持ちの昂ぶりはなかった。心のどこかに諦観めいたものがある。刺されたというのに。恭子を取り逃がしたというのに。

かすかな風が肌に触った。川のせせらぎが初めて耳に届いた。

内側で暴れていた神経が、その鉾を納めはじめているのを感じていた。

九野は上着を脱ぐと、それで腹を巻いた。袖と袖を強く結んだ。痛みの感覚はない。傷は浅いのだろう。半分は自分に言い聞かせていた。

アスファルトに腰をおろす。足を投げだし、ため息をついた。

燃えている車を見る。炎は勢いを弱め、代わりに黒い煙が立ちのぼっていた。

燃え移るものはなさそうだ。放っておいても自然に鎮火するだろう。

携帯を取りだした。かすかに震える指でジョグダイヤルを回した。警察手帳も用意する。

「おう、井上か。遅くまでご苦労だな」

電話の向こうで井上が大声でわめいた。

「ああ、悪かった。いいか、よく聞け。用件はふたつだ。市民グラウンドの横、川に沿った道があるだろう。そこで放置自動車が燃えてるんだ。消防車と救急車を呼んですぐに来い。そばの植え込みには花村も転がっているぞ。それがひとつ――」手帳のページをめくった。「ふたつ目。メモをしろ。多摩500、日本の『に』、67××。白のブルーバードを手配しろ。緊急配備だ。容疑は放火。まだ遠くには行っていない。行くとしたら十六号線を下って横浜インターに向かうはずだ。及川の妻が乗っている。そうだ、及川恭子だ。自殺の危険あり。以上」

「九野さん――」

井上の言葉を聞かずに電話を切った。そのまま大の字に転がる。

たばこを吸いたくて胸のポケットをまさぐった。落としたのか、なかった。大きく息を吸う。焦げたゴムの臭いがした。

夜の冷気が空から降りかかってくる。地面も九野の体温を奪おうとしていた。

死なないでくれよ。恭子のことを思った。死ぬことはない。自分で死ななければならないことなど、人生にはないのだ。花村に刺されたことにしてやる。そうすれば執行猶予で済むだろう。あの家に住み続ければいい。庭の花壇を造ればいい。いつかしあわせを取り戻せるさ。早苗に似た女の、悲しむ顔は見たくない。

どうして恭子は火を放ったのか。おれを刺したのか。あのときの目は、恭子自身の目ではなかった。地球上の女をすべて集め、苦しみを抱える彼女たちの中から無作為に選びとり、単にはめ込んだものに過ぎなかった。三十億の女たちの、嘆きの総体だった。恭子一人を責める気にはなれない。あの目は、早苗のものだったかもしれない。

吐息をつく。頭がうまく回らなかった。そもそもどうしておれは箱根まで行ったのか。自分のしたことなのに、その理由さえ思いだせない。

今のおれは何がしたいのか——。正義を貫きたいのか、悪を懲らしめたいのか、誰かに認めてもらいたいのか。きっとそんなんじゃないな……。

たぶん、自分は人と深くかかわりたかった。ずっと人恋しかったのだ。

義母に会いたくなった。突然、義母の顔が見たくなった。

腕時計を見る。もう二時過ぎか。いつもの深夜ラジオは何時までやっているのだろう。

行くか。起こしてもいい。これくらい甘えたっていい。自分が甘えられるのは義母だけなのだから。

立ちあがった。全身に痺れるような感覚があり、うまく歩けなかった。植え込みに倒れたままの花村を見る。死んだのか、気絶しているだけなのか。どんな感情を抱いていいのかよくわからなかった。

グラウンドを横切り、アコードに乗りこんだ。エンジンをかけ車を走らせる。再び十六号線に乗り、北に向かった。

ハンドルを握る手がぬめっていた。てのひらの血をズボンで拭う。対向車のヘッドライトがあたり、ぬぐったはずの手がさらにどす黒くなっていることに気づいた。

ぎょっとして下を見る。下腹部から腿にかけてが血まみれだった。

途端に左脇腹に熱を感じた。剝きだしの懐炉でもあてているかのような熱さだ。おそるおそる手をやる。

おれは花村にも刺されていたのか。あの争いで短刀を避けきれなかったのか——。

九野は茫然とした。頭の中が真っ白になった。

神経を腹部と背中に集中した。より熱いのは腹部だ。なぜか安堵した。致命傷になるとしたらそれは花村のせいだ。恭子のせいじゃない。

ブレーキに足を乗せる気にはならなかった。そのまま八王子を目指す。義母に会いたかった。会えるのはこれが最後のような気がした。

なぜだかわからない。ただ、何かが終わろうとしていることに、ここ数日の自分は気づいていた。

まだいてくださいね。心の中で祈っていた。

さよならも言わず消えないでくださいね——。

歯を喰いしばりハンドルを握った。対向車のヘッドライトが幾重にも見える。霞みそうな意識は頭を何度も振って持ちこたえた。側道に入り、郊外に向かう。やがて黒い木々が生い茂った義母の家が丘の上に見えた。

坂を登り、敷地に車を乗り入れる。玉砂利がタイヤの下で鳴っていた。

窓はすべて雨戸が閉められていた。電気はどこにも見えない。

九野は車から降りると、よろよろと玄関まで歩いた。

「おかあさん」声に出して呼んでみた。「薫です。夜分にすいません」

ノックもした。応答がない。人のいる気配はどこにもなかった。

「おかあさん、おかあさん」何度も呼んだ。

義母の返事はどこからも聞こえてこなかった。

九野は玄関前に横たわった。仰向けになる。

夜の静けさが、やさしい重力となって九野を覆い包んだ。

傷口に痛みはない。ただ猛烈に熱いだけだ。

ため息をつく。そんな気がしていた。

いつかこの日がくることを、自分はどこかで覚悟していた。終わったのだ。

自分はいつから現実を見ないようにしてきたのだろう。心の中にシェルターをこしらえ、そこに逃げこむようになったのだろう。

その場所を守りたくて友人も作らなかった。人付き合いも避けてきた。

咳がでた。傷口からどんどん出血しているのがわかる。

震える手で携帯電話を取りだし、ボタンの並んだパネルを見つめた。

どこへかければいいのだろう。こんなとき、自分には声を聞く相手もいない。

早苗のところへ行くか——。目を閉じた。

早苗が教員試験に受かったとき、九野はボーナスでダイヤのネックレスをプレゼントした。さぞやよろこんでくれるかと思いきや、早苗はもったいないと顔をこわばらせた。

「こんな高価なもの買うくらいなら貯金してよ、将来のために。わたし、宝石なんか欲しがる女じゃないし」

さすがに頭にきて喧嘩になった。九野はその場でネックレスを引きちぎり、しばらく口を利かなかった。後日、早苗が謝った。「うれしすぎて素直になれなかった」と涙ぐんだ。仲直りしたが、早苗はずっとそのことを後悔し、気に病んでいた。三年経っても五年経っても、修理したそのネックレスをつけるときは「あのときはごめん」と神妙に謝るのだ。

気にしてないさ。忘れていい。性格はもうわかっている。早苗はときどき気持ちとは逆のことを言う。派手好きの女と思われたくなかっただけのことだろう。

出産には立ち会ってもいいぞ。気が変わった。あれはきっと重労働だ。ベッドの横で手を握っててあげる。額の汗は自分が拭ってあげる。

早苗――。

車のエンジン音が聞こえた。気のせいか。いやどんどん大きくなる。車が坂を駆けあがってくる。

玉砂利が鳴った。光が瞼の裏を赤くした。ドアの開く音。

「九野ーっ。大丈夫か」佐伯の声だった。「井上っ。すぐに救急車を呼べ」

井上も来ているのか。

身体が揺すられる。頬をたたかれる。佐伯の大声が鼓膜を鈍く震わせた。

「死んでませんよ」九野は声を振り絞った。

「じゃあ目を開けろ」

言われて瞼を持ちあげた。

「おれが見えるか」

黙ってうなずく。

「いい男に見えるか」

口の端だけで苦笑し、首を左右に振った。

「じゃあ大丈夫だ。おぬしは死にはしない」

「どうしてここがわかったんですか……」

「もういい。口を利くな。黙ってろ」佐伯が不敵にほほ笑む。「花村の車にFMの受信機があってな。締めあげたら、おぬしの車に発信機を仕掛けたって吐いたよ」

ああそうか、どうりで……。花村は生きていたか。人殺しにならずに済んだな。

「アスファルトは血まみれだ。おれまで寿命が縮んだぞ。病院にでも行ったのかと思えば、おぬしの車は八王子に向かってる。それですぐにわかったんだ。この野郎、こんな豪勢な隠れ家を持ってやがって。義理のおふくろさんには会えたのか」

九野が首を振った。

「じゃあおれがもっといいもんに会わせてやる」

佐伯の顔を見た。

「呉服屋の娘だ。病院には毎日見舞いに行かせる。おぬしがいやだって言ってもな」

白い歯を見せて笑っている。井上も駆け寄ってきた。

「九野さん、副署長に大目玉喰らいましたよ」

この馬鹿が。こんなときに。

「今度酒でも奢ってもらいますからね」

九野は目を閉じた。頬をたたかれる。

その感触が徐々に遠くのものとなっていった。

不思議な懐かしさを感じた。生まれて最初に目に映った、光の記憶のような。

こんな感じ、あったな。不安のまるでない、赤ん坊のころ。

生きているという、実感——。

もしも人生が続けられるのであれば、しあわせに背を向けるのはやめようと思った。

しあわせを怖がるのはよそうと思った。

人はしあわせになりたくて生きている。そんな当たり前のことに、九野はやっと気づいた。

43

背中に朝日を浴び、及川恭子は自転車を漕いでいた。腕時計に目をやると午前五時だった。朝の冷気がセーターを通して染みこんでくる。寒くはない。むしろ汗がひいて心地よいほどだ。冬じゃなくてよかったな。小さな幸運に感謝した。

どうやら検問はかいくぐったらしい。大きな通りはすべて避け、路地ばかりを走ってきた。正確な位置はわからないが、今いる場所が小田原あたりだということは道路標識で把握した。

気持ちはずいぶん落ち着いた。あれから三時間も経っている。恭子の中に、軽い諦めのようなものが芽生えはじめていた。後悔しても手遅れとなれば、人間は次のことに頭が向かうものなのだろう。踏み外すのなんて簡単だな。しあわせなんてあっけなく霧散するものなんだな——。

箱根に行くのは取りやめにした。宿泊先を刑事に教えていたからだ。きっと待ち伏せしているにちがいない。みすみす逮捕されに行くようなものだ。子供たちの前で逮捕されるなんて最悪の結末だ。

わりとあっさり断念することができた。もしかして自分は薄情な人間なのではないだろうか。ずっと自分を善人だと思っていた。とんだ思いちがいだ。守りたいものが守りきれないとなれば、さっさと逃げだしてしまう女なのだ。顔向けができない、というのは大きな理由なんだな。まるで笑い話だ。茂則と同じ動機だなんて。

駅を見つけたら、恭子は電車に乗り換えるつもりでいる。それでどこか遠くへ行くのだ。お金ならある。宿代は自分の財布の中だから、それで当座はしのげる。

あの刑事は生きているのだろうか。ニュースでそれだけ確認したら、あとは一切テレビも新聞も見ないようにしよう。及川恭子という名は今日限りで捨てるのだ。

大きく息を吸いこんだ。肺の中の澱んだ空気がいくらか中和された気がした。

刑事事件の時効は何年なのだろう。今日にでも図書館で調べてみよう。たぶん短くはないだろう。気の遠くなるような年月かもしれない。

でもいい。そうするしか道はないのだから。ほかの方法など自分には思いつかない。

どこかで住みこみの働き口を探し、じっと身をひそめていよう。そうしてときどき香織と健太の様子を見にいくのだ。遠くから、そっと。卒業式、入学式、運動会、たぶん成人式も。

それがいい。自分はもういない方がいい母親なのだ。

子供なんてすぐに元気になる。どんな環境にも慣れる逞(たくま)しさがある。それが子供の特権だ。

ごめんね、香織、健太。馬鹿なおかあさんで。おかあさんのことは忘れていいから。あなたたちの将来の邪魔はしないから——。

涙も出てこない。悔しさもない。

心から湿った部分が抜け落ちてしまった気がする。

考えることが、もう残っていない。

どこかの駅が見えた。東海道線らしい。西にでも行くか。静岡とか、名古屋とか。

駅前には交番があった。若い巡査がすぐ前の通りを箒(ほうき)で掃いている。駐輪場はその隣だ。

どうせこんな遠くまで手配はされていないだろう。ゆうべの事件のことも、自分のことも、たぶんあの巡査は知らないはずだ。

自転車を停め、ふと目を下にやった。セーターのあちこちがどす黒く変色していた。刑事を刺したときの返り血だ。今までこんなことにも気づかずにいたのか。

自然な動作で交番に背を向ける。不思議と冷静でいられた。恭子は再び自転車にまたがる。

焦ることはない。もう少し自転車で先へ進み、店が開くころどこかで着替えを買い求めればいい。

自転車を漕ぐ。潮の匂いがした。ああ海のそばなんだな。鼻から空気を吸いこむ。坂を登ったら太平洋が目の前に広がっていた。船がたくさん停泊している。漁港だとわかった。

漕ぐ足を休め、しばらく海を見ていた。

「あんた、どうしたの、その服」

その声に振り向く。年老いた女がバケツを手に立っていた。顔は浅黒く、頭には手拭いを被っている。漁師のいでたちだ。

「うん、ちょっと汚しちゃった。ワインをこぼして」

咄嗟の言い訳に自分で感心した。まさか血だとは誰も思うまい。

「真鶴(まなづる)銀座の人?」女が聞く。

「はい?」

「そこのホステスさん?」

「え、ええ……」曖昧に返事した。

「朝まで大変だね。ヤッケでよけりゃああげるよ」

「ほんとですか」

「ちょっと待ってな」

女は軽トラックへと歩くと、中から赤いヤッケを取りだしてきた。

「これ、派手でな。さすがにこの歳になるとあんまり着たいとは思わん」

「いくらですか。お金払います」

「いらん、いらん。漁協が無料で配ったものだから」

「すいません。じゃあ遠慮なく」

笑みがこぼれた。それもごく自然に。

袖を通す。生地がペラペラの安物だった。これで電車に乗れる。

「港で水商売っていうのは大変だね。漁師は気が荒いし、相手をするのも骨が折れるでしょうよ」

「そんなことないですよ」

「どっから来たの?」

「ええと、北陸です」そんな嘘をついた。

「ま、若いうちは好きに生きるとええよ。こっちは五十年も船に乗って、面白いことなんか何にもなかった」

「そんな……」

「わたしにも娘がおった。生きとりゃあ丁度あんたぐらいの歳だ」

女が海に向かってぽつりと言った。思わずその横顔に目をやる。深く刻まれた皺(しわ)の一本一本に、見る者を吸い込むような人生の跡があった。

「せっかく役場に勤めたのに、仕事が面白くないって一年で辞めて、プイッと東京へ行って……。何をしとるかと思えば水商売に入り込んで、男作って、父親のおらん子供まで産んでしもうてね」恭子は黙って聞いていた。女の少し嗄(か)れた声は、朝の澄んだ空気にバイオリンのように響いている。「帰ってくるたんびに喧嘩して、あるとき『もう帰ってくるな』って怒鳴りつけたら、その三日後、東京で交通事故に遭って死んでしもうた。最後が喧嘩別れっていうのはそりゃあ寝覚めが悪い。思えば、好き勝手に生きる娘に嫉妬してたのかもしれん。わたしら古い人間は、女が自由に生きるなんて考えもせなんだ。親の決めた相手と結婚して、子供を産んで、漁に出て……。『しあわせか』って聞かれりゃあ『しあわせ』って答えようけど、ほんとのところはわからん。もっと別の人生があったかもしれん」

　女が頭の手拭いを取る。大半が白髪(しらが)だった。向き直り、恭子の手を握った。

「まあ、きれいな指だこと」

「いえ、そんな」

「わたしがあんたぐらいの歳のときは、すっかりひび割れてカチンカチンだったよ」

「そう……ですか」

「好きに生きるとええよ」まるで恭子の指に語りかけるように言った。「若いうちは、自分のために生きるとええ」

　若いうち……か。恭子は吐息を漏らした。三十四で始められることはしれているが、それでも少しは慰められた気がした。

「おばさん、ありがとね」

「ああ、飲み過ぎんようにね」

　女と別れた。また自転車を走らせる。潮風が横から吹いてきて、恭子の髪と、真新しいヤッケをなびかせた。

　駅を探そう。ここではないどこかへ行こう。やり直す、というのは身勝手過ぎるけど、せいぜい自分の人生を生きよう。妻でもない、母親でもない、自分の人生を。生きることに、決めたのだ。

　そして、自分だけを特別だなどと思うのはやめよう。開き直るのではなく、我が身の悲劇に酔わないという意味で。自分と似た女は、きっとあちこちの街で、少なからず生きている。野良猫のように。ときには尻尾(しっぽ)を立て、ときには身を丸くして息をひそめて。

たぶん心から笑うことは一生ないだろう。当分は脅えて暮らすのだろう。でも仕方がない。自分がしでかしたことなのだから。

これから自分に訪れようとしているのは、ほとんど目眩を覚えるくらいの、孤独と自由なのだ。

感想はない――。

朝日が背中を押す。

長い影が砕氷船のように、アスファルトの上を突き進んでいく。

恭子は腰を浮かせ、ペダルを踏んだ。ギイギイと鉄の擦れる音が耳のうしろで鳴っていた。

44

数発の玉が釘の間で同時に躍っている。新しい玉はもう出てこない。右手をダイヤルから外し、渡辺裕輔は盤に顔を近づけた。

釘に弾かれた玉はサイダーの泡のように跳ね、やがていちばん下の穴へと吸いこまれていく。

軽く目を閉じた。短くなったたばこを灰皿に押しつけ、裕輔は尻を浮かす。ジーンズの前ポケットをまさぐった。札の姿はなく小銭があるだけだ。

無言で首の骨を鳴らす。仕方がないので席を離れ、窓際のベンチに腰をおろした。

ジュースの自販機が目につく。あらためてポケットの小銭を取りだし、持ち金を数えたら六百八十円だった。百五十円の缶コーヒーを買った。プルトップを引き、口をつける。たばこに火を点け、盛大なため息とともに煙を吐いた。

「おい、金あるか」その声に顔をあげる。床屋へ行く金もないのか、五分刈りだった頭がタワシのようになった弘樹だった。「三千円でいいんだ。貸してくんねえか」

「そんな金があったら自分で打ってるよ」鼻の頭に皺を寄せ、裕輔が言った。「こっちは昨日今日で二万のマイナスだぜ。耳から煙が出そうだよ」

「そりゃあ痛ェな」弘樹が薄く笑っている。

「おまえはいくらやられたんだよ」

「今日だけで二万」

「よく笑ってられるな。もしかして家は山林持ちか」

「ばーか。おれは昨日勝ってんだよ。裕輔みたいなやると負けと一緒にするんじゃねえ」そう言って隣に座った。「たばこくれよ」

「おいおい、たばこ買う金もねえのかよ」

「いいじゃねえか、さっさとよこせよ」

弘樹は裕輔のシャツの胸ポケットから勝手につまみあげると、一本口にくわえた。

「弘樹、次のバイト、みつかったのかよ」

「全然」火を点け、涼しい顔でふかしている。

「親が泣くぞ、親が」

「馬鹿野郎。おまえが言うことか。おまえこそ学校辞めたんなら仕事しろ」

「探してんだよ、おれだって」

コーヒーを飲み干し、くずかごに投げる。それは縁に当たってフロアを転がり、店員にいやな顔をされた。

ゴールデンウィークが明けて裕輔は高校を自主退学した。家に帰るなり親から連絡を受けた担任がやって来て、用紙にサインさせられたのだ。

今後は立派な社会人を目指してほしい、担任は裕輔の目を見ないでそう言っていた。

親は完全に諦めた様子だ。警察沙汰だけは避けてよねと懇願し、不肖の息子に関心を示そうとしない。母親は一人カルチャーセンターなんかに通いだした。

大検を受けてみようと考えないでもないが、勉強が続くとは自分でも思えない。この前中学時代の教科書を見てみたら、初歩的な方程式も解けなかった。

たぶん当分はバイトで小遣い稼ぎをしていくのだろう。なんならピザの配達に戻ってもいい。

「いくか」弘樹が立ちあがって言った。

「どこへ」見上げて返事する。

「ここにいたってしょうがねえだろう」

二人でパチンコ屋をあとにした。

外は夕暮れだった。最近日が長くなってきた。女の子たちも薄着になった。五月も半ばとなれば、気分はもう夏なのだろう。

「おい、ナンパでもするか」と弘樹。

「金もねえのにか」

「金持ってそうな女探すのよ」

「そんな都合のいい女がどこにいる」

盛り場をあてもなく歩いた。弘樹がだるそうに欠伸をする。裕輔にも伝染して大きく口を開けた。

最近盛り上がらないのは洋平がいないからだ。いるときはうっとうしくて仕方がなかったのに、いざいなくなるとやけに寂しい。いつも三人でつるんでいたから、欠けると、カラシのないホットドッグを食べさせられているような気分だ。

前から金髪の三人組が歩いてきた。隣の弘樹が身構えるのがわかる。三人組はガンを飛ばしてきているのだ。距離が一メートル程になったところで向こうから声がかかった。

「なにガン飛ばしてやがんだ、この野郎」一人が顔を近づけてきた。

「ふざけんな。先にガン飛ばしたのはてめえらだろうが」裕輔が言いかえす。

「おう、強気だねえ、お兄さんたち。三対二でやろうってェのか」と別の男。

「上等じゃねえか。こっちはかまわねえぞ」弘樹も負けてはいなかった。

「よーし、顔貸せ」

三人組が先に歩きはじめ、裕輔たちはあとについていった。

ここのところフラストレーションが溜まっている。スカッとするにはちょうどいいカモだ。

路地に入り、小さな公園で向かい合った。

「おまえらそこに一列に並べ」裕輔が先に怒鳴りつけてやった。

「なんだと。てめえ頭おかしいんじゃねえのか。こっちの方が人数多いんだぞ」

「それがどうした。いいか、おれはおまえらと喧嘩なんかする気はねえんだ。ただ痛めつけてやりてえからついてきたんだ。勘違いすんなよな」

裕輔のあまりの余裕の態度に、三人組がややたじろいだ。

「おまえら、おれが誰だか知らねえだろう。言っとくがな、おれは清和会の大倉さんの事務所に出入りさせてもらってる若い者だ。そこいらのツッパリと一緒にすると後悔することになるぞ」

たちまち三人組が青ざめる。視線を落とし、あとずさりした。

大倉の事務所で部屋住みを経験してよかったと思う瞬間だ。今は無関係だからハッタリだが、出入りしていたことは事実なのだ。

裕輔は前に歩みでると一人の男を殴った。むろん相手は抵抗しない。残りの二人も殴った。

「よーし、これで勘弁してやるから金出せ」

「いや、持ってないんスよ」

「ふざけるな。じゃあどっかで金作ってこい。さもねえと――」

「おいおい、そこのガキ共」

そのときうしろから大きな声がした。裕輔が振りかえる。今度は自分が青くなる番だった。裕輔の天敵、井上だ。眼鏡の刑事が肩を揺すってやってきた。

「公園はなあ、地域住民の憩いの場なんだぞ。てめえらガキ共が喧嘩をするためにあるわけじゃねえんだ。とっとと消えろ」

裕輔と目が合う。「またおまえか」井上が顔をしかめた。近づいてきて、反らせた胸で体当たりされた。

三人組が走って逃げていく。弘樹は少し離れた場所で様子をうかがっていた。

「おまえ、最近何やってんだ」と井上。

「関係ねえだろう」顔を背けて言った。

すぐさま顎をつかまれた。

「小僧、おまえには口の利き方からとことん教えこむ必要があるな。おまえに鞄を投げつけられたお返しはまだしてねえんだからな」

井上が手に力を込める。

「痛ててて」つい情けない声を出してしまった。

次の瞬間、井上が白い歯を見せる。なんだ、冗談なのか？

「井上さん、驚かさないでくださいよ」裕輔も態度を和らげてみた。

「おう、おれの名前を覚えてるのか」

「覚えてますよ。何度も逃げ回ったんですから」

「ふん、まあいい。あんときのことは忘れてやる。被害届も取り下げたことだしな」

先日、親と一緒に被害届を取り下げに行った。これ以上警察に恨みを買いたくなかったからだ。

「あのときの刑事さん、どうしてるんですか」裕輔が聞いた。

「九野さんか。……九野さんはな、入院中だ」

「どうかしたんスか」

「ゴリラと決闘してな、ちょっと怪我したんだ」

何を言ってるのか、この刑事は。

「じゃあ花村さんは？」

「花村か。花村も入院中だ。もっともこっちは鉄格子のついた病院だがな」

よくはわからないので曖昧にうなずいておいた。

井上がたばこに火を点け、空に向かって煙を吐きだす。自分も倣おうとしたら胸を小突かれた。

「おまえ、歳はいくつだ」

「十七ですけど、堅いこと言わないでくださいよ」

「そんなことじゃない」どこか乾いた口調だった。「……十七か、いいな。しあわせだろう」

「わけないでしょう」裕輔が口をとがらせる。「こっちは高校中退でお先真っ暗ですよ」

「そんなのは小さな問題だ。人間、将来があるうちは無条件にしあわせなんだよ。それから先は全部条件付きだ。家族があるとか、住む家があるとか、仕事があるとか、金があるとか、そういうものを土台にして乗っかってるだけのことだ」

「はあ……」

「上司の受け売りだがな。空しいものよ、人生なんて……」

井上が遠い目をしている。夕日を浴びて眼鏡が光っていた。

「じゃあな。悪さするなよ」踵をかえし、去っていく。けっこういい奴じゃん。裕輔はそんなことを思ったりした。

「裕輔、おまえ、顔が広くなったな」弘樹が感心したように言った。

「おう、おれもいろいろあったしな」裕輔はちょっと大人びた口調で答えた。

しばらく公園のベンチでたばこを吹かしていた。先立つものがないと遊びまで地味だ。

「おーい、おまえら何やってんだ」

また声がかかった。二人で顔を上げる。

「おう、洋平じゃねえか」裕輔と弘樹は同時に声を発していた。

洋平はバレンチノの上下のジャージを着ていた。手にはビニール袋をさげ、中には食料品が見える。

「何だよ、組のお使いかよ」裕輔がからかうように言った。「刑務所で男磨いてくるって計画はどうなった」

「うるせえ。予定が狂ったんだよ」洋平がむきになって答える。

「部屋住み、大変なんじゃねえのか。遊べなくてつまんねえだろう」

「やかましい。一年経ったらおれだって盃もらえるんだよ。そしたらおまえらにナメた口は利かせねえからな」

「おいおい、おれたちは友だちだろうが」と弘樹。

「裕輔がからかうようなことを言うからだよ」

「悪かった、怒るなよ、冗談だよ」

裕輔が肩をたたいて謝る。やくざになったときのことを考え、一応顔を立ててやることにした。

「でも、また痩せたんじゃねえのか」

「そりゃそうよ」洋平が顔を歪める。「ここんとこ社長は機嫌が悪いし、そうなると兄貴たちは下に八つ当たりするし。この前なんかよォ、台所にゴキブリが出て、それだけでおれが殴られたんだぜ。どうして……あっ、いけねえ」洋平が腕時計を見る。「三十分で帰らねえとまた殴られるんだよ。じゃあな」

洋平は走って公園から出ていった。うしろ姿がやけに颯爽として見える。

少しだけ羨ましかった。たとえやくざ事務所の部屋住みでも、一生懸命になれることがあって——。

洋平は放火事件で自首したものの、後に釈放された。逮捕のその晩、同じ手口の放火事件が中町で起こったからだ。咄嗟に「親がいなくなって飯の心配がいらない少年刑務所に入りたかった」と嘘をついたそうだ。洋平は大倉の名前を出さなかったが、警察は清和会との関連をすぐに見破った。世の中それほど甘くはないのだろう。ただし大倉は大倉で警察と取引したらしい。「うちの社長は警察の金玉握ってっからよォ」と洋平が自慢げに言っていた。

真犯人はどこかの夫婦だった。

テレビのニュースで、男が連行されるのを見た。頭からジャンパーを被っていた。女の方はまだ捕まっていないらしい。

けれど新聞を読まないので詳しいことは知らない。

「おい、腹減ったな」弘樹がため息混じりに言った。

「ああ、減ったな」裕輔もため息がでた。

「でも金ねえしな」

「ああ」

二人でまた盛り場をうろついた。長い影が頼りなげに揺れている。

見上げると、日が半分ほど沈み、薄暮の空に星が瞬いていた。

奥田英朗（おくだ・ひでお）

昭和34年、岐阜市生まれ。平成9年、浅田次郎氏が絶賛した『ウランバーナの森』で小説デビュー。平成11年に刊行した長編犯罪小説『最悪』がエンターテイメント小説界の大きな話題となった。本作はそれに続く小説第3弾である。

N.D.C.913　454p　20cm

邪魔（じゃま）

2001年4月1日　第1刷発行
2002年2月7日　第3刷発行

著者　奥田英朗（おくだひでお）
発行者　野間佐和子
発行所　株式会社講談社
東京都文京区音羽二—一二—二一／郵便番号一一二—八〇〇一
電話　文芸図書第二出版部（〇三）五三九五—三五〇五
書籍第一販売部（〇三）五三九五—三六二二
書籍業務部（〇三）五三九五—三六一五
印刷所　豊国印刷株式会社
製本所　株式会社大進堂
定価はカバーに表示してあります。

ISBN 4-06-209796-6（文2）